17세기 한국한문소설의 집성체

화몽집 花夢集

한국한문소설집 번역 총서 03

17세기 한국한문소설의 집성체

화몽집花夢集

이대형 · 이미라 · 박상석 · 유춘동

보고사

머리말

새로운 한문소설(漢文小說)을 학계에 소개하고, 이 작품들의 이본을 대조·교감하며, 이를 한글로 번역하는 어려운 일은 여러 연구자들에 의하여 지속적으로 이루어져왔다. 덕분에 현재의 연구자들은 자료 수집의 어려움을 겪지 않고 곧바로 작품 연구를 할 수 있는 환경이 만들어졌고, 지난 세대와는 비교도 안 될 만큼 다양한 연구 성과가 제출되었다.

그러나 몇 가지 문제점이 있다. 한문소설은 보통 한 작품으로만 전해지는 것이 아니라 여러 작품이 한 책에 함께 묶여 유통되었다는 점이다. 예를 들어, 우리가 잘 알고 있는 『금오신화(金鰲新話)』와 『기재기이(企齋記異)』만을 보더라도 한 책에 다양한 양식의 작품들이 수록되어 있다. 이러한 경향은 후대로 갈수록 더하다. 이러한 점을 고려해본다면 한문소설 한 작품만을 다룰 것이 아니라, 한 책으로 묶여 전해지는 작품들의 맥락을 함께 살펴볼 필요가 있다.

한편, 여러 연구자들에 의하여 그동안 감추어졌던 여러 한문소설들이 새로 발굴되었다. 하지만 지금까지도 연구자의 손길이 필요한 작품들이 많다. 최근에 발굴된 「이화실전(李花實傳)」이나 「충효전(忠孝傳)」, 「북상기(北廂記)」와 같은 작품이 이러한 사실을 잘 보여준다. 따라서 연구자들은 새로운 작품 발굴에도 끊임없는 관심을 기울여야 할 것이다.

이 '한국한문소설집 번역 총서'에 참여한 네 명의 연구자들은 처음에는 학계에 잘 알려진 작품을 함께 읽어보자는 취지로 모였다. 하지만 작품을 읽는 과정에서 단순히 작품 하나만 읽을 것이 아니라 함께 묶여 전하는 작품들을 아울러 보아야 한다는 생각을 했고, 이들 작품 중에는 현재까지 학계에 잘 알려져 있지 않거나 번역되지 않은 것도 있다는 점을 인식하여 함께 번역을 해보기로 했다. 그래서 그동안 차례로 읽어가며 번역을 했던 것들이 『화몽집(花夢集)』(김일성 종합대 소장본), 『요람(要覽)』(국립중앙도서관 소장본), 『삼방록(三芳錄)』(국립중앙도서관 소장본), 『수기(隨記)』(서강대 소장본) 등이다. 그리고 개인 소장자들의 도움을 받아 학계에 소개되지 않은 작품을 읽어나가고 있다. '한국한문소설집 번역 총서'는 이런 과정에서 생겨난 것이다.

'한국한문소설집 번역 총서'로 기획한 작품집에는 『화몽집』이나 『삼방록』처럼 학계에 널리 알려진 것도 있고, 『요람』이나 『수기』와 같이 생소한 것도 있다. 작품집에 수록된 작품 중에는 우리에게 잘 알려져 있고 번역본이 여럿 나온 것도 있지만 이 책을 통하여 학계에 처음 소개되고 번역된 작품들도 많다. 이 과정에서 우리는 기존에 번역본이 존재하는 것은 이를 참고하면서 선본과 대조하여 이본의 위상을 보여주는 데 노력했고, 새로 발굴한 작품도 이와 같은 과정을 거쳤다.

연구자가 자료를 발굴하고 이를 한글로 번역하는 작업은 투자한 시간과 노력에 비하여 대접을 받지 못한다는 푸념이 곳곳에서 나오고 있다. 특히 번역은 오역(誤譯)의 문제가 그림자처럼 따라다니고 있어 누구든지 번역을 해놓고서도 내놓는 데 부담감이 많다. 하지만 연구자들이 모두가 작품 해석만 할 수 없고, 누군가는 이러한 자료들을 발굴하고 소개해야 한다는 사명감, 그리고 오역은 새로운 번역과 관심의 촉발을 이룰 수 있다는 점을 생각해본다면 우리 네 사람의 생각과 작업은 나름대로 의미가 있다고 생각한다. 아무쪼록 우리들의 작업이 학계와 일반인들에게 고소설과 한문소설을 이해하는데 많은 도움이 되길 바랄뿐이다.

2016년 9월 역자 일동

차 례

『화몽집(花夢集)』에 대하여

이대형

　『화몽집(花夢集)』은 조선 후기에 필사된 한문소설집이다. 수록된 작품은 「주생전(周生傳)」·「운영전(雲英傳)」·「영영전(英英傳)」·「동선전(洞仙傳)」·「몽유달천록(夢遊達川錄)」·「원생몽유록(元生夢遊錄)」·「피생명몽록(皮生冥夢錄)」·「금화영회(金華靈會)」·「강로전(姜虜傳)」 등 9편이다. 텍스트는 현재 김일성종합대학에 소장되어 있다. 소설집 앞머리에 "略擧其槪 時天啓六"이라는 기록을 근거로 하여, 천계 6년(1626년) 이후 17세기 전반에 편집된 것으로 추정되었는데, 이 기록은 필사시기를 기록한 것이 아니라 「최척전(崔陟傳)」의 마지막 부분임이 밝혀졌다. 그리고 '六'이 아니라 '元'으로서 천계 원년 즉 1621년에 조위한(趙緯韓, 1567~1649)이 「최척전」을 기록했다는 내용이다. 그러므로 현재 『화몽집』을 누가 언제 필사한 것인지 아직 정확히는 알 수 없다. 몇 해 전에 나온 『화몽집』 원문을 교주한 『17세기 한문소설집 『화몽집』 교주』에서는 필사시기를 '17세기'로 명기했는데 수록 작품들이 대체로 17세기에 창작된 의미라면 합당하지만, 『화몽집』의 필사시기가 17세기라는 의미라면 근거가 없는 것이다.

　『화몽집』 수록 작품들 가운데 「피생명몽록」은 앞 작품 「원생몽유록」에 이어 6줄만 남아 있고 나머지는 유실되었다. 이어지는 「금화영회」 한 면도 유실되었으니 그 사이 몇 장이 유실된 채로 제책(製冊)되어 있는 것이다. 『화몽집』 맨 앞면에는 유려한 필치로 '화몽집'이라는 제목과 수록된 작품 9편의 목록이 적혀 있다. 위에서 언급했듯이 앞에 있어야 할 「최척전」이 목록에 없는 것으로 보아 이 목록은 최초에 작성된 것이 아니라 일부가 유실된 이후에 새로 제책하면서 붙인 목록으로 보인다. 그러므로 원래는 적어도 10편의 한문소설이 기록되어 있었다고 하겠다.

수록작품들 가운데 「동선전」은 '동선기(洞仙記)', 「영영전」은 '상사동기(相思洞記)', 「몽유달천록」은 '달천몽유록(達川夢遊錄)', 「금화영회」는 '금화사몽유록(金華寺夢遊錄)'이나 '금산사몽유록(金山寺夢遊錄)' 등의 제명으로 불리기도 한다. 수록작품들을 분류하자면, 「주생전」과 「운영전」, 「영영전」, 「동선전」 그리고 한 줄만 남은 「최척전」은 애정소설, 「몽유달천록」과 「원생몽유록」, 「피생명몽록」, 「금화영회」는 몽유록에 해당한다. 이렇게 보면 책 제목 '화몽집'에서 꽃은 애정소설, 꿈은 몽유록을 가리키는 것으로 해석된다. 역사소설에 해당하는 「강로전」이 예외로 남는데 「강로전」도 애정소설의 요소가 약하지 않다.

『화몽집』에 대한 소개와 가치 평가는 여러 차례 되었으므로 여기서 다시 언급하지 않고 특징적인 것만 언급하고자 한다. 수록 작품 가운데 「주생전」과 「강로전」은 현 이본 가운데 원작 계열의 선본이라는 견해가 있다. 『화몽집』에서 처음 소개된 「강로전」은 주인공 강홍립(姜弘立)이 사망한 3년 후인 1630년에 권칙(權侙, 1599~1667)이 찬술한 것이다. 『국조병화록(國朝兵火錄)』에 수록된 「강로전」에 '崇禎庚午秋日 無言子記'라고 적혀 있다.

「주생전」은 말미에 "癸巳 仲夏 無言子 權汝章 記."라는 기록이 있어서 주목된다. '汝章'은 권필(權韠, 1569~1612)의 자(字)이기 때문에 권필이 1593년 5월에 찬술하였다는 의미가 된다. 그런데 '무언자(無言子)'는 권필이 호로 사용한 기록이 없다는 점에서 의문으로 남는다. 『국조병화록』의 「강로전」에 "無言子記"라고 했으니 「강로전」의 저자 권칙의 호일 가능성이 있는데 정확한 것은 알 수 없다.

「동선전」은 고사를 빈번하게 사용한 문체로 되어 있는데 아직 그 의미를 제대로 파악하지 못한 고사들이 많다. 12세기 금나라와 송나라의 전쟁 시기에 항주(杭州) 등을 배경으로 남녀주인공들이 겪는 애정 장애와 극복을 이야기하고 있는데, 중국소설의 번안일 가능성이 있다.

「원생몽유록」의 말미에는 '海月居士林子順誌'라는 문구가 있다. '해월거사'는 다른 「원생몽유록」에도 보이고 그가 누구인가 대해 이견이 있었는데 여기에서 '임자순'이라고 하여 임제(林悌, 1549~1587)의 자(字)를 적시해 놓음으로써 임제 창작설에 무게를 실어준다.

▌참고문헌

김춘택, 『우리나라 고전소설사』, 한길사, 1993.

고전문학실 편, 『한국고전소설해제집』, 보고사, 1997.

소재영, 「필사본 한문소설 『花夢集』에 대하여」, 『민족문화연구』 41, 고려대 민족문화연구소, 2004.

소인호, 「17세기 고전소설의 저작 유통과 『화몽집』의 소설사적 위상」, 『고소설연구』 21, 한국고소설학회, 2006.

일러두기

1. 작품별로 이본 중의 선본(善本)을 선정하여 대교(對校)하였으며, 의미 차이
   가 있는 부분만 각주에 반영하였다.

2. 각 작품별로 선정한 선본, 주석의 과정에서 아래의 책들을 참고했다.

   장효현 외, 『校勘本 韓國漢文小說』, 고려대학교 민족문화연구원, 2007.

   박희병, 『한국 한문소설 교합구해』, 소명출판, 2005.

   이대형 외, 『19세기 독서인의 잡학: 요람』, 보고사, 2012.

   이대형 외, 『세 편의 꽃다운 이야기와 한 편의 유쾌한 풍자, 삼방록』, 보고사, 2013.

3. 한글 번역은 최대한 원문에 충실하게 하되, 어색한 경우에는 의역하였다.

4. 오자이거나 문맥상 오류가 발생한 경우에는 이본과 대조하여 번역하였다.

5. 원본에서 목차의 작품제목과 본문에 쓰인 작품제목이 다를 경우, 작품 내용
   에 더 적합한 것으로 선택하였다.

6. 한글 번역과 원문에는 각각 〈 〉로 원본의 장수(張數) 표시를 하였다.

7. 이 책에서 사용한 부호는 다음과 같다.

   □ : 원본에서 보이지 않은 글자.
   ' ' : 인용이나 강조, 대화 속의 대화를 나타냄.
   " " : 대화를 나타냄.

주생전

周生傳

〈1〉 생(生)의 이름은 회(檜)이고, 자(字)는 직경(直卿)이며, 호는 매천(梅川)이다. 대대로 전당(錢塘)¹⁾에 살았으나 그의 아버지가 촉주(蜀州)²⁾의 별가(別駕)³⁾가 되었기 때문에 집안이 촉(蜀)에 살게 되었다.

생은 어려서부터 총명하여 시를 지을 수 있었고, 18세에는 태학(太學)⁴⁾에 들어가 동료들의 추앙을 받았다. 생 또한 학식이 얕지 않음을 자부했으나 태학에 수년 동안 있으면서 과거에 급제하지 못했다. 이에 탄식하며 말했다.

"사람이 세상에서 사는 것은 작은 티끌이 연약한 풀에 깃든 것과 같다. 어찌 명성에 얽매이고 속세에 골몰하여 나의 삶을 마치리오?"

이때부터 과거 공부할 생각을 끊었다. 그리고 상자 속에 있던 돈 수천 냥을 꺼내어 그 절반으로 배를 사서 강호(江湖) 사이를 오갔고, 나머지 절반으로는 잡화를 사고 팔아 때때로 이윤을 취하여 생활을 꾸려갔다. 그리하여 아침에는 오(吳)⁵⁾에, 저녁에는 초(楚)⁶⁾에 머물며 오로지

---

1) 전당(錢塘) : 현재 중국의 항주(杭州). 비단과 차의 생산지로 상업 교류가 활발했던 곳이다.
2) 촉주(蜀州) : 현재 중국의 성도(成都). 뛰어난 문인(文人)을 배출한 곳으로 유명하다.
3) 별가(別駕) : 자사(刺史)를 수행하던 관직. 자사와 동행 하면서 다른 가마를 탔기 때문에 생긴 명칭이다.
4) 태학(太學) : 송나라 때까지 있었던, 국가가 관리하는 최고의 학부(學部).
5) 오(吳) : 현재 중국의 강소성(江蘇省) 일대.

마음 가는 대로 다녔다.

하루는 배를 악양루(岳陽樓)[7] 밖에 매어 두고, 성안으로 걸어 들어가, 친하게 지냈던 나생(羅生)을 방문했다. 나생 또한 뛰어난 선비였다. 생을 보고는 매우 기뻐서 술상을 차려 서로 즐겁게 마셨다. 생은 어느덧 술에 취해서 배로 돌아오니 날은 이미 어두워졌다. 잠시 후 달이 떠오르자, 생은 배를 물 가운데 풀어두고 노에 기대 잠을 잤다. 배는 바람이 부는 대로 저절로 흘러서 화살처럼 빨리 나아갔다.[8]

깨어보니, 안개 낀 절에서 종이 울리고《(2)달은 서쪽에 있었다. 양쪽 강둑을 보니 푸른 숲이 우거져 있고, 멀리 숲 속에서 비단 등롱(燈籠)[9]의 은 촛불이 붉은 난간과 푸른 주렴 사이에서 은은히 빛나고 있었다. 사람들에게 물으니 전당(錢塘)이라 하였다. 생은 절구(絕句) 한 수를 즉석에서 읊었다.

岳陽樓外倚蘭槳　악양루 밖에서 난초 삿대에 기댔더니
半夜風吹入醉鄉　한밤중 바람 불어 취향(醉鄉)에 들어왔네
杜宇數聲春月曉　두견새 소리에 봄 달은 밝았고
忽驚身己在錢塘　문득 깨 보니 전당(錢塘)에 와 있네

아침이 되어 생은 강둑으로 올라가 고향의 옛 친구들을 찾아보았다. 그러나 반 이상 이미 죽고 없어서, 생은 시를 읊고 배회하면서 차마 떠나지 못하였다.

---

6) 초(楚) : 현재 중국의 호남성(湖南省)과 호북성(湖北省) 일대.
7) 악양루(岳陽樓) : 현재 중국의 호남성 악주성(岳州城)에 있다. 동정호와 장강의 경치를 전망하는 곳으로 유명하다.
8) '친하게 지냈던~빨리 나아갔다' 부분은 일부 훼손되었기에 고려대학교 민족문화연구소 교감본을 참고해서 번역하였다.
9) 등롱(燈籠) : 대나무나 쇠에 종이나 헝겊을 씌우고 그 안에 촛불을 넣어서 들고 다니던 등.

이곳에는 기생 배도(俳桃)가 있었는데, 생이 어렸을 때 함께 놀던 이였다. 그녀는 전당에서 재주와 용모가 가장 뛰어나 사람들은 그녀를 '배낭(俳娘)'이라고 불렀다. 그녀는 생을 자기 집으로 데려 왔고, 서로 매우 반가워했다. 생이 배도에게 시를 주었다.

> 天涯芳草幾沾衣 하늘가 꽃들에 몇 번이나 옷깃을 적셨던가
> 萬里歸來事事非 만리타향에서 돌아오니 일마다 달라졌으나
> 依舊杜秋聲價在 옛 두추낭(杜秋娘)[10]의 명성은 그대로이고
> 小樓珠箔捲斜暉 작은 누각의 주렴 걷으니 햇살이 비껴드네

배도가 크게 놀라며 말했다.

"낭군의 재주가 이와 같으니 오래 다른 사람에게 몸을 굽힐 분이 아니신데, 어찌하여 배를 타고 이처럼 떠도시나요?"

이어서 물었다.

"혼인은 하셨나요?"

생이 말했다.

"아직 하지 못했소."

배도가 웃으며 말했다.

"바라건대, 낭군께서는 꼭 배로 돌아가실 필요는 없으니 첩의 집에 계시지요. 첩이 마땅히 낭군을 위해 아름다운 배필을 구해 드리지요."

무릇 배도의 마음에는 생이 있었다. 생 또한 배도를 보고 자태가 곱고 아름다워서 마음속에 매우 흡족했다. 이에 웃고 사례하며 말했다.

"감히 바라지는 못하지만 원하는 바요."

이렇듯 단란한 가운데〈3〉날은 이미 저물었다. 배도는 어린 계집종

---

10) 두추낭(杜秋娘) : 당(唐)나라 때 금릉(金陵) 사람. 진해절도사(鎭海節度使) 이기(李錡)의 첩이 되어 지은 시 〈금루의(金縷衣)〉가 유명하다. 당나라 시인 두목(杜牧)이 시 〈두추낭(杜秋娘)〉을 짓기도 하였다.

을 시켜 생을 별실(別室)로 가게 했다. 생은 벽 사이에 절구(絶句) 한 수가 있는 것을 보았는데, 사(詞)의 뜻이 매우 새로웠다. 계집종에게 물으니 대답했다.

"주인 낭자께서 지은 것입니다."

시는 이러했다.

> 琵琶莫奏相思曲　비파로 상사곡(相思曲)[11]을 연주하지 마라
> 曲到高時更斷魂　곡조 높아질 때 애가 다시 끊어지는구나
> 花影滿簾人寂寂　꽃 그림자 주렴에 가득하여 쓸쓸하기만 하니
> 春來銷却幾黃昏　봄이 온 황혼에 얼마나 마음을 삭혔던가

생은 배도의 외모를 좋아했고 또 그녀가 지은 시를 보자 정(情)에 미혹되어 온갖 생각이 다 사라져 버렸다. 마음속으로 차운(次韻)을 해서 배도의 뜻을 시험하고 싶었다. 그래서 오래도록 시구를 생각하며 애써 읊조려 보았으나, 끝내 시를 완성하지 못하고 밤이 깊어만 갔다. 달빛은 땅에 가득하고 꽃 그림자가 비추었다. 생은 이리저리 배회하고 있었는데, 갑자기 문밖에서 사람 소리와 말울음 소리가 들리더니 한참 뒤에야 그쳤다. 생은 자못 의아했으나 무슨 일인지 알지 못했다. 배도가 거처하는 방을 바라보니 그리 멀지 않은 곳이었다. 사창(紗窓)[12] 안은 붉은 촛불이 환하게 빛나고 있었다. 생이 몰래 가 엿보니, 배도가 혼자 앉아 채운전(彩雲牋)[13]을 펼쳐 놓고 접련화(蝶戀花)[14] 사(詞)를 쓰고 있었는데, 전첩(前帖)만 썼을 뿐 후첩(後帖)은 아직 쓰지 못하고 있었다. 이에 생은 홀연 창문을 열고 말했다.

---

11) 상사곡(相思曲) : 남녀 사이의 애정을 주제로 한 노래.
12) 사창(紗窓) : 비단으로 만든 창. 여자의 방을 이르는 말이다.
13) 채운전(彩雲牋) : 구름무늬가 있는 채색 종이.
14) 접련화(蝶戀花) : 나비가 꽃을 연모한다는 뜻의 악부(樂府) 제목.

"주인의 사(詞)에 나그네가 뜻을 더해도 괜찮겠소?"

배도가 화내는 척 말했다.

"미친 나그네가 어찌 이곳에 왔소?"

생이 말했다.

"나그네가 본래 미친 것이 아니라 주인이 나그네를 미치게 한 것이오."

배도는 그제서야 미소를 지으며, 생에게 그 사를 이어서 완성하라고 했다.

小院沉沉春意鬧　　뜰 깊은 곳에 춘정이 떠들썩한데
月在花技　　　　　달은 꽃가지에 걸려 있고
寶鴨香烟裊　　　　향로에선 연기가 모락모락 피어오르네
窓裡玉人愁欲老　　창안의 고운님은 근심으로 늙을 듯
搖搖斷夢迷花草　　근심스레 깨는 잠은 풀꽃 사이 방황하네⟨4⟩

誤入蓬瀛十二島　　봉래산·영주산15) 열두 섬을 잘못 들어가
誰識樊川　　　　　누가 알았으리오, 번천(樊川)16)이
却得尋芳草　　　　문득 꽃다운 풀 찾으리라고
睡起忽聞枝上鳥　　홀연 나뭇가지 새소리 들으며 잠에서 깨어나니
翠簾無影朱欄曉　　푸른 주렴에 그림자 없고 붉은 난간엔 새벽빛이라

생이 사(詞)를 다 짓자, 배도는 자리에서 일어나 약옥선(藥玉船)17)에 서하주(瑞霞酒)18)를 따라서 생에게 권했다. 생은 술에 마음이 있지 않아서 사양하고 마시지 않았다. 배도는 주생의 마음을 알고 이에 처연히

---

15) 봉래산·영주산 : 신선이 산다는 전설의 산.

16) 번천(樊川) : 당나라 시인 두목(杜牧, 803~852)의 호.

17) 약옥선(藥玉船) : 약옥(藥玉)으로 만든 술잔. 약옥은 돌가루를 빚어 잿물을 발라 구운 것으로 색이 광택이 나므로 약옥이라고 했다.

18) 서하주(瑞霞酒) : 상서로운 노을이라는 이름의 술.

자신에 대해 말했다.

"제 조상은 호족(豪族)[19]이었습니다만 할아버지께서 천주(泉州)[20] 시박사(市舶司)[21]에 천거되었다가 죄로 인해 면직되어 평민이 되었습니다. 이때부터 저희 자손은 가난하게 되어 떨치고 일어날 수가 없었으며, 저는 어려서 부모를 여의고 남의 손에 길러져 현재에 이르렀습니다. 비록 정절과 순결을 지키고자 했으나 이름이 이미 기적(妓籍)에 올라 부득이 다른 사람들과 즐기며 놀아야 했습니다. 매번 혼자 한가롭게 있을 때에는 홀로 꽃을 보며 눈물을 흘리지 않은 적이 없었으며, 달을 대하면 넋을 잃지 않은 적이 없었습니다. 지금 낭군을 뵈오니, 풍채와 거동이 빼어나고 재주와 생각이 뛰어나십니다. 첩이 비록 비천하지만 원컨대 잠자리에 모신 후 영원히 건즐(巾櫛)[22]을 받들고자 합니다. 바라건대 낭군께서는 후일 입신(立身)하여 일찍 요직에 오르신 뒤, 첩의 이름을 기적에서 빼내어 조상의 이름을 더럽히지 않게 해주신다면, 천첩의 소원은 다한 것입니다. 그런 뒤에 비록 저를 버리시고 끝내 보지 않으시더라도 낭군의 은혜를 갚을 길이 없는데, 어찌 감히 낭군을 원망하겠습니까?"

배도는 말을 마치자 눈물을 비 오듯 흘렸다. 생은 그 말에 크게 감동하여 배도의 허리를 끌어안고 소매를 이끌고 눈물을 닦아주며 말했다.

"이것은 남자가 해야 할 일이오.〈5〉그대가 말을 하지 않더라도 내 어찌 무정할 수 있겠소?"

배도는 눈물을 거두고 얼굴빛을 고치며 말했다.

"『시경(詩經)』에 '아낙네 잘못 없는데, 사내는 달리 대하네'[23]라고 말

---

19) 호족(豪族) : 중앙 귀족에 버금가는 지방의 세력가.
20) 천주(泉州) : 중국 복건성(福建省) 동남부에 있는 도시로, 옛날 해상 실크로드의 기점이었다.
21) 시박사(市舶司) : 당나라 때 해상무역 관계의 사무를 담당한 관청.
22) 건즐(巾櫛) : 수건과 빗.

하지 않았습니까? 낭군은 이익(李益)과 곽소옥(霍小玉)의 일[24]을 못 보셨는지요? 낭군께서 저를 버리시지 않겠다면, 원컨대 맹세의 글을 써 주세요."

배도가 노호(魯縞)[25] 한 척(尺)을 생에게 주자, 생은 즉시 붓을 휘둘러 썼다.

"푸른 산이 늙지 않고 푸른 물이 영원히 존재하듯, 당신이 나를 믿지 못한다면 하늘에 있는 밝은 달이 알리라."

다 써서 주자, 배도는 정성껏 봉해서 허리춤에 넣어 두었다.

이날 밤, 「고당부(高唐賦)」[26]를 읊으며 두 사람이 서로 사랑을 얻으니, 김생(金生)과 취취(翠翠),[27] 위랑(魏郎)과 빙빙(娉娉)[28]의 사랑이 오히려 부족할 정도였다.

다음날 주생이 비로소 어젯밤의 사람 소리와 말 울음소리에 대해 묻자, 배도가 말했다.

"이곳에서 멀지 않은 곳에 붉은 대문[29]이 물가를 마주한 집이 있는

---

23) 아낙네 잘못 없는데, 사내는 달리 대하네 : 『시경(詩經)』「위풍(衛風)」〈맹(氓)〉 구절. "女也不爽, 士貳其行."

24) 이익(李益)과 곽소옥(霍小玉)의 일 : 당나라 전기(傳奇) 〈곽소옥전(霍小玉傳)〉. 사랑하던 이익이 배신하자 곽소옥이 원한을 품고 죽은 일.

25) 노호(魯縞) : 중국 노(魯) 지방에서 나는 고운 명주.

26) 고당부(高唐賦) : 초나라 송옥(宋玉)이 지은 부(賦). 초 회왕(楚 懷王)과 무산신녀(巫山神女)의 운우지정(雲雨之情)으로 유명하다.

27) 김생(金生)과 취취(翠翠) : 명나라 초 구우(瞿佑)가 쓴 전기집(傳奇集) 『전등신화(剪燈新話)』에 있는 〈취취전(翠翠傳)〉의 주인공인 김정(金定)과 유취취(劉翠翠). 사랑하여 결혼하였으나 원나라 말엽 장사성(張士誠)의 난리 때 장사성의 부장인 이장군(李將軍)에게 유취취가 붙잡힌다. 금정은 취취를 만나기 위해 이장군의 수하로 들어가서는, 남매 사이라고 속여 다시 만나지만, 끝내는 죽어서야 나란히 묻히게 된다.

28) 위랑(魏郎)과 빙빙(娉娉) : 명나라 초 이정(李禎)이 쓴 전기집(傳奇集) 『전등여화(剪燈餘話)』에 있는 〈가운화환혼기(賈雲華還魂記)〉의 주인공인 위붕(魏鵬)과 가빙빙(賈娉娉). 운화(雲華)는 빙빙의 자(字). 둘이 서로 사랑하지만 빙빙 부모의 반대로 이별을 하고, 결국 빙빙은 시름시름 앓다가 죽고 만다. 그로부터 2년 후 급사한 여인의 몸을 빌어 환생한 빙빙은 위랑을 만나 해로하게 된다.

데 곧 옛날 승상(丞相)이셨던 노공(盧公) 댁입니다. 승상은 이미 돌아가셨고, 부인(夫人)30)께서는 홀로 거하시면서 아들 한 명과 딸 한 명과 함께 있는데 이들은 아직 혼인하지 못했습니다. 날마다 춤과 노래를 일삼고 어젯밤에는 말을 보내 저를 불렀지만, 첩은 낭군 때문에 병을 핑계 대고 거절했습니다."

이후 생은 배도에게 빠져 세상일과 단절했다. 날마다 배도와 함께 거문고를 연주하고 술을 마시며 서로 즐길 따름이었다. 하루는 정오 무렵에 갑자기 어떤 사람이 문 두드리는 소리가 들렸다.

"배낭은 안에 계신지요?"

배도는 시동(侍童)에게 나가보도록 하였는데, 이는 곧 승상 댁의 노비였다.〈6〉노비는 부인의 말을 전하였다.

"노부(老婦)가 이제 작은 술자리를 마련하려 하는데 낭자가 아니면 더불어 즐길 수 없어 안장 댄 말을 보내니 수고로이 여기지 말라."

배도가 주생을 돌아보며 말하였다.

"귀인(貴人)의 명(命)을 두 번 욕되게 하였으니 감히 받들지 않겠습니까?"

곧 머리 빗어 단장하고 옷을 갈아입고 나갔다. 주생이 부탁하며 말하였다.

"행여 밤을 새지는 마시오."

문밖까지 전송하며, 밤을 새지 말라고 서너 차례나 말하였다. 배도가 말에 올라 떠나가는데 사람은 가볍기가 제비와 같고 말은 용처럼 날듯이 달려 점점 아스라이 사라졌다. 주생은 마음을 안정시킬 수 없어 뒤를 따라갔다. 용금문(湧金門)31)으로 나와서 왼쪽으로 돌아 수홍교(垂虹橋)32)에 이르니 과연 구름까지 닿을 듯한 높은 집이 있었다. 이곳이

---

29) 붉은 대문[朱門] : 벼슬아치의 집을 가리킴.
30) 부인(夫人) : 고관의 아내를 품계에 따라 봉(封)하여 이르는 말.
31) 용금문(湧金門) : 항주(杭州)의 서문.

바로 물가에 있는 붉은 대문이었다. 아름답게 장식된 난간이 구불구불 이어져 푸른 버드나무와 붉은 살구나무 사이에 반쯤 숨어 있었다. 아름다운 생황과 피리 소리가 허공에 아득히 떠도는 듯하고, 때때로 음악이 멈추면 낭랑한 웃음소리가 집 밖으로 흘러나왔다. 주생은 다리 위를 방황하다가 고풍시(古風詩)33) 한 수를 지어 기둥에 적었다.

柳外平湖湖上樓　버드나무 숲 밖 고요한 호숫가에 누각이 있는데
翠甍碧瓦照靑春　비취빛 용마루와 푸른 기와는 푸른 봄날을 비추네
香風吹送笑語聲　향기로운 바람이 웃음소리를 보내는데
隔花不見樓中人　꽃에 가려 누각 안의 사람은 보이지 않네
却羨花間雙鷰子　부럽도다, 꽃 사이에서 노니는 한 쌍의 제비
任情飛入珠簾裡　마음대로 주렴 안으로 날아드네
徘徊不忍踏歸路　배회하며 차마 돌아서지 못하는데
落照纖波添客愁　석양에 물든 고운 물결은 나그네 시름 더하는구나

방황하는 사이에 석양은 점점 붉음을 거두고 어둑어둑한 기운이 푸르스름하게 되었다.〈7〉잠시 후 한 무리의 여자들이 붉은 문으로부터 말을 타고 나왔는데 화려한 안장과 재갈의 광채가 번쩍였다. 주생은 배도라고 생각하여 길가 빈 가게로 몸을 숨기고 엿보았는데 십여 명을 살펴봤지만 배도는 나오지 않았다. 주생이 속으로 매우 이상하게 여기며 다리 맡으로 돌아왔더니 이미 소와 말을 구별할 수 없을 정도로 날이 어두워졌다.

바로 붉은 대문으로 들어갔으나 한 사람도 보이지 않았다. 또 누각

---

32) 수홍교(垂虹橋) : 오강현(吳江縣) 동문 밖에 있으며, 이왕(利往), 장교(長橋)라고도 한다. 송나라 인종 경력(慶曆) 8년(1048년)에 현위(縣尉) 왕정견(王廷堅)이 세웠다고 한다.

33) 고풍시(古風詩) : 당나라 이전에 나온 형식으로, 압운과 정형률은 있지만 평측(平仄)은 없다.

아래에도 가보았으나 역시 아무도 볼 수 없었다. 배회하는 사이에 달빛이 희미하게 밝아와, 누각 북쪽에 또 연꽃이 핀 못이 있는 것을 보았다. 연못가에는 여러 꽃들이 뒤덮여 있었고 꽃들 사이에 작은 길이 구불구불 나있었다. 주생이 길을 따라 몰래 들어가니 꽃길이 끝난 곳에 집이 있었다. 계단을 올라 서쪽으로 돌아서 수십 걸음을 가니 멀리 포도 넝쿨이 덮인 시렁 아래 방이 보였다. 집은 자그마하면서 매우 화려했는데, 사창은 반쯤 열려 있었으며 화촉(華燭)이 환하게 빛나고 있었다. 촛불 아래 붉은 치마와 푸른 저고리를 입은 여자들이 은은히 오가는 것이 그림 같았다.

주생은 몸을 숨기고 다가가 숨을 죽이고 엿보았다. 금빛 병풍과 채색 요는 사람의 눈을 멀게 할 정도였다. 한 부인이 자줏빛 비단 적삼을 입고 백옥 서안에 비스듬히 기대 앉아 있었는데 나이는 오십쯤 되어 보였다. 느긋하게 돌아보는 모습에는 아리따운 자태가 남아 있었다. 나이가 14,5세 정도 되는 한 소녀가 부인 옆에 앉아 있었는데 구름 같은 푸른 머릿결에다 취한 듯한 뺨에는 붉은 빛이 감돌고 맑은 눈동자로 살며시 흘겨보는 모습은 흐르는 물결에 비치는 가을달과 같았으며 아리따운 미소에 보조개가 있어 봄꽃이 새벽이슬을 머금은 듯했다. 배도는 그 사이에 앉아 있었는데 《8》봉황에 올빼미 같았고 옥구슬에 모래나 자갈 같았다. 주생의 넋은 구름 밖으로 날아가고 마음은 허공에 떠 미친 듯 소리치며 뛰어 들어갈 뻔한 것이 여러 번이었다.

술이 한 차례 돌고 배도가 돌아가려 하자 부인이 매우 완고하게 만류하였다. 배도가 더욱 간절하게 청하자 부인이 말하였다.

"낭자가 평소에 이와 같은 적이 없었는데 어찌하여 이렇듯 서둘러 가려 하는가? 정인(情人)과 약속이라도 있는가?"

배도가 옷깃을 여미고 자리를 피하며 대답하였다.

"부인께서 하문(下問)하시니 제가 감히 사실대로 대답하지 않을 수 있겠습니까?"

마침내 주생과 인연을 맺은 일을 자세히 말하였다. 부인이 미처 말하기 전에 소녀가 미소를 띠고 배도를 흘겨보면서 말하였다.

"왜 일찍 말하지 않았어요? 하룻밤의 좋은 만남을 그르칠 뻔하였습니다."

부인 또한 웃으며 돌아가라고 허락하였다.

주생은 재빨리 달려 나와 먼저 배도 집에 도착하였다. 이불을 덮고 거짓으로 자는 체하며 우레같이 코를 골았다. 배도가 뒤따라 도착하여 주생이 누워 자는 것을 보고 손으로 부축하여 일으키며 말하였다.

"낭군께서는 무슨 꿈을 꾸고 계십니까?"

주생이 응답으로 시를 읊었다.

夢入瑤臺彩雲裡　꿈에 오색구름 속 요대(瑤臺)[34]에 들어가
九華帳裏見仙娥　구화장(九華帳)[35] 속 선아(仙娥)를 만났노라

배도가 기뻐하지 않으며 따졌다.

"선아라 이른 것은 누구입니까?"

주생이 대답할 말이 없어 바로 이어 읊었다.

覺來却喜仙娥在　꿈 깨니 기쁘구나, 선아가 옆에 있네
奈此滿堂花月何　이 집에 가득한 꽃과 달을 어찌하리오

이에 배도의 등을 어루만지며 말하였다.

"그대가〈9〉나의 선아가 아니겠는가?"

---

34) 요대(瑤臺) : 서왕모(西王母)가 산다는 요지(瑤池)에 있는 누대(樓臺).
35) 구화장(九華帳) : 여러 가지 꽃무늬를 수놓은 아름다운 휘장.

배도가 웃으며 말하였다.

"그렇다면 낭군은 저의 선랑(仙郎)이 아니겠어요?"

이때부터 서로 선랑·선아라고 불렀다. 주생이 늦게 온 이유를 묻자 배도가 말하였다.

"연회가 끝난 후 부인이 다른 기녀들은 모두 돌아가게 했는데 유독 저만 딸 선화(仙花)의 방에 머물게 하고 다시 작은 술자리를 베풀었어요. 이 때문에 조금 늦었지요."

주생이 자세히 묻자 말하였다.

"선화의 자는 방경(芳卿)이요, 나이는 이제 15세입니다. 자태가 우아하고 수려하여 거의 속세의 사람이 아닌 것 같지요. 또 사곡(詞曲)[36]을 잘하며 자수에 솜씨가 있어 천한 제가 감히 바라볼 사람이 아닙니다. 어제 「풍입송(風入松)」[37]의 가사를 새로 지어 연주하고 싶어 했는데 제가 음률을 알기에 머물러 곡을 연주케 했습니다."

주생이 말하였다.

"그 가사를 들을 수 있는가?"

배도가 낭랑히 한 편을 읊었다.

玉窓花暖日遲遲　　　꽃 핀 옥창에 따스한 봄날 더딘데
院靜簾垂　　　　　　담 안 고요히 주렴 드리워있네
沙頭彩鴨倚斜照　　　모랫가 청둥오리에 지는 햇빛 비추니
羨一雙對浴春池　　　봄날 연못에서 목욕하는 한 쌍 부러워하네
柳外輕烟漠漠　　　　버드나무 숲 밖엔 안개가 가벼이 어려 있고
烟中細柳絲絲　　　　안개 속 가는 버들은 가닥가닥 늘어져 있네

---

36) 사곡(詞曲) : 사(詞)와 악곡(樂曲). 가사에 곡을 붙인 고악부와는 달리 악보에 가사를 맞춘 것으로서 음악적 요소를 중시한다.

37) 풍입송(風入松) : 악부(樂府)의 제목.

美人睡起倚欄時　미인이 잠에서 깨어 난간에 기댈 때
翠臉愁眉　　　　비취빛 뺨, 근심 어린 눈썹
鶯雛細語鶯聲老　제비 새끼는 재잘대고 꾀꼬리 소리는 시끄럽네
恨韶華夢裡都衰　젊은 시절이 꿈속에서 모두 쇠하였음을 한하며
却把瑤琴輕弄　　옥으로 꾸민 거문고 잡고 가볍게 타지만
曲中幽怨誰知　　곡 가운데 그윽한 원망은 누가 알겠는가

한 구절을 욀 때마다 주생은 속으로 그 빼어남을 칭찬하였다. 배도에
게 말하였다.

"이 가사는⟨10⟩규방의 봄날의 시름을 곡진하게 표현하여 소약란(蘇若
蘭)38)의 비단 짜던 손이 아니면 쉽게 이르지 못할 정도요. 비록 그러하나
꽃을 새기고 옥을 깎는 듯한 선아의 재주에는 미치지 못하도다."

주생이 선화(仙花)를 본 후로는 배도를 향한 정이 옅어져 술잔을 주고
받을 때에도 억지로 웃으며 기뻐할 뿐 마음속에는 오직 선화에 대한
생각뿐이었다.

하루는 부인(夫人)이 아들 국영(國英)을 불러 명하였다.

"네 나이가 열두 살인데 아직 학업에 나아가지 않고 있으니 훗날 성
인이 되어 어찌 자립하겠느냐? 듣자하니 배도의 남편인 주생이 글을
잘하는 선비라 하니 네가 가서 배우기를 청하는 것이 좋겠다."

부인의 가법(家法)은 매우 엄하므로 국영이 감히 명을 어기지 못하고
그날 곧바로 책을 끼고 주생에게 갔다. 주생은 남몰래 마음속으로 기뻐
하며 '일이 되어가는구나.' 생각하고는, 두세 번 겸손히 사양하다가 국
영을 가르치기로 하였다.

---

38) 소약란(蘇若蘭) : 동진(東晉) 때 두도(竇滔)의 아내. 이름은 혜(蕙)이며 글을 잘 지었다.
　　남편 두도가 부견(苻堅) 때 진주 자사(秦州刺史)로 있다가 사막으로 유배를 당하자, 소약란
　　이 남편을 그리워하며 회문선도시(廻文旋圖詩)를 비단으로 짜서 보냈는데, 글이 처완(悽
　　悗)하였다고 한다. 『진서晉書』 권96 「두도처소씨(竇滔妻蘇氏)」.

어느 날 배도가 집에 없는 때를 기다려 조용히 국영에게 말하였다.

"네가 오가며 배우느라 매우 고생이 많구나. 만약 너의 집에 별채가 있어 내가 너의 집으로 옮기면 왕래하는 수고가 없을 것이고 나는 가르치는 데 전념할 수 있을 것이다."

국영이 절을 하고 감사하며 말하였다.

"감히 청하지 못했지만 진실로 바라는 바입니다."

돌아와 부인께 아뢰어 그 날 바로 주생을 맞아들였다. 배도가 밖에서 돌아와 크게 놀라며 말하였다.

"선랑께서 필경 사심이 있으신 거로군요? 어찌하여 저를 버리고 다른 곳으로 가십니까?"

주생이 말하였다.

"들으니, 승상의 집에 장서가 삼만 권인데 부인이 선공(先公)의〈11〉 유물이라 하여 함부로 내고들이지 않으려 한다 하오. 내가 세간에서 보지 못했던 책들을 가서 보려 하는 것뿐이오."

배도가 말하였다.

"낭군께서 학업에 힘쓰시는 것은 첩의 복입니다."

생이 승상의 집으로 옮겨 가 머물렀는데 낮이면 국영과 함께 지내고 밤에는 문이 굳게 잠겨서 어떻게 해 볼 도리가 없었다. 열흘이나 전전긍긍하다가 혼자 말하였다.

"처음에 내가 여기 오기는 본래 선화를 취해 보자는 것이었다. 이제 꽃다운 봄이 벌써 끝나 가는데 기이한 만남은 이루어지지 않는구나. 황하가 맑아지기를 기다리자니 사람 목숨이 그 얼마인가.39) 어둔 밤에 불쑥 찾아가는 게 차라리 낫겠다. 일이 되면 경사요, 안 되면 삶아 죽임

---

39) 황하가 맑아지기를~그 얼마인가 : 바라는 일이 실현 불가능하거나 이루어지기 어려움을 비유함. 『좌전(左傳)』 양공(襄公) 8년 기사에 "주나라 시에, '황하가 맑아지길 기다리자면 인간 수명이 얼마런가'라고 하였다.[周詩有之曰: 俟河之淸, 人壽幾何.]"라는 구절이 있다.

을 당하면 그만이지."

달빛이 없는 이날 밤 생이 담장을 넘기를 몇 차례나 하여 비로소 선화의
방에 이르렀다. 구불구불한 복도와 난간에 주렴과 장막이 겹겹이 드리워
있었다. 생이 오랫동안 살펴보았더니 아무 인적이 없고, 다만 선화가
촛불을 밝히고 악곡을 타는 모습만 보였다. 생이 난간에 웅크리고 그
소리를 들었다. 선화가 악곡을 연주하고 나서 작은 소리로 소약란(蘇若蘭)
의 〈하신낭(賀新娘)〉 사곡(詞曲)을 읊었다.

> 簾外誰來堆繡戶　주렴 밖에 누가 와서 비단 창 흔드나
> 枉教人斷夢瑤臺　그릇되이 요대 꿈을 깨게 하더니
> 又却是風敲竹　아아, 바람이 대나무 두드림인가

생이 주렴 아래로 나아가 살며시 읊었다.

> 莫言風敲竹　바람이 대나무 두드린다 말하지 마오
> 眞箇玉人來　정말 아름다운 사람이 온 것이라오

선화는 못 들은 양 촛불을 끄고 잠자리에 들었다. 주생은 안으로 들어
가 선화와 동침을 하였다. 선화는 나이가 어리고 몸이 약한데다 정사(情
事)를 겪어 본 적도 없었는데, 옅은 구름이 끼고 촉촉한 비가 내리듯
버들 같은 자태와 꽃다운 교태로 향기롭게 흐느끼고 부드럽게 속삭이며,
살짝 미소 짓기도 하고 가볍게 찡그리기도 하였다. 생은 벌이 꿀을 탐하
고 나비가 꽃을 사랑하듯이〈12〉정신이 미혹되고 마음이 녹아 새벽이
가까워온 것도 깨닫지 못했다. 문득 난간 앞의 꽃가지에서 꾀꼬리가 날
아다니며 맑게 지저귀는 소리가 들렸다. 생이 놀라 일어나 방문을 열고
나오니 연못 곁의 별채는 조용하고 새벽안개가 어슴푸레하였다. 선화가
생을 보내려고 문을 나섰다가 갑자기 문을 닫고 들어가며 말했다.

"차후로는 다시 오지 마십시오. 이 은밀한 일이 한 번 새 나가면 생사
가 염려스럽습니다."

생이 가슴이 막히고 목이 메어 급히 다가가 말하였다.

"겨우 좋은 인연을 이루었는데, 어찌하여 이처럼 야박하게 대하오?"

선화가 웃으며 말했다.

"앞 말은 농담입니다. 그대는 노여워 마시고 밤을 기약하세요."

생이 "좋소, 좋소." 소리를 거듭하며 갔다. 선화가 방에 돌아와 〈초여
름 새벽 꾀꼬리 소리를 듣다(早夏聞曉鶯)〉라는 절구 한 수를 지어 창
위에 썼다.

漠漠輕烟雨後天　　비 갠 하늘에 옅은 안개 아득히 피어오르니
綠楊如畵草如筵　　푸른 버들은 그림 같고 풀은 돗자리 같네
春愁不共春歸去　　봄날 시름은 봄과 함께 돌아가지 않고
又逐曉鶯來枕邊　　다시금 새벽 꾀꼬리 따라 베갯머리로 오네

그날 밤 생이 또 갔는데 문득 담장 아래 나무 그늘 속에서 스윽스윽
신발 끄는 소리가 났다. 주생이 다른 사람에게 발각된 것이 아닌가 두
려워 곧바로 돌아서 달아나려 하는데, 신발 소리를 낸 자가 푸른 매실
을 던져서 생의 등을 정확히 맞췄다. 생이 낭패롭게도 달아날 곳이 없
어 대숲 속에 납작 엎드리자 신발 소리를 낸 자가 낮은 소리로 말했다.

"장랑(張郎)은 두려워 마세요. 앵앵(鶯鶯)40)이 여기 있습니다."

생이 비로소 선화에게 속은 것을 알고 바로 일어나 선화의 허리를
끌어안으며 말했다.

"어찌 사람을 이렇게 속일 수가 있소?"

---

40) 장랑(張郎), 앵앵(鶯鶯) : 〈회진기(會眞記)〉(일명 '앵앵전(鶯鶯傳)')에 나오는 남녀 주인
　공. 이 작품을 연극으로 만든 〈서상기(西廂記)〉의 주인공들 이름도 장랑과 앵앵이다.

선화가 웃으며 말했다.

"어찌 감히 낭군을 속이겠습니까? 낭군 스스로 겁먹은 것뿐이지요."

생이 말했다.

"향을 훔치고 옥을 도적질하였으니[41]⟨13⟩어찌 겁이 나지 않겠소?"

곧 생이 선화의 손을 잡고 방으로 들어갔다. 생이 창 위의 시를 보고 마지막 구절을 가리키며 말했다.

"아름다운 그대가 무슨 근심이 있어서 이 같은 말을 한 것이오?"

선화가 근심스레 말했다.

"여자의 한 몸은 근심과 더불어 일생을 보냅니다. 임을 만나기 전에는 서로 만나기를 원하고, 서로 만나면 헤어질까 두려워하지요. 여자의 몸이 어디에 간들 근심이 없겠습니까마는 더욱이 낭군은 박달나무를 부러뜨렸다[折檀][42]는 기롱을 범하였고, 첩은 길가 이슬[行露]을 범했다[43]는 욕을 받겠지요. 불행히도 어느 날 우리의 애정행각이 드러난다면 친척들에게 용납되지 못할 것이요, 마을 사람들에게 천대를 받을 것이니, 비록 낭군과 손을 맞잡고 해로하려 한들 어찌 이룰 수 있겠어요? 오늘 우리의 일은 구름 속의 달이요 잎 속의 꽃과 같습니다. 비록 한때의 즐거움을 얻었으나 오래 가지는 못할 것이니 어쩌겠습니까?"

말을 마치고 눈물을 흘리며 한스러움을 자못 감당하지 못해 하였다. 이에 생이 눈물을 닦아 주며 위로하였다.

---

41) 향을 훔치고 옥을 도적질하였으니 : 남녀가 사사로이 정을 통함을 이름. 진(晉)나라 가충(賈充)의 딸이 아버지의 귀한 향을 훔쳐서 미남인 한수(韓壽)에게 주고 정을 통한 고사와, 서한(西漢)의 사마상여(司馬相如)가 부자 탁왕손(卓王孫)의 딸이자 과부인 탁문군(卓文君)의 마음을 흔들어 같이 도망하여 살았다는 이야기에서 유래한다.

42) 박달나무를 부러뜨렸다[折檀] : 『시경(詩經)』「정풍(鄭風)」〈장중자(將仲子)〉에 나오는 말. 남의 집 담장을 넘어가 처녀의 정조를 빼앗는다는 뜻.

43) 길가 이슬[行露]을 범했다 : '길가 이슬[行露]'은 『시경』「소남(召南)」〈행로(行露)〉에 나오는 말. 이 시는 여자가 절조를 지키는 것을 노래한 것이다. '길가 이슬을 범했다'는 것은 이른 새벽이나 밤늦게 남몰래 남자와 만나느라 옷에 이슬이 묻었다는 것을 뜻한다.

"장부가 어찌 한 여자를 거두지 못하겠소? 내 마땅히 중매를 통해 혼약을 맺어서 예로 당신을 맞을 테니, 근심하지 마시오."

선화가 눈물을 거두고 사례하였다.

"낭군의 말씀과 같다면, 복숭아나무 어여삐 활짝 피었다[桃天灼灼]44) 했으니 가정을 화목하게 하는 덕이 부족하더라도 마름 따기를 수북이 하여[采蘋祈祈]45) 제사를 받드는 정성을 다하겠습니다."

선화가 화장대에서 조그만 손거울을 꺼내 두 조각으로 나누어서 하나는 자신이 지니고 하나는 주생에게 주면서 말했다.

"동방(洞房)의 화촉(華燭)을 밝히는46) 밤까지 지니고 기다리다가 다시 합쳐야 하겠습니다."

선화가 또 비단 부채를 생에게 주며 말했다.

"이 두 가지 물건이 비록 보잘것없으나 족히 제 마음을 드러낸 것입니다. 바라노니 난새를 탄47) 소녀를 생각하시어 가을바람을 원망치48) 않도록 해 주십시오. 〈14〉또 제가 비록 항아(姮娥)49)의 모습을 잃더라

---

44) 복숭아나무 어여삐 활짝 피었다[桃天灼灼] : 『시경』 「주남(周南)」 〈도요(桃天)〉 "복숭아나무의 어여쁨이여, 꽃이 활짝 피었네. 이 아가씨의 시집감이여, 그 가정을 화순하게 하리로다.[桃之夭夭, 灼灼其華, 之子于歸, 宜其室家]"에서 온 말이다.

45) 마름 따기를 수북이 하여[采蘋祈祈] : 『시경』 「빈풍(豳風)」 〈칠월(七月)〉 등에 나오는 구절. 마름을 딴다는 것이 제사를 지내기 위함이라는 것은 『시경』 「소남(召南)」 〈채빈(采蘋)〉에 나온다.

46) 동방(洞房)의 화촉(華燭)을 밝히는 : 부인 방의 아름다운 촛불. 신랑이 신부 방에서 첫날밤을 지내는 일을 말한다.

47) 난새를 탄 : 좋은 짝을 만남, 혹은 신선이 됨을 비유함. 춘추시대 진(秦)나라에 퉁소를 잘 부는 소사(蕭史)라는 이가 있었다. 목공(穆公)의 딸 농옥(弄玉)이 그를 흠모하여, 목공이 마침내 딸을 그에게 시집보냈다. 소사가 농옥에게 퉁소를 가르쳐 봉의 울음소리를 내게 하였더니, 후에 봉황이 그 집에 날아와 앉았다. 그러던 어느 날 부부가 함께 봉황을 타고 하늘로 올라갔다.

48) 가을바람을 원망치 : 원문은 "秋風之怨"으로 '추풍선(秋風扇)'에서 온 말이다. '추풍선'은 가을 부채, 즉 쓸모없는 물건이라는 뜻으로, 흔히 버림받은 여자를 비유한다.

49) 상아(姮娥) : 달 속에 있다는 선녀.

도 밝은 달의 광채를 어여삐 여기셔야만 합니다."

이때부터 둘은 어두우면 만나고 밝으면 헤어지기를 하루도 거르지 않았다.

어느 날 생은 자기 생각에 배도를 오랫동안 보지 않아 그녀가 낌새를 챌까봐 걱정되었다. 그리하여 배도의 집으로 가서는 그날 돌아오지 않았다. 선화가 밤에 생의 거처로 가서 생의 주머니를 몰래 열어보고는 배도가 생에게 준 사(詞) 몇 편을 보았다. 선화는 노여움과 질투를 이기지 못해 책상 위에 있는 붓과 먹으로 새까맣게 칠해 버렸다. 그리고 스스로 〈한아창(恨兒唱)〉[50]이라는 노래 한 수를 지어 푸른 비단에 써서 주머니 속에 던져 놓고 나왔다. 노래는 이러했다.

窓外疏螢滅復流	창밖에 성근 반딧불 사라졌다 흐르고
斜月在高樓	빗긴 달은 높은 다락에 걸렸네
一階竹韻	섬돌 스치는 댓잎 소리
滿簾梧影	주렴 가득 오동나무 그림자
夜靜人愁	밤은 적막하여 수심에 찼네
此時蕩子無消息	이 시간에 탕자는 소식이 없으니
何處得閑游	어디서 한가롭게 노니는가
也應不戀	응당 나를 생각지 않으리니
離情脉脉	이별의 정이 끊이지 않아
坐數更籌	앉아서 시간만 세고 또 세네

다음 날 주생이 돌아왔다. 선화는 투기와 원망의 빛을 띠지 않았고, 또 주머니를 열어본 일도 말하지 않았다. 이는 생이 스스로 부끄러움을

---

50) 한아창(恨兒唱) : 한탄하는 이의 노래라는 뜻의 악부 제목.

느끼게 하려는 것이었으나 생은 별다른 생각 없이 태연했다.

　하루는 부인이 잔치를 열어 배도를 불렀다. 그리고 주랑(周郞)의 학문과 덕행을 칭찬하고 또 부지런히 자식을 가르쳐 준 것에 감사하면서 생에게 그 지극한 마음을 전해 달라고 하였다. 생은 이날 밤 술을 마시고 곤하여 정신을 차리지 못하였다. 배도는 홀로 앉아 잠을 이루지 못하고 있다가 우연히 생의 주머니를 열어보았다. 그리고 자기가 준 사(詞)가 까맣게 먹칠 된 것을 보고 자못 의심이 들었다.〈15〉그런데 또 〈한아창(恨兒唱)〉 사(詞)를 발견하고는 선화가 한 짓임을 알게 되었다. 배도가 이에 몹시 화가 나서 그 사를 꺼내어 소매 속에 넣고 주머니 입구는 예전처럼 매어 두었다. 그리고 앉아서 아침이 되기를 기다렸다. 생이 술에서 깨어나자 배도가 찬찬히 물었다.

　"낭군이 이곳에 있은 지가 오래되었는데 돌아오시지 않는 건 어째서입니까?"

　주생이 말했다.

　"국영이 아직 학업을 다 마치지 못했기 때문이오."

　배도가 말했다.

　"첩실의 동생을 가르치니 온 힘을 쏟지 않을 수 없겠죠."

　생이 부끄러움으로 고개를 돌리며 벌개져서 말했다.

　"이것이 무슨 말이오?"

　배도가 한참 말을 않으니 생이 당황하여 어찌할 줄을 모르고 방바닥만 내려다보고 있었다. 배도가 이윽고 선화가 쓴 시를 꺼내어 생의 앞에다 던지며 말했다.

　"담을 넘어 상종하고 구멍을 뚫어 엿보는 짓51)이 어찌 군자가 할 짓

---

51) 담을 넘어 상종하고 구멍을 뚫어 엿보는 짓 : 『맹자(孟子)』「등문공(滕文公) 하(下)」 "부모의 명과 중매인의 말을 기다리지 않고 구멍을 뚫어 엿보고 담을 넘어 상종한다면 부모와 나라 사람들이 모두 천하게 여길 것이다.[不待父母之命·媒妁之言, 鑽穴相窺, 踰墻相從,

입니까? 제가 부인께 고하렵니다."

배도가 곧바로 몸을 일으키자 생이 황망히 그녀의 허리를 끌어안고 사실대로 고하였다. 그리고 머리를 조아려 애걸하며 말했다.

"선아와 나는 영원한 꽃다운 약속을 맺었는데 어찌 차마 나를 사지(死地)로 몰아넣으려 하오?"

배도가 마음을 돌려 말했다.

"낭군께선 바로 첩과 함께 돌아가심이 마땅합니다. 그렇게 하지 않는다면 낭군께서 약속을 저버리는 것이니 첩인들 어찌 맹세를 지킬 수 있겠습니까?"

생이 부득이 다른 핑계를 대고 다시 배도의 집으로 돌아왔다. 배도가 생과 선화의 일을 알게 된 뒤로부터 다시는 생을 선랑(仙郎)이라고 부르지 않았으니 마음이 못마땅했기 때문이다. 생이 오로지 선화를 생각하느라 날이 갈수록 초췌해지더니 병을 핑계대고 자리에서 일어나지 않은 것이 이십여 일이나 되었다.

그러다가 별안간 국영이 병으로 죽게 되었다. 생이 제물을 갖추고 가서〈16〉국영의 관 앞에서 제사를 지냈다. 선화 또한 생 때문에 병이 들어서 움직이려면 타인의 도움을 받아야 했다. 그러다 생이 왔다는 말을 듣고 억지로 자리에서 일어나 엷게 화장을 하고 소복차림으로 홀로 발 안쪽에 서 있었다. 생이 제사를 마치고 멀리 선화를 보고 눈짓으로 정을 보내고 나가다가 다시 돌아보았을 때에는 이미 선화의 모습은 묘연히 보이지 않았다.

몇 개월 후 배도도 병이 들어 일어나지 못했다. 죽음에 임박하여 생의 무릎을 베고 눈물을 머금으며 말했다.

"저는 순무나 무[葑菲]52)의 몸으로 송백(松柏)의 그늘에 의지하였는

則父母國人皆賤之.]"에서 온 말.

52) 순무나 무[葑菲] : 보잘 것 없는 사람을 비유하는 말. 『시경』「패풍(邶風)」〈곡풍(谷風)〉

데, 어찌 꽃다운 맹세가 다하기도 전에 두견새가 먼저 울 줄[53] 알았겠습니까? 이제 곧 낭군과는 영원히 이별하게 되었습니다. 비단옷과 음악도 이제 끝이 났으며 오랜 인연 또한 이미 어그러졌습니다. 다만 원하는 바는 제가 죽은 뒤 낭군께서는 선화를 배필로 맞이하고 나의 유골을 낭군께서 왕래하시는 길옆에 묻어주세요. 그러면 비록 죽었을지라도 생시와 다름이 없을 것입니다."

말을 마치고 기절했다가 한참 후에 깨어나 다시 눈을 뜨고 생을 보며 말했다.

"주랑이여! 주랑이여! 부디 몸 보중하세요."

이 말을 몇 번이나 되뇌더니 죽어버렸다. 생은 크게 통곡하고 호숫가 큰 길 옆에 장사지내고 소원대로 해주었다. 이어 제문을 지어 말했다.

유세차(維歲次) 모년 모월 모일, 매천거사(梅川居士, 주생의 호)는 초황(蕉黃)과 여단(荔丹)[54]으로 배낭 영령(英靈)께 제사를 올립니다.

아! 영령이시여, 꽃처럼 아름다운 정신이요 달처럼 유연한 자태러라. 〈17〉춤은 장대지류(章臺之柳)[55]를 배워 바람에 나부끼는 푸른 비단 같았고, 미모는 골짜기에서 핀 난초를 압도하니 이슬에

"순무를 캐고 무를 캐는 것은 뿌리 때문만은 아니라네.[采葑采菲, 無以下體.]"에서 온 말이다.

53) 두견새가 먼저 울 줄 : 굴원(屈原)의 〈이소(離騷)〉 "두견새가 먼저 울까 걱정이네, 온갖 풀이 향기롭지 못하게 될 테니까.[恐鵜鴂之先鳴兮, 使夫百草爲之不芳.]"라는 구절에서 나온 말. 제계(鵜鴂)는 두견새라고도 하고 때까치라고도 하는데, 이 새가 춘분에 앞서 미리 울면 초목이 시든다는 속설이 있다.

54) 초황(蕉黃)과 여단(荔丹) : 초황은 바나나, 여단은 붉은 과일. 당나라 한유(韓愈)가 유종원(柳宗元)을 위해 지은 〈유주나지묘비(柳州羅池墓碑)〉의 "빨간 여단과 노란 바나나를, 여러 안주와 채소와 함께 후(侯)의 사당에 올리노라.[荔子丹兮蕉黃, 雜肴蔬兮進侯堂.]"에서 나온 말이다.

55) 장대지류(章臺之柳) : 장대에 심은 버들이라는 뜻으로, 기생을 비유적으로 이르는 말. 장대는 중국 장안(長安)에 있던 누대(樓臺)인데 번화가 또는 술집거리를 가리킨다.

젖은 붉은 꽃이었습니다. 회문(回文)56)은 소약란(蘇若蘭)이 독
점하지 못하고, 미모 또한 가운화(賈雲華)57)가 이름을 다투기
어려울 것입니다. 이름을 비록 기적(妓籍)에 올라있지만 뜻은 언
제나 정절에 두고 있었습니다.

저는 호탕한 정이 바람 속의 버들개지와 같고 물 위에 부평초와
같이 외롭게 다니다가, 말향의 새삼을 캐어58) 주어서 좋은 인연
맺고, 동문의 버드나무59) 저버리지 않아 잊지 않고 부합하였습니
다. 달빛이 환하게 비출 때 구름 낀 창가의 밤은 고요했고, 꽃다운
약속을 할 때 화원의 봄은 맑았습니다. 좋은 술을 마시며 여러
곡조의 생황을 연주했는데 어찌 시간이 흘러서 즐거움이 다하여
슬픔이 일어날 줄 알았겠습니까?

푸른 빛 이불이 따뜻해지기도 전에 원앙의 꿈이 먼저 깨어지니
즐거운 마음이 구름처럼 사라지고 은혜로운 정이 비처럼 흩어졌습
니다. 눈을 드니 비단 치마는 빛이 바랬고 귀를 대니 패옥(佩玉)
소리도 사라졌습니다. 한 자 노호(魯縞)엔 아직 향기가 남아 있는
데, 붉은 거문고와 푸른 옷은 그대의 은상(銀床)에 뎅그러니 놓여
있고, 남교(藍橋)60)의 옛 집은 홍낭(紅娘)61)에게 맡겨졌습니다.

56) 회문(回文) : 처음부터 읽으나 끝에서부터 읽으나 뜻이 통하는 시. 소약란(蘇若蘭)이 유배
간 남편을 그리워하며 회문선도시(廻文旋圖詩)를 비단으로 짜서 보냈다.

57) 가운화(賈雲華) : 『전등여화(剪燈餘話)』에 있는 〈가운화환혼기(賈雲華還魂記)〉의 여주
인공. 그녀의 외모에 대해, "안색은 복사꽃이 물에 비친 듯하고, 자태는 구름이 새벽 해를
맞는 듯하다. 손가락은 가늘게 옥을 깎아놓은 듯하고, 귀밑머리는 하늘거리는 실을 묶은
듯하다.[語顔色則若桃花之映春水; 論態度則若流雲之迎曉日. 十指削纖纖之玉, 雙鬢綰嫋
嫋之絲.]"라고 표현하였다.

58) 말향의 새삼을 캐어 : 『시경』「용풍(鄘風)」〈상중(桑中)〉 "이에 새삼을 캐기를, 말향에서
하도다.[爰采唐矣, 沬之鄉矣.]"에서 나온 말이다. 이 시는 남녀가 인연을 맺음을 노래한
것이다. '沬'은 '沫'라고도 한다.

59) 동문의 버드나무 : 『시경』「진풍(陳風)」〈동문지양(東門之楊)〉. 이 시는 남녀가 만나기로
약속하였는데 약속을 저버리고 이르지 않음을 노래한 것이다.

60) 남교(藍橋) : 배도가 살았던 곳을 비유적으로 이르는 말. 당나라 때 배항(裵航)이 같은
배를 탄 미녀 운교부인(雲翹夫人)에게 애정을 호소하였는데, 자기는 이미 결혼한 몸이니

아! 가인(佳人)은 얻기 어렵고 덕음(德音)[62]은 잊을 수 없도다. 옥 같은 자태와 꽃 같은 얼굴이 눈에 완연하네. 하늘과 땅은 길고 오래니 나의 한(恨)은 망망하도다. 타향에서 짝을 잃었으니 누구를 의지하리요? 옛날과 같이 배를 타고 다시 오던 길을 나아가리니, 호수와 바다는 넓고 하늘과 땅은 우뚝 솟아있으며 만 리 길을 돛단배를 타고 간들 누구에게 의지하리요? 훗날 한번 보려 해도 드넓어서〈18〉기약하기 어렵도다. 산에는 구름이 돌아오고 강에는 물결이 돌아오는데, 임께서 가신 뒤 어찌 이리 적막한가? 술로 제사를 지내고 글로 내 마음을 펴노라. 바람을 맞으며 제사를 지내니 꽃다운 혼은 받으시오. 상향(尙饗).

제사를 마친 뒤 여종들과 이별하며 말했다.

"너희들은 집을 잘 지키고 있거라. 내가 뒷날 뜻을 이루면 반드시 너희들을 거두리라."

이에 계집종이 울면서 말했다.

"저희는 주인 낭자를 어머니처럼 받들었으며, 주인 낭자는 저희를 자식처럼 보았습니다. 저희들의 팔자가 기박하여 주인 낭자께서 일찍 돌아 가셨으니, 다만 이 마음을 믿고 위로해 주실 분은 오로지 낭군뿐이십니다. 이제 낭군께서도 떠나신다니 저희는 누구를 의지해야 합니까?"

곡소리가 그치지 않자 생은 재삼 위로하고 눈물을 뿌리며 배에 올랐으나 차마 노를 저어 떠나갈 수가 없었다.

그날 밤 수홍교(垂虹橋) 아래에서 자면서 선화의 집을 바라보니 은 촛불이 마을 사이에서 깜박였다. 생은 아름다운 만남이 이미 끝났다고

동생 운영(雲英)을 남교(藍橋)에서 만나라는 그녀의 시를 얻고 그곳에 가 운영을 만나 선경(仙境)으로 들어갔다는, 당나라 배형(裴鉶)이 지은 『전기(傳奇)』〈배항(裴航)〉에서 나온 말이다.

61) 홍낭(紅娘) : 시비 이름인 듯하다.

62) 덕음(德音) : 목소리를 높여 이르는 말.

생각하며 다시 볼 인연이 없음을 탄식하고 입으로 〈장상사(長相思)〉[63] 한 곡을 읊었다.

花滿烟柳滿烟　　꽃에도 안개 자욱하고 버들에도 안개 가득
暗信初憑春色傳　은밀한 소식 봄빛이 전해주리라 여겼더니
綠窓深處眼　　　녹창에서 깊이 잠 드셨네
好因緣是惡因緣　좋은 인연이 곧 나쁜 인연이라
曉院銀釭己悃然　새벽 정원에 은 촛불만 아련하고
歸帆雲樹邊　　　구름 낀 물가로 배가 다시 돌아가네

생은 새벽이 이르도록 깊이 생각했다. 떠나려니 선화와 영원히 이별할 것 같고, 머물자니 배도와 국영이 이미 죽었기 때문에 의탁할 곳이 없었다. 백번 생각해 보아도 방법이 떠오르지 않았다. 날이 밝으매 어쩔 수 없이 노를 저어 나아가니〈19〉선화의 집과 배도의 무덤이 눈에서 점점 멀어졌다. 산을 돌아 강물에 굽어 흘러가더니 어느덧 멀어졌다.

생의 어머니 친척인 장노인(張老人)은 호주(湖州)[64]의 갑부이며 평소에 친척들과 화목하게 지냈다. 생이 의탁하러 가보니, 장노인이 후히 대접해 주었다. 생은 몸이 비록 편안했지만 선화를 그리워하는 생각이 갈수록 깊어졌다. 이렇듯 선화 생각으로 잠을 이루지 못하는 사이에 벌써 봄이 돌아왔다. 때는 만력(萬曆)[65] 20년 임진년(1592)이었다. 장노인은 생의 초췌한 용모를 보고 괴이하게 여겨 물었다. 생은 감히 숨기지 못하고 사실대로 아뢰었다. 장노인이 말했다.

"너에게 그런 마음이 있었다면 왜 일찍 말하지 않았느냐? 내 처는

---

63) 장상사(長相思) : 오랜 세월이 지나도 그리워한다는 뜻의 악부 제목.

64) 호주(湖州) : 중국 절강성(浙江省) 북부, 태호(太湖) 남쪽 기슭에 있는 도시. 오흥(吳興)이라고도 한다. 강남에서 제일 먼저 개발된 삼오(三吳: 吳興·吳江·吳縣) 지방의 중심으로, 쌀·양잠(養蠶)·호필(湖筆)로 유명하다.

65) 만력(萬曆) : 명나라 신종(神宗)의 연호. 1573~1615년.

노승상(盧丞相)과 더불어 대대로 혼인을 했던 집안이다. 내 마땅히 너를 위해 혼사를 시도해 보겠다."

다음 날 장노인은 아내에게 편지를 쓰게 하고 하인을 전당(錢塘)에 보내어 왕사지친(王謝之親)66)을 의논했다.

선화는 생과 이별한 뒤 침상에서 기운 없이 지내더니 아름다운 얼굴이 초췌해졌다. 부인 또한 주랑 때문인 것을 알고 그 뜻을 이루어 주고 싶었지만 생이 이미 떠난 뒤라 어찌할 도리가 없었다. 그러던 차에 노씨의 편지를 받게 되니 온 집안이 놀라고 기뻐했다. 선화 또한 힘을 내어 침상에서 일어나 머리를 빗고 세수를 하니 예전의 모습과 같아졌다. 이에 9월에 결혼하기로 약속을 굳게 했다.

생은 매일 포구에 나가 하인이 돌아오기를 기다렸다. 채 10일이 못되어〈20〉하인이 돌아와 정혼한 사실을 전하고 또 선화의 편지를 생에게 주었다. 생이 편지를 열어보니 분 향기와 눈물 흔적이 있어 선화의 슬픔과 애환을 짐작할 수 있었다. 그 편지는 다음과 같다.

　　박명한 첩 선화는 머리 감고 몸을 깨끗이 하여 주랑께 글을 올립니다.
　　첩은 본래 약질로 깊은 규방에서 자라나 늘 청춘이 빨리 지나가는 것을 생각할 때마다 거울을 가리고 스스로 탄식했습니다. 비록 운우(雲雨)67)의 꽃다운 마음을 품었어도 사람을 대할 때면 부끄러워했습니다. 길 언덕의 버드나무를 보면 춘정(春情)이 일어났고, 나뭇가지 위에서 우는 꾀꼬리 소리를 들으면 새벽녘 그리움에 정

66) 왕사지친(王謝之親) : 혼인 관계를 일컫는 말. 왕사는 동진(東晉) 때의 귀족인 왕씨(王氏)와 사씨(謝氏)를 가리킨다.
67) 운우(雲雨) : 운우지정(雲雨之情). 초나라 회왕(懷王)이 꿈에 무산선녀(巫山仙女)를 만나 사랑을 나누었는데, 그 선녀가 떠나며 말하길, 아침에는 구름이 되고 저녁에는 비가 되겠다고 하였다. 이후 남녀의 사랑을 뜻하게 되었다. 전국시대 초나라 송옥(宋玉)의 〈고당부(高唐賦)〉.

신이 몽롱했습니다. 어느 날 아침, 호랑나비가 뜻을 전하고 선계
(仙界)의 새가 길을 인도해, 동녘에 달이 뜰 때 그대가 문간에 계셨
지요.68) 임께서 이미 담을 넘어 왔는데 제가 어찌 박달나무를 아끼
겠습니까?69) 현상(玄霜)70)을 다 찧고도 높은 옥경(玉京)71)에 오
르지 않고, 밝은 달이 중천에 떴을 때 마침내 함께 부부의 인연을
맺기로 깊게 맹세했던 것입니다.

그때 어찌 좋은 일은 항상 되기 어렵다고 생각이나 했겠습니까?
아름다운 기약은 막히기 쉬우니 마음으로 아끼고 몸소 애달파 합
니다. 님이 가신 뒤 봄이 다시 찾아왔지만 고기는 내 수척한 모습에
물속으로 숨고 빗줄기는 배꽃을 때리며 날이 저물 때 문을 닫고
온갖 상념으로 잠을 이루지 못했으니 님 생각에 이렇듯 수척하게
되었습니다. 비단 휘장이 적막하니 낮에도 적적하기만 하고, 은초
롱이 꺼져 있으니 밤은 어둡기만 합니다. 한번 스스로 몸을 그르쳐
백년의 정(情)을 품으니 지는 꽃이 뺨을 치고〈21〉조각달이 눈동
자에 어리었습니다. 삼혼(三魂)72)은 이미 흩어지고 여덟 날개73)

68) 동방에 달 뜰 때 그대가 문간에 계셨지요 : 『시경』「제풍(齊風)」〈동방지일(東方之日)〉
"동방의 달이여, 저 아름다운 이가 내 문간에 계시네.[東方之月兮, 彼姝者子, 在我闥兮.]"
에서 온 말이다.
69) 어찌 박달나무를 아끼겠습니까 : 『시경』「정풍(鄭風)」〈장중자(將仲子)〉에 "장중자여, 내
뜰을 넘어오지 마오, 내 박달나무를 꺾지 마오, 어찌 아껴서 그러겠소? 사람들의 말이 두려
운 것이라오.[將仲子兮, 無踰我園, 無折我樹檀. 豈敢愛之, 畏人之多言.]"라고 하였다.
70) 현상(玄霜) : 선가(仙家)에서 말하는 단약(丹藥)의 한 종류.
71) 옥경(玉京) : 옥황상제가 기거하는 곳. 현상을 찧고 옥경에 오르는 것은 당나라 전기 가운
데 배항(裵航)과 운영(雲英)의 이야기에 나온다.
72) 삼혼(三魂) : 사람의 몸 가운데에 있다는 세 가지 정혼(精魂), 즉 태광(台光)·상령(爽靈)
·유정(幽靜).
73) 팔익(八翼) : 진(晉)나라 도간(陶侃)이 젊었을 때 여덟 개의 날개가 몸에 돋아서 하늘로
날아올라간 꿈을 꾸었는데 하늘 대궐의 문이 아홉 겹이었다. 여덟 문은 날아서 지나갔으나
마지막 문에서 문지기가 지팡이로 때리자 날개가 부러져 땅에 떨어졌다 한다. 그는 40여
년 동안 장상(將相)의 자리에 있었는데 8주 도독(都督)으로 국가의 병권(兵權)을 휘어잡고
있을 때 왕이 되고 싶은 마음이 생겼지만 그때마다 날개가 부러졌던 꿈을 생각하면서 스스
로 억제하였다고 한다.

는 날 수 없게 되었지요. 이 같을 줄 일찍 알았다면 태어나지 않은 것만 못했을 것입니다.

이제 월로(月老)[74]가 소식을 전해와 혼인날[星期][75]을 기다리게 되었으나, 홀로 쓸쓸히 거처하는 동안 병이 깊이 들어 꽃 같던 얼굴엔 고운 빛이 없어지고 구름 같던 머리는 윤기가 없어졌으니 비록 낭군께서 저를 보더라도 전날의 은정(恩情)을 회복하지 못할 것입니다. 다만 두려운 것은 저의 작은 정을 드러내기 전에 갑자기 아침이슬처럼 저 세상의 길로 갈 듯하니, 사사로운 제 한은 끝이 없습니다. 아침에 낭군을 보고 속마음이나 한 번 하소연할 수 있다면 저녁에 어두운 방[幽房][76]에 갇히게 되더라도 원망이 없을 것입니다.

구름 낀 먼 산에 천 리를 떨어져 있으니 소식은 기대하기 어렵고, 목을 길게 빼고 바라보니 뼈는 부러지고 혼은 사라졌습니다. 호주(湖州) 땅은 궁벽한 곳에 있어 독한 기운[瘴氣][77]이 침입하기 쉬우니 힘써 몸을 아끼고 귀히 여기십시오. 천만 가지의 마음을 말로 다하지 못하고, 돌아가는 기러기[歸鴻]에게 부쳐 보냅니다.[78]

○월 ○일 선화 아룀.

주생이 다 읽고 나니 꿈에서 막 돌아온 듯하고 술이 바야흐로 깬 듯 한편으로는 슬프고 한편으로는 기뻤다. 9월을 손가락으로 꼽아보니 여전히 멀게 느껴져, 혼인 날짜를 바꾸려고 장노인에게 요청하여 다시

---

74) 월로(月老) : 월하노인(月下老人)으로, 부부의 인연을 맺어 준다는 사람.
75) 혼인날[星期] : 칠월 칠석에 견우성과 직녀성이 만난다는 이야기에서 온 말로, 혼인날을 말한다.
76) 어두운 방[幽房] : 무덤을 비유한 말.
77) 장기(瘴氣) : 축축하고 더운 땅에서 생기는 독한 기운.
78) 돌아가는 기러기[歸鴻]에게 부쳐 보냅니다 : 한 무제(漢武帝) 때 소무(蘇武)가 흉노(匈奴)에게 붙잡혀 갔다가 기러기 발에 편지를 묶어 한나라로 보냈다는 고사에서, 기러기가 소식을 전해주는 역할로 비유되었다. 그래서 편지를 안서(雁書)·안신(雁信)이라고도 한다.

하인을 보내기로 했다. 또 사적으로 선화의 편지에 답하는 글을 썼다.

방경(芳卿: 선화의 자)에게

삼생(三生)의 인연이 중하여 천 리 밖에서 편지가 오니 마음이 느꺼워 그대를 그리워함에〈22〉설레지 않을 수 있겠소? 옛날에 옥 같은 그대 집에 들어가 아름다운 수풀 사이로 갔을 때 춘심(春心)이 한 번 일어나자 운우지정(雲雨之情)을 금할 수 없었소. 꽃 사이에서 약속을 맺고 달 아래에서 인연을 이루었으니, 돌아보는 마음을 외람되이 받았고 믿음의 맹세가 아직도 귓가에 낭랑하오. 남은 생을 생각건대 깊은 은혜를 다 갚기 어려울 듯하오. 인간의 일을 조물이 시기하니 어찌 하룻밤의 이별이 끝내 해를 넘기는 슬픔이 될 줄 알았겠소? 서로 멀리 떨어지고 산천이 막혀 필마(匹馬)를 타고 하늘가에서 얼마나 슬퍼했던가. 기러기는 오나라 구름 속에서 부르짖고 원숭이는 초나라 산에서 우는데[79] 여관에서 홀로 잠을 자니 외로운 촛불은 쓸쓸하다오. 사람은 목석이 아니니 어찌 슬프지 않을 수 있겠소?

아, 방경이여! 이별의 슬픔을 그대는 알 것이오. 옛 사람이 이르기를 '하루라도 보지 못함이 삼 년 같다.'라고 했소. 이로 미루어 보면 한 달은 곧 90년이 되오. 만약 늦가을까지 기다렸다가 혼인을 하게 되면 황량한 산의 시든 풀 사이에서 나를 찾게 될 것이오. 마음도 다할 수 없고 말도 다할 수 없구려. 편지를 대하여 목이 메니 다시 무슨 말을 하겠소?

---

79) 기러기는 오나라~산에서 우는데 : 외로움을 표현하는 관용구. 『규창유고(葵窓遺稿)』 〈한강에 배를 띄우고(泛舟漢江)〉에 저자 이건(李健)의 숙부 인흥군(仁興君)의 원운(元韻)이 게재되어 있는데, "쓸쓸한 일엽편주, 자그만 바람 돛에, 기러기는 오나라 땅 구름에서 울고, 원숭이는 초나라 땅 물가에서 우네.[蕭蕭一葉舟, 渺渺片帆颺, 雁叫吳雲裡, 猿啼楚水頭.]" 라고 했다.

편지를 다 쓰고 나서 아직 부치지 않고 있는데, 이때 조선이 왜적의
침략을 받아 명나라에 급하게 구원병을 요청하였다. 황제는 조선이 지
성으로 명나라를 섬기기 때문에 돕지 않을 수 없었다. 또 조선이 패하
면 압록강 서쪽은 반드시 편안히 누워 잠잘 수 없게 되고, 하물며〈23〉
나라의 존망(存亡)은 왕이 된 자의 일이므로 특별히 제독(提督) 이여송
(李如松)에게 명하여 군사를 이끌고 가서 왜적을 토벌하게 하였다. 행인
사(行人司)80)의 행인(行人) 설번(薛藩)81)이 조선에서 돌아와 황제에게
아뢰었다.

"북방 사람들은 오랑캐를 잘 방어하고 남방 사람들은 왜적을 잘 방어
합니다. 이번 일은 남방의 군사가 아니면 할 수 없습니다."

이에 절강(浙江)과 호남(湖南)의 여러 고을에서 급하게 군사를 징발하
였다. 유격장군(遊擊將軍) 아무개는 평소에 주생의 이름을 잘 알고 있어
서 주생을 불러 서기 일을 맡겼다. 생이 사양했으나 뜻대로 되지 않았다.

생은 조선에 이르러 안주(安州)82)의 백상루(百祥樓)83)에 올라 고풍(古
風)의 칠언시를 지었다. 그 전편은 잃어버리고 오직 마지막 네 구만 기
억하니 다음과 같다.

愁來獨登江上樓   시름에 겨워 홀로 강가 누각에 오르니
樓外靑山多幾許   저 너머 푸른 산은 몇 겹이나 되는가
也能遮我望鄕眼   고향을 바라보는 내 눈은 막을지라도
不肯隔斷愁來路   시름이 오는 길은 막을 수 없구나

---

80) 행인사(行人司) : 외교를 담당하는 관청. '행인'은 외교관을 가리킨다.

81) 설번(薛藩) : 호는 앙병(仰屛). 광주부(廣州府) 순덕현(順德縣) 사람으로, 임진년 6월에
조칙(詔勅)을 받들고 의주(義州)에 온 적이 있다. 조칙은 '군사 10만 여 명을 보내 왜군을
토벌하는 것을 돕게 하니 협력하라'는 것이었다.

82) 안주(安州) : 평안남도 소재 지명.

83) 백상루(百祥樓) : 관서팔경(關西八景)의 하나로, 평안남도 안주(安州) 북쪽 성 안에 있는
누각. 이곳에서 바라보는 넓은 들과 청천강이 아름답다고 한다.

다음 해 계사년(1593) 봄에 명나라 군사가 왜적을 대파하고 경상도까지 추격했다. 주생이 선화 생각에 마침내 깊은 병이 들어 군대를 따라 남하(南下)하지 못하고 송도(松都)에 머물렀다. 내(권필)가 일 때문에 송도에 갔다가 객사에서 주생을 만났는데 말이 달라서 글로만 뜻을 통할 수 있었다. 내가 글을 안다고 하니 주생이 후하게 대접했다. 그에게 병든 이유를 묻자 슬픈 표정으로 대답하지 않았다. 이날 비가 와서 가지 못해**(24)**주생과 함께 등불을 켜고 밤새 이야기를 나누었다. 주생이 「답사행(踏沙行)」[84] 한 수를 지어 나에게 보여주었다. 그 사(詞)는 다음과 같다.

隻影無憑	외로운 그림자는 기댈 곳 없고
離懷難吐	이별 회한은 털어놓기 어려운데
歸魂暗暗連江樹	어둠 속 돌아가는 혼은 강가 나무에 닿았네
旅窓殘燈已驚心	객사 창가의 희미한 등불에 놀란 마음
可堪更聽黃昏雨	어찌 다시 황혼의 빗소리 들을 수 있겠나
閬苑雲徹	낭원(閬苑)[85]은 구름 속에 희미하고
瀛州海阻	영주(瀛州)[86]는 바다에 막혔으니
玉樓珠箔今何許	옥루(玉樓)의 주렴은 이제 어디쯤인가
孤蹤願作水上萍	원하노니, 외로운 자취는 물위 부평초 되어
一夜流向吳江去	하룻밤에 오강(吳江)[87]을 향하여 떠가기를.

내가 이 사(詞)의 뜻을 이상하게 여겨 계속 간절히 물으니 주생이 스스로 일의 시종(始終)을 위와 같이 이야기해 주었다. 또 주머니에서 한

84) 답사행(踏沙行) : 모래밭을 걷는다는 뜻의 악부 제목.
85) 낭원(閬苑) : 신선이 산다는 곳.
86) 영주(瀛州) : 영주산(瀛州山). 신선이 산다는 곳. 앞 '낭원'과 영주는 모두 선화가 있는 곳을 가리킨다.
87) 오강(吳江) : 오(吳) 지역에 있는 강. 오나라는 양자강 유역에 있었다. 선화가 있는 곳을 가리킨다.

권의 책을 내어 보여주었는데 제목이 '화간집(花間集)'이었다. 주생이 선화·배도와 함께 창화한 시 백여 수와 동년배들이 읊은 사(詞) 10여 편이었다. 생이 눈물을 흘리며 간절히 내 시를 얻고자 하여 나는 원진(元稹)[88]의 진술한 시 30율의 운을 따 책 끝에 써서 주생에게 주었다. 또 이어 주생을 위로하며 말하였다.

"장부가 근심할 것은 공명을 얻지 못한 것뿐입니다. 천하에 어찌 아름다운 부인이 없겠습니까? 하물며 삼한이 이미 평정되고 육사(六師)[89]가 장차 돌아갈 것이요, 동풍이 이미 주랑의 소식을 전해주었을 것입니다. 교씨(喬氏)[90]가 타인의 집에 갇힐까 걱정하지 마십시오."

다음 날 아침 눈물로 이별할 때 주생은 재삼 고마워했다.

"우스운 일이니〈25〉다른 이에게 전할 필요 없습니다."

이 때 주생의 나이는 27살로 얼굴이 훤해서, 바라보면 그림 같았다.

계사년(1593) 중하(仲夏, 5월) 무언자(無言子) 권여장(權汝章)[91]이 쓰다.

---

88) 원진(元稹) : 당나라의 문학가. 자는 미지(微之). 시가 백거이와 비등하여 그와 함께 원백(元白)이라 불렸다. 원진의 시체를 원화체(元和體)라 했으며, 저서로 『원씨장경집(元氏長慶集)』이 있다.

89) 육사(六師) : 여섯 군(軍). 1군은 12,500명으로, 왕이라야 육사를 가질 수 있었다.

90) 교씨 : 원래 '橋'인데 후에 '喬'로 바뀌었다. 삼국시대 오나라의 지략가인 주유(周瑜)의 부인 소교(小喬)를 말한다. 여기서는 선화를 가리키는데, 주유가 이야기의 주인공과 같은 주씨이므로 빗대어 말한 것이다. 당나라 두목(杜牧)의 시 〈적벽(赤壁)〉의 "부러진 창 모래에 묻혔으나 녹슬지 않아, 씻어서 보니 앞 시대 것임을 알겠네. 동풍이 주랑의 편을 들지 않았다면, 동작대 봄 깊은 때 두 교씨가 묶였겠지.[折戟沉沙鐵未銷, 自將磨洗認前朝, 東風不與周郎便, 銅雀春深鎖二喬.]"를 염두에 둔 표현이다. 두 교씨[二喬]는 손책(孫策)의 부인인 대교(大喬)를 아울러 말한 것이다. 적벽대전에서 동풍이 결정적인 역할을 했으니, 동풍이 불지 않았다면 조조가 승리하였을 것이다. 동작대는 조조가 세운 것인데, 여기에 두 교씨가 갇히는 것으로 오나라의 패배를 표현했다.

91) 무언자(無言子) 권여장(權汝章) : 여장은 권필(權韠, 1569~1612)의 자. 무언자(無言子)는 권필의 호인 듯하다.

周生傳

〈1〉生名檜, 字直卿, 號梅川. 世居錢塘, 父爲蜀州別駕, 因家于蜀.
生少時, 聰銳能詩, 年十八, 入太學, 爲儕輩所推仰. 生亦自負不淺.
在太學數歲, 連擧不第. 乃喟然歎曰:

"人生在世間, 如微塵栖弱草耳. 胡乃爲名韁所繫, 汩汩塵土中, 以
終吾生乎?"

自是, 遂絶意科擧之業. 倒篋中有錢百千, 以其半買舟, 往來江湖
間, 以其半市雜貨, 時取嬴以自給, 朝吳暮楚, 唯意所適.

一日, 繫舟岳陽樓外, 步入城中, 訪所善羅□. □□俊逸之士也. 見
生甚喜, 置酒□□□, □□□沉醉, 比及還舟, 則□□□□. □□月上,
生放舟中□, □□□□, □□爲風□□□, □□□□. 及覺, 則鐘□〈2〉
煙寺, 月在西矣. 但見兩岸, 碧樹□□蒼芒, 樹陰中, 時有紗籠銀燭, 隱
暎於朱欄翠箔之間, 問之, 乃錢塘也. 口占一絶曰:

　　岳陽樓外倚蘭槳
　　半夜風吹入醉鄕
　　杜宇數聲春月曉
　　忽驚身已在錢塘

及朝登岸, 訪舊里親故, 半已凋零, 生吟嘯徘徊, 不忍去也. 有妓
徘桃者, 生少時所與同戲者也, 以才色獨步於錢塘, 人呼之爲徘娘.
引生歸其家, 相對甚款. 生贈詩曰:

天涯芳草幾沾衣
萬里歸來事事非
依舊杜秋聲價在
小樓珠箔捲斜暉

徘桃大驚曰:
"郎君有才如此, 非久屈於人者, 一何泛梗飄蓬若此哉?"
因問:
"娶未?"
曰:
"未也."
桃笑曰:
"願郎君不必還舟, 可寓在妾家. 妾當爲君, 求得一佳耦也."
蓋桃意屬生矣. 生亦見桃, 姿妍態艷, 心中甚醉, 笑而謝曰:
"不敢望也."
團欒之中,〈3〉日已晚矣. 桃令少叉鬟, 引生就別室, 生見壁間有絶
句一首, 詞意甚新, 問於叉鬟, 鬟答曰:
"主娘所作也."
詩曰:

琵琶莫奏相思曲
曲到高時更斷魂
花影滿簾人寂寂
春來銷却幾黃昏

生旣悅其色, 又見其詩, 情迷意惑, 萬念俱灰, 心欲次韻, 以試桃
意, 而凝思苦吟, 竟莫能成, 而夜已深矣. 月色滿地, 花影扶疎. 徘徊

間, 忽聞門外人語馬嘶之聲, 良久乃止. 生心頗疑之, 未覺其由, 見
桃所在室, 不甚遠, 紗窓影裡, 紅燭熒煌. 生潛往窺, 見桃獨坐, 舒彩
雲牋, 草蝶戀花詞, 只就前帖, 未就後帖. 生忽啓窓曰:

"主人之詞, 客可足乎?"

桃佯怒曰:

"狂客胡乃至此?"

生曰:

"客本非狂耳, 主人使客狂耳."

桃方微笑, 令生足成其詞. 曰:

小院沉沉春意鬧
月在花技
寶鴨香烟裊
窓裡玉人愁欲老
搖搖斷夢迷花〈4〉草

誤入蓬瀛十二島
誰識樊川
却得尋芳草
睡起忽聞枝上鳥
翠簾無影朱欄曉

詞罷, 桃自起, 以藥玉缸, 酌瑞霞酒, 勸生. 生意不在酒, 固辭不
飮. 桃知生意, 乃悽然自敍曰:

"妾之先世, 乃豪族也. 祖某提擧泉州市舶司, 因有罪, 免爲庶人,
自此, 子孫貧困, 不能振起. 妾早失父母, 見養於人, 以至于今. 雖欲
守靜自潔, 名已在於妓籍, 不得已, 强與人爲宴樂. 每居閑處, 獨未

嘗不看花掩泣, 對月消魂. 今見郎君, 風儀秀朗, 才思俊逸, 妾雖陋質, 願薦枕席, 永奉巾櫛. 望郎君, 他日立身, 早登要路, 拔妾於妓籍之中, 使不忝先人之名, 則賤妾之願畢矣. 後雖棄妾, 終身不見, 感恩不暇, 其敢怨乎?"

言訖, 淚下如雨. 生大憾其言, 就抱其腰, 引其袖, 拭其淚, 曰:

"此男〈5〉兒分內事也. 汝雖不言, 我豈無情者哉?"

桃收淚改容曰:

"詩不云乎, '女也不爽, 士貳其行' 郎君不見李益·郭小玉之事乎? 郎君若不我遐棄, 願立盟辭."

仍出魯縞一尺, 授生, 生卽揮筆書之曰:

"青山不老, 綠水長存, 子不我信, 明月在天."

書畢, 桃深心封血緘, 藏之裙帶中.

是夜, 賦高唐, 二人相得之好, 雖金生之於翠翠, 魏郎之於娉娉, 未足愈也.

明日, 生方詰夜來人語馬嘶之故, 桃云:

"此去里許, 有朱門面水家, 乃故承相盧某宅也. 承相已沒, 夫人獨居, 只有一男一女, 皆未婚嫁. 日以歌舞爲事. 昨夜遣騎邀妾, 妾以郎君之故, 辭以疾也."

自此生爲桃所惑, 謝絶人事, 日與桃調琴瀝酒, 相與戲謔而已. 一日近午, 忽聞有人叩門云:

"徘娘在否."

桃令兒出應. 乃承相家蒼頭也. 致〈6〉夫人之辭曰:

"老婦今欲設小酌, 非娘莫可與娛, 故敢送鞍馬, 勿以爲勞也."

桃顧謂生曰:

"再辱貴人之命, 其敢不承?"

卽粧梳改服而出, 生付囑曰:

“幸莫經夜.”

送之出門, 言‘勿經夜’者三四. 桃上馬而去, 人輕如鴦, 馬飛如龍, 迷花暎柳, 冉冉而去. 生不能定情, 隨後趕去, 出湧金門, 左轉而至垂虹橋, 果見甲第連雲, 眞所謂面水朱門也. 雕欄曲檻, 半隱於綠楊紅杏之間, 鳳笙龍管之聲, 縹緲然如在半空, 時時樂止, 則笑語琅然出諸外. 生彷徨橋上, 乃作古風一篇, 題于柱曰:

> 柳外平湖湖上樓
> 翠薨碧瓦照青春
> 香風吹送笑語聲
> 隔花不見樓中人
> 却羨花間雙鸞子
> 任情飛入珠簾裡
> 徘徊不忍踏歸路
> 落照纖波添客愁

彷徨間, 漸見夕陽斂紅, 暝靄凝碧. 〈7〉俄有女娘數隊, 自朱門騎馬而出, 金鞍玉勒, 光彩照人. 生以爲桃也, 卽投身於路傍空店中, 窺之, 閱盡數十輩, 而桃不出. 生心中大疑, 還至橋頭, 則已不辨牛馬矣. 乃直入朱門, 了不見一人. 又至樓下, 亦不見一人. 徘徊間, 月色微明, 見樓北亦有蓮池, 池上雜花葱籠, 花間細路屈曲. 生緣路潛行, 花盡處有堂. 由階而西折數十步, 遙見葡萄架下有屋, 小而極麗. 紗窓半啓, 華燭高燒, 燭影下, 紅裙翠衫, 隱隱然往來, 如在畫圖中.

生匿身而往, 屏息而窺, 金屏彩褥, 奪人眼睛. 夫人衣紫羅衫, 斜倚白玉案而坐, 年近五十, 而從容顧眄之際, 綽有餘妍. 有少女, 年可十四五, 坐于夫人之側, 雲鬒綠鬢, 醉臉微紅, 明眸斜眄, 若流波之暎秋月, 巧笑生渦, 若春花之含曉露. 桃坐於其間, 〈8〉不啻若鷗鷺之

於鳳凰, 沙礫之於珠璣也. 生魂飛雲外, 心在半空, 幾欲狂叫突入者
數次.

酒一行, 桃欲辭歸, 夫人挽留甚固, 而桃請益懇. 夫人曰:

"娘子平日不曾如此, 何遽邁邁若是? 豈有情人之約乎?"

桃斂袵避席而對曰:

"夫人下問, 妾敢不以實對?"

遂將與生結緣事, 細說一遍. 夫人未及一言, 小女微笑, 流目視
桃曰:

"何不早言? 幾誤了一宵佳會也."

夫人亦笑而許歸. 生趍出, 先至桃家, 擁衾伴睡, 鼻息如雷. 桃追
至, 見生臥睡, 以手扶起曰:

"郎君方做何夢耶?"

生應口朗吟曰:

　夢入瑤臺彩雲裡
　　九華帳裏見仙娥

桃不悅, 詰之曰:

"所謂仙娥者, 是何人也?"

生無言可答, 卽繼吟曰:

　覺來却喜仙娥在
　　奈此滿堂花月何

仍撫桃背曰:

"爾非〈9〉我仙娥乎?"

桃笑曰:

"然則郎君豈非妾仙郎乎?"

自此, 相以仙郎仙娥呼之. 生問其晚來之故, 桃曰:

"宴罷後, 夫人令他妓皆歸, 獨留妾於其少女仙花之堂, 更設小酌, 以此差遲耳."

生細細仍問, 則曰:

"仙花字芳卿, 年纔三五, 姿貌雅麗, 殆非塵世間人. 又工詞曲, 巧於刺繡, 非賤妾所敢望也. 昨日新製〈風入松〉詞, 欲被管絃, 以妾知音律, 故留與度曲耳."

生曰:

"其詞可得聞乎?"

桃朗吟一篇曰:

玉窓花暖日遲遲
院靜簾垂
沙頭彩鴨倚斜照
羨一雙對浴春池
柳外輕烟漠漠
烟中細柳絲絲

又,

美人睡起倚欄時
翠臉愁眉
鸞雛細語鶯聲老
恨韶華夢裡都衰
却把瑤琴輕弄
曲中幽怨誰知

每誦了一句, 生暗暗稱奇. 乃詒桃曰：

"此詞〈10〉曲盡閨裏春懷, 非蘇若蘭織錦手, 未易到也. 雖然, 未及吾仙娥雕花刻玉之才也."

生自見仙花之後, 向桃之情淺薄, 雖應酬之際, 勉爲笑歡, 一心則惟仙花是念. 一日, 夫人呼少子國英, 命之曰：

"汝年十二, 尙未就學, 他日成人, 何以自立? 聞徘桃夫婿周生, 乃能文之士也, 汝往請學, 可乎!"

夫人家法甚嚴, 國英不敢違命, 卽日挾冊就生, 生心中暗喜曰：'吾事偕矣.' 再三謙讓而後敎之.

一日, 俟桃不在家, 從容謂國英曰：

"爾往來受業, 甚是苦勞. 爾家若有別舍, 吾移寓于爾家, 則爾無往來之勞, 吾之敎專矣."

國英拜謝曰：

"不敢請, 固所願也."

歸白于夫人, 卽日延生. 桃自外歸, 大驚曰：

"仙郞殆有私乎? 奈何棄妾而適他?"

生曰：

"聞丞相家藏書三萬軸, 而夫人不欲以先公〈11〉舊物, 妾自出入, 吾欲往讀人間所未見書耳."

桃曰：

"郞君之勤業, 妾之福也."

生移寓于丞相家, 晝則與國英同住, 夜則門闈甚嚴, 無計可施. 輾轉浹旬, 忽自念曰：

"始吾來此, 本圖仙花. 今芳春已老, 奇遇未成, 俟河之淸, 人壽幾何? 不如昏夜唐突. 事成則爲慶, 不成則見烹, 可也."

是夜無月, 生踰墻數重, 方至仙花之室, 回廊曲檻, 簾幕重重. 良

久諦視, 幷無人跡, 但見仙花, 明燭理曲. 生伏於楹間, 聽其所爲, 仙花理曲, 細吟蘇惹蘭賀新娘詞曰:

簾外誰來堆[1]繡戶
枉敎人斷夢瑤臺
又却是風敲竹

生卽於簾下, 微吟曰:

莫言風敲竹
眞箇玉人來

仙花佯若不聞, 滅燭就寢, 生入與同枕, 仙花稚年弱質, 未堪情事, 微雲濕雨, 柳態花嬌, 芳啼軟語, 淺笑輕嚬. 生蜂貪蝶戀, 〈12〉意迷情融, 不覺近曉. 忽聞流鶯睍睆, 啼在楹外花梢. 生驚起出戶, 則池舘悄然, 曙氣曚曨矣. 仙花送生出門, 却閉而入曰:

"此後勿得再來. 機事一泄, 死生可念."

生堙塞胸中, 哽咽趑趄而答曰:

"纔成好事, 一何相待之薄耶?"

仙花笑曰:

"前言戲之耳. 將子無怒, 昏以爲期."

生諾諾連聲而去. 仙花還室, 作〈早夏聞曉鶯〉一絶, 題於窓上曰:

漠漠輕烟雨後天
綠楊如畫草如筵
春愁不共春歸去

---

1) 堆 : '推' 오자.

又逐曉鸎來枕邊

後夜, 生又至, 忽聞墻底樹陰中, 戛然有曳履聲, 恐爲人所覺, 便欲反走, 曳履者, 却以靑梅子擲之, 正中生背, 生狼狽無所逃避, 投伏叢篁之中, 曳履者, 底聲語曰:

"張郎無恐, 鶯鶯在此."

生方知仙花之所誤, 乃起抱腰曰:

"一何欺人若是?"

仙花笑曰:

"豈敢欺郎? 郎自㤼耳."

生曰:

"偸香盜玉,〈13〉烏得不㤼?"

便携手入室, 見窓上絶句, 指其尾曰:

"佳人有甚愁, 而出言若是耶?"

仙花悄然曰:

"女子一身, 與愁俱生. 未相見, 願相見, 旣相見, 恐相離. 女子之身, 安往無愁哉? 況郎君犯折檀之譏, 妾受行露之辱. 一朝不幸, 情跡敗露, 則不容於親戚, 見賤於鄕黨, 雖欲與郎君執手偕老, 那可得乎? 今日之事, 比如雲間月葉中花, 縱得一時之好, 其奈未久何?"

言訖, 淚下, 珠恨玉怨, 殆不自堪. 生收淚慰之曰:

"丈夫豈不能取一女子乎? 我當終修媒約之信, 以禮迎子, 子休煩惱."

仙花收淚謝曰:

"必如郎言, 桃夭灼灼, 縱乏宜家之德, 采蘋祈祈, 庶殫奉祭之誠."

自出香奩中小粧鏡, 分爲二端, 一以自藏, 一以授生曰:

"留待洞房華燭之夜, 再合可也."

又以紈扇, 贈生曰:

"二物雖微, 足表心曲, 幸念乘鸞之女, 莫貽秋風之怨. ⟨14⟩縱失姮娥之影, 須憐明月之暉.

自此, 昏聚曉散, 無夕不會."

一日, 生自念不見排2)桃, 恐桃見怪, 乃往桃家不歸. 仙花夜至生舘, 潛發生藏囊, 得桃寄生詩數幅, 不勝恚妬, 取案上筆墨, 塗抹如鴉, 自製恨兒唱一闋, 書于翠綃, 投之囊中而去. 詞曰:

窓外疏螢滅復流
斜月在高樓
一階竹韻
滿簾梧影
夜靜人愁

此時蕩子無消息
何處得閑游
也應不戀
離情脉脉
坐數更籌

明日生還, 仙花了無妬恨之色, 又不言發囊之事, 盖欲令生自愧, 而生曠然無他念.

一日夫人設宴, 召見排桃, 稱周郞之學行, 且謝敎子之勤, 令桃傳致意於生. 生是夜爲盃勺所困, 朦不省事. 桃獨坐無寐, 偶發藏囊, 見其詞爲墨汁所昏, 心頗疑之. 又得⟨15⟩恨兒唱詞, 知仙花所爲, 乃大

---

2) 排：'徘'의 오자.

怒, 取其詞, 納諸袖中, 又封其囊口如舊, 坐而待朝. 生酒醒, 桃徐問曰:

"郎君久於此而不歸, 何也?"

曰:

"國英時未卒業故也."

桃曰:

"敎妾之弟, 不用不盡力也."

生椒椒然回頭發赤曰:

"是何言歟?"

桃良久不言, 生惶惶失措, 以面掩地. 桃乃出其詞, 投之生前曰:

"踰墻相從, 鑽穴相窺, 豈君子所爲哉? 我將白于夫人."

便引身起, 生悗悗抱腰, 以實告之. 且叩頭哀乞曰:

"仙娥與我, 永結芳盟, 何忍置人於死地?"

桃意方回曰:

"郎君便可與妾同歸. 不然則郎旣背約, 妾豈守盟?"

生不得已托以他故, 復歸桃家. 自覺仙花之事, 不復稱生爲仙郎者, 盖心不平也. 生篤念仙花, 日漸憔悴, 托病不起者再旬.

俄而國英病死, 生具祭物, 往〈16〉奠于柩前. 仙花亦因生致病, 起居須人, 忽聞生至, 力疾强起, 淡粧素服, 獨立於簾內. 生奠罷. 遙見仙花, 流目送情而出. 低回顧眄之間, 已杳然無所覩矣.

後數月, 桃得疾不起. 將死, 枕生膝, 含淚而言曰:

"妾以苟菲之下體, 依松栢之餘陰, 豈料芳盟未歇, 鶗鴂先鳴? 今與郎君便永訣矣. 羅綺管絃, 從此畢矣. 昔之宿緣, 已缺然矣. 但願妾死之後, 郎君娶仙花爲配, 埋我骨於郎君往來之路側, 則雖死之日, 猶生之年也."

言訖氣塞. 良久復甦, 開眼視生曰:

"周郞, 周郞! 珍重, 珍重!"

連聲數次而逝. 生大慟, 乃葬于湖上大路傍, 從其所願. 祭之以文曰:

> 維年月日, 梅川居士, 以蕉黃荔丹之奠, 祭于桃娘之靈.
>
> 嗚呼! 惟靈, 花精艶麗, 月態輕盈. 〈17〉舞學章臺之柳, 風皺綠錦, 色奪幽谷之蘭, 露濕紅英. 回文則蘇蕙蘭詎能獨步, 艶色則賈雲華難可爭名. 名雖編於樂籍, 志則存於幽貞. 某也, 蕩情風中之絮, 孤蹤水上之萍. 言采沫鄕之唐, 贈之以相好, 不負東門之柳, 副之以不忘. 月出皎兮, 雲窓夜靜, 結芳盟兮, 花院春晴. 一椀瓊漿, 幾曲鸞笙. 豈意時移事往, 樂極哀生? 翡翠之衾未暖, 鴛鴦之夢先驚. 雲消歡意, 雨散恩情. 屬目而羅裙變色, 接耳而玉佩無聲, 一尺魯縞, 尚有餘香. 朱絃綠綺, 虛在銀床, 藍橋舊宅, 付之紅娘. 嗚呼! 佳人難得, 德音不忘. 玉貌花容, 宛在目傍, 天長地久, 此恨茫茫. 他鄕失侶, 誰賴誰憑? 復理舊楫, 再就來程. 湖海闊遠, 乾坤崢嶸, 孤帆萬里, 去去何依? 他年一見, 浩蕩難〈18〉期. 山有歸雲, 江有回潮, 娘之去矣, 一何寂寥. 致祭者酒, 陳情者文. 臨風一奠, 庶格芳魂. 尙饗.

祭罷, 與叉鬟別曰:

"汝等好守家舍. 我他日得志, 必來收汝."

叉鬟泣曰:

"兒輩仰主娘如母, 主娘視兒輩如女. 兒輩命薄, 主娘早沒, 所恃以慰此心者, 惟有郎君. 今郎君又去, 兒輩何依?"

呼哭不已. 生再三慰撫, 揮淚登舟, 不忍發棹.

是夕, 宿于垂虹橋, 望見仙花之院, 銀燈絳燭, 明滅村裡. 生念佳期之已邁, 嗟後會之無緣, 口占長相思一闋曰:

花滿烟柳滿烟

暗信初憑春色傳

綠窓深處眼

好因緣是惡因緣

曉院銀釭已惘然

歸帆雲樹邊

生達曉沉吟, 欲去則與仙花永隔, 欲留則徘桃國英已死, 無所聊
賴. 百爾所思, 未得其一. 平明, 不得已開舡進棹. 仙花之院, 徘桃之
塚, 看看〈19〉漸遠. 山回江轉, 忽已隔矣.

生之母族, 張老者, 湖州巨富也, 素以睦族稱. 生試往依焉, 張老
待之甚厚, 生身雖安逸, 念仙花之情, 久而彌篤. 轉展之間, 已及春
月, 實萬曆二十年壬辰也. 張老見生容貌憔悴, 怪而問之. 生不敢隱
諱, 告之以實. 張老曰:

"汝有心思, 何不早言? 老妻與盧丞相, 累世通家, 老當爲汝圖之."

明日, 張老令妻修書, 送蒼頭專往錢塘, 議王謝之親.

仙花自別生後, 支離在床, 綠緣紅悴. 夫人亦知爲周郎所祟, 欲成
其志, 生已去矣, 無可奈何. 忽得盧氏書, 闔家驚喜. 仙花亦强起梳
洗, 有若平昔. 乃以是年九月, 牢定結褵之期.

生日往浦口, 悵望蒼頭之還, 未及一旬,〈20〉蒼頭已還, 傳其定婚之
意. 又以仙花私書授生. 生發書視之, 粉香淚痕, 哀怨可想. 其書曰:

薄命妾仙花, 沐髮淸齋, 上書于周郎足下.

妾本弱質, 養在深閨, 每念韶華之易邁, 掩鏡自惜, 縱懷行雲之
芳心, 對人生羞. 見陌頭之楊, 則春情駘蕩, 聞枝上之鶯, 則曉思朦
朧. 一朝, 彩蝶傳情, 仙禽引路, 東方之月, 娘[3]子在闥, 子旣踰垣,
我敢愛檀? 玄霜擣盡, 不上崎嶇之玉京. 明月中分, 共成契濶之深

盟. 那圖好事難常? 佳期易阻, 心乎愛矣, 躬自悼矣. 人去春來, 魚
沉瘦影. 雨打梨花, 門掩黃昏, 千回萬轉, 憔悴因郎. 錦帳空分, 晝
寂寂, 銀缸減分, 夜沉沉. 一自[4]誤身, 百年含情, 殘花打腮, 片**〈21〉**
月凝眸. 三魂已散, 八翼莫飛. 早知如此, 不如無生. 今則月老有
信, 星期可待, 而單居悄悄, 疾病沉綿, 花顏減彩, 雲鬢無光, 郎雖
見之, 不復前日之恩情矣. 但所恐者, 微情未吐, 溘先朝露, 九重泉
路, 私恨無窮. 朝見郎君, 一訴衷情, 則夕閉幽房, 無所怨矣. 雲山
千里, 信使難憑, 引領遙望, 骨折魂消. 湖州地偏, 瘴氣侵入, 努力
自愛, 千萬珍重! 千萬情緒, 不敢言盡, 分付歸鴻, 帶將飛去.

月日. 仙花白.

生讀罷, 如夢初回, 似醉方醒, 且悲且喜. 而屈指九月, 猶以爲遠,
欲改定其期, 乃請於張老, 再遣蒼頭. 而又以私答仙花之書曰:

芳卿足下. 三生緣重, 千里書來. 感物懷人,**〈22〉**能不依依? 昔
者, 投身玉院, 托跡瓊林, 春心一發, 雨意難禁, 花間結約, 月下
成緣, 猥蒙顧念, 信誓琅琅, 自念此生, 難報深恩. 人間有事, 造
物多猜, 那知一夜之別, 竟作經年之悲? 相拒夐絶, 山川脩阻, 匹
馬天涯, 幾番惆悵, 鴈叫吳雲, 猿啼楚峀, 旅舘獨眠, 孤燭悄悄,
人非木石, 能不悲哉? 嗟乎! 芳卿, 別離傷懷, 子所知也. 古人云:
'一日不見, 如三秋兮' 以此推之, 則一月便是九十年矣. 若待高秋
以定佳期, 則求我於荒山衰草之間, 情不可極, 言不可盡. 臨楮鳴
咽, 知復何言.

書旣, 俱未傳.

---

3) 妹의 오자.

4) 自 : '日'의 오자.

會朝鮮爲倭賊所迫, 請兵於天朝甚急, 帝以朝鮮以至誠事大, 不可不救. 且朝鮮破, 則鴨江以西, 必不得安枕而臥矣, 況存⟨23⟩亡繼絶, 王者之事也, 特命提督李如松, 帥師討賊, 而行人司行人薛藩, 回自朝鮮, 奏曰:

"北方之人, 善禦虜, 南方之人, 善禦倭. 今日之役, 非南兵則不可."

於是, 浙湖諸郡, 發兵甚急. 遊擊將軍姓某, 素知生名, 引以爲書記之任, 生辭不獲已. 至朝鮮, 登安州百祥樓, 作七言古風. 失其全篇, 惟記結尾四句, 詩曰:

愁來獨登江上樓

樓外靑山多幾許

也能遮我望鄕眼

不肯隔斷愁來路

明年癸巳春, 天兵大破倭賊, 追至慶尙道. 生置念仙花, 遂成沉痼, 不能從軍南下, 留在松都. 余適以事往, 遇生於舘驛之中, 而語言不同, 以書通情. 生以余解文, 待之頗厚. 余詢其致病之由, 愀然不答. 是日爲雨所⟨24⟩拘, 因與生張燈夜話, 生作⟨踏沙行⟩一関示余, 其□[5]曰:

隻影無憑

離懷難吐

歸魂暗暗連江樹

旅窓殘燈已驚心

可堪更聽黃昏雨

---

5) □ : 다른 본에는 '詞'.

閬苑雲微

瀛州海阻

玉樓珠箔今何許

孤蹤願作水上萍

一夜流向吳江去

余異其詞意, 懇問不已, 生乃自敍首尾如此, 又自囊中, 出示一卷書, 名曰『花間集』, 生與仙花徘桃唱和詩百餘首, 儕輩詠其詞者, 又十餘篇. 生爲余墮淚, 求余詩甚切, 余效元稹眞率詩三十律韻, 題其卷端以贈之. 又從而慰之曰:

"丈夫所憂者, 功名未就耳. 天下豈無美婦人乎? 況今三韓已定, 六師將還, 東風已與周郎便矣. 莫慮喬氏之鎖於他人之院也."

明早泣別, 生再三稱謝曰:

"可笑之事, 不〈25〉必傳之也."

時生年二十七, 眉宇泂然, 望之如畫.

癸巳 仲夏, 無言子 權汝章 記.

운영전

雲英傳

　수성궁(壽聖宮)은 안평대군(安平大君)이 살던 집으로 한양성 서쪽 인왕
산 아래에 있다. 산천이 수려하고, 용이 서리고 호랑이가 앉은 듯하며,
사직(社稷)이 그 남쪽에 있고 경복궁은 동쪽에 있다. 인왕산의 한 줄기
가 구불구불 내려오다가 수성궁에 이르러 높이 솟았다. 비록 높지는
않으나 올라가 굽어보면 큰 거리의 가게들과 성 안에 가득한 집들이
바둑알처럼 펼쳐 있고 별들이 늘어선 듯하여 하나하나 손가락으로 가
리킬 수 있으니, 마치 실이 여러 갈래로 나뉜 것 같다. 동쪽을 바라보면
궁궐이 아스라하고 복도가 공중을 가로질러 있으며 구름과 안개가 푸
르스름하게 끼어 아침저녁으로 자태를 드러내니 진실로 경치가 뛰어난
곳이었다. 한 때 술 취한 이들과 활 쏘는 이들, 노래하는 아이들과 피리
부는 아이, 시와 서화를 일삼는 이들이 꽃 피는 봄과 단풍 들고 국화
피는 가을이면 그 위에서 놀지 않는 날이 없었다. 맑은 바람과 밝은
달에 대해 시를 지으며 노느라 돌아가는 것을 잊었다.

　청파동(靑坡洞)의 선비 유영(柳泳)이 이곳 경치가 뛰어나다는 말을
여러 차례 듣고 한 번 놀러 갈 것을 생각했으나, 옷이 남루하고 용모가
〈26〉비루하여 놀러온 이들의 웃음을 살까봐 (그곳에) 가려다가 주저
한 것이 오래되었다.

　만력(萬曆)[1] 신축년(1601년, 선조 34년) 춘삼월 열엿새. 유영이 탁주(濁

---

1) 만력(萬曆) : 명(明) 신종(神宗)의 연호. 1573~1619년.

酒) 한 병을 사 가지고 따르는 종이나 친구도 없이 몸소 술을 차고 홀로 궁궐 문으로 들어갔다. 보는 이 치고 서로 보면서 손가락질하며 웃지 않는 이가 없었다. 생은 부끄럽고 민망하여 곧장 후원으로 들어갔다. 높은 곳에 올라가 사방을 조망하니, 전쟁이 막 지나간 뒤라 장안의 궁궐과 성 안의 가득했던 화려한 집들은 완전히 사라지고 무너진 담, 깨진 기와에 메워진 우물, 나뒹구는 섬돌이며 초목이 무성한 가운데 다만 동쪽의 난간 몇 간이 홀로 남아 있었다.

생이 서쪽 정원으로 걸어 들어가니 풍경이 그윽한 곳에 온갖 풀이 무성하고, 그림자가 맑은 연못에 드리워 있었다. 땅 가득히 꽃이 떨어진 채 인적이 닿지 않았다. 미풍이 한 번 불자 향기가 진동했다. 생이 홀로 바위 위에 앉아 소동파의 시구

> 我上朝元春半老 반쯤 지나간 봄날 조원각에 오르니
> 滿地落花無人掃 지천에 떨어진 꽃잎 쓰는 이 없네[2]

를 읊었다. 그리고 문득 차고 있는 술병을 끌러 다 마셔 버리고, 취하여 바위 옆에 누워 돌로 베개를 삼았다. 그러다 술이 깨어 눈을 들고 살펴보니 유객들이 모두 돌아가고 없었다. 산에 이미 달이 솟고, 안개는 버들가지를 감싸고 바람은 꽃잎을 흔들었다. 그리고 몇 마디 부드러운 말소리가 바람결에 들려왔다. 생이 이상히 여겨 일어나서 바라보니, 한 소년이 절세의 미인과 자리를 깔고 마주앉아 있었다. 〈27〉그리고 생이 오는 것을 보고 흔연히 일어나 맞았다. 생이 그와 더불어 읍하고 이어 물었다.

---

2) 반쯤 지나간 봄날~아무도 쓸지 않네 : 소식(蘇軾)이 지은 시 〈여산(驪山)〉의 구절. 섬서성 (陝西省) 서안시(西安市)에 있는 조원각(朝元閣)은 당나라 시대의 도관(道館)으로, 현원황제(玄元皇帝, 老子)가 강림한 적이 있다고 해서 노군전(老君殿) 또는 강성관(降聖觀)으로도 불린다.

"수재(秀才)는 어떤 분이기에 낮에 오지 않고 밤에 오십니까?"

소년이 미소 짓고 말하였다.

"옛사람이 말한 경개여구(傾蓋如舊)[3]라는 것이 바로 이를 두고 말한 것이로군요."

셋이 서로 둘러앉고서 여인이 낮은 소리로 시동을 부르자 두 명의 여종이 수풀 가운데서 나왔다. 여인이 시비들에게 일렀다.

"오늘 저녁 옛사람을 만나는 자리에서 또 기약하지 않은 가객(佳客)을 만났으니, 오늘 밤은 적막하게 지낼 수 없구나. 너희들은 술과 찬을 마련해 오너라."

두 시비가 명을 받고 나간 지 얼마 지나지 않아 돌아왔는데 가볍게 움직이는 것이 나는 새가 오고가는 것 같았다. 유리 술동이에 자하주(紫霞酒)[4]를 가득 담았고, 진기한 과일과 음식을 은반에다 담고 백옥잔에다 술을 따라 유생에게 권했다. 술맛이나 안주는 모두 인간의 것이 아니었다. 술이 여러 잔 이르자, 여인이 가만히 새로운 노래를 불렀다.

重重深處別故人　깊고 깊은 곳에서 옛 사람을 이별하였더니
天緣未絶見無因　천생 연분 끊이지 않았으나 만날 수 없네
爲雲爲雨夢非眞　구름 되고 비 되는 꿈은 현실이 아닌지라
幾番傷春繁華時　꽃 만발한 봄에 상심한 것이 몇 번인고
消盡往事成塵後　지나간 일이 먼지 되어 사라진 후
空使今人淚滿巾　공연히 사람들 눈물 적시게 하누나

노래를 그치매 탄식하고 울음을 삼키면서 얼굴 가득 구슬 같은 눈물

---

3) 경개여구(傾蓋如舊) : 잠시 만났어도 구면처럼 친함. 경개(傾蓋)는 잠시 이야기하기 위하여 수레를 멈추어 깁양산을 기울인다는 뜻.

4) 자하주(紫霞酒) : 신선이 마시는 술이라는 뜻. 자하(紫霞)는 신선이 사는 곳의 노을을 말한다.

을 흘렸다. 생이 이상히 여겨 일어나 절하며 말했다.

"제가 비록 시문에 뛰어난 것은 아니지만 일찍부터 학업을 닦아 문필을 대강 압니다. 지금 이 노래를 들으니 격조가 맑고 뛰어나나⟨28⟩뜻이 슬프고 처량하니 심히 괴이하군요. 오늘 밤 만남에 월색은 낮과 같고 청풍은 솔솔 불어와 참으로 좋은데 서로 대하고 슬피 우니, 무슨 일입니까? 한 잔 술을 서로 권하며 정의(情義)가 이미 두터운데 통성명도 안 하고 회포도 풀지 않았으니 또한 이상하군요."

생이 먼저 자기의 이름을 말하고 강권하니, 소년이 탄식하고 답하였다.

"성명을 아뢰지 못하는 데에는 사정이 있습니다. 그대가 꼭 알고 싶어하시니 아뢰는 게 뭐 어렵겠습니까마는, 말씀을 드리자면 깁니다."

한동안 근심스러운 빛을 띠고 있더니 이윽고 말하였다.

"저의 성은 김(金)입니다. 열 살에 시문에 능하여 학당(學堂)에서 이름이 났습니다. 그리고 열넷에 진사 제 2과에 올라 모두 김진사라고 불렀지요. 제가 나이가 어리고 호협한 기운에 뜻이 호탕하여 스스로 억제할 수 없었습니다. 또 이 여자로 하여 부모께서 남기신 몸으로 불효를 저지르게 하였으니 천지간 큰 죄인입니다. 그런 죄인의 이름을 어찌 꼭 아시려 합니까? 이 여인의 이름은 '운영(雲英)'입니다. 저 두 아이 중 하나는 '녹주(綠珠)'이고, 하나는 '송옥(宋玉)'입니다. 모두 돌아간 안평대군의 궁인이지요."

생이 말했다.

"말을 꺼내기는 하였으나 미진하군요. 처음부터 말하지 않은 것만 못합니다. 안평대군이 한창이던 때의 일을 진사께서 가슴 아파 하는 곡절이 무엇인지, 그 상세한 사정을 들을 수 있을는지요?"

진사가 운영을 돌아보며 말했다.⟨29⟩

"해가 여러 번 바뀌어 세월이 이미 오래이니 그때 일을 당신은 기억할 수 있겠소, 없겠소?"

운영이 답하여 말했다.

"마음속에 쌓인 원망을 어느 날인들 잊겠어요? 첩이 그 일을 말해 볼 터이니 낭군께서 곁에 계시다가 빠진 것을 보충하고 붓으로 기록해 주세요."

또 시종에게,

"너는 먹을 갈아 주겠느냐?"

라 하고 이어 말하였다.5)

장헌대왕(莊憲大王, 세종)의 여덟 대군 중에 안평대군이 가장 총명하셨지요. 임금께서 몹시 사랑하시어 상을 내리신 것이 무수하여 녹읍(祿邑)과 재화가 풍부하였습니다. 나이 열 셋에 사궁(私宮)에 나가 거하셨으니, 그 궁이 곧 수성궁(壽聖宮)입니다. 대군께서는 유학을 자신의 소임으로 여겨 밤이면 독서하고 낮이면 서예를 하며 한 시각도 헛되이 보내지 않았습니다. 당시의 문인재사(文人才士)들이 그의 문하에 모여 그 장단(長短)을 견주고, 때때로 닭이 올 때까지 강론하며 게을리 하지 않았습니다. 그리하여 대군은 필법이 더욱 공교해져 나라 전체에 명성을 드날렸습니다. 문종께서 왕위에 오르시기 전에 항상 집현전의 여러 학사들과 함께 안평대군(安平大君)의 필법(筆法)을 논하여 말하기를 "제 아우가 만약 중국에서 태어났다면 왕일소(王逸少)6)에게는 미치지 못할지라도 어찌 조송설(趙松雪)7)에게 뒤지겠습니까!" 하며 칭찬을 그치지

---

5) 이후는 운영이 유영에게 들려주는 이야기이다.

6) 왕일소(王逸少) : 왕희지(王羲之, 307~365). 동진(東晉)의 서예가. 일소(逸少)는 자. 우군장군(右軍將軍)의 벼슬을 하여 왕우군(王右軍)이라고도 한다. 예서를 잘 썼고, 당시 성숙하지 못했던 해·행·초서체를 예술적인 서체로 완성하였다.

7) 조송설(趙松雪) : 조맹부(趙孟頫, 1254~1322). 원나라의 화가·서예가. 송설(松雪)은 호. 서예에서 왕희지(王羲之)의 전형으로 복귀할 것을 주장했고, 그림에서는 당·북송의 화풍으로 되돌아갈 것을 주장하였다.

않았다.

하루는 대군이 첩들에게 말했습니다.

"천하의 모든 재능은 반드시 편안하고 고요한 곳에서 이루어진다. 북쪽 성문 밖은 산천이 적막하고 마을이 조금 머니 그곳에서 학업을 닦는다면 한 곳에 마음을 집중할 수 있을 것이다."

그리고 곧 그곳에 정사(精舍)⟨30⟩수십 칸을 짓고, 그 당(堂)에 편액하기를 '비해당(匪懈堂)'이라 했습니다. 또 그 옆에 한 개 단(壇)을 세우고 이름을 '맹시(盟詩)'라 했습니다. 이는 이름을 돌아보아 뜻을 생각하게 하려는 것이었습니다. 당대의 문장가와 명필가들이 모두 그 단으로 모여들었습니다. 문장으로는 성삼문(成三問)이 으뜸이요, 필법으로는 최흥효(崔興孝)가 으뜸이었습니다. 그러나 모두 대군의 재주에는 미치지 못했습니다.

하루는 대군이 취기가 올라 여러 시녀를 불러다 놓고 말했습니다.

"하늘이 재주를 내림에 어찌 홀로 남자에게만 풍부하게 하고, 여자에게는 인색하게 했겠느냐? 지금에 스스로 문장을 자랑하는 자가 많지 않은 것은 아니나, 모두 다 숭상할 것이 못 되고, 무리 중에 뛰어나 특출한 자가 없다. 그러니 너희들도 면학하도록 하여라."

이에 궁녀 가운데 용모가 아름답고 나이가 어린 자 열 명을 가려 가르치셨습니다. 먼저 『언해소학(諺解小學)』을 주어서 읽게 한 후에 『중용(中庸)』, 『대학(大學)』, 『논어(論語)』, 『맹자(孟子)』, 『시경(詩經)』, 『서경(書經)』, 『통감(通鑑)』, 『송사(宋史)』를 모두 가르쳤습니다. 또 이백과 두보, 『당음(唐音)』 수백 수를 뽑아 가르쳤습니다. 오 년 안에 과연 모두 재능을 얻었습니다. 대군이 드시면 첩들에게 눈앞에서 한시도 떠나지 말고 시를 짓도록 하여 질정하셨으며, 그 고하(高下)를 매기고 상벌을 분명히 하여 권면의 수단으로 삼으셨습니다. 그 탁월한 기상은 비록 대군에게 미치지 못하였으나 음률의 청아함과 시구의 원숙함은 성당(盛

唐) 시인의 경계를 넘볼 정도가 되었습니다. 열 사람의 이름은 소옥(小玉), 부용(芙蓉), 비경(飛瓊)〈31〉비취(翡翠), 옥녀(玉女), 금련(金蓮), 은섬(銀蟾), 자란(紫鸞), 보련(寶蓮), 운영(雲英)인데, 첩이 바로 운영입니다.

대군은 모두를 잘 돌보셨으나 항상 (우리를) 궁중에 감금하고 다른 사람들과 대화를 하지 못하게 했습니다. 날마다 문사(文士)와 더불어 술을 마시고 문예를 다투었지만 일찍이 첩들로 하여금 한 번도 가까이 하지 못하게 했는데, 혹 궁 밖의 사람들이 알까 염려했던 것이지요. 항상 명령하기를, '시녀가 한 번이라도 궁문을 나서면 그 죄는 죽어 마땅할 것이요, 궁 밖의 사람들이 궁인(宮人)의 이름을 알아도 그 죄 또한 죽음으로 할 것이다.'라고 하셨습니다.

하루는 대군이 밖에서 돌아와 첩들을 불러 놓고 말씀하셨습니다.

"오늘 문사 모모와 함께 술을 마시는데, 한 줄기 푸른 연기가 궁중 나무에서 일어나 성벽을 두르기도 하고 산기슭으로 날아가기도 했다. 내가 먼저 오언절구 한 수를 짓고 손님들로 하여금 차운(次韻)[8]하게 했는데, 모두 내 뜻에 걸맞지 않았다. 너희들이 나이 순서대로 각각 시를 지어 바쳐라."

소옥이 먼저 지어서 올렸습니다.

綠烟細如織	푸른 연기 비단처럼 가늘어
隨風半入門	바람 따라 문으로 들어오니
依微深復淺	희미하게 깊고 또 얕은데
不覺近黃昏	어느덧 황혼이 가깝구나

---

8) 차운(次韻) : 남이 지은 시의 운자(韻字)를 따서 시를 지는 것.

아홉 사람이 이어서 시를 지어 바쳤습니다.

飛空遙帶雨　하늘로 날아 멀리 비를 몰아와
落地復爲雲　땅에 떨어져서는 다시 구름이 되네
近夕山光暗　저녁이 가까워 산색이 어두우니
幽思向楚君　그윽한 생각이 초군(楚君)을 향하네

이것은 부용의 시입니다.

小杏難爲眼　작은 은행으로 눈동자 만들기 어려워라
孤篁獨保靑　외로운 대나무는 홀로 푸른빛을 지키네
輕陰暫見重　가벼운 그늘은 잠깐 무거워 보이니
日暮又昏冥　해는 저물고 또 황혼이 되네

이것은 비경의 시입니다.

覆花蜂失勢　꽃에 덮인 벌이〈32〉힘을 잃고
籠竹鳥迷巢　대밭에 갇힌 새는 둥지를 헤매네
黃昏成小雨　저물녘에 가랑비 내리니
窓外聽蕭蕭　창밖에 부슬부슬 소리 들리네

이것은 비취의 시입니다.

蔽日輕紈細　해를 가린 얇은 비단인 듯
橫山翠帶長　산에 비끼어 길게 푸르네
微風吹漸散　미풍이 불어 흩어지지만
猶濕小池塘　습기는 연못에 남았구나

이것은 옥녀의 시입니다.

山下寒烟積　　산 아래 찬 연기 모여들어
橫飛宮樹邊　　비스듬히 궁전 나무 옆에 날리니
風吹自不定　　바람 불어 몸을 가누지 못하니
斜日滿蒼天　　지는 해는 하늘에 가득하구나

이것은 금련의 시입니다.

山谷繁陰起　　산골에 짙은 그늘이 지고
池臺綠影流　　못가에 푸른 그림자 흐르네
飛歸無處覓　　날아가 버려 찾을 길 없더니
荷葉露珠留　　연잎에 이슬로 남았어라

이것은 은섬의 시입니다.

早向洞門暗　　골짜기 문을 향하여 어둡고
橫連高樹低　　높은 나무에 비껴있더니
須臾忽飛去　　잠시 후 홀연 날아가네
西岳與前溪　　서쪽 산과 앞 냇가로

이것은 자란의 시입니다.

短壑春陰裡　　얕은 계곡 봄 그늘 드리우고
長安水氣中　　서울은 물 기운 속에서
能令人世上　　능히 세상을 승화시켜
忽作翠珠宮　　홀연 하늘나라 되게 하네

이것은 보련의 시입니다.

望遠靑煙細	멀리 푸른 연기는 아스라해지는데
佳人罷織紝	미인은 깁 짜기를 그치고
臨風獨怊悵	바람을 대하여 홀로 슬퍼하노니
飛去落巫山	날아가 무산(巫山)에 떨어지리라

이것은 첩의 시입니다.

대군께서 놀라 말씀하셨습니다.

"너희가 시를 늦게 배웠지만 가히 만당(晩唐)9)의 시와 쌍벽을 이루니, 근보(謹甫, 성삼문) 이하는 인정하기 어렵다. 재삼 읊조려도 고하(高下)를 알지 못하겠다."

한참 후에 말씀하시기를,

"부용의 시는 초군(楚君)을 사모하는 것이기에 내가 매우 가상하게 여긴다. 비취의 시는 전에 비하면 우아[騷雅]해졌다. 소옥의 시는 의사(意思)가 고상[飄逸]하여 끝 구절에 은은한 뜻이 남아있다. 이 두 시가 마땅히 으뜸이 되리라."

라 하시고 또,

"내 처음 시를 볼 때는〈33〉우열을 분변치 못했지만 다시 찬찬히 음미해보니 자란의 시가 의사가 심원하여 사람들이 자기도 모르는 사이에 탄식하고 춤추게 하는구나. 나머지 시 또한 모두 청아하나 유독 운영의 시에 쓸쓸하고 임을 그리워하는 뜻이 있는데, 그리워하는 이가 누구인지 알지 못하겠다. 마땅히 심문해야 하겠으나 재주가 아까운 고

---

9) 만당(晩唐) : 당나라 시인 이상은(李商隱)과 두목(杜牧) 등이 활약하던 시기. 당대(唐代) 시를 시기별로 초(初)·성(盛)·중(中)·만(晩) 또는 초(初)·성(盛)·만(晩)으로 구분하는데 그 중 문종(文宗) 태화(太和, 827) 연간부터 당나라 말기까지 약 80년간을 만당이라 한다. 이 시기 대표적인 인물로 이상은(李商隱)과 두목(杜牧) 등이 있다.

로 그냥 두리라."

라 하셨습니다. 첩이 즉시 뜰에 내려가 엎드려 울면서 말하였지요.

"시를 지을 때 우연히 나온 것이지, 어찌 다른 뜻이 있겠습니까? 지금 주군(主君)께 의심을 받으니 첩은 만 번 죽어도 아깝지 않을 것입니다."

대군이 앉으라 명하고 말씀하셨습니다.

"시는 성정(性情)에서 나오는 것이기에 감출 수가 없다. 너는 다시 말하지 마라."

그리고는 즉시 비단 열 단(端)을 열 사람에게 나누어 주셨습니다. 대군이 첩에게 일찍이 사심이 없었지만, 대군의 마음이 첩에게 있는지는 궁인 모두가 알고 있었습니다.

열 명이 모두 방으로 물러나와 촛불을 환히 밝히고 칠보 서안에 『당률(唐律)』 한 책을 펴놓고 옛 사람들이 지은 궁원시(宮怨詩)[10]의 고하(高下)를 논하였습니다. 첩이 홀로 병풍에 기대어 마치 진흙으로 만든 인형처럼 말이 없으니 소옥이 저를 보고 말했습니다.

"낮에 안개를 읊은 시로 주군께 의심을 받더니, 그 때문에 걱정이 돼서 말을 안 하는 거야? 아니면 주군과 금침(衾枕)에서 밤의 기쁨이 있을 것이기에 속으로 기뻐하여 말을 하지 않는 거니? 마음에 품은 바를 알 수가 없네."

첩이 옷깃을 여미며 대답하였습니다.

"너는 내가 아니거늘 어떻게 내 마음을 안단 말이니? 내가 시 한 수를 막 지으려고 하는데 기발함을 찾지 못한 고로〈34〉고민하여 말을 하지 못하는 거야."

은섬이,

"뜻이 가는 곳에 마음은 없으니, 옆 사람의 말이 마치 바람이 귀를

---

10) 궁원시(宮怨詩) : 궁녀들의 원망을 표현한 시.

지난 것과 같아. 네가 말하지 않아도 알기가 어렵지 않지. 내가 장차 시험에 보지.”

라 하며, ‘창 밖 포도’를 제목으로 하여 칠언사운(七言四韻)으로 시 짓기를 재촉하였습니다. 첩이 곧 읊었지요.

蜿蜒藤草似龍行	구불구불 등나무, 용이 가는 듯하고
翠葉成陰摠有情	푸른 잎은 그늘 이뤄 정이 있는데
暑日嚴威能徹照	더운 날 뜨거운 태양은 도리어
晴天寒影反虛明	맑은 하늘 차가운 달이 밝구나
抽絲攀檻如留意	실 뽑아 난간에 서리니 뜻이 있는 듯
結果垂珠欲效誠	열매로 구슬 드리우니 정성 바치는 듯
若待他時應變化	만약 훗날을 기다려 변화한다면
會乘雲雲上三淸	때맞춰 비구름 타고 삼청궁에 오르리

소옥이 오래 읊조리더니 일어나서 절하며 말하였습니다.

“진실로 천하에 기이한 재주로다. 풍격이 높지 않아 옛 노래와 비슷하지만 순식간에 이처럼 지어내다니. 이는 시인으로서 가장 어려운 것이지. 70명 제자들이 공자에게 복종했던 것처럼 나도 기꺼이 그렇게 하겠어.”

자란이,

“말은 삼가지 않으면 안 되는데, 어찌 그처럼 높게 평가하지? 다만 글이 완곡하고 또 날아가는 모습이 있을 뿐이야.”

라 하자 모두가 말하기를,

“정확한 평이로다.”

라 하였습니다. 저는 이 시로 의심을 풀었지만 여전히 뭇사람들의 의심이 완전히 풀린 것은 아니었습니다.

다음날 밖에서 수레와 말소리가 요란하더니, 문지기가 달려와서 말했습니다.

"여러 손님들이 오십니다."

대군은 동각(사랑채)을 청소하고 손님을 맞이하였는데, 모두 당대 문인 재사들이었지요. 자리에 앉자 대군께서는〈35〉첩들이 지은 시를 보여 주었는데 모든 사람들이 크게 놀라 말했습니다.

"오늘 뜻밖에 성당(盛唐)의 음조를 다시 보게 되니, 저희들이 견줄 수 없습니다. 이렇게 지극한 보배를 대군께서는 어디서 얻으셨습니까?"

대군이 미소 지으며 말씀하셨습니다.

"어찌 그렇겠소? 어린 종이 우연이 도로 위를 다니다가 얻은 것이오. 어떤 사람이 지은 것인지 알 수 없으나 생각해보건대 필시 거리의 재주꾼 손에서 나온 것으로 여겨지오."

여러 사람들이 의심하자 잠시 후 성삼문이 와서 말했습니다.

"재주는 다른 시대에 빌릴 수 있는 것이 아닙니다. 옛 시대부터 지금까지 육백년 간 중국에서 시에 명성이 있었던 사람은 이루 셀 수 없습니다. 그러나 혹자는 침울[沈濁]하여 우아하지 못하고, 혹자는 '경박[輕淸]하고 화려[浮藻]'하여 모두 음률에 맞지 않거나 성정(性情)을 잃어 버렸습니다. 제가 이 시를 보려 했던 것은 아니나 풍격(風格)이 맑고 진실하며, 의사(意思)가 초월하여 속세의 모습은 조금도 없으니, 이 시는 필시 깊은 궁인이 속객(俗客)과 서로 접하지 않은 채 오직 옛 사람들의 시를 읽고 밤낮으로 암송하여 마음속에서 자득한 것입니다. 그 뜻을 자세히 음미해보면, '바람을 불고 오직 슬퍼하네'는 임을 생각하는 뜻이고, '외로운 대나무 푸르름을 간직했네'는 정절을 지키겠다는 뜻이고, '바람이 부니 제자리를 지킬 수 없네'는 정절을 지키기가 어렵다는 뜻이고, '그윽이 초나라 임금을 생각하네'는 임금을 향한 정성이고, '연잎에 이슬이 머무네'와 '서쪽 산 봉우리와〈36〉앞 시내가'는 천상의 선녀가 아니고서는 이와 같이 형용할 수 없습니다. 격조에는 비록 고하가 있으나 훈도(薰陶)[11]의 기상(氣像)은 거의 모두 같습니다. 나으리의 궁중에 선인(仙人) 열 명을 기르는 것이 틀림없습니다. 숨기지 마시고 한 번 보게 해주십시오."

대군께서는 내심 인정하였으나 겉으로는 부정하며 말씀하셨습니다.

"근보가 시를 보는 눈이 있다고 누가 말하였던가? 내 궁중에 어찌 그러한 사람들이 있겠소? 매우 미혹되구려."

이때 열 명이 창틈으로 몰래 듣고서는 탄복하지 않을 수 없었습니다. 이날 밤 자란(紫鸞)이 지성으로 내게 물었습니다.

"여자가 태어나면 시집보내려 하는 것은 부모의 마음이니 사람들이 모두 같아. 네가 그리워하는 이가 어떤 정인(情人)인지 알 수 없구나. 네가 날이 갈수록 옛 모습을 잃어가는 것이 안타까워 진심으로 묻는 것이니 숨기지 않기 바라."

제가 일어나 감사하며 말했습니다.[12]

궁인들이 매우 많아 몰래 엿들을까 두려워 감히 입을 열지 못했어. 오늘 진심으로 묻는데 무엇을 숨기겠니? 작년 가을 국화가 처음 피어나고 붉은 잎이 점점 시들 때였지. 대군께서 홀로 서당에 앉아 시녀들에게 먹을 갈게 하고 비단을 펼쳐 놓고 사운(四韻) 열 수를 쓰고 계셨어. 종이 밖에서 들어와 말했지.

"나이 어린 서생 김진사(金進士)라는 이가 뵙기를 청합니다."

대군께서 기뻐하며 말씀하셨어.

"진사가 왔구나."

---

11) 훈도(薰陶) : 덕(德)으로써 사람의 품성이나 도덕 따위를 가르치고 길러 선으로 나아가게 하는 것.
12) 이후는 운영이 자란에게 들려주는 이야기이다.

그를 맞이하여 들어오게 하였는데, 베옷에 가죽 띠를 한 이가 들어와 계단을 올라오는 것이 마치 새가 날개를 편 듯했고 절을 하고 자리에 앉는〈37〉모습은 선인(仙人) 같았어. 대군께서는 한 번 보고 마음이 쏠려 자리를 옮기고서 마주 앉으셨지. 진사가 자리에서 일어나 절하고 말했어.

"외람되이 보살핌을 입어 여러 번 명을 받았는데 이제야 경해(警咳)[13]를 받들어 송구합니다."

대군께서 위로하시며 말씀하셨어.

"화려한 명성을 들은 지 오래인데, 그대가 예까지 오니 방안이 환해지고 많은 것을 얻은 것 같구려."

진사가 처음 들어왔을 때 이미 시녀와 마주쳤는데, 대군께서는 진사가 나이 어린 유생이라 하여 마음에 쉽게 여기시고 첩들로 하여금 피하게 하지 않으셨지. 대군께서 진사에게 말씀하시기를,

"가을 경치가 매우 좋으니 시 한 수 지어 이 집을 빛나게 해줌이 어떠한가?"

하시니, 진사가 자리를 피하며 말했어.

"허명이 실상을 없앤 것입니다. 시의 격률을 제가 어찌 알겠습니까?"

대군께서 금련(金蓮)에게는 노래 부르게 하고, 부용(芙蓉)에게는 거문고를 타게 하고, 보련(寶蓮)에게는 피리를 불게 하고, 비경(飛瓊)에게는 잔을 나르게 하고, 첩에게는 벼루를 받들게 하셨지. 그때 나는 나이 어린 여자로 낭군을 한 번 보고서는 정신이 흩어지고 뜻이 막혔고, 낭군 또한 첩을 보고서 웃음을 머금고 자주 눈길을 보냈어. 대군께서 진사에게 말씀하시기를,

"내가 그대를 지극한 정성으로 대접하는데 그대는 어찌 한 번 시 짓

---

13) 경해(警咳) : 기침소리라는 뜻으로, 여기서는 '가르침, 말씀'을 말한다.

는 것을 아껴 이 집에 면목이 없게 하는가?"

하시니, 진사가 곧 붓을 잡고 오언사운(五言四韻) 한 수를 썼지.

旅鴈向南飛	기러기가 남쪽으로 날아가니
宮中秋色深	궁 안에 가을빛이 깊구나**⟨38⟩**
水寒荷坼玉	물이 차가우니 연잎은 옥을 터뜨리고
霜重菊垂金	서리 내리니 국화는 금빛을 드리우네
綺席紅顔女	비단 자리의 젊은 미녀
瑤絃白雪音	거문고의 〈백설가(白雪歌)〉14) 소리
流霞一斗酒	유하주(流霞酒) 한 말에
先醉意難禁	먼저 취해 뜻을 막기 어렵도다

대군께서 두세 번 읊조리시더니 놀라며 말씀하셨어.

"진실로 천하의 기이한 재주라 할 만하다. 서로 만남이 어찌 이리 늦었는가!"

시녀 열 명이 동시에 돌아보며 감동하지 않을 수 없어 말했지.

"이는 왕자진(王子晉)15)이 학을 타고 인간 세상에 온 것이 틀림없다. 어찌 세상에 이런 사람이 있단 말인가!"

대군께서 잔을 잡고 물으셨어.

"옛 시인 중 누구를 으뜸으로 여기는가?"

진사가 말했지.

"제가 본 바로 말하면, 이백(李白)은 천상의 신선으로, 옥황상제의 향

---

14) 백설가(白雪歌) : 춘추시대 초나라의 가곡. 남이 따라 부르기 어려운 고상한 노래를 가리
킨다. 송옥(宋玉)의 〈대초왕문(對楚王問)〉에, '춘추시대 초나라의 노래인 〈하리(下里)〉와
〈파인(巴人)〉은 수천 명이 따라 불렀는데, 〈백설(白雪)〉과 〈양춘(陽春)〉은 너무 어려워 겨
우 수십 명밖에 따라 부르지 못했다'고 한다. 『문선(文選)』 권23 참조.

15) 왕자진(王子晉) : 주 영왕(周靈王)의 태자. 피리를 잘 불었으며, 신선이 되어 갔다가 30여
년 만에 백학(白鶴)을 타고 구씨산(緱氏山)에 내려왔다고 한다.

안(香案) 앞에서 오래 모셨는데 현포(玄圃)16)에 놀러가 술을 마시고 취흥을 이기지 못해 만 그루의 아름다운 꽃을 꺾다가 바람을 따라 인간 세상에 떨어진 것입니다. 노조린(盧照隣)17)과 왕발(王勃)18)은 바다의 신선이니, 해와 달이 뜨고 지며 구름이 변화하고, 파도가 움직이며 고래가 물줄기를 뿜어내고, 섬은 아스라이 초목이 울창하고 물결 부서지는데, 물새의 노래와 교룡(蛟龍)의 눈물을 운몽(雲夢)19)에서 가슴에 품었으니, 이는 시의 조화입니다. 맹호연(孟浩然)20)은 음향(音響)이 최고이니, 이는 사광(師曠)21)에게 배워서 음률을 익힌 것입니다. 이의산(李義山)22)은 신선술을 배워서 일찍이 시마(詩魔)23)를 부려 일생 동안 지은 작품이〈39〉귀신의 말이 아닌 것이 없습니다. 나머지는 분분하여 말할 것이 못됩니다."

대군께서 말씀하시기를,

"날마다 문사들과 시를 논하면 초당(草堂, 두보)을 최고로 여기는 자들이 많은데 이는 무슨 말인가?"

하시니 진사가 말했어.

"그렇습니다. 세속의 선비들이 숭상하여 말하는 것은 회와 고기가

---

16) 현포(玄圃) : 곤륜산(崑崙山) 꼭대기에 있다는, 신선이 사는 곳.

17) 노조린(盧照隣) : 당나라 시인. 자는 승지(昇之). 호는 유우자(幽憂子). 왕발(王勃)·양형(楊炯)·낙빈왕(駱賓王)과 함께 당나라 초기 4걸(傑)의 한 사람으로 꼽히는 시인.〈장안고의(長安古意)〉등이 유명하다.

18) 왕발(王勃) : 650~676. 자는 자안(子安). 양형·노조린(盧照鄰)·낙빈왕(駱賓王)과 함께 당나라 초기 4걸(傑)의 한 사람으로 꼽히는 시인.〈등왕각서(滕王閣序)〉등이 유명하다.

19) 운몽(雲夢) : 초(楚)나라의 큰 못으로, 사방이 9백 리나 된다고 한다.

20) 맹호연(孟浩然) : 689~740. 당나라 시인. 만년에 재상 장구령(張九齡)의 밑에서 잠시 일한 것 이외에는 벼슬하지 못하고 불우한 일생을 마쳤다.〈춘효(春曉)〉등이 유명하다.

21) 사광(師曠) : 춘추 시대 진(晉)나라의 악사로, 음률을 잘 아는 것으로 유명하다. 소리를 잘 듣기 위해 스스로 눈을 찔렀다고 한다.

22) 이의산(李義山) : 812~858. 당나라 시인 이상은(李商隱). 의산(義山)은 자. 전고(典故)를 자주 인용하고 화려한 자구를 구사하여 당대 수사주의(修辭主義) 문학의 극치를 보였다.

23) 시마(詩魔) : 시를 짓고자 하는 마음을 불러일으키는 마력.

사람의 입을 즐겁게 하는 것과 같습니다. 자미(子美, 두보)의 시는 정말
로 회와 고기 같습니다."

대군께서 말씀하시기를,

"백 가지 문체를 갖추었고 비흥(比興)24)의 정밀함이 극에 달했는데
어찌 초당(草堂)을 가볍게 여기는가?"

하시니, 진사가 아뢰었지.

"제가 어찌 감히 가벼이 여기겠습니까? 그의 장점을 말하면, 한 무제
(漢武帝)가 미앙궁(未央宮)25)에 있을 때 사방의 오랑캐들이 중국을 어지
럽히는 것에 분노하여 토벌할 것을 명하니 백만의 용사들이 수천 리에
걸쳐 가는 것과 같습니다. 그의 위대함으로 말하면, 사마상여(司馬相如)
의 〈장양부(長楊賦)〉26)와 사마천(司馬遷)의 〈봉선(封禪)〉27)과 같습니다.
신선 으로 보자면, 동방삭(東方朔)28)이 좌우에서 모시고 서왕모(西王母)
가 금복숭아를 바치는 것과 같습니다. 이 때문에 두보의 문장은 백 가
지 문체를 갖추었다 할 수 있습니다만, 이백과 비교하면 천양지차일
뿐만 아니라 강과 바다가 다른 것과 같습니다. 왕발·맹호연과 비교하
면 두보가 앞서고, 왕발과 맹호연이 채찍을 잡아 길을 다툴 것입니다."

---

24) 비흥(比興) : 『시경(詩經)』의 육의(六儀)인 풍(風)·부(賦)·비(比)·흥(興)·아(雅)·송(頌)
　　가운데 두 가지. 비(比)는 저 사물을 가지고 이 사물에 비유한 것, 흥(興)은 먼저 다른 사물
　　을 말하여 자기가 읊고자 하는 사물을 끌어 일으키는 것을 말한다.

25) 미앙궁(未央宮) : 한 고조 때 만든 궁전.

26) 사마상여(司馬相如)의 〈장양부(長楊賦)〉 : 사마상여(B.C. 179~B.C. 117)는 전한(前漢)
　　의 문인으로 부(賦)에 매우 뛰어났다. 〈장양부〉는 사마상여가 아니라 양웅(楊雄, B.C. 53~
　　A.D. 18)이 지었다.

27) 사마천(司馬遷)의 〈봉선(封禪)〉 : '봉선'은 천자가 하늘과 땅에 제사지내는 것으로, 사마
　　천의 『사기(史記)』 「봉선서(封禪書)」에 봉선의 기원과 역사에 대한 기록이 있다.

28) 동방삭(東方朔) : B.C. 154~B.C. 93. 자는 만천(曼倩). 유창한 변설과 재치로 한 무제(漢
　　武帝)의 사랑을 받아 측근이 되었고, 무제의 사치를 간언하기도 하였다. '익살의 재사'로
　　많은 일화가 전해지는데, 서왕모(西王母)의 복숭아를 훔쳐 먹어 장수하였다 하여 '삼천갑자
　　동방삭'으로 일컬어진다.

대군께서 말씀하시기를,

"그대의 말을 들으니 가슴속이 확 트이는 것이 바람을 타고 하늘에 오른 듯하구나. 다만 두보의 시는 천하의 최고 문장이니 비록 악부(樂府)29)에는 부족하나 어찌〈40〉왕발·맹호연과 길을 다투겠는가? 비록 그러하더라도 잠시 접어두고 그대가 또 한 번 읊어 이 집을 더욱 빛나게 해주게."

하시자, 진사가 곧 칠언사운(七言四韻)을 지어 도화지(桃花紙)30)에 써서 바쳤지.

烟散金塘露氣凉 안개 흩어진 연못에 이슬 서늘한데
碧天如水夜何長 물빛 같은 하늘에 밤은 어찌 긴가
微風有意吹垂箔 뜻있는 미풍이 드리워진 발에 불고
白月多情入小堂 다정한 흰 달이 방안에 들어오네
庭畔陰開松反影 뜰에 어둠 걷히니 소나무 비치고
盃中波起菊留香 잔에 물결 이니 국화 향기 어리네
阮公雖少頗能飮 완공(阮公)31)이 어려도 술 잘 마시니
莫怪瓮間醉後狂 술독에서 취함을 이상하다 하지 말길

대군이 더욱 기이하게 여기며 자리 앞으로 가 손을 잡으며 말씀하셨다.

"진사는 지금 세상의 재주가 아니로다. 내 능력으로는 그 고하를 논할 수 있는 것이 아니네. 글만 잘하는 것이 아니라 또 필획이 지극히

신묘하니 하늘이 그대를 동방에 태어나게 함은 반드시 우연이 아닐 것
일세.”

또 초성(草聖)32)이 붓을 휘두를 때 먹물이 내33) 손가락에 잘못 떨어
져 파리 날개 같았는데 나는 이를 영광으로 여겨 닦지 않았어. 좌우
궁인들이 모두 돌아보고 웃으며 등용문(登龍門)34)이라고 비유했지. 밤
이 깊어지고 물시계가 시간을 재촉하자 대군께서 하품하며 기지개를
켜고, 자고 싶은 생각에 말씀하셨어.

“내가 취했군. 그대도 물러가 쉬고 ‘내일 아침 뜻이 있거든 거문고를
안고 오라’35)는 구절을 잊지 말게.”

다음날 대군께서 여러 번 그 두 시를 읊조리고서 감탄하며 말씀하
셨지.

“근보와 겨룰 만하구만. 그 청아함은〈41〉더 낫고.”

내가 이때부터 누워도 잠을 잘 수 없고 먹어도 마음의 번뇌를 덜 수
없어 어느덧 옷의 띠가 느슨해졌는데, 너는 알지 못했니?36)

제가 묻자, 자란이 말했습니다.

“난 몰랐어. 이제 네 말을 듣고 나니 홀연히 알겠구나.”

그 후 대군께서는 진사를 자주 부르셨지만 저희들이 가까이 하지는

---

32) 초성(草聖) : 왕희지. 여기서는 김진사를 가리킨다.

33) 내 : 원문에는 '妾'으로 되어 있으나, 운영이 자란에게 이야기를 들려주는 문맥이므로 '나'
   로 번역하였다.

34) 등용문(登龍門) : 용문(龍門)에 오른다는 뜻. 용문은 황하 상류에 있는 나루인데 이곳의
   물살은 매우 급하다. 잉어가 그곳을 오르면 용이 된다는 전설에서, 입신출세의 어려운 관문
   을 비유한다.

35) 내일 아침 뜻이 있거든 거문고를 안고 오라 : 이백(李白)의 〈산중여유인대작(山中與幽人
   對酌)〉 시의 구절. “둘이 대작함에 산꽃이 피니, 한 잔 한 잔 또 한 잔. 내 취해 자려 하니
   그대는 잠시 갔다가, 내일 아침 뜻이 잇든 거문고를 안고 오게.[兩人對酌山花開, 一杯一
   杯復一杯. 我醉欲眠卿且去, 明朝有意抱琴來.]”

36) 여기까지 운영이 자란에게 들려주는 이야기이다.

못하게 하셨죠. 그래서 저는 매번 문틈으로 엿보았지요. 하루는 설도전
(薛濤牋)[37]에 율시 한 수를 적었습니다.

布衣革帶士	베옷에 혁대 두른 선비
玉貌如神仙	옥 같은 얼굴이 신선 같네
每向簾間望	날마다 발 사이로 엿보나
何無月下緣	어이하여 인연이 없는가
洗顔淚作水	흐르는 눈물은 물이 되고
彈琴恨鳴絃	거문고 타니 한탄이 울리네
無限胸中怨	한없는 가슴속 원망으로
擡頭獨訴天	머리 들어 하늘에 하소연하네

　시를 적은 종이와 금비녀를 같이 꼭꼭 여러 번 싸서 진사에게 주려고
하였지만 전달할 방법이 없었지요. 그 날 달이 뜬 밤에, 대군께서 잔치
를 열어 손님들을 부르셨어요. 빈객들이 진사의 재주를 크게 칭찬하자
대군께서 두 편의 시를 꺼내 보여주셨지요. 모두들 돌려가며 보고는
칭찬을 그치지 않았어요. 그리고 모두 진사를 한 번 보고 싶어 했지요.
이에 대군께서 즉시 사람과 말을 보내서 청하셨습니다. 그런데 진사가
와서 자리로 나아오는데 몸이 비쩍 야위어서 예전의 풍모는 다 사라지
고 전날의 기상(氣像)이 아니었어요. 대군께서 위로하며 말씀하셨지요.
　"진사는 초나라를 걱정하는 마음도 없을 텐데, 물가의 초췌함이 있

---

37) 설도전(薛濤牋) : 시를 증답(贈答)할 때 쓰는 질 좋은 종이. 설도는 당나라 장안(長安)
사람으로 기생이자 여류 시인. 자는 홍도(洪度). 덕종(德宗) 때 위고(韋皋)가 사천안무사(四
川按撫使)로 있을 때 술자리에 불러 시를 짓게 하고 여교서(女校書)라 불렸다. 만년에 성도
의 서교(西郊)에 있는 완화계(浣花溪) 근처 만리교 근방에서 은거했다. 그 근처는 양질의
종이가 생산되는 곳이어서 특히 소형 심홍색 종이를 만들게 하여 촉 땅의 명사들과 시를
주고받았다. 이것이 평판이 높아 설도전(薛濤箋) 또는 완화전(浣花箋)이라 하여 크게 유행
했다.

는가?"38)

모두들 웃자, 진사가 일어나 말씀드렸습니다.

"보잘것없는 유생이 외람되이 대군의 총애를 입었으니〈42〉복이 지나치면 화가 일어나는 법입니다. 병이 나고 식음을 전폐하여 혼자서는 움직이지 못하게 되었습니다. 이제 고마우신 부르심을 받들게 되니, 이렇게 억지로 몸을 이끌고 찾아뵙습니다."

좌객들은 모두 자세를 고치고 경의를 표했습니다. 진사는 나이가 어린 서생이기에 말석에 앉았어요. 안팎이 단지 벽 하나 사이였지요. 밤이 깊어가는 즈음에 손님들이 모두 취했고, 저는 벽을 파서 구멍을 내어 진사를 엿보았어요. 진사 역시 그 뜻을 알고 구석을 향해 앉았죠. 저는 편지를 봉해서 구멍으로 던졌어요.

진사가 편지를 주워 집으로 가져가 뜯어보았지요. 진사는 슬픔을 이기지 못해 편지를 차마 손에서 놓지 못했답니다. 사모하는 정이 전보다 배나 되어서 어찌할 수가 없었답니다. 답장을 하여 부치고 싶었으나 전해줄 청조(靑鳥)39)가 없어서 홀로 한탄만 할 뿐이었어요. 그러다가 동대문 밖에 사는 어떤 무녀(巫女)의 소문을 들었지요. 무녀는 영험하다고 소문이 나서 궁중에 드나들며 신임을 받고 있었어요. 진사는 그 집에 찾아갔죠. 무녀는 나이가 삼십이 안 되었고 미모가 뛰어났어요. 일찍 과부가 되어 음탕한 여자로 자처하였지요. 무녀는 진사를 보고는 술상을 잘 차려서 대접을 하였어요. 진사는 술잔을 잡기만 하고 마시지는 않은 채 말했습니다.

"오늘은 급한 일이 있어 내일 다시 오겠소."

---

38) 진사는 초나라를~초췌함이 있는가 : 전국시대 초나라 굴원(屈原)이 조정에서 쫓겨나 초췌한 모습으로 물가에서 노닐고 시를 읊다가 어부와 대화를 나눈 내용이 그의 〈어부사(漁父辭)〉에 있다.
39) 청조(靑鳥) : 편지를 전해 준다는 새. 서왕모(西王母)의 뜻을 전달하는 임무를 맡았다고 한다.

다음날 다시 갔으나 또 말을 하지 못했어요. 진사는 차마 이야기를 하지 못하고 말했습니다.

"내일 다시 오겠소."

무녀는 진사의 용모가 범속하지 않은 것을 보고 속으로 기뻐했습니다. 그리고 진사가 매일 와서는 한 마디 말도 않는 것을 보고는 생각했답니다.

'어린 사람이라〈43〉필시 부끄러워 말을 못하는구나. 내가 먼저 떠보아서 밤까지 머물게 한 다음 같이 자야겠다.'

다음날 무녀는 목욕하고, 머리 빗고, 세수하고 갖은 모양을 내며 화장을 하였어요. 그렇게 두루 치장을 굉장하게 한 다음 아름다운 깔개를 깔고, 여종에게 문밖에 앉아 기다리라고 하였지요. 진사가 다시 와서 무당의 꾸밈새며 깔개가 화려한 것을 보고는 속으로 이상하게 생각하였어요. 무녀가 말하였지요.

"이 저녁이 어떤 저녁이기에 이러한 멋있는 분을 만났을까?"

진사는 생각이 없었기에 그 말에 대답도 않고, 슬픔에 잠긴 채 즐거워하지 않았습니다. 무녀가 말했지요.

"과부 집에 젊은 사람이 거리낌도 없이 무슨 왕래가 그리 잦단 말이오?"

진사가 말했지요.

"무녀가 영험하다면 내가 오는 뜻을 왜 모른단 말인가?"

무녀는 즉시 영좌(靈座)에 나아가 신에게 절을 하고 요령(搖鈴)을 흔들며 무릎을 쳤어요. 그리고는 오한이 들린 듯 온 몸을 떨다가 잠시 후 몸을 움직이며 말하였습니다.

"낭군은 진정 가련하시구려. 그릇된 방법으로 되기 어려운 계책을 이루려 하다니. 비단 그 계책이 이뤄지지 못할 뿐 아니라 3년이 안 돼서 황천 사람이 되시겠소."

진사가 울면서 말하였죠.

"무녀가 말하지 않아도 나 또한 알고 있네. 그러나 원한이 가슴에 맺혀 어떤 약도 소용이 없다네. 신령한 자네의 도움으로 요행히 내 편지를 전하게 된다면 난 죽어도 좋을 걸세."

무녀가 말하였습니다.

"비천한 무녀인지라 제사나 있어야 간혹 출입할 뿐이고, 그것도 부르심이 없으면 들어갈 수 없어요. 그러나 낭군을 위해 한 번 가보기나 하지요."

그러자 진사가 품속에서 〈44〉한 통의 편지를 꺼내어 주며 말하였습니다.

"잘못 전하지 않도록 조심하게. 그렇게 되면 큰일 나게 될 테니."

무녀가 편지를 가지고 궁문으로 들어갔어요. 궁 안 사람들이 모두 그이가 온 걸 이상하게 여겼죠. 무녀는 잘 둘러서 대꾸하고는 틈을 타서 눈짓으로 저를 불러 후원의 사람 없는 곳에서 그 편지를 주었지요. 저는 방으로 돌아와 편지를 뜯어보았습니다. 그 사연은 이러했습니다.

한 번 눈길이 마주친 후 혼이 날아가 버린 것 같이 진정할 수가 없었소. 연신 성의 서편을 바라보며 일 촌 간장이 거의 끊어지다시피 되었지요. 전에 벽 틈으로 준 편지를 받고 잊을 수 없는 그대의 옥 같은 목소리를 들으니 편지를 다 펴기도 전에 가슴이 메어왔소. 반도 못 읽어 눈물에 글씨가 번져버리더군요. 누워도 잠을 못 이루고 밥을 먹어도 삼킬 수 없는 지경이라오. 병이 깊이 들어 어떤 약도 소용이 없으니, 지하에서나 만나겠지요. 그저 홀연히 죽어서 당신을 따르기를 바란답니다. 하늘이 굽어 불쌍히 여기시고 귀신이 남모르게 도와 행여 생전에 이 한을 씻을 수 있게 해 주신다면, 이 몸을 가루 내어 천지의 온갖 신령에게 제사를 올리렵니다. 종이를 대하여 목이 메니 다시 무슨 말을 하겠소?

또 시가 한 편 있었어요.

樓閣重重掩夕扉 누각은 깊고 깊은데 저녁이라 문도 닫히고
樹陰雲影摠依微 나무 그늘과 구름 그림자에 더욱 희미하네
落花流水隨溝出 꽃잎 떨어진 물은 도랑 따라 흘러 나가고
乳鷰含泥趁檻歸 제비는 흙을 물어 둥지를 향해 돌아오네
倚枕未成蝴蝶夢 베개 받치고 누웠으나 잠을 이루지 못해
眼穿懸望鴈魚稀 눈이 뚫어져라 기다리지만 소식이 없네
玉貌在眼何言語 옥 같은 모습 눈에 어리는데 무슨 말 하리
草綠鸎啼淚濕衣 풀은 푸르고 꾀꼬리 우니 눈물이 옷을 적시네

첩은 편지를 보고 목이 메고 기가 막히어 말문이 막힌 채 피눈물을 쏟았지요. 〈45〉병풍 뒤에 몸을 숨기고 행여 남이 알세라 두려워했지요. 그 때부터는 잠시도 잊을 수 없었어요. 바보같이 미친 사람같이, 말과 표정에 드러났으니 주군의 의심과 시객(詩客)의 말이 괜한 것은 아니지요.

자란도 한이 있는 여자라서 이 말을 듣고는 눈물을 머금고 말했지요.

"시는 마음에서 나오는 것이라 속일 수 없는 거지."

하루는 대군께서 자란을 부르셨습니다.

"너희들 열 사람이 한 방에 있어서 학업에 전념하지 못하는 것 같다. 다섯 사람을 나누어 서궁(西宮)에 두겠다."

이렇게 해서 저와 자란, 은섬, 비취, 옥녀는 그날로 서궁으로 옮겼어요. 옥녀가 말했습니다.

"무성한 꽃과 가는 풀, 흐르는 물과 향기로운 수풀이 꼭 산야(山野)의 별장 같네. 정말 '독서당(讀書堂)'40)이라 할 만하구나."

---

40) 독서당(讀書堂) : 조선 시대에 젊은 문관 가운데 뛰어난 사람을 뽑아 휴가를 주어 오로지

제가 대꾸하였습니다.

"우리는 사인(舍人)41)도 아니고 승려도 아닌데 이렇게 깊은 궁에 갇혔으니 정말 '장신궁(長信宮)'42)이라 할 만하지."

이 말에 모두들 한탄하였습니다.

그 후 편지를 써서 진사께 뜻을 전하려고 무녀에게 편지를 전달해 주기를 간절히 청하였지만, 무녀는 끝내 오지 않았습니다. 진사가 자기에게 마음이 없으니 서운함이 없지 않았겠지요.

어느 날 저녁 자란이 저에게 은밀히 말했습니다.

"궁인들은 매해 추석 때마다 탕춘대(蕩春臺) 아래 물가에서 빨래를 하고, 나중에는 술잔을 들며 끝냈지. 올해는 소격서(昭格署)43) 골짜기로 옮겨서 놀이를 벌이고, 그때 무녀를 찾아가는 게 상책일 것 같아."
〈46〉저도 그렇게 생각하였습니다. 그 날을 기다리는데 하루가 일 년 같았어요. 비취는 그 말을 엿듣고서는 짐짓 모른 척하며 저에게 말했습니다.

"네가 처음 이곳에 왔을 때 얼굴은 배꽃과 같고, 화장을 하지 않아도 자연스런 자태가 있어 궁중에 여러 사람들이 너를 괵국부인(虢國夫人)44)이라 불렀지. 요즘 들어 얼굴이 옛 모습만 못하고 점점 처음만 못하니, 무엇 때문이니?"

학업만을 닦게 하던 서재. 국가의 중요한 인재를 길러 내기 위하여 1491년(성종 22년)에 시행하였다가 정조 때 없어졌다.

41) 사인(舍人) : 『주례(周禮)』에서는 '궁중 정치를 담당하는 이'라고 하였고 후세에는 왕 가까이에서 보좌하는 관직을 가리켰다. 여기서는 '나인'을 가리키는 듯하다.

42) 장신궁(長信宮) : 한나라의 여류 시인이며 성제(成帝)의 후궁인 반첩여(班婕妤)가 조비연(趙飛燕) 자매에게 미움을 받아 물러났던 곳. 이곳에서 태후의 시중을 드는 동안 〈원행가(怨行歌)〉를 지었다.

43) 소격서(昭格署) : 성제단(星祭壇)을 세우고 제사지내던 곳. 소격서 골짜기는 지금의 서울 삼청동(三淸洞).

44) 괵국부인(虢國夫人) : 당나라 양귀비(楊貴妃)의 언니로, 자신의 얼굴이 고운 것을 자랑하여 화장을 하지 않고 임금을 뵈었다고 한다.

제가 대답했습니다.

"타고난 체질이 허약하여 매번 여름철이 되면 더위를 먹는 병이 생기고, 오동잎이 떨어지고 비단 막이 서늘해지면 점차 나아져."

비취가 한 수를 지어 희롱하며 주었다. 놀리는 모습이었지만 뜻과 생각이 절묘하였습니다. 저는 그 재주를 기이하게 여기면서도 그 놀리는 것은 부끄러웠습니다.

세월이 지나 몇 개월 뒤, 계절이 가을로 바뀌어 서늘한 바람이 불고 저녁에 핀 작은 국화는 누렇게 피었으며 풀벌레는 저녁을 알리고 흰 달은 밝은 빛을 발하였습니다. 저는 속으로 기뻐했지만 말로는 표현하지 않았습니다. 그런데 은섬이 말했습니다.

"편지를 보내는 때가 가까웠으니 세상 즐거움이 어찌 천상과 다르리?"

첩은 서궁 사람들에게 더 이상 숨길 수 없음을 알고 사실대로 말했습니다.

"원하건대 남궁 사람들이 알지 않게 했으면 좋겠네."

이때 기러기는 남쪽으로 날아가고 옥 같은 이슬이 둥글게 맺혀져 맑은 시냇가에서 목욕할 때였습니다. 바로 그 때가 되어 여러 궁녀들과 날짜는 정했으나 서로 의견이 나뉘어〈47〉장소를 정하지 못했습니다. 남궁 사람들이,

"맑은 시내와 흰 바위가 탕춘대보다 좋은 곳이 없다."

라고 하자, 서궁 사람들이 말했습니다.

"소격서 골짜기의 경치가 탕춘대 못지않은데, 하필 가까운 곳을 버리고 먼 곳을 구하려 하느냐?"

남궁 사람들이 고집하여 허락하지 않자 결정을 내리지 못한 채 끝났습니다.

그 밤에 자란이 말했습니다.

"남궁 사람 다섯 명 중에서는 소옥이 주도하니, 내 계책으로 그 뜻을

돌릴 수 있어."

이에 옥등(玉燈)을 앞세우고 남궁에 이르니 금련이 반갑게 맞으며 말했습니다.

"한번 서궁과 남궁으로 나뉜 뒤 진나라와 초나라 사이 같았는데 오늘밤 귀한 걸음으로 오시니 후의에 깊이 감사드려요."

소옥이 말했습니다.

"무엇에 감사하겠어? 이는 곧 유세객(遊說客)이지."

자란이 옷깃을 여미고 정색을 하며 말했습니다.

"다른 사람의 마음을 내가 헤아렸다고 하더니, 이것은 자네를 두고 이른 말이군."

소옥이 말했습니다.

"서궁 사람은 소격서 골짜기로 가고 싶어 하는데 내 홀로 고집을 부렸어. 그래서 네가 밤에 찾아온 것이니 너를 유세객이라고 한 것이 당연하지 않아?"

자란이 말했습니다.

"서궁 사람 중 오직 나만 성내(城內)로 가고 싶어해."

소옥이 말했습니다.

"홀로 성안을 생각한 것은 무슨 뜻인데?"

자란이 말했습니다.

"내가 듣기로 소격서 골짜기는 천성(天星)에 제사를 지내는 곳이어서 골짜기 이름이 삼청(三淸)이라고들 해. 우리 무리는 필시 삼청의 선녀였는데, 『황정경(黃庭經)』[45]을 잘못 읽어 인간 세상으로 내려온 것일 거야. 이제 속세에 살게 되었으니, 산·들·논·바다 중〈48〉어느 곳인들 괜찮지 않겠어? 그러나 깊은 궁궐에 갇혀 있으니 마치 새장 속에 갇힌

---

45) 『황정경(黃庭經)』 : 위(魏)·진(晉) 시대에 구성된 초기 도교의 경전으로 칠언운문(七言韻文)으로 쓰였다.

셈이라, 꾀꼬리 소리에 탄식하고 푸른 버드나무를 보고 한탄하지. 제비도 쌍으로 날고 새도 함께 잠들며 풀도 합환초(合歡草)[46]가 있고 나무에도 연리지(連理枝)[47]가 있지. 보잘 것 없는 금수나 이름 없는 초목도 또한 음양을 타고나 즐거움이 더할 곳이 없어. 그런데 우리 열 명은 무슨 죄가 있어서 적막한 깊은 궁에 오래도록 갇혀, 꽃 피는 봄, 달 밝은 가을에도 등불을 벗하여 넋이 나간 채, 청춘을 헛되이 버리면서 저승의 한을 남기느냐구? 타고난 운명의 기박함이 어찌 이다지도 심할까? 인생이 한 번 늙으면 다시 젊어질 수 없는 것이니 너는 다시 생각해보렴. 어찌 슬프지 않겠어? 이제 맑은 시냇가에서 목욕하여 몸을 깨끗이 한 뒤 태을사(太乙祠)[48]에 들어가 머리를 조아려 백번 절하고, 또 두 손을 모아 천지신명께 내세에는 이와 같은 고통을 벗어날 수 있게 기도할 뿐 어찌 다른 뜻이 있겠어? 무릇 우리 궁의 사람들은 정(情)이 동기(同氣)와 같아. 그러나 이 일로 인해 사람을 의심하지 말아야 할 곳에서 의심을 하니? 내가 보잘 것 없어서 말에 믿음을 주지 못한 것이겠지."

소옥이 일어나 사죄하며 말했습니다.

"내가 이치를 살핌이 밝지 못해 네게 한참 미치지 못하는구나. 처음 성내(城內)로 가는 것을 허락하지 않은 것은 성안에 무뢰배의 무리들이 많아 뜻하지〈49〉않은 욕을 당할까 염려해서였어. 그래서 의심한 것인데 이제 오래지 않아서 곧 깨닫게 해주니, 이제부터 대낮에 하늘에 오른다고 해도 내가 따를 것이며, 물을 건너 바다에 들어간다고 해도 또한 따를 거야. 이른바 사람 때문에 일이 이루어진다고 했으니, 그것이 성공한다면 이와 같겠지."

---

46) 합환(合歡) : 자귀나무. 밤이면 잎이 서로 맞붙음.
47) 연리지(連理枝) : 뿌리는 다른데 나뭇가지가 서로 이어진 나무.
48) 태을사(太乙祠) : 태을은 태일(太一)과 통용하며 본래 별 이름이다. 성현(成俔)의 『용재총화(慵齋叢話)』에 따르면 소격서 안에 태일전(太一殿)·삼청전 및 내외제단(內外諸壇)이 있어서 옥황상제를 비롯한 수백 개의 신위(神位)와 상(像)들이 마련되어 있었다고 한다.

부용이 말했다.

"무릇 일에는 마음이 정해져야 해. 지난번에 정하지 못해 두 사람이 다투다가 하루 종일 결정하지 못한 것은 일이 불순함이요, 한 집안의 일을 주군이 알지 못하는데 첩들이 몰래 상의한 것은 마음이 불충함이요, 낮에 다투던 일을 밤이 반도 되지 않아 굴복하는 것은 사람을 불신함이야. 맑은 가을 옥 같은 시내가 없는 곳이 없고 가지 못할 곳이 없는데 반드시 성에 있는 사당으로 가려는 것은 마땅치 않아. 비해당(匪懈堂) 앞은 물이 맑고 바위가 깨끗하여 해마다 이곳에서 완사(浣紗)를 했는데 이제 이것을 고치려는 것은 옳지 않아. 한 가지로 다섯 가지를 잃기 때문에 나는 너희들의 명을 따를 수 없어."

보련이 말했습니다.

"말이란 몸을 꾸미는 도구야. 삼가고 삼가지 않음에 따라 경사와 재앙이 따라. 이 때문에 군자는 말 삼가기를 입을 단지처럼 굳게 닫는 것 같이 하는 거야. 한나라 때 병길(丙吉)[49]과 장상여(張相與)[50]는 하루 종일 말을 하지 않아도 이루지 못한 일이 없었으며, 색부(嗇夫)[51]는 재잘거리며 거침없이 말을 잘했지만 장석지(張釋之)가 잘못되었음을 아뢰었지[52]. 내가 보건대 자란의 말은 숨김이 드러나지 않고 소옥의 말은

---

49) 병길(丙吉) : ?~B.C. 55. 한(漢) 선제(宣帝) 때의 재상. 자는 소경(少卿). B.C. 91년 무고(巫蠱)의 옥사 때 여태자(戾太子)의 손자인 유순(劉詢: 뒤의 선제(宣帝))의 목숨을 구하였고 암암리에 많은 도움을 주었는데, 유순이 제위에 오른 후에도 자신의 공을 말하지 않았다고 한다. 『한서(漢書)』「병길전(丙吉傳)」.

50) 장상여(張相與) : 동양후(東陽侯) 장상여(張相如). 한(漢) 고조(高祖)와 문제(文帝) 때의 중신으로 흉노를 쳐서 큰 공을 세웠다. 장상여는 말을 할 때는 구변이 없어서 제대로 표현을 하지 못했다고 한다. 『사기(史記)』「장석지풍당열전(張釋之馮唐列傳)」.

51) 색부(嗇夫) : 한나라 때 마을에서 조세·소송을 담당하던 하급관리.

52) 색부(嗇夫)는~잘못되었음을 아뢰었지 : 한나라 문제(文帝) 때 색부가 질문에 대답을 잘해 상림위(上林尉)란 벼슬을 내리려 하자, 장석지(張釋之)가 나서서 '말 잘하는 것 때문에 색부에게 높은 벼슬을 준다면 천하 사람들이 모두 말 잘하기만을 다투어 내실이 없게 될 것'이라고 간언(諫言)하였다. 『사기』「장석지풍당열전(張釋之馮唐列傳)」.

억지로 애써 따르라 하고 부용의 말은 꾸미는 데만 있으니 모두 내 뜻에 맞지 않아. 이 행차에 나는 참여치 않겠어.”

　금련이,

　“오늘 밤의 논쟁은 끝내 하나로 결말이 나지 않으니,〈50〉내가 또 점을 쳐 볼게.”

　하고는 즉시 『희경(羲經)』[53]을 펼쳐 놓고 점을 친 후, 점괘를 말했습니다.

　“내일 운영은 반드시 장부를 만날 거야. 운영의 용모와 행동이 세상 사람이 아닌 듯하여 주군이 마음이 기운 지 이미 오래 되었지만, 운영이 죽음으로서 거절한 것은 다른 것이 아니라 차마 부인의 은혜를 저버릴 수 없었기 때문이야. 주군의 명령이 비록 엄하나 운영의 몸이 상할까 두려워서 감히 가까이 하지 못했었지. 지금 이처럼 적막한 곳에서 거처하면서 저 번화한 곳으로 가려고 하니 놀기 좋아하는 소년이 운영의 자색을 본다면 반드시 정신을 잃고 미칠 것이야. 비록 서로 가까이 할 수 없더라도 손가락질 하고 눈짓을 보내는 것은 또한 욕된 일이지. 지난 번 주군이 ‘궁녀가 문을 나서거나 다른 사람의 이름을 알면 모두 죽여 버리겠다.’고 명하셨으니, 이번 행사에 나는 참여치 않겠어.”

　자란이 일이 성사되지 못함을 알고 우울하게 돌아오려는 순간, 비경이 울며 비단 허리띠를 잡고 억지로 머물게 하면서 앵무잔에다 운유주(雲乳酒)를 권했어요. 좌우가 모두 마시며 금련이 말했습니다.

　“처음 남궁에 있었을 때 운영과 사귐이 친밀하여 생사와 영욕을 함께 하기로 약속했었어. 이제 비록 거처하는 곳이 다르나 어찌 차마 잊을 수 있겠어? 전일에 주군 앞에서 문안할 때 당(堂) 앞에 있는 운영을 보니 허리가 여위어 수척하고 얼굴빛은〈51〉초췌하고 목소리는 가늘

---

53) 『희경(羲經)』: 역경(易經). 주역(周易). 복희(伏羲, 伏犧)가 팔괘를 만들었다고 하여 붙여진 이름이다.

어 입 밖에 내지 못하더라. 절할 때 힘이 없어 땅에 쓰러질 듯해 내가 부축해 일으켰지. 좋은 말로 위로하니 운영이, '불행히도 병이 있어 곧 죽을 것 같아. 내 작은 목숨은 죽어도 아깝지 않지만 아홉 사람의 문장과 재주가 일취월장하여 훗날 아름다운 작품들이 세상을 들썩이게 할 텐데 나는 그것을 보지 못할 것 같으니 슬픔을 금할 수 없어.'라고 답했어. 그 말이 너무도 처절하여 난 눈물이 났지. 지금에야 생각해보니 그 병은 그리움이 빌미가 된 것 같아. 아! 자란은 운영의 친구야. 죽게 된 사람을 천단(天壇)54)에 두려는 거지. 오늘의 계획이 이루어지지 않으면 저승에 가 죽어서도 눈을 감지 못하고 남궁을 원망할 텐데, 이를 면할 수 있을까? 『서경(書經)』에 '선한 일을 하면 백 가지 복을 주고 악한 일을 하면 백 가지 재앙을 내린다.'55)고 했는데, 지금 논의가 선한 일이야, 악한 일이야? 소옥이 이미 허락했고 세 사람의 뜻이 따르는데 어찌 도중에 그만둘 수 있어? 혹시 일이 새어나가도 운영이 혼자 그 죄를 입을 것인데 다른 사람이 무슨 관계가 있겠어?"

소옥이 말했습니다.

"나는 두 번 말하지 않겠어. 당연히 운영을 위해 죽을 수 있어."

자란이,

"따르는 사람이 반, 따르지 않은 사람이 반이니 일을 함께 할 수 없겠군."

하고서는 일어나 가려다가 돌아와 앉아서 다시 그 뜻을 살피더니, 혹 따르고자 하나 두 말을 하는 것을 부끄럽게 여기는 것임을 알았습니다.

자란이 말했습니다.

---

54) 천단(天壇) : 하늘에 제사지내는 단. 여기서는 '소격서(昭格署)'를 가리킨다.

55) 선한 일을 하면~재앙을 내린다 : 『서경(書經)』 권4 「상서(商書)·이훈(伊訓)」에 나오는 말. "作善降之百祥, 作不善降之百殃".

"천하의 일에는〈52〉정도(正道)와 권도(權道)56)가 있는데 권도가 적합하면 이 또한 정도(正道)지. 어찌 변통하는 권도도 없이 앞의 말을 고수하는 거야?"

좌우의 사람들이 일시에 따랐습니다.

자란이 말했습니다.

"내가 변론을 잘하는 것이 아니라 남을 위해 정성껏 도모한 것이니 이를 그만두지 않을 수 없지."

비경이 말했습니다.

"옛날에 소진(蘇秦)이 여섯 나라로 하여금 합종(合從)케 했는데57) 지금 자란이 다섯 사람으로 하여금 능히 따르게 했으니 변사(辯士)라고 할 만하군."

자란이 말했습니다.

"소진은 여섯 나라의 재상의 인(印)을 찼는데 오늘 너희 다섯 사람은 무슨 물건을 줄 거야?"

금련이,

"합종은 여섯 나라에 이익이 되었지. 오늘 밤 네 뜻을 따르는 것은 다섯 사람에게 무슨 이익이 되는데?"

라고 하자, 서로 크게 웃었습니다.

자란이 말하기를,

"남궁 사람들이 모두 선한 일을 하여 죽을 뻔한 운영의 목숨을 다시 잇게 하였으니 어찌 감사하지 않겠어?"

하며 일어나 두 번 절하니, 소옥 또한 일어나 절했습니다. 자란은 이에

---

56) 권도(權道) : 상황에 따라 일을 처리하는 방도.
57) 소진(蘇秦)이~합종(合從)케 했는데 : 소진은 전국시대 때의 유세가. 여러 제후국들이 진(秦)나라의 침략을 두려워하고 있을 때 연(燕)나라의 문후(文侯)에게, 남북으로 위치한 6국의 연합, 즉 합종(合縱)의 이익을 설득하고 다시 조(趙)·한(韓)·위(魏)·제(齊)·초(楚)나라를 설복하여 6국의 합종에 성공하였다.

다섯 사람의 뜻을 견고히 하고자 말하였습니다.

"오늘 밤 일에 다섯 사람이 동의했어. 위로는 하늘이 있고 아래로는 땅이 있으며 등불이 환히 비추고 귀신이 보고 있으니 다음 날 다른 뜻을 내지는 않겠지?"

일어나 절하고 나갔고 다섯 사람이 모두 궁문 밖에서 배웅했습니다.

자란이 돌아와 저에게 말해주어 저는 벽을 짚고 일어나 두 번 절하고 감사하며 말했습니다.

"나를 낳은 이는 부모이고 나를 살리는 이는 너구나. 땅에 들어가기 전 맹세코 이 은혜를 갚을게."

앉은 채 아침을 기다렸다가 들어가 주군에게 문안한 후 중당(中堂)으로 물러나와 만났습니다. 소옥이 말했습니다.

"하늘은⟨53⟩맑고 물은 차가우니 완사(浣紗)58)하러 갈 때야. 오늘 소격서 골짜기에 장막을 치는 것이 좋겠다."

여덟 사람 모두 다른 말이 없었습니다.

제가 서궁으로 가서 흰 비단에 마음속에 가득한 슬픔과 원망을 쓰고 속에 감추었습니다. 자란과 함께 일부러 뒤떨어져서 말잡이 아이종에게 말했습니다.

"동문 밖 무녀가 매우 영험하다고 하니 내가 그 집에 가서 병을 물어보고 가마."

아이종은 그 말대로 했습니다. 그 집에 이르러 좋은 말로 애걸했습니다.

"오늘 온 것은 원래 김진사를 한 번 만나고 싶어서일 뿐이에요. 빨리 사람을 보내 알려주면 평생 은혜를 갚겠어요."

무녀는 그 말대로 사람을 보냈고, 김진사는 넘어질듯이 달려왔습니

---

58) 완사(浣紗) : 비단을 빠는 일.

다. 두 사람은 서로 보고서 한 마디 말도 꺼내지 못하고 눈물만 흘릴
뿐이었습니다. 저는 편지를 주며,

"저녁에 돌아올 테니 낭군께서는 이곳에서 기다려주십시오."

라 하고는 즉시 말에 올라 떠났습니다. 김진사는 편지를 뜯어보았지요.

　　지난 번 무산(巫山)의 선녀가 편지를 전해주었는데 낭랑한 음성
이 편지에 가득했습니다. 세 번 반복하여 읽었는데 슬픔과 기쁨이
섞여 마음을 진정할 수 없었습니다. 즉시 답장을 하고 싶었지만
전할 방도가 없었습니다. 또 일이 새어나갈까 두려워 목을 빼고
바라보기만 했습니다. 날아가고 싶었지만 날개가 없어 간장은 끊
어질 듯했고 혼은 사라질 것 같았습니다. 다만 죽을 날만 기다리다
가 죽기 전에 이 편지에 의지하여 평생의 그리움을 다 털어놓고자
합니다. 엎드려 바라건대 낭군께서는 유념하십시오.

　　저는 남쪽 사람으로 부모님께서는 자식들 가운데 저를 유독 사
랑하셔서〈54〉밖에 나가 노는 것을 제 뜻대로 했습니다. 그래서
숲이나 시냇가, 매화나무, 대나무, 귤나무, 유자나무의 그늘 아래에
서 매일 즐겁게 노는 것을 일삼았습니다. 낚시터에서 물고기를 잡
는 무리에 끼거나 피리 부는 초동(樵童)이나 목동들과 아침저녁
으로 어울리기도 했습니다. 그밖에 산과 들의 모습이나 농가의 흥
취는 일일이 거론하기 어렵습니다. 부모님께서는 처음에 『삼강행
실(三綱行實)』과 『칠언당음(七言唐音)』을 가르쳤습니다. 열세
살에 주군께서 부르셔서 부모님과 이별하고 형제들과 멀어지게
되었습니다. 궁중에 들어와 돌아가고 싶은 마음을 금할 수 없어
흐트러진 머리와 때 묻은 얼굴, 남루한 의상으로 지내면서 추하게
보이길 바랐지만 부인께서는 오히려 더욱 아껴주시고 주군 또한
평범한 시녀로 대하지 않으셨습니다. 궁중 사람들은 골육처럼 친
애하지 않은 이가 없었습니다. 학문에 종사한 후로 조금 이치를

알고 시를 지을 수 있게 되어 나이 든 궁인들도 공경했습니다. 서궁으로 옮긴 뒤에는 거문고와 서적에 전념하여 재주가 더 깊어졌습니다. 손님들이 지은 시는 하나도 눈에 드는 게 없었습니다. 인재는 얻기 어렵다 하였으니, 어찌 그렇지 않겠습니까![59] 남자의 몸으로 태어나 세상에 이름을 날리지도 못하고, 헛되이 홍안박명(紅顔薄命)의 신세가 되어 깊은 궁중에서 세월을 허송하고 있을 뿐입니다. 이 때문에 한이 마음 깊이 맺혀 원한이 가슴속에 쌓였습니다. 수를 놓다가 등불에 태우기도 하고 비단 짜는 것을 멈추고 북을 베틀 아래 던지기도 했습니다. 비단 휘장을 찢고 옥비녀를 부러뜨리기도 했구요. 잠시 취흥이 일 때면 신을 벗고 산책하며 계단의 꽃들을 꺾거나 뜰의 풀들을 뽑기도 했으니 미치광이처럼 마음을〈55〉억누를 수 없었습니다.

작년 가을밤에 낭군의 모습을 한 번 보고서 천상의 선인(仙人)이 인간 세상에 귀양 온 것이라 여겼습니다. 저의 용모는 아홉 사람보다 못한데, 전생에 무슨 인연이 있기에 붓끝의 한 점 먹물이 가슴속에 원한을 맺을 빌미가 될지 어찌 알았겠습니까? 주렴 사이로 바라보며 낭군을 모실 인연을 생각했고 꿈속에서 보며 잊지 못할 정을 이어가려 했습니다. 비록 한 번도 금침(衾枕) 속의 기쁨은 없지만 아름다운 모습은 황홀하게 눈에 어른거렸습니다. 배꽃에서 우는 두견새 소리와 오동나무에 떨어지는 밤비 소리는 애처로워 차마 들을 수 없었습니다. 사창에 비친 반딧불 그림자와 외로운 등잔에 비친 내 그림자는 차마 볼 수 없었습니다. 때로는 병풍에 기대 앉아, 때로는 난간에 기대서서 가슴을 두드리고 발을 구르며 홀로 하늘에 호소했습니다. 낭군께서도 저를 생각하고 계실지 알 수 없어 낭군을 만나기 전에 먼저 이 몸이 죽을까 두려웠습니다. 그리

---

59) 인재는 얻기 어렵다 하였으니, 어찌 그렇지 않겠습니까 : 『논어(論語)』「태백(泰伯)」에 나오는 말. "才難不其然乎".

되면 오랜 세월이 흘러도 이 한은 사라지지 않을 것입니다.

오늘 빨래하는 행사에 두 궁전의 시녀들이 모두 모였기 때문에 이곳에 오래 머무를 수 없습니다. 눈물은 먹물과 섞이고 혼은 비단 편지에 맺힙니다. 바라건대 낭군께서는 한 번 보아 주십시오. 또 서툰 글귀로 삼가 이전 은혜에 답하였습니다. 아름답지는 않지만 영원히 사랑하고자 하는 마음을 담았습니다.

그 글은, 하나는 가을을 슬퍼하는 부(賦)이고 하나는 사모하는 시였습니다.

이날 밤 자란과 저는 먼저⟨56⟩나와 동문으로 향했는데, 소옥이 미소 지으며 절구(絕句) 한 수 지은 것을 주었어요. 저를 놀리는 뜻이었지요. 저는 속으로 창피하였지만 참고 받았습니다. 그 시는 이러했습니다.

太乙祠前一水回　태을사 앞 한 줄기 물이 구비 도니
天壇雲盡九門開　천단의 구름 사라지고 대궐문 열리네
纖腰不勝狂風蕊　가는 허리는 광풍을 이기지 못하니
暫避林中日暮來　잠시 숲으로 피해 날 저물면 올지라

비경이 즉시 차운(次韻)하였고 금련과 보련이 이어서 차운하였으니, 역시 모두 저를 놀리는 뜻이었어요.

저는 말을 타고 먼저 가서 무녀 집에 도착하였어요. 무녀는 속으로 화가 난 듯 벽을 향해 앉아 얼굴빛을 보이려 하지 않았어요. 진사는 비단편지로 얼굴을 감싼 채 종일토록 울다가 넋이 나가서 제가 오는지도 몰랐지요. 저는 왼 손에 낀, 운남(雲藍) 지방 옥빛의 금반지를 빼어 품에 넣어주면서 말했어요.

"낭군께서 저를 가볍게 여기지 않으시고 천금 같은 몸으로 누추한 곳에서 기다리셨군요. 제가 어리석지만 목석은 아니니, 감히 죽음을 무릅쓰고 허락하지 않겠습니까? 제가 만약 이 말을 어긴다면 이 금반지가 증명할 것입니다."

갈 길이 급하여 일어나 작별하려 하니 눈물이 비처럼 쏟아졌어요. 제가 진사에게 귓속말을 하였지요.

"저는 서궁에 있어요. 낭군께서 어둔 밤을 타서 서쪽 담장을 넘어오시면 삼생(三生)에 못 다한 인연을 이을 수 있을 거예요."

말을 마치고 서둘러서 먼저 궁으로 돌아오니, 여덟 명이 차례로 들어오더군요.

밤 10시경 소옥이 비경과 촛불을 밝히고〈57〉서궁으로 와서 말했어요.

"낮에 읊은 시는 생각 없이 지은 거야. 하지만 놀린 꼴이 되어서 밤이 깊었지만 혼날 각오를 하고 사과하려고 왔어."

자란이 말했습니다.

"다섯 사람의 시는 다 남궁에서 나온 것이지. 궁을 나눈 이후로는 우리 관계가 당나라 때 우·이(牛·李)60)같이 되었으니, 어쩌다 이렇게 되었을까? 그러나 여자의 마음은 같아. 오랫동안 외떨어진 궁에 갇혀 외롭게 지내며, 대하는 건 등불이고 하는 일이란 악기를 타고 노래하는 것뿐이지. 온갖 꽃들이 웃는 듯 아름답게 피어나고 제비가 쌍쌍이 날개짓 하며 즐거워할 때 불쌍한 우리들은 모두 깊은 궁에 갇혀서 만물에 봄이 깃드는 것을 바라보기만 하니, 그 마음이 어떻겠어? 조운모우(朝雲暮雨)의 신은 초나라 왕의 꿈속에 자주 깃들었고61), 또 서왕모는 요지연(瑤池宴)에 참석했었지?62) 여자의 마음은 다름이 없는데, 남궁 사

---

60) 우·이(牛·李) : 당나라 우승유(牛僧孺)와 이종민(李宗閔). 이들이 당파를 만들어 서로 세력을 다투었던 데서, '동료 사이의 싸움'을 비유하는 말로 쓰인다.

61) 조운모우(朝雲暮雨)~자주 깃들었고 : 초나라 왕이 고당(高唐)에 가서 꿈을 꾸었는데, 무산(巫山)의 신녀가 와서 침석(枕席)을 받들고는 떠나면서 아침에는 구름으로 밤에는 비가 되어 내리겠다고 하였다. 초나라 송옥(宋玉)의 〈고당부(高唐賦)〉.

람들은 어이하여 항아(姮娥)처럼 정절을 지키며 영약(靈藥)을 훔친 것63)을 후회하지 않지?"

비경이 소옥과 함께 눈물을 흘리며 말했어요.

"한 사람의 마음이 곧 천만 명의 마음이로구나. 이제 네 말을 들으니 슬픔이 북받쳐 오른다."

그리고는 인사를 하고 갔습니다. 저는 자란에게 말했어요.

"오늘 밤 진사와 굳게 약속을 했어. 오늘 오시지 않으면 내일은 반드시 담을 넘으실 거야. 오시면 어떻게 대접하지?"

자란이 말했지요.

"휘장이 겹겹이 둘러 있고 비단 방석이 화려하게 깔려 있고〈58〉술과 고기가 잔뜩 차려져 있으니, 오지 않을 수도 있으나 오면 대접하는 게 뭐 어렵니?"

그런데 그 날 밤 결국 오시지 않더군요.

진사께선 그곳을 몰래 살피셨는데, 담장이 너무 높았답니다. 날개가 없으면 넘을 수 없을 것 같았지요. 집에 돌아와 묵묵히 고민하는 빛을 띠고 있자니, 진사의 노비 중에 '특(特)'이란 자가 평소 재주가 많았는데, 진사의 안색을 보고는 다가와서 말했답니다.

"진사나리, 아무래도 오래 못 사실 것 같습니다."

그리고는 엎드려 울었어요. 진사가 사정을 말했더니, 특이,

"진작 말씀하시지요. 제가 힘써볼게요."

하고는 즉시 사다리를 만들었는데 대단히 가볍고 접을 수도 있었어요. 접으면 병풍을 말은 것 같고 펼치면 오 척 정도 되어 손에 들고

---

62) 서왕모는~참석했던가 : 주(周) 목왕(穆王)이 요지(瑤池)에서 서왕모(西王母)를 만나 술을 마셨다고 한다. 『열자(列子)』 「주목왕(周穆王)」.

63) 항아(姮娥)처럼~훔친 것 : 항아는 불사약(不死藥)을 훔쳐 남편은 주지 않고 혼자 먹고는 달나라 신선이 되었다고 한다. 항아가 영약을 훔쳤다 함은 여자가 혼자 지내는 상황을 말한다.

다닐 수가 있었습니다. 특이 일러 드렸지요.

"이 사다리를 가지고 궁 담장을 오르신 다음, 집어 올려 접으세요. 그리고 안쪽에 펼쳐서 타고 내려가세요. 돌아올 때도 역시 그렇게 하시면 됩니다."

진사는 특에게 뜰에서 시험하게 하였어요. 과연 말한 대로였습니다. 진사는 매우 기뻐했어요. 그 날 밤에 가려고 하니, 특이 품에서 개가죽으로 만든 덧신을 꺼내주면서 말하였어요.

"이게 없으면 가기 어려우실 겁니다."

진사가 신어보니 나는 새처럼 가볍고 발소리가 나지 않았어요. 진사는 그렇게 해서 안팎의 담장을 넘어서는 대나무 숲에 숨었어요. 그날 밤 달빛은 낮과 같고 궁중은 적막했지요. 잠시 후 한 사람이 안에서 나와서는 산보를 하며 나직이 시를 읊조렸습니다. 진사는 대나무를 헤치고 머리를 내밀었어요.

"여기 왔소!"

그 사람이 웃으며 대답했어요.

"얼른 나오세요, 얼른요."

진사가〈59〉나와서 인사를 했지요.

"어린 사람이 풍류의 흥을 이기지 못해 죽음을 무릅쓰고 감히 여기 왔습니다. 바라노니 낭자께서는 이 몸을 측은하고, 가련하며, 불쌍하고, 가엾게 여겨 주시오."

자란이 말했습니다.

"진사께서 오시길 큰 가뭄에 비구름 기다리듯 고대했습니다. 이제 다행히 만났으니 저희는 살았습니다. 낭군께서는 두려워 마세요."

자란은 즉시 안으로 인도하였어요. 진사는 층계를 거쳐 난간을 따라와서 어깨를 움츠리고 안으로 들어왔어요. 저는 창문을 열고 촛불을 밝히고 앉아서는 동물 문양의 금빛 화로에는 울금향(鬱金香)⁶⁴⁾을 사르고, 유리로 만든 책상에는 『태평광기(太平廣記)』[65] 한 권을 펼치고 있다가 낭군께서 오신 걸 보고는 일어나 맞았지요. 낭군도 답례를 하시고 손님과 주인의 예로써 동서로 나누어 앉았어요. 자란에게 진수성찬을 내오게 하고 자하주(紫霞酒)를 따라서 드렸지요. 술이 세 번 돌자 진사는 취한 체하며 말했어요.

"시간이 얼마나 됐소?"

자란은 그 뜻을 알고 휘장을 내리고 문을 닫고 나갔습니다.

저는 등잔불을 끄고 같이 누웠어요. 그 기쁨이란 알만 하시겠지요. 새벽이 될 즈음 닭들이 울어대자 진사는 일어나서 갔어요. 이후로 어두울 때 들어와서 새벽에 나가기를 매일 같이 하였지요. 정이 깊어져서 그칠 수가 없었어요. 그러다가 담장 안의 눈 위에 발자국이 남아서 궁인들이 모두 그 출입함을 알게 되었으니 위태롭게 되었지요.

하루는 진사께서 좋은 일이 끝내 재앙이 되지 않을까 걱정이 돼서 매우 두려워하셨어요. 종일토록 기분이 안 좋았지요. 특이 밖에서 들어와〈60〉말했지요.

"제 공이 큰데 아직 상을 내리시지 않으시니 어찌된 일입니까?"

진사가 말했어요.

"잊지 않고 있네. 조만간 큰 상을 주어야지."

특이 말했어요.

"오늘 안색을 뵈니 걱정이 있으신 듯합니다만, 무슨 일이신 모르겠습니다."

진사가 말했습니다.

"보지 않았을 때는 심신에 병이 들더니만 보고 나니 죄를 헤아리기 어렵군. 어찌 걱정되지 않겠는가?"

---

64) 울금향(鬱金香) : 울금의 꽃에서 짜낸 즙으로 만든 향.
65) 태평광기(太平廣記) : 송 태종의 칙명에 따라 다양한 이야기들을 모은 책.

특이 말했어요.

"그러면 몰래 업고 도망가시지요?"

진사는 옳다고 생각하고는, 그 날 밤 들어와서는 특의 말을 제게 했어요.

"'특'이란 노비가 평소 지략이 뛰어난데 이렇게 일러 주었소. 그 생각이 어떻소?"

제가 말했어요.

"저의 부모님은 재산이 많아서 의복과 재물들을 많이 싣고 왔어요. 그리고 주군께서 주신 것도 매우 많지요. 이 물건들을 버리고 갈 수는 없어요. 옮기려고 하면 말 열 필로도 다 옮길 수 없을 거예요."

진사는 돌아와서 특에게 말하였어요. 특은 매우 기뻐하며 말했지요.

"내 친구들 중에 장사 수십 명이 있습니다. 날마다 협박을 일삼는데 사람들이 당해내지 못해요. 그러나 저와는 아주 친해서 제 말이면 다 들어줍니다. 이들에게 운반하게 하면 하룻밤 새 태산이라도 옮길 겁니다."

진사가 궁에 들어와 제게 말했고, 저도 그렇게 해야겠다고 생각했어요. 그래서 재물을 끄집어내어 하룻밤 새에 다 밖으로 운반했지요. 특이 말했습니다.

"이처럼 귀중한 재물들을 집에 쌓아두면 어르신께서 필히 의심할 것입니다. 저희 집에 두면 이웃사람들이 의심할 거구요. 그러니 산에 깊이 묻어 굳게 지키는 게 좋겠습니다."

진사가 말했습니다.

"만약 잃어버리게 되면 나나〈61〉너나 도둑의 혐의를 면하기 어려울 테니, 잘 지켜야 해."

특이 말했습니다.

"제 계획이 이렇게 치밀하고 제 친구가 이렇게 많으니 어려울 게 없습니다. 게다가 제가 큰 칼을 들고 밤낮 지키겠습니다. 제 눈은 빼가도

이 보물들은 빼앗지 못할 겁니다. 제 다리는 베어도 이 보물은 빼앗지 못할 것이니, 염려 마세요."

특은 이 보물을 얻은 후에 저와 진사를 산속으로 유인하여 진사를 죽인 후 저와 재물을 차지하려는 속셈이었지요. 진사는 세상물정 모르는 선비라서 눈치를 채지 못했어요.

하루는 대군께서 전에 지은 비해당에 걸 멋있는 현판을 얻고자 하셨어요. 손님들의 시는 모두 마음에 들지 않아서 억지로 김진사를 부르셨죠. 그리고 잔치를 벌이고 간청하셨어요. 진사는 한 번 붓을 휘둘러 글을 지었는데 다시 손볼 데가 없었죠. 산수 경치와 비해당의 모습을 모두 담아냈어요. 비바람을 놀라게 하고 귀신을 울게 할 정도였죠. 대군께서는 구절마다 칭찬하셨지요.

"뜻하지 않게 오늘 왕자안(王子安)66)을 다시 보는구나."

하시며, 읊기를 그치지 않으셨어요. 다만 '담을 넘어 몰래 풍류를 즐기네.'라는 구절에 이르러 읊기를 멈추고 의심하셨어요. 그러자 진사는 일어나서 인사를 드렸어요.

"취해서 정신이 없으니 물러가겠습니다."

대군께서는 종에게 부축해서 전송하라고 했지요.

다음 날 밤 진사가 와서는 제게 말했어요.

"떠나야겠소. 어제 지은 시가 대군께 의심을 받았소. 오늘 밤 가지 않으면 화가 있을 것 같소."

제가 말했습니다.

"어젯밤 꿈에〈62〉흉악하게 생기고 묵특선우(冒頓單于)67)라고 하는 이가 말하기를, '약속을 하였기에 장성(長城) 아래서 오래 기다렸소.'

---

66) 왕자안(王子安) : 왕발(王勃). 당나라 초기 시인. 자안은 그의 자.
67) 묵특선우(冒頓單于) : ?~B.C. 174. 선우는 흉노(匈奴) 부락 연맹의 수령을 가리킨다. B.C. 209년 즉 진(秦)나라 2세 원년에 아버지 두만(頭曼)선우를 죽이고 자리에 올랐다.

하더군요. 놀라서 깨어났어요. 꿈이 불길하니 매우 괴상해요. 낭군께서
생각해보세요.”

“꿈속 허탄한 일을 어찌 믿겠소?”

“'장성'이라고 한 것은 궁궐 담이요, '묵특'이라고 한 것은 '특'일 거예
요. 낭군께서는 이 노비의 마음을 잘 아세요?”

“이 놈이 평소 매우 흉악하기는 한데 앞서 내게 충성을 다했소. 낭자
와 이러한 좋은 인연을 맺은 것은 모두 이 노비가 계획한 것이라오.
그러하니, 앞서는 충성하다가 끝에 악한 짓을 하겠소?”

“낭군의 말씀이 이같이 간절하시니 제가 뭘 마다하겠어요? 다만 자
란은 형제와 같이 정들었으니 말하지 않을 수 없어요.”

즉시 자란을 불렀어요. 세 사람이 앉아서는, 제가 진사의 계획을 말
했지요. 자란은 손을 치며 꾸짖었어요.

“환락이 오래 되면 재앙을 부르지 않던가? 두 달 사귀었으면 또한
충분하지, 담을 넘어 도망치는 게 사람이 차마 할 짓이니? 먼저, 주군
께서 오래 마음을 쏟으셨으니 도망갈 수 없고, 둘째, 마님께서 그렇게
돌봐주셨으니 도망갈 수 없고, 셋째, 화가 부모님께 미칠 테니 도망갈
수 없고, 넷째, 서궁의 죄 없는 사람들이 벌을 받을 테니 도망갈 수
없는 거야. 그리고 천지가 하나의 그물이니 하늘로 오르거나 땅속으로
들어가지 못할 바에야 어디로 도망가겠니? 그러다 잡히면 그 화가
〈63〉네 한 몸에 그치겠니? 꿈이 좋지 않은 것은 말할 필요도 없고,
꿈이 좋으면 기꺼이 가려고 했어? 마음을 억누르고 차분하게 조용히
앉아서 하늘에 귀를 기울이렴. 네가 나이 들면 주군의 사랑이 점차 느슨
해질 거야. 형편을 보아 병이 들었다고 누워버리면 반드시 고향에 돌아
가도록 허락하시겠지. 그때 낭군과 같이 가서 해로하면 즐거움이 그만
이지. 이것을 생각하지 못하고 되지도 않는 계획을 세우니, 누굴 속이겠
어? 하늘을 속이겠니?”

진사는 일이 이루어지지 않을 줄 알고 탄식하며 눈물을 머금고 나갔습니다.

하루는 대군께서 서궁 난간에 앉으셨는데 철쭉이 활짝 피었기에 시녀 다섯 사람에게 각각 오언절구를 지어 바치라고 했어요. 시가 되자, 대군께서 매우 칭찬하셨지요.

"너희들의 글이 날로 나아가니 정말 기쁘구나. 다만 운영의 시는 그리워하는 뜻이 드러나 있다. 예전 안개를 읊은 시에서 그 뜻이 은미하더니 이제 또 이와 같구나. 네가 따르고자 하는 이는 누구냐? 김생의 상량문(上樑文)68)이 이상하더니 네가 혹시 김진사와 관계있는 것 아니냐?"

저는 즉시 자리에서 내려가 머리를 조아리며 울었어요.

"전에 안개를 읊은 시로 의심을 받았을 때 자결하고 싶었습니다. 그러나 스무 살도 안 되었고 부모님을 다시 뵙지 못하고 죽는 것이 매우 원통해서 구차하게 살아서 여기에 이르게 되었습니다. 이제 또 의심을 받으니 한 번 죽는 게 뭐⟨64⟩아깝겠습니까? 천지 귀신이 굽어보시고 시녀 다섯 사람이 잠시도 떠나지 않았습니다. 이제 더러운 누명이 제게 닥치니, 저는 죽어야겠습니다."

하고는 천을 난간에 매어 자결하려고 했어요. 자란이 말했지요.

"주군께서 이처럼 영명하신데 무죄한 시녀를 사지(死地)로 몰아넣으시는군요. 지금부터 저희들은 맹세코 붓을 잡지 않겠습니다."

대군께서는 매우 화가 나셨지만 죽는 것을 바라지는 않으셨기 때문에 자란에게 운영을 구하라고 하셨습니다. 그리고는 흰 비단 다섯 단을 꺼내어 나눠 주시며 말씀하시기를,

"작품이 매우 아름다워 이를 상으로 주노라."

하였습니다. 이후로 진사는 출입하지 못했습니다. 결국 진사는 몸져누

---

68) 상량문(上樑文) : 집을 새로 짓거나 고친 내력, 까닭, 공역(工役)한 날짜, 시간 등을 적은 글.

워 눈물로 이불을 적시기만 했습니다. 목숨이 위태로울 정도였지요. 특이 와서 보고는 말했습니다.

"대장부가 죽으면 죽는 것이지, 어찌 그리움으로 원한이 맺히고 자잘하게 여자처럼 상심하여 천금 같은 몸을 허비하신단 말입니까? 계책을 써서 취하면 어렵지 않습니다. 한밤중 인적이 드물 때 담 넘어 들어가서 입을 막은 채 업고 나오면 누가 알겠습니까?"

"그 계획은 위험해. 정성껏 말하는 게 낫겠어."

진사가 그날 밤 들어왔는데 저는 병이 들어 일어날 수 없어서 자란에게 맞으라고 하였습니다. 술이 세 번 돌고 제가 편지를 드렸지요.

"이후로는 다시 못 볼 거예요. 삼생의 인연과 백년해로의 약속은 오늘 밤 끝이에요. 인연이〈65〉다하지 않는다면 지하에서나마 만나겠지요."

진사는 편지를 안고 우두커니 서서 말없이 바라보다가 가슴을 두드리며 눈물을 흘리고서는 나갔습니다. 자란은 차마 볼 수 없어 기둥에 기대어 몸을 숨기고서는 눈물을 떨구며 서 있었어요. 진사는 집으로 돌아가 편지를 뜯고 보았습니다. 그 편지에는 이렇게 쓰여 있었습니다.

　박명한 첩 운영은 김랑(金郞)께 재배하고 아뢰옵니다.
　첩이 보잘것없는 자질로 불행히 낭군의 유의(留意)하심을 얻어 서로 그리워한 지 며칠이며, 만난 지 몇 때입니까? 다행히 하룻밤의 기쁨을 나누었으나 바다 같은 깊은 정은 다하지 못했습니다. 인간 세상의 좋은 일을 조물주가 시기하여 궁인들이 알게 되고 주군께서 의심하시니 재앙이 금방이라도 닥쳐와 죽음이 있을 뿐입니다. 바라건대 낭군께서는 헤어진 이후 천한 첩을 가슴 속에 품어 괴로워 마시고, 힘써 학업을 닦아 급제하여 관직에 올라 후세에 이름을 떨쳐 부모를 빛내시기 바랍니다. 첩의 옷과 재물은 모두 팔아 부처님께 올려 백방으로 기도하고 지성으로 발원하여 삼생의 인연이 후생에 다시 이어지게 하여 주시면 좋겠습니다.

진사가 모두 보지 못한 채 기운이 막혀 땅에 쓰러지자 집안사람들이 급히 구하여 이내 소생했습니다. 특이 밖에서 들어와 말하였습니다.

"궁중에서 무슨 말로 답하였기에 진사께서는 이같이 죽고자 하십니까?"

진사는 다른 말 없이 다만,

"그 재물을 네가 삼가 지키겠느냐? 나는 모두 팔아 부처님께 정성을 드려 오랜 약속을 실천하려 한다."

라고 했습니다. 특이 집으로 돌아가 생각하였습니다.

'궁 안의 사람은 나올 수 없으니, 그 재물은 하늘이 내게 주신 것이다.'

그러면서 벽을 향해 몰래 ⟨66⟩ 웃었는데, 다른 사람들이 알 수 없었지요.

하루는 특이 자기 옷을 찢고 자기 코를 때려서 그 피를 온 몸에 쳐바르고는 뛰어 들어와 뜰에 엎어져 울며 말했습니다.

"강도에게 당했습니다요."

그리고는 다시 말을 않고 기절한 척했어요. 특이 죽으면 재물 묻은 곳을 알 수 없기 때문에 진사는 몸소 약을 달여서 백방으로 보살피고 음식을 주었어요. 열흘이 지나자 특이 일어나 말했습니다.

"혼자서 산속에서 지키고 있는데 여러 강도들이 갑자기 들이닥쳐 죽이려 하지 뭐예요. 도망쳐서 겨우 목숨을 부지했습니다. 이 재물이 아니면 어찌 이런 재앙이 있겠습니까? 목숨부지하기가 이렇게 험난하니 어찌 속히 죽지 않겠습니까?"

그리고는 발을 구르며 손으로 가슴을 치며 통곡했습니다. 진사는 부모님이 알까봐 두려워 좋은 말로 위로하여 보냈습니다.

그 후 진사는 특이 한 짓을 알게 되어, 친한 사람들과 노비 십여 명을 데리고 특의 집을 포위하였습니다. 그러나 겨우 거울 하나와 금비녀 하나만을 얻었답니다. 그것을 증거물로 해서 관청에 고발하고 싶었으나 일이 누설될까 두려워 그만두었지요. 재물을 얻지 못하면 불공드릴 것이 없었고, 특을 죽이고 싶었으나 힘으로 당해낼 수 없었습니다. 그저 잠자코 있을 수밖에 없었어요.

특은 자기 죄를 알기에, 궁 담장 밖 맹인에게 가서 말했습니다.

"내가 전에 새벽에 이 궁 담장을 지나는데 어떤 사람이 서쪽 담장을 넘어 나오더라고요. 도적인 줄 알고 소리치며 쫓아갔더니 그 사람이 갖고 있던 것을 버리고 달아나데요. 그래서 주어서 본래 주인이〈67〉 찾아가길 기다렸지요. 그런데 염치없는 우리 주인이 내가 뭘 갖고 있다는 걸 듣고서는 와서 찾더라구요. 다른 것은 없고 비녀와 거울만 얻었다고 말하니까, 주인이 가져가버렸어요. 그 욕심이 끝이 없어 죽이려고 들어서, 도망갈까 하거든요. 도망가는 게 좋겠죠?"

"도망가는 게 좋지."

그 이웃 사람이 옆에 있다가 그 말을 듣고는 특에게 말했죠.

"네 주인이 누군데 노비를 이처럼 학대하더냐?"

"우리 주인은 젊고 글을 잘해서 조만간 급제할 겁니다. 그런데 이처럼 탐욕스러우니 훗날 조정에 서면 어떨지 볼 만하겠죠?"

이 말이 퍼져서 궁으로 들어갔습니다. 궁인이 대군께 고하였고, 대군께선 크게 노하여 남궁 사람들에게 서궁을 수색하게 하였습니다. 제 의복과 보물이 하나도 없자, 대군께서 서궁 시녀 다섯 사람을 뜰에 끌어내고, 형벌 도구를 벌이고 명령을 내렸습니다.

"이 다섯 명을 죽여서 다른 이에게 본보기를 삼도록 해라."

매질하는 이에게 명하였습니다.

"매 숫자를 세지 말고 죽도록 쳐라."

다섯 사람이 말했습니다.

"한 마디만 하고 죽겠습니다."

"무슨 말이냐?"

은섬의 공초(供招)[69]는 이렇습니다.

남녀의 정욕은 음양으로 받은 것이니 귀하든 천하든 사람이면 모두 다 있는 법입니다. 한 번 깊은 궁에 갇혀서 홀로 지내니 꽃을 보고 눈물 흘리고 달을 대하여 슬퍼했지요. 매화 열매를 꾀꼬리에게 던져 쌍쌍이 날지 못하게 하고, 발을 쳐서 제비가 쌍으로 대들보에다 집을 짓지 못하게 했습니다. 그것은 다른 이유가 아니라 부러움과 질투심 때문입니다. 한 번 담장을 넘으면 세상의 즐거움을 알 수 있지만⟨68⟩그렇게 하지 않은 것은 어찌 힘이 부족해서였겠습니까? 주군의 위엄이 두려워서 이 마음을 지키고 궁중에서 말라 죽을 계획이었습니다. 이제 지은 죄도 없이 죽게 되었으니 저희들은 황천에서도 눈을 감지 못할 것입니다.

비취의 공초는 이렇습니다.

주군의 은혜는 산보다 높고 바다보다 깊습니다. 저희가 하는 일이란 거문고와 문장뿐입니다. 이제 씻을 수 없으니 원컨대 속히 죽여주옵소서.

옥녀의 공초는 이렇습니다.

서궁의 영화에 제가 참여하였는데, 서궁의 재앙에 저 홀로 피하겠습니까? 화염이 곤륜산을 태울 때 옥과 돌이 같이 타는 법이니, 오늘 죽음은 제대로 죽는 것입니다.

---

69) 공초(供招) : 범죄 사실을 털어놓은 것.

자란의 공초는 이렇습니다.

　　오늘 일은 죄가 막대합니다. 속마음을 감추겠습니까? 저희들은
모두 평민의 천한 여자로서 아버지는 순임금이 아니고 어머니는
이비(二妃)[70]가 아니니, 어찌 남녀의 정이 없겠습니까? 목천자
(穆天子)는 늘 요지연(瑤池宴)의 즐거움을 그리워했고, 항우(項
羽)는 영웅이거늘 장막에서 눈물을 감추지 못하였습니다.[71] 주군
께서는 운영에게 홀로 남녀의 정을 없게 하려 하십니까?
　　잘생긴 김생을 내당으로 끌어들인 것은 주군이십니다. 운영에
게 벼루를 받들라고 한 것도 주군이시구요. 운영이 깊은 궁에 있다
가 한 번 잘생긴 남자를 보자 넋을 잃고 병이 들게 되었습니다.
아무리 좋은 약도 고치기 어려운 지경이었습니다. 운영이 아침
이슬처럼 사라진다면 주군께서 측은히 여기시더라도 무슨 소용
있겠습니까? 제 우둔한 생각으로는 한 번 운영에게〈69〉김진사를
보게 하여 두 사람의 원한을 풀게 한다면 주군의 적선(積善)이
막대할 것입니다.
　　이전에 운영이 훼절한 것은 저한테 죄가 있지 운영에게 있지
않습니다. 저의 이 말은 위로 주군을 속이지 않고 아래로 동료를
배반하지 않습니다. 오늘 죽음은 또한 영화로운 것입니다. 바라건
대 주군께선 제 몸으로 운영의 목숨을 대신하시길 빕니다.

저의 공초는 이렇습니다.

　　주군의 은혜는 산과 같고 바다와 같습니다. 정절을 굳게 지키지

---

70) 이비(二妃) : 요임금의 딸이자 순임금의 아내인 아황(娥皇)과 여영(女英).
71) 항우(項羽)는~못하였습니다 : 항우는 유방에게 패하여 도망가다가 곤경에 처하자 우미
　　인(虞美人)을 보며 눈물을 흘렸다.

못했으니 그 죄가 하나요, 앞서 지은 시로 주군께 의심을 받았는데 끝내 바른 대로 고하지 않았으니 그 죄가 둘이요, 서궁의 죄 없는 이들이 저 때문에 같이 죄를 받으니 그 죄가 셋입니다. 이 세 가지 죄를 지고 산들 무슨 면목이 있겠습니까? 만약 죽이길 늦추신다면 저는 자결할 것입니다.

대군은 다 보시고 나서 자란의 공초를 다시 펼쳐보셨죠. 화가 조금 가라앉은 듯했어요. 소옥이 무릎을 꿇고 울며 고하였습니다.

"전에 빨래하던 때 성 안은 하지 말자고 했던 게 제 주장이었습니다. 자란이 밤에 남궁에 와서 간절하게 청하기에 그 뜻이 가련해서 여러 의견을 물리치고 따랐지요. 운영의 잘못은 저한테 죄가 있지 운영에게 있지 않습니다. 운영은 죄가 없습니다. 바라건대 대군께서는 제 몸으로 운영의 목숨을 대신하소서."

대군은 화가 조금 풀어져서 저를 별실에 가두고 다른 이들은 풀어주셨어요. 그날 밤 저는 수건으로 목을 매어〈70〉죽었지요.[72]

진사는 붓을 잡고 기록하고 운영은 옛일을 자세히 말하였다. 두 사람은 마주 대하여 슬픔을 가누지 못하였다.

운영이 진사에게 말하였다.

"이후는 낭군께서 말씀하시지요."

진사가 말하였다.[73]

운영이 자결한 날 온 궁인이 통곡하며 형제자매를 잃은 듯하였소. 곡성이 궁문 밖까지 들렸고, 나 역시 듣고는 오래도록 정신을 잃었답니

---

72) 여기까지 운영이 유영에게 들려주는 이야기이다.
73) 이후는 김진사가 유영에게 들려주는 이야기이다.

다. 집안사람들이 초상이 났다고 하고 한편 소생시키려고 힘써서 저물녘이 되어서야 깨어났지요. 정신을 차려보니, 일은 이미 어그러진 것을 알았소. 부처님 공양 약속이나 지켜서 황천의 혼을 위로하려고 금비녀와 거울과 문방사우(文房四友)를 모두 팔아서 쌀 사십 석을 만들었소. 그것으로 청녕사(淸寧寺)에서 불공을 드리고자 하였는데, 믿고 부릴 만한 사람이 없어서 특을 불러 말했지요.

"네 지난 죄를 모두 용서해줄 테니 나를 위해 충성하겠느냐?"

특이 뜰에 내려가 머리를 조아리며 울더군요.

"제가 비록 우둔하지만 그래도 목석은 아닙니다. 한 몸에 지은 죄는 머리털을 뽑아 세어도 다 세지 못할 겁니다. 이제 용서해주시면 고목에서 잎이 나고 해골에 살이 생기는 격이니 진사나리를 위해 죽도록 힘을 다하지 않겠습니까?"

진사가[74),

"운영을 위해서 불공을 드리려고 하는데 믿고 맡길 사람이 없구나. 네가 가겠느냐?"

라고 하니, 특이 말하더군요.

"삼가 말씀대로 하겠습니다."

특은 즉시 절로 올라가 삼 일 동안 볼기를 두드리며 누워 있다가 스님을 불러서〈71〉말했소.

"사십 석의 쌀을 어찌 모두 불공에 쓰겠는가? 지금 술과 음식을 많이 갖추고 널리 손님을 불러 먹이는 것이 마땅하다."

어느 마을 여자가 절을 지날 때 특이 강제로 위협하여 절 방에 머무르게 했습니다. 이미 수십 일이 지났는데도 재를 올릴 뜻이 없어 절의 승려들이 모두 화를 냈지요. 초제(醮祭)[75)를 지내는 날이 되어 여러

---

74) 이 대목은 진사가 화자인데, 자신을 '나'라고 지칭하지 않고 3인칭으로 이야기를 전개하고 있다.

승려들이 말하였습니다.

"불공을 드리는 일에는 시주(施主)가 중요합니다. 시주가 이처럼 불결하면 일이 매우 좋지 않게 됩니다. 맑은 물에 씻어 몸을 깨끗이 하고서 예를 지내야 합니다."

특이 하는 수 없이 나가서 물을 잠깐 묻혔다가, 부처 앞에 꿇고 앉아 축원하기를,

"진사는 오늘 속히 죽게 하고 운영은 내일 다시 살아나 내 아내가 되게 해주십시오."

라며, 삼 일 밤낮으로 기원하는 말은 오직 이뿐이었소. 특이 돌아와 진사에게 말하기를,

"운영아씨는 반드시 살아날 길을 얻었을 것입니다. 재를 올리던 날 밤 제 꿈에 나타나 말하기를, '지성으로 불공을 드려주니 감격하지 않을 수 없습니다.'고 하고서 절하며 울었습니다. 절의 승려의 꿈에서도 또한 그러했답니다."

라 하자, 진사는 이 말을 믿고 실성통곡했소.

그때 마침 과거날이 다가와, 진사는 과거를 볼 뜻이 없었지만 공부를 핑계 삼아 청녕사에 올라갔소. 며칠 동안 머무르다가 특의 일을 자세히 듣게 되었지요. 분노를 이기지 못했지만 어찌할 수 없었소. 몸을 깨끗이 씻고 부처 앞에 나아가 재배하고서, 세 번 머리를 조아려 향을 올리고서 합장하고 축원했습니다.

"운영이〈72〉죽을 때 한 말을 차마 저버릴 수 없어서 특에게 정성껏 재를 올리게 하여 명우(冥佑)[76]를 얻을까 바랐는데, 이제 들으니 축원했던 말이 너무도 패악하여 운영의 마지막 소원이 모두 빈 땅으로 돌아가 버렸기에, 소자는 감히 다시 축원합니다. 엎드려 바라건대, 세존께서

75) 초제(醮祭) : 별[星辰]에 지내는 제사.
76) 명우(冥佑) : 명조(冥助). 신령이나 부처의 도움.

는 운영을 환생시켜 저의 짝이 되게 해주시고 후생에는 이 원통함을
면하게 해주십시오. 특을 죽여 쇠칼을 씌우고 지옥에 가두어 주십시오.
세존께서 진실로 이 기원같이 해 주신다면, 운영은 비구니가 되어 열
손가락을 불사르고 12층 금탑을 만들 것이고, 소자는 승려가 되어 오계
(五戒)77)를 품고 세 개의 큰 사찰을 지어 그 은혜를 갚겠습니다."

기도가 끝나자 일어나 백배하고 머리를 조아리며 나왔습니다. 칠 일
후 특은 함정에 빠져 죽었소. 이때부터 진사는 세상일에 뜻이 없어,
몸을 깨끗이 씻고 새 옷을 입은 후 조용한 방에 누워 나흘 동안 먹지
않다가 길게 탄식하고서 마침내 일어나지 않았소.78)

쓰기를 마친 후 붓을 내려놓고 두 사람은 서로 대하여 슬피 울기를
그치지 않았다. 유영이 위로하며 말했다.

"두 사람이 다시 만났으니 소원이 이루어졌고 원수인 종도 이미 제거
되어 분노도 씻겼는데 어찌하여 비통해함을 그치지 않습니까? 다시 인
간 세상에 나오지 못함을 한스러워 하는 것입니까?"

김생이 눈물을 거두고 감사하며 말하였다.

"우리 두 사람은 원한을 품고 죽었습니다. 저승에서 우리의 죄 없음
을 가련히 여겨 인간 세계에 다시 태어나게 하고자 했습니다. 그러나
지하세계의 즐거움이 인간세계보다〈73〉못 하지 않는데 하물며 천상
의 즐거움은 어떻겠습니까? 이 때문에 세상에 나오기를 바라지 않습니
다. 다만 오늘 밤 슬픈 것은 대군이 한 번 몰락하여 옛 궁궐엔 주인이
없고 새들은 슬피 울고 인적도 없기 때문이니, 너무도 슬프군요. 게다가
새로이 전쟁을 치른 후라 아름다운 집은 재가 되었고 담장은 무너졌습

---

77) 오계(五戒) : 불교 신도가 지켜야 할 5가지 계율. 살생하지 말 것[不殺生], 도둑질하지 말
것[不偸盜], 음행하지 말 것[不邪淫], 거짓말하지 말 것.[不妄語], 술 마시지 말 것[不飮酒].
78) 여기까지 김진사가 유영에게 들려주는 이야기이다.

니다. 다만 계단엔 꽃들만 우거지고 정원엔 풀들만 무성하여 봄빛은 옛 모습 그대로인데 사람 일은 이같이 변했습니다. 옛날을 다시 생각하니 어찌 슬프지 않겠습니까?"

유영이 말하였다.

"그렇다면 그대들은 천상의 사람들입니까?"

김생이 말하였다.

"우리 두 사람은 본래 천상의 선인(仙人)으로 오래도록 옥황상제의 향안 앞에서 모셨는데, 어느 날 상제께서 태청궁(太淸宮)79)으로 오셔서 나에게 하늘 정원의 과일을 따라고 명하셨습니다. 나는 반도(蟠桃)80)와 경실(瓊實)81), 금련자(金蓮子)82)를 많이 따서 사사로이 운영에게 주다가 들켜 인간 세계로 유배되어 인간의 괴로움을 두루 겪었습니다. 지금은 옥황상제께서 옛날의 잘못을 용서하시고 삼청(三淸)83)에 오르게 하여 다시 향안 앞에서 모시게 하셨습니다. 때때로 바람을 타고 와서 예전에 인간 세상에서 놀던 곳을 다시 찾을 뿐입니다."

이에 눈물을 뿌리며 유영의 손을 잡고 말하였다.

"바다가 마르고 돌이 문드러져도 이 정은 없어지지 않을 것이며 땅이 늙고 하늘이 황폐해진다 해도 이 한은 사라지기 어려울 것입니다. 오늘 저녁 그대를 만나 이 곤핍함을 털어놓은 것이 전생의 인연이 아니고서야 어찌 가능하겠습니까? 바라건대 그대는 이 원고를 수습하여 썩지 않도록 전하되 행여〈74〉경박한 이들의 입에서 우스갯소리가 되지 않도록 해주십시오."

---

79) 태청궁(太淸宮) : 도교(道敎)에서 말하는 천상 세계의 세 궁전 가운데 하나. 세 궁전은 옥청궁(玉淸宮), 상청궁, 태청궁(太淸宮).
80) 반도(蟠桃) : 삼천 년마다 한 번씩 열매가 열린다는, 선경에 있는 복숭아.
81) 경실(瓊實) : 신선이 먹는 과일.
82) 금련자(金蓮子) : 황금 연꽃의 열매.
83) 삼청(三淸) : 신선이 산다는 옥청(玉淸)·상청(上淸)·태청(太淸).

진사는 취해서 운영의 몸에 기대어 한 절구를 읊었다.

花落宮中鸑雀飛　궁중에 꽃 떨어지고 제비 날아오니
春光依舊主人非　봄빛은 의구한데 주인은 다르구나.
中宵月色凉如許　한밤중 달빛 서늘하기가 어떠한가
細露輕沾翠羽衣　이슬이 가벼이 푸른 날개옷 적시네.

운영이 이어 읊었다.

故宮花柳帶新春　옛 궁의 꽃과 버들은 새 봄빛을 띠는데
千載豪華入夢頻　천 년의 호화로움은 꿈에 자주 드는구나.
今夕來遊尋舊迹　오늘 저녁 옛 자취를 찾아 놀러 왔다가
不禁珠淚自沾巾　옥 같은 눈물 옷깃에 더하는구나.

유영 또한 취하여 잠이 들었다. 잠시 후 산새 소리에 깨어나 바라보
니 안개가 땅에 자욱하고 새벽빛이 푸르스름했다. 사방을 둘러보아도
사람은 없고 다만 김생이 쓴 책만 있었다. 유영은 서글피 무료하게 있
다가 소매에 책을 넣어 가지고 돌아와 상자에 감추어 두었다. 때때로
열어 보고서 망연자실하여 침식(寢食)조차 잊었다. 후에 명산을 두루
돌아다녔는데 생을 마친 곳을 알 수 없다.

雲英傳

壽聖宮, 安平大君舊宅也. 在長安城西仁王山之下. 山川秀麗, 龍虎盤踞, 社稷在其南, 慶福在其東. 仁王一脈, 逶迤而下, 臨宮屹起, 雖不高峻, 而登臨俯覽, 則通衢市廛, 滿城第宅, 碁布星羅, 歷歷可指, 宛若列絲分瓜[1]. 東望則宮闕縹緲, 複道橫空, 雲烟積翠, 朝暮獻態, 眞所謂絶勝之地也. 一時酒徒射伴, 歌兒篴童, 騷人墨客, 三春花柳之時, 九秋楓菊之節, 則無日不遊於其上, 吟風詠月, 嘯玩忘歸.

靑坡士人柳泳, 飽聞此園之勝槩, 思一遊焉, 而衣裳纜縷, 容貌 〈26〉埋沒, 自知遊人之取笑, 足將進而越趄者, 久矣. 萬曆辛丑春三月旣望, 沽得濁醪一壺, 而旣乏童僕, 又無朋知, 躬自佩壺, 獨入宮門, 則觀者相顧, 莫不指笑. 生慚而無聊, 仍入後園. 登高四望, 則新經兵火之餘, 長安宮闕, 滿城華屋, 蕩然無遺, 壞垣破瓦, 廢井頹砌. 草樹茂密, 唯東廊數間, 巋然獨存.

生步入西園, 泉石幽邃處, 則百卉叢芊, 影落澄潭, 滿地落花, 人跡不到, 微風一起, 香氣馥郁. 生獨坐岩上, 仍咏東坡, ‘我上朝元春半老, 滿地落花無人掃’之句, 輒解所佩酒, 盡飮, 醉臥岩邊, 以石支頭. 俄而酒醒, 攪眼視之, 則遊人盡散, 山月已吐, 烟籠柳眉, 風動花腮. 一條軟語, 隨風而至. 生異之, 起而視之, 則有一少年, 與絶色靑蛾, 斑荊而對坐, 見〈27〉生至, 欣然起迎. 生與之揖, 仍問曰:

"秀才何許人? 未卜其晝, 只卜其夜."

少年微哂曰:

---

1) 瓜 : '派'의 오자.

"古人云, 傾蓋若舊, 正謂此也."

相與鼎足而坐. 女低聲呼兒, 則有二丫鬟, 自林中出來. 女謂其兒曰:

"今夕邂逅故人之處, 又逢不期之佳賓, 今日之夜, 不可寂寞而度. 汝可備酒饌以來."

二丫鬟承命而往, 少遷而返, 飄然若飛鳥之往來. 琉璃樽盛紫霞酒, 珍果綺饍列折銀盤, 以白玉盞酌而飲之. 酒味肴饍, 皆非人間所有. 行酒三盛, 女口號新詞, 曰:

重重深處別故人
天緣未絶見無因
爲雲爲雨夢非眞
幾番傷春繁華[2]
消盡往事成塵[3]
空使今人淚滿巾

歌竟, 欷歔飲泣, 珠淚滿面. 生異之, 起而拜曰:

"僕雖非錦□□[4]腸, 早事儒業, 稍知文墨之□[5]. □[6]聞此詞, 格調□□[7], □□[8]⟨28⟩思悲凉, 甚可怪也. 今夜之□□□□□□□□□[9]足可賞, 而相對悲泣, 何哉? 一盃相屬, 情義已孚, 而姓名不言, 懷抱未展, 亦可疑也."

---

2) 繁華 : 국도관 가본에는 '繁華時'.

3) 成塵 : 국도관 가본에는 '成塵後'.

4) □□ : 국도관 가본에는 '繡之'.

5) □ : 국도관 가본에는 '功'.

6) □ : 국도관 가본에는 '今'.

7) □□ : 국도관 가본에는 '淸越'.

8) □□ : 국도관 가본에는 '而意'.

9) □□□□□□□□□ : 국도관 가본에는 '會, 月色如晝, 淸風徐來, 有'.

生先言己名而强之, 少年歎息而答曰:

"不言姓名, 其意有在, 君欲强知, 則告之何難, 而所可道也, 言之長也."

愀然不樂, 久之, 乃曰:

"僕姓金, 年十歲, 能詩文, 有名學堂, 而十四歲, 登進士第二科, 一時皆以金進士稱之. 僕以年少俠氣, 志慮浩蕩, 不能自抑. 又以此女之故, 將父母之遺体, 竟作不孝之子, 天地間一大罪人也. 罪人之名, 何用强知乎? 此女之名'雲英', 彼兩兒, 一則'綠珠', 一則'宋玉', 皆故安平大君宮人也."

生曰:

"言出而不盡, 則初不如不言之爲愈也. 安平盛時之事, 進士傷懷之由, 可得聞其詳歟?"

進士顧雲英曰:

"星霜屢易, 日月⟨29⟩已久, 其時之事, 汝能記憶否?"

雲英答曰:

"中心蓄怨, 何日忘之? 妾試言之, 郎君在傍, 補其闕漏, 而把筆以記之."

又命丫鬟曰:

"汝爲奉硯可乎?"

乃言曰:

莊憲大王, 八大君中, 安平最爲英睿. 上甚愛之, 賞賜無數, 故田民財貨, 獨步諸宮. 年十三, 出居私宮, 私宮卽壽聖也. 大君以儒業自任, 夜則讀書, 晝則或隸[10], 未嘗一刻之放過, 一時文人才士, 咸聚其門, 較其長短, 或至鷄鳴參橫, 講論不怠, 而大君尤工於筆法,

---

10) 晝則或隸 : 국도관 가본에는 '晝則或賦詩, 或隸書'.

鳴於一國. 文廟在邸時, 每與集賢殿諸學士, 論安平筆法曰:

"吾弟若生於中國, 雖不及於王逸少, 豈下於趙松雪乎!"

稱賞不已.

一日, 大君語宮人曰:

"天下百家之才, 必就安靜處, 做功[11]而後可成. 北城門外, 山川寂寞, 閭落稍遠, 於此做業, 必得專精."

卽搆精舍〈30〉數十間于其上, 扁其堂曰'匪懈', 又築一壇于其側, 名曰'盟詩', 皆顧名思義之意也. 一時文章巨筆, 咸萃其壇, 文章則成三問爲首, 筆法則崔興孝爲首. 而皆不及於大君之才也.

一日, 大君乘醉, 呼諸侍女曰:

"天之降才, 豈獨豊於男而嗇於女乎? 今世文章自許者, 不爲不多, 而皆莫能相尙, 無出類拔萃者, 汝等亦勉之哉!"

於是, 宮女中, 擇其美姿容年少者十人, 敎之. 先授『諺解小學』, 讀誦而後, 『庸』·『學』·『論』·『孟』·『詩』·『傳』·『通』·『宋』, 盡敎之, 又抄李·杜·『唐音』數百首, 敎之, 五年之內, 果皆成才.

大君入, 則使妾等, 不離眼前, 作詩斥正, 第其高下, 用賞罰, 以爲勸獎之地, 其卓犖之氣像, 縱未及於大君, 而音律之淸雅, 句法之婉熟, 亦可窺盛唐詩人之蕃籬也. 十人之名, 則小玉·芙蓉·飛瓊·〈31〉翡翠·玉女·金蓮·銀蟾·紫鸞·寶蓮·雲英, 雲英卽妾也. 大君皆撫恤, 常鎭畜宮中, 使不得與人對語, 而日與文士, 盂酒戰藝, 而未嘗以妾等, 一番相近者, 盖慮外人之或知也. 常下令曰:

"侍女一出宮門, 則其罪當死, 外人知宮人之名, 則其罪亦死."

一日, 大君自外而入, 呼妾等而謂曰:

"今日與文士某某飮酒, 有一林靑烟, 起自宮樹, 或籠城堞, 或飛山麓. 我先占五言絶句一首, 使坐客次之, 皆不稱意. 汝等以年次, 各

---

11) 功: '工'의 오자.

製以進."

小玉先呈曰:

綠烟細如織
隨風半入門
依微深復淺
不覺近黃昏

九人相續製進

飛空遙帶雨
落地復爲雲
近夕山光暗
幽思向楚君

此芙蓉詩也.

小杏難爲眼
孤篁獨保青
輕陰暫見重
日暮又昏冥

此飛瓊詩也.

覆花蜂〈32〉失勢
籠竹鳥迷巢
黃昏成小雨
窓外聽蕭蕭

此翡翠詩也.

蔽日輕紈細
橫山翠帶長
微風吹漸散
猶濕小池塘

此玉女詩也.

山下寒烟積
橫飛宮樹邊
風吹自不定
斜日滿蒼天

此金蓮詩也.

山谷繁陰起
池臺綠影流
飛歸無處覓
荷葉露珠留

此銀蟾詩也.

早向洞門暗
橫連高樹低
須史忽飛去
西岳與前溪

此紫鸞詩也.

　短壑春陰裡
　長安水氣中
　能令人世上
　忽作翠珠宮

此寶蓮詩也.

　望遠靑煙細
　佳人罷織紝
　臨風獨怊悵
　飛去落巫山

此妾詩也.

大君驚曰:

"汝等晚學詩, 亦可伯仲於晚唐, 而謹甫以下, 不可執鞭. 再三吟咏, 莫知其高下."

良久曰:

"芙蓉詩, 思戀楚君, 余甚嘉之, 翡翠詩, 比前騷雅, 小玉詩, 意思飄逸, 末句有隱隱然餘意, 此兩詩, 當爲居魁."

又曰:

"我初見詩, 優〈33〉劣莫辨, 更爲玩繹, 則紫鸞之詩, 意思深遠, 令人不覺嗟歎而蹈舞也. 餘詩亦皆淸好, 而獨雲英之詩, 顯有怊悵思人之意. 未知所思者何人, 似當問訊, 而其才可惜, 故姑置之."

妾卽下庭, 伏泣而對曰:

“遣辭之際, 偶然而發, 豈有他意乎? 今見疑於主君, 妾萬死無惜.”

大君命之坐曰:

“詩出於性情, 不可掩匿, 汝勿復言.”

卽出綵帛十端, 分賜十人. 大君未嘗有私意於妾, 而宮中之人, 皆知大君之意在於妾也.

十人皆退, 在洞房, 畫燭高燒, 七寶書案, 置『唐律』一卷, 論古人宮怨詩高下, 妾獨倚屛風, 悄然不語, 如泥塑人. 小玉顧見曰:

“日間賦烟之詩, 見疑於主君, 以此隱憂而不語乎? 抑主君向意, 當有錦衾當夕之歡, 故暗喜而不語乎? 中心所懷, 盖未可知也.”

妾歛袵而答曰:

“汝非我, 安知我之心哉? 我方賦一詩, 搜奇未得, 故苦〈34〉思不語耳.”

銀蟾曰:

“意之所向, 心不在焉, 故傍人之語, 如風過耳. 汝之不語, 不難知也. 我將試之.”

以窓外葡萄爲題, 使作七言四韻促之, 妾卽吟曰:

蜿蜒藤草似龍行
翠葉成陰摠有情
暑日嚴威能徹照
晴天寒影反虛明
抽絲攀檻如留意
結果垂珠欲效誠
若待他時應變化
會乘雲雲上三淸

小玉朗吟久之, 起而拜曰:

"眞天下奇才也! 風格之高,12) 雖似舊調, 而倉卒製作如此, 此詩人
所難處也. 我之心悅誠服, 如七十子之服孔子也."

紫鸞曰:

"言不可不愼, 何其許與之太過耶? 但文字婉曲, 且有飛騰之態, 則
有之矣."

一坐皆曰:

"確論."

妾雖以此詩解之, 而羣疑猶未盡釋.

翌日, 門外有車馬騈闐之聲, 閽者奔入而告曰:

"衆賓至矣."

大君掃東閣迎人, 皆一時文人才士也. 坐定, 大君〈35〉以妾等所
製賦烟詩, 示之, 滿坐大驚曰:

"不意今日, 復見盛唐音調. 非我等之所可比肩也. 如此至寶, 進賜
從何得之?"

大君微笑曰:

"何爲其然也? 童僕偶得於街上而來, 未知何人所作, 而想必出於
閭閻才子之手也."

羣疑未定, 俄而成三問至曰:

"才不借於異代, 自前朝迄于今, 六百餘年之間, 以詩鳴於中國者,
不知其幾人, 而或沉濁而不雅, 或輕淸而浮藻, 皆不合音律, 失其性
情, 吾不欲觀諸. 此詩, 風格淸眞, 意思超越, 小無塵世之態, 此必深
宮之人, 不與俗客相接, 只讀古人詩, 而晝夜吟誦, 自得於心者也.
詳味其意, 其曰'臨風獨怊悵'者, 有思人之意. '孤篁獨保靑'者, 有守
貞節之意. '風吹自不定'者, 有難保節之態. '幽思向楚君'者, 有向君之
誠. '荷葉露珠留', '西岳〈36〉與前溪'者, 非天上神仙, 則不得如此形

---

12) 風格之高 : 『삼방록(三芳錄)』에는 '風格之不高'로 되어 있음.

容. 格調雖有高下, 而薰陶氣像, 則大約皆同. 進賜宮中, 必儲養十仙
人, 願毋隱一見."

大君內自心服, 而外不領可曰:

"孰謂謹甫有詩鑑乎? 我宮中豈有此等人哉? 可謂惑之甚矣."

于時, 十人從窓隙暗聞, 莫不歎服. 是夜, 紫鸞以至誠問於妾曰:

"女子生而願爲之有嫁, 父母之心, 人皆有之. 汝之所思, 未知何許
情人, 悶汝之形容, 日漸減舊, 以情悃問之, 幸須毋隱."

妾起而謝曰:

宮人甚多, 恐有屬垣, 不敢開口, 今日悃愊, 何敢隱乎? 上年秋, 黃
菊初開, 紅葉新凋之時, 大君獨坐書堂, 使侍女等磨墨張廣練, 寫四
韻十首. 小童自外進曰:

"有年少書生, 自稱金進士請見之."

大君喜曰:

"進士來矣."

使之迎入, 則布衣革帶, 趨進上階, 如鳥舒翼, 當席拜坐,〈37〉容儀
若神仙中人. 大君一見傾心, 卽趨席對坐, 進士移席而拜詞曰:

"猥蒙盛眷, 屢屈辱命, 今承警咳, 無任竦仄."

大君慰之曰:

"久仰聲華, 坐屈冠盖, 光動一室, 賜我百朋."

進士初入之時, 已與侍女相面, 而大君以進士年少儒生, 中心易
之, 不令妾等避之. 大君謂進士曰:

"秋景甚好, 願賜一詩, 使此堂生彩, 如何?"

進士避席而辭曰:

"虛名蔑實, 詩之格律, 小子何敢知之?"

大君以金蓮唱歌, 芙蓉彈琴, 寶蓮吹簫, 飛瓊行盂, 使妾奉硯. 其

時, 妾以年少女子, 一見郎君, 魂迷意闌. 郎君亦顧妾, 而含笑頻頻
送目. 大君謂進士曰:

"我之待君, 誠款至矣. 君何吝一吐瓊琚, 使此堂無顏色乎?"

進士卽握管, 書五言四韻一首曰:

旅鴈向南飛

宮中秋色深〈38〉

水寒荷圻玉

霜重菊垂金

綺席紅顏女

瑤絃白雪音

流霞一斗酒

先醉意難禁

大君吟咏再三, 而驚曰:

"眞可謂天下奇才也. 何相見之晚耶!"

侍女十人, 一時回顧, 莫不動色曰:

"此必王子晋, 駕鶴而來塵寰矣. 世豈有如此人哉!"

大君把盃而問曰:

"古之詩人, 孰爲宗匠?"

進士曰:

"以小子所見言之, 則李白天上神仙, 長侍玉皇香案前, 而來遊玄
圃, 餐盡玉液, 不勝醉興, 折得萬樹琪花, 隨風而散落人間之氣像也.
至於盧·王, 海上仙人, 日月出沒, 雲華變化, 滄波動搖, 鯨魚吐薄,
島嶼蒼茫, 草樹回[13]鬱, 浪花菱葉, 水鳥之歌, 蛟龍之淚, 悉藏於胸

---

13) 回 : 국도관 가본에는 '間'.

襟雲夢之中, 此詩中造化. 孟浩然音響最高, 此學師廣[14], 習音律之人也. 李義山學得仙術, 早役詩魔, 一生編什,〈39〉無非鬼語也. 自餘紛紛, 何足盡陳?"

大君曰:

"日與文士論詩, 以草堂爲首者多矣, 此言何也?"

進士曰:

"然. 以俗儒所尙言之, 猶膾炙之悅人口. 子美之詩, 眞膾與炙也."

大君曰:

"百體俱備, 比興極精, 豈以草堂爲輕哉?"

進士謝曰:

"小子何敢輕之? 論其長處, 則如漢武帝, 御未央, 憤四夷之猾夏, 命將薄伐, 百萬羆態之師, 連亘數千里. 言其大處, 則如使相如賦長楊, 馬遷草封禪. 求神仙, 則如使東方朔侍左右, 西王母獻金桃. 是以杜甫之文章, 可謂百體之備矣. 而至比於李白, 則不啻天壤之不侔, 江海之不同也. 至比於王孟, 則子美驅車先導, 而王·孟執鞭爭道矣."

大君曰:

"聞君之語, 胸中敞豁, 怳若御長風, 上太淸. 第杜詩天下之高文, 雖不足於樂府, 豈〈40〉與王·孟爭道哉? 雖然, 姑舍是, 而願君又費一吟, 使此堂增倍一般光彩."

進士卽賦七言四韻, 書桃花紙, 以呈曰:

烟散金塘露氣凉
碧天如水夜何長
微風有意吹垂箔

___
14) 廣 : '曠'의 오자.

白月多情入小堂
庭畔陰開松反影
盃中波起菊留香
阮公雖少頗能飲
莫怪瓮間醉後狂

大君益奇之, 前席摻手曰:

"進士非今世之才. 非余之所得以論高下. 且非徒能文, 筆畫又極神妙, 天之生君於東方, 必非偶然也."

又使草聖揮筆之際, 墨點誤落於妾之指, 如蠅翼焉. 妾以此爲榮, 不爲拭除, 左右宮人, 咸顧微笑, 比之登龍門. 時夜將半, 更漏相催, 大君欠伸思睡曰:

"我醉矣. 君亦退休, 勿忘'明朝有意抱琴來'之句."

明日, 大君再吟其兩詩而歎曰:

"當與謹甫爭雄, 而其淸雅之〈41〉態, 則過之矣."

妾自是, 寢不能寐, 食減心煩, 不覺衣帶之緩. 汝未能識之乎?

紫鸞曰:

"我忘之矣. 及聞汝言, 怳若酒醒."

其後, 大君頻接進士, 而未嘗以妾等相近, 故妾每從門隙而窺之, 一日, 以薛濤牋書一律曰:

布衣革帶士
玉貌如神仙
每向簾間望
何無月下緣
洗顔淚作水

彈琴恨鳴絃
無限胸中怨
攬頭獨訴天

　以詩及金鈿一隻同裹, 重封十襲, 欲寄晋士, 而無便. 其夜月夕,
大君開酒大會, 賓客盛稱進士之才, 以二詩出示之, 俱各傳觀, 稱贊
不已, 皆願一見, 大君卽送人馬請之. 進士至而就坐, 形容癯瘦, 風
槪消沮, 殊非昔日之氣像也. 大君慰之曰:
　"進士未有憂楚之心, 而先有澤畔之憔悴乎?"
　滿坐大笑. 進士起而謝曰:
　"僕以寒賤儒生, 猥蒙進士[15]之〈42〉寵眷, 福過災生, 疾病纏身,
食飮專廢, 起居須人, 今承辱招, 扶曳來謁矣."
　坐客皆斂膝而致敬. 進士以年少書生, 坐於末席, 與內外只隔一
壁. 夜將已闌, 衆賓皆醉, 妾穴壁作孔而窺之, 進士亦知其意, 向隅
而坐. 妾以封書, 從穴投之, 進士拾得歸家, 拆而視之, 悲不自勝, 不
忍釋手, 念思之情, 倍於曩時, 如不能自存. 欲答書以寄, 而靑鳥無
憑, 獨自愁歎而已. 聞有一巫女, 居在東門外, 以靈異得名, 出入其
宮中, 甚見寵信. 進士訪之其家, 則其巫年未三旬, 姿色秀美, 早寡,
以淫女自處, 見生至, 盛備酒饌, 而待之. 進士把盃不飮曰:
　"今日有忙迫之事, 明日再來矣."
　翌日又往, 則亦如之. 進士不敢告曰:
　"明日又來矣."
　巫見進士之容貌脫俗, 中心悅之, 而連日往來, 一不出言. 意謂年
〈43〉少之人, 必以羞澁不言, 我先以意挑之, 挽留繼夜, 欲以同枕.
明日, 沐浴梳洗, 盡態凝粧, 多般盛饈, 鋪萬花氈瓊瑤席, 使小婢坐門

---

15) 士 : 원문에서 '賜'를 '士'로 고쳤으나, 문맥상 '賜'가 맞음.

外候之. 進士又至, 見其容餙之華, 鋪陳之美, 中心怪之. 巫曰:

"今夕何夕, 見此玉人?"

進士意不在焉, 不答其語, 愀然不樂. 巫曰:

"寡女之家, 年少之人, 何往來之不憚煩乎?"

進士曰:

"巫若神異, 則豈不知我來之意乎?"

巫女卽就靈座, 拜于神, 搖鈴抻膝, 遍身寒戰, 頃之, 動身而言曰:

"郎君誠可憐也. 以齟齬之策, 欲遂難成之計, 非但其計不成, 未及三年, 其爲泉下人哉!"

進士泣而謝曰:

"巫雖不解言, 我亦知之. 然中心怨結, 百藥無效. 若因神巫, 幸傳尺素, 則死亦榮矣."

巫曰:

"卑賤巫女, 雖因神祀, 時或出入, 而非有招命, 則不敢入. 雖然, 爲郎君, 試一往焉."

進士自懷中, 〈44〉出一封書, 以贈曰:

"愼毋枉傳, 以作禍機."

巫持入宮門, 則宮中之人, 皆怪其來. 巫權辭以對, 仍得間, 目引妾於後庭無人處, 以封書授之. 妾還房, 拆而視之, 其書云:

> 一自目成之後, 心飛魂越, 不能定情, 每向城西, 幾斷寸腸. 曾因壁間之傳書, 敬承不忘之玉音, 開未盡而烟塞胸中, 讀未半, 而淚滴濕字. 寢不能寐, 食不下咽, 病入膏肓, 百藥無效, 九原可見, 惟願溘然而從. 蒼天俯怜, 神鬼黙佑, 倘使生前, 一洩此恨, 則當粉骨磨身, 以祭于天地百神之靈矣. 臨楮哽咽, 夫復何言?

復有一詩云:

樓閣重重掩夕扉
樹陰雲影摠依微
落花流水隨溝出
乳鷰含泥趁檻歸
倚枕未成蝴蝶夢
眼穿懸望鴈魚稀
玉貌在眼何言語
草綠鸎啼淚濕衣

妾覽之, 聲斷氣塞, 口不能言, 淚盡繼血. 隱身於〈45〉屛後, 惟畏人知. 自是以後, 頃刻不能忘, 如癡如狂, 見於辭色, 主君之疑, 詞客之言, 實不虛矣. 紫鸞亦怨女, 及聞此言, 含淚而言曰:
"詩出於性情, 不可欺也."
一日, 大君呼紫鸞曰:
"汝等十人, 同在一室, 業不專一. 當分五人, 置之西宮."
妾與紫鸞·銀蟾·翡翠·玉女, 卽日移焉. 玉女曰:
"幽花細草, 流水芳林, 正似山家野庄, 眞所謂讀書堂也."
妾答曰:
"旣非舍人, 又非僧尼, 而鎖此深宮, 眞所謂長信宮也."
左右莫不嗟惋. 其後, 妾欲作一書, 以致意於進士, 懇請於其巫, 而使之傳致, 則其巫終不肯來, 盖不無挾憾於進士之無意於渠也.
一夕, 紫鸞密語于妾曰:
"宮中之人, 每歲仲秋, 浣16)紗於蕩春臺下之水, 仍設盃酌而罷. 今

---

16) 浣 : '浣'의 오자.

年則移設於昭格暑[17]洞, 而往來尋見其巫,〈46〉則第一良策也."

妾然之, 苦待仲秋, 度一日如三秋. 翡翠微聞其言, 洋[18]若不知, 而語妾曰:

"汝初來時, 顏色如梨花, 不施鉛粉, 而有天然綽約之態, 故宮中諸人, 以虢國夫人稱之. 比來容色減舊, 漸不如初, 是何故也?"

妾答曰:

"稟質虛弱, 每當炎節, 則例有暑渴之病, 梧桐葉落, 繡幕涼生, 則自至稍蘇矣."

翡翠賦一詩戲贈. 無非觝弄之態, 而思意絶妙, 妾奇其才, 而羞其弄.

荏苒數月, 節屆淸秋, 涼風夕起, 細菊吐黃, 草虫吟暮, 皓月流光. 妾中心自喜, 而不形於言語之間. 銀蟾曰:

"尺書佳期, 近在今夕, 人間之樂, 豈異於天上乎?"

妾知西宮之人, 已不可隱, 以實告之曰:

"願勿使南宮人知之."

于時, 旅鴈南飛, 玉露成團, 淸溪浣濯. 正當其時, 欲與諸女, 牢約日期, 而論議甲乙,〈47〉未定其所. 南宮人曰:

"淸溪白石, 無蹤於蕩春臺下."

西宮人曰:

"昭格署洞泉石, 不下於門外, 何必舍邇而求諸遠乎?"

南宮人, 固執不許, 未決而罷.

其夜, 紫鸞曰:

"南宮五人中, 小玉主論, 我以計可回其意."

以玉燈先導, 至南宮, 金蓮喜迎曰:

"一分西南, 如隔秦楚, 今夕玉鳥左臨, 深謝厚意."

---

17) 暑 : '署'의 오자.
18) 洋 : '佯'의 오자.

小玉曰:

"何謝之有? 此乃說客也."

紫鸞斂袵正色而言曰:

"他人有心, 予忖度之', 其子之謂歟?"

小玉曰:

"西宮之人, 欲往昭格署洞, 而我獨堅執. 故汝中夜來訪, 其謂說客, 不亦宜乎?"

紫鸞曰:

"西宮五人中, 我獨欲往城內也."

小玉曰:

"獨思城內, 其意何在?"

紫鸞曰:

"吾聞昭格署洞, 乃祭天星之處, 而洞名三淸云. 吾儕, 必是三淸仙女, 誤讀『黃庭』, 謫下人間. 旣在塵寰, 則山家野村, 農塾漁店, 何處不〈48〉可? 而牢鎖深宮, 有若籠中之鳥, 聞黃鸝而歎息, 見綠楊而歔欷. 至於乳鷰雙飛, 栖鳥兩眠, 草有合歡, 木有連理, 至微禽獸, 無知草木, 亦稟陰陽, 莫不交歡. 吾等十人, 獨有何罪, 而寂寞深宮, 長鎖一身, 春花秋月, 伴燈消魂, 虛抛靑春之年, 空遺黃壤之恨, 賦命之薄, 何其至此之甚耶? 人生一老, 不可復少, 子更思之, 寧不悲哉! 今可沐浴於淸川, 以潔其身, 入太乙祠, 叩頭百拜, 合手祈祝, 冀資冥佑, 欲免來世之如此苦也. 豈有他意哉? 凡我一宮之人, 情若同氣, 而因此一事, 疑人於不當疑之地? 緣我無狀, 言不見信之致也."

小玉起而謝曰:

"我燭理未瑩, 不及於君, 遠矣. 初不許城內之往者, 城中素多無賴俠客之徒, 慮有强暴意〈49〉外之辱, 故疑之. 今汝能使余迷, 不遠而復繼. 自今以來, 雖白日升天, 而吾可從, 雖憑河入海, 而吾亦從之,所謂'因人成事', 而及其成功, 則一者也."

芙蓉曰:

"凡事, 心定上, 言定未, 兩人爭之, 終日不決, 事不順矣. 一家之事, 主君不知, 而僕妾密議, 心不忠矣, 日間所爭之事, 宵未半而屈之, 人不信矣. 淸秋玉川, 無處無之, 而必往城祠, 似不直矣. 匪懈堂前, 水淸石白, 每歲浣紗於此, 今欲改轍, 亦不宜矣. 一擧而有此五失, 妾不敢從命."

寶蓮曰:

"言者文身之具, 謹與不謹, 慶殃隨至. 是故, 君子愼之, 守口如甁. 漢時, 丙吉·張相如, 終日不語, 而事無不成, 嗇夫喋喋利口, 而張釋之奏詆. 以妾觀之, 紫鸞之言, 隱而不發, 小玉之言, 强而勉從, 芙蓉之言, 務在文餙, 皆不合吾意, 今此之行, 妾不與焉."

金蓮曰:

"今夜之論, 終未歸一, 〈50〉我且穆卜."

卽展『羲經』而占之, 曰:

"明日, 雲英必遇丈夫矣. 雲英容貌擧止, 似非人世間者也. 主君傾心已久, 而雲英以死拒之, 無他, 不忍負夫人之恩也. 主君之威令雖嚴, 而恐傷雲英之身, 不敢近之. 今舍此寂寞之處, 而欲往彼繁華之地, 遊俠少年, 見其姿色, 則必有喪魂欲狂者. 雖不能相近, 指點逐目, 斯亦辱矣. 前日, 主君下令曰, '宮女出門, 外人知名, 其罪皆死.' 今此之行, 妾不與焉."

紫鸞知事不濟, 愀然不樂, 方欲辭去. 飛瓊泣而摻羅帶, 强留之, 以鸚鵡盃, 酌雲乳酒勸之, 左右皆飮. 金蓮曰:

"今夕之會, 務在從容而罷, 飛瓊之泣, 何哉?"

飛瓊答曰:

"初在南宮時, 與雲娘交道甚密, 死生榮辱, 約與同之, 今雖異居, 寧

忍忘之? 前日, 主君前問安時, 見雲娘於堂前, 纖腰瘦盡, 容色〈51〉
憔悴. 聲音細縷, 若不出口. 起拜之際, 無力仆地, 妾扶起, 而以善言
慰之. 雲娘答曰: '不幸有疾, 朝夕將死. 妾之微命, 死無足惜, 而九人
文章才華, 日就月將, 他日, 佳篇麗什, 聳動一世, 而妾必未及見矣,
是以悲不能禁.' 其言頗極悽切, 妾爲之下淚, 到今思之, 其疾祟在於
所思也. 嗟乎! 紫鸞, 雲娘之友也. 欲以垂死之人, 置之於天壇之上.
今日之計, 若不得成, 則泉壤之下, 死不瞑目矣. 怨歸南宮, 其能免
乎? 書曰: '作善降之百祥, 作不善降之百殃' 今此之論, 善乎? 不善
乎? 小娘旣許, 三人之志, 順矣, 豈可半途而廢乎? 設或事洩, 雲娘獨
被其罪, 他人何與焉?"

　小玉曰:

"妾不爲再言, 當爲雲娘死之."

　紫鸞曰:

"從者半, 不從者半, 事不偕矣."

　欲起去而還坐, 更探其意, 或欲從之, 而以兩言爲恥. 紫鸞曰:

"天下之事, 〈52〉有正有權, 權而得中, 是亦正矣. 豈無變通之權,
而膠守前言乎?"

　左右一時從之. 紫鸞曰:

"非余好卜, 爲人謀忠, 不得不已19)."

　飛瓊曰:

"古者蘇秦, 能使六國合從, 今紫鸞能使五人承順, 可謂卜士也."

　紫鸞曰:

"蘇秦能佩六國相印, 今五人以何物贈之乎?"

　金蓮曰:

"合從, 六國之利也. 今夜承順, 有何利於五人乎?"

---

19) 已 : '爾'의 오자.

相對大笑. 紫鸞曰:

"南宮之人皆作善, 而能使雲英復續垂死之命, 豈不拜謝?"

仍起而再拜, 小玉亦起而拜. 紫鸞於是, 欲堅五人之志, 乃作而言曰:

"今夜之事, 五人從之, 上有天, 下有地, 燈燭照之, 鬼神臨之, 明日, 豈有他意?"

仍起拜而出, 五人皆送于宮門之外.

紫鸞歸語妾, 妾扶壁起, 而再拜謝曰:

"生我者父母, 活我者娘子也. 入地之前, 誓報此恩."

坐而待朝, 入而問安於主君後, 退會中堂. 小玉曰:

"天〈53〉朗水冷, 正當浣紗之時. 今日設帳於昭格署洞, 可也."

八人皆無異辭.

妾退西宮, 以白羅衫, 書滿腔哀怨而懷之, 與紫鸞故爲落後, 謂執鞭僮僕曰:

"東門外巫女, 最爲靈驗云, 我將往其家, 問病而行."

僮僕如其言. 至其家, 善辭哀乞曰:

"今日之來, 本欲爲一見金進士耳. 可急走伻通之, 則終身報恩."

巫女如其言送人, 則進士顚倒至矣. 兩人相見, 不得出一言, 相視涕泣而已. 妾以封書授之曰:

"乘夕當還, 郎君可於此留待."

卽上馬而去.

進士拆封視之, 書曰:

曩者, 巫山仙女, 傳致一札, 琅琅玉音, 滿紙丁寧, 擎奉三復, 悲歡交極, 意不自定. 卽欲答書, 而旣無信便. 且恐事洩, 引領懸望, 欲飛無翼, 斷腸消魂. 只待死日, 而未死之前, 憑此尺書, 吐盡平生之懷, 伏願郎君留神焉.

妾以南方人, 父母愛妾, 偏於□[20]〈54〉子中, 出遊戲嬉, 任其所欲. 故園林溪水之涯, 梅竹橘柚之陰, 日以遊玩爲事. 苔磯釣魚之徒, 樵牧弄笛之兒, 朝暮入眼. 其他山野之態, 田家之興, 難以毛擧. 父母初敎以『三綱行實』·『七言唐音』. 年十三, 主君招之, 故別父母, 遠兄弟, 來入宮中, 不禁思歸之情, 以蓬頭垢面, 繼縷衣裳, 欲爲觀者之陋, 而夫人猶加恩愛, 主君亦不以尋常侍兒待之. 宮中之人, 莫不親愛如骨肉. 一自從事學文之後, 頗知義理, 能審音律, 故年長宮人, 莫不敬服. 及徙西宮之後, 琴書專一, 所造益深. 凡賓客所製之詩, 無一掛眼, 才難不其然乎! 不得爲男子之身, 揚名於當世, 而空爲紅顔薄命之軀, 虛送深宮日月而已. 是以恨結心曲, 怨塡胸海. 停刺繡, 而付之燈火, 罷織錦, 而投杼下機, 裂破羅帷, 折棄玉簪, 暫得醉興, 則脫屣散步, 剝落階花, □[21]折庭草, 如癡如狂, 情不自〈55〉抑.

上年秋月之夜, 一見君子之容儀, 意謂天上仙人, 謫下人間. 妾之容色, 最出於九人之下, 而有何宿世之緣, 那知筆下之一點, 竟作胸中怨結之祟. 以簾間之望, 擬作奉箒之緣, 以夢中之見, 將續不忘之恩. 雖無一番衾裡之歡, 玉貌丰容, 怳在眼中. 梨花杜鵑之啼, 梧桐夜雨之聲, 慘不忍聞, 紗窓螢影之流, 孤燈伴形之影, 慘不忍見. 或倚屛而坐, 或憑欄而立, 搥胸頓足, 獨訴蒼天. 不識郞君亦念妾否, 只恐此身未見君子之前, 先自溘然, 則地老天荒, 此恨不泯.

今日浣紗之行, 兩宮侍女相隨畢集, 故不得久留於此. 淚和墨汁, 魂結羅縷. 伏願郞君, 俯賜一覽焉. 又以拙句, 謹答前惠, 非此爲美, 以寓永好之意.

---

20) □ : 국도관 가본에는 '諸'.

21) □ : 국도관 가본에는 '手'.

其文, 一則傷秋之賦, 一則相思之詩也.

是夕來時, 紫鸞與妾先〈56〉出. 而向東, 則小玉微笑, 詩一絶以贈, 無非譏妾之意也. 妾中心羞赧, 含忍受之, 其詩曰:

太乙祠前一水回
天壇雲盡九門開
纖腰不勝狂風惹
暫避林中日暮來

飛瓊卽和其韻, 金蓮·寶蓮相繼次之, 亦皆譏妾之意也.

妾騎馬, 先來至巫家, 則巫顯有含慍之色, 向壁而坐, 不借顏色. 進士以羅衫覆面, 終日飮泣, 喪魂失性, 尙不知妾之來. 妾乃解左手所着雲藍玉色金環, 納于懷中曰:

"郞君不以妾爲菲薄, 屈千金之軀, 來待陋舍. 妾雖不敏, 亦非木石, 敢不以死許之, 妾若食言, 有此金環."

行色忽遽, 起而將別, 涕零如雨. 與進士付耳語曰:

"妾在西宮, 郞君乘昏夜, 由西垣而入, 則三生未盡之緣, 庶可續此而成矣."

言訖, 拂衣而去, 先入宮門, 則八人繼至.

夜已二更矣, 小玉與飛瓊, 明燭〈57〉前導, 而來西宮曰:

"日者之詩, 出於無情, 而語涉戱玩. 是以不避夜深, 負荊來謝耳."

紫鸞曰:

"五人之詩, 皆出於南宮. 一自分宮之後, 頗有形跡, 有似唐時牛李之黨, 何爲其然也? 雖然, 女子之情, 則一也. 久閉離宮, 長弔隻影, 所對者燈燭, 所爲者絃歌而已. 百花含葩而笑, 雙鷰交翼而戱, 薄命妾等, 同鎖深宮, 覽物懷春, 情事如何? 朝雲岱神, 頻入楚王之夢, 王

母仙女, 幾參瑤池之宴. 女子之心, 宜無異同, 而南宮之人, 何獨與
姮娥苦守貞烈, 不悔靈藥之偸乎?"

飛瓊與小玉, 皆不禁淚曰:

"一人之心, 卽千萬人之心也. 今承盛教, 悲戚之心, 油然而出矣."

起拜而去. 妾謂紫鸞曰:

"今夕, 妾與進士, 有金石之約. 今若不來, 則明日必蹂墻而來矣.
來則何以待之?"

紫鸞曰:

"繡幕重重, 綺席燦爛,〈58〉有酒如河, 有肉如坡, 有不來, 來則待
之何難?"

其夜果不來矣.

進士密窺其處, 則墻垣高峻, 自非身具羽翼, 莫能蹂矣. 還家, 脉脉
憂形於色. 進士之奴, 名特也, 素稱能而多術. 見生顏色, 進而跪曰:

"進士主, 必不久於世矣."

伏庭而泣. 進士悉陳其情, 特曰:

"何不早言? 吾當圖之."

卽造槎橋, 甚爲輕捷, 能卷舒. 卷之則如貼屏風, 舒之則五尺丈,
而可運於掌上也. 特敎曰:

"持此橋, 上宮墻而還卷. 舒於內而下之. 來時亦如之."

進士使特奴試於庭, 果如其言, 進士甚喜之. 乘夕將往, 特又自懷
中, 出給毛狗皮襪, 曰:

"非此難往."

進士着而行之, 輕如飛鳥, 地上無足聲. 進士用其計, 蹂內外墻,
伏於竹林, 其夜月色如晝, 宮中寂寥. 少焉, 有人自內而出, 散步微
吟. 進士披竹出頭曰:

"有人來此矣."

其人笑而答:

"郎出, 郎出."

進士〈59〉趨而揖曰:

"年少之人, 不勝風流之興, 冒犯萬死, 敢至于此, 伏願娘子怜我, 憫我, 哀我, 恤我."

紫鸞曰:

"苦待進士之來, 若大旱之望雲霓. 今幸得見, 妾等[22)其蘇矣. 郎君, 勿疑焉"

卽引而入, 進士由層階循曲欄, 竦肩而入.

妾開紗窓, 明玉燈而坐, 獸形金爐, 燒鬱金香, 琉璃書案, 展『太平廣記』一卷, 見生至, 起拜迎入. 郎亦答拜, 以賓主之禮, 分東西而坐, 使紫鸞設珍羞綺饌, 而酌紫霞酒飮之. 酒三行, 進士伴醉曰:

"夜如何其?"

紫鸞會其意, 卽垂帳閉戶而出. 妾滅燈同寢, 喜可知矣. 夜已將晨, 群鷄報曉, 進士起而出. 自是以後, 昏入曉出, 無夕不然. 情深意密, 自不能知止. 墙內雪上, 頗有跫痕. 宮人皆知其出入, 莫不危之.

一日, 進士忽慮, 好事終致禍機, 中心大懼, 終日不樂. 特奴自外〈60〉而進曰:

"吾功甚大, 迄不論賞, 何也?"

進士曰:

"銘懷不忘, 早晚當重賞之."

特曰:

"今見顏色, 亦似有憂, 未知何故耶."

進士曰:

"未見則病在心骨, 旣見則罪在不測, 何無所憂?"

---

22) 妾等 : 박순호본·연세대 가본·유탁일본에는 '雲娘'.

特曰:

"然則何不竊負而逃?"

進士然之. 其夜, 以特之言, 謂妾曰:

"特奴, 素多智謀, 以此指揮, 其意如何?"

妾曰:

"妾之父母, 家財最饒. 故衣服寶貨, 多載而來. 且主君之所賜甚多, 此物不可棄置而去. 今欲運之, 則雖十匹馬, 不能盡輸矣."

進士歸語特, 特大喜曰:

"吾友有力士數十人, 日以强劫爲事, 國人莫敢當, 而與我深結, 惟命是從. 使此輩運之, 則一夜之內, 泰山亦可移也."

進士入語妾, 妾然之, 收拾寶貨, 一日之內, 盡輸于外. 特曰:

"如此重寶, 置于本宅, 則大上典必疑之, 置于奴家, 則人亦疑之. 無已則堀坑於山中, 深瘞堅守, 可矣."

進士曰:

"若或見失, 則吾〈61〉與汝難免盜賊之名, 汝可愼守."

特曰:

"吾計如此之深, 吾友如此之多, 天下無難事. 況特持長釖, 晝夜不離, 則吾目可決[23], 此寶不可奪. 吾足可刖, 此寶不可取, 願勿疑焉."

盖特意, 得此重寶而後, 妾與進士, 引入山谷, 屠滅進士, 而妾與財寶, 自占之計也, 而進士以迂儒, 不知也.

于時, 大君以前搆匪懈堂, 欲得佳製懸板, 而諸客之詩, 皆不滿意, 强邀進士, 設宴懇之, 進士一揮而就, 文不加點, 而山水之景色, 堂搆之形容, 無不盡焉, 可以驚風雨, 泣鬼神. 大君句句稱贊曰:

"不意今日復見王子安!"

吟咏不已. 但一句有'隨墻暗竊風流曲'之語, 大君停口疑之. 進士

---

23) 決 : '抉'의 오자.

起而拜曰:

"醉不省人事, 願爲辭退."

大君命僮僕, 扶而送之.

翌日之夜, 進士入語妾曰:

"可以去矣. 昨日之詩, 見疑於大君, 今夜不去, 恐有禍機."

妾對曰:

"昨日, 夢⟨62⟩見一人, 狀貌獰惡, 自稱冒頓單于, '旣有宿約, 故久待長城之下.' 覺而驚起, 甚怪夢兆之不祥, 郎君其亦思之."

晉[24]士曰:

"夢裡虛誕之事, 何可信也?"

妾曰:

"其曰長城者, 疑是宮墻也. 冒頓者, 疑是特也. 郎君熟知此奴之心乎?"

晉士曰:

"此漢素甚頑凶, 然前日盡忠於我, 與娘成此好緣, 皆此奴之計也. 豈獻忠於始, 而爲惡於終乎?"

妾曰:

"郎君之言, 如是懇眷, 妾何敢辭乎? 但紫鸞, 情若兄弟, 不可不告."

卽呼紫鸞. 三人鼎足而坐, 妾以晉士之計言之, 紫鸞大驚, 拍手罵之曰:

"交歡日久, 無乃自速禍敗耶! 兩月相交, 亦可足矣, 踰墻逃走, 豈人之所忍爲也? 主君之傾心已久, 其不可去一也. 夫人之慈恤甚至, 其不可去二也. 禍及兩親, 其不可去三也. 罪貽西宮無辜之人, 其不可去四也. 且天地一網罟, 非昇天入地, 則逃之焉往. 倘或被捉, 則其禍⟨63⟩豈止於娘子之身乎? 夢兆之不好, 不須言之, 而若或吉祥, 則

---

24) 晉 : '進'의 오자. 이하 동일함.

汝豈往之乎? 莫如屈心抑志, 守貞安靜, 以聽於天耳. 娘子若年貌衰謝, 則主君恩眷漸弛矣. 觀其事勢, 稱病久臥, 則必許還鄕. 當此之時, 與郞君携手同歸, 仍以偕老, 樂莫大焉. 不思是, 而敢生悖理之計. 汝誰欺, 欺天乎?"

晉士知事不成, 嗟歎含淚而出.

一日, 大君坐西宮繡軒, 倭躑躅盛開. 命侍女各賦五言絕句以進. 大君大加稱賞曰:

"汝等之文, 日漸增長, 余甚嘉之, 而獨雲英之詩, 顯有思人之意. 而前者賦烟之詩, 微見其意, 今又如此, 汝之所欲從者, 何人歟? 且金生上樑文, 語涉微異, 汝無乃與金生有私乎?"

妾卽下座, 叩頭泣曰:

"前日賦烟詩見疑之際, 卽欲自盡, 而年未二旬, 且以更不見父母而死, 則心甚寃痛, 偸生苟活, 忍而就此, 今又見疑, 一死何⟨64⟩惜, 天地鬼神, 昭布森列, 侍女五人, 頃刻不離, 淫穢之名, 獨歸於妾, 妾今得所死矣."

卽以羅巾, 自縊于欄干. 紫鸞曰:

"主君如是英睿, 而使無罪之侍女, 自取死地. 自此以後, 妾等誓不把筆作句矣."

大君雖盛怒, 而中心則實不欲其死, 故使紫鸞救之, 得不死. 大君出素練五端, 分賜五人曰:

"製作最佳, 是以賞之."

自此之後, 晉士不復出入, 杜門病臥, 淚濺衾枕, 命如一縷. 特奴來見曰:

"大長[25]夫死則死矣, 何忍相思怨結, 屑屑如兒女之傷懷, 自擲千金之軀乎? 今當以計取之, 不難也. 半夜人寂之時, 踰墻而入, 以綿

---

25) 長 : '丈'의 오자.

塞其口, 負而超出, 則孰敢追之?"

晉士曰:

"其計亦危矣. 不如以誠叩之."

其夜入來, 妾病不能起, 使紫鸞迎入. 酒三行, 妾以封書寄之曰:

"此後, 不得更見. 三生之緣, 百年之約, 今夕盡矣. 如或天緣未
〈65〉絶, 則當可相尋於九泉之下矣."

晉士抱書佇立, 脉脉相看, 叩胸流涕而出. 紫鸞慘不忍見, 倚柱隱
身, 揮淚而立. 晉士還家, 拆封視之, 其書云:

　　　薄命妾雲英, 再拜白金郞足下.

　　　妾以菲薄之質, 不幸爲郞君之留意, 相思幾日, 相見幾時? 幸成
　一夜之交歡, 未盡如海之深情. 人間好事, 造物多猜, 宮人知之,
　主君疑之, 禍迫朝夕, 有死而已矣. 伏願郞君, 此別之後, 無以賤
　妾置於懷抱間, 以傷思慮, 勉加學業, 擢高第登雲路, 揚名於後世,
　以顯父母. 而妾之衣服寶貨, 盡賣供佛, 百般祈祝, 至誠發願, 使
　三生之緣, 更續於後生, 可矣.

晉士不能盡看, 氣塞仆地, 家人急救, 乃甦. 特自外入曰:

"宮中答之何語, 而晉士主如是欲死耶?"

晉士無他語, 只曰:

"其財寶汝愼守? 我將盡賣, 薦誠於佛, 以踐宿約."

特還家, 自思曰:

'宮人不出來, 其財寶, 天與我矣.'

向壁竊〈66〉笑, 而人莫知也.

一日, 特自裂其衣, 自打其鼻, 以血, 遍身糊, 披髮跣足奔入, 伏
庭泣曰:

"吾爲强賊所擊."

仍不復言, 若氣絶者然. 晉士慮, 特死則終不知埋寶之處, 親灌藥物, 多般救活, 供饋酒肉, 十餘日乃起曰:

"孤單一身, 獨守山中, 衆賊突入, 勢將剝殺, 捨寶而走, 僅保縷命. 若非此貨, 我安有如是之厄乎? 賦命之險如此, 而何不速死?"

卽以足頓地, 以手扣胸而哭. 晉士懼其父母之知, 以溫言慰解而送之.

久之, 晉士知特之所爲, 與所親者數人, 率人十餘名, 圍其家, 只得金釵一隻, 寶鏡一面. 以此爲贓, 欲呈官推得, 而恐事洩, 不爲而若失此財, 則無以供佛. 心欲殺特, 力不能制, 噩默不語. 特自知其罪, 問於宮墻外盲人曰:

"我向者晨, 過此宮墻之外, 有人自宮中, 踰西垣而出. 我知其爲賊, 高聲追逐, 其人棄所持物而走. 我持歸藏之, 以待本主⟨67⟩之來推. 吾主素乏廉隅, 聞吾得物, 躬來索出, 吾答無他貨, 只得釵鏡二物云, 則主躬入搜之, 果得二物. 其慾無壓, 方欲殺之, 故吾欲逃走, 走之吉乎?"

盲曰:

"吉矣."

隣人在傍者, 多聞其語, 謂特曰:

"汝主何許人? 虐奴如是耶?"

特曰:

"吾主年少能文, 早晚應爲及第者, 而貪婪如此, 他日立朝, 用心可知."

此言傳播于宮中, 宮人告于大君. 大君大怒, 使南宮人, 搜西宮, 則姜之衣服寶貨, 盡無所有. 大君捉致西宮侍女五人于庭中, 嚴具刑杖, 列於眼前, 下令曰:

"殺此五人, 以戒他人."

又教執杖者曰:

"勿計杖數, 以死爲限."

五人曰:

"願得一言而死."

大君曰:

"何言?"

銀蟾招曰:

　　男女情慾, 稟於陰陽, 無貴無賤, 人皆有之. 一閉深宮, 影單形隻, 看花掩淚, 對月消魂, 以梅子擲鶯, 使不得雙飛柳, 幕以簾幬, 鶯兒使不得兩巢屋樑, 無他, 自不勝健羨之意, 妬忌之情耳. 一踰宮墻, 則可知人間之樂, 〈68〉而所不爲之者, 豈其力不能而心不忍哉? 惟畏主君之威令, 固守此心, 以爲枯死而已. 今無所犯之罪, 而置之於死地, 妾等黃泉之下, 死不瞑目矣.

翡翠招曰:

　　主君撫恤之恩, 山不高, 海不深. 妾等, 惟事文墨絃歌而已. 今不洗之惡名, 偏及於西宮, 生不如死, 惟願速死.

玉女招曰:

　　西宮之榮, 妾旣與焉, 西宮之厄, 妾獨免哉? 火炎崑崗, 玉石俱焚. 今日之死, 死得其所矣.

鴛鴦招曰:

今日之事, 罪在不測, 中心所懷, 何忍諱之? 妾等皆閭巷賤女, 父非大舜, 母非二妃, 則男女情慾, 何獨無乎? 穆王天子, 而每思瑤池之樂, 項羽英雄, 而不禁帳中之淚, 主君何使雲英, 獨無雲雨之情乎? 金生人中之豪, 引入內堂, 主君之事也. 命雲英奉硯, 主君之令也. 雲英, 以深宮怨女, 一見美男, 喪心失性, 病入骨髓, 雖以長生之藥, 越人之手, 難以見效, 一夕如朝露之溘然, 則主君雖有惻隱之心, 顧何益哉? 妾之愚計, 一使雲〈69〉英得見金生, 以解兩人之怨結, 則主君之積善, 莫大乎此, 前日雲英之毀節, 罪在妾身, 不在雲英. 雲英無罪, 妾之一言, 上不欺主君, 下不負同儕, 今日之死, 死亦榮矣. 雲英無罪, 如可贖兮, 人百其身, 伏願主君, 以妾之身, 贖雲英之命.

妾之招曰:

主君之因[26], 如山如海, 而不能固守貞節, 其罪一也. 前日所製之詩, 見疑於主君, 而終不直告, 其罪二也. 西宮無罪之人, 以妾之故, 同被其罪, 其罪三也. 負此三大罪, 生亦何顔? 若或緩死, 妾當自決.

大君覽畢, 以紫鸞之招, 更展留眼, 怒色稍霽. 小玉跪而告泣曰: "前日浣紗之行, 勿爲於城內者, 妾之議也. 而紫鸞夜至南宮, 請之甚懇, 妾怜其意, 排群議從之. 雲英之毀節, 罪在妾身, 不在雲英. 伏願主君, 以妾之身, 贖雲英之命."
大君之怒稍解, 囚妾於別宮, 其餘皆放之. 是夜, 妾以羅巾, 自縊〈70〉而死.

---

26) 因 : '恩'의 오자.

進士把筆而記, 雲英引古而敍, 甚詳悉. 兩人相對, 悲不自抑. 雲英謂進士曰:

"此以下, 郞君言之."

進士曰:

雲英自決之日, 一宮之人, 莫不號慟, 如喪同氣. 哭聲出於宮門之外, 我亦聞之, 氣絶久矣, 家人招魂發喪, 一邊救活, 日暮時乃甦. 方定精神, 自念事已決矣. 無負供佛之約, 庶慰九泉之魂, 金釵寶鏡及文房諸具, 盡賣之, 得米四十石, 欲上淸寧寺, 設佛事, 而無可信使喚之人, 呼特而言曰:

"我盡宥汝前日之罪, 汝今爲我盡忠乎?"

特伏泣而對曰:

"奴雖冥頑, 亦非木石, 一身所負之罪, 擢髮難數. 今已宥除, 是枯木生葉, 白骨生肉, 敢不爲進士主致死乎?"

進士曰:

"我爲雲英, 設醮供佛, 以冀發願, 而無信任之人, 汝未可往乎?"

特曰:

"謹受敎矣."

卽上寺, 三日叩臀而臥, 招僧〈71〉謂之曰:

"四十石之米, 何用盡入於供佛乎? 今可多備酒食, 廣招俗客而饋之, 宜矣."

有一村女過之, 特强劫之, 留宿於僧堂. 已過十數日, 無意設齋, 寺僧齊憤之. 及其建醮之日, 諸僧曰:

"供佛之事, 施主爲重, 而施主之不潔如此, 事極未安, 可澡浴於淸川, 潔身而行禮, 可乎!"

特不得已出, 暫以水沃灌, 而跪於佛前, 祝曰:

"進士今日速死, 雲英明日復生, 爲特之配."

三晝夜發願之說, 惟此而已. 特歸語進士曰:

"雲英閣氏, 必得生道矣. 設齋之夜, 現於奴夢曰 '至誠供佛, 不勝感激.' 拜且泣, 寺僧之夢, 亦皆然矣."

進士信之, 失聲慟哭.

其時, 適當槐黃之節, 進士雖無赴擧之意, 託以做工, 上淸寧寺, 留數日, 細聞特之事, 不勝其憤, 而無如之何. 沐浴潔身, 就佛前, 再拜三叩頭, 薦香合掌, 而祝曰:

"雲〈72〉英死時之言, 慘不忍負, 使奴特虔誠設齋, 冀資冥佑, 今聞所祝之言, 極其悖惡, 雲英之遺願, 盡歸虛地, 故小子敢復祝願矣. 伏願世尊, 使雲英得以還生, 使金生得以作配, 至於後生, 免此寃痛, 殺特奴, 着鐵枷, 囚于地獄. 世尊, 苟如此發願, 則雲英爲尼, 燒十指, 作十二層金塔, 小子爲僧, 含五戒, 創三巨刹, 以報其恩."

祝訖, 起而百拜, 叩頭而出, 後七日, 特壓於陷穽而死. 自是, 進士無意於世事, 沐浴潔身, 着新衣, 臥于安靜之房, 不食. 死日[27], 長吁一聲, 因遂不起.

寫畢擲筆, 兩人相對悲泣, 不能自止. 柳泳慰之曰:

"兩人重逢, 志願畢矣. 讐奴已除, 憤忄完[28]洩矣. 何其悲痛之不止耶? 以不得再出人間爲恨乎?"

金生收淚而謝曰:

"吾兩人皆含怨而死. 冥司憐其無罪, 欲使再生人間, 而地下之樂, 不〈73〉減於人間, 況天上之樂乎? 是以不願出世矣. 但今夕之悲傷, 大君一敗, 故宮無主, 鳥雀哀鳴, 人跡不到, 已極悲矣. 況新經兵火之

---

27) 不食. 死日 : 다른 본에서는 '不食四日(또는 三日)'.
28) 忄完 : '惋'의 오자.

後, 華屋成灰, 粉墻堆毀, 而惟有階花芬菲, 庭草敷榮, 春光不改昔時之景, 而人事之變易如此, 重來憶舊, 寧不悲哉?"

泳曰:

"然則子皆天上之人乎?"

金生曰:

"吾兩人素是天上仙人, 長侍玉皇香案前. 一日, 上帝御太淸宮, 命我摘玉園之果. 我多取蟠桃·瓊實·金蓮子, 私與雲英而見覺, 謫下塵寰, 使之備經人間之苦. 今則玉皇已宥前愆, 俾陞三淸, 更侍案前, 而時乘飇輪, 復尋塵世之舊遊處耳."

仍揮淚, 而執柳泳之手曰:

"海枯石爛, 此情不泯, 地老天荒, 此恨難消. 今夕與子相遇, 撼此悃愊, 非有宿世之緣, 何可得乎? 伏願尊君, 俯拾此藁, 傳之不朽, 而幸勿浪〈74〉傳於浮薄之口, 以爲戲玩之資."

進士醉倚雲英之身, 吟一絶曰:

花落宮中鷰雀飛
春光依舊主人非
中宵月色凉如許
細露輕沾翠羽衣

雲英繼吟曰:

故宮花柳帶新春
千載豪華入夢頻
今夕來遊尋舊迹
不禁珠淚自沾巾

　柳泳亦乘醉暫睡. 少焉, 山鳥一聲, 覺而視之, 雲煙滿地, 曙色蒼
茫, 四顧無人, 只有金生所記冊子而已. 泳悵然無聊, 袖冊而歸, 藏
之篋筒. 時或開覽, 茫然自失, 寢食俱廢, 後遍遊名山, 不知所終.

영영전

英英傳

상사동기(想思洞記)

홍치(弘治)[1] 연간에 성균관에 김씨 성의 진사가 있었는데, 이름은 잊혀졌다. 그는 용모가 아름답고 풍채도 뛰어났으며, 글을 잘 짓고 우스갯소리도 잘하는, 진실로 세상에서 뛰어난 남자였다. 마을에서는 그를 '풍류랑(風流郎)'이라고 일컬었다. 겨우 약관의 나이에 진사과에 급제하여 이름이 장안에 퍼졌다. 공경대부(公卿大夫)의 집에서는〈75〉딸을 그에게 시집보내기를 원하여 재산을 따지지 않았다.

하루는 반궁(泮宮)[2]에서 집으로 돌아가는데, 말 위에서 멀리 바라보니 주막의 푸른 깃발이 버드나무와 살구나무 사이에 은은히 비쳐 보였다. 김생이 춘정이 일어남을 이기지 못해 한 번 취하고 싶어서, 흰 모시 적삼을 저당 잡히고 진주홍주(眞珠紅酒)를 샀다. 화자잔(花磁盞)[3]에 술을 따라 마시고는 취하여 술병 옆에 누웠다. 꽃향기가 옷에 스며들고 대나무의 이슬이 얼굴에 흩뿌렸다.

얼마 후 석양이 산봉우리에 걸렸다. 시종이 돌아가기를 재촉해서야, 생은 일어나 말에 올랐다. 채찍을 휘둘러 길을 나서는데, 흰 모래가

---

1) 홍치(弘治) : 명나라 효종(孝宗) 때의 연호. 1488~1505년.

2) 반궁(泮宮) : 성균관(成均館). 천자의 나라에 세운 태학(太學)을 '벽옹(辟雍)'이라 하고, 제후국에 세운 것을 반궁이라 하니, 반수(泮水)로 둘러 있다는 『시경』 구절에서 연유한다. 『시경(詩經)』 「노송(魯頌)」 〈반수(泮水)〉.

3) 화자잔(花磁盞) : 꽃무늬가 있는 자기(磁器) 술잔.

널리 펼쳐 있고 가는 버들은 냇가 언덕에 드리워져 있었다. 놀던 사람
들이 모두 흩어져 길에는 점점 인적이 드물어졌다. 생이 흥에 겨워 살
며시 읊었다.

東陌看花柳	동쪽 길의 꽃과 버들을 보노라니
紫騮驕不行	붉은 말이 교만 떨며 가지를 않네
何處玉人在	어느 곳에 아름다운 이 있을까
桃夭無限情	복사꽃의 정은 끝이 없구나

읊기를 마치고 취한 눈을 반쯤 들어 보니 한 미인이 있었다. 나이는
겨우 16세쯤 되고 걸음을 가벼이 옮기는데 먼지조차 일지 않았다. 허리
는 하늘거리고 자태는 아리따웠다. 가다가 멈추었다가, 동쪽으로 갔다
가 서쪽으로 갔다가, 작은 돌을 집어 꾀꼬리에게 던져 날게도 하고,
버드나무 가지를 잡고 석양에 우두커니 서있기도 하고, 옥비녀를 빼어
구름 같은 머리를 가볍게 매만지기도 했다. 푸른 소매는 봄바람에 흩날
리고 붉은 치마는 맑은 냇물에 환히 빛났다. 생이 바라보다가 정신이
산란해져 억누르지 못하고 채찍을 재촉하여 달려가〈76〉힐끗 보니, 이
가 가지런하고 얼굴이 고운 것이 진실로 국색(國色)이었다. 생은 말을
타고 머뭇거리며 앞서기도 하고 뒤서기도 하면서 주의해서 바라보며
차마 떠나지 못했다. 여인은 생이 뜻이 있음을 알아 부끄러운 빛으로
고개를 숙이고 감히 쳐다보지를 못했다. 여인이 점점 멀리 감에 생도
역시 따라서 끝까지 가보니, 상사동(相思洞)4) 길가에 있는 서너 칸 좁
은 집에 이르러 멈추었다.
　생이 배회하다가 우두커니 섰다가 허전함을 견디지 못해 하는 동안
에 날은 이미 저녁이 되었다. 오래 머무를 수 없음을 알고 안타까운

---

4) 상사동(相思洞) : 현재 비원 남쪽의 원남동(苑南洞).

마음으로 돌아가는데, 멍하니 정신을 잃은 모양이 취한 것도 같고 바보 같기도 하였다. 밤중에는 베개를 쓸면서 몸을 뒤척였고, 밥을 놓고도 먹을 줄을 몰랐으며, 먹어도 목에 넘기지를 못하였다. 몰골이 초췌해져 고목 같이 되었고, 안색이 파리하여 식은 재와 같았다. 남몰래 근심을 안고 묵묵히 말을 않으니 집안의 부모마저도 그 까닭을 알지 못했다.

10여 일 지날 무렵 '막동'이라는 노비가 틈을 타서 와서 뵙고는 눈물을 흘리며 물었다.

"낭군(郎君)께서 평소에 말과 웃음이 호탕하시며, 무리 중에 출중하셔서 거침없으시더니, 요사이 울적해 하시는 것이 말 못할 근심이 있으신 듯합니다. 사모하는 이라도 있으신 게 아닌지요?"

생이 슬퍼하면서도 감동하여 사실대로 말하니, 막동이 한참 깊이 생각하고 말하였다.

"제가 낭군을 위해 마륵(磨勒)5)의 계책을 올릴 터이니, 낭군께선 속태우실 것 없습니다."

생이 말했다.

"그렇다면 어떤 것이냐?"

막동이 대답하였다.

"낭군께서는 서둘러 좋은 술과 안주를〈77〉반드시 성대하게 마련하셔서, 곧바로 미인이 있는 집으로 가서는 손님을 전별하려는 듯이 하십시오. 방 한 칸을 빌려 술자리를 벌여 놓으시고 이놈을 불러 손님을 모셔 오라 하시면, 제가 명을 받들어 갔다가 한 식경 후에 돌아와서 '손님이 장차 오신답니다.' 하지요. 낭군께서 명하시어 다시 청하게 하

---

5) 마륵(磨勒) : 당나라 배형(裴鉶)이 지은 전기(傳奇) 〈곤륜노(崑崙奴)〉에 나오는 인물. 최생이 고관 댁에 문병 갔다가 시중 든 여인을 그리워하자 노비 '마륵'이 계책을 내어 여인을 빼내 같이 살게 했다. '곤륜노(崑崙奴)'는 말레이시아 등에 살던 종족으로 피부가 검고 힘이 세서, 당나라 명문귀족들이 이들을 고용하거나 노예로 사서 부리곤 했다.

시면, 제가 또 명을 받고 가서는 날이 저물 때쯤 돌아와서, '오늘은 송별객이 많아 굉장히 취해서 갈 수가 없으니 내일은 꼭 가겠소.'라고 했다하지요. 이때 낭군께서는 주인을 불러내어 앉으라 하고, 그 술과 안주를먹게 하고 기색을 드러내지 말고 물러나십시오. 다음날 또 그렇게 하고,그 다음날도 또 그렇게 하면 처음엔 고맙게 여길 것이고, 두 번째는은혜에 감격해 할 것이고, 세 번째는 필히 의심을 하겠죠. 은혜를 느끼면 보답을 생각하게 마련이요, 은혜에 감격하면 죽음으로써 보답하고자 하는 법입니다. 의심이 생기면 그 까닭을 물어 올 것입니다. 이때흉금을 털어 놓고 이야기 한다면 일은 거의 다 된 셈이죠."

생은 참 그럴듯하다 여기고, 기뻐 웃으며 말했다.

"내 일이 잘 되겠구나."

그 계책을 따라 즉시 술과 안주를 갖추어서 곧바로 그 집에 가서 전별 잔치를 차리게 하고, 막동을 보내어 손님을 맞게 하는 등 한결같이막동이 말한 대로 했다. 막동이 또한 심부름을 갔다 돌아오기를 세 번,모두 약속한 대로 했다. 생이 짐짓 꾸짖어 말했다.

"쯧쯧! 그 사람이 좋은 기약을 어그러뜨리는 게 이와 같단 말이냐?하지만 춘주(春酒)를 가져 왔으니 그냥 돌아갈 수는 없구나. 그러니 주인이랑 한 잔 나누는 것도 나쁘지는 않으리라."

그리고는 주인을 부르니, 일흔 살 노파가 와서 뵈었다. 생이 위로하여 말했다.

"할멈은 편히 앉으시게.〈78〉손님을 전별하러 이곳에 왔다가, 할멈이 잘 맞아 주었으니, 후의에 매우 감사하네."

바로 막동을 불러 술과 안주를 내오게 하고, 할멈과 술잔을 나누면서평소 알고 지내던 사이처럼 반겨 하되, 사연은 한 마디도 하지 않고물러나왔다.

생은 강가에 말을 세우고, 전에 보았던 소녀가 정말 이 노파의 집

여인인지 헤아려 보았으나 알 수 없었다. 근심스레 걱정으로 살 수 없을
듯 했다. 어서 노파를 매우 감동시켜서 노파가 의심하기를 기다렸다가
자기 얘기를 털어놓았으면 했다. 다음날 또 찾아가기를 미루지 않았고,
이같이 세 번을 하니, 노파는 과연 의심을 하여 공손한 태도로 말했다.

"이 늙은이가 조심스레 여쭐 것이 있어요. 길가에는 집들이 연이어서
즐비하게 늘어서 있으니, 어디선들 술잔을 벌여 손님을 환송하지 못하
겠수? 그런데 유독 이 같이 누차한 집을 찾으시는 겝니까? 또 낭군께선
서울의 명문거족이시고 학식이 높으신 분이요, 이 늙은이는 뒷골목의
과부에다 초가집에 사는 미천한 것이올시다. 귀천의 차이가 있고 평소
친분이 없는데 이처럼 지극한 후의(厚意)를 받으니, 이 늙은이가 어찌
감당하겠어요? 실로 어찌 된 연유인지 모르겠군요."

생이 웃으며 말했다.

"나는 손을 전별하고자 했을 뿐, 별 뜻은 없네. 할멈과 다툼이 있는
사이가 아니니까 손과 주인의 예의상 당연한 것이지."

술자리가 끝나자 생이 문득 자비합환단삼(紫緋合歡單衫)6)을 벗어 노
파에게 건네주며 말했다.

"매번 할멈을 번거롭게 했는데 보답할 것이 없어 이것을 신표로 하여
훗날〈79〉잊지 않겠다는 물건으로 삼겠네. 물리치지 않으면 좋겠네."

노파는 매우 고마워하는 한편 크게 의심도 하면서 일어나 거듭 절하
고 말하였다.

"낭군의 은덕이 이 같으니 늙은이는 너무도 감격스럽습니다. 근데
혹시 까닭이 있어서 이러시는 건가요? 외로운 이 몸이 홀몸으로 여러
해를 살았어도 이웃에 사는 사람도 마음 써 주는 이가 없었건만, 하물
며 낭군께서 이리 하시다뇨? 낭군께서 이 늙은이에게 바라시는 바가

---

6) 자비합환단삼(紫緋合歡單衫) : 자줏빛 홑적삼. 합환(合歡)은 함께 즐거워함 또는 성관
계를 뜻하기도 하고, 자귀나무를 가리키기도 한다.

있다면 죽음도 마다하지 않겠습니다."

생이 웃기만 하고 대답하지 않자, 노파가 끈질기게 청하였고, 생이 미소지으며 답했다.

"이 동네 이름이 뭐요?"

"상사동입죠."

"동네 이름 덕에 괴로울 뿐이네."

노파가 슬쩍 웃으며 말했다.

"낭군께서는 말 잘하는 이의 소임을 이 늙은이에게 맡기시려는 게군요? 하지만 이 동네에는 운화(雲華)[7] 같은 숙녀가 없으니 위랑(魏郎)의 풍류를 어쩐다죠?

생은 자기가 마음에 두고 있는 미인이 필시 여기 없는 줄 알고 시무룩해져서 말했다.

"이 몸이 이미 할멈에게 후의를 입었으니 어찌 사실대로 말하지 않겠나? 과연 모월 모일에 모처에서 오다가 길에서 마침 한 소녀를 보았다네. 나이는 겨우 십오륙 세로 푸른 적삼에 붉은 비단 치마를 입었고, 백릉(白綾) 버선에다 자줏빛 신을 신고 있었지. 진주 비녀로 머리를 땋고 새하얀 옥가락지를 끼고서, 홍화문(弘化門)[8] 앞길에서 이리저리 가고 있었다네. 내가 젊은 협기에 마음이 화사해지고 〈80〉춘정을 이기지 못해 뒤를 따랐는데, 종착지까지 따라 이른 곳이 바로 할멈의 집이었던 거요. 이 날 이후로 마음이 질탕하게 취하여 만사가 흐릿하고, 오로지 그 소녀만 생각했네. 맑은 눈동자와 하얀 이가 자나깨나 잊히지 않아

---

7) 운화(雲華) : 가운화(賈雲華). 자는 빙빙(娉娉). 원나라 연우(延佑), 지정(至正) 연간(1314~1368년) 전당(錢塘: 浙江 杭州) 사람 가평장(賈平章)의 딸. 배속에 있을 때부터 위붕(魏鵬)과 혼약을 맺었고 장성하여 만나서는 서로 사랑하였는데 가운화의 모친이 혼인을 거부하여 운화는 종일토록 먹지 않고 결국 죽게 되었다. 명나라 이창기(李昌祺)의 『전등여화(剪燈餘話)』〈가운화환혼기(賈雲華還魂記)〉.

8) 홍화문(弘化門) : 창경궁(昌慶宮)의 정문.

상심하여 애 태우길 하루 이틀이 아니었네. 할멈이 나를 보고 낯빛이 파리하다고 했으니, 왜 그랬겠나? 이래서 손님을 전별한다고 할멈 네를 번거롭게 했으니, 어쩔 수가 없었다네."

노파가 이 말을 듣고서 그 뜻을 몹시 애처로워했으나, 생이 생각하고 있는 사람이 누군지 몰랐다. 한동안 깊이 생각하다가 문득 깨닫고서 말했다.

"그런 아이가 있지요. 바로 죽은 제 언니의 딸이에요. 이름은 영영(英英)이고 자(字)는 난향(蘭香)이죠. 만약에 정말로 그렇다면 참으로 어려운 일이로군요! 참 어려운 일이에요!"

생이 말했다.

"왜인가?"

"이 애는 회산군(檜山君)9) 댁 시비예요. 궁에서 나고 궁에서 자라 문 앞길도 밟지 않은 지 오래랍니다. 자색(姿色)이 고운 것은 낭군께서 이미 보셨으니 굳이 말할 것도 없지만, 고운 마음이며 얌전한 몸가짐은 양반집 처녀와 다를 게 없지요. 게다가 음률을 알고 문장을 아니 나리께서 어여삐 여기셔서 장차 녹의(綠衣)10)로 맞고 싶어 하지만, 부인(夫人)께서 투기의 습속을 이기지 못함이 하동(河東)의 사자후(獅子吼)11)

---

9) 회산군(檜山君) : 성종의 다섯째 아들. 회산은 경남 창원의 옛 이름.

10) 녹의(綠衣) : 푸른색은 간색(間色)이므로 천한 사람, 여기서는 첩을 가리킨다. 『시경』「패풍(邶風)」〈녹의(綠衣)〉에 나오는 말로, 이 시는 위 장공(衛莊公)이 첩에게 미혹되어, 부인 장강(莊姜)이 어질면서도 불행하게 된 것을 비유한 노래이다.

11) 하동(河東)의 사자후(獅子吼) : 송나라 때 진조(陳慥)라는 자가 자칭 용구거사(龍丘居士)라고 하며 빈객(賓客)과 어울리기를 좋아하고 술과 가무를 즐겼는데, 그의 아내 유씨(柳氏)가 매우 표독스럽고 투기가 심했다. 이를 두고 소동파가 "용구거사는 가련도 하지 불문(佛門)에 심취하여 밤을 지새우건만 문득 들려오는 앙칼진 사자후(獅子吼)에 지팡이를 손에서 놓치고 망연자실한다네.[龍丘居士亦可憐, 談空說有夜不眠, 忽聞河東獅子吼, 拄杖落手心茫然.]"라는 시를 지었다. 아내 유씨가 하동(河東) 유씨이고, 진조가 불교에 심취하여 '하동 사자후(河東獅子吼)'라 한 것이다. 이후로 이 말은 투기가 심하고 표독스러운 여자가 성을 내는 것을 비유한다. 송나라 홍매(洪邁)의 『용재삼필(容齋三筆)』.

보다 심해서, 이 때문에 그렇게 못하고 있을 뿐이죠. 저번에 그 아이가 와도 괜찮았던 것은 한식 때를 맞아 그 애의 죽은 어미를 이곳에서 제사 지내려고⟨81⟩부인께 말미를 청하여 왔기 때문이지요. 그리고 때마침 나리께서 외출하신 터라 이곳에 올 수 있었지 그렇지 않았다면 도련님께서 어찌 얼굴을 볼 수 있었겠습니까? 아이구! 도련님께서 다시 만나고자 하시는 것은 참으로 어려워요, 참으로 어렵지요!"

생이 하늘을 우러러 크게 탄식하며 말했다.

"어허, 끝났다. 나는 죽겠구나!"

노파가 깊이 안타까워 멍하니 있다가 이윽고 말했다.

"어쩔 수 없다면 한 가지 방법이 있습죠. 단오가 꼭 한 달 남았어요. 그 때면 늙은 몸이 죽은 언니를 위해 다시 제사상을 차리고, 이를 부인께 아뢰어 우리 영영에게 반나절의 말미를 주도록 청한다면 만에 하나 도련님의 뜻을 이룰 수 있을 겝니다. 도련님께서는 돌아가셔서 때를 기다려 오시지요."

생이 기뻐서 말했다.

"만약 할멈 말대로 된다면 인간 세상의 5월 5일은 곧 천상의 7월 7일[12]이 되겠구려."

생과 노파는 각각 만복을 기원하며 헤어졌다. 생은 탄식하며 지는 해를 바라보고, 초조하게 밤이 되기를 기다렸다. 하루를 보내는 것이 3년과 같았고, 아름다운 기약은 오지 않을 듯했다. 그래서 붓과 먹에 의지하여 그 울적한 마음을 풀려고 ⟨억진아(憶秦娥)⟩[13] 한 곡조를 지었다. 그 가사는 다음과 같다.

12) 7월 7일 : 견우와 직녀가 만나는 날.
13) 억진아(憶秦娥) : 당대(唐代) 악부의 하나로, 진아를 그리워한다는 뜻. '진루월(秦樓月)'이라고도 한다. 진아는 옛날 노래를 잘 불렀다는 여자 또는 진(秦)나라 목공(穆公)의 딸 농옥(弄玉)을 일컫는다.

春寂寂	쓸쓸한 봄날
一庭梨花	정원 가득한 배꽃
風雨夕	비바람이 부는 저녁
相思不相見	임을 생각하나 보지 못하고
音耗兩扁	소식도 끊겼네
却悔當時遇傾國	후회하노니, 미인을 만났을 때
我心安得頑如石	내 마음은 어찌 돌처럼 굳지 못했던가
空相憶	헛되이 그리워하며
對花斷腸	꽃을 대하여 애 끊어지고
臨風淚滴	바람결에 눈물 떨구네

기약한 날이 되어〈82〉가 보니 노파가 나와 맞이했다. 생이 별 탈이 없냐고 묻는 것 이외에 다른 말을 할 겨를이 없이 그저 다음과 같이 말했다.

"일이 어떻게 되어갑니까?"

노파가 말했다.

"어제 낭군을 위해 부인께 찾아가 간절하게 청하니 부인께서 말하기를 '나리께서 평소에 영영의 출입을 매우 심하게 금하기 때문에 나는 네가 바라는 바를 따를 수가 없구나. 그러나 만일 내일 공경(公卿)들이 초대하여 나리께서 단오 모임에 가신다면 내 어찌 영영에게 잠시 틈을 주는 것을 아끼겠나?'라고 했습죠. 부인께서 허락하신 것은 참말인데 나리께서 외출하실지 여부는 알 수 없어요."

생은 반신반의하고 기쁘기도 하고 근심하기도 하면서 마음을 안정시키지 못하고 초조하게 책상에 기대어 문을 열고 기다렸다. 날이 거의 정오가 되었는데도 인기척이 없었다. 가슴이 답답하고 애가 타 우두커니 앉아서 멍하니 있노라니 마치 서리 맞은 파리와 같았다. 벌떡 일어나 부채로 기둥을 치면서 노파를 불러 말했다.

"근심에 애가 끊어지고 기다리는 눈은 침침해 가오. 많은 행인이 다 가왔지만 영영이 아니니 내 바람은 끊어졌소."

노파가 위로하며 말했다.

"지성이면 감천이라 했으니 도련님께서는 우선 잠시 편히 계시지요."

잠시 후, 창밖에서 신발 끄는 소리가 먼 곳에서 가까이 다가왔다. 놀라 일어나 보니, 곧 영영이었다. 생이 손뼉을 치며 웃으며 말했다.

"어찌 하늘의 뜻이 아니리오?"

노파 역시 기뻐하며 마치 어린아이가 어머니를 본 듯했다. 영영은 문 앞에 푸른 버드나무 밑에 말이 길게 울고 뜰 가 나무 그늘 밑에 하인들이 죽(83)늘어선 것을 보고 괴이하게 여기고 주저하며 감히 들어오지 못했다. 노파는 거짓으로 영영에게 말했다.

"의심치 말고 어서 들어오너라. 이 도련님을 모르겠어? 이는 곧 내 죽은 남편의 친척이니라. 때마침 우리 집에 왔다가 장차 손님을 전별하려는 게야. 그런데 너는 왜 이리 늦게 왔느냐? 네가 끝내 오지 않을까 하여 네 모친의 제사를 지내버렸구나. 너는 안으로 들어와 빨리 술상을 차려 도련님께 한 잔 올리거라."

영영이 그 말대로 술상을 받들고 오자, 노파가 생과 함께 술잔을 주고받았다. 술이 반쯤 취하자 생이 영영에게 말했다.

"낭자도 자리로 오시오. 술잔 순서가 되었소이다."

영영은 부끄러워서 감당하지 못했다. 이에 노파가 말했다.

"너는 깊은 궁중에서 자라나 세상의 정이 이러한 것을 알지 못하는구나. 네가 능히 글자를 알면서 술잔을 주고받는 예가 있음을 모르느냐?"

영영이 이에 받기도 하면서도 흔쾌히 하지는 않았다. 움찔움찔 술잔을 잡고는 잠깐 붉은 입술에 대기만 할 뿐이었다. 잠시 후, 노파는 취한 척 편히 앉아서는 기지개를 펴면서 졸음이 오는 듯 영영을 돌아보며 말했다.

"내가 술로 피곤하고 기운이 온전하지 못해 쉬고자 하니 네가 잠시 낭군을 모시거라."

하고는 즉시 일어나 안으로 들어가 평상에 쓰러져 잠이 들며 코를 우레와 같이 골았다. 이에 생이 영영에게 말했다.

"지난 번 부자묘(夫子廟)[14]에서 나오다가 홍화문(弘化門) 앞길에서 보았지요. 3월 초하루 바로 그때인데 그대는 기억이 나지 않소?"

영영이 말했다.

"말은 기억나지만 사람은 생각나지 않습니다."

생이 말했다.

"사람이 말보다 못하단 말이오?"〈84〉

영영이 말했다.

"말은 보았으나 사람은 보지 못했지요."

생이 말했다.

"그대는 어찌 말만 기억하오? 내 얼굴이 초췌하고 모습이 야위어서 지난번과 같지 않으니 어찌 까닭 없이 그러하겠소? 그대는 내가 아니니, 어찌 나의 마음을 알겠소?"

영영이 답했다.

"낭군도 제가 아닌데 어찌 제가 낭군 마음을 알지 못한 줄 아십니까?"[15]

생이 즉시 자리를 가까이 옮겨 가깝게 앉으며 사실대로 말했다.

"아, 그대 난향(蘭香)이여! 그대가 어찌 무정한 사람이겠소? 그대를 만나 말 한마디 못한 뒤로 그대를 생각하고 보지 못한 것이 지금까지 얼마였던가? 아, 그대 난향이여! 그대인들 어찌 슬프지 않겠소? 내가

---

14) 부자묘(夫子廟) : 공자를 모신 사당. 성균관 대성전(大成殿)을 가리킨다.

15) 그대는 내가 아니니~알지 못한 줄 아십니까 : 『장자』「추수(秋水)」에 나오는, 장자와 혜자(惠子)가 호량(濠梁) 위에서 나눈 대화를 원용한 표현.

낭자를 기다렸는데, 낭자께서 오시니 나는 살아난 듯하오."[16]

영영은 미소만 짓고 대답하지 않았다. 생은 그곳에서 영영을 머물러 두어 밤이 되면 함께 잠자리를 청하려 하였다. 그러나 영영은 안 된다고 말했다.

"우리 나리께서 아침에 외출하셨으니 저녁에 돌아오실 터라 첩이 여기에 올 수 있었습니다. 돌아오시면 반드시 저를 불러 옷을 풀게 하시니, 나약하고 가냘픈 제가 만 번 죽을 곳에 빠질 수는 없습니다. 그렇기 때문에 낮에는 괜찮지만 밤에는 안 됩니다."

생은 오래 머물게 할 수 없음을 알고, 이에 은근히 부추기며 말했다.

"진정 그 말과 같다면 이 마음을 어찌 하리오? 날이 이미 저물어 헤어질 시간이 임박했소. 뒷날 만나는 것이 쉽지 않고 좋은 만남은 다시 얻기 어려운 법이지요. 그대는 나를 가엾게 여겨, 잠시 동안의 기쁨을 아끼지 마시오."

드디어 강제로 안으려 하니〈85〉영영이 옷깃을 여미고 정색하며 말했다.

"제가 어찌 목석처럼 낭군의 속마음을 모르겠어요? 다만 나리께서 저를 천하게 여기지 않으시고 (잠시도) 앞에서 떠나지 못하게 하며, 믿고 맡겨서 절대 중문(中門) 밖도 나가지 못하게 하셨지요. 오늘 여기 온 것은 이미 엄명을 어긴 것입니다. 만약 멋대로 법을 어긴다면 더러운 소문이 널리 퍼지게 될 거에요. 이는 죽고도 남을 죄니 비록 도련님의 뜻을 따르고 싶더라도 어찌 그럴 수 있겠어요?"

생이 팔을 잡고 탄식하며 말했다.

"내가 어찌 살 수 있겠소? 황천 사람이 될 것이오."

---

16) 내가 낭자를~살아난 듯하오 : 『서경(書經)』 「중훼지고(仲虺之誥)」 "우리 임금을 기다리노니, 임금이 오시니 살아났구나.(徯予后, 后來其蘇)"를 활용한 표현이다. 『맹자(孟子)』 「양혜왕(梁惠王)」에도 인용되어 있다.

마침내 그 옥같은 손을 잡고 흰 젖가슴을 만지며 다리를 휘감고서, 마음이 하고 싶은 대로 하지 못함이 없었다. 그러나 영영은 남녀결합만은 안 된다고 하였다. 생은 감정을 돋우고 정성을 다하여 온갖 가지로 유혹하며 말했다.

"새가 급히 날아가고 토끼가 빨리 달리듯 세월이 흘러가고, 붉은 꽃이 다하여 금세 시들면 나비들이 좋아하지 않소. 사람이라고 어찌 다르겠소? 얼굴은 잠깐 머리를 돌리는 사이에 고운 빛을 잃고, 머리털은 손가락을 한 번 튕기는 사이에 하얗게 세어 버리오. 아침에 구름이 되고 저녁엔 비가 된다는 양대(陽臺)의 신녀(神女)[17]도 원래부터 마음을 정했던 것은 아니며, 푸른 바다처럼 넓은 하늘에 있는 달나라의 항아(姮娥)[18]도 불사약 훔친 것을 응당 후회한다오. 새와 같은 미물도 비익조(比翼鳥)[19]가 있고 본성이 무딘 나무도 연리지(連理枝)[20]가 있소. 하물며 정욕이 모이는 것에 사람과 사물이 어찌 다르겠소? 봄바람에 꾼 나비의 꿈은 독수공방을 특히 괴롭게 하고, 달 뜬 밤에 두견새 우는 소리는 외론 잠자리를 놀라게만 하니, 어찌 두목지(杜牧之)[21]가 봄 꽃 찾는 것을〈86〉늦게 한단 말이오?

위(魏)나라 우언(寓言)에 '항아(姮娥)를 만남이 더디니 청춘의 시간을 헛되이 저버리고 공연히 무덤에 한만 남겼구나.'라고 했습니다. 서릉

---

17) 양대(陽臺)의 신녀(神女) : 초나라 송옥(宋玉)의 〈고당부(高堂賦)〉에 나오는 무산(巫山)의 신녀. 초 회왕(楚 懷王)과 운우지정(雲雨之情)을 나눈 것으로 유명하다.

18) 항아(姮娥) : 『회남자(淮南子)』에, 서왕모(西王母)에게서 예(羿)가 불사약을 구해왔는데 항아가 그 불사약을 훔쳐 혼자 신선이 되어 달아났다고 한다.

19) 비익조(比翼鳥) : 날개가 한쪽뿐이어서 암수가 함께 있어야만 날 수 있다는 새.

20) 연리지(連理枝) : 서로 뿌리가 다른 나무의 가지들이 이어져 하나의 가지처럼 된 것.

21) 두목지(杜牧之) : 당나라 시인 두목(杜牧, 803~853). 목지는 자(字). 두목이 호주(湖州)에서 미인을 보았는데 나이가 어려서 혼인하지 못하고는 10년 내에 돌아올 테니 시집보내지 말라 하였다. 10년 되던 해 호주자사가 되어 가 보니 이미 그녀는 아이 셋 낳은 유부녀가 되어 있었다. 『전당시(全唐詩)』권527 〈창시(悵詩)〉의 서문과 오대(五代) 언휴(彦休)의 『당궐사(唐闕史)』.

(西陵)²²⁾의 푸른 나무는 적막하게 황량한 언덕에서 천 년을 서 있고, 장신궁(長信宮)²³⁾은 쓸쓸히 닫힌 채 몇 밤이나 가을비에 쓸쓸히 젖었던 가. 나의 삶이 애석하고 낭자의 무정함이 한스러우니, 살아서 무엇 하리오? 죽어서 그만둘 따름이라오!"

영영은 끝내 말을 따르려 하지 않았다.

"낭군께서 굳이 천한 제게 마음이 있으시다면 훗날에 다시 만날 수 있을 겁니다."

생이 불가하다며 말했다.

"아름다운 모습을 한 번 이별하면 궁전 문은 여러 겹이라, 소식을 보내고자 한들 전달할 방법이 없으니, 다시 기뻐하는 두 눈동자를 바랄 수 있겠소?"

영영이 말했다.

"낭군께서 이렇게 말씀하시니 어찌 저를 안다고 하겠어요? 이 달 보름날 밤에 우리 나리께서 왕자와 대군들과 함께 달구경 모임을 갖기로 약속을 하셨으니, 반드시 밤이 되어서야 돌아오실 겁니다. 또한 궁의 담장이 비바람으로 인하여 무너진 곳이 있는데 나리께서 집안일에는 느슨해서 아직 고치지 않았지요. 낭군께서 만약 이 날 어둠을 틈타 오셔서 무너진 담장으로 깊숙이 들어오면 낮은 담장의 문이 있을 겁니다. 제가 그 문을 열고 기다릴 터이니, 그 문으로 들어와서 계단을 따라

---

22) 서릉(西陵) : 항주(杭州) 전당강(錢塘江)의 서쪽에 있는 곳. 남북조(南北朝) 시대 제(齊)나라 기생 소소소(蘇小小)의 거처를 말함. 소소소는 항주(杭州)의 유복한 집안에서 자라다가 일찍 부모를 여의고 기생이 되었다. 명기(名妓)로 이름을 날리던 소소소는 명문가의 아들 완욱(阮郁)을 사랑하여 인구에 회자된 시를 남겼다. "저는 유벽거를 타고, 그대는 청총마를 타고 있네요. 어디서 마음 맺어야 할까요, 서릉의 송백나무 아래지요.[妾乘油壁車 郎騎靑驄馬 何處結同心 西陵松柏下]"

23) 장신궁(長信宮) : 한나라 때 태후를 모시던 궁. 한 성제(漢成帝) 때 궁녀 반첩여(班婕妤)가 조비연(趙飛燕)에게 총애를 빼앗기고 참소를 당한 뒤에 장락궁(長樂宮)으로 물러나 태후를 모셨다. 장신궁은 장락궁의 주요 건물.

내려가면 동쪽 계단에서 열 걸음 가량 떨어진 곳에 따로 침실 몇 칸이
있지요. 낭군께서 잠시 이곳에 몸을 숨기고 기다리시면 제가 나아가
맞이할 터이니, 아름다운 약속이 어찌 어렵겠습니까?"

생은 자못 그리 여겨 굳게 약속하고〈87〉돌아왔다. 동시에 길을 나
서 점차 제각기 남북으로 가다가 말을 세우고 고개를 돌려보니 슬퍼서
혼이 녹는 듯했다. 이로부터 그리움이 더욱 깊어져서, 사운시(四韻詩)
한 수를 지어 자신을 달래 보았다.

宮門深處鎖嬋娟　궁궐 깊은 곳에 갇혀 있는 아름다운 그대
一別音容兩杳然　한 번 이별함에 그 모습과 목소리 아득해지네
此夕難忘情態度　오늘 밤 그대의 모습과 정을 잊기 어려우니
前生應結好因緣　전생에도 우리는 아름다운 인연 맺었으리
心勞惡抱愁如雨　언짢은 가슴에 괴로워 근심은 비가 되고
苦待佳期日似年　아름다운 약속 고대하니 하루가 일 년 같네
正欲尋芳三五夜　보름날 밤 꽃다운 그대를 만나고자 하니
登樓看月幾時圓　누각에 올라 달 바라보니 언제 둥그러지나

기한이 되어 가보니, 과연 담장이 무너져 이가 빠진 듯 문처럼 되어
있었다. 그곳으로 들어가 남몰래 깊은 곳까지 들어가니 이에 조그마한
담장 문이 나왔다. 밀어보니 과연 잠겨있지 않았다. 들어가서 동쪽으로
내려가자 따로 침실이 나타났다. 마음속으로 혼자 축하하며 말하였다.
'난향이 나를 속이지 않았구나.'
그리고는 그곳으로 들어가 영영이 나오기를 기다렸다.
때는 바야흐로 흰 달이 막 솟고 시원한 바람이 언뜻 일었다. 계단
위 꽃들에서는 은은한 향기가 밀려 왔으며, 뜰 앞의 푸른 대나무는 수
수수 성긴 소리를 내었다. 홀연 문 여는 소리가 들리더니 안에서 누군
가가 나왔다. 생은 반신반의하며 숨을 죽인 채 귀를 기울였다. 발걸음

소리가 점점 가까워지면서 옷의 향기가 느껴졌다. 눈을 들어 바라보니 곧 영영이었다. 생은 나와서 그녀의 등을 어루만지며 말했다.

"사랑하는 김○가 여기 와 있소."

영영이 말했다.

"낭군은 참으로 신의 있는 선비십니다."

영영이 생의 손을 잡고 가까이 앉으며 안부를 물었다. 생이 답했다.

"만 번 죽으려 했던 것을 참고⟨88⟩겨우 숨만 쉬고 있었다오."

영영이 물었다.

"무슨 일로 그러하셨어요?"

생이 말했다.

"땅은 가까우나 사람이 멀리 있었기 때문이오."

서로의 대화 속에서 밤이 깊어가는 줄도 몰랐다. 생은 밝은 달을 우러러 보며 놀라서 말했다.

"내가 처음 이곳에 왔을 때 달이 동쪽에 있었는데 지금은 하늘 가운데 있으니 밤의 절반이 지나가 버렸소. 지금 동침하지 않고 어느 때를 기다린단 말이오?"

생이 즉시 영영의 옷깃을 잡고 벗기자, 영영이 막으면서 말했다.

"낭군은 저를 대하시기를 뽕나무 사이에서 노는 여자24)처럼 하시나요? 첩이 따로 침실이 있으니 그곳에서 밤을 보내는 것이 좋겠습니다."

생은 고개를 저으며 사양했다.

"나는 이미 법을 어기고 죽음을 각오한 채 험난한 길을 뚫고 이곳에 왔소. 한 번도 힘든데 어찌 두 번 하겠소? 무릇 모든 일에는 만전을 기해야 하는 법이오. 만약 또 당돌하게 굴다가 일이 누설될까 두렵소

24) 뽕나무 사이에서 노는 여자 : 행실이 음란한 여자를 가리킨다. 『시경』 「용풍(鄘風)」 ⟨상중(桑中)⟩에 나오는 말로, 이는 위(衛)나라의 풍속이 음란해져 귀족들까지도 서로 처첩을 통간하였는데, 그들의 밀회를 노래한 것이다.

이다."

영영이 말했다.

"일이 누설되고 아니 되고는 오직 제게 달려 있습니다. 낭군께서는 염려하지 마세요."

그리고는 생을 이끌어 감싸안고 들어가자, 생도 어쩔 수 없이 그녀를 따랐다. 두려움에 몸을 굽히고 문 안으로 들어가는 것이 마치 깊은 연못에 임한 듯하고, 땅을 밟는 것은 살얼음판을 걷는 느낌이었다. 매번 한 발을 옮길 때마다 아홉 번이나 넘어지고 땀이 발뒤꿈치까지 흘러내려도 오히려 깨닫지 못했다. 굽은 섬돌과 회랑을 돌아 문에 들어가길 두세 번, 한 후에야 안채에 도달했다. 궁인들은 깊이 잠들어 뜰은 고요했으며 오로지 사창(紗窓)에서 등불이 가물거리는 것이 보였는데, 부인의 침소임을 알 수 있었다.

영영은 생을 어떤 방으로〈89〉들여보내며 말했다.

"낭군은 잠시 편히 계세요."

즉시 안으로 들어가더니 오랫동안 나오지 않았다. 생은 무료함을 견디다 못해 앉기도 하고 눕기도 해보았다. 혼자서 몹시 이상하다고 생각하는데, 어떤 사람이 중문으로 달려 들어와 알렸다.

"나리께서 들어오십니다."

뜰 가득히 횃불이 휘황찬란하게 빛나고 시첩들이 이리저리 분주하게 왔다 갔다 하면서 둘러싸 부축하였다. 나리는 여전히 깨어나지 못했으며 코고는 소리도 점차 커져갔다. 이에 영영이 부인의 명을 받들고 거듭 와서 아뢰었다.

"차가운 땅바닥에 오래 누워계시면 바람에 해를 입으실까 걱정입니다."

왕자를 일으켜 세워 부축하여 들어갔다. 사람들 소리도 점차 사라지고 불빛도 꺼져갔다.

영영은 왼손에는 옥등을 오른손에는 은병을 들고 나와서 방문을 여니, 생은 벽에 바짝 붙어 발을 감싼 채, '죽었구나' 생각할 따름이었다. 영영이 웃으면서 말했다.

"낭군께서 놀라는 마음이 없지 않으셨지요? 제가 위로하기 위해 술을 데워 가져왔습니다."

그리고는 금하엽배(金荷葉杯)[25]에 술을 따라 생에게 권하니, 생이 받아 마셨다. 다시 한 잔을 권하니 생이 사양하며 말했다.

"마음이 정에 있지, 술에 있는 것이 아니오."

생은 술을 치우라고 하였다. 방안을 보니, 다른 물건은 없고 다만 주홍빛 책상 위에 『두초당시(杜草堂詩)』[26] 한 권이 백옥 서진(書鎭)으로 눌려 있었고, 낭간(琅玕, 비취) 탁자 위에는 단금(短琴)이 가로놓여 있었다. 생이 즉시 시를 지어 먼저 불렀다.

琴書蕭灑淨無塵 거문고와 책은 맑고 깨끗하여 티끌 하나 없으니
正稱房中玉一人 정녕 '방안의 옥' 한 사람이라 칭할 만하구나

영영이 이어서 읊조렸다.〈90〉

今夕不知何夕也 오늘 밤이 어떤 밤인지 알지 못하겠구나
錦衾瑤席對佳賓 비단이불 구슬자리에 고운임과 마주했네.

또 각자 한 구절씩 창화(唱和)[27]하였다.

---

25) 금하엽배(金荷葉杯) : 금빛 연잎을 새긴 술잔.
26) 두초당시(杜草堂詩) : 두보(杜甫)는 사천성(四川省)의 성도(成都)에 정착하여 시외의 완화계(浣花溪)에 초당을 세웠으니 이를 완화초당(浣花草堂) 또는 두초당이라 한다. 송나라 채몽필(蔡夢弼)의 저작인 『두공부초당시전(杜工部草堂詩箋)』이 고려시대에 복간되었고 언해본 『두초당시』가 18세기 중반에 나왔다. 현종 연간에 송상래(宋祥來)가 쓴 『두초당시』도 전한다.
27) 창화(唱和) : 시를 주고받으며 서로 화답함.

寶瑟慵彈靜　보배비파를 게을리 타니 고요하고
梅窓桂影合　매화 창가에 계수나무 그림자 합하네
今宵生死語　오늘 밤 생사를 함께 하자는 말들
只許鬼神聞　다만 귀신만 듣기를 허락하노라

　읊기를 마치고 서로 이끌어 잠자리에 들어갔다. 겨우 애틋한 사랑을 나누었는데, 밤이 벌써 끝날 무렵이라 닭들이 꼬꼬댁 새벽을 재촉하였고, 멀리서 종소리가 데엥뎅 파루(罷漏)[28]를 알렸다. 생은 자리에서 일어나 옷을 챙겨 입고 몇 번 한숨을 쉬었다.

　"좋은 밤은 몹시도 짧고 우리의 사랑은 끝이 없소. 이른 이별을 어찌한단 말이오? 궁문을 한 번 나가면 다시 만날 기약이 어려우니, 이 마음을 어찌하리오?"

　영영이 듣고는 울음을 삼키며 고운 손으로 눈물을 뿌리며 말했다.

　"홍안박명(紅顏薄命)은 옛날부터 있었지만, 천한 제가 유독 지금 살아서 이렇게 이별하니 죽어서도 이렇듯 원망스러울 것입니다. 살고 죽는 것은 꽃이 시들고 잎이 떨어지는 것과 같아서 추운 계절을 기다릴 것도 없습니다. 낭군께서는 남아의 철석같은 마음으로, 어찌 자잘하게 아녀자를 생각 때문에 성정(性情)을 해치십니까? 엎드려 바라건대 낭군께서는 오늘 이별 후에 첩의 얼굴을 가슴에 두어 그리워하지 마십시오. 천금같이 귀한 몸을 잘 보중하시며, 힘써 학업을 폐하지 말고 과거에 급제하여 벼슬길에 올라 평생의 소원을 다 이루시기를 간절히 바라고 간절히 바라옵니다."

　그리고는 토호관(兎毫管)[29]을 들어서 용미연(龍尾硯)[30]을 열고〈91〉쌍

────────────
28) 파루(罷漏) : 새벽에 통행금지를 해제하는 신호. 종루에 물시계와 함께 대종(大鐘)을 걸어 놓고 밤 10시경에 종을 28번 쳐서 인정(人定)을 알리면 도성의 문이 닫히고 통행금지가 시작되며, 새벽 4시경인 오경삼점(五更三點)에 종을 33번 쳐서 파루를 알리면 도성의 8문이 열리고 통행금지가 해제되었다.

난봉전(双鸞鳳牋)31)을 펼쳐 놓고 손수 칠언율시를 써 생에게 주어 이별 선물로 삼았다.

幾日相思此日逢　며칠이나 그리워하다 오늘에야 만났는가
綺窓羅幕接丰容　사창 휘장 안에서 풍채를 마주했네
燈前未盡論心事　등불 앞에서 심사를 다 말하지 못했는데
枕上先驚動曉鍾　베갯머리에서 새벽 종소리에 놀라 깼네
天漢不禁烏鵲散　은하수에 까치 흩어짐을 막지 못하니
巫山那復雨雲濃　무산에 비구름32) 어찌 다시 짙어질런가
遙知別後無消息　이별 후 소식은 아득히 알 길 없어
回首宮門鎖幾重　고개 돌려 겹겹이 잠긴 궁문만 바라보네

생이 시를 보고 슬픔을 이기지 못해 눈물이 흐르는 것을 깨닫지 못했다. 마침내 붓을 적셔 즉시 화답시를 적었다.

燈盡紗窓落月斜　등불 꺼진 사창에 지는 달이 기우니
將看牛女隔天河　견우와 직녀가 은하수 건너 바라보네
良宵一刻千金直　좋은 밤 일각(一刻)33)은 천금 같으니
別淚双行萬恨和　두 줄기 이별 눈물에 온갖 한 서려 있네
自是佳期容易阻　이제부터 아름다운 기약 막히기 쉬우니
由來好事許多魔　예로부터 호사마다라 하였구나.

---

29) 토호관(兎毫管) : 토끼 털로 만든 붓.
30) 용미연(龍尾硯) : 용의 꼬리를 새긴 벼루.
31) 쌍난봉전(双鸞鳳牋) : 난새와 봉황을 그린 고운 종이.
32) 무산(巫山)에 비구름 : 〈고당부(高唐賦)〉에, 초나라 회왕(懷王)이 고당(高唐)에서 노닐다가 꿈속에서 신녀(神女)를 만나 동침하였는데, 신녀가 떠나면서 '첩은 무산 남쪽 높은 봉우리에 사는데, 아침에는 구름이 되고 저녁에는 비가 되어 매일 아침저녁 양대(陽臺) 아래에 있겠습니다.'고 하였다는 고사에서 나온 말로, 남녀가 사랑을 나누는 것을 말한다.
33) 일각(一刻) : 30분. 아주 짧은 시간.

他年縱使重相見 훗날 다시 서로 만난다 하더라도
無限情懷奈老何 한없는 정회 어찌 시들겠는가

영영은 펼쳐놓고 보려 했으나 눈물방울이 글자를 적셔 다 볼 수 없었다. 거두어 품속에 넣고 애틋하게 말없이 손을 잡고 서로 바라볼 뿐이었다. 이때 새벽 등불이 희미해지고 동창이 밝아오려 했다. 영영이 생을 이끌고 나와 궁 담장 밖에서 전송했다. 두 사람은 서로 목이 메었으나 울 수 없으니 죽어 이별하는 것보다 더 비참했다.

생은 이윽고 집으로 돌아왔으나 넋을 잃어 물건을 보아도 보이지 않았고 소리를 들어도 들리지 않았다. 세상사 모두 잊어버리고[34] 어떤 일에도 마음을 두지 않았다. 한 통의 편지를 써서《92》간절한 뜻을 전달하고자 상사동의 노파를 만나려 했으나 이미 세상을 떠난 뒤라 편지를 부칠 길도 없었다. 그저 슬퍼하기만 하며 헛되이 몽상에 번뇌할 뿐이었다.

세월이 점차 흐르고 광음(光陰)은 잠깐인지라 온갖 근심 속에서도 삼년이 지났다. 정은 일에 따라 변하니 그리움도 점점 줄었다. 다시 옛 학업을 일삼아 경서에 침잠하고 문장에 힘썼다. 괴황(槐黃)[35] 시기를 기다려 국사(國士)[36]들과 시험장에서 겨뤄 두 번 시험을 치를 때마다 합격하여 장원으로 뽑혔다. 일시에 빛나니, 견줄 만한 이가 없었다.

---

34) 세상사 모두 잊어버리고 : 원문은 '筌蹄世故'. 전제(筌蹄)는 물고기를 잡는 통발과 토끼를 잡는 올가미라는 뜻으로 목적을 이루기 위한 수단이나 도구를 말하는데, 『장자(莊子)』「외물편(外物篇)」에 "통발은 고기를 잡는 것인데 고기를 잡고 나면 통발은 잊어버리고, 올가미는 토끼를 잡는 것인데 토끼를 잡고 나면 올가미는 잊어버리는 것이다.[筌者所以在魚, 得魚而忘筌. 蹄者所以在兔, 得兔而忘蹄.]"라고 한 데서 온 말이다. 원래는 도를 얻은 다음에는 형식 따위는 잊어야 한다는 뜻이지만, 여기서는 단지 '잊다'라는 뜻으로 사용되었다.
35) 괴황(槐黃) : 회화나무 꽃. 회화나무가 꽃피는 가을에 과거시험을 실시했기 때문에 과거시험 치는 때를 가리킨다.
36) 국사(國士) : 나라의 뛰어난 선비.

삼 일간 유가(遊街)37)하면서 머리에는 계화(桂花)를 꽂고 손에는 상아홀을 잡았다. 앞에서는 두 개의 일산이 인도하고 뒤에서는 천동(天童)38)들이 옹위하였으며, 비단옷을 입은 광대들이 좌우에서 재주를 보이고 악공들이 온갖 음악을 함께 연주하였다. 구경하는 자들이 길을 가득 메우고 천상 사람인 듯 바라보았다.

생은 반취(半醉)하여 의기(意氣)가 호탕해져 채찍을 잡고 말에 올라타 온 거리를 돌다가 문득 길가 높은 담장에 둘러 싸여 있는 집을 보았다. 길게 백보 정도 되는데 푸른 기와와 붉은 난간이 사면에서 빛나고 온갖 꽃과 초목들은 계단과 뜰에서 향기를 내뿜고, 희롱하듯 노니는 나비와 벌들은 요란하게 원림(園林)을 날아다녔다. 이는 곧 회산군(檜山君) 댁이었다. 생이 문득 옛 일이 생각나서 마음속으로 기뻐하며 취한 척 말에서 떨어져 땅에 누워 일어나지 않았다. 궁에서 나와 구경하는 이들이 저자거리처럼 모였다.

이때는 회산군이 세상을 떠난 지〈93〉이미 삼 년이 되었다. 부인이 비로소 소복을 벗고 쓸쓸이 홀로 거처하며 마음 둘 곳이 없어 배우와 난장이들의 놀이를 보려 했다가, 시녀들에게 생을 부축해서 서헌(西軒)에 들여 비단 자리에 누이고 죽부인을 베도록 했다. 생은 가물가물 눈을 감고서 깨어나지 못한 척했다.

이때 광대와 악동들이 뜰 가운데 나열하여 온갖 음악을 함께 연주하고 온갖 놀이를 펼쳤다. 궁중 시녀들은 붉게 단장하고 얼굴에 분을 발랐으며 구름 같은 머리로, 주렴을 걷고 보는 자가 수십 인이었으나 영영이라는 자만 볼 수 없었다. 속으로 이상하게 여겼으나 그녀의 생사를 알

---

37) 유가(遊街) : 과거에 급제한 사람이 광대를 데리고 풍악을 잡히면서 거리를 돌며 시관(試官)과 선배, 친척들을 찾아보는 일. 보통 사흘 동안 하였다.
38) 천동(天童) : 궁중의 경사나 과거 급제자를 발표할 때 춤을 추는 아이들. '천동군(天童軍)'이라고도 한다.

수 없었다. 실눈을 뜨고 보니, 한 어린 낭자가 나오다가 생을 보고는 들어가 눈물을 닦으며 들락거리기를 그만두지 못했다. 그것은 영영이 생을 보고 흐르는 눈물을 참지 못해 남이 눈치 챌까 두려워한 것이었다.

생이 이를 보고 마음이 서글픈 가운데 날은 저녁이 되었다. 이곳에 오래 머무를 수 없음을 알고 기지개를 펴고 일어나 돌아보며 놀라 말하였다.

"여기가 어디지?"

궁중의 늙은 하인이 달려 나와 말하였다.

"여기는 회산군 댁입죠."

생이 더욱 놀라며 말하였다.

"내가 왜 여기 왔지?"

하인이 실상을 이야기하자 생은 곧 일어나 가려 했다. 부인이 생이 취하여 목이 마를까 염려하여 영영에게 차를 받들어 내가게 했다. 두 사람은 서로 보고 한 마디 말도 하지 못하고 다만 눈짓으로〈94〉뜻을 전할 뿐이었다. 생이 차를 다 마셔 영영이 안으로 들어가려 할 때 화전 (華牋)39) 한 통이 품에서 떨어졌다. 생이 다급히 주어 소매 안에 넣고 나갔다. 말을 타고 집에 돌아와 펼쳐 보니, 내용은 이러했다.

박명한 영영은 삼가 김랑(金郞)께 재배하며 사뢰옵니다.
첩이 살아서 따르지 못하고 또 죽지도 못해 앙상한 몸으로 남은 생을 부지하여 지금까지 살고 있습니다. 어찌 첩의 정성이 작아 그대를 생각함에 지극하지 않겠습니까? 하늘은 어찌 그리 아득하며 땅은 어찌 그리 드넓던지요. 복사꽃·오얏꽃 피는 봄날에도 첩은 깊은 정원에 갇혔고, 오동나무에 비 내리는 때에도 첩은 빈 방에 갇혀 있습니다. 오랫동안 거문고를 대하지 않아 상자에 거미

---

39) 화전(華牋) : 편지의 미칭(美稱).

줄이 생기고, 그저 거울을 보관해두니 먼지가 화장대에 가득합니다. 해 지는 저녁 하늘은 첩의 한을 더하고, 새벽별 그믐달은 첩의 마음을 알지 못합니다. 누각에 올라 멀리 바라보면 구름이 첩의 눈을 가리고, 베개에 누워 잠을 청할 때면 수심이 첩의 혼을 끊습니다. 아, 낭군이시여! 첩이 어찌 슬프지 않겠습니까? 첩은 또 불행히 노파가 세상을 떠난 후로는 소식을 전하려 해도 할 수 없으니 그저 얼굴을 생각해도 매번 애가 끊어지는 듯했습니다. 이 몸이 다시 만난다 해도 꽃 같은 용모는 이미 변하여 낭군께 사랑받기 어려울 것입니다. 낭군께서 또한 첩을 생각하시는지 모르겠습니다. 아주 오랜 세월이 지나도 첩의 한은 끝이 없을 것입니다. 아! 어찌하겠습니까? 죽을 따름입니다. 편지를 봉하매 너무나 슬퍼 아뢸 바를 모르겠습니다.

편지 아래에는 다시 칠언절구⟨95⟩다섯 수가 있었다. 첫 번째는 다음과 같다.

好因緣是惡因緣 좋은 인연이 나쁜 인연 되니
不怨郎君只怨天 낭군이 아니라 하늘을 원망할 뿐
若使舊情猶未斷 옛 정이 아직 끊어지지 않았다면
他年尋我向黃泉 훗날 황천에서 저를 찾으옵소서

두 번째는 다음과 같다.

一日平分十二時 하루를 똑같이 나누면 열두 때
無時無日不相思 어느 때 어느 날인들 그리지 않으랴
相思何日期相見 어느 날에나 만나기를 기약하리오
深恨人間有別離 세상에 이별이 있음을 한탄합니다

세 번째는 다음과 같다.

柳憔花悴若爲情　메마른 버들, 시든 꽃은 정 때문인 듯
鏡裡猶怜白髮生　거울 속 흰 머리카락이 안타깝습니다
自是佳人無喜事　원래 미인에게는 기쁜 일이 없는데
墻頭晨鵲爲誰鳴　담장 위 새벽까치는 누굴 위해 우는가

네 번째는 다음과 같다.

別來忍掃席間塵　이별 후 자리의 먼지를 차마 쓸리오
愛有郞君坐臥痕　낭군이 앉았던 흔적을 소중히 여깁니다.
寂寞深宮消息斷　적막한 깊은 궁에 소식이 끊어지니
落花春雨掩重門　봄비에 떨어지는 꽃이 겹문을 가립니다

다섯 번째는 다음과 같다.

欲寄幽懷替我顔　그윽한 회포 부쳐 내 얼굴 대신하려고
幾回呵筆綠窓間　녹창(綠窓)⁴⁰⁾ 안에서 몇 번이나 붓을 들었나
空將別後相思淚　그저 이별 후 그리움의 눈물만이
滴在華牋一半斑　방울방울 화전(華牋)에 얼룩만 남깁니다

생이 보고는, 읊조리고 어루만지며 차마 손에서 놓지 못하니, 영영을 그리워함이 이전보다 더하였다. 그러나 청조(靑鳥)⁴¹⁾가 오지 않아

─────────

40) 녹창(綠窓) : 푸른 깁을 바른 창. 여자가 거처하는 방을 가리킴.
41) 청조(靑鳥) : 서왕모(西王母)의 전령. 한 무제(漢武帝) 때 어느 날 청조 한 마리가 서쪽에서 날아오는 것을 보고 동방삭(東方朔)이 서왕모가 오려는 징조라 했는데, 한참 뒤 과연 서왕모가 오색 반룡(五色斑龍)이 끄는 구름수레를 타고 왔다는 고사에서 비롯되어, 청조는 반가운 편지(소식)나 사자(使者)를 뜻한다.

소식은 전하기 어렵고 흰 기러기[42]는 오래 전에 끊어져 편지를 부치지 못하며, 끊어진 현(絃)은 다시 이을 수 없고 깨진 거울은 다시 붙일 수 없었다. 마음속은 근심으로 가득 차 잠을 이루지 못하지만 무슨 도움이 되겠는가? 얼굴이 야위고 몸이 약해져 병이 들어 누운 지 거의 수개월이 지났다.

그때 같이 과거 급제한 이정자(李正字)[43]라는 이가 있어 생에게 문병 왔다.〈96〉생은 손을 잡고 정을 표하고는 병이 난 빌미를 말하였다. 정자가 말하였다.

"그대의 병은 나을 것이네. 회산군의 부인은 나에게 고모가 되지. 절친한 정이 있으니 말하고자 하는 것을 쉬이 전달할 수 있네. 또 부인께서 남편을 잃은 후로 생사간의 인과응보를 믿어 가산과 보배를 아끼지 않고 잘 베푸실 정도니, 내 도모해 봄세."

생이 기뻐서 말하였다.

"뜻하지 않게 오늘 영산(靈山)[44]의 도사를 다시 보는군."

이에 거듭거듭 굳게 약속한 후 인사를 하고 보냈다.

정자는 곧바로 부인 앞에 나아가 말하였다.

"모월 모일에 장원급제한 이가 취하여 문 앞을 지나다가 말에서 떨어

---

42) 기러기 : 소무(蘇武)가 한 무제(漢武帝)의 사신으로 흉노에 갔다가 붙잡혔는데, 몇 년 후 한나라는 흉노와 화친하면서 소무를 돌려보내 달라 요청했으나 흉노는 소무가 오래 전에 죽었다고 거짓말을 했다. 한나라 사신은 소무가 살아 있다는 것을 알고 '황제가 사냥을 하다가 기러기를 잡았는데 그 발에 매인 편지에 소무가 살아 있다고 쓰여 있었다.'라고 했다. 이에 흉노가 소무를 돌려보냈다고 한다. 이 고사에서 기러기가 소식을 전해준다는 것이 유래되어 편지를 안서(雁書)라고도 한다.

43) 정자(正字) : 조선 시대에, 홍문관(弘文館)·승문원(承文院)·교서관(校書館)에 속한 정9품 벼슬.

44) 영산(靈山) : 『삼방록(三芳錄)』에는 '모산(茅山)'으로 되어 있다. 모산은 한(漢)나라 때 모영(茅盈)·모고(茅固)·모충(茅衷) 형제가 함께 구곡산(句曲山)에 들어가 모두 득도(得道)하여 신선이 되었으므로 이 산을 '모산'으로 개칭했다고 한다. '모산의 도사'는 이들 모씨 형제 또는 양(梁)나라 때 모산에 은거했던 도홍경(陶紅景)을 일컫기도 한다.

져 정신을 차리지 못한 것을 고모께서 부축하여 서헌에 들이도록 하신 일이 있으십니까?"

"있지."

"영영에게 명하여 차를 받들어 해갈케 하신 일도 있으시구요?"

"있지."

"그는 곧 조카의 벗으로, 장원한 김○입니다. 재주가 남보다 뛰어나고 행동거지가 세속 티가 없으니 장차 큰일을 할 사람입니다. 불행히 병이 들어 문을 닫고 누웠다기에, 제가 아침저녁으로 왕래하면서 병문안 하였는데 몸이 초췌하고 숨이 미약하니 목숨이 얼마 남지 않았습니다. 제가 매우 슬퍼하며 병이 난 이유를 물었더니 영영이 그 빌미라 합니다. 살려주실 수 있는지 모르겠습니다."

부인이 감격하며 말하였다.

"내가 어찌 영영을 아껴 네 친구를 원한 맺혀 죽음에 이르게 하겠느냐?"〈97〉

곧 영영에게 명하여 생의 집에 가게 했다. 두 사람이 서로 만남에 그 기쁨은 이루 말할 수 없었다. 앓던 기운이 금세 소생하여 며칠 만에 일어나게 되었다. 이때부터 완전히 공명을 끊고서 끝까지 정실부인을 얻지 않고 영영과 함께 같이 살았다. 평생 영영과 창화(唱和)한 시문이 매우 많아 책 분량이 되었으나 자손이 없어 세상에 전하지 못했으니, 아! 애석하도다.

英英傳

相思洞記

弘治中, 有成均進士金姓者, 忘其名. 容貌粹美, 風度絶倫, 善屬文, 能笑語, 眞世間奇男子也, 鄕里以風流郞稱之. 年甫弱冠, 登進士科□□1), 名動京華. 公卿大家, 〈75〉願嫁愛女, 而不論財貨也.

一日, 自泮宮還其第, 馬上遙見, 靑帘隱暎於綠楊紅杏之間. 生不勝春情之惱, 思欲一醉, 遂典白紵單衫, 沽得眞珠紅酒, 酌以花磁盞, 而飮之. 醉臥酒壜之側, 花香襲衣, 竹露洒面.

俄而, 夕陽橫嶺, 僕夫促歸. 生起而上馬, 揮鞭登道, 則白沙平鋪乎遠近, 細柳垂裊乎川原. 遊人盡散, 行路漸稀. 生感興微吟曰:

東陌看花柳
紫騮驕不行
何處玉人在
桃夭無限情

吟竟, 半擡醉眼, 則有一美人, 年纔二八, 蓮步輕移, 陌塵不起, 腰肢嫋嫋, 態度婷婷. 或行或止, 或東或西, 或拾瓦礫, 打起鴛兒, 或攀柳條, 佇立斜陽, 或抽玉簪, 輕搔雲鬢, 翠袖飄拂乎春風, 紅裳□□2)乎淸川. 生望之, 神魂飄蕩, 不能自抑. 促鞭馳□3), 睨〈76〉視之, 雅

---

1) □□ : 국도관 나본에 '第一'.
2) □□ : 국도관 나본에 '照耀'.
3) □ : 고려대본에 '詣'.

齒韶顏, 眞國色也. 生□□□□□□□□[4]神注目, 終莫能捨去. 女知生有意, 含羞低眉, 不敢仰視. 女行漸遠, 生亦隨之. 趁其終到, 則相思洞路傍蝸室數間, 乃其所止也.

生盤桓佇立, 不堪惆悵然, 日已夕矣. 知其不可久留, 怏怏然歸, 茫茫然自失 如醉如癡. 中夜撫枕, 寢不安席, 臨飱忘飯, 食不下咽. 形容之憔悴似枯木, 顏色之慘恔如死灰. 黯黯懷愁, 默默不語, 雖家人父母, 莫曉其所以然也.

纔過十餘日, 有蒼頭名莫同者, 乘間進謁, 垂涕而問曰:

"郞君平日, 言笑豪縱, 卓犖不羈, 今乃戚戚然, 如有隱憂, 無乃有所思乎?"

生悽然感悟, 乃以實對, 莫同深思良久曰:

"僕爲郞君, 請獻摩[5]勒之計, 郞君無用自煎."

生曰:

"然則奈何?"

莫同曰:

"郞君急辦嘉肴美酒, 須〈77〉使極侈, 直至美人所止家, 若將餞客之爲也. 借一間, 設筵, 呼奴請客, 奴承命而往. 食頃而返曰, '客且至矣!' 郞君又命, 而再請之, 奴亦承命而往, 日暮而返曰, '今日則餞者衆, 故醉甚不得來, 明日定行'云爾. 郞君於是, 呼主人出, 命之坐, 以其酒肴, 飮之, 不見氣色而退. 明日亦如之, 又明日亦如之, 則一則懷惠, 再則感恩, 三則必疑. 懷惠則思報, 感恩則思死, 疑則必請其所欲. 於是, 開襟吐款, 則庶可圖矣."

生深然之, 欣然笑曰:

"吾事偕[6]矣."

---

4) □□□□□□□□□ : 신독재본에 '盤馬踟躕, 或先或後, 留'.

5) 摩 : '磨'의 오자.

從其計, 卽具酒肴, 直詣其家, 將餞設筵, 送奴邀客, 一如莫同之
言. 奴亦返命再三, 皆如所約. 生佯罵曰:

"咄咄! 其人誤佳期如是乎? 然, 携來春釀, 不可虛還. 於此, 爲主
人一壽[7], 亦非惡事也."

因呼主人出, 則七十老嫗, 來現矣 生慰之曰:

"嫗且安坐 〈78〉適以餞客, 來舍于此, 而嫗善迎納, 多謝厚誼."

卽呼莫同, 命進酒肴, 與嫗酬酢, 歡如平生之舊, 不出一言而退.

駐馬江頭, 自料前所見少娥, 不知實是嫗家之女否. 悒悒懷悶, 如
不能自存. 冀其深感嫗, 而待其自疑, 然後發吾私. 明日, 再往不懈.
如是者三, 嫗果自疑, 斂袵避席曰:

"老身窃有所請. 路傍人家戢戢, 如魚鱗櫛比, 開樽送客, 何處不
可? 獨尋區區之陋舍如是乎? 且郎君京華巨族, 士林宗匠, 老身窮閭
嫠婦, 草屋微生. 前有貴賤之殊, 後無平生之舊, 而猥蒙厚意, 以至
此極, 老身何以得此? 實不識其然也."

生笑曰:

"吾因餞客, 別無他意. 不與嫗戞然者, 以賓主之禮, 當然也."

酒闌, 生輒解紫緋合歡單衫, 投之嫗, 而與之曰:

"每煩嫗家, 無以爲報, 以此爲信, 以備他日〈79〉不忘之資. 幸嫗
勿却."

嫗感之深, 疑之甚, 起而再拜曰:

"郎君之賜至此, 老身之感滋甚. 意者, 或有所以然而然耶? 伶仃一
身, 寡居多年, 凡在隣里人, 無顧藉, 況於郎君乎? 就令郎君有所須
於老身, 雖死不辭也."

生笑而不答, 嫗强請然後, 生莞爾而笑[8]曰:

---

6) 借 : 나손본에는 '譜'.

7) 壽 : 국도관 나본에는 '酬'.

"此洞名云何?"

曰:

"相思洞也."

曰:

"爲洞名之所惱耳."

嫗微哂曰:

"郞君無乃以辯口之任, 望於老身乎? 但此洞無雲華之窈窕, 其於魏郞之風流何?"

生知其所思嬋妍, 必不在於此. 愀然失色曰:

"僕旣爲嫗所厚, 安得不以實告? 果於某月某日, 從某處來, 路上適見少娘子. 年甫十五六, 衣翠羅衫紅綺裳, 着白綾襪紫的鞋, 以眞珠鈿盤9)索頭, 雪色瑤環約指, 由弘化門前路, 逶迤而去. 僕以年少俠氣, 志慮駘蕩〈80〉不勝春情之所惱, 尾而隨之, 趁其終到, 則□□□□10). 自此以後, 心醉如泥, 萬事茫然, 惟少娘是念也. 明眸皓齒, 寤寐不忘, 傷心斷腸, 非一朝一夕. 嫗見我顔色枯槁, 爲如何哉? 是以煩嫗家餞客, 不得不已也."

嫗聞之, 深憐其意, 然不知生之所念, 爲何人也. 深思半餉, 釋然頓悟曰:

"果有之. 此亡兄之小女, 名英英, 字蘭香也. 若然則誠難矣! 誠難矣!"

生曰:

"何也?"

曰:

---

8) 笑 : '答'의 오자.
9) 盤 : 국도관 나본에는 '擧'.
10) □□□□ : 신독재본에 '嫗家是也'.

"是乃檜山君宅侍婢也. 生於宮中, 長於宮中, 不踏門前之路久矣. 姿色之美, 旣爲郎君所覩, 不必强爲郎君道, 雅心柔態, 無異於士族家處女, 加之以審音律, 而能解文, 故進賜憐之, 將欲綠衣, 而夫人不能免妬忌之俗, 甚於河東之吼, 是以不果耳者. 曩者之來此不憚者, 以其時當□□□[11], 祀其亡母之靈於〈81〉此, 故請暇於夫人前, 而來耳. 然適値進賜之出遊, 故以致其行, 不然, 則郎君何由得接面目乎? 噫! 爲郎君更圖一會, 誠難矣! 誠難矣!"

生仰天太息曰:

"吁嗟! 已矣. 吾死必矣!"

嫗深憫之, 撫[12]然爲間曰:

"無已則有一焉. 端午只隔[13]一月, 其時則老身當爲亡兒, 復設一奠, 以此告于夫人前, 請阿英半日之暇, 則尙可庶幾於萬一也. 郎君且歸, 待期來會."

生喜曰:

"果如嫗言, 人間之五月五日, 乃天上之七月七日也."

生與嫗各道萬福而退. 喁喁然視日之斜, 汲汲然望夜之至, 度一日, 如三秋, 待佳期, 如不及. 憑寄翰墨, 以宣其鬱鬱, 乃作憶秦娥一闋, 其詞曰:

春寂寂

一庭梨花

風雨夕

相思不相見

---

11) □□□ : 신독재본에 '寒食節'.

12) 撫 : 고려대본에는 '憮'.

13) 隔 : 고려대본에는 '隔'.

音耗兩隔

却悔當時遇傾國

我心安得頑如石

空相憶

對花斷腸

臨風淚□14)

□□15)〈82〉而往, 則嫗出而迎之. 生問無恙外, 不暇出一言, 只曰:
"事勢若何?"

嫗曰:

"昨, 爲郞君進夫人前, 請之甚懇, 夫人謂曰,'進賜平日, 禁英兒出
入甚嚴, 我不敢從汝所願. 若明日, 爲公卿所邀出, 而作令節會, 則吾
何惜英兒暫時之閑也?'夫人諾, 則丁寧矣. 但不知進賜之出遊否也."

生將信將疑, 且喜且憂, 心莫能定, 而悄然凭几, 開戶待之. 日已
欹午, 了無形影, 胸煩腸熱, 凝坐成癡, 正若霜後蠅也. 飜然起立, 揮
扇擊柱, 呼嫗而告之曰:

"愁腸已斷, 望眼將枯. 多少行人, 近而却非, 吾望絶矣?"

嫗慰之曰:

"至誠感天, 郞且少安."

有頃, 窓外有曳履聲, 自遠而邇. 驚起視之, 乃英少娘也. 生拍手
笑曰:

"豈非天也?"

嫗亦喜之, 如赤子之見慈母也.

英見門前綠柳, □□□□□□16)靑陰, 僕從〈83〉羅列, 怪而躕躇,

---

14) □ : 신독재본에 '滴'.

15) □□ : 신독재본에 '及期'.

16) □□□□□□ : 신독재본에 '紫驪長嘶, 庭畔'.

不敢猝入. 嫗詭阿英曰:

"汝其速入, 無疑. 汝不識此郎君乎? 此乃吾亡夫之親族也, 適來陋舍, 將欲餞客耳. 且汝來何暮耶? 然汝終不來, 故已祭汝母矣. 汝入于內, 急排盃盤而來, 將以奉郎君一酌."

英如其言, 奉盤而至, 嫗與生擧酒相屬. 酒半酣, 生謂英曰:

"娘亦就坐, 吾巡及矣."

英羞愧, 不敢當. 嫗曰:

"汝生長深宮, 不識世情之乃爾. 汝能識字, 不知酬酢之有禮乎?"

英乃受之, 而猶不能快然也, 溢把香巵, 乍接丹唇而已. 少焉, 嫗伴醉倦坐, 欠伸思睡, 顧謂英曰:

"吾爲酒力所困, 氣甚不穩, 且欲小安. 汝暫侍郎君."

卽起入內, 倒榻就[17]睡, 鼻息如雷.

於是, 生謂英曰:

"頃者, 自夫子廟來, 相見於弘化門前路, 三月初吉, 實維其時. 汝能記得否耶?"

英曰:

"記馬, 不記人也."

曰:

"人〈84〉不如馬乎?"

曰:

"見馬, 不見人也."

曰:

"汝豈徒記馬乎哉? 顏色之憔悴, 形容之枯槁, 不與曩時相似者, 豈無所以然而然耶? 汝非我, 安知我之心乎?"

英答曰:

---

17) 就 : 나손본에는 '醉'.

"子非妾, 安知妾之不知子之心乎?"

生卽移席狎坐, 以實告之曰:

"咨爾蘭香! 汝豈無情人哉? 自從相逢, 不相話以來, 相思不相見, 今幾日月? 咨爾蘭香! 汝寧不悲乎哉? 俟[18]我娘, 娘來其蘇矣."

英微哂不答. 生欲留英于此, 因以繼夜, 要以同枕. 英不可曰:

"吾進賜, 朝而出遊, 暮而當還, 故妾身得來于此耳. 還則必呼妾解衣, 不可以婉婉弱質, 陷之於萬死之地. 是以只卜其晝, 未卜其夜."

生知其不可久留, 仍以微意挑之曰:

"苟如此言, 當奈此心何? 日旣云暮, 分手之期已迫, 後會不易, 良晤難再. 爾其憐之, 毋吝半餉歡."

遂欲狎之,〈85〉英斂袵正色曰:

"余豈木石人哉? 不識郎君之心內事乎? 但進賜不以妾菲薄, 不可使離於前, 信而任之, 使不出中門之外. 今之來此, 已犯嚴令. 若又燕[19]行不法, 醜聲彰聞[20], 死有餘罪, 縱欲從命, 其可得乎?"

生拊臂而歎曰:

"余豈生乎? 其爲泉下人哉?"

遂執玉手, 捫素[21]乳, 接玉脚. 唯心所欲, 無所不至, 至於媾歡, 則曰不可也. 生鼓情竭誠, 百端誘之曰:

"鳥飛急, 兎走疾, 歲月如流. 紅已歇, 芳易衰, 蝴蝶莫憐. 其在人也, 何以異乎? 顔凋朱於轉頭, 髮生白於彈指. 朝雲暮雨, 陽臺神女, 本無定情, 碧海長天, 月中姮娥, 應悔偸藥. 鳥性微而比翼, 木性頑而連理. 矧情欲之所鍾, 豈人物之異致? 春風蝴蝶之夢, 特惱空房, 夜

---

18) 俟 : '俟'의 오자.

19) 燕 : '恣'의 오자.

20) 卬 : '聞'의 오자.

21) 素 : 신독재본에 '其酥'.

月杜宇[22]之啼, 偏驚孤枕, 豈可使杜牧之尋春〈86〉芳晚, 魏寓言見
姮娥遲, 虛負靑春之年, 空遺黃壤之恨乎? 每恨西陵綠樹寂寞, 千載
之荒丘, 長信門鎖蕭條, 幾夜之秋雨? 嗟! 吾生[23]之可惜, 恨娘子之
無情, 生而何俟, 死而止耳!"

英終不肯隨曰:

"郎君固是有意於賤妾, 可於他日相尋矣."

生不可曰:

"一別丰容, 宮門幾重, 欲寄音信, 無由可達, 更望喜眼之雙靑乎?"

英曰:

"郎之此言, 豈知我者哉? 是月十五之夜, 進賜與王子諸君, 約爲翫
月之會, 是必入夜而返. 且宮之墻垣, 適爲風雨所壞, 而進賜緩於營
家, 故時未理之. 郎君若於此日, 乘昏來到, 從壞墻深入, 則中有短
墻之門, 妾當啓而待之. 由門而入, 循階而下, 則東階十步許, 有別
寢房數間. 郎君潛身于此, 待妾出迎, 則何難乎佳期哉?"

生頗然之, 牢定約束,〈87〉分袂而歸. 一時登途, 漸成南北, 立馬回
首, 黯然消魂而已. 自此, 戀思尤深. 乃作四韻一首, 以自悼:

　　宮門深處鎖嬋娟
　　一別音容兩杳然
　　此夕難忘情態度
　　前生應結好因緣
　　心勞惡抱愁如雨
　　苦待佳期日似年
　　正欲尋芳三五夜

---

22) 宇 : 국도관 나본에는 '鵑'.
23) 生 : 국도관 나본에는 '心'.

登樓看月幾時圖

及期而往, 則果有壞垣, 呀缺成門. 由之以入, 度密穿深, 乃得小墻門, 推而試之, 果不鎖也. 入而東下, 果得別寢房, 心自私賀曰:

"蘭香不欺我矣."

因投身其中, 以待英出.

于時, 白月初高, 涼風乍起, 階上羣芳, 暗香浮動, 庭前綠竹, 踈韻簫簫. 忽聞開戶聲, 自內而出. 生將信將疑, 屛息潛聽, 跫音漸近, 衣香先襲. 開眼視之, 乃英英也. 生出而撫背曰:

"情人金某, 已在斯矣."

英曰:

"郞君大是信士."

携手狎坐, 問生安否. 生答曰:

"忍得萬〈88〉死, 僅保殘喘."

英曰:

"何故其然?"

生曰:

"地邇人遐之故也."

相與打話, 不覺夜深. 生仰見明月, 而驚曰:

"初我來時, 此月在東, 今已中天, 夜將過半. 不以此時同寢, 將何俟焉?"

卽把英之衣襟, 而解之. 英止之曰:

"郞君待妾身, 如桑中遊女乎? 妾雖別寢一所, 可於其中穩度宵."

生掉頭而謝曰:

"我旣冒法昧死, 崎嶇到此. 一之甚矣, 其可再乎? 凡爲處事, 貴得萬全, 若又唐突, 第恐事洩."

英曰:

"事之泄不泄, 唯我在. 郎君毋用慮爲."

乃携生擁入. 生不得已隨之, 踽踽惶懼, 入門如臨深淵, 踏地如履
薄氷. 每移一足, 動輒九躓, 汗出至踵, 猶不能自覺也. 繞曲砌循回
廊, 入門者再三, 然後, 達于內. 宮人睡熟, 庭戶寂然, 惟見紗窓淸燈
明滅, 可知其夫人寢所也. 英引生納〈89〉之一房曰:

"郎且小安."

卽入于內, 久而不出. 生不任無聊, 或坐或臥, 私怪殊甚. 有人走
入中門而報曰:

"進賜且入矣."

滿庭炬燭, 照耀輝煌, 侍妾, 奔走左右, 擁衛扶起. 進賜尚未覺悟,
魝[24]睡漸熟. 英承夫人之命, 彬彬來報曰:

"久臥冷地, 恐爲風所傷."

王子起而扶入. 人聲漸息, 火光亦滅. 英左手持玉燈, 右手携銀瓶,
出而開戶, 則生塗壁裹足而立, 自以爲將死而已. 英笑謂生曰:

"郎君無乃有驚懼之心乎? 妾欲慰之, 溫酒而來耳."

遂以金荷葉杯, 酌以勸生, 生飲之, 又勸一酌, 生辭曰:

"在情, 不在酒."

仍命掇去. 生見房中, 無他物, 只有朱紅案上, 置〈杜草堂詩〉一卷,
以白玉書塡鎭之, 琅玕卓上, 橫一短琴, 生卽口呼先唱曰:

　　琴書蕭灑淨無塵
　　正稱房中玉一人

英繼吟曰:〈90〉

---

24) 魝 : '軒'의 오자.

今夕不知何夕也
錦衾瑤席對佳賓.

又各占一句唱和曰:

寶瑟慵彈靜
梅窓桂影合
今宵生死語
只許鬼神聞

旣已, 相携昵寢, 纔盡繾綣之情. 夜已將闌, 羣鷄喔喔然促曉, 遠鐘隆隆乎罷漏. 生起而攝衣, 欷戲[25)]數聲曰:

"良宵苦短, 兩情無窮, 其如倐別何? 一出宮門, 後會難期, 其如此心何?"

英聞之, 吞聲飮泣, 玉手揮淚曰:

"紅顔薄命, 古來皆然, 獨如今賤妾, 生如此而別, 死如此而怨, 其生其死, 如花殘葉落, 將不待歲月之寒矣. 郎君以男兒鐵石之心, 何可屑屑然, 爲兒女之念, 以傷性情乎? 伏願郎君, 此別之後, 無置妾面目於懷抱間, 以生思慮, 善保千金之軀, 勉不廢學, 擢高第, 登雲路, 以盡平生之所願, 幸甚幸甚!"

仍抽兎毫管, 開龍尾硯, 〈91〉展双鸞鳳牋, 手寫七言律詩, 以付生爲贐曰:

幾日相思此日逢
綺窓羅幕接丰容

---

25) 戲 : '歔'의 오자.

燈前未盡論心事
枕上先驚動曉鍾
天漢不禁烏鵲散
巫山那復雨雲濃
遙知別後無消息
回首宮門鎖幾重

生覽之, 悲不自勝, 不覺淚下, 遂濡筆卽和曰:

燈盡紗窓落月斜
將看牛女隔天河
良宵一刻千金直
別淚双行萬恨和
自是佳期容易阻
由來好事許多魔
他年縱使重相見
無限情懷奈老何

英展而欲覽, 淚滴濕字, 不能盡看. 收而藏之懷中, 脉脉無語, 握
手相見而已. 于時, 曉燈掩翳, 東窓欲明. 英乃携生出, 送于宮墻之
外. 兩人相與嗚咽, 不能成泣, 慘於死別也.

生旣而還家, 喪神失心, 視不見物, 聽不聞聲, 筌蹄世故, 無一事掛
念. 欲爲一書, 以致〈92〉懇懇之意, 而會相思洞老嫗, 旣已捐世, 無
便寄書, 徒費悵悷, 虛惱夢想而已.

歲月荏苒, 光陰焂忽, 百憂叢裡, 三春已過. 情隨事變, 念懷稍弛.
復事舊業, 沉潛于經史, 發憤于文章, 以待槐黃之節, 與國士鬪觜試
場, 再進再捷, 擢爲壯元, 光輝一時, 人莫能肩.

三日遊街, 頭戴桂花, 手執牙笏, 前導双盖, 後擁天童, 衣錦倡夫, 左右呈技, 執樂工人, 衆樂幷奏, 觀光26)滿街, 望若天上郎也.

生半醉半醒, 意氣浩蕩, 着鞭跨馬, 一日千家. 忽見路傍, 高墉繞墙, 逶迤乎百步, 碧瓦朱欄, 照耀乎四面, 千花百卉, 芬芳乎階庭, 戱蝶遊蜂, 喧咽乎園林, 是乃檜山君宅也. 生忽念舊事, 心中私喜, 伴醉墮馬, 臥而不起. 宮人出門, 聚觀者如市.

時, 檜山君捐〈93〉舘, 已閱三朞, 夫人素服初闋, 索莫單居, 無以爲懷, 欲觀俳優侏儒之戱, 命侍婢扶生入西軒, 臥以錦文席, 枕以竹夫人. 生昏昏瞑目, 若不能自覺也.

於是, 倡夫工人, 羅列中庭, 衆樂齊作, 百戱俱張. 宮中侍女, 紅粧粉面, 綠鬢雲鬟, 捲簾而視之者, 可數十許人, 所謂英英者, 獨不得見. 私自怪之, 莫知其死生, 低眼視之, 則有一少娘, 出而望生, 入而拭淚, 乍出乍入, 不能自止. 盖英英不忍見生, 不禁流涕, 畏爲人所覺也.

生望之, 心憫惻然, 日將夕矣. 知其不可久留於此, 欠伸而起, 顧而驚之曰:

"此何所也?"

宮中老莊獲, 趨而進曰:

"是乃檜山君宅也."

生益驚曰:

"我何故來此耶?"

莊獲乃以實對, 生卽欲起出. 夫人念生醉渴, 命英奉茶而進. 兩人相見, 不得出一言, 徒爲目〈94〉成而已. 生飮茶旣竟, 英將入內, 華牋一封, 落自懷中. 生蒼黃收拾, 納諸袖裡而出, 上馬還家, 柝而視之. 其書云:

---

26) 光 : 국도관 나본에는 '者'.

薄命妾英英, 謹再拜白金郎足下.

妾生不相從, 又不能死, 殘骸餘喘, 至今尚存. 豈妾微誠念君不
至? 天何茫茫, 地何漠漠! 桃李春風, 閉妾深院, 梧桐夜雨, 鎖妾空
閨. 久廢絲桐, 蛛網生匣, 空藏寶鏡, 塵土滿奩. 斜陽暮天, 能添妾
恨, 曉星殘月, 不知妾心. 登樓望遠, 雲蔽妾眼, 倚枕思睡, 愁斷妾
魂. 吁嗟! 郎君! 妾寧不悲? 妾又不幸, 老嫗捐家, 欲寄音信, 無由
可達, 徒想面目, 每斷心腸. 假令此身, 更獲相接, 芳容已改, 難爲
君媚. 不識郎君, 亦念妾否. 天荒地老, 妾恨無窮. 嗟哉! 奈何? 死
而已矣. 臨緘悽斷, 不知所云.

書下, 復有七言〈95〉絶五首. 其一曰:

好因緣是惡因緣
不怨郎君只怨天
若使舊情猶未斷
他年尋我向黃泉

二曰:

一日平分十二時
無時無日不相思
相思何日期相見
深恨人間有別離

三曰:

柳憔花悴若爲情
鏡裡猶怜白髮生

自是佳人無喜事
墻頭晨鵲爲誰鳴

四日:

別來忍掃席間塵
愛有郎君坐臥痕
寂寞深宮消息斷
落花春雨掩重門

五日:

欲寄幽懷替我顏
幾回呵筆綠窓間
空將別後相思淚
滴在華牋一半斑

生覽之, 沉吟愛玩, 不忍釋手, 置念英兒, 倍於曩時. 然靑鳥不來, 消息難傳, 白鴈久斷, 音書莫寄. 斷絃不可復續, 破鏡難得重圓. 中心悄悄, 展27)轉何益? 形枯體鑠, 臥而成疾, 幾過數月矣.

適有同年李正字者, 來問生疾.《96》生携手陳情, 告其疾祟, 正字曰:

"君疾愈矣. 夫檜山君夫人於我爲姑, 意切情親, 可易達所欲言. 且夫人自失所天以來, 信幽明報應之說, 不愛家産珍寶, 好爲捨施, 可以圖之矣."

生喜曰:

"不意, 今日復見靈山道士."

---

27) 展 : 나손본에는 '輾'.

乃申申然牢定約束, 再拜而送之.

正字卽日往于夫人前, 而告之曰:

"某月某日, 及第壯元者, 醉過門外, 墮馬不省, 姑氏命扶入西軒, 有諸?"

曰:

"有之."

曰:

"命英, 奉茶慰渴, 有諸?"

曰:

"有之."

"是乃姪之[28], 壯元金某者也. 才器過人, 調度脫俗, 將大有爲之人也. 不幸有疾, 閉門而臥, 姪朝往夕返而問之, 則肌膚憔悴, 氣息奄奄, 命在朝夕. 姪甚悲之, 問疾所由, 則英爲所祟也. 不識, 可以活諸?"

夫人感激曰:

"吾何惜一英兒, 使汝伴人寃結, 以至於死亡耶?"〈97〉

卽命英, 歸生第. 二人相見, 其喜可掬. 憊氣頓蘇, □[29]日乃起. 自此, 永絶功名, 竟不娶妻, 與英同終始焉. 平生與英唱和詩文, 甚多, 積成卷軸, 而生無子孫, 不傳於世. 吁! 可惜哉!

---

28) 姪之 : 고려대본에는 '姪之友'.

29) □ : 국도관 나본에 '數'.

동선전

洞仙傳

'동선(洞仙)'이라는 옛 음악은 오래되었다. 당나라 때 서주(徐州)와 항주(杭州)에 살던 사람이 사(詞)에 뛰어나 후대에 전하였지만 그 풍취(風趣)를 다하지는 못하였다. 항주에 한 기생이 있었는데, 그 음악을 이해하여 〈성하월장곡(星河月帳曲)〉[1]의 참된 소리를 다 깨우쳤다. 수십 년 후에 속세의 삶을 접고 도죽산(桃竹山)으로 들어갔는데, 그 산은 바다 남쪽 몇 천 리 밖에 있어 이후 어떻게 되었는지 알 수 없다.

정강(靖康)[2] 때 서문생(西門生)이 있었는데 이름은 적(勣)이고, 옛날 항주(杭州) 자사(刺史)[3] 서문감(西門闞)의 후예였다. 어려서 어머니의 가르침을 받아 일찍이 명예를 자부했고, 자유분방하여 구애받지 않았다. 대대로 변경(汴京)[4] 만세산(萬歲山)[5] 아래에서 살았다. 일찍이 산동(山

---

1) 성하월장곡(星河月帳曲) : 미상. 제목은 은하수와 달빛 장막을 뜻한다. 당나라 나은(羅隱)의 시 〈칠석七夕〉에 "달빛 장막과 은하수가 차례로 열리네[月帳星河次第開]"라는 구절이 있다.

2) 정강(靖康) : 북송 흠종(欽宗)의 연호. 1126~1127년. 이 시기에 북송이 금에 멸망하고 남송이 성립되었다.

3) 자사(刺史) : 한(漢) 무제(武帝) 때부터 만든 직책으로, 전국을 13개 주(州)로 나누고, 각 주의 행정을 감찰하는 임무를 맡았다. 송나라 때 '지주(知州)'라는 직책으로 각 주에 문신을 파견하면서, 자사는 무신(武臣)에게 주는 명예직이 되었다.

4) 변경(汴京) : 북송(北宋) 때의 서울. 지금의 하남성(河南省) 개봉(開封). 변량(汴梁)이라고도 한다.

5) 만세산(萬歲山) : 북송 정화(政和) 7년(1117년)에 시작하여 6년에 걸쳐 완성된, 황실의

東)에 사는 유씨(劉氏)의 딸에게 장가들었는데, 이들 또한 권세 있는 집 안이었다. 생(生)은 가정을 꾸리고도 생업에 종사하지 않았다. 피리 불 기를 매우 좋아하여, 표연히 멀리 떠나 세상을 등지려는 뜻이 있었다. 어머니 최부인이 이를 걱정하여 말하였다.

"장부가 세상에 태어나 위로는 부모, 아래로는 처자를 위하여 입신양 명하여 부모님의 이름을 빛내고, 자식들을 보살피고 길러 편안하게 하고, 과거에 급제하여 높은 덕을 행하고, 어버이에게 효도하고 임금에게 충성하는 것이 직분이니라.〈98〉지금 너는 제멋대로 행동하고 건들거리며 태연해 하는구나. 장차 무엇을 하려는 게냐? 용백고(龍伯高)의 돈후함은 사람들이 소홀히 하기 어려운 바요, 두계량(杜季良)의 호협함은 내가 정말 원하지 않는다.6) 용을 죽이고7) 호랑이를 때려잡는 것은 비록 때가 있는 법이지만, 옥당전(玉堂殿)과 금마문(金馬門)8) 같은 벼슬은 당연히 사람에게 달려있느니라. 넓은 언덕[廣陵]에서 꽃을 완상하는 복은 하늘의 뜻을 다하는 재주가 아니며, 큰 집[魏家]에서 회나무를 심는 업9)은 실로 후손에게 전해지기를 바라는 것이다. 너는 일찍이 내 말을 따르지 않고 가풍을 업신여겼으니, 높고 큰 집이라도 발 하나 디딜

원림(園林). 고대 남북 원림 건축을 집대성하여 전국 산수의 절경을 축약하였다고 한다.

6) 용백고(龍伯高)의 돈후함은~원하지 않는다 : 한(漢) 광무제 때 장수였던 마원(馬援)이 아들에게 보낸 편지에서 '용백고를 본받으면 적어도 근직(謹直)한 선비는 될 것이나 두계량의 흉내를 내다가 이루지 못하면 천하에 경박한 자가 될 것'이라고 하였다. 『후한서(後漢書)』〈마원전(馬援傳)〉.

7) 『장자(莊子)』「열어구(列禦寇)」에 "주평만(朱泙漫)이 지리익(支離益)에게 용 잡는 기술을 배우면서 천금의 가산을 모두 탕진하였는데, 3년 만에 기술을 완전히 터득했으나 써먹을 곳이 없었다." 하였다.

8) 옥당전(玉堂殿)과 금마문(金馬門) : 옥당전은 한나라 때의 관청 이름. 금마문은 한나라 미앙궁(未央宮)의 문 이름. 학자나 선비들이 벼슬하던 곳을 의미한다. 송나라 이후에는 한림원(翰林院)의 다른 이름이기도 하였다.

9) 큰 집에서 회나무를 심는 업 : 회나무를 심는다는 것은 삼공(三公)의 자리에 오름을 뜻한다.

수 없을 것이며, 곽산(郭山)의 시장과 밭이라도 송곳 하나 꽂지 못할 것이다. 깊이 생각하지 않으니 결국 어디로 가려느냐?"

생은, '비록 가르침에 부응할 수는 없겠지만, 우선은 순순히 받아들여야겠다.'고 생각하였다. 학문에 힘쓴 지 십여 년, 연달아 과거에 응시하였으나 급제하지 못하였다. 이에 슬퍼하며 탄식하였다.

"부귀공명이 오던 오지 않던 귀밑털은 희어지려 하는구나. 내가 앞으로 무엇으로 중년을 되돌아볼 것인가?"

유씨는 또한 단정하고 고운10) 사람이어서 평상시대로 권면하여 남다른 칭호를 드날리도록 기대하였다. 생은 한결같이 그렇게 하고자 하였지만 끝내 펼치지 못하였다.

마음이 맞는 사람 중 장만부(張萬夫)와 최심(崔淰)이란 이들이 있었는데, 서로를 극진히 믿었다. 하루는 생이 술상을 차려놓고 그들을 맞이하였다. 술잔이 세 차례쯤 돌았을 때 생이 말하였다.

"남아가 세상에 나서 마침내 무엇으로써 이름을 떨칠 것인가? 그대들은 각자 숨김없이 말해 보게."⟨99⟩

장생이 불쑥 말하였다.

"덕을 세우는 것[立德]과 말을 세우는 것[立言]은 이름을 세우는 것[立名]11)만 못하고, 이름을 세우는 것은 또 때를 만나 기운을 펴는 것만 못하네. 바야흐로 북녘의 말을 남방에서 먹이니 진(秦)나라의 외침이 그치지 않고, 들여우가 평상에 오르니 한나라의 칭송이 끊이지 않아, 대장부가 뜻을 얻을 때이네. 진정으로 청평검(靑萍劍)12)을 허리에 차고

---

10) 단정하고 고운 : 원문은 '단호(端好)'. 『논어』「향당편(鄕黨篇)」의 주석에 나오는 표현.
11) 덕을 세우는 것[立德]과 말을 세우는 것[立言]은 이름을 세우는 것[立名] : 삼불후(三不朽). 『춘추좌씨전(春秋左氏傳)』양공(襄公) 24년 조에 "최상은 덕을 세우는 것이요, 그 다음은 공을 세우는 것이요, 그 다음은 말을 세우는 것(훌륭한 저술을 남기는 것)이다. 이는 오래되어도 없어지지 않으니, 이것을 썩지 않는다고 한다.[太上有立德, 其次有立功, 其次有立言, 雖久不廢, 此之謂不朽.]"는 구절에서 비롯되었다.

백우선(白羽扇)[13]을 손에 들고 팔룡(八龍)[14]을 몰아 육진(六塵)[15]을 헤치
고 옥의 장막을 울리는 웅장한 바람으로 금문(金門, 궁궐 문)의 비린 티끌
을 씻어 몸이 파·목(頗牧)[16]의 위에 거하고 공(功)이 성·감(晟瑊)[17]을
넘어선다면, 첫째는 조상의 영광이요 둘째는 자손의 복이 될 것이네."

최생이 뒤이어 말하였다.

"명성이 세상을 뒤덮고 공훈이 후인들에게 비치는 것은 사람들이 각
자 마음에 두는 바이나 반드시 할 수 있는 것은 아니네. 하물며 이름을
세우지만 훼방이 일어나고 공을 이루지만 처벌이 뒤따라, 그저 후세의
웃음거리가 될 뿐이니 무엇이 이롭겠는가? 무릇 추로(鄒魯)[18]에서 전수
한 도통(道統)과 염락(濂洛)[19]에서 흥기한 문채(文彩)는 삼대(三代)[20] 시
서(詩書)의 가르침을 깊이 간직하였고 만고에 도덕의 흐름을 일으켰으
니 그 넉넉하고 위대함을 헤아릴 수 없지. 강 위에 부는 한 줄기 바람이

---

12) 청평검(靑萍劍) : 명검(名劍)의 이름. 명나라 희곡 〈홍불기紅拂記〉에 "허리에 찬 청평검
   이 북두성을 비추네(腰下靑萍射鬥牛)"라는 구절이 있다.

13) 백우선(白羽扇) : 흰 깃으로 만든 부채. 제갈량이 사용하였다.

14) 팔룡(八龍) : 주 목왕(周穆王)이 탔던 8필의 준마. 또는 『이소경(離騷經)』에 언급된 신
   이한 동물을 가리키기도 한다.

15) 육진(六塵) : 먼지. 본래는 불교에서 육근(六根)의 대상인 색(色)·성(聲)·향(香)·미(味)
   ·촉(觸)·법(法)으로서 마음을 더럽히기 때문에 먼지라고 한다.

16) 파·목(頗牧) : 전국시대 조(趙)나라의 명장인 염파(廉頗)와 이목(李牧). 염파는 제(齊)나
   라를 격파한 공으로 상경(上卿)에 올랐으며, 이목은 흉노(匈奴)를 막고 진(秦)나라 군사를
   물리친 공으로 무안군(武安君)에 봉해졌다.

17) 성·감(晟瑊) : 당나라 장수 이성(李晟)과 혼감(渾瑊). 이성은 덕종 때의 장수인데 주자(朱
   泚)의 반란을 평정하여 수도를 수복하였고, 혼감은 일찍이 이광필(李光弼), 곽자의(郭子儀)
   등 명장(名將)을 따라 종군하여 여러 차례에 걸쳐 많은 전공을 세우고, 뒤에 벼슬이 평장사
   (平章事), 시중(侍中)에 이르고 함녕군왕(咸寧郡王)에 봉해졌다.

18) 추로(鄒魯) : 공자(孔子)와 맹자(孟子). 공자는 노(魯)나라 사람, 맹자는 추(鄒)나라 사람
   이라는 데서 온 말.

19) 염락(濂洛) : 송나라 때 학자인 주돈이(周敦頤)와 정호(程顥)·정이(程頤)를 대표하여 부
   르는 것으로, 이들이 살던 지역 명칭이 각각 염계(濂溪)와 낙양(洛陽)인 데서 유래함.

20) 삼대(三代) : 하(夏)·은(殷)·주(周).

구정(九鼎)²¹)의 무게를 이길 만하고, 창밖의 한 곡조 거문고 소리가 능히 육경(六經)²²)의 풍취를 드러내지. 자취가 어부·초동과 섞이고 날짐승·길짐승들과 어울리고, 강산의 도움을 얻어 바람과 달을 밑천 삼고, 갑을(甲乙)²³)이 집에 들어오는 것을 보며 시와 술로 해를 보냄에, 자못 〈100〉흥·망성쇠의 조짐이 오는 것을 알지 못하니, 어찌 장차 늙음이 찾아옴을 알겠는가? 옛 선인이 세상을 벗어나서 얽매이지 않음은 한결같이 이것을 얻은 것일세. 나는 그대와 더불어 생을 마치겠네."

생이 이를 듣고 탄식하며 한 마디도 하지 못했다. 장생과 최생이 말하였다.

"주인의 이야기를 듣고 싶네."

생이 말하였다.

"여러분들이 선택한 것과 많이 다르니 어떻게 갑자기 말하겠는가?"

그리고는 잔을 가득 채워 마시고 갓을 털며 말하였다.

"대장부가 뜻을 말하는데, 어찌 앞소리로 인도함이 없을 수 있겠는가?"

이에 옥피리를 불고서 낭랑하게 시를 읊조렸다.

萬歲山高幾千丈　만세산 높이 몇 천 길인가
孕出男兒壯氣魄　남아로 태어나 굳센 기백은
不計身後名　훗날의 명성 생각 않고
適取眼前樂　눈앞의 즐거움 취하니
却傍琴臺聞絶響　금대 옆에서 절묘한 소리 들으며
提抱美人共笑語　미인을 안고 농을 주고받다가
曲終携手去　곡이 끝나 손잡고 떠나니

---

21) 구정(九鼎) : 하(夏)나라 우왕(禹王) 때 구주(九州) 각각의 쇠를 모아 만든 솥. 하(夏)·은(殷) 이래 천자에게 전해지는 보물로, 천하를 상징한다.
22) 육경(六經) : 시경(詩經)·서경(書經)·역경(易經)·춘추(春秋)·예기(禮記)·악기(樂記).
23) 갑을(甲乙) : 봄을 가리킴. 『예기(禮記)』「월령(月令)」.

人間竟何許   인간 세계 끝내 어떠한가

드디어 말하였다.

"두 사람의 뜻은 요컨대 사후의 명예에 있구만. 나처럼 못난 사람[不俊]은 눈앞의 즐거움만 취하네. 그 이유가 무엇이겠나? 양의(兩儀, 하늘과 땅)가 비로소 나뉨에 인간이 그 사이에 있으며, 오복(五福)을 분류하면 수명이 첫 번째를 차지하지. 상수(上壽)는 백 세요, 중수(中壽)는 칠십세요, 하수(下壽)는 사십에 불과하네. 그보다 더 명이 짧은 이도 자못 있으니, 중수도 기약하기 어렵거늘 하물며 최상을 기대하겠는가? 실로 한달 남짓한 기간에 크게 웃을 수 있는 것은 불과 사오 일뿐이라고 하네. 자네 두 사람 손 안의 잔이〈101〉진실로 손 안에 있는 것은 단지 오늘뿐이네. 이후에는 다시 하루도 없을 것이니, 결국 어느 집의 세월이겠나?

남양(南陽)에서 쟁기를 놓고24) 적벽(赤壁)에서 전함을 이어25) 책략이 사람을 놀라게 하고 공덕이 세상을 뒤덮은 이[제갈량(諸葛亮)]는 진실로 일세의 영웅이지. 그러나 혜릉(惠陵)26)의 나무들이 스산하고 촉산(蜀山)27)의 비바람이 어두컴컴하여 한이 요성(妖星)에 맺히고 눈물이 동청(冬靑, 사철나무)을 적셨네.

조대(釣臺)를 떠나 낚싯대를 던지고28) 장단(將壇)29)에 올라 부월(斧

---

24) 남양(南陽)에서 쟁기를 놓고 : 남양에 은거하던 제갈량이 유비가 인재를 대하는 정성에 감동하여 하산하였다는 말. 제갈량이 〈출사표(出師表)〉에서 자신을 묘사하기를 "신은 본래 벼슬 없는 선비로 남양에서 몸소 밭을 갈았습니다[臣本布衣, 躬耕南陽]."라 하였다.

25) 적벽(赤壁)에서 전함을 이어 : 적벽대전을 앞두고 제갈량과 주유가 조조 군사들이 수전에 약한 것을 알고 계략을 써 조조의 전투선들을 쇠사슬로 연결시켜 놓게 한 후 동남풍이 불 때 불을 질러 격파하였다.

26) 혜릉(惠陵) : 삼국시대 촉(蜀)나라 소열제(昭烈帝) 유비의 능.

27) 촉산(蜀山) : 촉한(蜀漢)이 있던 지역의 산들. 현재 사천성(四川省).

28) 조대(釣臺)를 떠나 낚싯대를 던지고 : 강상(姜尙, 여상(呂尙), 강태공)이 위수(渭水)에서 낚시를 하고 있을 때 인재를 찾던 서백(西伯, 뒷날 문왕)을 만나 재상으로 등용되었다. 서백

鉞)30)을 잡아 백만의 무리를 품고 사백 년 기틀을 만든 이[여상(呂尙)]가
어찌 진정한 남자가 아니겠는가? 그런데 만 인을 대적할 능력으로 운몽
(雲夢)의 잔치에서 굴복하였던31) 천금 같은 자질로도 아녀자의 손에 떨
어졌으니32)[한신(韓信)] 공이 크다고는 하겠으나 심히 명예롭지 않네.
연함(燕頷)은 만 리를 통치한 제후가 되고33) 관옥(冠玉)은 여섯 번 벗어
난 재주를 지녔는데34), 건목(乾木)에 앞서 왕상(旺相)했고 색태(塞兌) 이

의 아들 무왕(武王)을 도와 은(殷) 주왕(紂王)을 멸망시키고 주나라를 세웠다.

29) 장단(將壇) : 대장이 지휘할 때 올라서는 단.

30) 부월(斧鉞) : 임금의 권위를 상징하는 작은 도끼와 큰 도끼를 아울러 이르는 말로, 장수나
제후에게 생살권을 부여한다는 뜻에서 임금이 주는 도끼 모양의 의장(儀仗).

31) 운몽(雲夢) : 한 고조가 한신(韓信, ?~B.C. 196)을 잡은 곳. 한나라 건국 후 한신은 초왕
(楚王)에 봉해졌는데, 유방이 항우의 부하였던 종리매(鍾離昧)가 한신에게 귀순한 것을 알
고 종리매를 죽이라 하였다. 이때 어떤 사람이 한신이 반란을 도모한다고 모함하여 유방은
진평(陳平)의 계책에 따라 초나라의 운몽(雲夢)에 순행을 간다는 것을 구실로 초나라 서쪽
경계에 있는 진(陳) 땅에 모든 제후를 모이게 하였다. 이 소식을 들은 한신은 유방의 의도를
의심하여 종리매의 머리를 가지고 유방을 알현하러 갔다가 체포되었다. 유방은 낙양으로
돌아온 후 한신이 모반 사건에 아무런 혐의가 없자 그를 석방하고 회음후(淮陰侯)로 강등
하였다.

32) 아녀자의 손에 떨어졌으니 : B.C. 196년 진희(陳豨)가 대(代) 지역에서 반란을 일으키자
유방이 정벌에 나섰지만, 진희와 내통하고 있던 한신은 병을 핑계로 출전하지 않고 가신들
과 모의하여 밤에 여태후(呂太后)와 태자를 습격하려 하였는데, 일이 여태후에게 누설되었
다. 여태후는 소하(蕭何)와 의논하여 진희의 반란이 진압되었다 하여 모든 신하들을 입궐하
도록 하였다. 어쩔 수 없이 한신도 입궐하였는데 장락궁(長樂宮)에 들어서자마자 체포되어
참수되었다. 『사기』 「회음후열전(淮陰侯列傳)」.

33) 연함(燕頷)은 만 리를 통치한 제후가 되고 : '연함'은 후한(後漢)의 반초(班超, 32~102)를
가리킨다. 자는 중승(仲升). 관상가가 반초를 보고 '제비 턱에 범의 머리니 만리후(萬里侯)
에 봉해질 상'이라고 하였다. 뒤에 31년간 서역에 머물며 50여 국가들을 평정하여 그 공으로
정원후(定遠侯)에 봉해졌다. 『후한서(後漢書)』 「반초전(班超傳)」.

34) 관옥(冠玉)은 여섯 번 벗어난 재주를 지녔으며 : '관옥'은 관을 장식하는 옥이라는 뜻으로
미남을 지칭하는데 한(漢)나라 진평(陳平, ?~B.C. 178)이 미남이라 이런 평을 들었다. 진
평은 육출기계(六出奇計)로 유명하다. 유방(劉邦)이 형양(滎陽)에서 초나라 군대에 포위되
었을 때 진평은 많은 황금을 써 초나라 신하들을 이간질시켜 항우(項羽) 진영의 내분을 일으
켰고, 항우와 범증(范增)을 갈라놓아 유방이 탈출할 수 있도록 하였다. 또 유방이 한신의
반란을 의심할 때 한신을 잡을 수 있는 계책을 일러주었다. 한신이 회음후(淮陰侯)에 봉해
진 후 반역하자 유방이 그를 치러 가다가 평성(平城)에서 흉노에게 포위되었을 때 진평이
계책을 써 포위를 풀었다. 『사기』 「진승상세가(陳丞相世家)」.

후에 수휴(囚休)했네.35)

　가부(賈傅)가 일 년 만에 승진한 것36)은 장소(章疏)에 능해서일 뿐이고, 동생(董生)이 삼 년 동안 배운 것37)은 죽백(竹帛)38)일 따름이다. 양한(兩漢)의 인재들은 이에 성대해지고 삼국의 호걸들은 이에 비해 많아졌네. 그 지모와 기예는 사람들이 쉽게 미칠 수 있는 바가 아니고 그 공적과 덕망은 백성들이 제대로 칭송할 수 있는 바가 아닐세.

　간간이 벽곡(辟穀)39)하며 멀리 노니는 자들은 적송(赤松)을 잡아 여유롭고, 태자를 돕고 돌아가기를 청한 자는 자지가(紫芝歌)를 부르며 떠나갔네.40) 비록 훌륭[庸鐵]하다 하나 이들 또한 부질없을 뿐이지. 당(唐)의 방현령(房玄齡)·두여회(杜如晦)41)·요숭(姚崇)·송경(宋璟)42)과 〈102〉송

---

35) 건목(乾木)에 앞서~이후에 수휴(囚休)했네 : 음양가(陰陽家)에서 5행(五行) 기(氣)의 소장(消長)을 왕(旺)·상(相)·사(死)·수(囚)·휴(休)라 하고 그 왕성한 것을 왕상이라 하는데, 흔히 때를 얻는 것을 '왕상', 잃는 것을 '휴수(休囚)'라 한다. 색태(塞兌)의 태(兌)는 입으로서, 감각기관을 막고 정신활동을 그쳐 기운을 보존함을 뜻한다.

36) 가부(賈傅)가 일 년 만에 승진한 것 : 한나라 가의(賈誼). 어려서부터 시문에 뛰어나고 제자백가에 정통하여 문제(文帝)의 총애를 받았다. 20세에 역대 최연소 박사가 되고 다시 1년 만에 태중대부(太中大夫)가 되었다. 『한서(漢書)』 「가의전(賈誼傳)」.

37) 동생(董生)이 삼 년 동안 배운 것 : 동생은 한나라 경제(景帝) 때 박사(博士)였던 동중서(董仲舒). 동중서는 3년 동안 학문에 몰두하여 집안 정원에도 나가가지 않았다. 『한서』 「동중서전(董仲舒傳)」.

38) 죽백(竹帛) : 서적이나 역사를 달리 이르는 말. 동중서는 『춘추(春秋)』에 밝아 『춘추번로(春秋繁露)』를 지었다. 무제(武帝)에게 상주하여 유교를 국교로 정하도록 하였다.

39) 벽곡(辟穀) : 곡식을 먹지 않음.

40) 태자를 돕고 돌아가기를 청한 자는 자지가(紫芝歌)를 부르며 떠나갔다 : 상산(商山)의 사호(四皓, 덕이 높은 네 명의 노인)가 진 시황을 피해 남전산(藍田山)에서 은거하고 있을 때 이들의 명성을 들은 한 고조가 초빙하려 했으나 응하지 않고 자지가(紫芝歌)를 불렀다고 한다. 『고사전(高士傳)』 「사호(四皓)」. 고조는 척부인(戚夫人) 소생 여의(如意)가 총명하고 학문이 출중하여 여태후(呂太后)의 아들인 유영(劉盈) 대신 여의를 태자로 세우려 하였다. 이를 안 여태후가 장량(張良)의 조언을 따라 상산사호를 초빙하였다. 사호가 고조에게 '태자가 예로 선비를 대하므로 태자의 빈객이 되었다.'고 하자 고조는 유영을 폐하려는 뜻을 거두었다.

41) 방현령(房玄齡)·두여회(杜如晦) : 당 태종의 명신. 방현령(578~648)은 일을 분석하고 구체적인 계획을 세우는 데 뛰어났고 두여회(585~630)는 결단력이 있어, 태종은 이들의

(宋)의 조정(趙鼎)·위강(魏矼)43)·한세충(韓世忠)44)·부필(富弼)45) 등 천
하에 이름을 날림이 한결같지는 않으나 결국은 똑같이 깨어져 죽고 말았
으니, 그 또한 편작(扁鵲)46)이 괴로워하는 바로다! 오늘 술자리에서 말
할 만한 것이 아니네.

아아! 세상에 1만 년 천자는 없고 관직에 5일 경조윤(京兆尹)은 있
지47). 눈앞의 즐거움을 취하면서 고유한 성품을 보존시킨다는 것을 대
개 들어보지 못했으니, 옛사람들이 애석해하는 걸세. 하물며 지금은

도움으로 '정관지치(貞觀之治)'를 이룰 수 있었다.

42) 요숭(姚崇)·송경(宋璟) : 당 현종 때 명신들. 요숭(650~721)은 측천무후에게 발탁되어
관직에 오른 후 중종·예종·현종에 걸쳐 여러 번 재상에 올랐다. 송경(宋璟)과 함께 개원(開
元)의 명신으로 존중받았다. 송경(663~737)은 측천무후 때 어사중승(御史中丞)으로서 총
신(寵臣) 장씨 형제를 물리칠 것을 주청(奏請)하였다.

43) 조정(趙鼎)·위강(魏矼) : 남송 고종 때 사람들로, 금나라의 침입을 막아 공을 세웠다.
조정(1085~1147)은 진회(秦檜)가 주장하던 금나라와의 화의(和議)를 반대하다가 유배되었
다. 위강(1097~1151)의 자는 방달(邦達). 송나라가 금나라와 싸울 때에 당시 위세를 떨치던
송의 장수 유광세(劉光世)와 한세충(韓世忠)과 장준(張浚)이 사이가 좋지 않았는데 위강이
나라를 위해 사적인 혐의를 두지 말라고 설득하였다. 후에 상산(常山)의 사찰에 머물면서
시를 지었는데, 후인이 조정(趙鼎)과 범충(範沖)이 상산에서 지은 시와 합쳐 『삼현창화시
(三賢唱和詩)』를 펴냈다.

44) 한세충(韓世忠) : 1089~1151. 남송의 무장. 어렸을 때부터 마술(馬術)에 뛰어나고 힘이
세어 무예에 통달하였다. 8천 군사로 금나라의 10만 군대를 물리쳤으며, 황제로부터 충용
(忠勇) 두 글자를 새긴 깃발을 받을 정도로 충성과 용맹을 인정받았다. 진회(秦檜)가 악비
(岳飛)를 제거하려 하자 한세충은 진회에게 항거하며 화의론(和議論)을 비판하여 예천관사
(禮泉觀使)로 쫓겨났다.

45) 부필(富弼) : 1004~1083. 북송(北宋) 정치가. 범중엄(范仲淹)의 추천을 받아 제과(制科)
에 응시하여 급제하였다. 요(遼)나라와의 국경문제를 결말지어 두 나라 사이의 충돌을 피하
게 하였다. 1055년 재상에 올라 온건한 정치를 펴 명신으로 꼽혔으나 왕안석(王安石)의
신법(新法)에 반대하여 지방으로 쫓겨났다.

46) 편작(扁鵲) : 전국시대의 명의. 안색만 보고도 병의 원인을 알아내고 죽은 사람도 살렸다
는 전설이 있을 만큼 뛰어난 의술로 유명하다.

47) 관직에 5일 경조윤(京兆尹)이 있었지 : 한 선제 때 장창(張敞)이 경조윤(京兆尹)으로 있으
면서 양운(梁惲)의 일당으로 몰려 파면될 위기에 처했다. 그때 장창이 여순(絮舜)의 죄를
조사하고 있었는데 여순은 남들에게 말하기를 "장창은 파면될지도 모르니 5일 동안밖에
경조윤으로 있지 못할 것이다." 하였다. 그러나 장창은 파면되지 않았고 형장에 끌려 나온
여순에게 "그래 5일 경조가 어떤가?" 했다. 『한서(漢書)』 「장창전(張敞傳)」.

철기(鐵騎)가 때를 부르짖고48) 조두(㔔斗)49)가 밤에 울리니, 사람이 세
상에 태어나서 장차 벌레나 학이 되겠다는 것은 뜻에 맞게 노니는 것만
못하네. 되는 대로 맡겨두고 바라는 것을 따라 마음을 넓게 먹게. 여기
까지 말하니 마음이 벌써 시원해지는군. 세상에 몸을 붙여 천지가 넓은
것을 깨닫지 못하고 정신은 세상 밖에 노닐면서 산천의 광대함을 보지
못하니, 방촌(方寸, 마음) 간의 거칠 것 없는 뜻을 말[言]을 구사하여 쏟아
내는 것이 좋지 않겠나?

들건대, 성 끝 먼 포구에서 서쪽으로 가면 양자강에 이르는데, 삼백
여 리를 더 가면 양자강에서 서주(徐州)에 이르게 된다네. 한 번 조수가
섞여 모이면 서주와 항주(杭州)에 닿게 되니, 그러면 귀로는 들어보지
못한 것을 실컷 듣고 눈으로는 여태 보지 못한 것들을 완상할 것이네.
그대들은 따르겠는가, 그만두겠는가?"

장생과 최생은 이 말을 듣고서 마음이 이미 움직여 떠날 약속을 하였
다. 생은 그리하여 어머니께 말하고 몇 달 말미를 청했다. 세 사람은
각자 가벼운 보물을 지니고 술과 풍악을 갖추고서 좋은 날[穀朝]50)을
기다렸다가 밧줄을 풀었다. 변경(忭京)에서부터 양자강에 이르기까지
〈103〉배 위의 음악소리가 하늘[天機]을 뒤흔드니, 사람들이 가리켜 이
르기를 '수중선(水中仙)'이라 하였다. 양자강 가에 나아가 버드나무 밑
동에 닻줄을 매고 장생과 최생을 돌아보며 말하였다.

"이곳에 양자(楊子)51)의 서당이 있을 텐데 정확히 어디인지 모르겠군."

---

48) 철기(鐵騎)가 때를 부르짖고 : 전쟁에 나갈 때를 말한다. 당나라 융욱(戎昱)의 〈종군행(從
軍行)〉에 "술이 좀 취하는데 가을바람 불고, 철기가 문 앞에서 우는구나.[半酣秋風起, 鐵騎
門前嘶]"라는 구절이 있다.

49) 조두(㔔斗) : 놋쇠그릇으로 군중(軍中)에서 그 그릇에 밥을 지어 먹고, 밤에는 야경을 돌
며 두들기는 것이다.

50) 좋은 날[穀朝] : '穀朝'는『시경』「진풍(陳風)」〈동문지분(東門之枌)〉의 '穀旦'에서 온 것
인데, '旦'이 이성계의 이름이기 때문에 '朝'로 바꾸어 쓴 것이다.

51) 양자(楊子) : 양웅(揚雄). 한나라 학자. 자는 자운(子雲).

이에 그 지방 사람들에게 물었으나 모두 알지 못했다. 문득 흰 깃발과 푸른 깃발이 강가 누각과 정자 사이로 어렴풋이 보였다. 여인 수십무리가 예기치 않게 이르니 오(吳)나라 비단과 촉나라 장신구가 눈부시게 빛났다. 이리하여 이들을 불러들여 잔치를 열고 밤이 다하도록 즐겁게 놀았다. 이튿날 아침 어떤 미인이 와서 물었다.

"여러분은 변경 사람이라 하던데 여기서 먼 곳이지요. 그런데 양자의 서당을 제일 먼저 말씀하셨다 하니, 서당이 동쪽에 있는지 어떻게 아셨습니까?"

생이 말했다.

"시에 이르지 않았소? '양자가 경서를 말한 곳에 회왕(淮王)이 술을 싣고 왔구나.'52)라고. 이곳은 양자강이니 당연히 서당이 있는 것이 옳지요."

미인이 말했다.

"과연 그렇습니다. 여기서 상류로 일 리쯤 가면 돌벽이 있습니다. 양자로부터 지금까지 수천여 년이 지났지만 서당은 홀로 우뚝 서있지요. 단지 놀이객들만 찾는 곳이 되었을 뿐, 사람들은 그곳이 양자의 서당인지 모른답니다. 군자들께서는 이미 시사(時事)를 파악하셨고 또 옛 자취를 찾으시니, 이것은 널리 통하지 않으면 이르기 쉽지 않지요."

생은 그녀가 사리를 아는 것에 탄복하고 또한 그 미색에 기뻐하였다. 술 한 잔을 따라주며 머물게 하였다.

"나이는 몇 살이며 이름은 무엇이오?"

"나이는 이제 십 팔세이고, 이름은 설영(雪英)이라 합니다. 비록 ⟨104⟩ 아는 것이 없사오나 매양 악부(樂府)53)의 옛 글귀 덕분에 거칠게나마

---

52) 양자가 경서를 말한 곳에 회왕(淮王)이 술을 싣고 왔구나 : 왕유(王維)의 오언율시 ⟨기왕을 따라 양씨 별장을 지나다가 가르침에 응해서[從岐王過楊氏別業應教]⟩의 구절.
53) 악부(樂府) : 한시 형식의 하나. 과거의 역사 또는 풍속을 묘사한 시와 민요풍의 노래.

옛 일을 아는 것입니다."

저녁이 되자 생은 그녀의 마음 있음을 알고 떠나지 않도록 했다. 춘
몽이 무르익고 나서 새벽 꾀꼬리가 잦은 소리로 재잘거리는 사이 해는
이미 높이 떠올랐다. 생은 이에 설영과 장생·최생을 이끌고 곧장 양자
서당으로 건너가서 따로 잔치를 열었다. 서당은 백 길이 넘는 깎아지른
절벽 위에 있었다. 아래에서는 굽이치는 물결이 부딪쳐 항상 옥이 부서
지는 듯한 소리가 들려왔고, 우러러보면 높이 솟은 소나무와 늙은 측백
나무가 서로 어울려 용이 서려있는 듯하니, 참으로 아름답고 맑은 경치
였다. 설영이 난간에 기대어 거문고를 탔는데 그림자는 물에 비치고
음악소리는 구름 속까지 퍼져나갔다. 생은 길게 피리를 불었는데 밤낮
으로 이어져 이미 십여 일이 지났다. 하루는 생이 장생과 최생에게 말
하였다.

"지난번에 떠난 것은 본디 이름난 명승지를 두루 유람하고자 하였던
것이니 이제 여기서 다시 출발해서 예전 바람을 이루어 보세."

그리고는 설영에게 말했다.

"낭자는 잘 있으시오. 이제 서주·항주에 가서 두루 살펴보고, 돌아
와서는 함께 해로하리다."

설영이 눈물을 머금고 사례하였다.

"한 번 돌아보고는 바로 버리신다 하여도 감히 원망할 수 없는데,
다시 찾겠다는 뜻에 해로하겠다는 말씀까지 더하시니 감격스러움을 이
기지 못하겠습니다. 마땅히 외로운 등불을 지키고 있겠습니다."

세 사람이 강에 내려가 배를 띄우니 모든 기생들이 전송하느라고 강
가 모래톱을 가득 메웠다. 모두 말하기를,

"오래 머물지 마시고 서둘러 돌아오세요."

라고 하였다.

배가 바다와 산을 지나 회수(淮水)에 접어드니, 서주 땅이었다. 곧장

〈105〉성 안 저잣거리로 들어가니 연못과 정자, 누각이 매우 화려하며 높았고, 푸른 옷과 붉은 치마는 서로 어울려 은은히 아른거렸으며, 풍악 소리에 춤과 노래는 어디를 가도 볼 만했다. 생과 두 친구는 당도하여 큰소리로 말했다.

"변경의 호탕한 선비들이 노닐고자 이곳에 왔습니다. 혹시 끝자리라 도 허락하신다면 잔을 올리는 예를 행하려 합니다."

좌중이 모두 기뻐하며 맞이하여 좌우에 앉으니, 세 줄로 늘어선 기생 들이 일시에 돌아보았다. 술이 돌고 음악이 연주되니 흥이 무르익었다. 생이 그 무리들에게 시선을 돌려 두루 살피니, 그 중에 경경(瓊瓊)이라 는 이가 아리땁고 곱기가 무리 중 단연 뛰어났다. 음률은 세상에 드문 것이었으며 몸짓과 모습이 사랑스럽기 그지없었다. 그래서 정신없이 주의를 빼앗겨 헤어 나오지를 못했다. 이윽고 행수기생이 자리에서 일 어나 말하였다.

"이곳에는 오래된 풍습이 있는데 아무래도 말하기가 편하지 않으니 어찌 할까요?"

생이 말했다.

"손과 주인이 한 자리에서 술로써 즐거움을 함께 하는데 무엇이 말하 기 편치 않다는 것이오? 일단 말해 보시오."

행수기생이 말했다.

"손님이 처음 잔치에 참석하면 마땅히 자리를 따로 마련하셔야 하고, 눈에 드는 아이로 하여금 잠자리 시중을 들게 합니다."

생이 허락하였다. 그래서 세 사람이 함께 준비하여 행수기생의 집으 로 옮겨 잔치를 열고는 밤새도록 즐겁게 놀았다. 생이 말했다.

"밤이 깊어 가고 졸음은 몰려드는데 이른바 오래된 풍습이라는 것이 대체 어디에 있소?"

행수기생은 황공해하며 말했다.

"취하여 제대로 살피지 못했으니 첩의 실수입니다. 부디 군자들께서는 이 중에 골라 취하십시오."⟨106⟩

생은 재빨리 경경을 가리키며 말하였다.

"경 낭자가 아니고서는 좋은 밤을 보낼 방도가 없지."

경경이 일어나서 사례하며 말하기를,

"첩은 보잘 것 없는데 외람되이 지극하신 말씀을 받아 진실로 감당하지 못하니, 사양하고 싶습니다."

하더니 몸을 일으켜 나가려 하였다. 행수기생이 말하였다.

"서주 전체의 풍습이 너로 인해 흥하고 쇠한다. 너는 어찌 경솔하게도 짧은 시간을 아낀단 말이냐?"

좌우에서 번갈아 강권하여 경경은 떠나지 못했다. 얼마 지나지 않아 장생과 최생은 각기 짝을 데리고 침소로 돌아가고, 행수기생도 뒤이어 나갔다. 생은 조용히 경경에게 말하였다.

"멋있고 수려함을 내가 조금 갖추었고, 아리땁고 고움을 낭자는 전부 다 갖추었소. 지금의 만남은 하늘이 베푼 것인데 왜 그리 고집하여 좋은 때를 그저 보내려 하시오?"

경경이 말하였다.

"호탕한 선비와 아름다운 손님으로 군자 같은 분은 드물지요. 천한 첩 처지에 어찌 이끌림이 없겠습니까? 생각건대, 존군(尊君)께서는 마음이 활짝 트였고 원대하시며 아름다운 풍채와 드문 음률을 겸하셨으니, 가는 곳마다 비단휘장에 비단방석일 것이고 보는 곳마다 예쁘게 화장한 미인들일 테지요. 어제의 기쁨이 오늘 밤까지 계속되지 못하니 오늘 밤의 기쁨이 또 어찌 내일로 이어지겠습니까? 이번에 오시면서 당연히 양주를 지나셨을 텐데, 양주에는 독보적인 설영이 있지요. 비록 사심을 두지 않으려고 하나 그리 되겠습니까? 첩은 비록 낭군을 얻지 못한다 하더라도 절대 설영이 되지는 않을 것입니다. 주위사람들에게

물어보니 군자들께서는 장차 항주로 떠나신다 하더군요.〈107〉항주의
물색에는 비록 절세미녀가 없으나, 정(情)은 장소 따라 옮겨가는 법입
니다. 반드시 항주에 가고자 하신다면 감히 명을 따르지 않겠습니다."

　생(生)이 말하였다.

　"항주로 가는 것은 다만 두루 관광하고자 하는 것이지 다른 뜻이 있
는 것은 아니오. 그곳에 오래 머물지는 않을 것이오."

　경경(瓊瓊)이 말하였다.

　"오래건 아니건 간에 반드시 항주로 갈 계획이라면 뜻을 알겠습니다.
양주에 도착한 날 서주로 가지 못하게 했다면 설영은 곧 저일 것이며,
이제 서주에서 다시 항주로 가신다면 제가 곧 설영이겠지요. 비록 외람
된다고 해도 결코 듣지 않겠습니다."

　생은 항주가 서주보다 꼭 좋지는 않을 것이라 여겨 이곳을 떠나 그곳
에 간다면 제초(齊楚)의 득실(得失)[54]을 보게 될까 우려되었다. 그래서
확고한 말로 그곳에 뜻이 없음을 보였다. 경경이 사례하며 비로소 운우
(雲雨)의 기약을 지켰다. 하루 또 하루가 지나면서 이미 돌아갈 생각이
사라졌다.

　어느 날 저녁 장생과 최생이 술을 마시며 말하였다.

　"완상하고 즐기느라 끝날 줄을 모르니, 부모를 생각하며 고향을 그리
워하는 마음은 어떠한가? 손꼽아 계산해 보니 석 달이 지났네. 전대는
모두 비었으니 이제 배를 돌릴 만하네. 만약 남은 뜻이 있거든 다른
날 다시 찾아옴이 어떠한가?"

　생이 처연히 깨달음이 있어, 드디어 돌아갈 계획을 정했다. 경경이

---

54) 제초(齊楚)의 득실(得失) : 이쪽이 옳지 않다고 해서 저쪽이 반드시 옳은 것은 아니라는
　　상황을 가리킴. 사마상여(司馬相如)의 〈상림부(上林賦)〉에서 "망시공이 흔연이 웃으며 말
　　하길, 초나라는 잘못이지만, 제나라 또한 옳다고 할 수 없다[亡是公听然而笑曰: 楚則失矣,
　　而齊亦未爲得也.]"에서 온 말이다. 『문선(文選)』 권8.

전별연을 베풀고 울면서 전송하였다.

"다시 오실 때가 어느 사이에 있겠습니까? 조심히 가시고 곧 돌아오세요. 둥근 부채로 하여금 끝내 가을바람을 원망하게 하지 마세요.55)"

생이 소매를 떨치며 작별하였다. 회수(淮水)와 사수(泗水)를 벗어나니 물길이 세 갈래로 나뉜 곳이 나왔다. 어부에게 물어보니〈108〉어부가 대답하였다.

"양주(楊州)에서 발원하여, 동으로 가면 형주(荊州)이고 남으로 가면 항주(杭州)입니다."

생은 문득 경경의 말이 기억났다. '반드시 항주로 가려는 것을 바라지 않았던 것은 괜히 별 뜻 없이 그랬을까? 자기보다 나은 자가 있어서가 아닐까?'라고 생각했다. 이에 장생과 최생에게 말하였다.

"이번 행로는 사방을 다 돌아보는 것이었는데, 여기서 돌아간다면 이전 계획이 자못 어긋나는 것이네. 장부의 규범으로 중도에서 그만둘 수는 없네. 지금 남쪽 길로 가서 열흘 만에 갔다 오면 어떻겠는가?"

두 사람은 안 된다고 하였으나, 생이 억지로 끌어 드디어 함께 항주로 들어갔다. 항주는 성곽이 둘러 있었고, 강물이 띠를 두른 듯했다. 용마루와 처마가 연이어 집들이 즐비했다. 물가에는 닻줄과 비단 돛이 바람에 흔들렸고, 다리 위에는 말발굽과 수레바퀴가 끊이지 않았다. 십 리의 연꽃에 〈채련곡(採蓮曲)〉56)이 끊어질 듯 이어지고 사방의 향기로운 풀에 술자리가 여기저기 펼쳐져 있었다. 붉은 분을 바른 여인들이

---

55) 둥근 부채로 하여금 가을바람을 원망하게 하지 마세요 : 가을 바람이 부는 선선한 때가 되면 부채를 쓰지 않는다는 뜻. 한(漢) 성제(成帝)의 총애를 받던 반첩여(班婕妤)가 조비연(趙飛燕)에게 총애를 뺏긴 후 장신궁(長信宮)에 머물면서 임금의 사랑을 받던 때를 회상하며 〈원가행(怨歌行)〉이라는 시를 지었는데, 자신의 처지를 쓸모없게 된 '가을부채[秋扇]'에 비유하였다.

56) 채련곡(採蓮曲) : 연밥 따는 노래라는 뜻의 곡명. 양 무제가 지은 강남롱(江南弄) 칠곡(七曲) 중 하나.

줄지어 다녀 길가의 꽃들과 어우러지고, 모든 현악기·관악기가 연주되어 돌 사이로 졸졸 흐르는 샘물소리와 섞여들었다. 이때 문득 엷은 채색 구름이 사방에서 피어올랐다. 해가 저물어 갈 즈음 끊어진 다리 옆한 여관에 투숙하고자 하였다. 장생과 최생을 불러 말하였다.

"지금 와서 물색을 보니, 지나온 곳에 비하면 만 배는 더 낫소. 다만 행장에 남은 것이 거의 없으니, 이 아름다운 곳에서 어찌해야 즐거움을 누릴 수 있겠소?"

주인을 불러 전대를 다 털어 주며 말하였다.

"우리가 명승지를 찾아다니며 돌아다니다가 여기에 이르렀는데, 〈109〉날이 흘러가매 돈이 다하였소이다. 주인의 은혜에 힘입어 여기에서 좀 돌아다니기를 바라오이다."

주인이 말하였다.

"지금 여러 손님들을 보니 평범한 분들은 아니신 듯합니다. 어찌 노잣돈 없는 것을 걱정하겠습니까? 무릇 이곳에 가득히 만여 호가 있습니다. 우리 집을 시작으로 해서 매일 번갈아 묵으면 반 백 년을 보낼 수 있습니다. 항주의 풍속이 이와 같습니다."

생이 듣고서 다행으로 여겼다. 그 말대로 집을 바꾸며 묵었는데 한번 돌아보기에 급하여 항상 서너 집을 하루에 방문하였고, 열흘 남짓 지나자 수 천여 집을 보았다. 교태롭고 연약한 자태가 가는 곳마다 더욱 고왔으니, 전날 본 것에 비할 바가 아니었다. 마음이 녹고 뜻이 미혹되니 가야 할 곳을 알지 못했고, 아침에는 동쪽으로 저녁에는 서쪽으로 떠돌아다녀도 두루 보지는 못하였다. 벌과 나비가 향기를 탐하는 것처럼, 새들이 둥지를 택하는 것처럼 마침내 한 곳에 다다르게 되었다. 무성한 대나무가 숲을 이루고 연꽃이 못에 가득한데, 못가에는 한 작은 누각이 있고 푸른 발로 가렸다. 발 안에서 연주하는 소리가 낭랑하게 바깥까지 들려왔다. 그 소리는 맑고 밝았으며 그 가사는 아름답고 고왔다. 이에 귀를 기울여 조용히 들어보니, 대나무 속에서 소리가 나오는 듯했다. 대숲으로 나아가 살펴보니 완연히 연꽃잎 사이에서 소리가 흘러나오고 있었다. 다시 따라가 들어보니, 여운이 가녀리게 이어져 공중에 어려 구름과 안개 사이에 있는 듯했다. 생이 소매 속에서 옥피리를 뽑아 들고 화답하고서는 주모(主母)에게 청하였다.

"내가 비록 바다 같은 견문은 없으나 그렇다고〈110〉우물 같은 소견도 아니오. 이제 이 곡을 들으니 세상의 소리는 아니구려. 원컨대 그 여인을 한 번 보아 마음을 맑게 하고 귀를 씻고 싶소."

주모가 말하였다.

"내 딸은 손님 맞기를 좋아하지 않습니다. 번거로운 거동은 하지 마시기를 바랍니다."

그리고는 작은 누각에 가서 손님의 뜻으로 달랬다. 여자가 말했다.

"남녀 간에 분별이 있으니 평소에 친분이 없어 감히 상대하지 못하겠습니다."

주모가 나와 말을 전하자, 생이 바로 주렴 밖에 이르러 온화하게 말하였다.

"온 세상이 형제이고 호(胡)와 월(越)이 한 집안이니[57] 어찌 평소의 친분을 필요로 하겠습니까? 마침 뛰어난 음률에 감동함을 이기지 못하여 직접 모습을 대하고자 합니다. 이미 장막 뒤의 노래를 드러내었는데 어찌 거울 속의 모습을 아끼십니까?"

여자가 방안에서 대답하였다.

"저는 창기이고 군자는 귀족이시니 존비의 지위가 정해졌고, 남녀 간의 분별도 있으니 감히 보지 못할 뿐만 아니라 예의에도 마땅하지 않습니다. 청컨대 바르게 하십시오."

---

57) 호(胡)와 월(越)이 한 집안이니 : 북쪽의 호(胡)와 남쪽의 월(越)은 서로 멀리 떨어져 있으나 한 집안과 같음.

생이 그 말소리를 들으니 맑고 부드러워 해당화 아래에서 지저귀는
꾀꼬리 소리를 듣는 것 같고, 왕사(王謝)58)의 당(堂) 앞에서 지저귀는
제비 소리를 대하는 것 같아서 마음이 치달려 뛰어 들어가고 싶지만,
화를 낼까 걱정되어 이렇게 말하였다.

"소학사(蘇學士)59)와 왕진경(王晉卿)60)이 어찌 예로써 맞이하는 법을
배우지 않았겠으며, 금조(琴操)61)와 춘앵(春鶯)62)이 어찌 평온하고 고
요한 태도를 몰랐겠습니까? 비록 그러하나 한 번 만난 자리에서 대번에
좋아하게 되었습니다. 두란(杜蘭)이 장석(張碩)을 대하고63) 문군(文君)
이 마경(馬卿)을 대한 것64)에는, 처음에 기뻐 위로했다는 말은 있으나
〈111〉끝내 잊었다는 말은 없습니다. 이제 낭자의 말을 들으니, 딱 잘
라버려 중매할 게 없고 매서워서 범하기 어렵군요. 멀리서 온 나그네로

---

58) 왕사(王謝) : 진(晉) 나라 때 왕씨(王氏)와 사씨(謝氏) 귀족(貴族)들이 살던 오의항(烏
衣巷)에 제비가 많았다고 한다. 당나라 유우석(劉禹錫)의 시 〈오의항(烏衣巷)〉에, "옛날
왕씨와 사씨 당 앞의 제비가, 일반 백성 집에 날아드는구나.[舊時王謝堂前燕, 飛入尋常百
姓家]"라는 구절이 있다.
59) 소학사(蘇學士) : 소식(蘇軾). 송나라 철종 때 중서사인(中書舍人)과 한림학사겸시독(翰
林學士兼侍讀)에 올랐다.
60) 왕진경(王晉卿) : 왕선(王詵). 진경(晉卿)은 자(字). 소식과 친구이며 당적(黨籍)을 이유
로 유배되었다.
61) 금조(琴操) : 항주의 가기(歌伎). 소동파가 지기(知己)로 여겼다. 소동파와 시를 주고 받
았는데 "문 앞이 쓸쓸하니 거마가 없으니, 늙어 시집가서 상인의 부인 되리라[門前冷落車馬
稀, 老大嫁作商人婦]"는 구절을 듣고는 삭발하고 비구니가 되었다고 한다. 『서호유람지(西
湖遊覽志)』.
62) 춘앵(春鶯) : 전춘앵(囀春鶯). 왕진경의 가희(歌姬). 진경이 유배되었을 때 가희는 밀현
(密縣) 사람의 차지가 되었는데, 진경이 여음(汝陰)으로 가는 도중에 노래 소리를 듣고는
전춘앵임을 알아보았다고 한다. 『역대시화(歷代詩話)』 권6.
63) 두란(杜蘭)이 장석(張碩)을 대하고 : 한나라 때 선녀 두란향(杜蘭香)이 장석에게 시집을
왔다고 한다. 『수신기(搜神記)』.
64) 문군(文君)이 마경(馬卿)을 대한 것 : 한나라 탁문군(卓文君)이 과부가 되어 집에 와 있을
때 사마상여(司馬相如)가 문군의 부친 탁왕손(卓王孫)의 초청으로 잔치에 갔다가 거문고를
타며 탁문군의 마음을 돋우었다. 탁문군이 거문고 소리에 반하여 밤중에 집을 빠져 나와
사마상여의 집으로 가서 아내가 되었다.

하여금 한을 품고 헛되이 돌아가게 하면, 옛 사람의 너그럽고 유순한 덕과는 거리가 멀지요."

여자는 듣고 말이 없었다. 잠시 후 물었다.

"공자께서도 피리를 잘 부시니, 저를 보고자 한 것은 다른 뜻이 아니라 그 소리 때문이시겠지요. 그렇다면 이른바 음률이란 것을 아십니까?"

생이 답하였다.

"여사(餘事)일 따름입니다."

여자가 말했다.

"조금 전에 연주할 때 그 음악을 들으셨습니까?"

"들었습니다."

"그렇다면 그 곡명과 가사의 뜻을 아시는지 모르겠군요."

생이 곡명에 대해서는 비록 잘 모르나 말 없음을 꺼려 일단 추측으로 대답하였다.

"처음에 그 소리를 들었을 땐 낭랑하게 공중에 있다가 잠시 후 마치 팔방에서 모여드는 것 같고, 끝날 때는 위로 흰 구름에 부딪쳐 여운이 계속 들려[嗷嗷] 허공에서 끊어질 듯 이어졌습니다. 노래하니 신선을 부르는 소리 같고, 화답하니 손님을 보내는 노래 같아서, 진실로 수선(水仙)이 와서 춤추고 동빈(洞賓)[65]이 즐기며 노래를 부른 것이 아니라면 이와 같을 수는 없을 것입니다. 그 뜻은 비록 상세하지 않으나 그 이름은 곧 '동선사(洞仙詞)'가 마땅할 것입니다."

여자가 문득 문을 열고 그를 맞이하여 절하고 말했다.

"고명하신 생각은 타인이 미치지 못할 바입니다. 아! 사곡(詞曲)이 연

---

65) 동빈(洞賓) : 여동빈(呂洞賓). 팔선인(八仙人) 가운데 한 명. 이름은 암(嵒 또는 巖). 동빈은 자(字). 호는 순양자(純陽子). 황소(黃巢)의 난 때 종남산(終南山)으로 들어간 뒤 행방이 묘연해졌는데, 신선이 되어 바람을 타고 세상을 돌아다닌다는 이야기가 전한다. 100여 살이 되어도 동안이었고 걸음을 걸으면 경각에 수백 리를 갔다고 한다.

주된 지 오래되었고 동선사(洞仙詞) 또한《112》세상에 익숙한 것이 아닙니다. 저는 8살부터 악장(樂章)[66]을 익혀서 그 뜻을 깊이 헤아리고 오묘함을 터득하고 나서는 그 이름난 음악에 더할 것이 없음을 알게 되었습니다. 그러나 세상에 사광(師曠)[67]이 없으니 누가 그것을 알겠습니까? 이제 지음(知音)을 만났으니, 〈백설(白雪)〉과 〈양춘(陽春)〉[68]을 화답할 수 있게 되었습니다. 존군(尊君)께서 밝게 들어 주시렵니까? 그럼 제가 연주해 보죠."

하고, 거문고를 끌어다 연주하였다.

생이 그 음(音)을 들으니 더욱 빼어난, 진정 신선의 소리였다. 생이 이미 그 자색을 본 다음에는 마음이 소리에 있지 않아 계속 눈길을 보내어 그 태도를 자세히 살폈다. 푸른 달이 처음 나온 듯, 가녀린 구름이 자취 없는 듯, 붉은 국화가 처음 핀 듯, 상서로운 노을이 짙어가는 듯, 먼 산봉우리 푸른 연기는 늘어진 귀밑머리 아래에서 푸르고, 은하수 같은 추파(秋波)는 눈썹 아래서 빛났다. 바람 온화하고 날 따뜻하여 버들이 어여쁘고 매화가 교태롭듯, 온갖 아름다운 모습이 사랑스럽고 갖은 자태가 우아한 것이 진정 이른바 국색천향(國色天香)[69]이었다. 생은 '대장부로 이 여자를 얻지 못하면 태어나지 않은 것만 못하다'고 생각하며 물었다.

"이왕 대면하게 되었는데 아직 이름과 나이를 모르니, 될 말이오?"

여인이 뎅그렁 거문고를 내려놓으며 대답하였다.

"나이는 스물이고 이름은 '초대(楚臺)'입니다. 제가 동선사(洞仙詞)를 잘 하기에 사람들이 자(字)를 '동선(洞仙)'이라 부릅니다."

---

66) 악장(樂章) : 나라의 제전(祭典)이나 연례(宴禮)와 같은 공식 행사 때 쓰는 궁중 음악.
67) 사광(師曠) : 춘추시대 진(晉)나라의 음악가로, 소리를 들으면 잘 분별하였다.
68) 〈백설(白雪)〉과 〈양춘(陽春)〉 : 전국시대 초(楚)의 고상하고 난해한 가곡 이름.
69) 국색천향(國色天香) : 모란을 가리키는데, 천하제일의 미인을 뜻한다.

저녁이 되어 생에게 돌아가라고 하였으나, 생은 머뭇거리며 떠나지 않았다. 동선이 말하였다.

"제가 손님을 뵌 것까지는 예에 어긋나지 않습니다.〈113〉모쪼록 몸을 삼가 부끄러움을 취하지 마십시오."

생은 부득이 나와서는 그 주모에게 말하였다.

"동선을 얻지 못하면 이 집의 귀신이 되리다. 제발 바라니, 나를 위해 잘 좀 말해 주시오."

주모가 밤에 여자의 처소에 가서 말하였다.

"너는 15세 이후로 사람들과 즐기면서 외로이 자 본 적이 없지. 그런데 요 몇 년 사이에는 하늘이 짝을 명하지 않으셔서 봄날을 그저 보내니, 내가 매우 슬프구나. 지금 저 낭군은 풍모가 높이 빼어나며 재주가 매우 뛰어나니, 소위 사내 중의 진정한 사내다. 너는 미인 중의 진정한 미인이지. 오직 한스러운 것은 만남이 늦었다는 것이지. 천풍(天風)이 돛을 불고 하백(河伯, 물의 신)이 노를 저었으니, 사람의 힘으로 할 수 있는 바가 아니란다. 잘 생각해 보렴."

동선이 말하였다.

"아, 정사(情事)라는 것은 사람마다 있는 일이니 저라고 어찌 목석 같겠습니까? 생각해 보건대, 이전에 벌써 여러 사람을 겪었으나 하늘이 방편을 주지 않고 일에도 걸림돌이 많아 만나는 족족 헤어져 해로하지 못하였습니다. 이미 몸을 허락한 어리석음이 있어 결국 돌이킬 수 없는 후회를 하게 되었습니다. 지나간 허물을 지금 한탄하는데, 한탄하는 것만으로는 부족하여 비탄으로 이어지니 어찌 끝까지 어리석게 하겠습니까? 다시는 전철을 밟지 않겠습니다. 몸은 천한 곳에 매어 있고 명도 기박한데, 여전히 뉘우치지 않고 다시 타인과 환락한다면, 이미 천한 몸이 이로써 더욱 천해지고, 이미 낮아진 절개가 이로써 더욱 낮아질 것입니다.

아!⟨114⟩장신궁(長信宮)70)의 봄풀은 부질없이 푸르고, 연자루(燕子樓)71) 꼭대기의 새벽달은 헛되이 비추니, 홍안박명은 예로부터 있던 일입니다. 차가운 베개에 외로이 잠드는 건 저 뿐만이 아닙니다. 창가의 매화가 붉은 빛을 토하면 봄인 줄 알고, 계단에 단풍잎이 날리면 가을임을 깨닫지요. 빈 방의 문을 닫고 암연히 근심이 일면 무릎 위 거문고를 놓아 손길 가는 대로 정취를 보내고, 외로운 등불이 깜박이는 중에 근심스레 잠 못 이루면 책상 위의 시편을 모두 읊을 만하답니다. 세상 정을 모두 잊고 인간사의 일을 영영 사양하며 고요히 풍류를 누리는 것도 한 즐거움이었는데, 하늘이 나를 헤아려 주지 않아 이런 말이 있게 하였습니다. 어리석은 제가 헤아리는 것은 이 같을 뿐입니다."

말을 마치고 이불을 끌어당겨 누웠다. 생이 몰래 창 아래로 가서 그 말을 모두 듣고는, 나와서 마음이 편하지 않았다. 밤 깊도록 팔을 베고 있을 때, 홀연히 황색 두건에 푸른 옷을 입은 사람이 생을 불러 말하였다.

"동빈(洞賓)아! 동빈아! 동선(洞仙)을 만났으니 삼생의 좋은 인연이로다."

꿈에서 깨어나 이상하게 여겨, 앉은 채 아침을 기다렸다가, 곧장 동선에게 가서 말하였다.

"꿈이 이러하니 삼생의 좋은 인연입니다. 비록 그렇다고는 해도 나를 동빈이라 이른 것은 그 뜻을 잘 알지 못하겠습니다. 낭자가 해몽해 보시지요."

동선이 듣고 경탄하여 말하였다.

"저도 또한 이런 꿈을 꾸었으니, 과연 황색 두건을 쓰고 청색 옷을 입은 사람이 첩에게 말하기를, '너는 서문씨(西門氏)를 모르느냐? 옥동

---

70) 장신궁(長信宮) : 한나라 때 장락궁 안에 있던 궁전. 주로 태후가 살았다. 한나라 성제 때의 후궁 반첩여(班婕妤)는 황제의 총애가 조비연(趙飛燕)에게로 옮겨 가자 참소 당하여 장신궁으로 물러가 태후를 모시게 되었다.

71) 연자루(燕子樓) : 당나라 정원(貞元) 연간에 장건봉(張建封)의 애첩이었던 관반반(關盼盼)의 처소. 장건봉이 죽자 관반반은 이곳에서 홀로 지냈다.

(玉洞)[72] 여선(呂仙, 여동빈)의 영혼이 만세산(萬歲山)으로 옮겨 가 〈115〉 서문적(西門勣)을 낳았으니 이 사람이 바로 동빈이라. 너는 본래 환공(桓公)의 딸이자 옥동(玉洞) 선녀로서 상(床)에 기대어 피리를 불다가 별곡(別曲)을 그르치는 바람에 바다 가운데로 쫓겨 와 지금 수백 년이 되었다. 이에 기생으로 태어나 특별히 괴로움을 겪게 하여 전세의 죄과를 대신하고, 십여 년이 지나면 마땅히 복된 땅에 들 것이니 서문씨를 버리지 말라.' 하였습니다. 진실로 이와 같다면 좋은 인연이 아니겠습니까? 지금 생각해 보니 사람들이 나를 동선이라 부르는 것도 거의 하늘이 준 것입니다."

생이 이 말을 듣고 만세산에서 잉태하였다는 이야기를 이상하게 생각하며 급히 보따리의 작은 상자를 뒤져 전에 지었던 시를 꺼내 보여주니 동선이 더욱 기이하게 여겨 말하였다.

"시 구절이 '만세산 높이 몇 천 길인가'에서부터 '미인을 안고 함께 농을 주고 받네'에 이르기까지가 매우 이 일에 부합하고, 낙구(落句)에, '곡이 끝나 손잡고 떠나니, 인간 세계 끝내 어떠한가?'라고 했으니, 이는 또한 마땅히 복된 땅으로 들어간다는 조짐입니다. 단 기생으로 태어나 10년 동안 심한 괴로움을 겪는다고 했으니, 그 사이에 환란과 헤어지는 고난이 있을 것입니다. 그러나 신들이 소리 없이 도와주고 길조가 이미 드러났으니, 지금 이후로는 당신과 더불어 하나가 될 것입니다. 저를 추하게 여기지 마십시오!"

해가 지도록 이야기하며 어느새 마음이 풀려 서로 동침하게 되니 그 즐거움이 움켜쥘 듯이 생생하였다. 날이 밝자 복숭아·자두처럼 새벽 화장을 시작하고〈116〉부용(芙蓉, 연꽃)처럼 새벽 옷차림을 가지런히 하며, 화장갑을 열어 곱게 화장하고 화려한 병풍에 의지해 단정히 앉으

---

72) 옥동(玉洞) : 신선이나 은자(隱者)가 산다고 하는 곳.

니, 거울처럼 맑은 눈동자, 꽃 그림자 같은 가녀린 몸매, 푸른 하늘 고운 구름 같은 머리, 달처럼 동그란 얼굴이었으니, 꽃 같은 자태는 아름다움을 더했고 어여쁜 모습은 새로움을 더하였다. 화란(和鸞)[73] 한 곡(曲)에 떨어진 매화가 다시 봄빛을 띠고, 회진(會眞)[74] 3장(章)에 고운 까치가 날아드는 것 같았다. 생이 취한 듯 홀린 듯 마음 가는 대로 즐기며 장난삼아 말하였다.

"동빈이 아니라면 어찌 동선을 얻을 수 있으리오?"

하니, 대답하기를,

"동선이 아니라면 어찌 동빈을 얻을 수 있으리오?"

하였다. 시비 소진(小眞)에게 명하여 음식을 갖추어 오게 하니, 곧 하엽반(荷葉盤, 연잎 모양의 소반)에 금귤과 죽순을 담고 계화준(桂花樽, 월계수 꽃 무늬 술동이)에 귀하고 향기로운 술을 내왔다. 더불어 그 즐거움을 다하니 생(生)이 술기운에 매우 즐거워 옥피리로 거문고 줄을 두드리며 말하였다.

"운우(雲雨)의 정을 나누던 고당(高唐)의 만남[75]을 내가 얻었고, 가희(歌姬) 옥소선(玉簫仙)의 인연[76]을 낭자가 얻었습니다. 월로(月老)[77]가

---

73) 화란(和鸞) : 수레에 다는 방울. 수레 앞의 횡목(橫木)에 거는 것을 '화(和)'라 하고, 멍에의 앞, 혹은 수레의 시렁 위에 거는 것을 '란(鸞)'이라 한다. 『시경』 「소아(小雅)」 〈요소(蓼蕭)〉에 "방울들이 가벼이 울리니, 만복이 함께 모이도다(和鸞雝雝, 萬福攸同)."라 하였다.

74) 회진(會眞): 진인(眞人) 곧 신선을 만난다는 뜻의 노래.

75) 운우(雲雨)의 정을 나누던 고당(高唐)의 만남 : 초(楚) 회왕(懷王)이 고당(高堂)의 관(館)에서 무산(巫山)의 여신을 만나 하룻밤을 보냈다는 이야기. 초나라 송옥(宋玉)의 〈고당부(高唐賦)〉.

76) 가희(歌姬) 옥소선(玉簫仙)의 인연 : 당(唐) 범계(范溪)가 지은 『운계우의(雲溪友議)』에 전하는 이야기. 당나라 서천절도사(西川節度使) 위고(韋皋)와 옥소(玉簫)가 사랑을 나누다 서로 헤어지게 되었다. 위고가 기약한 7년이 지나도록 돌아오지 않자 옥소가 음식을 끊고 죽게 되었다. 13년 후 옥소가 환생하여 어느 집안의 가희(歌姬)로 지내다가 위고를 찾아와 그를 모시게 되었다.

77) 월로(月老) : 월하노인(月下老人). 남녀의 인연을 맺어준다는 신선.

정해준 아름다운 약속을 찾아서 소상(瀟湘)[78]에서 맺었던 옛 약속을 지키는 것은 낭자가 나만 못하고, 육몽(六夢)[79]의 경사스러운 징조에 감동하여 삼생(三生)의 좋은 만남을 허락한 것은 내가 낭자만 못합니다. 두 사람이 마음이 통해 이미 하나로 합하였으니, 평생 동안 비록 서로 헤어지고자 한들 그리 되지 않을 것입니다."

동선이 말하였다.

"군자의 말씀을 받자오니 첩의 생각은 더 많아집니다. 하룻밤의 영험한 꿈으로 재생의 인연을 맺은 것은 정말 극히 아름다운 일입니다. 〈117〉사람의 마음은 삼 일 가고 소식은 천 리를 가는 것이니, 그 또한 걱정이 됩니다."

생이 말하였다.

"이제야 풍류에 이르렀는데 벌써 소원해질 것을 생각하고 있구려. 흥이 어찌 갑자기 사라지고, 슬픔이 어찌 갑자기 오는 것이오?"

동선이 옷깃을 여미고 얼굴빛을 고쳐 말하였다.

"손으로는 아름다운 여인을 끌어당기고 귀로는 흔치 않은 소리를 들어 마음이 즐기는 바를 다하고 만남을 따라 편안히 지내는 것이 남자들이 일삼는 일이지요. 몸을 허락하니 뜻이 엮이게 되어, 그리움에 사무쳐 생각이 줄달음치고 두근두근 설레는 마음이 일어나는 것은 여자의 일상적인 정입니다. 생각해 보니 지난날 독수공방에 마음이 나뉘지 않

---

78) 소상(瀟湘) : 순(舜)임금이 창오(蒼梧)에서 죽자 아황(娥皇)과 여영(女英)이 소상강 가에서 자결하였다. 그들의 눈물이 강가의 대나무에 뿌려져 얼룩진 소상반죽(瀟湘斑竹)이 되었다고 한다.
79) 육몽(六夢) : 『주례(周禮)』「춘관(春官)」〈점몽(占夢)〉에, "점몽관(占夢官)은 세시(歲時)를 관장하는데, 천지의 운행을 관찰하고 음양의 기운을 분별하여 일월성신으로 육몽의 길흉을 점친다. 육몽이란, 일상적으로 편안하게 꾸는 정몽(正夢), 놀란 나머지 꾸는 악몽(噩夢), 평소 그리워하던 것이 꿈으로 나타나는 사몽(思夢), 낮에 있었던 일이 꿈으로 나타나는 오몽(寤夢), 기쁜 나머지 꾸는 희몽(喜夢), 두려운 나머지 꾸는 구몽(懼夢)이다."라고 하였다. 여기에서는 본뜻과는 달리 좋은 징조라는 의미로 사용되었다.

앉고 정은 한결같아서, 거리에 해가 질 때도 손님을 맞아들이는 기쁨이
없었는데 강가에 가랑비 내릴 때 어찌 이별의 수심이 있었겠습니까?
뜻밖에 지금에 와서 탁문군(卓文君)의 거문고가 뜻을 전하고[80] 장자
(莊子)의 나비가 중매를 서, 봉래산의 아름다운 기약을 돌이키고 위당
(渭塘)의 기이한 만남[81]을 그대로 행하는 듯합니다. 지금 마음속에서
는 백 가지 생각이 소용돌이치고 침상 밑에는 천 가지 수심이 아울러
숨어 있습니다. 슬픔과 즐거움은 본래 덧없는 것이니, 모이고 흩어짐에
마땅히 때가 있습니다. 쌍리(雙鯉)[82]가 무정하여 동으로 흐르는 물에
애를 끊고[83] 청조(靑鳥)가 약속을 지키지 않아 북으로 가는 구름[84]에
상심할 것입니다. 즐거움이 반대로 근심이 되리라고 누가 알겠어요?
묵묵히 생각해 보니 기쁨이 돌연 슬픔으로 바뀌는군요.”
　생이 안색을 바꾸며 말했다.
　“대장부가 어찌 한 미인에게 온갖〈118〉근심이 생기게 하겠는가?”
　이로부터 깊이 빠져 돌아갈 계획을 잊어버리고 말았다. 어느덧 세월

---

80) 탁문군(卓文君)의 거문고가 뜻을 전하고 : 전한(前漢)의 문인으로 시를 잘 지은 사마상여
　　는 관직에서 물러나 대부호 탁왕손(卓王孫)이 베푸는 연회에 초대를 받았다. 연회에서 사마
　　상여의 거문고 타는 소리를 듣고 탁왕손의 딸 탁문군이 사마상여를 사모하게 되었다. 이후
　　집안의 반대로 둘은 야반도주하여 주막을 차리고 살다가 한 무제의 부름을 입어 부귀영화를
　　누리며 살게 되었다.
81) 위당(渭塘)의 기이한 만남 : 『전등신화(剪燈新話)』 〈위당기우기(渭塘奇遇記)〉를 가리키
　　는 듯하다. 왕(王)이란 사람이 꿈속에서 만났던 여인과 다시 만나 결혼하게 되었다는 이야
　　기이다.
82) 쌍리(雙鯉) : 편지. 멀리서 보내 온 두 마리의 잉어 뱃속에 편지가 들어 있었다는 고사에서
　　나온 말로 서신(書信)을 의미한다. 쌍어(雙魚), 또는 이소(鯉素)라고도 한다.
83) 동으로 흐르는 물에 애를 끊고 : 이백(李白)의 〈양양가(襄陽歌)〉에 ‘강물은 동으로 흐르고
　　원숭이 밤에 울며[江水東流猿夜聲]’라는 구절이 있다. 훗날 송(宋)의 소식(蘇軾)이 〈염노
　　교(念奴嬌)〉의 첫 구절에서 “장강은 동쪽으로 흐르네, 파도 속에 천고의 풍류로운 인물들을
　　다 집어 삼키고.[大江東去, 浪淘盡, 千古風流人物.]”라고 표현하여 유명해졌으며, ‘大江東
　　去’는 “세월의 흐름”을 의미하는 대명사가 되었다.
84) 북으로 가는 구름 : 소식을 전하는 새는 기러기. 항주는 변경의 남쪽에 있기 때문에 나온
　　말이다.

이 흘러갔다. 장생과 최생은 생이 떠나지 못할 줄 알고 먼저 떠난다고
알렸다.

생이 말했다.

"자네들은 잘 돌아가시게. 봄바람에 취한 나그네도 조만간 갈 것이네."

두 사람이 먼저 돌아갔다.

동선이 생에게 말했다.

"대부인께서 고당(高堂)85)에 계시고 소군(小君, 부인)께서도 외로이
등잔불을 지키고 있다고 들었습니다. 지금 군자께서 멀리 유람하매 소
식이 끊겨 위로는 부모님께 심려를 끼쳐드리고86) 아래로는 병(瓶)을
끌어당기는 원망 생기게 하였습니다.87) 자식이 되어 혼정신성(昏定晨
省)88)의 예를 어찌 차마 오래 폐할 수 있겠습니까? 지아비가 되어 어찌
조강지처에 대한 의리를 길이 막을 수 있겠습니까? 노와 바람에 의지하
여 빨리 돌아가서, 만 리에 계신 부모님을 받들고 발 안의 아름다운
부인을 보세요. 첩은 마땅히 죽음으로써 수절하여 훗날을 기다리겠어
요. 다만 아름다운 기약이 멀어지는 일이 없기를 바랄 뿐입니다."

생이 주저하면서 결정하지 못하고 또 열흘을 보냈다. 동선이 다시금
격언(格言)을 말하여, 돌아가 부모님을 뵙도록 하였다.

생이 집에 도착하자 온 집안이 몹시 기뻐하였다. 한 달 남짓 지내다
가, 부인[어머니]과 소군에게 심사를 죄다 말하고 동선을 다시 찾기로

---

85) 고당(高堂) : '남의 집'의 높임말.

86) 지금 군자께서~심려를 끼쳐드리고 : 문에 기대어[倚閭] 밖에 나간 자식들을 안타깝게
   기다리는 어버이의 심정. 『전국책』「제책(齊策)」.

87) 원망~하였습니다 : 당나라 백거이(白居易)의 〈정저인은병(井底引銀瓶)〉 악부(樂府)
   에 "우물 밑 은병을 끌어당기니, 은병은 올라오려하나 하나 끈이 끊어지네[井底引銀瓶,
   銀瓶欲上絲繩絕]"라는 구절이 있다. 몰래한 사랑 때문에 여자가 신세를 망치게 되는 내용
   을 담고 있다.

88) 혼정신성(昏定晨省) : 저녁에는 잠자리를 보아 드리고 아침에는 문안을 드린다는 뜻으
   로, 아침저녁으로 자식이 부모의 안부를 물어서 살피는 것.

기약하였다.

문득 선덕문(宣德門)에서 나오는 장만부(張萬夫)를 만났는데, 그가 말하였다.

"여진(女眞)의 사신이 가죽상자를 싣고 대궐 아래에 도착하였는데, 열어 보니 바로 요(遼)나라 사람의 머리였다네. 그 속내는 알 수가 없고, 다만 온 서울 안이 흉흉하여〈119〉모두 사방으로 달아나려 한다네."

생이 떠나려다가 멈추고서 주저한 지 며칠 되었는데, 갑자기 갑옷을 입은 수천 명이 밤에 성문을 치니, 그 소리가 천둥 같았다. 급히 일어나 살펴보니, 임금의 수레가 빠져나와 질풍처럼 서호(西湖)로 향하고 있었다. 날이 밝은 후, 천병만마(千兵萬馬)가 장안을 짓밟으니, 소리는 천지를 진동시키고 화염이 사방에 가득했다. 성안 백성들은 고꾸라져 죽은 사람이 만여 명을 헤아렸다. 생은 가족을 이끌고 도망쳐 동해의 섬에 들어갔다. 도적들은 이미 변경(汴京)을 차지하였고 천자는 남쪽으로 피난하였다. 행재소(行在所)[89]에서 낸 조서는 다음과 같다.

서주·항주 등은 나라의 중요한 곳이니 잃을 수 없다. 특별히 선무사(宣撫使)[90]를 두고 사람들을 다독여 흩어지지 않도록 하라.

그래서 선무사가 항주 땅에 주둔하게 되었다. 이즈음 여진은 천자가 멀리 떨어져 있어서 좇아갈 수가 없었기에 거짓으로 강화를 맺고자 하였다. 조정에서는 결국 폐백과 사명(辭命)[91] 등의 일을 오로지 선무사에게 맡겨 처리하게 했다. 이에 선무사는 문무(文武)와 언변을 고루 갖춘 자를 얻어 함께 하고자 몹시 애타게 찾았다.

---

89) 행재소(行在所) : 임금이 순행 중에 일시 머무는 곳.
90) 선무사(宣撫使) : 재해나 병란이 있을 때에 백성을 안무하기 위하여 파견하던 사신, 또는 그 벼슬.
91) 사명(辭命) : 사신이 명령을 받들어 외교무대에서 응대하는 말. 사명(司命).

동선은 이때 집에 있으면서 처음 먹었던 마음을 굳게 지키고 있었는데, 생각지도 않게 난리를 만난 데다 길이 통하지 않아 피차간에 생사를 서로 알지 못하여 슬피 울며 부르짖었다. 비통해하면서 날을 보내던 중 생각하였다.

'낭군은 변경 사람인데, 변경 사람들이 죽은 것을 헤아릴 수가 없으니 혼자 무사할지 어찌 알겠는가?〈120〉살았는지 죽었는지 끝내 자세히 알 수는 없겠구나.'

곰곰이 생각할 즈음, 선무사가 급히 인재를 구한다는 것을 들었다. 이에 어린아이 모양으로 변복하여 원문(轅門)92)에 나아가 두드리며 말하였다.

"장군을 만나 뵙고 한 가지 계책을 드리고자 합니다."

문지기가 들어가 고하자, 선무사는 동선을 불러들였다. 동선이 당 아래에서 인사[揖]하고 말하였다.

"장군께서는 사명(辭命)을 맡을 사람을 얻어 함께 여진에 갈 계획이 있다 하시던데, 이미 얻으셨습니까?"

"아직이다."

동선이 말하였다.

"제가 변경에 있을 때 서문적(西門勣)을 알게 되었는데, 옛날에 항주자사(刺使)였던 서문감(西門鬫)의 후예입니다. 본래 장군의 후손인데 숨어 산 것이 오래되었습니다. 지금 분명 도망쳐 북쪽 산악에 숨었을 것이요 거기가 아니면 동쪽 바다에 숨었을 것이니, 원컨대 물색하시어 구하십시오."

선무사가 기뻐하며 급히 밀정 백여 명을 보내어 동해에서 찾아오도록 하였다. 이어 묻기를,

---

92) 원문(轅門) : 영문(營門). 수레로 우리처럼 만들고, 그 드나드는 곳에는 수레를 뒤집어 놓아 수레의 끌채를 서로 향하게 하여 만들었던 데서 유래함.

"너는 어떤 사람이기에 능히 일의 형편을 헤아리는가?"

하니, 대답하였다.

"남을 천거하는 데는 밝으나 자신을 아는 데는 어둡습니다."

막하에 부장(部將) 안기(安琦)라는 사람이 있어 유심히 보고는 말하였다.

"네 말투와 행동거지를 보건대, 여인이 아닌가? 군문(軍門)에 들어온 것은 옳지 않다."

대답하기를,

"옛날 뛰어난 장군은 처첩(妻妾)으로 군대를 편성했고,93) 옛날 현숙한 왕비는 격언으로 아뢰었습니다. 지금 저는 싸움터에 나갈 용기는 없지만 계책을 아뢸 혀는 가지고 있습니다."

하고 이내 밖으로 나갔다. 안기는 사랑할 만하다 생각하고 눈길을 보내며 뜻을 두었다.

서문생은〈121〉난리가 난 이래로 동해에 칩거하였는데, 부질없이 옛정을 품은 채 계속 눈물을 흘렸다. 항상 높은 언덕에 올라 멀리 바라보았지만 세상은 온통 뒤집혀 있었고, 산과 바다가 아득하니 편지를 써서 생사를 자세히 밝히고자 하나 도적들이 날뛰어 길이 끊겨 있었다. 그저 여인[驚鴻]94)에 대한 꿈만 꾸고 부질없이 애달픈[聞猿]95) 눈물을 흩뿌릴 뿐이었다. 답답한 마음에 가슴이 막혀 침식을 폐한 지 오래되었

---

93) 오나라 왕 합려(闔閭)가 궁녀 180명을 손무(孫武)에게 주면서 병사로 훈련시켜보라고 하자 합려가 아끼는 두 궁녀를 양 진영의 대장으로 삼아 훈련시킨 일이 있고, 제나라 전단 (田單)이 연나라와 싸울 때 자신의 처첩을 대오에 편입시킨 일이 있다.

94) 여인[驚鴻] : 삼국 시대 위(魏)나라 조식(曹植)의 〈낙신부(洛神賦)〉에서 하수(河水)의 여신(女神)을 묘사하기를 "경쾌한 모습이 마치 놀라서 날아오르는 기러기 같다[翩若驚鴻]"고 하였는데 이는 미인의 사뿐한 몸매와 고운 자태를 비유한다. 또 송(宋)나라 육유(陸游)의 〈심원(沈園)〉이라는 시는 40여 년을 잊지 못한 여인에 대한 그리움을 담은 시로 "놀란 기러기 그림자 비춰 날아옴과 같구나.[猶是驚鴻照影來.]"라는 구절이 있다.

95) 애달픈[聞猿] : 사천(四川)의 무협(巫峽)에 원숭이가 많이 사는데 그 울음소리가 매우 슬프고 처량하다고 한 데서, 처량한 정서를 표현할 때 원숭이 소리에 빗대곤 한다.

는데, 마침 밀정이 이르러 그를 찾아 편지를 주면서 급히 항주로 오도록 하였다. 생이 본래 그곳으로 향하고자 하였으나 다만 난리 중이라 떠날 채비를 할 수 없던 차에 선무사의 명을 받들어 비룡 같은 말을 타고 용맹한 군사들의 호위를 받아 험준한 곳을 넘고 먼 길을 달려가니, 의기가 용솟음치고 도적을 만나더라도 해를 입지 않았다.

항주에 이르러 장군과 더불어 이야기하니, 장군이 크게 기뻐하여 말했다.

"진실로 너의 집안 유풍이 있구나."

다음 날 저쪽[여진]으로 갈 것을 기약했다. 생이 마음속으로, '나와 장군은 평소에 면식이 없었는데 편지를 보내어 찾으니 실로 괴이하다.'라고 여겼다. 별관(別館)에 나아가니 안기가 짝이 되었는데, 어린아이가 천거했다고 연유를 알려 주었다. 생이 듣고 동선임을 알고서는 그녀가 살아있음에 기뻐하였다. 또 그 뜻에 감동하여 마음속으로 말하였다.

'만 리에 서로 막혀 생사를 알지 못한 지가 벌써〈122〉삼 년에 이르렀다. 이러한 계획을 세워 그저 생사를 알고 한 번 보기를 바란 것이구나. 그 정을 알 만하고 그 뜻이 가련하다. 비록 그러하나 군령이 엄해 서로 볼 수 없구나. 이 마음을 장차 어찌할꼬?'

안기가 평소에 식견이 있어 타인의 마음을 잘 알아차렸기에 자못 생을 의심했다. 한밤중에 온 군막이 곯아떨어지니 생이 그리움을 이기지 못하고 몰래 가 보려고 하였다. 일어나 둘러보니 안팎의 위병들이 보초를 서면서 졸고 있었다. 막사[錦幕]가 첩첩이 늘어서 있었으며 돌담이 가파르게 높았다. 이에 장대 몇 개를 골라내어서는 막사 뒤로 나가니 둘러싼 장막이 모두 십여 겹 정도 되었다. 그 끝에는 모두 큰 방울이 달려 있어서 손만 대어도 소리를 내었다. 또 대검과 장창이 엇갈려 세워져 있어서 건드리면 해를 입을 것 같았다. 그래서 옷 솜을 빼 매번 방울 틈을 메우고 가죽옷을 껴입어 창칼에 대비하고서 담장 밑에 이르러 장대를 세워 넘었는데, 담밖에 또 순찰병들이 겹겹이 순찰을 돌고 있었다. 그래서 빈틈을 노려 빠져 나왔는데, 길을 잘 알 수 없었다. 곧 장 남대문으로 가서 돌아들어 비로소 동선의 집에 이르렀는데 촛불 그림자가 발에 어른거렸다. 생이 배회하다 문 두드리는 소리를 내자 소리가 끝나기도 전에 안에서 급히 나와 그를 맞으니, 곧 동선이었다.

그를 이끌고 방에 들어가 얼굴을 마주 대하니 다만 눈물만 비 오듯 하고〈123〉조수가 밀려오듯 목이 메어 한 마디 말도 할 수 없었다. 얼마 후 동선은 생에게 부탁하였다.

"빨리 돌아가십시오! 듣자 하니, 군법에 밤에 드나드는 자는 즉시 베어버린다고 합니다. 빨리 돌아가세요! 살아계신 것을 알았고 게다가 얼굴까지 뵈었으니 만 번 죽어도 아깝지 않습니다."

즉시 상 위의 술을 가져다 큰 잔으로 권하며 말하였다.

"빨리 돌아가세요!"

생은 말하려 하였지만 할 수 없었으며, 떠나려 하였지만 떠날 수 없었다. 동선이 억지로 그를 일으켜 문 밖으로 떠밀고는 침소로 돌아와 보니, 그가 앉았던 흔적이 자리에 남아 있는 듯하였고, 밖에선 발자국 소리가 들리는 듯하였다. 아쉬운 마음을 금할 수 없어, 이내 편지 한 장을 써 지니고서 때를 기다렸다.

생이 부중(府中)으로 돌아오니, 홀로 깨어있던 안기가 물었다.

"무슨 일인가?"

"뒤보고 왔소."

안기는 속으로 눈치를 채고 생을 시기하는 마음을 품게 되었다.

다음 날 선무사가 길을 나서자 객들이 따라 나섰다. 생은 맨 뒤에 있었는데, 길가에 있던 어린아이가 생에게 말하였다.

"아버지께서 청성(靑城)에 계신데, 전란이 발생한 이래 안부를 알 수 없어 편지라도 보내고 싶습니다만 인편이 없는 게 한(恨)입니다. 생각

건대 화사(華使)⁹⁶)님은 그곳에 가실 터이니, 혹시 서찰을 전해주시고
살아 계신지 살펴 주신다면 살아서는 목을 바칠 것이오, 죽으면 결초보
은하겠습니다."

그러고서 아이가 편지를 내밀자, 생이 소매에 넣었다. 저녁에 우정
(郵亭)⁹⁷)에 이르러 촛불을 밝히고 편지를 읽었다

　박명한 첩 초대(楚臺, 동선)는〈124〉서문 사군(使君)께 정중
히 고합니다.

　예전 나라가 태평했던 시절에 하늘이 도우사 봄바람 부는 휘장
에 호접(蝴蝶)의 꿈⁹⁸)이 달콤하고, 저물녘 비 내리는 향기로운
연못에 원앙이 나란히 목욕하였습니다. 그러나 멀리서 온 손님께
서는 수구(首邱)⁹⁹)의 정이 없을 수 없고, 효성의 도의를 이기지
못하니 어찌하겠습니까? 한 번 회수(淮水)와 사수(泗水)에 돛을
단 이후로 서로 아득히 멀어졌습니다. 오직 다시 만날 날을 생각하
며 외로이 잠드는 한을 달래고자 하였는데, 신령은 도움을 주시지
않고 세상은 혼란을 만나, 삼천 리 바다에는 고래 같은 파도가 일어
나고 장안 백만 호는 병마(兵馬)의 먼지바람에 어두워졌습니다.
한 점 푸른 촉산으로 육룡(六龍)¹⁰⁰)이 파천하셨고, 천 리의 험한
산과 강으로 만백성이 흩어져 도망가느라 삼주(三州)로 부자가
헤어지고¹⁰¹) 한 집안의 처첩이 나뉘었습니다. 서쪽에서는 무협

---

96) 화사(華使) : 지위가 높은 관리.
97) 우정(郵亭) : 역참(驛站)의 객사. 우관(郵館)이라고도 한다.
98) 호접(蝴蝶)의 꿈 :『장자』의 호접몽. 여기서는 봄날의 꿈을 가리킨다.
99) 수구(首邱) : 여우가 죽을 때 머리를 제가 살던 곳으로 향한다는 말로 고향을 그리워함을
　　말한다.
100) 육룡(六龍) : 왕의 어가(御駕).
101) 삼주(三州)로 부자가 헤어지고 : 이별을 읊은, 한산(寒山)의 시 구절 "형제는 오군을 화
　　합하고 부자는 삼주를 근본으로 하네[兄弟同五郡, 父子本三州]"에서 나온 말. 양 무제(梁
　　武帝)의 다섯 아들이 흩어져서 5개 군을 다스렸는데, 그 5개 군이 또한 3개 주(州)에 속했

(巫峽)의 원숭이[102]들이 우는 소리가 들리고 남쪽에서는 형양 (衡陽)의 기러기[103]가 돌아오는 것이 보이는데, 살아 계신지 아 닌지 알 수 없어 근심스럽고 찾아볼 방법이 없어 애통하였습니다. 용부(龍府)에 달려가 이름을 추천하여 호랑이의 위세를 빌어 어 깨를 나란히 하였습니다. 군자를 뵈었지만 어찌 그리 순식간이던 지요? 위험에 처할까 두려워 잠시 만났다가 다시 헤어지니 마주하 는 짧은 순간에 기쁨은 홀연히 슬픔을 낳았습니다. 몇 년 동안 막히 고 쌓였던 회포를 능히 펼치지 못하니, 이렇게 빨리 헤어져야 한다 면 만나지 아니한 것만 못합니다. 비 흩어지고 구름 날리듯 흔적은 묘연하고, 역양(嶧陽)의 오래된 오동(거문고)[104]을 끌어안으니 이별한 학[105]의 울음소리가 슬프고, 촉나라 비단으로 만들어진 〈125〉옷을 들춰보니 눈물 뿌린 흔적이 얼룩져 남아 있었습니다. 어이하여 흐르는 물은 동쪽으로 가고 뜬구름은 북쪽으로 갑니까?

하늘 끝 청성(靑城) 지역은 길이 멀고 또 험하며 황룡부(黃龍 府)[106]에 가까운 지역이라 풍속은 오히려 의심스럽습니다. 풍진 (風塵)이 삼 척이나 솟아 있으니 칼끝[楚鋒]을 가벼이 범하지 마옵시고 천금 같은 몸을 진중히 보존하시어 옥관(玉關)[107]에 살아 들어가시기를 또한 바라옵니다. 당신과 동행하지 못한 것이 한스러우니, 슬프옵니다! 누구와 함께 하겠습니까?

다고 한다.

102) 무협(巫峽)의 원숭이 : 무협은 지금의 장강 삼협(三峽) 가운데 하나로, 이곳에 원숭이들 이 많이 사는데 그 울음소리가 매우 애처롭다고 한다.

103) 형양(衡陽)의 기러기 : 형양의 회안봉(回雁峯)을 기러기가 넘지 못한다[衡陽雁斷]는 말에서 유래하여, 소식이 끊어짐을 뜻할 때 사용한다.

104) 역양(嶧陽)의 오래된 거문고 : 역양(嶧陽)의 남쪽에서 자라는 오동나무가 거문고를 만 드는 데 좋은 재료로 쓰였다고 한다.

105) 이별한 학 : 멀리 떨어져 있는 부부를 뜻한다.

106) 황룡부(黃龍府) : 농안현(農安縣)에 있는 성. 금(金)나라의 중심지.

107) 옥관(玉關) : 옥문관(玉門關). 만리장성의 서쪽 끝으로 실크로드의 중요한 관문 역할을 했던 곳.

병풍에 기대다가 배회하면 어깨를 기대는 모습이 있는 듯하고, 거울을 대하여 슬퍼지면 얼굴을 마주하는 형상을 보는 듯합니다. 한밤중 매화에 놀라고 삼춘 버드나무 빛깔에 탄식하면서 마음속에 깊이 담은 것을 어느 날인들 잊을 수 있겠습니까? 다만 청하노니, 속히 행차를 되돌리시어, 멀리서 지체하는 사람이 되지 마십시오. 그러나 병가(兵家)의 일은 급하고 막부(幕府)의 명이 엄하므로 예전의 실수를 경계하여야 하니, 훗날의 만남을 어찌 기약하겠습니까. 황제께서는 아마도 음덕이 있으실 것이니 다른 때에 기회를 얻을 수 있을 것입니다. 번거로이 애쓰지 마시고 매우 진중하십시오. 부장 안기는 성품이 탐욕스럽고 음탕하니, 생각건대 반드시 사람을 모해할 것입니다. 더욱 삼가십시오.

이 편지에 실수가 많아 마치 바람에 날리는 실오라기처럼 어지러우며, 마음에 막힘이 있어 골짜기의 구름처럼 엉켜 있습니다. 마음에 가득한 그리움을 천의 하나라도 펼쳐 보이지 못하였습니다.

생이 읽으면서 눈물을 흘리니, 종이가 젖어 찢어지려 하였다. 청성에 도착하니 도군황제(道君皇帝)108)께서는 청의(靑衣)109)를 입고 술을 마시고 계셨고, 남쪽 사람들은 통곡하며 분통을 터트리는 사람이 많았다. 생이 선무사의 말대로〈126〉폐백을 갖추어 명을 전하고 의리를 모두 갖추어 곡진하매 실수가 없었다. 돌아오니 선무사가 생을 상객으로 삼아 안기 위에 두었다. 이로부터 안기가 화합하지 않아 각각 다른 처소에서 지냈다.

---

108) 도군황제(道君皇帝) : 송 휘종(徽宗), 재위 1100~1125년. 1115년 여진족(女眞族)이 금(金)나라를 세웠을 때, 금나라와 동맹하여 요나라를 협공하고, 연운십육주(燕雲十六州)를 수복하려고 꾀하였으나, 1125년 금나라 군사의 진입(進入)을 초래하였다. 휘종은 흠종(欽宗)에게 양위(讓位)하고 도군황제(道君皇帝)가 되어 책임을 모면하려고 하였으나, 재차 침공한 금나라 군사에 의해 나라가 함락되었다.
109) 청의(靑衣) : 신분이 낮은 사람이 입는 옷.

생이 발행할 때에 편지를 주었던 동자를 불러, 그 편지를 돌려주며 말하였다.

"네 부친과 가솔은 마침 난을 만나 간데없으니, 이 편지를 그저 가져왔다."

동자가 그것을 받아가지고 집으로 돌아왔다. 이에 그 편지를 뜯어보니 다음과 같았다.

삼생 인연이 맺어지고 백년 맹세가 이루어졌으니, 무산(巫山)의 즐거운 일과 동정호의 아름다운 기약이 영원히 단란할 것만 헤아렸지, 변할 것은 생각지도 못했소. 하늘은 어찌 돌보지 않으시어 망극한 세상을 만나게 하나? 화표(華表)[110]가 바람에 꺾이니 둥지에서 꿈꾸던 학을 놀라게 하였고, 성문에 불이 나니 재앙이 연못의 물고기에까지 미쳤소[111]. 연나라 하늘의 달밤에 누가 애끊는 사람이 되지 않겠소? 초나라 산봉우리의 가을서리에 모두 옷깃 적시는 객이 되었소. 황제가 계시는 장안을 바라보니 불연기가 사방에서 일어나고 있었고, 고개 너머 돌아오는 길을 가리키니 산과 바다가 천 리나 되었다오. 다행히 부사의 영접을 받으니 마침 당신 생각을 하게 되었소. '거리의 동자'라 칭한 것은 우연이 아니고 '청성(青城)의 부모'라 칭탁한 것은 그 정상을 상상할 수 있었소. 역참에서 새벽까지 소리를 듣노니, 한 통의 편지에 몹시도 기뻐했소. 새장에 갇힌 흰 솔개는 무수한 눈물을 뿌린다오.

지난번 황혼에 만나고자 하여 한밤의 경계를 살피지 않고 대숲

---

110) 화표(華表) : 궁전이나 성곽 등에 세워 아름답게 조각한 돌기둥. 요동 사람 정영위(丁令威)가 선도(仙道)를 배워 터득한 뒤 천 년 만에 학으로 변해 고향 땅에 돌아와서 화표주에 앉아 있다가 탄식하며 날아갔다는 전설이 있다. 『수신후기(搜神後記)』권1.

111) 성문에 불이~물고기에까지 미쳤소 : 초나라의 성문이 불탈 때 그 옆 연못의 물로 불을 끄면서 연못의 물고기가 말라 죽었다는 고사로, 억울하게 화를 당한다는 뜻이다. 『태평어람(太平御覽)』

의 옛길을 찾아 부용의 옛 장막으로 들어가니, 꽃과 같은 얼굴은
변하지 않았고 옥 같은 용모는〈127〉전과 같았소. 현도(玄都)의
유랑(劉郎)112)을 이어 복숭아나무 천 그루를 심고 서산(西山)의
소자(蘇子)113)를 좇아 매화 한 가지와 합하거늘 어찌 맞이하고
보내는 것을 매우 급히 하여 마치 비바람이 휘몰아치는 것 같았는
지? 슬퍼할 경황이 없는데 웃으며 이야기할 틈이 어찌 있었겠소?
말을 머금어 다하지 못하고 한(恨)만 품은 채 헛되이 돌아오고
말았소. 그대를 만나 다시 전처럼 지낼 것을 생각하지만 어렵고
험난한 일이 한두 가지가 아니니 어찌하겠소? 율령이 위에 있을
뿐만 아니라 또한 맹수들이 길에 있으니, 만약 위험에 빠지기라도
하면 후회해도 소용없소. 마땅히 편안할 때를 기다려 죽을 때까지
원통함이 없게 하겠소. 일월(日月)이 밝으니 반드시 뒤집혀진 항
아리114)를 비출 것이요, 귀신이 길함을 도우니 장차 깨어진 거울
을 합하게 할 것이오. 마음과 뜻이 애타서 창자를 모두 태우는 듯하
고 아픔과 슬픔이 극심하여 두 눈에 피가 가득 찰 듯하니, 종이
빛은 처량하고 글은 애달프오. 입은 있으나 무어라 말해야 할지
모르겠소.

동선이 한 줄을 읽을 때마다 더욱 오열하니 슬프고 괴로운 마음이
전보다 몇 배는 더하였다. 오래지 않아 여진의 사신이 이르렀다. 이에

---

112) 현도(玄都)의 유랑(劉郎) : 유랑은 당나라 시인인 유우석(劉禹錫). 그가 조정에서 쫓겨
   나 낭주사마(朗州司馬)로 좌천되었다가 10년 만에 장안(長安)에 돌아와 현도관(玄都觀)
   에 활짝 핀 복사꽃을 보고는 감개무량하여 시를 지었다. 그 시에 "현도관의 복숭아 천 그루
   는 모두 유랑이 가서 심은 것이지.[玄都觀裏桃千樹, 盡是劉郎去後栽.]"라는 구절이 있다.
113) 서산(西山)의 소자(蘇子) : 소식(蘇軾)의 시 〈무창서산(武昌西山)〉에 "서산에 올라
   매화를 찾네[步上西山尋野梅]"라는 구절이 있다. 무창은 호북성(湖北省) 무한시(武漢
   市)에 있는데 이와 달리 소주(蘇州) 태호(太湖)에 있는 섬을 서산이라고 하는데 그곳의
   임옥산(林屋山)은 매화가 십리에 걸쳐 핀다고 할 만큼 매화로 유명하다.
114) 뒤집혀진 항아리[覆盆] : 아주 궁벽한 곳을 말함.

안기(安琦)가 화의(和議)를 배척하고 대적하기를 꾀하는 편지를 거짓으로 꾸며, 그것이 서문적의 손에서 나온 것처럼 해서 여진 사신에게 주고 몰래 가지고 돌아가 보고하게 하였다. 여진이 크게 노하여 급히 서문적과 상장(上將)·선무사를 잡아오라 명하니, 명을 재촉하는 것이 번개와 우레가 치는 것처럼 빨랐다. 상객(上客)이 도망가고자 하나 겨를이 없어 허둥지둥 당황할 때 갑자기 갑병(甲兵)이 나타나 사방을 포위하고 쫓아와 잡아갔다. 여진에 이르러 매우 원통하다고 말하였지만⟨128⟩ 그들은 믿지 않았다. 그때 같이 잡혀간 수백 명과 앞서 포로가 된 사람들까지 합쳐 삼천여 명이 모두 연경으로 끌려가 옥에 갇혔다. 동선이 그 소식을 듣고 실성통곡하였다.

"하늘이여! 하늘이여! 어찌 이런 이치가 있습니까? 박명한 남은 생에 다시 무엇을 바라리오? 천지가 망망하니 또 어디로 돌아가겠는가?"

드디어 음식을 먹지 않으니 거의 구할 수 없는 데까지 이르렀다. 이윽고 다시 스스로 위로하였다.

"십여 년 후에 마땅히 복된 땅에 들어갈 것이라는 말을 여전히 기억하고 있다. 지금 내가 죽어버리면 다시 만의 하나를 기약할 수 없으니 내가 어찌 자중하지 않겠는가?"

이때 안기가 홀로 성에 머물러 지키고 있어서 군무와 호령이 모두 그의 손에서 나왔다. 이에 성중을 조사하여 동선을 찾아 음식을 보내게 하고 그 본뜻을 전하였으나 동선은 전혀 허락하지 않았다. 안기가 그 정을 이기지 못하고 반드시 동선을 취할 것을 기약하며 편지를 써서 달래었다.

　　몸이 관부(官府)의 기생이 되어 이름이 기적(妓籍)에 적혀 있으니 사람을 따르는 것이 예(禮)이다. 절개는 시간에 따라 옮겨지니 지금 만약 나를 따른다면 깊은 궁궐과 넓은 집에서 편안히 지낼

것이요, 화려한 옷과 좋은 음식으로 봉양 받을 것이니, 이름이 어
찌 기적에 묶여 있을 것이며, 몸이 어찌 비천한 일로 괴롭겠는가?
영화가 이보다 클 수 없고, 즐거움이 이보다 더할 수 없을 것이다.
그러나 만일 따르지 않는다면 아침저녁으로 하는 일이 고달플 것
이고 매질을 당하여 몸이 상하거나 죽을 수도 있으니 염려스러울
것이다. 다리 기둥의 신의[梁柱之信]115)는 세상에서 모두 비웃
고 도랑의 절개[溝瀆之諒]116)는 사람들이 알아주지 않으니,
〈129〉이름 없음이 심하도다. 하물며 저 서문생은 다시 만날 기약
이 없다. 만 리 밖 연경(燕京) 하늘 끝없는 곳, 가시 울타리 속에서
괴롭게 지내는 중에 슬픔과 탄식이 다투어 공격하고, 풍토병과 음
습한 땅 사이에서 쉽게 병에 걸릴 것이니, 그가 거의 죽었는지 어찌
알겠는가? 유한한 인생에 무익한 맹세를 헛되이 지키고 있으니,
결국 알게 되어 뉘우친들 무슨 소용인가? 청춘은 덧없고 한낮은
잠깐이다. 물은 서쪽으로 돌아갈 조짐이 없고, 꽃은 열흘 동안 붉는
법이 없다. 번화했던 곳은 어디며 행락(行樂)을 누리던 이들은
어디에 있는가? 다만 무덤[靑塚]만 남아 달 밝은 밤에 부질없이
돌아오는 혼은 초왕(楚王)을 모시지 못하고 꽃을 보며 눈물을 더
할 뿐이다. 힘겹게 지키는 절개는 오래 가지 못하며117), 하찮은
신의는 행해서는 안 된다. 바라건대 생각하고 다시 생각해서 스스
로 매몰되지 말기 바란다.

동선(洞僊)이 답장을 하여 자기 생각을 펼쳤다.

---

115) 다리 기둥의 신의[梁柱之信] : 미생지신(尾生之信). 미생이 여자와 다리[梁] 아래에서
    만나기로 약속했는데 소나기가 내려 물이 불어나도 끝내 자리를 떠나지 않고 기다리다가
    마침내 교각[柱]을 끌어안고 죽었다.
116) 도랑의 절개[溝瀆之諒] : 하찮은 필부의 신의. 『논어(論語)』 「헌문(憲問)」에 "어찌 무
    지한 남녀의 신의처럼 도랑에 목매 죽어서 남이 알지 못하는 것같이 하랴.[豈若匹夫匹婦之
    爲諒也 自經於溝瀆而莫之知也]"라 하였다.
117) 힘겹게 지키는 절개는 오래 가지 못하며 : 원문은 "苦節不可貞." 『주역』 「절괘(節卦)」.

　제비는 반드시 짝을 지어 날고 까치는 둥지에 홀로 깃들지 않습니다. 동물도 모두 짝이 있고 인간도 또한 그런 정이 있습니다. 지금 가르침을 받으나 감히 명을 따를 수 없습니다. 저으기 조그만 단심(丹心)이 있어 그저 아뢰겠습니다.

　저의 나이가 청춘일 때, 몸이 즐거움을 일삼았으니 문 앞에는 옛 손님이요, 베갯머리엔 새 손님이었습니다. 한 번 맞이하고 보냄에, 몇 번이나 기쁘고 슬펐던지요? 지난번에 상객(上客)께서 변경에서 이르러 저의 초췌함을 버리지 않고 특별히 마음을 허락하여 같이 살고 같이 늙자는 맹세를 두어 오가지〈130〉못하는 한탄[118]은 없었습니다. 그 때 저는 예전에 물들었던 더러움을 버리고 전에 익혔던 어지러움을 고쳤습니다. 주(周)나라 덕이 유행하니 한광(漢廣)[119]의 유녀(遊女)를 부끄러워했고, 위(衛)나라 풍속이 음란하니 채당(采唐)[120]의 남은 풍속을 끊어버리기를 바랐습니다. 즐거운 군자여[樂只君子][121], 실로 나의 짝이로다[實維我儀][122]. 이와 같은 군자를 우러러 바랐던 것입니다. 하늘이 불쌍히 여기지 않음을 탄식하고 세상일이 어려움이 많음을 아파하니, 일생에 험난한 운명을 만나 만 리의 이별을 괴로워하게 되었

---

118) 가지도 않고 오지도 않는다[莫往莫來] : 『시경』, 「패풍(邶風)」, 〈종풍(終風)〉의 한 구절. 왕래가 없음을 가리킴.

119) 한광(漢廣) : 『시경』 「주남(周南)」의 작품명. 이 시는 문왕의 교화가 강한(江漢)과 같은 남쪽 지역의 유녀(遊女)에게까지 널리 미친 것을 읊었다.

120) 채당(采唐) : 『시경』 「용풍(鄘風)」 〈상중(桑中)〉에 "덩굴을 뜯으러, 매 마을로 가니, 누구를 그리워하나, 이쁜 강씨네 맏딸이지[爰采唐矣, 沬之鄉矣. 云誰之思, 美孟姜矣.]"라 하였다. 이 시는 위나라 풍속이 음란하여 지위가 있는 자들까지도 처첩을 훔치는 일이 있음을 노래하였다.

121) 즐거운 군자여[樂只君子] : 『시경』 「주남(周南)」 〈규목(樛木)〉의 한 구절. 이 시는 왕후의 덕이 아래까지 미쳐 여러 첩들이 투기하지 않고 군자와 화락함을 노래하였다.

122) 실로 나의 짝이로다[實維我儀] : 『시경』 「용풍(鄘風)」 〈백주(柏舟)〉의 한 구절. 위(衛)나라 공백(共伯)이 일찍 죽자 그의 아내는 친정 부모들이 재가시키려 하는 것을 거절하고 이 시를 지어 절개를 맹세하였다.

습니다. 하늘과 사람을 원망하지는 않지만 전쟁을 절절이 탄식합니다. 이러한 진심을 간직하고 오직 독실히 생각할 따름이니, 그리운 사람을 보지 못하지만 제가 잊을 수가 있겠습니까? 지금 장군께서는 어찌 남을 헤아리지 않으시고 어질지 못한 일을 스스로 하십니까? 부대의 대오(隊伍)를 엄숙히 하며 창과 방패를 정돈하는 것이 지금에 급히 힘써야 할 일인데 담장을 뛰어넘어 저를 유혹[123]하시니, 경계해야 할 것이 보내신 편지에 있습니다. 혁혁하고 존귀한 성대함으로 이렇게 더럽고 비천함이 심한 것을 가까이 하니, 이치에 맞지 않고 일에도 마땅하지 않습니다. 어찌 성대한 덕을 스스로 떨어뜨리시며, 남들이 우러름을 앉아서 잃으십니까? 하물며 충신과 열녀는 명칭은 다르나 도리는 같습니다. 지금 장군께선 송나라의 충신이고 저는 서문(西門) 집안의 열녀입니다. 장군은 송나라의 음식을 먹고 송나라의 옷을 입고 송나라의 관직을 받으셨으니, 송나라는 장군에게 이미 진실로 후하게 대했습니다. 장군께서 어찌 송나라에 대해 한결같은 마음으로 마치지 않을 수 있겠습니까?〈131〉편안할 때는 향하다가 위급하여 망하게 되었을 때에는 배신하는 것은 진실로 불가합니다. 어찌 북조(北朝)의 강성한 세력에 몰래 빌붙어 짐승 같은 세상에서 구차한 삶을 살 수 있겠습니까? 어찌 처음의 마음이 달라질 수 있으며, 일찍이 몸을 허했던 의를 생각하지 않으십니까? 마음으로 차마 하지 못할 뿐 아니라 의리로 하지 못하는 것이 심한 것입니다. 만약 아녀자의 자질구레한 말이나 비천하고 천박한 절개라고 한다면 함께 말할 수 없다 하나, 사단(四端)[124]이 있음은 남녀가 한가지인 것입니

---

123) 유혹 : 원문에는 '諭'로 되어 있으나 문맥상 이본의 '誘'에 따라 번역하였다.
124) 사단(四端) : 인(仁)·의(義)·예(禮)·지(智)의 단초. 『맹자(孟子)』 「공손추(公孫丑) 상(上)」 "측은히 여기는 마음은 인의 실마리요, 부끄러워하고 미워하는 마음은 의의 실마리요, 사양하는 마음은 예의 실마리요, 시비를 가리는 마음은 지혜의 실마리니, 사람으로서 이 네 가지 실마리를 소유함은 사지를 소유함과 같다[惻隱之心, 仁之端也, 羞惡之心, 義之端也, 辭讓之

다. 신체발부(身體髮膚)는 부모에게서 받는 것이고 성정(性情)과 원기(元氣)는 천지로부터 받는 것입니다. 이미 지각할 수 있는 자질이 있는데 부끄러워하고 미워하는 마음이 없겠습니까? 이미 삼강오륜의 법도를 듣고서 부부의 의리에 어둡겠습니까? 군자의 도가 여기에서 시작되고 부부의 정절이 여기에서 잘 드러납니다. 이러므로 원숭이가 영남을 그리워하자 배씨(裵氏)가 귀를 잘랐으니, 이는 이덕무(李德武)를 생각한 것125)이 아니겠습니까? 뱀이 술잔에서 변하자126) 노씨(盧氏)가 또한 눈을 찔렀으니, 이는 방현령(房玄齡)을 위한 것127)이 아니겠습니까? 칼을 꺼내 머리카락을 자른 것은 시랑(侍郞)의 표(表)를 부정[虛啓]한 것이고, 검을 빼어 코를 자른 것128)은 귀인이 구함을 따르지 않은 것이니,129) 절개를 세움이 대단히 높고 몸을 보존함이 지극히 아름답습니다. '저물녘 뽕나무숲에서 금을 주었다'고 했으니 가소롭다, 추호자(秋胡子)여!130) '물이 점대(漸臺)까지 불어났으나 믿을

心, 禮之端也, 是非之心, 智之端也. 人之有是四端也, 猶其有四體也.]"

125) 배씨(裵氏)가~이덕무(李德武)를 생각한 것 : 당나라 이덕무의 처 배숙영(裵淑英)이 남편과 헤어진 후 그 아버지가 재혼을 시키려고 하자 머리카락을 자르고 먹지 않음으로써 의지를 보였고, 십 년 후 남편이 돌아와 가정을 꾸렸다. 명나라 이개선(李開先)의 〈단발기(斷髮記)〉.

126) 진나라 악광(樂廣)의 고사 배중사영(杯中蛇影)을 말함. 의심이 생김을 가리킴.

127) 노씨(盧氏)가~방현령(房玄齡)을 위한 것 : 당나라 사람 방현령이 현달하기 전에 병이 나서 거의 죽게 되었을 때 그의 처에게 자기가 죽으면 혼자 살기 어려우니 다른 사람을 잘 섬기라고 설득하자 노씨가 장막 안에 들어가 한 쪽 눈을 도려내 다른 마음이 없음을 보였다. 이에 방현령이 병이 나은 후 평생토록 예로 대했다고 한다. 『신당서열전(新唐書列傳)』.

128) 검을 빼어 코를 자른 것 : 위(魏)나라 조상(曹爽)의 처가 남편이 죽자 코를 자르고 재가를 하지 않았다.

129) 전국 시대 양(梁)나라의 과부 고행(高行)을 말함. 양왕(梁王)이 그의 자색이 예쁘다는 소문을 듣고 후궁을 삼으려 하자, 칼로 코를 베고 따르지 않았다. 양왕은 그 절조를 높여서 이름을 고행(高行)이라 하였다.

130) 저물녘 뽕나무숲에서~추호자(秋胡子)여 : 추호자는 춘추시대 노나라 사람으로 결혼한 지 5일 만에 진(陳)에 부임하여 5년 만에 돌아오다가 뽕밭에서 뽕을 따고 있던 한 부인을 보고 기뻐하며 금을 주자, 부인이 돌아보지도 않고 가버렸는데 집에 돌아와 그 부인이 곧

만한 부절(符節)이 없도다.'라 했으니 슬프구나, 초부인(楚夫人)이여![131] 삼재(三才)가 나뉘니 집안의 도리를 먼저 닦아야 하고, 부부가 즐거우매 정열(貞烈)의 풍모가 이에 드러납니다. 높은 뜻을 떨쳐 홀로 빼어나니 노단(魯丹)이 이에 꽃을 날리고, 〈132〉 준엄한 절개를 드날려 홀로 우뚝하니 주랑(周郞)이 이에 더욱 무성합니다. 오직 순결할 따름이요, 어찌 오욕을 일삼겠습니까?

이제 저는 타고난 자질이 어리석어 지금을 본받지 않고 옛것을 배웠으며, 본디 성품이 편벽되어 새 것을 귀하게 여기지 않고 옛것을 구했습니다. 아득한 곳에 낭군을 이별하고, 바람에 날리는 풀의 아침이슬에 의지하였으니, 슬픈 생각과 근심스런 탄식이 안에서 서로 공격하고, 간사한 말과 사나운 행동이 또한 밖에서 침입하니 한 가닥 남은 목숨이 조석에 달렸습니다. 한스러운 것은 큰 기러기와 고니를 뒤쫓아 안개와 구름을 뚫을 수 없는 것입니다. 푸른 바다와 넓은 하늘은 가도 가도 끝이 없습니다. 옛 얼굴을 거듭 만나, 이전 일을 다시 풀어낸다면 한 번 보아도 만족할 수 있으니 만 번 죽어도 어찌 아깝겠습니까? 처음의 마음은 일월같이 밝고 오랜 약속은 금석같이 굳으니 밝음은 이지러질 수 없고 굳음은 깨어질 수 없습니다. 설사 달콤한 말이 귀를 기쁘게 하고 화려함이 눈을 유혹한다고 해도 바꿔어 옮겨갈 수 없고, 칼날이 눈앞에 있고 천둥과 번개가 바로 위에서 내리친다 해도 끝내 움직여 뺏을 수 없습니다. 충신의 의는 항상 여기에서 다하며 열녀의 절개는 항상 여기에서 마칩니다.

자신의 처임을 알고 서로 부끄러워하였다. 그 처는 가까운 물을 찾아 빠져 죽었다. 유향(劉向)의 『열녀전(列女傳)』〈노추결부(魯秋潔婦)〉.

131) 물이 점대(漸臺)까지~초부인(楚夫人)이여 : 초나라 소왕(昭王)이 부인 정강(貞姜)과 함께 점대(漸臺)에 놀러 왔다가 부인을 머물러 두고 갔는데 강물이 크게 불어난다는 것을 듣고 사람을 시켜 부인을 맞아오라고 했지만 부절(符節)을 가지고 오지 않아 부인이 가기를 거부했다. 심부름꾼이 부절을 가지러 돌아갔는데, 물이 크게 불어서 대는 무너지고 부인은 물에 휩쓸려 죽었다. 유향의 『열녀전』〈초소정강(楚昭貞姜)〉.

　무릇 장군의 충은 조국을 위하여 몸을 바쳐 쇠와 돌도 뚫고 물과 불 속에도 뛰어드니 가는 곳마다 대의(大義)가 아닌 곳이 없습니다. 어찌하여 아녀자를 한 번 보고 사사로운 정을 은밀히 일으켜 공(公)을 좇으려는 초심을 버리시고 남을 따르려는 굳센 절개를 훼손하려 하십니까? 그러한 생각은 잘못된 것이요 그러한 계책은 어긋난 것입니다. 지난번 선무사가 패하고 상객이 화를 만난 것은 과연 장군의〈133〉손에서 나온 것이 아니었습니까? 적군의 포악한 노여움을 틈타 국가의 큰일을 그릇치고, 막빈(幕賓)을 변방[鴈塞]으로 내몰고 위졸(衛卒)들을 어문(魚門)132)에 버려두니, 아버지를 잃은 자손과 남편을 잃은 처첩들이 장군을 원망할 것입니다. 약간의 기병으로써 적을 쓸어버린 소씨(邵氏)에게 부끄럽고133) 차꼬를 풀어 자신이 대신한 원강(媛姜)에 슬퍼하노니134), 이것이 곧 첩의 가장 큰 허물이 될 것입니다.

　첩이 위험을 무릅쓰고도 호구(虎口)에서 벗어나지 못하였고 또한 흉간을 토벌하고도 지아비의 원수를 갚지 못하였습니다. 그저 늘 개탄하기에 겨를이 없고 슬퍼하기에도 부족한데, 남을 향해 미소 짓고 뜻을 바꾼다면 마치 신하가 두 마음을 품은 것과 같을 것입니다. 신하가 되어 충성하지 못하고 아내가 되어 정절을 지키지 않는다면 그 죄는 하늘에 용서받지 못할 것이고 귀신이 가장 큰 재앙을 내릴 것이니, 비록 살려고 하나 살 수 있겠습니까? 제가

132) 어문(魚門) : 춘추 시대 주(邾)나라의 성문 이름. 주(邾)나라는 산동성(山東省)에 있던 나라이니, 여기서는 변방의 의미로 사용한 듯함. 『춘추좌씨전』 희공(僖公) 23년 조에 "공이 주나라 군대와 승경(升陘)에서 싸워 패배하니, 주나라 사람이 공주(公胄)를 붙잡아 어문에다 매달아 놓았다."라고 하였는데, 그 주에 "어문은 주나라의 성문이다."라고 하였다.

133) 약간의 기병으로~소씨(邵氏)에게 부끄러워한 것 : 진(晉)나라 유하(劉遐)의 아내 소씨는 용맹하여서, 유하가 석계룡(石季龍)에게 포위되었을 때 홀로 약간의 기병을 이끌고 많은 무리의 적중에서 남편을 구출해 내었다. 『진서(晉書)』 「유하열전(劉遐列傳)」.

134) 차꼬를 풀어~원강(媛姜)에 슬퍼하노니 : 후한(後漢) 헌제(獻帝) 때 성도(盛道)가 군사를 일으킨 일로 체포되자 그의 아내 원강이 남편 대신 벌을 받겠다 하고는 남편의 차꼬를 풀어주어 밤중에 도망가게 하였다. 『후한서(後漢書)』 「열녀전(列女傳)·성도처(盛道妻)」.

잘못한다면 장차 죽을 것입니다. 이 외 다른 것은 없습니다. 원컨
대 장군께서는 용서하시기 바랍니다.

안기는 동선의 마음을 돌릴 수 없음을 알고는 답답함과 부끄러움,
분노가 뒤섞였다. 그리하여 차라리 매를 쳐 내치려 했지만 격식에 어긋
나서 시행하지 못했다.

최부인과 유씨는 동명(東溟)에서, 생(生)이 부름을 받고 벼슬에 나아
간 후로 날마다 그가 오기만을 기다렸다. 여러 해가 지나도 아무런 소식
이 없었다. 그러자 가동(家僮)에게 명하여 항주로 가서 동선을 찾아보고
수소문하라고 하였다. 이때야 비로소 그가 연경의 옥에 갇혔다는 걸
알고는 온 집안이 놀라 울부짖고 통곡하며 날을 보냈다. 이후 항주와
동명⟨134⟩두 곳에서 서로 편지로 왕래하며 비참한 심정을 토로하였다.

상객(上客)은 연경의 옥에 갇힌 뒤로 낙심하여 이미 죽을 것이라 생각
하고는 가슴을 치며 슬퍼하면서 함께 갇힌 자들과 항상 탄식하였다.

"부모님께서는 머리가 희고 연세도 이미 많으신데, 잠자리와 음식
마련은 말할 것도 없고 돌아가시지는 않았는지 모르겠구나. 장례를 잘
치르고 제구(祭具)를 정결히 차리는 데에 누가 정성을 다하려나? 부인
이 집에 있고 자식이 하나 있으나 결혼한 지 3년 만에 나와 이별하니,
깊은 슬픔과 그리움을 생각하노라면 질병과 사망의 참혹함이 없을 수
있겠는가? 금대(琴臺)의 이별 또한 오래되었구나. 버들과 꽃들의 자태
는 여전할까? 오동나무에 밤비 내릴 때의 그리움과 복숭아꽃에 봄바람
불 때의 한을 낮이든 밤이든 어떻게 감당할 수 있으랴? 병풍 사이의
아름다운 모습은 눈으로 다시 볼 수 있을까? 무릎 위 거문고 소리는
귀에 다시 들을 수 있을까? 세상과 풍속이 변하여 작소지구(鵲巢之
鳩)[135]를 보지 못하는구나. 인사(人事)가 망하니 어망지홍(魚網之鴻)[136]

---

135) 작소지구(鵲巢之鳩) : 『시경』 「소남(召南)」 ⟨작소(鵲巢)⟩의 "까치가 둥지를 틀었는데

을 면할 수 있으랴?

정녕 〈갈생(葛生)〉137) 시를 이어 마땅히 〈행로(行露)〉138)의 욕됨을 경계하리라. 꽃을 보는 눈에 가득한 눈물과 거울에 비친 수심은 세월 따라 쌓여만 가는구나. 인생은 얼마나 되는가? 슬프도다! 미약하고 보잘 것 없는 이 몸은 옥에 갇힘이 마땅하고139) 죽거나 살거나[且死且生], 감옥에서 산 정상을 바라보니 관문(關門)은 만 리요,〈135〉천애(天涯)의 소식이 끊기니 변방의 구름은 천 리로다. 시대를 깊이 한하노니, 재앙에 근본이 있도다! 저 푸른 하늘이여, 이 사람은 어찌해야 합니까? 뼈에 새긴 듯 잊기 어렵고 죽어도 눈을 못 감으리로다.”

매번 말할 때마다 목이 메어 더할 수 없으니 듣는 사람들이 모두 눈물을 흘렸다. 안기는 여전히 동선에 대한 미련을 버리지 않고 내심 생각했다.

‘내 말을 듣지 않는 것은 서문적이 저곳에 아직 살아 있기 때문이다. 만약 그가 이미 죽었다는 말을 듣는다면 다시는 희망을 가지지 않고, 혹 마음을 돌릴지도 모른다.’

드디어 역졸을 매수하여 연경에서 함께 머물렀던 남쪽 사람의 편지처럼 다음과 같이 위조하였다.

비둘기가 살도다.[維鵲有巢, 維鳩居之.]”에서 온 말이다. 비둘기가 까치의 집을 차지한다는 뜻으로, 여자가 결혼하여 남편의 집으로 가는 것을 의미한다.

136) 어망지홍(魚網之鴻) : 『시경』「패풍(邶風)」〈신대(新臺)〉의 “고기그물을 설치했는데 기러기가 걸렸도다.[魚網之設, 鴻則離之.]”에서 온 말이다. 어망을 쳤는데 기러기를 얻었다는 뜻으로, 여기서는 그물에 걸린 기러기 신세라는 뜻이다.

137) 갈생(葛生) : 『시경』「당풍(唐風)」의 작품명. 이 시는 칡덩굴이 세상을 뒤덮을 때 임이 없어 홀로 지내는 슬픔을 노래하였다.

138) 행로(行露) : 『시경』「소남(召南)」의 작품명. 이 시는 강포한 남자가 정녀(貞女)를 침범하지 못한다는 뜻을 노래했다.

139) 이 몸은 옥에 갇힘이 마땅하고[宜岸宜獄] : 『시경』「소아(小雅)」〈소완(小宛)〉의 구절. 이 시는 가난한 홀아비와 과부가 옥에 갇히는 것을 마땅하다고 하면서 왕이 이들을 구휼하지 않고 형벌에 빠뜨리는 것을 풍자한 노래이다.

항주부 상객 서문적은 근심과 울분이 쌓여 병이 들어 모월 모일에 죽었다.

그 편지를 지니고 가는데, 관문 밖에서 온 듯이 꾸며 에둘러서 동명(東溟)으로 가라고 했다. 이때 변성(汴城)을 잃은 지 오래되었으니, 중원의 부로(父老)들은 날마다 관군을 기다리며 서로 말했다.

"도군황제(道君皇帝)는 이미 오국성(五國城)[140]에서 붕(崩)하셨고, 지금 천자[141]께서는 서호(西湖)의 아름다운 경치에 빠져 연회를 일삼고 종묘사직의 수치를 씻을 생각도 않으며 선제(先帝)의 원수를 갚을 생각도 없으니, 사해 문물은 장차 오랑캐의 비린내가 날 것이며 수많은 백성들은 오랑캐 모습을 하게 될 것이다."

이에 서로 통곡하는 소리가 길에서 끊이지 않았다. 조정에서는 비록 이 일을 알고 있었으나 임시 방책에만 안주하며〈136〉출병(出兵)하려 하지 않았다. 악무목(岳武穆)[142]이 팔을 걷어 부치며 청영(請纓)[143]하자 조정에서는 오백 기(騎)를 주었다. 악무목은 통솔하여 단련시키고 때를 기다렸다.

이때, 유씨 일가는 연경의 일로 밤낮 비통해 하며 좋은 소식만을 기

---

140) 오국성(五國城) : 현재 흑룡강성(黑龍江省) 의난현(依蘭縣) 지역.

141) 천자 : 흠종(欽宗, 1125~1127 재위). 제위에 오른 직후 금나라의 공격을 받고 일단은 화의(和議)를 맺어 금나라 군사를 돌아가게 하였으나 사태를 악화시켜 다시 금나라의 공격을 초래하였다.

142) 악무목(岳武穆) : 악비(岳飛, 1103~1141). 남송 초기의 무장·학자·서예가. 북송이 멸망할 무렵 침략해온 금나라와의 전쟁에 의용군으로 참전하여 전공을 쌓았으며, 남송 때 호북(湖北) 일대를 영유하는 대군벌(大軍閥)이 되었고 여러 군벌과 협력하여 금나라 군대의 침공을 저지했지만, 고종(高宗) 때 금나라와의 강화를 주장한 재상 진회(秦檜)에 의해 누명을 쓰고 투옥된 뒤 살해되었다. 『송사(宋史)』「악비전(岳飛傳)」.

143) 청영(請纓) : 『한서(漢書)』「종군전(終軍傳)」. 남월(南越)과 한나라가 화친하게 되어 종군을 사신으로 보내 남월왕을 설득하여 한나라에 조회하고 제후 반열에 들도록 하려 했다. 종군이 자청하여 긴 갓끈[纓]을 받아 남월왕의 말고삐를 매어 궐하에 이르겠다고 하였다. 후에 '청영(請纓)'은 스스로 용기를 떨쳐 적을 죽이려 나서는 것을 가리키게 되었다.

다리고 있었다. 홀연 행인이 문에 이르러 말하였다.

"연경에서 오는 길에 때마침 이곳을 지나게 되었습니다."

그리고는 편지를 주었다. 편지 내용은 이러저러하였다. 이에 그가 죽은 줄 알고 하늘을 부르며 통곡하니 차마 듣지 못할 지경이었다. 최부인은 유씨가 비밀에 부쳐 말하지 않았기 때문에 자세히 알지 못했다가 며칠 후 알아차리고서는 식음을 전폐하고 병이 생겼다. 유씨가 정성을 다해 구완하였으나 결국 일어나지 못하였다. 이에 편지를 써서 동선에게 보냈다. 동선이 그 편지를 펼쳐 보았다.

그대도 또한 알고 있습니까, 이러한 망극한 소식을. 멀리서 한 몸 같은 정을 생각하며 통곡의 눈물을 나누어 보냅니다. 내가 남편을 따른 후 삼 년 동안 집안이 가난했고 한 번 이별한 후 지금까지 10년이 되었습니다. 멀리 유람하는 이를 몹시 그리워하며, 빈 방에서 사모함이 오래도록 쌓였습니다. 왕손(王孫)의 한이 맺히니 해마다 풀이 푸르른 때이고[144], 제자(帝子)가 비통함을 머금으니 곳곳마다 꽃이 붉어지는 계절입니다[145]. 여인의 근심[香愁]은 낙매곡(落梅曲)[146]에 울리고, 이별의 원망은 양류사(楊柳詞)[147]에 길이 남아 있습니다. 하늘이 전쟁을 내리시니 기구한[顚沛] 인생이 애닯고, 땅이 남방과 멀리 떨어져 있으니 묘연한 소식에 탄식합니다. 유유한 일월을 바라보니 돌아올 수 있을 것이며 사마

---

144) 왕손(王孫)의 한이 맺히니~푸르른 때이고 : 회남소산(淮南小山)의 〈초은사(招隱士)〉(『초사(楚辭)』)에, "왕손이 떠나가 돌아오지 않음이여, 봄풀은 자라서 무성하네.[王孫遊兮不歸, 春草生兮萋萋.]" 이별 뒤의 슬픔을 말한다.

145) 제자(帝子)가 비통함을 머금으니~붉어지는 계절입니다 : 전국시대 촉(蜀) 망제(望帝)의 죽은 넋이 변해서 두견새가 되었는데, 이 새가 피를 토하도록 울어 그 피가 맺힌 꽃이 진달래라는 전설이 있다.

146) 낙매곡(落梅曲) : 매화가 짐을 노래한 것. 진(晉)나라 환이(桓伊)가 지은 피리 음악.

147) 양류사(楊柳詞) : 버들에 관한 노래. 버들은 이별의 상징처럼 시에서 사용되었다.

(駟馬)를 타고 내달려 아마 오실 것이라 생각했습니다.〈137〉내가 날마다 바라보았지만 변방의 말이 돌아오지 않으니 어찌 두견새가 먼저 울기[鵜鴂先鳴]¹⁴⁸⁾를 도모하겠습니까? 나무는 돌풍에 꺾이고 이슬은 햇볕에 말라버렸습니다. 용사(龍沙)¹⁴⁹⁾의 해골을 참혹해하고 남쪽 변방의 혼백을 애통해하니, 들판에서 구하지 못하고 다만 집에서 눈물만 흘릴 뿐입니다. 어찌 화(禍)는 홀로 오지 않고 재앙은 갑자기 함께 오는지요? 내 사랑하는 이가 이미 죽으매 시어머니도 이어 돌아가시니, 이는 아들을 곡하는 애통함이 깊어서 목숨을 버릴 정도로 침통했기 때문입니다. 호곡하고 가슴을 치며 남은 자취를 쓰다듬지만 누구를 의지하겠습니까? 땅을 두드리고 하늘에 부르짖으며 화선(畫扇)을 받드나 미치지 못합니다. 입을 둥근 잔에 대니 아직 남은 온기가 있는 듯하고, 손에 칼과 자[刀尺]를 쥐어보지만¹⁵⁰⁾ 누구에게 가겠습니까? 아침에 초(楚)땅 구름의 티끌을 보며 곡하고 저녁에 연경(燕京) 하늘의 달을 보며 슬피 웁니다. 까마귀와 소리개가 변방으로 몰려드니 시신을 쪼아 남겨진 것이 없을 것이라 생각되고, 비바람이 산하를 어둡게 하니 초혼(招魂)하고자 한들 어찌하리오? 장차 뼈라도 지고 와서 묻으려 하는데 그대와 동행하고자 합니다. 집에 자리를 만들어 놓았으나 제사에 제주(祭主)가 없습니다. 시랑(豺狼)이 길에 있어 길을 두루 막아 한결같이 기다리고 있습니다. 오장이 찢어지는 듯 죽고자 해도 죽지 못하고 구차한 목숨을 이어가고 있습니다. 때마

---

148) 두견새가 먼저 울기[鵜鴂先鳴] : 『초사(楚辭)』〈이소(離騷)〉에 "두견새가 먼저 울어서, 온갖 풀을 꽃답지 못하게 할까 두렵도다.[恐鵜鴂之先鳴兮, 使夫百草爲之不芳.]"라고 했다. 두견새의 소리는 본래 좋지 않아서, 음기(陰氣)가 이르면 먼저 울어서 온갖 풀을 말라죽게 한다고 한다.

149) 용사(龍沙) : 중국 북쪽 변방의 사막. 이백의 〈새하곡(塞下曲)〉에 "장군들은 호죽의 병부를 나눠 가지고, 병사들은 용사에 자리잡는다[將軍分虎竹, 戰士臥龍沙]"라 했다.

150) 손에 칼과 자[刀尺]를 쥐어보지만 : '도척(刀尺)'은 포목(布木)을 마르고 재는 일. 부인의 일을 뜻한다.

침 그대와 의리가 부합하여 이에 부음을 알리니 다시 무슨 말을 하겠습니까? 통곡 할 따름입니다.

동선이 보고 나서 경악하여 자신도 모르게 통곡하다가 땅에 쓰러져 마치 움직이지 않은 듯하였다. 그 어미가 매우 애통해하며 부축하니, 잠시 후에 깨어나 그 어미의 손을 잡으며 말했다.〈138〉

"제가 어찌 살 수가 있겠습니까? 살아서는 그 사람을 따를 수 없지만, 죽으면 따를 수 있겠지요. 이제 지하에서 함께 노닐렵니다."

하고 소리 내어 울다가, 이윽고 생각하였다.

'지난번에 황색 모자를 쓴 이의 말을 보건대 마땅히 마침이 있을 것이고 저 연경에서는 부음(訃音)이 쉽게 올 수 없으니, 이것이 혹시 중간에서 누가 계교를 낸 것이 아닐까? 하지만 자세히 알 수는 없지. 돌아보건대 유씨가 나와 의리가 같으니, 가서 보지 않을 수가 없다. 게다가 대부인의 상(喪)까지 있으니 마땅히 곡하러 가야지.'

그리고 안기(安琦)에게 휴가를 청하니, 그도 생각한 게 있어서 특별히 허락하며 거마를 내 주었다. 동선이 사양하며 말하기를,

"낭군이 죽어 통곡을 하며, 정신없이 곡하러 달려가느라 겨를이 없는 때에 어찌 가마를 타고 갈 수 있겠습니까?"

이렇게 사양하고 걸어서 갔다.

이윽고 유씨 집에 이르러 곧바로 관 앞에서 곡을 하고, 사배(四拜) 후 말하였다.

"항주의 비첩 초대(楚臺)가 일찍이 은의(恩義)를 입은 사람이라 감히 이렇게 와서 곡합니다. 가만히 연경의 편지를 생각해 보면 근거가 없는 것이에요. 어머니로서 생각을 깊게 하고 가볍게 믿어 버리는 실수가 없도록 하지 못하여, 자손들에게 이처럼 하늘이 무너지는 아픔을 겪게 하셨으니 애석하지만 어찌 되돌릴 수 있겠습니까? 엎드려 비옵건대 대

부인께서는 마음을 평안히 하시어 저승에서 슬퍼하는 일이 없도록 하세요."

유씨가 옆에서 곡(哭)을 하다가 사적인 원망을 꺼내 연경의 일을 말하고자 했다. 동선이 말하였다.

"궤연(几筵)[151] 앞에서 사사로운 원망으로 우리 선령(先靈)을 언짢게 해서는 안 될 것이에요."

유씨가 말하였다.〈139〉

"그렇다면 이쪽에 별당이 있으니 곧 남편을 위해 허위(虛位)를 만들어 놓은 곳이네."

동선을 데리고 함께 들어가서 서로 얼싸안고 가슴을 치며 통곡하였다. 유씨가 먼저 말하였다.

"이 마음은 일전의 편지에 대강 이야기했지. 지금 다행히 서로 만났으나 슬픔이 자꾸만 새록새록 더하는구만. 아, 우리 동선은 남편에게 사랑을 받은 이로, 서로 얼굴도 본 적 없지만 이미 서로 마음은 알고 있지. 피차 근심하고 기뻐하는 것이 나와 한가지이네. 망망한 세상에 숱한 남녀가 있겠으나, 오직 우리 두 사람만이 이런 온갖 흉한 일을 당하니 말로 어찌 다할 수 있으며 듣는다고 어찌 감당이 되겠나? 생각해 보면, 오직 마음속에 쌓아두기만 한 것이 오래이니, 말하지 않는 가운데 속은 이미 썩어버렸네. 다만 그 슬픔을 부여안고 있을 뿐, 누가 와서 위문하겠나? 자세히 말하고 싶지만 누가 와서 듣겠나? 지금 낭자를 보니 만 리 밖 연경에 있는 낭군의 얼굴을 대하는 것 같네. 산 너머 사무치는 그리움과 하늘 끝 저 멀리 영영 이별한 정이 생각하고 생각하며 말하고 또 말하여도 슬픔만 더할 뿐 위로로 삼을 것이 없었네. 오직 낭자만이 낭군의 은정을 감사히 여기며 멀리서 부부의 의리를 받들어,

---

151) 궤연(几筵) : 죽은 이의 혼백이나 신주를 모셔 두는 곳.

부고(訃告)를 듣고 달려와 곡을 하기 위해 험난한 곳을 두루 거치고 먼 길을 걸어 이에 이르렀으니, 평소의 돈독한 의리와 순결하고 굳센 절개가 쇠와 돌을 녹이고 물불을 건너온 것과 같은 게 아니겠나! 함께 전장(戰場)에 나아가 해골을 잘 수습하고 장례를 잘 끝낸 다음에 전선으로 가 소식을 알아보세.”

동선이 그 말을 듣고 애통해하며 말하였다.

“첩은 죄가 많습니다. 말씀이 너무 황송합니다. 가슴속에 맺힌 것을 말씀드리고 싶은 지 오래되었습니다.〈140〉본래 소인의 자질로 군자의 은혜를 이끌어 맺고 낭군으로 하여금 연일 침닉하게 하여 여러 달을 지냈으니, 이것이 첫 번째 책망 받을 일입니다.

난리를 만나서는 헤어짐을 한탄하고 그 생사를 알고자 같은 곳으로 불러 들여서, 부모의 명을 받드는 예를 못하게 하고 부부의 정을 나누는 것[在御之琴]152)도 못하게 하고 화살을 무릅쓰고 달리면서 전쟁터를 누비게 하였으니, 이것이 두 번째 비난받을 일입니다.

절개는 ‘이정(利貞)’153)보다 굳지 못하고 몸은 안기의 눈을 피하지 못하여 강포한 일이 이로부터 꾀해지고 삿된 변고가 이로부터 일어났습니다. 금인(金人)들이 쳐들어와서 쇠사슬이 날아와 옥절(玉節)154)이 사직(社稷)을 떠나고 차고 있던 칼이 슬피 울었습니다. 시랑(豺狼)의 밥이 되고 절역(絶域)에 떠도는 원혼으로 매여 한 번 가서 돌아오지 못하게 되었으니 이것이 누구의 탓이겠습니까? 화란(禍亂)의 근원을 생각

---

152) 부부의 정을 나누는 것[在御之琴] :『시경』「정풍(鄭風)」〈여왈계명(女曰鷄鳴)〉에 부부의 화락한 모습을 형용하여 “자리에 있는 금슬도 고요하고 좋지 않음이 없도다.[琴瑟在御, 莫不靜好.]”라고 하였다.

153) 이정(利貞) : 사물의 근본원리를 뜻하는 ‘원형이정(元亨利貞)’(『주역』「건괘(乾卦)」)에서 온 말. ‘이(利)’는 만물의 이룸[遂]으로 옳음[義]을 뜻하며 ‘정(貞)은 만물의 완성[成]으로 동(動)하지 않고 굳게 지킴[智]’을 뜻한다.

154) 옥절(玉節) : 옥으로 만든 부절(符節). 왕이 사신을 보낼 때 하사한 신표(信標).

해보니 어찌 하늘을 원망하겠습니까? 이것이 곧 세 번째 목매어 죽어야
할 일입니다.

　이런 세 가지 허물을 가지고도 감히 찾아와 절을 올리니, 비록 정성
이 있다고 해도 어찌 뻔뻔한 것이 아니겠습니까? 그러나 지금 이후로
마음과 힘을 다할 바는 수풀 사이에서 뼈를 거두어 푸른 소나무 아래에
무덤을 만드는 것뿐입니다. 그리고 곡(哭)함에 슬픔을 다하고 제사를
모심에 정성을 다하여, 구천에서 떠도는 혼으로 하여금 만세산(萬歲山)
과 항주성(杭州城)을 날아 노닐게 하고, 그런 연후에 저승에 따라가서
이 원통함을 씻으면 족할 것입니다. 그러나 아직 진병(秦兵)[155]은 강하
고 초(楚)의 풍토가 안 좋으니, 계책을 베풀 수 없고 원한을 씻을 수
없습니다. 하늘은 어찌하여 우리를 돕지 않고 땅은 어찌하여 말이 없습
니까?"〈141〉

　이윽고 가슴을 치며 깊게 통곡하니 곡성이 매우 슬펐고, 사방의 이웃
들이 와서 보니 시든 꽃이 비를 맞은 듯, 떨어진 잎이 바람에 우는 듯하
여 눈물을 뿌리지 않는 자가 없었다. 시어머니 장례까지 며칠이 남아
있었다. 동선이 유씨를 도와서 장례를 지내매 일이 끝날 때까지 정성과
공경을 다하니, 보는 사람마다 모두 예(禮)를 안다고 입을 모았다.

　얼마 지나지 않아서 항주로부터 동선의 귀환을 재촉하는 편지가 왔
다. 동선이 돌아온 후에, 안기는 동선의 어미를 후히 대접하며 그로
하여금 간절히 권하도록 했다. 동선의 어미가 말하였다.

　"딸을 아는 것은 어미만한 이가 없지요. 내 딸의 마음을 저는 이미
알고 있습니다. 용문(龍門)[156]의 돌은 옮길 수 있고 옥정(玉井)[157]의

---

155) 진병(秦兵) : 북쪽의 병사를 비유하는 말.
156) 용문(龍門) : '우문구(禹門口)'를 이름. 산서(山西) 하진현(河津縣)의 서북쪽, 협서(陝
　　西) 한성현(韓城縣)의 동북쪽에 있다. 전설에 하(夏)나라 우(禹) 임금이 뚫었다고 한다.
157) 옥정(玉井) : 우물의 미칭(美稱). 혹은, 태화산(太華山) 위쪽에 있는 우물의 이름.

물은 더럽힐 수 있지만, 제 딸의 마음은 어지럽힐 수가 없습니다. 형양
(荊楊)의 금과 오촉(吳蜀)의 비단158)을 산처럼 쌓아 놓을지라도 감히
받을 수 없습니다.”

　유씨의 친정에 계모가 있었는데, 계모의 친족 중에 어떤 홀아비가
있어서 매우 간절하게 유씨를 원하였다. 이에 유씨를 불러와서 그의
뜻을 꺾고자 하였으나, 유씨의 지조는 옥과 같아서 남편의 상복을 아직
벗지 않았다고 핑계를 대었다. 재가시키려는 뜻은 비록 수그러들었지
만 여전히 다른 데 시집보낸다는 소리는 그치지 않았다. 시댁으로 돌아
가려고 하면 좋은 말로 꾀어 기어이 돌아가는 것을 허락하지 않았다.
유씨가 마음속으로 생각하기를,

　‘상서롭지 못한 일이 가까이 있고 일의 형세는 면하기 어려우니 다만
죽음이 있을 뿐이다. 그러나 죽음 역시 상서롭지 못하다. 몰래 시댁으
로 돌아가려고 하면 반드시 찾아서 끌고 와 욕을 보이는 낭패가 있을
것이다. 차라리 항주로 가서 동선과 더불어〈142〉생사를 함께 하는 것
이 좋겠다. 그러나 동선이 아직도 처음 먹은 마음을 고치지 않았는지
잘 알 수 없구나.’

하고서 편지를 보내어 말하였다.

　　내 부모님이 내 청춘을 가엾게 여기시어 재가를 하라고 명하시
　　니, 피할 도리가 없어 모일에 아무개에게 시집을 가게 되었네. 모
　　르겠네, 낭자라면 어떻게 하겠는가?

　동선이 믿지는 않았지만 그래도 답장하기를 이렇게 했다.

---

158) 형양(荊楊)의 금과 오촉(吳蜀)의 비단 : 형주(荊州)와 양주(楊州)에서 나는 금, 오나라
　　와 촉나라에서 생산된 비단은 최고의 품질이었다고 한다.

편지에 말씀하신 일은 매우 경하드릴 일이로군요. 저도 역시 돌아온 후에 처음 먹은 마음을 지키려 하지 않은 것은 아니었으나, 다만 몸이 비천한 까닭에 남에게 **빼앗긴** 바가 되어 지금은 이미 허락하였습니다. 부중(府中)의 안장군이 바로 그 사람입니다.

답장이 돌아오자, 유씨가 의심을 풀면서 말하였다.

"저의 뜻을 먼저 시험하였더니 내 마음을 편하게 해서 나의 부끄러움을 풀어주는구나. 그렇지 않다면 어찌 동선이라 하겠는가? 이 편지를 보니 저 사람이 사랑할 만한 사람이란 걸 더욱 잘 알겠구나."

그리고 드디어 아끼는 몸종 추은(秋銀)과 함께 몰래 도망쳐 길을 떠났다. 안기는 자꾸만 동선을 불러 마음을 바꾸라고 더욱 다그치니, 동선이 그 괴로움을 견디지 못하여 어미에게 말하였다.

"저는 죽을 곳을 얻었어요. 지금 이런 피해를 입으면서 온전할 수가 없으니, 저는 결단했습니다. 어머니께서는 천년을 누리세요."

그리고 한 편 글을 지어 생초(生綃)[159]에다 편지를 쓰고, 분통(粉桶)에 넣어 담 밑에 묻고 축원하였다.

"살자니 하릴없고 죽으려니 또한 목이 멥니다. 황천(皇天)이 아시고 귀신이 도우시어 군자께서 혹시 살아 돌아오시면 이 편지를 찾아내고 사정을 두루 알게 하소서."

마침내 화장을 고치고 옷을 곱게 차려입고서는 누워서 움직이지 않았다.〈143〉어미가 애통해하며 온갖 방법으로 미음을 권하였으나, 전혀 먹지 않았다. 이레째 아침에 보니 이미 죽어 있었다. 어미가 통곡하며 말하였다.

"사람이 그리 했느냐, 하늘의 부름을 따랐느냐, 땅의 거둠을 따른

---

159) 생초(生綃) : 생사(生絲)로 얇게 짠 깁의 한 가지. 생깁. 여름 옷감이나 화포(畫布) 따위로 쓴다.

것이냐? 사랑스런 내 딸, 어디로 돌아갔느냐!"

안기가 이를 듣고 슬퍼하여, 상구(喪具)를 크게 차려 보내었다. 나흘째 날에 염을 한 후 입관하였다. 그 날 시렁 위의 현금(玄琴)이 스스로 울어 곡을 연주하였는데, 온화한 기운이 매우 뛰어나 사람들이 모두 이를 이상하게 여겼다.

다음 날 포시(晡時)160) 때 여자 둘이 문에 도착했는데, 바로 유씨와 추은이었다. 동선이 죽었음을 듣고 바로 들어와 관을 어루만지며 크게 통곡하여 말하였다.

"내가 친정에서 편하지 않기로 여기에 숨어서 몸을 보전할까 하여, 객지에서 갖은 고생을 겪으며 여기까지 찾아온 것은 오로지 낭자에게 의지하려 함이었고 의리가 한 집안과 같았기 때문이었소. 그동안 겪었던 괴로움을 함께 토로하기를 바랐고 조만간 들판의 구함을 일찍이 약속하였더니, 오늘 이미 다른 세상 사람이 되었음을 어찌 생각했겠나? 천 리의 외로운 종적이 한을 품고 왔다가 길게 통곡하며 헛되이 돌아가니, 돌아간들 또한 어디에 의지한단 말인가? 죽어야 할 뿐이구려."

이내 손으로 관을 두드리며 밤이 되도록 통곡하니 두 손이 모두 엉망이 되었다. 눈물이 비 오듯 흘러 손바닥의 피와 섞여 흘러내렸다.

밤이 깊어지자 홀연 관이 열리면서 패옥(佩玉) 소리가 났다. 놀라 돌아보니 염습한 것들이 모두 없어졌다. 즉시 살펴보니 예쁜〈144〉얼굴은 선명하고 비단 옷은 눈부신 광채를 뿜어내더니 급히 유씨 앞에 나아와 절하고 말하였다.

"부인께서 행차하시어 이곳에 당도했음을 모르는 것은 아니었지만 길이 먼 까닭에 돌아오지 못해 기다리게 하였습니다. 부디 허물하지 마십시오."

---

160) 포시(晡時) : 신시(申時). 오후 3시에서 5시 사이.

유씨와 어머니가 깜짝 놀라 물었더니, 이에 대답하였다.

"예전에 낭군의 부음을 듣고 생각하기를 저승에서 서로 만나고자 했습니다. 먼저 구천(九天)[161]에 이르렀고 이어 십지(十地)[162]에 들어가 찾지 않은 곳이 없었으나 끝내 찾지 못했습니다. 이에 만세산(萬歲山) 산신을 뵈었는데, 산신께서 '나는 항주의 상객 서문적의 조상이다. 어찌 그가 있는 곳을 알지 못하겠느냐? 너는 잘못 들어왔도다. 상객은 연경의 감옥에 있으니 죽지 않았다' 하시니, 이에 다시 연경으로 돌아가 상객을 보니 얼굴이 근심으로 가득하고 초췌했습니다. 저를 보고 매우 기뻐하시며 먼저 예전의 음악을 찾으셨습니다. 제가 곧 거문고를 끌어당겨 연주하니 매우 기뻐하셨습니다. 낭군께서 말씀하시기를, '돌아가게, 돌아가게. 부인이 네 집에 이르렀도다.' 하셔서, 이에 인사드리고 돌아왔습니다. 오는 길이 멀어서 부인으로 하여금 도착하여 참담한 소식을 듣고 슬픔을 더하게 하였으니, 저의 잘못입니다."

이에 자리를 거두고 따로 음식을 준비하여 유씨를 매우 후히 대접하였다. 이리하여 상객의 존망을 알게 되어, 기쁨과 슬픔이 극에 달하였다.

상객이 연경에 머물던 십여 년 동안 끝내 남쪽 소식을 알지 못해 걱정으로 날마다 쓸쓸히 지냈다. 그러던 어느 날 저녁 홀연히 동선을 만나니〈145〉한편으로는 기쁘고 한편으로 슬펐다. 이에 명하여 거문고를 뜯고 술을 가져오게 하니, 동선이 거문고를 연주하며 말하였다.

"저는 처음에 도솔천(兜率天)[163]에서부터 차례로 돌아 십지(十地)를 두루 다녔습니다. 위에는 열두 채의 백옥 누대가 있었으며, 가운데에는

161) 구천(九天) : 하늘 꼭대기. '구천구지(九天九地)'라고 하여 '하늘 꼭대기부터 땅 밑까지'라는 뜻으로 사용하였다.
162) 십지(十地) : 보살의 수행 단계. 여기서는 장소의 개념으로 사용하였다.
163) 도솔천(兜率天) : 불교에서 말하는 욕계(欲界) 6천(六天) 중의 제4천. 현재는 미륵보살이 여기에서 설법하며 남섬부주(南贍部洲)에 하생(下生)하여 성불할 시기를 기다리고 있다고 한다.

황금으로 된 불계(佛界)가 삼천이 있었고, 아래에서는 푸른 안개 빛 인
간 세상 팔만을 보았습니다.[164] 그리고는 만세산에 이르러 상객의 행
방을 물어 여기에 이르렀습니다."

상객이 말하였다.

"오늘의 해후는 생각지도 못했던 일이니, 정녕 지극히 아름답구나.
다만 부인이 때마침 항주로 향하였으니, 빨리 돌아가지 않으면 반드시
어긋날 것이다. 어서 돌아가시게."

동선이 이내 편지를 남기고 떠나려 하니, 상객이 답장을 써서 건넸
다. 몽롱한 상태에서 이별하는 순간에 홀연 깨어나니 한 바탕 꿈이었
다. 앉았던 자리 위를 보니 편지 한 통이 있었는데, 비단[生綃]에 쓴
것이었다. 급히 뜯어보니 편지에 다음과 같이 쓰여 있었다.

만 번 죽고 남은 삶, 한 번 이별하니 십년이 지났습니다. 막막한
긴 하늘이 저에게 은혜를 베풀지 않으시고, 망망한 천지가 그 덕을
크게 하지 않으셨습니다. 저의 태어남이 때가 어긋나 망극한 세상
을 만나, 삼천의 귀한 무리[三千之珠履][165]들이 흩어지고 백이의
험함[百二之天險][166]을 무릅써야 했습니다. 아! 제가 그리는 이

---

164) 위에는 열두 채의~팔만을 보았습니다. : 도교에서 옥황상제가 거처한다는 백옥루는 기둥
이 열두 개라 한다. 불교에서, 수미산을 중심으로 구산팔해(九山八海)와 사주(四洲)와 일
월(日月) 등을 합하여 1세계라 하고, 1세계의 천 배를 소천세계(小千世界), 소천세계의
천 배를 중천세계(中千世界), 중천세계의 천 배를 대천세계(大千世界)라고 한다. 삼천(三
千)은 소천·중천·대천을 가리킨다. 불교에서 많은 수를 가리킬 때 팔만사천을 쓰는데, 인
간의 번뇌가 팔만사천 개라 한다. 이 수를 줄여 팔만으로 지칭하기도 한다.

165) 삼천의 귀한 손님[三千之珠履] : 고귀한 신분을 뜻한다. 조(趙)나라 평원군(平原君)이
초(楚)나라 춘신군(春申君)에게 사람을 보냈는데, 그는 자신을 과시하려고 희귀한 거북
껍데기 비녀에 칼집을 주옥으로 장식한 칼을 차고 다녔다. 춘신군의 무리는 삼천 명이었는
데, 상객들이 모두 구슬로 장식한 신을 신고 조나라의 사신을 대하니, 그는 매우 부끄러워했
다고 한다.

166) 백이의 험함[百二之天險] : 백만의 적군을 이만의 군사로 막을 수 있는 요새라는 뜻으로,
원래는 진(秦)나라 수도 함양(咸陽)을 말하는데 여기서는 전란 상황을 가리킨다. 『사기』

는 저 돌산을 오르시는가요.[167] 그대를 생각하니 어느 날인들 잊
을 수 있겠습니까? 타지의 거친 풍속을 염려하고 어찌할 줄 모르
는 나그네를 안타까이 여깁니다. 구사일생의 혼백이 참담하고 만
리에 떠나는 행색이 처량하니, 비록 포박되어 있다 하나 이는 죄가
있어서가 아닙니다. 오랫동안 풍토병의 기운이 엄습하니 탈이 없
겠습니까? 삶과 죽음은 알 수 없으니, 〈146〉울며 말한들 어찌 다할
수 있겠습니까? 달빛이 연경 하늘에 밝으니 어쩌면 그리움의 꿈을
꾸려는지요? 구름이 먼 포구에서 헤매니 안타깝게 바라는 마음이
맺힙니다. 저곳도 이와 같으리니 이곳에 있으면 또한 어떠하겠습
니까? 길가 이슬에 옷을 적시는 데 대해 그 훈계가 새벽과 밤에
절실하지만,[168] 한수(漢水)와 맑은 패옥 같으시니 말에 귤과 유자
의 의미가 있습니다.[169] 궁중의 오동잎은 시를 짓기에 적합하지
않고,[170] 강위의 백주(柏舟)[171]에서는 영원히 변하지 않을 것을
맹세하였습니다. 정원에 까치 소리 있어 돌아올까 하였더니, 변방
의 기러기가 소식을 전하매 놀라 살펴보니 죽음을 알리는 소식이

「고조본기(高祖本紀)」.

167) 제가 그리는 이는 저 돌산을 오르시는가요 : 『시경』「주남(周南)」〈권이(卷耳)〉의 구절
  을 이용한 것이다. 위 구절은 그리워하는 이가 돌산을 오르는데 자신도 따라가고자 하나
  말과 마부가 병들어 한숨짓는다는 노랫말이다.

168) 길가 이슬에~밤에 절실하더라도 : 『시경』「소남(召南)」〈행로(行露)〉를 가리킨다. 이
  시는 소백(召伯)의 어진 정치로 나라의 음란한 풍속이 없어지자 한 여인이 예로써 자신을
  지켜 강폭한 남자에게 더럽혀지지 않음을 노래한 것이다. 이른 새벽과 늦은 밤에 길가 이슬
  이 많아 옷이 젖을까 두려워 다니지 않는다는 노랫말이다.

169) 말에~의미가 있습니다 : 서진(西晉)의 시인 반악(潘岳, 247~300)이 수레 타고 지날
  때 여인들이 애정의 표시로 귤을 던져 주었던 고사를 말한다.

170) 홍엽제시(紅葉題詩)의 일을 빗대어 그렇지 못한 처지를 말함. 고황(顧況)이 궁중에서
  흘러나오는 개울에서 시가 쓰인 큰 잎을 발견해서, 이에 대한 답시를 써서 상류에서 궁중으
  로 흘려 보냈다고 한다. 당나라 맹계(孟棨)의 『본사시(本事詩)』.

171) 강위의 백주(柏舟) : '백주(柏舟)'는 『시경』「용풍(鄘風)」의 한 편명. 위(衛)나라 공백
  (共伯)이 일찍 죽고 그의 아내가 절개를 지키고 있었는데 친정 부모들이 재가시키려 하자
  아내는 이 시를 지어 절개를 맹세하였다.

었습니다. 제 눈물은 넓은 바다의 파도와 합하고, 제 곡소리는 연경 하늘의 달을 끊습니다. 나비는 만 리를 헤매는 꿈에 놀라고, 두견은 삼경에 서글픈 원한을 하소연합니다. 스쳐가는 바람과 가랑비가 산 남쪽에서 들려오는 피리 소리를 삼키고, 석양의 차가운 구름은 창오산(蒼梧山)[172]의 가을색을 가립니다. 십 년을 떨어져 있으니 원망은 삼생(三生)에 미치고, 백 년을 함께 돌아가자 하였으니 계획은 한 번 죽음을 정하는 것입니다. 하물며 지금 석계룡(石季龍)[173]의 군대가 여전하고[174] 송(宋) 강왕(康王)[175]의 탐욕이 무궁하니, 혼탁한 세상을 면하기 어려워 이승의 삶을 거두어 황천을 마음에 품어봅니다. 청릉대(靑陵臺)[176] 위에는 까마귀들 어지러이 날고, 녹주루(綠珠樓)[177]에는 꽃잎이 어지럽게 나부낍니다. 화장대에 먼지 낀 거울을 닫고 금대(琴臺)의 저물녘 구름이 어두워지는데, 살아도 하릴없고 죽어도 소리 내지 못합니다. 하늘이 알고 귀신이 도우사 군자께서 돌아오신다면, 이 편지를 펼쳐 제 심정을 알게 하소서.〈147〉

상객이 눈물을 흘리며 읽어 내려가니, 비로소 동선이 죽음에 임박하

---

172) 창오산(蒼梧山) : 중국 호남성(湖南省)에 있는 곳으로, 순임금이 남방을 순행하다가 죽은 곳. 구의(九疑)라고도 불린다.

173) 석계룡(石季龍) : 석호(石虎). 계룡(季龍)은 자. 후조(後趙)를 세운 석륵(石勒)이 죽자 조카 호가 자립하여 업(鄴)으로 천도한 후 15년간 재위하였다. 사치를 부렸고 노역을 많이 시켰으며, 형벌을 가혹히 한 것으로 알려졌다.

174) 석계룡(石季龍)의 군대가 여전하고 : 거란의 침입을 빗댄 표현.

175) 송(宋) 강왕(康王) : 성격이 포악하고 음란하여 수단과 방법을 가리지 않고 미인을 취했다고 한다.

176) 청릉대(靑陵臺) : 전국시대 송(宋) 강왕(康王)이 한빙(韓憑)의 아내를 빼앗기 위해 한빙을 청릉대 짓는 곳으로 보내고 그의 아내를 후궁으로 삼았다. 한빙이 자살하자 그 아내는 남편과 함께 묻어달라는 유언을 남기고 청릉대에서 투신하였다. 이에 분노한 강왕이 두 사람의 무덤을 따로 있게 했는데 두 무덤에서 나무가 자라 가지가 서로 향해 뻗어 하나로 이어졌다고 한다. 『수신기(搜神記)』.

177) 녹주루(綠珠樓) : 진(晉)나라 석숭(石崇)의 애첩이었던 녹주가 거처하던 누각.

여 쓴 편지임을 깨달았다. 이에 생각하기를,

'편지가 여기 온 것은 밝은 자질과 뛰어난 정신으로 도모한 것일 것이다. 그러나 꿈이 이와 같으니 진실로 생사를 헤아리기 어렵도다.'

하며, 그 마음이 두렵고 미혹되었으며 슬픔이 배나 더하였다.

동선은 유씨와 함께 거하면서 항상 자신의 슬픔을 억누르고 애써 음식을 더 먹었는데, 이는 유씨를 위한 것이었다. 우연히 담장 밑에 묻었던 것을 꺼내 보니, 실로 자기가 쓴 것이 아니었다. 글에는 이렇게 적혀 있었다.

한 번 이별하여 천 리를 떨어지니 막막하여 기약이 없소. 수없이 많은 죽을 고비에 달이 가고 해가 바뀌었소. 한숨 쉬며 눈물로 통곡하니 세상일 어려움이 많기 때문이고, 우울하고 울적하여 한탄하니 내 마음이 막혀 있기 때문이오. 남쪽 땅의 연기는 뼈에 스미고 질병이 때때로 이르며 독기 어린 안개는 피부에 엉기니 죽을 날이 가까워오는구려. 덧없는 인생에 묶여 있음을 애도하고 옛 인연을 헛되이 던짐을 한탄하오. 낭자께서 남은 정을 여전히 품고 옛 약속을 거듭 찾으리라 어찌 생각했겠소? 산과 바다를 건너 온갖 어려움을 겪으며 찬란히 이곳에 이르렀으니, 또한 수고로운 일이오. 황사무더기 속에 번화가의 봄빛이 돌아오고, 푸른 바닷가 성 머리에 붉은 난간의 꽃 그림자가 비치오. 농수(隴樹)[178]에서 진(秦)나라 음악을 거두니 모든 한이 사라지고, 파릉(巴陵)[179]에서 초나라 노래를 그치니 두 사람의 심정이 어떠하겠소? 술로써 무료함을 파하고, 한 번 웃음에 쌍벽(雙璧)이 거문고를 안고 와 뜻이 있어 다시 노래하니 천금 같고, 이미 반쪽 거울이 합하

---

178) 농수(隴樹) : 농산(隴山)의 나무. 변방의 나무를 가리킴. 무덤의 나무를 가리키기도 함.
179) 파릉(巴陵) : 악양(岳陽)의 옛 이름. 호남성(湖南省) 북동 끝에 있는데 초나라 문화의 요람으로 여겨진다.

였으니 〈148〉백붕(百朋)[180]을 받은 듯하오. 비록 죽은 날이지만 이는 곧 살아있을 때의 일 년 같소. 잠깐 떠났지만 마땅히 다시 만나리라.

그 글씨와 의미를 생각해보니 상객의 편지였다. 동선이 살펴보니 거문고·술·서찰 등의 일이 황연히 눈앞에 보는 듯하였다. 이는 꿈속에서 두 사람의 혼이 교감한 게 아니겠는가? 문득 슬픔이 더해졌다.

이때 금나라는 악무목(岳武穆)이 군사를 훈련시킨다는 말을 듣고는 크게 화내며 먼저 항주에 격서를 띄우고 군대를 보냈다. 안기가 사로잡혀가니 군영이 텅 비게 되었다. 이에 동선은 소군과 모의하였다.

"지금 형세는 바둑돌을 포개놓은 듯하여 앞으로 닥칠 화복을 점칠수 없습니다. 낭군께서 저곳에 아직 살아계신 것을 알았으니 즉시 서둘러 찾아야 합니다. 만일 얼굴을 볼 수 있다면 평생의 다행이요, 그렇지 않으면 훗날 바랄 수 있는 것은 모래판의 백골일 따름입니다. 이제 모험을 하여 천지가 묵묵히 도우신다면 뜻을 이룰 것이요, 그렇지 않으면 호랑이 밥이 되겠지요. 유한한 인생으로 길이 이별한 시간이 얼마입니까? 차라리 길바닥에서 죽는 게 낫지 않겠습니까? 어찌 우두커니 기다리며 앉아서 후회하고만 있겠습니까?"

소군은 정말로 그렇다고 여겼다. 드디어 가벼운 보물을 마련하여 날을 잡아 떠나니, 추은(秋銀)과 소진(小眞)도 모두 따라 나섰다. 동선은 모친과 이별을 고하였다.

"이번 길은 이리들과 함께 하는 것이요, 저승을 이웃에 둔 것이니, 살아 돌아올 희망이 없고,〈149〉속 태워봐야 소용없습니다. 오래 사셔서 천수를 누리세요."

---

180) 백붕(百朋) : 많은 돈 또는 많은 녹(祿). 붕(朋)은 조개 한 쌍을 나란히 늘어뜨린 모양을 본뜬 것으로 고대에 화폐로 쓰였다.

모친은 이별 잔을 들었으나 목이 메어 마시지 못하였다. 이때 전송객들이 집에 가득하였는데 술과 음식을 성대히 베풀고 슬픈 노래 한 소리에 눈물이 흘러내렸다. 문을 나서며 세 번이나 돌아보니 모든 이웃들이 통곡하였다. 이에 샛길을 골라서 간 지 14일 만에 한 곳에 이르렀는데, 홀연히 장만부를 만났다. 매우 기뻐서 그간의 실상을 이야기하였다. 장만부가 말하였다.

"나도 포로가 되었는데, 저들의 뜻을 잘 받들었지요. 그러자 좋아하며 관직 하나를 주어 이 지역 유수(留守)181)가 되었으니 서하(西河)의 관사에 있습니다. 지금 소군부인과 낭자를 뵈오니 미처 생각지 못했던 터라 나도 모르게 놀랍고 기쁘니 존형을 대하는 듯합니다. 그런데 만리 길을 오셔서 이미 지치셨을 터이니 며칠 쉬시지 않겠습니까?"

이에 함께 숙소로 돌아가서 따로 한 거처를 정하여 쉴 수 있도록 하고 매우 잘 대접하니, 동선 등이 다행으로 여겼다. 장만부의 동료 중에 호손달희(胡孫橽喜)란 자가 있었는데, 호걸이었다. 장만부가 난을 당한 후에 서로 교우를 맺었던 사람이다. 일찍이 이야기하다가 동선에 대해 극히 칭찬하였더니, 달희가 듣고 말하였다.

"천하에 보지 못했던 미색을 보고 싶네."

장만부가 말했다.

"어려울 것이 뭐가 있겠는가?"

저녁이 되어 동선에게 사람을 보내어 말하기를,

"마침 변변치 않은 음식이나마 같이 먹으며 위로하려는데, 오시지 않겠습니까?"

하니 동선이 감사하여 즉시 이르렀다. 문득 문지기가 나아와 아뢰었다.

---

181) 유수(留守) : 수도 이외의 옛 도읍지나 국왕의 행궁이 있던 곳 및 수도경비에 필요한 곳에 두었던 특수행정직.

"호손 사군(使君)께서 문에 와 계십니다."〈150〉

장만부가 동선에게 말하기를,

"저 사람과 나는 정의(情誼)가 두터우니 무슨 혐의가 있겠습니까?"

하고 들어오게 하였다. 술이 나오자 장만부가 잔을 들어 동선에게 권하니 동선이 절하고 받았는데, 술잔이 너무 커서 다 비우지 못하고 소진(小眞)에게 물렸다. 다음 달희에 이르러 달희가 마시고 읍하며 말하기를,

"소낭자가 먼 길에 피로했을 것이니 특별히 술을 드립니다."

동선이 절하며 잔을 받지 않고 말했다.

"장만부 사군의 부름에 고마운 마음으로 온 것일 뿐입니다. 본래는 술을 마시러 온 것이 아닙니다."

하고는 나가 버렸다. 달희가 장만부에게 만류하라고 부탁하니 장만부가 말하였다.

"안 되네. 동선의 정심(貞心)은 금석처럼 굳고, 눈서리같이 밝으니 더럽힐 수 없네. 얼굴 본 것으로 만족하게."

달희가 말하였다.

"대장부가 이 여자를 얻지 못하면 천하의 쓸모없는 물건이지."

다음날 아침, 동선이 가기를 청하니 장만부가 말했다.

"이전에 지나온 길에는 마침 샛길이 있어서 막힘이 없었지만, 이곳에서 북쪽으로는 역로(驛路)가 아니면 연경에 도착하지 못할 것이고 철기(鐵騎)가 없으면 역을 지나지 못할 것이오. 내가 마땅히 말을 내어 호송하려 하니 기다리는 것이 어떻겠습니까?"

동선 일행이 서로 안도하며 기뻐 말하였다.

"이번 길에 장 사군이 없었으면 어떻게 되었을까?"

이날 저녁에 일행이 편안하게 곤히 잠자고 있을 때, 홀연 매우 급하게 말달리는 소리가 들렸다. 불빛이 대낮 같아 모두 자다가 놀라 깨어

서 보니, 무사 한 사람이 재빨리 들어와 동선의 손을 붙잡고 번개같이 나갔다. 동선이 이끌려 나가 보니 바로 달희였다. 그의 집에 도착하여 보니 활·칼·창·도끼 등이⟨151⟩좌우에 널려 있었다. 동선이 급히 도끼를 잡아 자기 손을 잘라 달희의 이마에 던지면서 말하였다.

"이것은 네 수중의 물건이니 내가 어찌 쓰겠느냐?"

이내 나오니 감히 막는 자가 없었다. 그 손은 이마에 붙어 깊이 들어가서 떼려고 하여도 되지 않고 고통이 매우 심했다. 급히 알 만한 사람을 찾아 물어 보니, 한 병사가 말하였다.

"이것은 원귀가 맺힌 것이니 쉽게 다스려지지 않을 것입니다. 반드시 흐르는 물에 얼굴을 담그면 길어야 백 일이면 없앨 수 있을 것입니다."

달희가 어쩔 수 없이 그대로 따랐다. 동선도 또한 자른 곳이 매우 아파서 자신이 죽게 될 것이라 생각했다. 소진과 추은이 장만부에게 가서 말하였다.

"우리 낭자는 한결같이 낭군만을 향하여 그 정성이 지극하였으니 한 가닥 위태로운 목숨을 아끼지 않고 이번 만 리 길을 떠나왔습니다. 해가 뜨면 산골짜기에 숨었다가 어두워지면 구비구비 비탈진 샛길을 재빨리 걸어 여기저기 전전하면서 이곳에 이르렀으니 이미 지쳤습니다. 하늘 끝 먼 곳이라 아는 사람도 전혀 없고 고개 너머 타향이니 기대어 의지할 곳도 없었는데, 다행히 중도에서 영공(令公)을 만났습니다. 그런데 측은한 마음도 없이 도리어 음험한 계책으로 한 잔 술을 두고 포악한 객을 끌어들여, 그로 하여금 눈으로 보고 계략을 일으키도록 하신 겁니까? 비단 치욕이 몸에 있을 뿐만 아니라 또한 아픔이 손에도 남게 되었습니다. 남은 숨이 가늘어지고 구할 수⟨152⟩없을 지경입니다. 만약 불행하게 된다면 우리 여종들이 먼저 영공의 고기를 먹은 후에 주인 아씨의 상복을 입겠습니다."

그리고 크게 부르짖으며 통곡하였다. 소군은 더욱 통절함을 이기지 못하여 장만부를 꾸짖었다. 장만부가 비록 자기가 간여한 것은 아니나 부끄러움을 이기지 못하여 급히 부인 앞으로 나아와 사죄하였다. 약을 구하여 동선을 치료하려는데, 어떤 이가 한 병사를 추천하니 달희를 치료하던 바로 그 사람이었다. 병사가 말하기를,

"치료하기는 어렵지 않다."

하고는 도끼를 태우고 물을 끓여 별현단(鼈見丹)[182]을 타서 바르니 다음날 다 나았다. 이후 장만부의 도움을 받아 연경에 도착할 수 있었다.

그 곳 풍속에, 병사가 한 번 말에서 떨어지면 그의 집안으로 하여금 옥에 갇힌 사람 한 명을 오 일 동안 먹여 살리도록 벌하였다. 이때 남인이 계속 끌려와서 갇힌 사람들이 오천여 명에 달했다. 비록 밥 대주는 사람이 많았으나, 그 수에는 미치지 못하여 늘 여러 사람을 먹여야 했으므로 그 고통이 자못 심했다. 동선 일행이 천서(川西)[183]의 여관에 투숙하고 스스로를 거지라 칭하면서 장차 밥 대주는 일을 하고자 하였다. 이에 밥 대주는 사람들에게 물어서 항주(杭州) 상객을 담당한 사람을 만나 대신 하기를 청했더니, 그 사람이 기뻐하면서 승낙했다.

상객이 연경에 있은 지 오래되고 고향 소식을 듣지 못하여, 비참한 마음이 갈수록 더하였다. 어느 날 아침, 들어온 밥을 보니 다른 날과 달라 마음속으로 괴이하게 여겼다. 그날 저녁도 이와 같았고〈153〉다음 날에도 그러하였다. 이에 먹지 않고 눈물을 흘리니 함께 묶여 있던 자가 물었다.

"왜 그러는지요?"

상객이 목이 메어 말을 하지 않자 계속 물었다. 이에 말하기를,

"우리 집 아내와 첩이 함께 이곳에 왔는데 옥(獄)의 규율 때문에 보지 못하니 이에 슬퍼하는 것이오."

---

182) 별현단(鼈見丹) : 자라와 비름을 섞어 만든 약인 듯하다.
183) 천서(川西) : 중국 사천성(四川省)의 서쪽 지역.

라고 하였다.

"어떻게 온 것을 확실히 아는지요?"

"내 아내[小夫人]는 온화하면서도 강단 있어 좋은 옥 같은 자질을 지녔고, 내 첩[小娘子]은 섬세하면서도 빛남이 있어 고운 비단[貝錦]의 무늬와 같소. 두 사람 모두 오상(五常)[184]에 힘써 오행(五行)[185]을 통하고, 오행을 통하여 오음(五音)[186]을 조화롭게 하며, 오음을 조화롭게 하여 오미(五味)[187]를 다스릴 줄 알지요. 밥을 지으면 오음의 맛이 있고 고기를 자르면 반드시 네모 반듯하고 채소를 썰면 법도에 맞게 일정했소. 조금 전 대한 것이 한결같이 이 모양을 따르고 있으니, 그 손이 아니면 할 수 없는 것이오."

말하며 눈물을 흘리니 사람들이 차마 보지 못했다.

동선이 소군(小君)에게 말하였다.

"우리가 이곳에 온 뜻을 낭군께서 벌써 아셨으리라 생각됩니다."

소군이 말하였다.

"나 또한 그렇게 생각하네."

소진 등이 말하였다.

---

184) 오상(五常) : 사람이 지켜야 할 다섯 가지의 떳떳한 도리. 인·의·예·지·신.

185) 오행(五行) : 우주 만물을 이루는 다섯 가지 원리. 금·목·수·화·토.

186) 오음(五音) : 기본적인 다섯 가지 음률. 궁(宮)·상(商)·각(角)·치(徵)·우(羽). 윤휴(尹鑴)의 『백호전서(白湖全書)』권45 「잡저(雜著)」에 "하늘에는 음(陰), 양(陽), 바람[風], 비[雨], 어둠[晦], 밝음[明]의 육기(六氣)가 있어, 아래로 오미(五味)를 낳으며, 오색(五色)으로 나타나고(매운맛의 색은 희고[白], 신맛의 색은 푸르고[靑], 짠맛의 색은 검고[黑], 쓴맛의 색은 붉고[赤], 단맛의 색은 누르다[黃]), 오성(五聲)으로 징험되는데, 흰색의 소리는 상성(商聲)이고, 푸른색의 소리는 각성(角聲)이고, 검은색의 소리는 우성(羽聲)이고, 붉은색의 소리는 치성(徵聲)이고, 누런색의 소리는 궁성(宮聲)이다."라고 하였다.

187) 오미(五味) : 다섯 가지 맛. 단맛[甘], 짠맛[鹹], 신맛[酸], 쓴맛[苦], 매운맛[辛]. 『서경(書經)』「홍범(洪範)」에 오행(五行)에 관하여 "물[水]은 짠맛을 만들고, 불[火]은 쓴맛을 만들고, 나무[木]는 신맛을 만들고, 쇠[金]는 매운맛을 만들고, 흙[土]은 단맛을 만든다. [水曰潤下, 火曰炎上, 木曰曲直, 金曰從革, 土爰稼穡. 潤下作鹹, 炎上作苦, 曲直作酸, 從革作辛, 稼穡作甘]"고 하였다.

"감히 묻자온대, 어째서입니까?"

동선이 말하였다.

"다른 것이 아니라 처음에 들여보낸 밥은 물린 것이 없으니 이는 입에 맞기 때문이지. 두 번째 들여보낸 밥은 반도 드시지 않았으니 이는 마음이 움직여서야. 세 번째에 이르러서는 맛만 보았을 뿐이니, 이것이 어찌 깨닫고서 슬퍼하여 그러한 것이 아니겠느냐?"

그리고는 함께 눈물을 흘리며 오열하는데 의심받을까 두려워하여 억제하였다.〈154〉어느 날 저녁 서로 말하였다.

"이곳에 온 것은 한 번 뵙기를 바란 것이었는데 규율이 이와 같아 시행할 계책이 없으니 어떡하나?"

추은이 말하였다.

"만 리 밖에 있는 것보다는 낫습니다. 괴로워하지 마십시오. 반드시 끝이 있을 것입니다."

소진이 말하였다.

"듣건대, 악무목(岳武穆)의 장병들이 변경(汴京)에 들어왔다고 하니 금(金)나라가 과연 패한다면 이는 우리의 복입니다."

서로 대화가 끊이지 않았다. 한밤중이 되었을 때 전도(前導)[188]하는 소리가 멀리서부터 가까워지더니 인마(人馬) 소리가 시끄럽게 들리고 횃불이 성안에 가득 찼다. 놀라 일어나 보니 이미 갑병(甲兵)들이 옥의 사면을 여러 겹으로 둘러싸고 옥문 밖에는 높은 자리를 성대히 세워놓아 위의가 매우 엄숙했는데 사람들은 그 이유를 알지 못했다. 동선이 주인영감에게 부탁하여 상세한 것을 알아오게 하였다. 주인영감이 자리에 이르러 살펴보니, 새벽에 부절(符節)을 받든 이가 먼저 왔다. 이에 물으니,

---

188) 전도(前導) : 고관이 행차할 때 그보다 앞서 소리를 질러 길을 틔우는 것. 벽제(辟除).

"장군 있는 데서 부서(符書)189)가 왔습니다. 날이 밝을 때를 기다리면 일이 있을 것입니다."

라고 답하였다. 주인영감이 말하였다.

"일단 말해 보게. 나 또한 전장에서 늙었으니 일을 누설하지 않을 것이네."

이에 귀에 대고 말하였다.

"악무목의 장병 오백이 변경에 들어가 크게 싸웠는데 일당백(一當百)이었습니다. 북군(北軍)은 대패하여 장차 다시 싸우려고 본진의 장졸들을 급히 불러들여 병세(兵勢)를 더하려 합니다. 그런데 오히려 본진이 〈155〉비면 옥에 갇힌 남인(南人)들이 반드시 배반할 것을 염려하여 속히 참한다고 합니다."

주인영감이 동선에게 이를 알려주자 동선 등은 크게 놀라며 어찌할 줄 몰라 말도 나오지 않고 울음도 나오지 않았다. 낙담하고 당황해 할 즈음에 동방이 이미 밝았다. 어떤 대장이 나와 자리에 앉더니 명령하기를 옥문을 열어 나오는 대로 베라고 하였다. 남인들은 면하지 못할 것을 깨닫고 무리지어 부둥켜안고 나왔다. 서로서로 이어지니 문틀이 무너지고 담장이 모두 무너졌다. 칼을 가지고 치는 자와 위병들이 합세하여 어지러이 베니 잠깐 사이에 모두 죽었다. 시체들이 냇물 속에 쌓여 물이 모두 붉어졌다. 군대를 모두 거두어 남으로 향하여 가니 성이 비었다. 동선 등이 비로소 나와 이를 보니 참혹했다. 냇물을 바라보며 물러 앉아 긴 탄식만을 내뱉을 뿐 아무 생각이 없는 듯했다. 잠시 후 물 속에 몸을 던졌는데 물이 그리 깊지 않아 소진 등이 힘써 구하여 죽지 않았다. 소군이 두 종에게 명하여 시체가 엎어져 있는 곳을 살피라 하고 동선을 이끌고서 묵고 있던 곳으로 들어와 말하였다.

---

189) 부서(符書) : 군사를 운용하라는 증명서.

"근심스러운 날은 모두 지나고 즐거운 날이 곧 올 것이네. 나와 함께 밤을 타 물에 들어가 낭군을 따른다면 또한 즐겁지 않겠는가?"

동선이 말하였다.

"저도 그리 계획하였습니다."

말이 끝나기 전에, 두 종이 문에 있다가 그 낌새를 알아차리고 잠시도 떨어져 있지 않으니 계획을 시행하지 못했다. 이에 두 종에게 애걸하였다.

"뜻이 이미 정해졌으니 너희는 애석해하지 마라. 이와 같이 한⟨156⟩ 후에야 이 마음이 편안해질 것이니, 너희들은 좋이 돌아가 내 모친을 잘 봉양하여 천수를 누리게 하는 것이 우리를 후히 대하는 것이다."

소진이 말하였다.

"이전의 계획은 유골을 거두는 것에 불과했는데, 지금 이렇게 하는 것은 두 가지 모두 버리는 것입니다."

소군이 말하였다.

"너의 말이 그럴 듯하나 여기에서 장례를 치르자니 기물이 없고, 하물며 실로 하늘이 그리 만든 것이니 차라리 지아비와 함께 물고기 뱃속에 매장되는 것이 편하다."

추은이 말하였다.

"이 곳에도 부자가 있을 것입니다. 우리 두 사람을 파시면 상구(喪具)를 얻을 수 있을 것입니다. 이밖에 다른 계책은 없으니 저희 말을 따라 주십시오."

의논을 결정하지 못한 채 서로 붙들고 나와서 강을 따라 오르내렸다. 비로소 곡성을 터뜨리니 물 또한 울음소리를 냈다. 문득 손이 물 위에 떠내려 오는 것이 보였다. 시체가 쌓인 곳에 이르러 그 안으로 돌입하더니 한 시체의 손을 잡았는데 살아 있는 것 같았다. 동선이 뛰어가서 보니 춘금(春金) 가락지 한 쌍이 무명지에 끼워져 있었다. 동선이 매우 이상하게 여겨 시험 삼아 잘려진 팔을 내미니 손이 그에 저절로 합쳐져 완전히 예전과 같이 되었다. 그 손이 시체의 손을 붙들고 놓지 않아 빼낼 수 없었다. 소군과 두 종이 힘을 합쳐 그 시체를 끌어안고 나와 보니 곧 상객이었다. 비로소 손이 풀려 물로 얼굴을 씻어 보니 특별히 상한 곳은 없었다. 적들이 어지러이 벨 때 바람결에 쓰러져 그렇게 된 것이었다. 형틀을 풀고〈157〉백방으로 치료하자 반나절쯤 지나 물을 토해내고 살아났다.

그간 온갖 고초를 겪은 형상을 말로 이야기하자니 너무나 많아 이루 다 기록할 수 없었다. 동선이 말하였다.

"지금은 위급한 때이니 이곳에 오래 머무를 수 없습니다. 속히 행장을 꾸리시지요."

상객이 말하였다.

"그럽시다."

이에 구걸하는 자 수백여 명을 모아 모의하였다.

"너희들 또한 장차 짓밟히는 티끌이 될 것이니 목숨을 구하고 싶다면 내 말을 들어야 한다."

모두 말하였다.

"알겠습니다."

그 후 무리를 이끌고 부중(府中)에 들어가 창고지기를 위협하여 보관한 것들을 모두 꺼내어 말 수십 마리와 활, 검, 깃발, 북, 포목 등을 얻었다. 금나라의 옷을 만들어 입히고 대열을 지어 거느리고 떠나니, 성을 지키던 부장이 급보를 듣고 적을 향해 나아가는 듯했다. 도로에는 바람이 일고 행인들은 비켜섰다. 수십 일이 지나지 않아 서주(徐州)에 도착하여 오랑캐 옷을 벗고 밤에 항주 성에 이르렀다. 주모가 매우 기뻐하며 구르듯 달려 나왔다. 날짜를 헤아려보니 동선 등이 처음 떠난 때로부터 지금까지 11개월이었고 상객이 연경 옥에 갇힌 때로부터 13

년이었다. 동선이 말하였다.

"따르던 기졸(騎卒)들을 버릴 수 없습니다. 가산을 팔아 노잣돈을 더 마련합시다. 대부인 묘에 가 예를 갖추어 제를 올리고 나서 더 깊은 곳에 들어가는 것이 좋겠습니다. 제가 들으니, 도죽산(桃竹山)이 아득히 먼 바다에 있다고 하니 숨을 만한 곳이 아니겠습니까?"

상객이 그 말을 모두 받아들여⟨158⟩일가를 거느리고 곧 떠났다. 이웃 사람 가운데 따라가기를 원하는 자가 수백여 명이었다. 바닷가에 이르니 끝없이 아득하여 물과 하늘이 한 빛이었다. 멀리 바라보니 푸르스름한 산 기운이 흔들리며 높이 구름 사이에 있었다. 잠시 후 작은 배 천여 척이 물을 따라 내려가는데 배가 너무 작아 겨우 한 사람이 탈 수 있을 정도였다. 동선이 일행을 거느리고 각각 한 배에 탔다. 나머지 사람들은 배에 발을 딛자마자 빠져 건널 수 없었다. 배가 바람을 따라 가서 하루가 못 되어 건너가니 곧 죽엽(竹葉)이었다. 배에서 내려 육지로 올라 산으로 들어가니, 산은 높이 하늘에 닿았고 그 둘레는 만 리였다. 위에는 천 년 묵은 복숭아나무가 있었는데 붉은 열매가 쌓여 있어 먹기에 넉넉했고 아래에는 푸른 대나무가 촘촘히 자라 집을 이루어 매우 아름다웠다.

바닷가에 살고 있는 사람들은 비가 개고 바람이 온화한 날이나 구름이 아름답고 달이 밝은 밤이면 맑은 거문고 소리와 피리 소리를 멀리서 들을 수 있었으니, 먼 바다의 산에서 나는 것 같았다. 지금까지 끊어지지 않는다고 하니 어찌 동선의 노래가 아니겠는가?

洞仙傳

洞仙之遺響古也. 皇唐之際, 徐杭人, 長於詞. 後來傳得, 而
未極其趣. 杭有一妓, 能以理會得之, 悉解星河月帳之眞響. 後
數十年, 捲入桃竹山. 山在海南累千里, 莫知其所終.

靖康中, 有西門生者, 名勛, 故杭州刺史西門鬭之後也. 幼被慈母
之敎, 夙負名譽1), 倜儻不拘, 世居汴京之萬歲山下, 嘗娶山東劉氏2),
亦簪纓族. 旣有室家, 不事契活, 酷好吹笛, 飄然有遠去遺世之意.
母崔夫人憂之曰:
"丈夫之降生也, 上焉悟恃, 下而妻妾3), 立揚以顯之, 鞠育以安之.
取高第, 行卲德, 孝于父, 忠於君, 卽其職分〈98〉也. 今汝放廣4)是
任, 落落自如. 將欲何爲者? 龍伯高之敦厚, 人所難忽. 杜季良之豪
俠, 吾甚不願. 屠龍椎□5), □6)有其時, 玉堂金馬, 當在人焉. 廣陵看
花之福, 非是盡天之才, 魏家種槐之業, 實有垂昆之望. 汝曾不若, 蔑
乃家風, 高閎大門, 將不得容膝, 郭山市庄, 將不得置錐. 其可不深思,
竟將安之?"
生自度,'雖未能副敎, 然且以承順爲意.'事文墨十餘載, 連擧不第,
乃慨然切歎曰:

---

1) 譽 : 국도관 가본에 '藝'.
2) 劉氏 : 국도관 가본에 '劉氏之女'.
3) 妾 : 국도관 가본에 '孥'.
4) 廣 : 국도관 가본에 '曠'.
5) □ : 국도관 가본에 '虎'.
6) □ : 국도관 가본에 '雖'.

"富貴功名, 來不來中, 鬐欲華矣. 吾將何執, 而稽中分年乎?"

劉氏亦端好人也, 尋常勸勉, 期揭異號, 生一向意趣, 終莫能展.

同志有張萬夫·崔浧, 相許極深. 生一日置酒邀之, 酒三行, 生乃言曰:

"男兒命世, 竟何執而成名乎? 諸君其各自言〈99〉無隱."

張遽曰:

"立德立言, 莫如立名. 立名, 又莫如逢時吐氣. 方今北馬南牧, 秦喝未已, 野狐昇榻, 漢頌不絶, 大丈夫得志之秋也. 正欲腰靑萍, 手白羽, 駕八龍, 披六塵, 鳴玉帳之雄風, 掃金門之腥穢, 身居頗牧之右, 功出晟城之首, 一則祖先之榮, 二則子孫之福也.

崔乃尾之曰:

"名聲盖世, 功施照後, 人各有心, 亦不可必. 何況立名而毁謗起焉, 功成而誅戮隨之, 秖爲後來拍掌之資而已, 夫何益乎? 若夫鄒魯傳授之統, 濂洛興起之文, 蘊三代詩書之敎, 噓萬古道德之波, 優優大哉, 不可幾也. 至於江上一絲之風, 克扶九鼎之重, 窓外一張之琴, 能發六經之趣, 跡渾漁樵, 契合飛走, 得江山之有助, 風月爲資, 瞻甲乙之入舍, 詩酒爲年, 殊不〈100〉知興亡盛衰之漸, 又安知老之將至乎? 古人所以□□7)無累, 一於斯得. 吾欲與子終焉."

生聞而太息, 不復出一言. 張·崔生曰:

"願聞主人之言."

生曰:

"殊異乎衆撰8), 如何猝擧?"

遂引滿而飮, 彈冠而道之曰:

"大丈夫言志, 豈可無先聲而引之乎?"

---

7) □□: 국도관 가본에 '脫落'.

8) 撰: '選'의 오자.

乃弄玉笛, 而朗吟曰:

萬歲山高幾千丈
孕出男兒壯氣魄
不計身後名
適取眼前樂
却傍金[9]臺聞絶響
提抱美人共笑語
曲終携手去
人間竟何許

遂曰:

"兩君之志, 要在身後之名耳. 如吾不侫, 須取眼前樂, 何者? 兩儀肇判, 人在其間, 五福分疇, 壽居其先. 上壽百歲, 中壽七十歲, 下壽不過四十, 得其下者, 頗有之, 故中壽不可期, 況其最上者乎? 信所謂旬月之間, 開口而笑者, 不過四五日. 諸君手中之盞, ⟨101⟩誠在於手中者, 適以有今日. 今日以後, 無復一月[10], 則竟是誰家之日月耶?

釋南陽之耒耟, 連赤壁之舸艦, 籌劃驚人, 功利盖世者, 固一世之雄也. 然而, 惠陵之松楸蕭瑟, 蜀山之風雨晦冥, 恨結妖星, 淚濕冬靑.

辭釣臺而投竿, 登將壇而秉鉞, 擁百萬之衆, 創四百之基者, 豈非眞男子耶? 猶且萬人之敵, 屈於雲夢之遊, 千金之質, 委諸兒女之手, 大有功矣, 甚無名矣. 燕頷萬里之侯, 冠玉六出之才, 旺相於乾木之前, 而囚滯[11]於蹇[12]兌之後.

---

9) 金 : '琴'의 오자.
10) 月 : '日'의 오자.
11) 滯 : 국도관 가본에 '休'.
12) 蹇 : 국도관 가본에 '塞'.

賈傅一歲之遷, 董生三年之學, 章疏而已, 竹帛而已. 兩漢人才, 於斯爲盛, 三國豪傑, 比此居多. 智謀技藝, 則人所罕及, 功施德望, 則民不見稱.

間有辟穀而遠引者, 攀赤松而容與, 翼儲皇而辭歸者, 歌紫芝而長往, 雖可謂庸鐵, 是亦徒然耳. 唐之房杜姚〈102〉宋, 宋之趙魏韓富, 鳴於天下者, 不一而足, 卒同歸於破碎而止, 其亦扁鵲自病者歟! 非今日樽前所可道也.

於呼! 世無萬年天子, 官有五日京兆. 取適13)眼前樂, 存其固有者, 槩乎未聞, 窃爲古人惜之. 矧今鐵騎嘶秋, 刁斗驚夜, 落地人生, 將爲虫鶴, 不如適意遨遊, 自任天放, 隨其所欲, 以寬心地. 言之及此, 意已豁矣. 寓形宇內, 不覺天地之大, 遊神物表, 不見山川之廣. 方寸之間, 磊轟之志, 駕言而瀉之可乎?

窃聞城頭極浦, 西達于楊子江, 轉出三百餘里, 自楊至徐, 一潮交匯, 乃抵徐·杭等州, 則耳可飽所未聞之聲, 目可賞所未見之色. 諸君從且未乎?"

張·崔聞之, 心已動矣, 遂有其約. 生以故, 致辭夫人, 請暇數朔. 三人各佩輕寶, 具酒樂, 待轂14)朝, 發解拂15). 自汴比至楊,〈103〉舡上管絃, 渾動天機, 譚者指謂水中仙. 進楊子江頭, 着纜於柳根, 顧謂張·崔曰:

"此地當有楊子書堂, 未知的在."

乃詢于土姓, 皆莫之識也. 卽見白旗靑帘, 隱見於江樓水樹之間. 女隊數十輩, 無期而至. 吳綾蜀貝, 相襲有章. 於是, 引之開宴, 團欒竟夕. 翌朝, 一美娥來問曰:

---

13) 取適 : '適取'의 오류.
14) 轂 : 국도관 가본에 '穀'.
15) 拂 : 국도관 가본에 '緋'.

"諸君子是汴人云, 此去夐邈, 猶以楊子書堂, 爲第一說, 堂之在
東, 何以知之?"

生曰:

"詩不云乎?'楊子談經處, 淮王載酒來.'此是楊子江, 則當有是堂矣."

娥曰:

"果有之, 此去水上一里許, 石壁也. 今去楊子累千餘載, 堂獨嶷
然, 只爲遊客之所, 人不知其楊子堂也. 諸君子旣擊時事, 又探古迹,
自非博道, 未易到也."

生服其解事, 又悅其色, 置酒一酌, 而留之曰:

"生居幾甲, 字是爲誰?"

對曰:

"年纔十八, 名則雪英. 雖無⟨104⟩知識, 每因樂府古章, 糟粕前事
而已."

至夕, 生知其意存, 令無釋去. 春夢旣酣, 曉鸎催聲, 轉欵之間, 日
已高矣. 生乃引英及張·崔, 徑度楊子書堂, 別開一宴. 堂在懸崖百
丈之上, 俯聽回波擊折, 常作碎玉聲, 仰見喬松老栢, 互襯盤龍形,
眞是鍊光磨景處也. 英抱琴憑軒, 影在水面, 響徹雲空. 生長嘯吹笛,
夜以繼日, 已經旬餘. 一日, 生謂張·崔曰:

"向者之擧, 本爲遍遊名山勝地, 自此又作, 以償夙願."

乃謂雪英曰:

"娘且好頓16) 今適徐·杭, 歷觀而還, 當與偕老矣."

英含淚而謝曰:

"一顧旋棄, 所不敢怨, 加以重尋之意, 贈以偕老之言, 不勝銘感,
當守孤灯."

三人遂下江發棹, 諸妓致餞, 遍滿洲渚, 皆曰:

---

16) 頓 : 천리대본에는 '在'.

"無久稽, 早歸來."

舟過海岱, 轉入淮中, 乃徐境也. 直〈105〉抵城市, 池臺樓閣, 極其華敞, 翠衿丹裳, 交相隱暎, 絲管歌舞, 隨處可觀. 生與其二子, 到則宣言曰:

"汴城豪士, 遊戲至此, 倘許初筵之末, 當執奠羃之禮."

衆皆喜迎, 安之左右, 三行粉面, 一時回看, 酒行樂作, 興已酣矣. 生遊目諸班, 遍覓其字, 中有瓊瓊者, 嬌艶出群, 音律絶儔, 作止形影, 無非可愛. 乃沈思注意, 終莫能捨. 俄而, 領首者, 離席而言曰:

"此有古風, 言之未安, 奈何?"

生曰:

"賓主一筵, 酒以合歡, 何未安之有? 第言之."

領首曰:

"賓卽初筵, 當自別設, 則隨其目寓, 便令薦枕."

生曰:

"諾."

於是, 三人合具, 移設於領首之第, 竟夕窮歡. 生曰:

"夜欲分, 睡將集, 所謂古風, 其意安在?"

領首懼然曰:

"醉不省幹, 妾之失也. 第請諸君子, 看取稠中."

〈106〉生遽指瓊瓊曰:

"靡瓊娘, 無以度良宵."

瓊起謝曰:

"妾之無狀, 猥蒙至言, 誠不敢當, 請辭."

遂引身而出. 領首曰:

"一徐之風, 由汝興替. 汝何操率, 竟慳片時乎?"

左右交舌强勸, 瓊不得去. 不移時, 張・崔各携伴歸寢, 領首繼往.

生乃從容語瓊, 曰:

"美秀豪華, 吾得其末, 嬌姸艶彩, 娘得其全. 今之做會, 天與其便, 何可固守, 虛遣良辰?"

瓊曰:

"豪士佳賓, 如君者罕矣. 其在賤妾, 豈無趣向? 窃想, 尊君意懫心悠. 兼之美風希韻, 所經便是羅帷錦席, 所見無非粉黛紅顔. 昨者之歡, 尙不能保今宵, 今宵之歡, 又安能保明日乎? 今此之行, 當過楊州, 楊有雪英, 獨步一時. 雖欲無私, 得乎? 妾雖不得郎君, 誓不作雪英也. 問諸左右曰, 諸君子, 將適杭云.〈107〉杭之物色, 雖無絶艶, 隨處移情, 固其例也. 計必欲杭, 則不敢從命."

生曰:

"之杭者, 只爲歷觀, 非有他志. 曾不欲久於彼也."

瓊曰:

"久不久間, 其計必杭, 則意可知也. 到楊之日, 無使來徐, 則雪英爲是我, 今徐而又杭, 則是我爲雪英也. 雖有猥示, 斷無聽矣."

生以爲杭未必賢於徐, 則捨此適彼, 恐見齊楚之得失也. 遂擧牢說, 以示無意於彼. 瓊謝之, 始踐雲雨之期. 日復日, 已忘歸矣.

一夕, 張·崔會飮, 相謂曰:

"賞心樂事, 罔知所極. 其奈思親戀鄕何? 以屈指而計, 月三圓矣. 槖一罄矣, 今可回棹. 若有餘意, 異時再訪如何?"

生悽然感悟, 遂定歸計. 瓊備餞具, 泣且送之, 曰:

"再枉當在何間? 萬萬珍適, 好好旋歸, 毋令團扇, 竟貽秋風之怨."

生揮袂而別. 旣出淮泗, 則水道有三分處. 問諸〈108〉漁人, 漁人答曰:

"發源指[17]楊, 以東則荊, 以南則杭."

---

17) 指 : 국도관 가본에는 '自'.

生忽記瓊瓊之言, 謂'其必不欲之杭者, 得無意耶? 豈非有勝己者
歟?'乃謂張·崔曰:

"此行備爲四境, 卽此而還, 殊失夙計. 丈夫章程, 固不可半中也.
今取南路, 往復於一旬, 如何?"

二人不可. 生强起之, 遂與入杭, 則城郭周遍, 江淮如帶, 棟宇連
結, 閭閻如櫛. 綵纜錦帆, 飄拂于洲渚, 玉蹄金軸, 絡繹于橋上. 荷花
十里, 斷續採蓮之曲, 芳草四面, 鋪成樽酒之場. 紅粉成行, 亂街巷
之花叢, 絲管畢張, 潺石磵之泉聲. 于時纖雲四起, 殘月[18]欲低, 乃
投斷[19]橋傍一店. 呼張·崔語曰:

"今來物色, 比所經相萬也. 顧惟行李, 所餘無幾, 得此佳地, 何以
爲樂?"

呼主人, 傾橐授之曰:

"吾以探勝, 逡巡到此,〈109〉時日流邁, 錢資已匱. 冀蒙主人之恩,
聊此徘徊."

主人曰:

"今見諸君, 不是尋常客. 何患無資? 凡此撲地者, 萬餘戶矣. 自吾
爲始, 每日遞寓, 則可遣半百年. 杭之風, 如此矣."

生聞而幸之, 依此遞舍, 急於一周, 常兼數家, 旬餘累千戶矣. 嬌
姿懦態, 隨處益艷, 非曩時所睹比也. 心融意惑, 罔知所適, 朝東暮
西, 未有遍看. 如蜂蝶之探香, 似鳥雀之擇巢, 畢至一處. 叢竹成林,
芙蓉滿塘, 塘隅有一小閣, 以翠簾襲之. 簾內有理曲聲, 朗朗然聞于
外. 其音瀏浣, 其詞婉好, 乃側耳, 恬靜以聞, 則如從竹裡出, 就竹
候, 宛出荷葉間. 又從而回聽, 則餘韻裊裊, 渾在半空雲烟之中矣.
生抽袖中玉笛, 以和之, 請於主母曰:

---

18) 月 : 국도관 가본에는 '日'.
19) 投斷 : 국도관 가본에는 '抵短'.

“僕雖無海觀, 亦〈110〉非井見. 今聞此曲, 非世所有. 願得一見阿娘, 清心洗耳.”

母曰:

“吾女不喜接賓, 請無煩擧.”

仍至小閣, 諭以客意. 女曰:

“男女有分, 自非有素, 不敢相對.”

母出布之, 生直到簾外, 怡聲曰:

“四海兄弟, 一家胡越, 豈盡須舊素之儀乎? 適以音律絶異, 不勝歆服, 欲接儀形. 旣發幛後之歌, 則何惜鏡中之影乎?”

女在戶內, 應之曰:

“妾是娼類, 君爲貴族, 尊卑定位, 內外有別, 不惟不敢見, 在禮不當, 請無枉焉.”

生聞其語音, 清和婉轉, 海棠花下, 如聽流鶯, 王謝堂前, 如對語鷰, 心馳氣逸, 將欲驟入, 而旋恐見忤, 乃言曰:

“蘇學士·王晋卿, 豈不學接恭之禮, 琴操春鶯, 豈不知恬靜之態? 雖然一筵相拜, 便作情好. 杜蘭之於張碩, 文君之於馬卿, 則始有欣慰〈111〉之辭, 終無忘却之言. 今聞娘言, 截然無媒, 凜乎難犯. 將令遠客, 抱怨虛歸, 其於古人, 寬惠和柔之德, 遠矣.”

女聞而不言, 有頃, 問之曰:

“君亦善吹笛, 其欲見妾, 非有他意, 以其爲聲韻也, 則凡所謂音律, 其能解之乎?”

生答曰:

“事之餘者耳.”

女曰:

“日[20]者理曲, 得聞其音耶?”

---

20) 日 : 천리대본에는 ‘俄’.

曰:

"聞之矣."

女曰:

"然則, 能識其曲名詞意未."

生於曲名, 雖不能詳, 猶嫌無辭, 試以臆意, 答之曰:

"始聞其聲, 琅然在中, 俄若從八方來集, 終則上憂白雲, 餘韻嗷嗷, 從空斷續, 唱如呼仙之響, 和若送賓之詞, 苟非水仙來舞, 洞賓遊歌, 則未必如是. 其意雖不可詳, 其名則當是洞仙詞也."

女忽開戶迎之, 起拜曰:

"高明所思, 人所莫逮. 嗚呼, 詞曲之發久矣, 洞仙一詞, 又〈112〉非世慣耳. 妾自八歲, 得隷於樂章, 尋繹其志, 旣通其妙, 仍釋厥名樂之無以加者也. 世無師曠, 孰能識之乎? 今遇知音, 白雪·陽春, 從可和矣. 尊君當明聽之哉? 吾且爲之."

援琴而鼓之. 生聞之, 其音尤絶, 眞所謂仙響也. 生旣見其色, 意不在聲, 一向流目, 詳其態度, 則碧月初生, 纖雲無迹, 紅菊初開, 瑞霞方濃, 遠岫靑烟, 蔥籠[21]乎垂鬟之際, 銀河秋波, 澄澈於眉宇之間, 風和日暖, 柳嫩梅嬌, 百媚婷婷, 千態綽綽, 眞所謂國色天香也.

生意謂:

'大丈夫不得此, 不如無生.'

乃問曰:

"旣得一面, 尙昧名甲, 可乎?"

女鏗爾舍瑟, 而對曰:

"二十春風, 楚臺其名. 以妾長於洞仙詞, 人字之謂洞仙云."

至夕, 令生就舍, 生逡巡不去. 洞仙曰:

"妾之接客, 禮莫愆〈113〉矣. 須愼厥身, 毋自取羞."

---

21) 籠 : '蘢'의 오자.

生不得已出, 謂其母曰:

"不得洞仙, 當爲此家之鬼, 竊願善爲我辭焉."

母夜至女所, 語之曰:

"汝自十五歲, 與人爲歡, 未嘗孤眠. 此□22)以來, 天不命偶, 浪遣靑陽, 余切悲之. 今彼郞君, 風裁高秀, 才思遠邁, 所謂男子中眞男子. 汝則美人中眞美人, 惟恨相見之晚. 天風吹帆, 河泊23)回棹, 人力不致, 汝其思之."

洞仙曰:

"嗚呼! 一箇情事, 人各有之, 吾豈木石然哉? 竊嘗思之, 向者所經, 已數人矣. 天不與便, 事亦多魔, 隨會隨分, 不得偕老, 旣有許身之愚, 終致噬臍之悔. 已往之咎, 今以爲恨, 恨之不足, 繼以悲嘆, 何可終迷? 不復再踏前轍乎! 身爲賤俘, 命亦崎薄, 尙不悔悟, 更與人歡, 則旣賤之身, 由是益賤, 旣卑之節, 由是益卑矣. 噫! 長〈114〉信宮中, 春草空碧, 燕子樓頭, 曉月虛照, 紅顔薄命, 自古有之. 寒枕孤眠, 非獨我矣. 窓梅吐紅, 占是爲春, 階葉飛丹, 覺其爲秋. 虛堂閉闃, 黯黯生愁, 則膝上絲桐, 任遣遺趣, 孤燈明滅, 悄悄無寐, 則案上詩章, 揚堪吟咏. 都忘世情, 永謝人事, 靜裏風流, 亦一樂也. 天只不諒, 縱有斯言, 愚蒙所量, 不過如是."

言訖, 乃擁衾而臥. 生暗投窓櫳下, 已悉其語, 旣出, 無以爲懷. 至夜將半, 曲肱之頃, 忽有黃帽靑衣者, 呼生而言曰:

"洞賓! 洞賓! 汝逢洞仙, 可謂三生好緣."

旣覺, 心異之, 坐而待朝, 直抵洞仙曰:

"有夢如此, 三生好緣. 雖云然矣, 呼我謂洞賓, 其旨未可詳也. 娘亦釋之."

---

22) □ : 국도본에 '年'.

23) 泊 : '伯'의 오자.

洞仙聞卽歎曰:

"吾亦有是夢, 果有黃帽靑衣者, 謂妾曰, '不識西門氏乎? 玉洞呂仙
之靈, 移托〈115〉於萬歲山, 孕出西門勛, 是乃洞賓也. 汝則本以桓
公之女, 玉洞之仙, 據床吹笛, 誤了別曲, 謫來海中, 今數百紀, 于玆
但降生於妓籍者, 特令苦之, 以贖前愆, 爾後十餘年, 當入福地, 其勿
舍西門氏'云. 誠若此言, 豈非好緣耶? 以今思之, 人所以字我者, 殆天
授也."

生聞之, 異其萬歲山孕出之說, 急搜行李小箱, 得前所賦之詩, 以
示之, 洞仙益奇曰:

"自'萬歲山高幾千丈', 至'提抱美人共笑語', 甚協時事, 落句云,
'曲終携手去, 人間竟何許?'此亦所謂當入福地之占也. 但降生妓籍,
酸苦十年云, 其間當有患難分散之弊矣. 雖然神祇默佑, 休祥旣襲,
自今以後, 與子爲一, 無我醜兮!"

論難移日, 不覺欣慰, 及宵同枕, 其喜可掬. 天明開桃李之晨粧, 整
〈116〉芙蓉之曉服, 啓香奩而表的, 依畵屛而端拱, 有鏡面澄波, 花
影纖纖, 瑤空綵雲, 月色團團, 芳姿增艶, 嫩態添新, 和鸞一曲, 落梅
懷春, 會眞三章, 彩鵲來翔. 生如醉如癡, 任心自適, 戲之曰:

"非洞賓, 安得洞仙乎?"

對曰:

"非洞仙, 安得洞賓乎?"

命婢小眞者供具, 卽見荷葉盤金橘玉筍, 桂花樽瓊液香醪. 與俱盡
其娛樂, 生倚醉甚歡, 以玉笛, 鼓琴絃而謂之曰:

"雲雨高唐之會, 我得而當之, 歌姬玉簫之緣, 娘得而續之. 尋月老
之芳盟, 踐瀟湘之宿約, 娘不如我矣. 感六夢之休徵, 許三生之好會,
我不如娘矣. 兩人交感, 一卺已合, 百歲中間, 雖欲相離, 不可得也."

洞仙曰:

"敬承君子之言, 祗增妾人之懷. 一宵魂夢, 再世因緣, 誠極佳矣.
〈117〉三日人心, 千里消息, 亦可慮也."

生曰:

"纔到風流, 便兼遐想, 興何忽其歸盡, 悲何忽其來結?"

仙斂衽改容曰:

"手携佳人, 耳得稀聲, 窮心所樂, 隨遇而安, 男子之分事也. 身有
所許, 意有所屬, 戀戀馳思, 搖搖起懷, 女子之常情也. 憶在年前, 獨
守寒櫳, 心事不歧, 情性混然. 市橋斜日, 旣無逢迎之喜, 江城微雨,
寧有別離之愁? 不意今者, 卓琴傳意, 莊蝶成媒, 回蓬島之佳期, 踐
渭塘之奇遇. 致令方寸之內, 百慮交攻, 几席之下, 千愁幷伏. 哀樂
本無常, 聚散當有時. 雙鯉無情, 斷腸東流之水, 靑鳥失信, 傷心北
去之雲. 誰知行樂之境, 反成憂歎之域. 靜言思之, 喜忽生悲."

生爲之動容曰:

"大丈夫, 豈可使一紅顔, 生百〈118〉憂哉?"

由是沈湎, 了忘歸計. 荏苒之間, 歲月□□24). 張·崔知生不能去,
先告歸.

生曰:

"諸兄好歸, 春風之客, 亦在遲早之間."

二人旣歸.

仙謂生曰:

"聞大夫人在高堂, 小君守孤灯. 今君子遠遊, 問聞夐絶, 上貽倚閭
之愁, 下有引瓶之怨. 爲人之子, 定省之禮, 寧忍久廢? 作人之夫, 糟
糠之義, 何可永阻? 倚棹天風, 急送歸飆, 奉萬里之晨昏, 看一簾之
花月. 妾當守死, 以俟它日矣. 但願佳期無使遠矣."

生躕躇未果, 又經一旬. 仙更加格言, 使之歸寧. 生旣到其家, 渾

---

24) □□ : 국도관 가본에 '爛矣'.

舍驚喜. 居月餘, 乃以心事, 悉陳于夫人及小君, 期以再訪. 遽見張
萬夫, 自宣德門出, 曰:

"女眞使載皮箱, 到闕下, 啓視之, 乃遼人之首也. 其機不可知, 但都
下洶洶, 〈119〉皆將四走云."

生欲行還停, 疑訝數日, 忽有帶甲數千, 夜衝闕門, 聲加迅雷. 急
起觀之, 乘輿逸出, 疾向西湖. 旣明, 千兵萬馬, 踐踏長安, 聲振天
地, 煙焰四塞, 都民顚仆而死者萬計. 生挈家奔竄, 轉入東溟之島.
賊旣據汴京, 天子南巡, 自行中所, 發璽書曰:

徐·杭等州, 國之大鎭, 不可失也. 別置宣撫使, 管攝人物, 使不得
奔竄.

於是, 宣撫駐札於杭州. 時女眞以天子遠遊, 不可追, 乃詐欲修和.
朝廷遂以幣帛辭命等事, 一托宣撫使爲之. 宣撫乃欲得文武辯給備
具者與俱, 急急如渴.

洞仙時在本府, 篤守初心, 不意遭亂, 道路未通, 彼此存亡, 兩不
相知, 悲且號泣. 慘慘度日, 意謂:

'郎君自是汴人, 汴京人, 死亡無幾, 安知其獨全耶?〈120〉或存或
亡, 卒不可詳.'

銘念之際, 得聞宣撫求人之急. 乃變服如童子樣, 進扣轅門曰:

"欲見將軍, 獻一策."

閽人入告, 宣撫使之召入. 洞仙揖於堂下曰:

"將軍計得辭命之人, 與俱於女眞, 今旣得之乎?"

曰:

"未也."

仙曰:

"僕之在汴也, 所知西門勣, 故杭州刺使闞之後也. 本以將種, 久處囊中. 今則想必竄於北岳, 非北岳, 則東溟, 願物色求之."

宣撫悅之, 急發間使百餘人, 求得於東溟, 仍問曰:

"汝是何許人, 能解事機乎?"

對曰:

"明於薦人, 暗於自知."

幕下有部將安琦者, 熟視之, 曰:

"見汝辭態擧止, 得非女人乎? 不宜入軍門."

對曰:

"古之良將, 編以妻妾, 古之賢妃, 奏以格言. 今僕雖無行伍之勇, 尙有籌畫之舌矣."

乃出. 安琦知其可愛, 流目注情.

西門生⟨121⟩喪亂以來, 伏居東溟, 空懷古情, 繼以流涕. 常陟高崗, 遠送望眼, 則塵埃傾洞, 山海茫茫, 欲爲書辭, 以詳存沒, 則賊勢恣行, 道里隔絶. 徒費驚鴻之夢, 謾灑聞猿之淚. 鬱抑塡胸, 久廢眠食. 時有間使, 至門探之, 授以束牒, 急令赴杭. 生本欲趨彼, 特緣亂離中, 行李無力, 承此宣撫之命, 乘飛龍之馬, 擁猛虎之卒, 踰絶險, 馳長道, 意氣咆哮, 雖遇賊人, 不爲所害.

得至杭府, 將軍與語, 大悅曰:

"眞有乃家之風也."

期以明日適彼, 生心謂:

'已與將軍, 素無相識, 發牒求訪, 實可怪也.'

及就別館, 安琦爲伴, 琦告以童子薦名之由. 生聞之, 知爲洞仙, 旣喜其生. 又感其意, 乃語心曰:

'萬里相滯, 生死莫知者, 已⟨122⟩及三年矣. 其爲此計, 特以審存亡, 冀一見. 其情可知, 其志可哀. 雖然, 幕府令嚴, 不得相干. 其於此

情, 將奈何?'

琦素有知識, 想人心志, 頗以疑之. 夜半府中盡睡, 生不勝所思, 計欲潛行. 起而視之, 內外衛卒, 作陣假寐. 錦幕重重, 石墻崢嶸. 乃取旌竿數枚, 從幕後出, 則又有圍帳, 凡十餘匝. 其端皆懸大鈴, 觸手作聲. 又以大劍長槍, 縱橫角立, 隨犯見害. 遂拔衣綿, 每塡鈴口, 又擁皮裘, 以備鋒觸, 得至墻底, 以竿橫立, 緣之上越, 則其外又有巡軍, 周匝相過. 乃伺隙而行, 又未詳街巷, 直抵南大門. 從的而回, 始至洞仙家, 則燭影暎簾, 徘徊乃作扣門聲. 聲未竟, 自內急出迎之, 乃洞仙也.

引之入室, 聚首相對, 但有流涕〈123〉如雨, 哽氣如潮, 不得助一辭. 頃之仙囑生曰:

"急回去! 似聞軍法, 夜出入者, 輒斬之. 急回去! 旣知其存, 又見其面, 萬死無惜."

卽取案上酒, 侑以大鍾曰:

"急回去!"

生欲言未能, 欲去未果. 仙强起之, 推出門外, 還入寢所, 則席上如有坐痕, 戶外似聽履聲. 悵缺25)之懷, 不得禁, 乃作一書, 持以待時.

生還到府中, 安琦獨已以罷睡, 問曰:

"何故?"

對曰:

"遺矢矣."

琦心知之, 暗生猜疑.

明日, 宣撫啓行, 諸客從之. 生亦在最後, 路左有童子, 請曰:

"有父家在靑城, 喪亂以來, 好否茫然, 欲寄音信, 恨無其便. 竊想華使, 當到其境, 倘傳一札, 俾審存沒, 則生當殞首, 死當結草."

---

25) 缺 : 천리대본에는 '然'.

乃進封書. 生袖之, 夕抵郵亭, 以燭照其書. 書曰:

薄命妾楚臺,〈124〉敬告西門使君[26]. 昔在昇平, 天與其便, 春風繡幕, 夢酣蝴蝶, 暮雨芳池, 浴矸鴛鴦, 奈何遠客, 不能無首邱之私情, 不能勝純孝之公義, 一掛淮泗之帆, 雨阻參商之影. 篤念再逢之期, 欲償孤眠之怨. 神不助順, 世值交亂. 海水三千, 起鯨鯢之波浪, 長安百萬, 晦兵馬之風塵. 一點蜀山之青, 六龍播越. 千里關河之險, 萬姓奔遑. 離三州之父子, 分一家之妻妾. 西聞巫峽之猿, 啼復啼淚. 南見衡陽之雁, 歸復歸來. 閟莫知其存沒, 痛無緣乎物色. 趨龍府而薦名, 假虎威而連臂, 旣見君子, 何太怱忙? 恐蹈危機, 乍逢還別, 片時相對之頃, 喜忽生悲, 經年阻積之懷抱, 莫能展, 雷逢電擊, 不如無見. 雨散雲飛, 杳然無跡, 抱嶧陽之舊桐, 哀哀別鶴之音, 披蜀錦〈125〉之遺衫, 斑斑洒淚之痕. 何流水之旣東, 又浮雲之將北? 天限青城之域, 道阻且躋, 地近黃龍之府, 俗尚可疑, 風塵三尺, 不可輕犯楚鋒, 珍重千金, 俾[27]願生入玉關, 恨不得與子同行, 悲來乎! 誰與共? 倚畵屛而徘徊, 疑有憑肩之影, 臨玉鏡而怊悵, 如見對面之形[28]. 驚一夜梅花之發, 嘆三春楊柳之色, 中心沈藏, 何日能忘? 只請還旆之早, 毋爲滯淫[29]之人. 然而兵家事急, 幕府令嚴, 前失可戒, 後會何期[30]? 皇穹庶幾陰騭, 異時可以乘便[31], 毋用煩勞, 萬分珍衛. 部將安琦, 性有貪淫, 想必謀人[32], 更[33]加周愼.

---

26) 使君: 김기동본에 '使君榻下'.

27) 俾 : 천리대본에는 '常'.

28) 如見對面之形 : 천리대본에는 '如見乎形'.

29) 淫 : '遙'의 오자.

30) 後會何期 : 천리대본에는 '後悔可愼'.

31) 乘便 : 천리대본에는 '相會'.

32) 性有貪淫, 想必謀人 : 천리대본에는 '性行貪淫不良, 必懷害人之心'.

33) 更 : 천리대본에는 '深'.

　　語多荒失, 紛若風縷, 心有塡塞, 結如洞雲, 滿腔悲懷, 千不宣一.

　生讀且流涕, 紙濕殆破. 至靑城, 見道[34]君皇帝, 靑衣行酒, 南人痛惜, 至於憤氣恨者, 多有之. 生一聽宣〈126〉撫, 致幣傳命, 悉擧義理, 曲盡無失. 旣還, 宣撫以生爲上客, 置琦之右. 由是, 琦甚不相能, 各處別館.

　生命召發行時獻書童子, 還其書曰:

　"汝父家屬遭亂, 無去處, 書空來矣."

　童子受而還其室. 乃披之, 書曰:

　　三生緣結, 百年盟成, 巫山好事, 洞庭佳期, 永擬團圓, 不計浮沈. 天何不弔[35], 遭世罔極? 華表摧風, 夢驚巢鶴, 城門失火, 殃及池魚. 燕天夜月, 誰悲[36]斷腸之人? 楚峀秋霜, 盡是沾衣之客. 望日下之長安[37], 烟火四極, 指嶺外之歸路, 山海千里. 幸承府使之逢迎, 竟[38]出讐[39]人之思慮. 稱市橋之童子, 計非偶然, 托靑城之爺孃, 情想可矣. 驛亭聞晨鵲, 驚喜一封之書, 樊籠鎖白鷴, 謾洒千行之淚.

　　向者, 欲做黃昏之約, 勿恤暮夜之計[40], 尋叢篁[41]之古道, 入芙蓉之舊帳. 花顏不改, 玉貌〈127〉猶前. 續玄都之劉郞, 桃有千樹,

---

34) 道 : 천리대본에는 '都'.

35) 天何不弔 : 천리대본에는 '皇天不弔'.

36) 悲 : '非'의 오자.

37) 望日下之長安 : 천리대본에는 '望長安於日下'.

38) 竟 : 천리대본에는 '覺'.

39) 讐 : '情'의 오자.

40) 計 : '戒'의 오자.

41) 篁 : '簧'의 오자.

踵西山之蘇子, 梅壓一枝, 何迎送之太忽[42], 若風雨之奔忙? 悲傷
不遑, 言笑何暇? 含辭未吐, 飲恨虛歸. 思遇會之欲再, 奈艱險之
非一? 不但律令從[43]上, 又有豹狼在道中, 若蹈危機, 噬臍莫及.
當待宴安, 沒齒無寃, 日月有明, 必照覆盆, 鬼神尚吉, 將合破鏡.
心焦意渴, 火燃腔子, 痛深哀極, 血滿雙瞳, 紙色悽凉, 書辭草
創[44], 有口無舌[45], 不知所云.

洞仙每閱一行, 輒加嗚咽, 傷痛之情, 倍切於前. 不多時, 女眞使
來到. 安琦乃詐爲斥和謀敵之書, 使若出於西門之手, 以與彼使, 潛
持歸報. 女眞大怒, 急令縛送西門上客及上將宣撫, 催督之令, 疾如
雷電. 上客欲逃無暇, 蒼黃顚倒之際, 忽有甲兵四圍, 驅逐而去. 旣至,
極稱寃枉,〈128〉猶未信之. 同時帶去數百, 幷前所虜三千餘人, 皆詣
燕京滯獄. 仙聞之, 失聲曰:

"蒼天, 蒼天! 寧有是理哉? 薄命餘生, 復何望乎? 天地茫茫, 且安
歸哉?"

遂絶食, 幾至莫救, 旣又自解曰:

"十餘年後, 當入福地云云之意, 尙可記也. 今忽卽決, 更無萬一,
吾何不自重耶?"

時安琦獨留守城, 僕從[46]號令, 一出於其手. 乃搜城中, 得洞仙,
使監供意[47]. 仍通本意, 仙切不應許. 琦不勝其情, 期於必得. 爲書
說之, 曰:

---

42) 忽 : '怱'의 오자.

43) 從 : 천리대본에는 '在'.

44) 創 : '愴'의 오자.

45) 舌 : 국도관 가본에 '言'.

46) 僕從 : 김기동본에 '軍務'.

47) 意 : 김기동본에 '饋'.

身爲府妓, 命⁴⁸⁾懸於公. 禮在從人. 節移於時. 今若從我, 則深
宮廣廈之是安, 紈綺膏粱之是奉. 名何累於妓籍, 役何煩於鄙事?
榮莫大焉, 樂莫加焉. 如不順之, 則昏朝任事之可苦, 杖撻死傷之
可慮. 梁柱之信, 世以爲笑, 溝瀆之諒, 人莫知之,〈129〉甚無名也.
況彼西門, 更可無期. 燕天萬里, 去去無涯. 圍籬困苦之中, 愁嘆
爭攻, 瘴霧蠻烟之間, 疾疫易乘, 安知幾至於溘然耶? 夫以有限之
生, 謾守無益之盟, 畢竟有知, 雖悔曷追? 靑春荏苒, 白日斯須, 水
無西歸之漸, 花無十日之紅, 繁華何處, 行樂誰邊? 獨留靑塚, 空
歸月夜之魂, 不共楚王, 只添看花之淚. 苦節不可貞矣, 小諒不可
行矣. 其幸思之復思, 毋自埋沒.

洞仙爲答書, 以陳其情曰:

鸞必雙飛, 鵲不孤棲. 物亦有耦, 人亦有情. 今承垂敎, 敢不從
命. 窃有寸丹, 聊以暴白.

妾在靑春, 身事娛樂, 門前舊客, 枕上新人, 一番迎送, 幾度悲
歡? 頃緣上客, 自汴而至, 不棄憔悴. 特許心情, 有偕生偕死之盟,
無莫往莫〈130〉來之歎. 妾於是, 去其舊染之涸濁, 革其前習之紛
紜. 周德流行, 雖⁴⁹⁾愧漢廣之遊女, 衛俗淫亂, 願絶采唐之餘風.
樂只君子, 實維我儀. 如此良人, 所仰望者. 嗟昊天之不弔, 痛時
事之多艱. 值一生之崎運, 悶萬里之離別, 怨不在於天人, 歎常切
於干戈. 蘊此心衷, 惟是篤念, 懷人不見, 俾我可忘? 今將軍, 胡不
諒於人, 自取無良之德? 嚴部伍, 整干戈, 務急當日, 踰垣墻, 諭⁵⁰⁾
臣妾, 戒在遺書. 夫以賢奕尊貴之盛, 近此染惡鄙賤之甚, 於理不

---

48) 命: 국도관 가본에 '名'.
49) 雖: 국도관 가본에 '須'.
50) 諭: '誘'의 오자.

合, 於事不當, 何可自貶盛德, 坐失瞻望乎? 何況[51]烈女忠臣, 異
名同道. 今將軍乃宋朝忠臣, 妾乃西門烈女也. 將軍食宋之食, 衣
宋之衣, 受宋之爵, 宋之於將軍也, 固已厚矣. 將軍之於宋也, 安
得不一心而終始乎? 固〈131〉不可宴安而向之, 危亡而背之. 寧忍
暗付[52]於北朝疆[53]盛之勢, 偸生於犬羊之天乎? 寧能忍岐初心,
曾不思許身之義乎? 非徒心不忍, 義不可之甚也. 若夫兒女, 鎖[54]
屑之辭, 卑薄之節, 須不可同日而語之, 然有是四端, 男女一也.
身体髮膚, 則受於父母, 性情元氣, 則稟於天地. 旣有知覺之良,
獨無羞惡之心乎? 旣聞綱常之典, 獨暗夫婦之義乎? 君子之道, 造
端于此, 夫歸之貞, 利見於斯矣. 夫以是故, 猿愁嶺南, 裹乃割耳,
非思李德武乎? 蛇變尊中, 盧亦去目, 不爲房玄齡乎? 出刀斷髮,
虛啓侍郎之表, 拔劍割鼻, 不從貴人之求, 立節太高, 持身極佳.
日斜桑林, 有金來傳, 可笑, 秋胡子! 水漲漸臺, 無符可信, 哀哉,
楚夫人! 三才分位, 室家之道先修, 二族交歡, 貞烈之風斯著, 振高
情而獨秀, 魯丹於是飛花, 〈132〉挺峻節而孤飄[55], 周郞於焉騰茂,
適以純絜[56]而已, 安用污辱爲哉? 今妾天資朴愚, 不師今而學古,
素性偏魯, 不貴新而求舊. 隔所天於杳茫之際, 寄朝露於風草之
間, 悲思憂歎, 交攻乎內, 邪說暴行, 又侵其外, 一縷殘喘, 非朝則
夕. 恨不得隨鴻逐鵠, 裂霧穿雲. 碧海長天, 去去無邊. 重逢舊面,
再叙前事, 一見可飽, 萬死何惜? 初心炯如日月, 宿約牢如金石,
炯不可玷, 牢莫能破. 假令, 甘言悅耳, 華利誘目, 尙不可轉而移
之, 白刃當前, 雷電在上, 終不可搖而奪之. 忠臣之義, 於[57]恒於

51) 何況 : 국도관 나본에는 없음.
52) 付 : 천리대본에는 '附'.
53) 疆 : '强'의 오자.
54) 鎖 : '瑣'의 오자.
55) 飄 : '標'의 오자.
56) 絜 : '潔'의 오자.

斯盡矣. 烈女之節, 於[57][58]恒於斯畢矣. 夫以將軍之忠, 其許身殉國
之誠, 可以通金石蹈水火, 無所往而非大義也. 奈何一見兒女, 暗
起私情, 棄循公之初心, 捐服人之壯節耶? 其思慮也譎, 其謀計也
詐. 向者, 宣撫之見敗, 上客之遭禍, 果不出於將〈133〉軍之手乎?
迎敵人之暴怒, 誤國家之大事, 驅幕賓於鴈塞, 棄衛卒於魚門, 孤
人之子孫, 寡人之妻妾, 竊爲將軍不取也. 將數騎而拔之, 慙邵氏,
解桎梏而代之, 悲媛姜, 是則妾之第一愆也. 妾旣不能冒險乘危,
以脫虎口之餘肉, 又不能除凶討奸, 以復所天之深讐, 一鄉[59], 慨
歎之不可[60], 哀悼之不足, 乃敢向人作懽, 引物牽意, 有若爲人臣
而懷二心者也. 臣子而不忠, 婢妾而無貞, 罪不容於天地, 殃莫大
於鬼神, 雖欲生, 得乎? 余所否者, 殆將死矣. 此外無他, 願將軍卒
恕之哉.

安琦知其不可搖, 繾鬱之情, 慙憤之意, 交戰于中, 寧欲杖捨, 而
違格未果.

崔夫人與劉氏, 在東溟, 自生赴召遊宦, 日望其歸來. 荏苒數歲,
竟無音信. 乃令家童, 徑往杭州, 訪洞仙, 詢聞之, 始知其滯于燕獄,
一舍驚號, 痛哭度日. 自是, 杭與東溟〈134〉兩地一書, 互相往來, 以
道悲慘之情.

上客自滯燕獄, 心事落莫, 已分必死, 痛擗摧裂之餘, 常與同色,
切歎曰:

"高堂鶴髮, 春秋已晚, 溫凊甘旨, 旣無可言, 未知其不至奄忽耶.
襄事之厚薄, 祭具之精麤, 孰能盡其例[61]乎? 小君當室, 有子一介,

57) 於 : 국도관 가본에는 없음.
58) 於 : 국도관 가본에는 없음.
59) 鄉 : 국도관 가본에는 '向'.
60) 可 : '暇'의 오자.

結縭三載, 與我成別, 想其哀傷怨慕之深, 得無疾病死亡之慘耶? 琴臺一別, 亦云遠矣. 柳態花容, 能一樣耶? 梧桐夜雨之思, 桃李春風之恨, 靡日靡夜, 何可堪居? 屛間眞態, 目可得而再覩, 膝上絲桐, 耳可得而再聞耶? 世變風移, 不見鵲巢之鳩. 人亡事去, 得免魚網之鴻, 定續葛生之詩, 當戒行露之辱. 看花滿眼之淚, 掛鏡半62)影之愁, 歲月積矣. 人生幾何? 哀哉! 一身微命三尺, 宜岸宜獄, 且死且生, 望山頭於庭闈, 關路萬里, 〈135〉斷天涯之鱗鴻, 塞雲千里, 深恨當時, 構禍有本, 彼蒼者天, 此何人哉? 銘骨難忘, 死且不瞑."

每擧一辭, 哽噎不助, 聞者爲之流涕. 安琦尙無釋於洞仙, 乃設心曰:

'所以不聽者, 徒以西門尙在於彼. 故假令聞其旣死, 無復有望, 則庶或變其志也.'

遂發一郵卒, 賂誘之, 仍作南人同滯燕京者之書曰:

　　杭府上客西門勛, 爲憂憤所祟, 成疾致死於某月某日.

云. 令其持去, 使若關外行子63), 回傳指64)東溟. 時久失汴城矣, 中原父老, 日望官軍, 相謂曰:

"道君皇帝, 已崩於五國城. 今天子, 又溺於西湖, 耽其佳勝, 但事宴樂, 宗社之恥, 不思所以雪, 先帝之讐, 不思所以報. 四海文物, 將爲胡羯腥膻, 百萬蒼生, 將爲披髮左衽矣."

相與痛哭之聲, 不絶於道路. 朝廷雖知之, 安於姑〈136〉息, 不肯發兵. 岳武穆奮臂請纓, 乃與五百騎, 武穆將率鍛鍊, 以待.

---

61) 例 : 국도관 가본에는 '誠'.
62) 半 : '伴'의 오자.
63) 子 : '李'의 오자.
64) 指 : 국도관 가본에는 '至'.

時, 劉氏一家, 以燕京事, 晝夜悲痛, 希望好音, 忽有行子到門曰:
"自燕京來, 路尙過此."

仍致一書, 書曰, 云云. 乃知其死, 呼天痛哭, 慘不忍聞. 崔夫人以
劉氏秘不發表, 故不能詳知, 數日乃覺, 廢食沈痼. 劉氏盡誠救之,
竟不起. 乃修書, 致之洞仙. 洞仙披其書, 書曰:

尙亦聞知乎? 有此昊天罔極之音. 遙想一体之情, 分送痛哭之
淚. 我從夫子, 三歲食貧, 一自成別, 十年于玆, 篤念遠遊之子, 久
積空閨之思, 王孫結恨, 年年草碧之時, 帝子含悲, 處處花紅之節,
香愁動於落梅之曲, 別怨長於楊柳之詞. 天降喪亂, 悼顚沛之人
生, 地隔荊蠻, 嗟杳茫之消息, 瞻日月之悠悠, 可以歸止, 駕四[65]
駱而驟驟, 庶幾來諭, 我⟨137⟩之懷矣, 予日望之, 何圖塞馬未還,
鶺鴒先鳴? 樹忽摧於驚風, 露已晞於待日. 慘龍沙之骸骨, 痛蠻荊
之魂魄, 不能求於原隰, 但相泣於中庭. 何況禍不單行, 災忽幷至?
予美旣亡, 先妣繼殞, 蓋哭子哀痛之深, 乃委命沈痛之故. 攀號擗
踊, 撫遺[66]席而疇依? 叩地叫天, 奉畫扇而莫逮. 口接杯圈, 若存
餘澤, 手持刀尺, 將向誰前? 朝哭楚雲之塵, 暮啼燕天之月. 烏鳶
萃於關塞, 想啄尸之無餘, 風雨晦於海山, 欲招魂兮何許? 將負骨
而歸瘞, 計與子而同行. 家設几筵, 祀無宗主. 況有豺狼, 遍塞道
路, 一向延佇, 五內分崩, 欲決未卽, 偸生苟延. 適以義同, 玆用訃
聞, 更何言哉? 慟哭而已.

仙覽且驚諤[67], 不覺失聲, 仆地顚錯, 若無措擧, 其母痛甚呼之,
十分扶護, 俄爲聲息, 執其母之手曰:

---

65) 四 : 국도관 가본에는 '駟'.

66) 遺 : '遺'의 오자.

67) 諤 : '愕'의 오자.

“吾〈138〉何以得生乎? 生不得相從, 死可得從, 今當共遊於地下也.”

始作哭聲, 旣又解之曰:

‘向者黃帽之言, 當有其終, 況彼燕京訃音, 未易到也. 此無乃或出於中人之計耶? 然未可詳也. 顧有劉氏, 與我義同, 不可不往見, 加以夫人68)之喪, 固當赴哭矣.’

乃請暇於安琦. 琦有意者, 特許之, 資以車馬. 洞仙謝之曰:

“終天痛哭, 奔遑趨哭之不暇, 寧能俟駕而行乎?”

乃謝而徒步.

及至劉家, 徑哭於柩前, 而四拜致辭曰:

“杭之卑妾楚臺, 曾有恩義者, 敢此來哭. 竊惟燕京一書, 當出於白地. 適以慈闈思慮之深, 未無輕信之失, 致令子孫, 罹此終天之痛, 嗟何及矣? 伏願尊靈, 禪69)然平安, 無復隱痛於冥冥之中.”

劉氏在傍哭, 仍發私怨70), 將及燕京之事. 洞仙曰:

“當此几筵之前, 不可以私怨, 感我先靈.”

劉氏曰:

“然此有〈139〉別堂, 卽爲夫子, 所設虛位處也.”

引之偕適, 相扶哭擗. 劉氏乃先敍曰:

“如許心腸, 前書略陳之. 今幸相逢, 悲係增新. 嗟! 我洞仙, 夫子所愛, 曾不識面, 已各知心. 彼此憂喜, 與我一般. 茫茫宇內, 幾箇男女, 唯我二人, 逢此百凶, 言之何盡, 聽之何堪? 顧惟方寸之中, 積已久矣, 不言之間, 腸已腐矣. 徒抱其哀, 孰從而問之, 欲道其詳, 孰從而聽之? 今見娘子, 如得燕天萬里之面. 嶺外相思之怨, 天涯永訣之情, 思而復思, 說之重說, 只增悲慘, 無以爲懷也. 卽惟阿娘追感所

---

68) 夫人 : 천리대본에는 ‘大夫人’.

69) 禪 : ‘禪’의 오자.

70) 怨 : 국도관 가본에는 ‘言’.

天之恩, 遠崇堂室之義. 承訃奉哀奔哭, 備經險阻, 千里跋涉, 以到於此, 豈非孰素之義, 純綱之節, 有以鑠金石蹈水火哉! 可與共赴沙場, 好收骸骨, 當得襄事之旣卒, 邊釁之消息耳."

仙聞而痛之曰:

"妾之罪多矣. 言極惶悚. 竊以肺肝之塡結, 欲陳〈140〉之久矣. 本以小人之質, 引結君子之恩, 令其繼日, 沈湎踰月, 一可咎也. 及遭亂離, 恨其分散, 欲詳存沒, 連臂致召, 使闕趨庭之禮, 兼廢在御之琴, 馳冒矢石, 出沒煙塵, 二當誚也. 節未勤71)於利貞, 身莫瘦於有目, 强暴自此謀之, 僞變於斯作矣. 金人讓72)國, 鐵索飛來, 玉節辭壇, 佩劍哀鳴, 作豺狼之弱肉, 羈絶域之游魂, 一去莫返, 伊誰之故? 盖思禍亂之根因, 何敢怨尤於天人? 是則三足絞也. 負此三愆, 敢來一拜, 雖有心悃, 寧無顔厚乎? 而今以後, 所可盡心而致力者, 不過收骸於白73)草之間, 成壟於靑松之下. 哭以盡其哀, 祭以竭其誠, 使九原不暝之魂, 得以翶翔於萬歲之山·杭州之城, 然後, 下從於黃壤之間, 以償其怨, 足矣. 然秦兵尙强, 楚氣猶惡, 有計無所施, 有怨不能泄. 天何不吊, 地何無言?"〈141〉

遂拊膺長慟, 哭聲甚悲, 四隣來觀, 有似殘花帶雨落葉啼風, 人莫不爲之流涕. 時葬夫人, 有日矣. 仙佐室擧之, 比至卒事, 極其誠敬, 左右觀者, 皆謂之知74).

未幾, 自杭州發文促其還. 仙旣歸矣, 安琦乃厚遺其母, 使之切勸. 母曰:

"知女莫如母. 吾女心曲, 吾已知之. 龍門之石, 可使轉也, 玉井之

---

71) 勤: '勁'의 오자.
72) 讓: '攘'의 오자.
73) 白: '百'의 오자.
74) 知: '知禮'의 오류.

水, 可使汚也, 至於吾女之心, 不可亂也. 雖有荊陽[75]之金·吳蜀之帛, 積如丘山, 不敢受也."

劉氏之本宅, 有繼母在堂, 繼母之本族, 有鰥夫求劉氏甚懇. 乃邀劉來, 欲奪其志, 劉氏所操如玉, 托以服夫未闋. 其意雖寢, 尙有轉環之說, 其勢不已. 欲還西門, 則誘以好言, 牢不許還. 劉心謂:

'不祥在邇, 事出難免, 則徒有死而已, 死亦不祥, 將欲潛歸西門, 則必有搜還僇辱之弊. 寧適杭, 一與洞〈142〉仙, 同死生可也. 然未詳洞仙尙不改初心與否.'

乃書抵之曰:

吾父母憐我靑陽, 將命再適, 事在不免, 將於某日適於某人. 未知, 阿娘獨何爲也?

仙未信之, 猶且答之曰:

書有云云, 事極可賀. 妾亦自歸來之後, 非不欲終守初心, 惟以卑賤之故, 爲人所奪, 今已許矣. 府中安將軍是也.

書回, 劉氏釋然曰:

"旣試其意, 彼亦安心, 釋我愧耳. 否則豈所謂洞仙乎? 觀於此書, 益知其可愛者也."

遂與幸婢秋銀, 潛脫作行. 安琦每招洞仙, 轉還益急, 仙不堪其苦, 謂其母曰:

"吾得死所矣. 今加此弊, 不可獲專[76], 吾卽決矣. 母其千歲."

乃作一書, 書用生綃, 實于粉筩, 瘞于墻底, 祝曰:

---

75) 陽 : '楊'의 오자.

76) 專 : 국도관 가본에는 '全'.

"生亦無爲, 死亦吞聲, 皇天有知, 鬼神默祐, 其令君子, 倘得生還,
指發此書, 備知情悃."

遂改粧盛服, 臥而不〈143〉動. 母慟心, 百分勉以糊物, 一切不應.
第七日朝, 視之死矣. 母哭曰:

"人爲之耶, 從天召之耶, 從地納之耶? 可愛吾女, 何所適歸!"

安琦聞而哀之, 乃大治喪具而與之. 第四日, 襲入棺, 是日架上所
彈琴, 自鳴成曲, 和氣發越, 衆咸異之. 翌日脯[77]時, 有二女到門, 乃
柳氏及秋銀也. 聞仙之已死, 徑入拊棺, 長慟曰:

"吾以不便於家, 將欲急報[78]於此, 露宿風餐, 艱關覓至, 專恃娘
子, 義同一家, 前後酸寒之味, 庶可共吐, 早晚原濕之求, 曾有其約,
豈意今日已化異物? 却令千里孤蹤, 抱恨而來, 長慟虛歸, 歸亦何
依? 其死而已."

乃以手撞棺, 哭之至夜, 兩掌盡破. 淚下如雨, 淚與掌血, 混洒成流.

是夜幾分, 棺忽自開, 珮玉錚然. 驚顧視之, 則所襲之具, 皆盡無有.
卽見, 玉〈144〉顔鮮明, 綵服輝煌. 急拜於劉氏前曰:

"非不知小君夫人行, 當到於此, 適以路遠之故, 不能徑還, 致令候
之, 幸勿見失."

劉氏及其母, 驚怪問之. 乃曰:

"昔聞夫子之訃, 思欲相從於泉下, 先至九天, 繼入十地, 無處不
探, 訖無所見, 乃謁萬歲山下神. 神曰, '吾乃杭府上客西門勛之祖
也, 豈不知所在也? 洞仙誤入矣. 上客方在燕獄, 曾不死矣.' 於是,
回至燕京, 得見上客, 神凝愁色, 顔滿枯萃, 見妾甚喜, 先覓舊韻, 妾
乃援琴而鼓, 衍衍而樂. 夫子謂之曰, '歸之歸之, 小君當到爾家', 乃
辭而還. 道路透迤, 致令小君, 到卽聞慘, 過加哀傷, 妾之失也."

---

77) 脯: '晡'의 오자.
78) 急報: 국도관 가본에는 '穩頓', 국도관 나본에는 '穩保'.

仍命撤筵, 別供饌味, 遇劉氏甚厚. 由是, 得知上客之生存, 悲歡
交極.

上客在燕京十餘年, 了不得南音, 憂愁所惱, 日至蕭索. 一夕忽逢
洞〈145〉仙, 且悲且喜, 乃命彈琴行酒. 仙鼓琴絃, 而且曰:

"我初自兜率天, 次第而還, 遍遊十地, 上見白玉樓臺十二, 中有
黃金佛界三千, 下見靑烟人世八萬矣. 仍抵萬歲山, 詢問上客, 至此
云云."

上客曰:

"今之邂逅, 出於意外, 誠極佳矣. 但小君方適杭州, 若不速還, 則
必將缺望, 其可歸哉!"

仙乃投書而去, 上客爲答書, 以贈之. 依俙相別之間, 忽然覺悟,
乃一夢也. 見席上有一封書, 書用生綃, 急取披之, 書曰:

萬死餘生, 一別十年, 長天漠漠, 莫惠我思, 天地茫茫, 不駿[79]
其德, 生我不辰, 遭世罔極, 奔三千之珠履, 冒百二之天險. 嗟我
懷人, 陟彼岨[80]矣. 願言思子, 何日忘之? 想殊方之曠[81]俗, 悶征
夫之狐疑, 慘恍九死之餘魂, 凄涼萬里之行色, 雖在縲絏, 非其罪
也. 久襲瘴癘之氣, 固無恙乎? 生與死兮莫知, 〈146〉泣且言兮奚
極? 月白燕天, 倘有相思之夢, 雲迷極浦, 定結悵望之懷. 在彼當
如是, 在此當若何? 行露濕衣, 戒雖切於凤夜, 漢[82]水淸珮, 辭有
托於橘柚. 宮中桐葉, 不宜題詩, 河上栢舟, 永矢靡慝. 庭鵲有聲,
庶得[83]歸來之日, 塞鴻傳信, 驚見訃告之書. 淚和瀚海之波, 哭斷

燕天之月. 蝴蝶驚萬里之魂夢, 杜鵑訴三更之哀怨. 斜風細雨, 咽
山陽之篴聲, 落日寒[84]雲, 鎖蒼梧之秋[85]色. 十年異室, 怨入三
生, 百世同歸, 計定一死. 況今石季龍之兵甲未解, 唐宋王[86]之貪
瀆無窮, 難乎免於濁世, 卷而懷之黃泉. 靑陵臺上, 烏鵲紛飛. 綠
珠樓邊, 花葉紛飄. 閒粧匳塵土之鏡, 晦琴臺日暮之雲. 生亦無爲,
死亦呑聲. 皇天有知, 鬼神黙佑. 其令君子, 倘得生還, 指發此書,
備知情悃.〈147〉

上客泣而覽之, 始知洞仙之臨決時所爲書. 乃謂:

'書之來此, 以其彰明之質, 較著之靈, 有以謀之者. 然有夢如是,
其生其死, 實所難測.'

心神戰惑, 感愴倍切.

洞仙與劉氏同處, 每常[87]自抑, 勉加食飮, 爲劉氏也. 偶發墻底所
埋, 實非本草. 其書曰:

一別千里, 落落無期. 十生九死, 轉月經年. 太息流涕痛哭, 兼
以時事之多艱, 憂愁鬱悒慨歎, 專爲我懷之貽[88]阻. 蠻烟襲骨, 疾
病乘時, 瘴霧凝膚, 死亡無日. 悼浮生之□□[89], 歎凮緣之虛投.
豈意娘子尙抱餘情, 重尋舊約? 經越海山, 備嘗艱險, 賁然來斯,
亦旣勞止. 黃沙磧裡, 回紫陌之春光, 靑海城頭, 暎朱欄之花影.
收秦聲於隴樹, 萬恨俱灰. 撤楚吟於巴陵, 兩情何似? 持酒罷無聊,
一笑雙璧抱琴來, 有意再歌千金, 旣合半鏡,〈148〉如錫百朋, 雖死

84) 寒 : 국도관 가본에는 '塞'.
85) 秋 : 국도관 가본에는 '愁'.
86) 唐宋王 : 국도관 가본에는 '宋康王'.
87) 常 : 김기동본에는 '相'.
88) 貽 : '易'의 오자.
89) □□ : 국도관 가본에 '牢畔'.

之日, 乃生之年. 俄然一去, 會當再逢.

詳其手迹詞意, 乃上客書也. 仙覽之, 琴酒書札等事, 怳如前所見.
得非兩處夢魂之所交感耶? 輒加悲傷.

時金國聞岳武穆鍊習之機, 大怒先檄柷, 致其師. 安琦被縲而往,
營一空矣. 仙乃與小君謀曰:

"目今時事, 如有秦90)棋, 方來禍福, 未可占也. 旣知夫子尙存於
彼, 可以趁卽躧尋. 萬一接見顔色, 平生之幸也. 不然, 異日所希望
者, 沙場白骨而已. 今當冒險乘危, 天地默佑, 則得遂本意, 如其不
幸, 定爲虎穴之肉矣. 夫以有限之生, 長存別離之中, 歲月幾何? 無
如寧死於道路乎? 何可待時延佇, 坐致後悔乎?"

小君深然之. 遂與資輕寶, 諏日作行. 秋銀·小眞, 皆從. 仙與其
母, 訣曰:

"此行, 與豺狼同伴, 與冥府爲閈, 無望生還, 〈149〉無用自煎, 壽如
南山, 千載千載!"

其母方擧別杯, 噎不能飮. 時餞客滿堂, 酒樂畢張, 悲歌一聲, 玉
淚交下, 出門三顧, 四隣痛哭. 乃取間路而行, 第十四日, 至一處, 忽
逢張萬夫. 喜甚, 告以情事. 張曰:

"吾亦被擄, 善承彼意, 乃悅之, 授之以一官, 留守是境, 則西河之
舘也. 今見小君夫人及娘子, 出於慮未度處, 不覺驚喜, 若接吾尊兄
矣. 然萬里長程, 想已勞矣. 不可調攝數日耶?"

乃與歸其舘, 別定一室, 使之安歇, 極其供具, 仙等以爲幸矣. 張
之同僚有胡孫槎喜者, 乃人傑也. 張自亂後, 相結有契. 相與語, 極
道洞仙, 槎喜聞之曰:

"願接天下所未見之色也."

---

90) 秦 : '累'의 오자.

張曰:

"有何難哉?"

至夕, 送人於洞仙曰:

"適有薄具, 欲與慰沃, 其肯來否?"

仙感而卽到. 俄聞閽者, 進曰:

"胡孫使君〈150〉在門."

張謂仙曰:

"彼與我契厚, 何嫌之有?"

遂令許入. 酒進, 張自擧盃, 以侑仙, 仙拜受之, 酌大不能卒飮, 退與小眞. 次及撻喜, 撻喜飮且揖曰:

"小娘子遠勞, 特酬之."

仙拜而不受曰:

"適以張使君委召, 故惶感而來, 本非爲飮."

乃出. 撻喜囑張挽留, 張曰:

"未可也. 堅如金石, 皎如霜雪, 未可與相瀆. 但見面足矣."

喜然之曰:

"大丈夫不得此, 天下之棄物也."

翌朝, 仙請行, 張曰:

"前日所經, 適有間道, 故得無所梗, 自此以北, 非驛路, 不得到燕, 非鐵騎, 不得過驛. 吾當出騎以送之, 待之如何?"

洞仙一行, 相與慰喜曰:

"此行, 若不張使君, 當奈何?"

是夕, 一行穩頓牢睡, 忽聞馳突聲甚急, 火光如晝, 衆驚覺, 見一武夫驟入, 拿洞仙之手, 星火曳出, 仙隨手而出, 乃撻喜也. 到其舘, 見弓劒戈斧〈151〉之屬, 交置左右, 仙急引斧, 斫其手掌, 以擲撻喜之額上曰:

"是汝手中物也. 吾將安用哉?"

乃出, 無敢挽止者. 其掌着額深入, 欲去不得, 疾痛甚劇. 急訪知者, 問之, 有一卒曰:

"此寃魔所結, 未易治之. 必於長流川水, 沒入其面, 多不過百日, 可去."

橽喜不得已從之以愈. 仙亦以割處痛甚, 自分必死. 小眞·秋銀, 卽抵張使君曰:

"吾家娘子, 一向所天, 誠悃備極, 不有一縷之命, 遂作萬里之行. 日出則隱伏於山谷, 昏夜則徑步於屈曲襃斜之間, 輾轉至此, 亦旣勞矣. 天涯絶域, 子無故知, 嶺外他鄉, 靡所依賴, 何幸中道, 奄見令公.[91] 曾無惻怛之心, 反有隱陷之計, 置一盃之酒, 引强暴之客, 使之目成, 許其計作? 非但辱近於身, 又有痛緣于手. 奄奄殘喘, 殆莫能 〈152〉救, 脫有不幸, 則婢等先食令公之肉, 然後服主娘之喪."

乃大呼痛哭. 小君尤不勝痛切, 讓使君. 使君雖非自己所預, 無任慚愧, 急進于夫人前, 極稱謝罪. 乃求藥治之, 或指一卒, 卽治橽喜者也. 卒曰:

"治之不難"

乃燒斧煮水, 和以鼈覓丹塗之, 翌日乃瘳.

遂籍張君所資, 得達于燕. 其俗, 罰士卒一墮馬者, 使令本家, 饋獄一人, 五日矣. 時南人被縲者, 前後相繼, 已至五千餘人. 饋者雖多, 未及其數, 常兼數人, 其苦頗甚. 洞仙一行, 徑投川西之舘, 自稱乞人, 將欲備饋, 仍問於諸饋者, 得杭府上客所當人, 請代之, 其人喜諾.

上客在燕年久, 南音漠然, 悲慘之懷, 久而愈切. 一日朝, 見所饋之

---

91) 국도관 가본에는 이 다음에 '그러니 영공에게 바라는 바가 있는 까닭이 어떠하겠습니까? 그런데 어찌하여 영공께서는.[所以有望於令公者, 爲如何者? 奈何令公.]'이 더 있다.

飯, 異於他日, 心頗疑之. 其夕又如此,〈153〉[92]明日亦如此. 乃不食泣下, 同繫問曰:

"何也?"

上客哽噎不言. 問之不已. 乃曰:

"吾家妻妾, 相與來此, 獄律如許, 不得相見, 是以悲之."

又問:

"何以知其的來耶?"

曰:

"吾小夫人, 則溫潤而栗然, 良玉之質. 小娘子, 則細密燦然, 貝錦之文也. 皆能敦五常, 以通五行, 通五行, 以和五音, 和五音, 以齊五味. 炊飯必有五音之味, 割肉則必以方正, 斷菜必用寸分. 嚮來所對, 一依此樣, 自非其手, 不可到也."

且言且泣, 人不忍見.

仙謂小君, 曰:

"吾等來此之意, 夫子想已知之矣."

小君曰:

"吾亦意其然也."

小眞等曰:

"敢問何故也?"

仙曰:

"無他. 始饋之飯, 無退味, 是口有本性也. 再饋之飯, 食不及半, 是心之動也. 至於三則開味而已. 斯豈非覺悟, 悲感而然耶?"

遂相與掩泣嗚咽, 然恐其見疑, 常自抑〈154〉矣. 一夕, 相告曰:

"所以來此, 冀得一面, 律令如是, 有計, 無所施, 奈何?"

---

92) 원본에서 153~154쪽은 148~149쪽 사이에 들어가 있다. 책으로 엮을 때 실수한 것으로 보인다.

秋銀曰:

"猶勝於萬里之外. 毋用煩惱, 當有厥終."

小鎭曰:

"昔聞岳武穆將兵入汴云, 金人果敗, 則是我之福也."

互相酬答, 亹亹不已. 將及半夜, 遂有傳[93]導之聲, 自遠而近, 人馬喧騰, 炬火滿城. 驚起視之, 已有甲兵, 從獄四面, 圍之數匝, 又於獄門外, 盛設高坐. 威儀甚嚴, 人莫解其由. 仙起囑主人翁, 使之往得其詳. 翁至坐候之, 昧爽有奉節者先來, 仍問答曰:

"軍在所符書來到, 待天明將有事矣."

翁曰:

"第言之. 吾亦老於兵, 事非泄言."

乃附耳曰:

"岳武穆將兵五百, 入汴大戰, 無不一當百. 北軍大敗, 將復之戰, 故急招本鎭將卒, 以益兵勢, 旋恐本鎭〈155〉一空, 則南人繫獄者必叛, 故從速斬云."

翁以通于仙, 仙等大驚失措, 言不能出, 哭不能聲. 落莫蒼黃之際, 東方已明矣. 已有大將在座, 命促獄門, 隨出隨斬之而已. 南人覺其不免, 乃作輩推[94]出, 連續首尾, 門機盡頹, 垣墻皆破. 持劍行討者與圍兵, 合擊亂斬, 須臾盡之. 尸積川中, 水盡赤矣. 部陳盡捲而南, 城一空矣. 仙等始出觀之, 所見酷矣. 臨川退坐, 但有長吁一聲, 若無思慮之人. 有頃, 投入水中, 水無太深處, 小眞等力救之, 令不得死矣. 小君令二婢, 尋尸伏處, 乃携仙入浦[95], 曰:

"愁日盡去, 樂日方來. 吾與若乘夜, 入水以從夫子, 亦云可樂?"

---

93) 傳: '前'의 오자인 듯함.

94) 推: '擁'의 오자.

95) 浦: 국도관 가본에는 '鋪'.

仙曰:

“曾吾計也.”

言未已, 二婢在門, 旣曉其機, 頃刻不離, 計無所施. 乃乞於二婢曰:

“意已定矣, 汝無惜哉. 如是然〈156〉後, 安於是心. 汝等好好歸去, 善養生我者, 以畢天年, 亦所以厚我也.”

小鎭曰:

“昔者所計, 不過收骸, 今乃如此, 是兩棄之也.”

小君曰:

“爾言雖似, 但此治喪, 旣無其具, 況天實爲之, 寧與夫子, 同葬於魚腹中, 便也.”

秋銀曰:

“此地當有富人, 賣此二婢, 則可得喪具, 此外無計, 願從二婢言.”

論議未定, 相持而出, 沒96)川上下, 始做哭聲, 水亦鳴鳴. 忽見手掌從水上浮下, 便至積尸之傍, 突入其中, 着執尸手, 一如生人矣. 仙趣97)而觀之, 有春98)金指環一雙, 尙着其無名指. 仙大異之, 試以所斷臂頭, 垂而向之, 則其掌與之自合, 完與舊矣. 不釋尸手相持, 不能引出, 小君與二婢同力, 並其尸擁出, 乃上客也. 手始相解, 以手洗面, 別無傷害處. 盖當亂擊之時, 從風委靡而然也. 乃安機〈157〉械, 百方治之, 半日許, 吐水而甦. 其間艱楚之狀, 陳訴之辭, 萬萬千千, 不可悉記. 仙曰:

“此是危急存亡之時, 不可久稽於此, 願急治行李.”

上客曰:

“諾.”

---

96) 沒 : 국도관 가본에는 ‘沿’.

97) 趣 : ‘趨’의 오자.

98) 春 : 김기동본에는 ‘黃’.

乃集行乞者數百餘人, 謀曰:

"汝等亦將爲踐踏之塵, 若急其生, 須聽吾抱."

僉曰:

"諾."

然後, 領入府中, 劫其守吏, 盡發其藏, 乃得數十騎, 及弓劍旗鼓布帛之屬. 製胡服而衣之, 設行伍而率之以啓行, 有似守城副將, 聞急赴敵者矣. 道路生風, 行人辟易, 不數旬至徐州, 乃脫異儀, 夜至杭城. 主母驚喜轉仆, 計其日字, 仙等初散, 至于今, 十有一月, 自上客入燕獄之時, 則已十三年矣. 洞仙曰:

"所率騎卒, 不可失也. 請傾家産, 益治行資, 至大夫人廟, 以祭成禮, 轉入深藏, 可也. 吾聞桃竹山, 邈在溟海中, 豈非可藏處耶?"

上客悉倣其〈158〉言, 捲一家卽發, 隣人願從者百餘人. 至溟海頭, 則杳瀾無際, 水天一色, 望見翠嵐搖曳, 高入雲間而已. 俄有小舡千餘艘, 葬[99]流而下, 其舟甚窄, 容可乘一人. 洞仙領一行, 各乘一舡, 其餘從者, 着足旋沒, 不可濟矣. 其舟隨風自行, 不日旣濟, 則乃是竹葉也. 舍之陸行, 始入其山, 山高揷天, 其圍萬里, 上有千歲桃, 紅實推[100]積, 餐之有餘. 下有翠雲竹續密, 成屋居之極嘉. 海涯居民, 每當雨霽風和之日, 雲纖月白之夜, 遙聞琴韻淸亮, 笛聲飄搖, 似聞在海山微茫之中, 至今不絶云, 豈非洞仙之詞歟?

---

99) 葬 : '藏'의 오자.

100) 推 : '堆'의 오자.

몽유달천록

夢遊達川錄

만력(萬曆)[1] 경자년(1600년) 봄에 파담자(坡潭子)[2]가 서청(西淸)[3]에서 숙직을 한 지 자못 여러 날이 되었다.《159》새벽에 은대(銀臺)[4]에서 명을 받았는데, 시종신(侍從臣) 다섯 명을 불러 봉서(封書)[5]를 주고는 여러 도(道)를 암행하라는 것이었다. 파담자도 그 중에 끼어 있었다. 이들은 한강변에 모여서 잠을 잔 후, 봉서를 뜯어보았는데 파담자에게 맡겨진 곳은 충청도였다.

여러 고을을 차례로 지난 뒤 충주에 이르렀다. 객지살이에 세월은 어느덧 삼월이 되었다. 봄바람은 따뜻하게 불어오고 달천(達川)의 강물은 맑게 빛났다. 무더기로 쌓인 뼈는 모두 하얗게 되었고 아름다운 풀

---

1) 만력(萬曆) : 명나라 신종(神宗)의 연호. 1573~1615년.

2) 파담자(坡潭子) : 윤계선(尹繼善, 1577~1604)의 호. 본관은 파평(坡平), 자는 이술(而述). 1597년(선조 30) 알성문과에 장원급제하고 여러 관직을 역임하였다. 1600년 사헌부지평으로 재직할 때 선조의 노여움을 사 옹진(甕津) 현령으로 좌천되었으나 개의치 않고 청렴하고 엄격하게 사무를 처리하면서 선정을 베풀었다. 그 뒤 평안도도사로 제수되었으나 신병으로 사직하였다. 성품이 강직하고 과단성이 있었으며 구차히 남에게 영합하지 않았다. 문장이 뛰어나 붓을 잡으면 그 자리에서 일만이 넘는 말을 썼고, 특히 사륙변려문(四六駢儷文)을 잘 지었다.

3) 서청(西淸) : 홍문관의 별칭. 궁중의 서쪽에 있는 조용하고 깨끗한 방이라는 뜻으로, 황제의 문서 작성을 담당했던 한림원의 역할을 조선에서는 홍문관이 담당하였다.

4) 은대(銀臺) : 승정원의 별칭. 정원(政院)이라고도 한다. 조선시대 왕명의 출납에 관한 일을 맡아보던 기관. 송나라 때 궁궐 은대문(銀臺門) 안에 은대사(銀臺司)를 두어, 천자에게 올리는 문서와 관아 문서를 주관하도록 한 데서 유래한 말이다.

5) 봉서(封書) : 암행어사 임명장으로 어사가 수행할 임무를 적은 명령서.

도 또한 푸르렀다. 아홉 해 사이에 전쟁터는 이미 묵었고, 들쥐와 살쾡이는 해를 보면 숨고 굶주린 까마귀와 성난 솔개는 사람을 향해 시끄럽게 울어댔다. 여윈 말에 채찍을 내려놓고 그 당시를 생각해 보니, 양갓집에서 뽑힌 자, 대열(大閱)[6]에 참가한 병사, 스스로 온 명문가의 자제, 혹은 가혹한 관리[石壕][7]에게 징발을 당한 자들이 허리에 활을 차고 등에 화살을 지고 갑옷을 입고 징을 치며, 날카로운 무기를 지니고도 싸우지 못했으니, 장군의 계책 없음이 분하도다! 속수무책으로 적을 맞아 목을 늘이고 칼을 받았으니, 뜻을 품고 한을 머금어 헛되이 죽은 혼백이 모래와 벌레가 되고 원숭이와 학이 된 자[8]가 몇 천만 명인지 모른다. 분한 기운은 위에서 맺혀 어두운 구름 떼가 되고 원망의 소리는 아래로 흘러 흐느끼는 큰 강물이 되니, 마음이 상하고 참혹함이 이와 같구나!

이로 인해 원통해하며 슬픈 마음을 읊조려 여러 형식으로 시 세 편을 지었는데, 절구(絕句)는 다음과 같다.

古場芳草幾回新　옛 전장의 꽃들 몇 번이나 새로 피었나
無限香閨夢裡人　많은 규방에서 꿈에 그리던 사람들이거늘
風雨過來寒食節　비바람 불어오는 한식날
髑髏苔碧又殘春　이끼 푸른 해골에〈160〉또 봄이 가네

율시(律詩)는 다음과 같다.

---

6) 대열(大閱) : 임금이 친히 군대의 정렬을 점검함.
7) 가혹한 관리[石壕] : 두보의 시 〈석호리(石壕吏)〉에서 온 말. 이 시는 당나라 안녹산의 난 때 도탄에 빠진 백성의 모습과 백성의 고난은 아랑곳하지 않고 병사들을 징발하는 데만 몰두하는 가혹한 관리의 모습을 그렸다.
8) 원숭이와 학이 된 자 : 주(周) 목왕(穆王)이 남정(南征)했을 때 죽은 사람들 중 군자는 원숭이와 학이 되고 소인은 모래와 벌레로 화하였다고 한다. 『포박자(抱朴子)』

烏鳶飛盡渚禽栖　까마귀와 솔개 날아가니 물새들 깃들고
落日沙場路欲迷　해 진 후 모래사장에 길은 희미해지네
憶得當時空脉脉　그 때를 생각하면 그저 먹먹한데
忍看芳草又萋萋　꽃다운 풀이 우거진 것을 차마 보리오
鐵衣塡水琴灘咽　갑옷이 물을 메우니 탄금대 오열하고
朽骨撑郊月岳低　해골이 들에 쌓이니 월악산이 낮구나
誰使將軍名譽早　누가 장군에게 일찍 명예를 주었던가
悔敎車馬浪征西　함부로 서쪽 정벌하게 하였음을 뉘우치노라

시는 다음과 같다.

東竹嶺南鳥嶺　동쪽은 죽령, 남쪽은 조령이 있는
中原獨據青丘勝　중원(충주)이 홀로 해동 명승지 차지했네
誰敎雲鳥陣平郊　누가 들판에 운조진(雲鳥陣)9) 펼치라 했나
聞道將軍夜有令　들으니, 장군이 밤에 영을 내렸다 하네
背水無功束萬手　배수진은 헛되이 병사들의 손을 묶었으니
淮陰誤人千載後　회음후가 천 년 후의 사람을 그르쳤구나10)
不知鑾輿幸巴蜀　임금의 수레가 파촉11)으로 간 줄 모르고
無語溪邊骨已朽　말없이 시냇가에는 뼈만 이미 썩었도다
骨已朽不足惜　뼈 썩은 것은 애석하지 않으나

9) 운조진(雲鳥陣) : 조운지진(鳥雲之陣). 새가 흩어지고 구름이 모이듯 변화무쌍한 진법(陣法). "조운지진은 음지와 양지에 모두 통하니, 혹은 음지에 치고 혹은 양지에 친다[鳥雲之陣, 陰陽皆備, 或屯其陰, 或屯其陽]."『육도(六韜)』「조운산병(鳥雲山兵)」
10) 회음후(淮陰侯)가 천 년 후의 사람을 그르쳤구나 : 회음후 한신(韓信)이 조(趙)나라를 공격할 때 배수진을 쳐서 조나라 군사의 선제공격을 유도한 후 조나라의 본진(本陣)이 비었을 때 이를 쳐서 승리했다. 신립은 달천 전투에서 이런 계략 없이 배수진만을 쳤다가 패배했는데, 이를 두고 신립이 한신을 어설프게 따라하다 망했다고 본 것이다.
11) 파촉(巴蜀) : 현재 중국의 사천성(泗川省) 지역. 중원에서 파촉으로 가는 방법은 장강을 거슬러 올라가서 험지인 삼협(三峽)을 건너는 방법과 잔도(棧道)를 통해 들어가는 방법이 있었는데, 둘 다 험한 길이라는 데서 '파촉'은 험난한 길을 뜻하는 의미가 되었다.

但恨吾君費衣食 다만 우리 임금의 의식을 허비함이 한이로다

憑河未售匹夫勇 강을 의지한 채 필부의 용기를 펼치지 못하니

堪笑人稱萬人敵 '만인을 대적한다'[12]고 칭찬한 것 비웃노라

복명(復命)[13]을 한 지 얼마 안 되어 화산(花山)[14]으로 수령이 되어 나갔다. 관아는 한가롭고 문서(文書)도 거의 없었다. 유고(遺稿)를 펼쳐 보는데 성 주변에 달이 뜨고 단청한 누각에는 풍경 소리도 고요해졌다. 한밤중이 되기 전에 베개에 의지해 잠을 청했다. 비몽사몽간에 큰 나비가 펄펄 날아와 인도하며 앞으로 가니, 산을 넘고 물을 건너 문득 한 곳에 이르렀다.

구름과 안개는 슬픔을 띠고 시냇물은 원성을 쏟은 듯하며 짐승들은 보금자리에 깃드는데 눈을 들어 보아도 사람은 없었다. 방황하며 홀로 걷다가 나무에 기대어 읊조리니, 잠시 후 사나운 바람이 성내어 부르짖고〈161〉살기가 들에 가득하며, 세상은 칠흑과 같아 지척을 분간할 수 없었다. 다만 한 무리의 등불이 먼 곳으로부터 오는 것이 보이더니, 많은 사내들의 시끄러운 소리가 점점 가까이 들려왔다.

파담자는 긴장하며 제자리에 꼼짝하지 않고 서 있었는데 머리털이 모두 곤두섰다. 은밀히 숲속으로 피하여 그들이 하는 일을 엿보니, 줄지어 울부짖었다. 겨우 그 모습을 분간할 수 있었는데, 어떤 이는 머리가 없고, 어떤 이는 오른팔이나 왼팔이 잘렸으며, 어떤 이는 왼발이나 오른발을 잘렸고, 어떤 이는 몸통은 있으나 다리가 없었으며, 어떤 이

---

12) 만인을 대적한다 : 만인적(萬人敵)은 병법, 혹은 만인을 상대할 만한 용력을 가리킨다. 항우(項羽)가 소싯적에 글을 배우고 검술을 배워도 이루지 못하자 그의 숙부인 항량(項梁)이 노여워하니, "글은 이름을 쓸 줄만 알면 충분하고, 검은 한 사람만 상대하는 것이니 배울 가치가 없다. 나는 만인을 상대하는 법을 배우고 싶다[書足以記名姓而已, 劍一人敵, 不足學, 學萬人敵]."라고 말하고는 병법을 배웠다. 『사기』 「항우본기(項羽本紀)」

13) 복명(復命) : 명을 받아 일을 처리한 후 그 결과를 보고하는 것.

14) 화산(花山) : 경상북도 안동시의 풍천면 병산리에 있는 산. 안동의 옛 이름이기도 하다.

는 다리는 있으나 허리가 없었고, 어떤 자는 배가 불러 비틀거리는 이
도 있었는데 아마 물에 빠져 죽은 자인 듯했다. 머리털을 온통 얼굴에
풀어헤치고 피비린내가 진동하며 팔다리가 참혹하여 차마 볼 수가 없
었다. 하늘을 향해 부르짖고 가슴을 두드리며 통곡하니, 산악이 요동하
고 흐르는 물도 멈추는 듯했다.

　이윽고 구름이 흩어지고 달이 밝아지자 모든 것이 고요해졌다. 흰
이슬은 서리가 되었고 갈대는 푸르디푸른데, 별은 쓸쓸하고 넓은 들판
은 명주와 같았다. 여러 귀신들이 눈물을 닦으며 말했다.

　"하늘이 무너지고 땅이 갈라져도 이내 원한은 끝이 없구나. 달은 밝
고 바람은 맑으니, 이런 좋은 밤을 어찌할꼬? 한바탕 이야기를 하며
오늘밤을 영원하게 하자꾸나."

　여러 귀신들이 일제히 노래를 불렀다.

生旣不用	살아서도 쓰이지 못했으니
死且何爲	죽어서 또한 무엇을 하리오
生我者父母	나를 낳은 이는 부모인데
死我者誰	나를 죽인 자는 누구인가
休養恩深	길러주신 은혜도 깊지만
公家事急	나라의 일이 위급하니
大丈夫有一死	대장부로서 한 번 죽는 것이
固不足惜	진실로〈162〉아깝지 않다마는
歎將軍之易言兮	탄식하노니, 장군의 장담이여
胡爲此極	어찌 이 지경이 되었는가?

　노래가 끝나자 여러 귀신들이 서로 가까이 앉아서 말하였다.

　"늙은 부모님께 누가 맛있는 음식을 드리겠는가? 젊은 아내는 원망
의 눈물이 속절없이 많겠구나! 내 죽음을 반신반의하다가 안장만 태운

말이 돌아온 것을 보고 거처할 집도 없이[15] 그저 번거로이 지전(紙錢)을 태우며 초혼(招魂)만 할 뿐이리라. 생각이 이에 미치니 어찌 가슴이 미어지지 않겠는가?"

그 중에 한 귀신이 빙그레 웃으며 말하였다.

"어찌 자잘하게 떠드는가? 이 사이에 세상 손님이 몰래 엿듣고 있지 않은가?"

파담자는 이미 그들이 알아차린 것을 알고 나는 듯 빨리 나아가니, 모든 귀신들이 일어나 길게 읍하고 말하였다.

"당신은 전날 이곳을 지나간 자가 아니시오? 시를 남겨 주어 우리들이 삼가 받았습니다. 그 시와 율시는 풍자가 가득하고 절구는 처절하여 사람으로 하여금 읽을 수 없게 하니, 진실로 귀신도 울리는 문장이었소. 오늘 저녁이 어떤 저녁이기에 요행히 군자를 만나게 되었는가? 지난 일은 구름과 같아 모두 말할 수 없으나 그 중의 한두 가지 말을 당신에게 해줄 것이니 세상에 전하면 매우 다행이겠소이다."

이에 스스로 말하였다.

"장수는 삼군의 생살권(生殺權)을 지닌 자요 병사는 한 사람의 부림을 받으니, 만일 장수가 현명하지 않으면 반드시 일을 망치는 법이오. 중원의 지세는 남쪽의 요지이며, 초재(草岾)[16]는 하늘이 만들어 준 요새요, 죽령은 지리상 믿을 만한 곳이므로 한 사람이 《163》관문을 지키면 만 명도 열지 못합니다. 촉도(蜀道)[17]보다 험난하여 백 명이 지키고 있

---

15) 거처할 집도 업이 : 원문의 '미가미실(靡家靡室)'은 '미실미가(靡室靡家)'로도 쓴다. 거처할 집이 없음을 이름. 전쟁에 참여한 병사의 고통을 노래한 「채미(采薇)」(『시경(詩經)』 「소아(小雅)」) 중에 나온다. "고사리 뜯세 고사리 뜯세, 고사리가 또 돋았네. 돌아가세 돌아가세, 한 해가 또 저무네. 실(室)도 없고 가(家)도 없으니, 험윤(흉노) 탓이로다. 앉아서 머물 겨를조차 없으니, 험윤 탓이로다[采薇采薇, 薇亦作止. 曰歸曰歸, 歲亦莫止. 靡室靡家, 獫狁之故. 不遑啟居, 獫狁之故]."

16) 초재(草岾) : 조령(鳥嶺, 새재)의 옛 명칭.

17) 촉도(蜀道) : 촉 땅, 즉 사천성(四川省)으로 통하는 매우 험준한 길.

으면 천 명도 지나지 못해 그 험준함이 정형(井陘)18)과도 같으니, 나무를 깎아 울타리를 만들고 돌을 나열하여 진을 만들면 북쪽 군사가 어찌 날아서라도 건너리오?19) 나의 편안함으로 상대의 수고로움을 기다리면 군사는 편히 있을 수 있고, 주인이 되어 객을 제압하면 승패는 정해진 것이었는데, 애석하도다! 신공(申公)20)은 이런 계책을 내지 못하고 위엄만 믿고 자기 주장대로 했소. 김종사(金從事)21)의 청(請)이 어찌 근거가 없었으리오? 이순변(李巡邊)22)의 말이 진실로 이치에 맞지 않았겠느냐마는 듣지 않고 감히 억측으로 정하였던 것이오. 대개 그 말이 '배를 떠난 왜적은 거위나 오리처럼 걷기 어렵고 허겁지겁 달려온 적은 개와 돼지처럼 계략이 없으니, 넓은 들판에서 한 번에 때려 부술 수 있는데 높은 산과 험한 고개에서 어찌 두 길로 나눠 잡겠는가?' 하고는 드디어 탄금대 위로 진을 물려서 용추(龍湫)23) 물가에 척후병을 보내고 삼령(三令)24)으로 북을 치고, 오위(五衛)25)의 군사에 재갈을 물렸소. 이

---

18) 정형(井陘) : 조나라의 전략적 요충지. 한신(韓信)이 조나라를 공격할 때 이 길을 반드시 지나쳐야 했는데, 이 일대 지형이 험준하고 좁은 길을 지나야 하기 때문에 정면공격을 하면 실패할 것을 알고 멀리 떨어진 곳에 군대를 주둔시키고 적장을 유인하여 큰 공을 세웠다.
19) 『난중잡록』 다본에는 '남쪽 바람이 죽음 소리를 불어대지 않는다.'라는 구절이 있다.
20) 신공(申公) : 신립(申砬, 1546~1592). 본관은 평산(平山), 자는 입지(立之), 시호는 충장(忠壯).
21) 김종사(金從事) : 종사관 김여물(金汝吻, 1548~1592). 본관은 순천(順天), 자는 사수(士秀), 호는 피구자(披裘子), 외암(畏菴). 신립의 부장(副將). 임진왜란 때 김여물이 신립에게 조령의 방어를 건의했으나 신립이 이를 듣지 않고 탄금대에 배수진을 쳐 패했으며, 이에 신립과 함께 달천에 투신하여 자결했다.
22) 이순변(李順邊) : 순변사 이일(李鎰, 1538~1601). 본관은 용인(龍仁), 자는 중경(重卿). 임진왜란 때 경상도 순변사(巡邊使)로 상주(尙州)에서 왜군을 맞아 싸웠으나 참패하고, 충주로 후퇴해 신립의 진영으로 들어갔다. 이 일이 '훈련이 안 된 오합지졸로는 적을 어떻게 해볼 수조차 없다'고 보고하자 부장(副將) 김여물은 적군보다 병력이 현저히 적은 상황을 고려해 조령에 진을 치자고 건의했으나 신립은 이를 듣지 않고 탄금대에 배수진을 쳤다.
23) 용추(龍湫) : 문경 제1관문과 제2관문 사이의 지역.
24) 삼령(三令) : 재삼 명령한다는 뜻으로, 엄하게 군사를 지휘하는 것을 말한다.
25) 오위(五衛) : 조선 문종(文宗) 때 고친 중앙 군제(軍制)로, 의흥위(義興衛: 中衛), 용양위

유 없이 군사를 놀라게 한 이를 참수하는 것은 손자(孫子)의 병법이요, 죽을 곳에 놓은 후에 살린 것은 한신(韓信)의 뛰어난 계략이오. 이는 융통성이 없고 요행을 바라는 것이니, 김효원(金孝元)이 죽임을 당하고 안민(安敏)의 목이 잘린 것[26]은 실로 이 때문이오. 건장한 사람이 핏덩이가 되고 힘센 사람은 고기밥이 되었으니 어찌 참혹한 일이 아니겠소?

더욱 우스운 것은, 서릿발 같은 대검(大劍)과 해처럼 번뜩이는 장창(長槍)을 들고서 이리저리로 오가면서 지휘를 하고〈164〉뛰어다니면서 고함을 지르고 해야 할 판에, 싸우는 중에 진을 바꾸고 북을 울리다가 깃발을 눕힌 것이오. 그 당당하고 웅장하던 형세가 구름처럼 새처럼 흩어지고, 늠름하고 씩씩하던 군사들이 이리처럼 뒤를 힐끔거리고 쥐새끼처럼 손만 비비게 되었소. 관문(關門)을 뛰어넘고 끌채[27]를 끼고 달릴 듯하며 쇠뇌의 시위를 당기고[28] 뿔을 뽑을 듯한 용력(勇力)으로 하여금 헛되이 강개함을 품고 마침내 죽게 만들었으니 당시의 일을 차마 말할 수가 있겠소? 잘 싸우는 장수는 있는데 잘 싸우는 병졸은 없었다고 한들 어찌 우리들의 목만 베겠소? 불세출의 재주를 가지고 불세출의 공을 세우려 했으니, 우리가 이 때문에 죽을 것은 무엇입니까?"

말을 채 맺지 못하고, 처연히 흘리는 눈물이 비 오듯 하였다. 이윽고 초췌한 한 장부가 얼굴에 부끄러운 빛을 가득 띤 채, 고개를 숙이고

(龍驤衛: 左衛), 호분위(虎賁衛: 右衛), 충좌위(忠佐衛: 前衛), 충무위(忠武衛: 後衛)를 말한다. 위마다 다섯 부(部)가 있고, 부 밑에 네 통(統)을 두어 전국의 군사를 귀속시켰다.

26) 김효원(金孝元)이 죽임을 당하고 안민(安敏)의 목이 잘린 것 : 신립이 탄금대에 진을 친 후 척후장(斥候將) 김효원과 안민이 달려와서, "왜적의 선봉이 이미 다가왔습니다."고 고하자, 신립은 그들이 군중을 놀라게 한 일에 노하여 두 사람을 목 베고 이어 영을 내려 진의 대오를 바꾸게 하였다. 그러나 적병이 이미 아군의 뒤로 나와 천 겹으로 포위하자 장병들이 놀라고 두려워하여 모두 달천의 물로 뛰어들었다. 『난중잡록(亂中雜錄)』

27) 끌채 : 수레의 양쪽에 대는 긴 채. 앞에 멍에목을 가로 댐.

28) 쇠뇌의 시위를 당기고 : 원문 '궐장(蹶張)'은 쇠뇌를 발로 밟아 시위를 당기는 것이다. 힘이 센 것을 이른다. 『사기(史記)』「장승상열전(張丞相列傳)」.

배회하다가 머뭇거리며 다가와서는 입 열기를 주저하다가 읍을 하고 고하였다.

"고아가 된 자식, 과부가 된 여인들의 원한이 내 일신에 모였으니, 내 비록 죄진 몸이나 오늘 이 말에 어찌 변명하지 않을 수 있겠소? 나는 본래 장군의 후손으로 귀족 집안 출신이며, 기백은 소를 잡아먹을 만하고[29] 성품은 말 달리기를 좋아하였소. 삼세(三世)의 계율[30]에는 어두웠으나 만인을 대적할 수 있는 병법을 배웠소. 과거에 급제했으나 무과에 장원으로 급제하지 못한 것이 한스러웠소. 백 보 밖에서 버드나무 잎을 맞추었으니[31] 실로 원비(猿臂)의 활솜씨[32]를 배웠소.

현명하신 임금께 그릇 알려져서 외람되이 임금의 은혜를 입어 변방을 지키는 장수가 되었소. 북쪽의 오랑캐가 준동하였을 때에는 서쪽 변방에 높다란 성을 쌓아 번개처럼 한 칼에 적을 소탕하여 전멸시켰소이다. 우레같이 삼군(三軍)을 몰아〈165〉적의 소굴을 치니 마치 강동(江東)이 장요(張遼)의 위엄을 두려워하여 우는 아이도 울음을 그치며[33], 북쪽 변방이 이목(李牧)의 명성에 눌려 말도 감히 나아가지 못하

---

29) 소를 잡아먹을 만하고 : 원문 '식우(食牛)'는 청년의 기상이 웅대함을 이르는 말. "호랑이와 표범의 새끼는 털 무늬가 선명하기도 전에 소를 잡아먹을 기상이 있고, 기러기와 고니의 새끼는 날개가 완전하기도 전에 사해를 날 마음이 있다. 현자의 타고남도 그러하다[虎豹之駒, 未成文而有食牛之氣, 鴻鵠之鷇, 羽翼未全而有四海之心. 賢者之生亦然]." 『시자(尸子)』 권하(卷下).

30) 삼세(三世)의 계율 : 삼대를 이어서 장수를 해서는 안 된다는 것. 진(秦) 나라 왕전(王剪)·왕분(王賁)·왕리(王離) 삼대가 내리 장수가 되었는데 그 뒤가 좋지 않았던 데에서 유래한다.

31) 백 보 밖에서~맞추었으니 : 활솜씨가 뛰어난 것을 말한다. 춘추전국시대 초나라의 양유기(養由基)는 백 보 떨어진 곳에서 버드나무 잎을 쏘면 백 번 쏘아 백 번 맞혔다고 한다. 『사기』 「주본기(周本紀)」.

32) 원비(猿臂)의 활솜씨 : 원비는 원숭이처럼 긴 팔이라는 말로, 활의 명인을 지칭할 때 흔히 쓰는 표현이다. 한(漢)나라의 명장 이광(李廣)이 원숭이처럼 팔이 길어 천성적으로 활을 잘 쏘았다는 고사가 있다. 『사기』 「이장군열전(李將軍列傳)」.

33) 강동(江東)이~울음을 그치며 : 장요는 조조(曹操)의 장수로서 결사대 8백 명으로 손권(孫權)의 10만 대군을 격파하여 그 이름을 강동에 떨쳤다. 그의 성품이 용맹무쌍하여 그가 왔다고 하면 어린아이가 울음을 그쳤다고 한다.

였던 것 같았소[34]). 공은 적었으나 보답은 중하고, 지위가 높으니 뜻도
높았소. 치수(淄水)와 승수(澠水) 사이를 오가며 금띠를 허리에 차고[35])
승명려(承明廬)[36])에 드나들 때 임금께서 이 몸을 칭찬하셨다오.

변방에 풍진이 일어나고 봉화가 석 달 동안 계속됨에 퇴곡(推穀)의
명을 받들어 즉시 전장에서 죽을 각오를 하였소. 어전(御前)에서 충성스
런 모습은 임금을 감동시키고 곤외(閫外)의 장수를 통솔할 권한은 전적
으로 이 몸에 있었소.[37]) 적이 눈앞에 나타나자 군사를 손바닥 위에서
다루듯 하여 처음에는 옷소매를 걷어 부치고 적병을 제압하려고 했는
데, 문을 열어 도적을 끌어들이는 것이 될 줄 깨닫지 못했소. 자기 의견
만 고집하면 작아진다는 옛 사람의 가르침을 잊어버렸고, 말을 쉽게
하면 반드시 패하는 법이니 마복군(馬服君)의 아들 일과 같게 되었으
나[38]), 이 어찌 사람의 계획이 좋지 않았던 것이겠소? 역시 하늘이 도와

---

34) 북쪽 변방이 이목(李牧)의~같았지요 : 이목은 전국 시대 조(趙) 나라의 명장(名將)으로,
흉노를 방비할 때 적이 침입하면 대항하지 않고 성 안에서 사기를 배양하며 지키다가, 상대
가 태만해진 때를 노려 불의에 공격하는 작전을 써서 흉노를 물리쳤다. 그가 흉노와 진을
칠 때 그의 위엄에 눌려 적의 군마가 전진하지 못하였다 한다.

35) 치수(淄水)와~허리에 차고 : 전쟁터에서 지위를 뽐내며 즐기는 태도를 말한다. 전단(田
單)이 오랑캐를 치기 전에 노중자(魯仲子)를 찾아가니 노중자가 성공하지 못할 것이라 했
다. 과연 전단이 3개월 동안 오랑캐를 공격했으나 성공하지 못했다. 전단이 다시 노중자에
게 의견을 묻자 그가 말하길, "현재 장군은 동쪽 야읍에서 떠받들어주고 서쪽 치상에서 즐기
며, 황금을 띠고 치수와 승수 사이를 말달려, 삶의 즐거움은 있고 죽을 마음은 없으니 이길
수 없는 것입니다.[當今將軍, 東有夜邑之奉, 西有菑上之虞, 黃金橫帶, 而騁乎淄澠之間,
有生之樂, 無死之心, 所以不勝也.]"라고 했다. 『전국책(戰國策)』「제책(齊第)」.

36) 승명려(承明廬) : 한나라 때 황제의 노침(路寢)인 승명전 옆에 있는 신하들의 숙직 장소.

37) 퇴곡(推穀)의 명을~몸에 있었소 : 옛날에 장수가 출정할 때 제왕이 몸소 수레바퀴를 밀어
주며 '곤내(閫內)는 과인이 제어할 테니 곤외(閫外)는 그대가 제어하라'고 하며 격려했다.
(『사기』「장석지풍당열전(張釋之馮唐列傳)」) 곤(閫)은 도성의 문으로 곤외는 도성 문 밖
즉, 전장(戰場)을 뜻한다.

38) 마복군(馬服君)의 아들~같게 되었으나 : 마복군은 전국시대 조(趙)나라의 명장 조사(趙
奢)를 말한다. 그의 아들 조괄(趙括) 역시 조나라의 장수였는데, 그는 공연히 병법을 떠벌리
기를 좋아하면서 실제 작전을 제대로 지휘하지는 못했다. 이에서 말만 앞세우고 실제가
없는 사람을 이르게 되었다.

주지 아니한 것이오. 어리진(魚麗陣)39)을 치지도 못했는데 전갈이 먼저
독을 뿜으니, 형세는 북산(北山)을 차지한 자가 이기게 되어 있어서 지
형은 비록 유리했으나 사람들이 다투어 동해(東海)에 뛰어들어 죽으니,
대사는 이미 끝이 났소. 아, 어찌 하랴! 나 홀로 어찌 돌아가랴!

　그리하여 칠 척의 몸을 만 길 물속에 던지자 놀란 물결이 거세게 일
어났으나 이 부끄러움은 씻기 어려웠소. 맑고 세찬 여울이 슬피 흐느끼
며 원망스레 부르짖으면서 나의 회포를 다투어 호소할 뿐이었지요. 가
끔 구름이 골짜기 어귀에 잠기고 달이 못 가운데 비치면 넋은 의탁할
곳이 없이 서성거리고 그림자는 쓸쓸히 서러워할 뿐이라오. 세월은 덧
없이 가고〈166〉억울한 심사를 펴지 못했는데, 당신을 만나서 마음을
털어놓게 되었소.

　아! 항우(項羽)가 산을 뽑는 힘과 세상을 뒤덮을 기개를 가지고 백
번 싸워 백 번 이겼지만 마침내 동성(東城)40)에서 패하였으며, 제갈량
(諸葛亮)이 와룡(臥龍)의 재주와 남의 갑절이 되는 용기를 품고 기산(祁
山)에 다섯 번 출정했다가 다섯 번 돌아와 보람이 없었으니,41) 이것은
하늘이 한 일인지라 사람이 어찌하리오? 그러니, 누구를 원망하고 누
구를 탓하랴. 저 아득한 하늘이여!"
하고는 슬피 울고 눈물을 흘리며 참지 못하였다. 그 곁에 있던 건장한

39) 어리진(魚麗陣) : 전차 25승(乘)을 편(偏)으로 삼아 앞에 배치하고 갑사(甲士) 5인을 오
　(伍)로 삼아 뒤에 배치하는 진법(陣法)의 하나. 『춘추좌전(春秋左傳)』 「환공(桓公) 5년」.
40) 동성(東城) : 항우(項羽)가 유방(劉邦)에게 해하(垓下)에서 패하고 동성(東城)으로 쫓겨
　가 최후를 맞았다. 『사기』 「항우본기(項羽本紀)」.
41) 제갈량(諸葛亮)이 와룡(臥龍)의~보람이 없었으니 : '육출기산(六出祁山)'과 관련된 내용.
　기산은 천수(天水)와 한중(漢中)으로 통하는 요충지이다. 『삼국지연의』에 삼국시대 촉(蜀)
　의 제갈량이 위(魏)를 정벌하기 위해 기산으로 여섯 번 출정했으나 여섯 번 다 실패했다는
　이야기가 있다. 그런데 제갈량이 위를 공격한 것은 여섯 번이 맞지만 기산으로 출정한 것은
　실제로는 두 번이다. 그리고 그 중의 4차 출정은 위나라의 선공에 대한 방어전이었다. 여기
　서 제갈량이 다섯 번 출정했다고 한 것은 이를 고려한 표현일 것이다. 『삼국지』 「촉지(蜀志)
　·제갈량전(諸葛亮傳)」.

한 사람이 눈썹을 치켜 올리고 눈을 부릅뜨며 신공(申公)을 돌아보고 말하였다.

"시루는 이미 깨어졌고, 일은 이미 지나가 버렸소. 성패에는 운수가 있고, 시비(是非)는 이미 결정되었는데 다시 무엇을 누누이 말하겠소? 오늘밤에 약조가 있었고, 또한 여러분들이 찾아왔소. 마침 방외인께서도 찾아와 저기에 계시니 윗자리에 맞이하여 우리들의 즐거움을 보이는 것이 좋겠소이다."

미처 자리에 앉기 전에, 수레가 요란스런 소리를 내면서 사면에서 구름처럼 모여들었다. 혹 깃발을 세워 휘날리며 창검을 빽빽이 치켜세우고서, 혹 부인(符印)[42]을 차고 화려한 의복을 하고서, 앞에서 소리쳐 길을 틔우고 뒤에서 따르며 누대 위에 이르렀다. 하얀 얼굴의 서생(書生)들과 붉은 얼굴의 무부(武夫)들이 머뭇거리면서 서로 양보하며 위아래에 자리를 잡았다. 문득 갑자기 많은 배들이 모여들어 물길에 노 젓는 소리가 들리고, 구름 같은 배들이 바람을 안은 채 천리를 잇대었다. 이윽고 갈대 핀 강가에 닻줄을 매더니 대장군이 누런 두건을 두르고 내려왔다. 모든 사람들이 일제히 일어나 맞이하였다.

장군(이순신)이 먼저 첫째 자리를 차지하니, 곧 오른쪽이었다. 왼쪽 자리의 첫째는〈167〉첨지(僉知) 고경명(高敬命)이었다. 그 다음은 차례대로 병마절도사 이복남(李福男), 원주 목사 김제갑(金悌甲), 남원 부사 임현(任鉉), 동래 부사 송상현(宋象賢), 종사관 김여물(金汝吻), 창의사(倡義使) 김천일(金千鎰), 공주 제독 조헌(趙憲), 회양 부사 김연광(金鍊光)이었다. 오른쪽 자리의 두 번째는 병마절도사 황진(黃進)이었다. 그리고 그 다음은 차례대로 병마절도사 최경회(崔慶會), 진주 목사 김시민(金

---

42) 부인(符印) : 부절(符節)과 각인(刻印, 도장)을 아울러 이르는 말. 부절은 돌이나 대나무·옥 따위로 만들어 신표로 삼던 물건. 주로 사신들이 가지고 다녔으며, 둘로 갈라서 하나는 조정에 보관하고 하나는 본인이 가지고 다니면서 신분의 증거로 사용하였다.

時敏), 수군절도사 유극량(劉克良), 판윤 신립(申砬), 수군절도사 이억기
(李億祺), 첨절제사(僉節制使) 이영남(李英男), 만호 정운(鄭運)이었다. 남
쪽 줄 자리에는 감사 심대(沈岱)가 앉고, 다음에는 차례대로 동지사 정
기원(鄭期遠), 병사 신할(申硈), 판사 윤섬(尹暹), 홍문관 교리 박지(朴篪),
병조좌랑 이경류(李慶流), 임피 현령 고종후(高從厚), 정자(正字) 고인후
(高因厚)이고, 아랫자리는 승장(僧將) 영규(靈圭)였다.

김종사(金從事)가 자리에 앉은 이들에게 아뢰었다.

"속세의 손님이 여기 있으니 불러 맞아들입시다."

모두 좋다고 하여 파담자도 말석을 차지하였다. 자리가 정해지고 나
니 금 소반에 화려한 음식이 좌우에 놓이고, 슬픈 현악기와 호방한 관
악기의 음악이 뒤섞여 어우러졌다. 풍악이 끝나기 전에 장군이 정만호
(鄭萬戶)를 불러 일렀다.

"네가 소와 말을 때려잡고 술을 강물에 부어[43] 다 같이 즐기면 좋지
않겠느냐?"

북채를 잡아 북을 울리니 그 소리가 천지를 흔들었다. 귀신들이 이리
저리 날뛰며 고함을 지르고 방자히 놀았다. 왼쪽 첫째 자리의 고첨지가
나아가 말하였다.

"오늘 참으로 즐겁소. 귀한 손님이 자리에 있고 이렇게 성대한 잔치
가 다시 있기 어려우니 병졸들을 물러가게 하고 각자 뜻을 이야기해
보지 않겠소?"

곧 장군이 징을 치게 하고〈168〉부하들에게 지시를 내렸다. 삼성(三
星)[44]이 아직 기울지 않아 달이 하늘에 있으니 모든 동물이 소리를

---

43) 술을 강물에 부어 : 원문은 '투료음하(投醪飲河)'로, 군민(軍民)과 고락을 함께한다는 뜻.
월왕(越王) 구천(九踐)이 오왕(吳王) 부차(夫差)에게 패배해 회계산(會稽山)으로 쫓겨 들어
간 후 백성들을 잘 길러 이 치욕을 씻고자 음식이 나누어 먹기에 부족하면 먹지 않았고,
술이 있으면 강물에 부어서 함께 마셨다는 고사에서 나온 말이다. 『여씨춘추(呂氏春秋)』
「계추기(季秋紀)·순민(順民)」.

거두고 나무 그림자가 서로 얽혔다. 호위병에게 금하엽(金荷葉)45) 잔에 술을 붓게 하고 여러 차례 술잔이 돌자, 봄기운이 좌석에 돌아 화기(和氣)가 무르익었다. 왼쪽에서 붓을 잡으면 오른쪽에서는 시를 읊고, 칼을 튕기며 노래를 불렀다. 그러자 불평스런 소리가 아래로부터 올라왔다. 고정자(高正字)46)가 나아가 아뢰었다.

"우림고아(羽林孤兒)47)로 부모를 잃은 지극한 슬픔을 안고 범 아가리에 강아지가 될까 두려워하였습니다. 새매의 날개에 메추리의 날개가 찢길 것도 잊어버리고 피눈물 흘리며 무기를 베개 삼아 원수 갚기를 뼈에 새겼습니다. 목숨을 버리고 의(義)를 취한 무리들이 싸락눈처럼 모여들어 관흥(關興)·장포(張苞)48)의 승전을 날짜를 정해 놓고 기다렸지요. 그러나 결국 호랑이 입에 고기를 던져준 꼴이 되었으니 죽어서도 원을 풀지 못하게 되었습니다."

하고, 노래를 읊었다.

風雨年年過	비바람 해마다 지나가니
沙場骨已朽	모래밭 뼈는 벌써 삭았으나
平生報仇志	평생에 원수 갚으려던 뜻은

---

44) 삼성(三星) : 삼형제별. 오리온자리 중간에 늘어선 3개의 별.
45) 금하엽(金荷葉) : 금으로 장식한 연잎 모양의 술잔.
46) 고정자(高正字) : 고인후(高因厚, 1561~1592). 본관은 장흥(長興), 자는 선건(善健), 호는 학봉(鶴峯). 의병장 고경명(高敬命)의 아들. '정자(正字)'는 홍문관(弘文館)·승문원(承文院)·교서관(校書館)의 정9품 관직. 1592년 임진왜란 때 광주(光州)에 있다가 아버지가 흩어진 군사를 수습하자, 이에 종군하여 수원(水原)에서 권율(權慄) 장군의 휘하에 들어갔다. 금산(錦山)에서 선두에 나가 싸우다가 아버지와 함께 전사하였다.
47) 우림고아(羽林孤兒) : 한 무제 때 종군했다 전사한 자의 자손을 데려다가 황제의 금위군(禁衛軍)인 우림(羽林)에서 훈련시켜 우림기(羽林騎)란 군대를 만들었으며, 이들을 우림고아라고 불렀다. 『한서(漢書)』「백관공경표상(百官公卿表上)」.
48) 관흥(關興)·장포(張苞) : 관흥은 관우(關羽)의 아들, 장포는 장비(張飛)의 아들. 나관중의 『삼국지연의(三國志演義)』를 보면, 유비가 관우와 장비의 복수를 위해 관흥·장포를 데리고 출정하여 오(吳)와 싸우다가 이릉(夷陵) 전투에서 대패하였다.

一寸未成灰   조금도 스러지지 않았노라

고임피(高臨陂)[49]가 또한 나아가 아뢰었다.

"어버이의 슬하를 떠나지 않으려고 진중(陣中)에 모시면서 매양 음식을 봉양하고 아침저녁으로 문안을 드리던 차에, 장수와 병졸이 날카롭지 못해 아비와 아들이 함께 죽었소이다. 비녕(丕寧)의 하인이 한 팔이 잘리면서도 말리지 못했던 일[50]이나 변호(卞壺)의 아내가 두 아들을 곡한 것[51]에 무엇이 부끄러우리오? 해골이 서로 기대고 혼백이 함께 노니오."

하고, 이에 읊었다.

地下三綱重   지하에서도 삼강이 중하나
人間萬事虛   인간 만사 헛되구나
尚堪隨杖屨   여전히 부친을 뒤따르노니
行色問何如   행색이 어떠한가 묻노라

---

49) 고임피(高臨陂) : 임피 현령 고종후(高從厚, 1554~1593). 본관은 장흥(長興), 자는 도충(道沖), 호는 준봉(隼峰). 고인후의 형. 임진왜란 때 아버지 고경명(高敬命)을 따라 의병을 일으키고, 금산(錦山) 싸움에서 아버지와 동생 인후(因厚)를 잃었다. 이듬해 다시 의병을 일으켜 스스로 복수의병장(復讐義兵將)이라 칭하고 여러 곳에서 싸웠고, 위급해진 진주성(晉州城)에 들어가 성을 지켰으며 성이 왜병에게 함락될 때 김천일(金千鎰)·최경회(崔慶會) 등과 함께 남강(南江)에 몸을 던져 죽었다.

50) 비녕(丕寧)의 하인이~어려웠던 일 : 646년에 백제가 신라를 공격했을 때, 김유신이 비녕에게 기묘한 꾀로 뭇사람의 마음을 격려해 보라고 하였는데, 비녕이 출전에 앞서 종 합절(合節)에게 자신이 죽은 뒤 아들 거진이 따라 죽고자 하면 이를 말리라고 당부하고 전장에 나갔고, 결국 적에게 죽음을 당하였다. 거진이 아버지를 뒤따르려 하자 합절이 비녕의 뜻을 전하면서 거진의 말고삐를 잡고 놓지 않았으나 거진은 합절의 팔을 칼로 치고 적진으로 달려 들어가 싸우다가 결국 아버지를 따라 죽었다. 이를 본 군사들은 마음속으로 깊이 깨달은 바가 있어 적진으로 다투어 나아갔다. 『동국신속삼강행실도(東國新續三綱行實圖)』

51) 변호(卞壺)의 아내가 아비와 두 아들을 곡한 것 : 변호는 동진(東晉) 사람으로, 소준(蘇峻)의 반란을 진압할 때 두 아들과 함께 순절하였는데, 그의 아내는 어린 손자를 다른 사람한테 맡기고 두 딸을 데리고 독약을 먹고 자살하였다.

이좌랑(李佐郎)52)이 또한 나아가 아뢰었다.

"부형(父兄)의 유업을 이어받아 입으로 성현의 글을 외웠지만 경륜(經綸)의 재주가 부족하여〈169〉조정에서 일을 계획하기 어려웠습니다. 게다가 싸울 용기[金革] 또한 부족하여 호랑이 입에서 벗어나지 못한 채 한 통의 편지를 아내에게 보냈으니 장부로서 가소로운 일입니다. 두 개의 귤을 형에게 던졌으니53) 원귀(寃鬼)조차 가련하게 여길 지경입니다. 비참한 정이 어찌 끝이 있겠습니까?"

하고 이에 읊었다.

身佐青油幕	이 몸이 청유막54)에서 보좌하는데
胡窺細柳營	오랑캐가 세류영55)을 엿보았네
雲龍忽顚倒	용이 문득 거꾸러지자
豺虎己縱橫	맹수들이 벌써 날뛰는구나
劒碧萇弘血	시퍼런 칼은 장홍56)의 피요

---

52) 이좌랑(李佐郎) : 병조좌랑 이경류(李慶流, 1564~1592). 본관은 한산(韓山), 자는 장원(長源), 호는 반금(伴琴). 임진왜란이 일어나자 병조좌랑(兵曹佐郎)으로 상주전투에 참전하였다가 상주판관 권길(權吉)과 함께 전사하였다.

53) 두 개의 귤을 형에게 던졌으니 : 후한(後漢) 시대의 일로, 육적(陸績)이 여섯 살 때에 원술(袁術)을 찾아뵈었다. 원술이 귤을 내어 그를 대접하니 육적이 그 중 두 개를 품에 넣었는데 돌아갈 때에 인사를 하다가 그것이 땅에 떨어지고 말았다. 원술이 그 이유를 물으니, 모친이 귤을 좋아하여 드리려 했다고 답했다. 여기서 두 개의 귤을 형에게 던졌다는 것은 이경류이 전사하면서 부모 봉양을 형에게 맡기게 되었다는 뜻인 듯하다.

54) 청유막(青油幕) : 벽유장막(碧油帳幕). 대장군의 막사. 장군이 거처하는 막사는 푸른 기름으로 칠했다.

55) 세류영(細柳營) : 한 문제 때 흉노의 침입이 있자 유례(劉禮), 서려(徐厲), 주아부(周亞夫)를 장군으로 삼아 각각 패상(霸上), 극문(棘門), 세류(細柳)에 주둔하게 했다. 문제가 먼저 극문과 패상을 순시하러 갔을 때에는 아무 제재도 받지 않고 군영 안으로 들어갔다. 그런데 세류에서는 병부를 확인한 뒤에야 천자가 들어오는 것을 허락했고, 군영 안에 들어가서도 군례(軍禮)로 뵙기를 청했으며, 군영 안에서 말을 달리지 못하게 했다. 이에 천자는 주아부가 참다운 장군이며, 극문과 패상의 군대는 어린아이의 장난과 같다고 했다. 『사기(史記)』「강후주발세가(絳侯周勃世家)」.

56) 장홍(萇弘) : 본래 주나라 대부로, 촉(蜀)에서 원통히 죽어 피를 저장해 두었는데 3년이

花紅杜宇聲　　붉은 꽃은 두우57)의 울음이라
無人收白骨　　백골을 거둘 이 없으니
芳草遍郊生　　풀만 온 들에 자랐구나

박교리(朴校理)58)가 또 나아가 말하였다.

"나이 열여덟에 명성이 삼천 명 가운데 으뜸이라 금마옥당(金馬玉堂)59)을 한달음에 날아올랐으며, 어로(御爐)60)의 향기로운 연기 속에 하루 세 번 왕을 알현하여 은총이 이미 넘쳐 재앙이 이르게 되었습니다. 대궐에서 잠깐 사은숙배하고서 문득 호랑이 입에 전부 내던져지게 될 줄 누가 알았겠습니까? 말 달리는 재주는 썩은 선비에게는 서툰 법입니다. 사람 목숨을 어찌 하늘에 의지하겠습니까? 고향은 아득하기만 하니 내 그림자는 쓸쓸하기만 합니다."
하고 이에 읊었다.

白面人中少　　백면서생의 어린 몸으로
紅蓮幕裏開　　홍련막61) 속에서 피었네
榮華雖籍甚　　영화로이 명성 자자했으나

지나자 그 피가 새파랗게 되었다고 한다. 『장자(莊子)』「외물(外物)」.

57) 두우(杜宇) : 촉나라 망제(望帝)의 이름. 두우가 억울하게 죽어 그 넋이 두견새가 되었으며, 두견새가 울면서 토한 피가 두견화로 변했다고 한다.
58) 박교리(朴校理) : 홍문관 교리 박지(朴箎). 왜적이 상주(尙州)를 함락시키자 순변사 이일(李鎰)은 달아나 충주로 돌아오고, 박지는 종사관인 교리(校理) 윤섬(尹暹), 방어사의 종사관인 병조좌랑 이경류(李慶流), 판관 권정길(權井吉)과 함께 죽었다. 『연려실기술(燃藜室記述)』.
59) 금마옥당(金馬玉堂) : 홍문관을 가리킴. 금마는 금마문(金馬門)으로 한나라 때 학사들을 초대했던 한림원.
60) 어로(御爐) : 임금이 사용하는 향로.
61) 홍련막(紅蓮幕) : 진(晉) 나라 때 재신(宰臣) 왕검(王儉)의 막부(幕府)를 당시 사람들이 연화지(蓮花池)라 일컬었던 것에서 연유하여, 재신의 막부를 지칭한다. 여기서는 홍문관을 가리키는 듯하다.

天命已焉哉   천명은 이미 끝이런가
路遠魂何托   먼 길에 혼을 어디 의탁하랴
年深骨已灰   긴 세월 해골은 재 되었지만
月明青鎖闥   달 밝은 대궐문62)에
夜夜獨歸來   밤마다 홀로 돌아오는구나

윤판사(尹判事)63)가 나아가 말하였다.

"명문가의 자손이요 반열에 오른 신하였으나, 때가 맞지 않아 명이 다하였으며, 하늘이 순조롭지 않아 일이 그릇되었습니다. 많은 선비 중에 홀로 뽑혔으나 끝내 어지러운 병사들 틈에 거꾸러졌습니다. 원추리와 참나무가 마당과 문가에서64) 시들었는데 그 소식마저 끊기어 알 수 없습니다. 강호에 산은 높고 물은 길며 길마저 아득하고 먼데,〈170〉 밝은 달을 따라 집으로 돌아가고 싶으나 슬픈 바람에 몸을 맡기어 나무를 울립니다."

하고 이에 읊었다.

---

62) 대궐문 : 원문의 '청쇄달(青鎖闥)'은 곧 '청쇄문(青鎖門)'으로 한대(漢代)의 궁문(宮門)을 이른다. 한나라 때에 궁문에다 쇠사슬 같은 모양을 새기고 푸른 칠을 했으므로 붙은 이름인데 급사(給仕)·황문(黃門) 등이 아침과 저녁으로 대기해 있다가 진알(進謁)하던 곳이다. 『한구의(漢舊儀) 상(上)』.

63) 윤판사(尹判事) : 판사를 지낸 일은 없으나, 윤섬(尹暹, 1561~1592)으로 추정된다. 윤섬의 본관은 남원(南原), 자는 여진(如進), 호는 과재(果齋). 조선 중기의 문신. 1587년(선조 20년) 사은사(謝恩使)의 서장관으로 명나라에 가서 이성계(李成桂)의 조상이 이인임(李仁任)으로 오기된 명나라의 기록을 정정하였다. 임진왜란이 일어나자 순변사(巡邊使) 이일(李鎰)의 종사관이 되어 싸우다가 상주성(尙州城)에서 전사하였다.

64) 원추리와 참나무가 마당과 문가에서 : 문가의 원추리는 모친을, 마당의 참나무는 부친을 의미한다. 원추리[萱]는 근심을 잊게 한다는 나무여서 모친이 계신 북당(北堂)의 계단 아래에 심어 문에 기대어 집 떠난 아들을 걱정하는 모친의 근심을 잊게 한다고 한다. 참죽나무[椿]는 장수한다는 나무여서 장수를 기원하는 뜻에서 부친을 가리키는 말이 되었는데, 공자(孔子)의 아들 공리(孔鯉)가 종종거리며 마당을 지나가다[趨庭而過] 부친의 가르침을 받았다는 말과 합쳐진 '춘정(椿庭)' 또한 부친을 가리키게 되었다.

桑弧少不習	상호65)를 어려서 익히지 않아
陣馬怒難騎	성난 군마 올라타기 어렵네
殘命何多舛	남은 목숨은 어찌 이리 어그러졌는가
浮名早被欺	헛된 명성에 일찍부터 속았네
天昏望雲處	날 어두워지니 부모 생각하고
日暮倚閭時	해 저무니 자식 기다리네
寂寞孤魂在	쓸쓸히 외로운 혼만 남으니
空山哭子規	빈산에 두견새만 슬피 우네

신병사(申兵使)66)가 또한 나아가 말하였다.

"어려서 무과에 급제하여 병서를 대략 익혀 벼슬을 건너뛰어 병조(兵曹)에 이름을 올리고 북문을 맡았더니, 당시 나라 운세가 막히어 임금의 파천을 슬퍼하게 되었소. 군사를 거느리고 저 철령(鐵嶺)67)을 넘어 원수를 만나 임진에 진을 쳤소. 나라의 치욕을 씻고, 아울러 형의 원수를 갚고자 군사를 재촉하여 물을 건넜으나, 호랑이를 맨손으로 때려잡고 맨몸으로 강을 건너려는 격이라 군사와 말이 모두 죽었으니 비록 후회한들 어찌하겠소?"

하고 이에 읊었다.

| 江之水兮悠悠 | 강물은 유유히 흐르지만 |

---

65) 상호(桑弧) : 활쏘기. 남자가 태어나면 뽕나무로 활을 만들고 쑥대로 화살을 만든 풍속이 있었다.

66) 신병사(申兵使) : 신할(申硈, 1548~1592). 본관은 평산(平山). 조선 중기의 무신(武臣). 신립(申砬)의 동생. 명종 때 무과에 급제하여 1589년(선조 22년) 경상도좌병사(慶尙道左兵使)를 지냈다. 임진왜란 때 도원수(都元帥) 김명원(金命元)과 임진강에서 9일 동안 왜적과 대치하다가 도순찰사(都巡察使) 한응인(韓應寅)의 병력을 지원받아 심야에 적진을 기습하였으나 복병의 공격을 받아 그 자리에서 순절하였다.

67) 철령(鐵嶺) : 강원도 회양군과 함경남도 고산군의 경계에 있는 큰 재. 북한강 상류에서 원산으로 가는 통로였다.

魂一去兮不復還　　혼은 한 번 가면 다시 돌아오지 않네
風蕭蕭兮吹岸　　　바람은 쓸쓸히 언덕에 불고
陰雲蔽天兮白日寒　음산한 구름 하늘을 덮어 대낮에도 서늘하네
誰無兄弟兮　　　　누군들 형제가 없으리오마는
獨何孔慘於吾門　　유독 어찌 우리 집안에만 심히 참혹한가
江魚之腹兮葬余之骨　물고기 배에 나의 뼈를 묻게 되었으니
歲久年深不亡者存　오래 되도 없어지지 않는 것이 있다네

정동지(鄭同知)[68]가 또 나아가 말하였다.

"일찍이 시서(詩書)만 익히고 병법은 배우지 못하였습니다. 다행히
과거에 급제하여 오래 벼슬에 매여 있다가 전장에서 원수를 보좌하여
벼슬이 초선(貂蟬)[69]에 올랐습니다. 복이 과하여 재앙이 생기고, 은혜
가 깊으니 죽음은 가볍습니다. 넋은 화살에 떨어지고 뼈는 모래밭에서
썩으니, 오래도록 슬픔을 품고 있는데 세월은 빨리도 지나갑니다."
하고서 읊었다.

驕鋒一犯蹴城壕　교만한 칼날에 〈171〉 성호[70] 밟히고

---

68) 정동지(鄭同知) : 동지사 정기원(鄭期遠, 1559~1597). 본관은 동래(東萊), 자는 사중(士
重), 호는 현산(見山). 조선 중기의 문신. 임진왜란 때 사은사(謝恩使)의 서장관으로 명나라
에 갔다가 1594년 의주 행재소(行在所)에 복명한 뒤 병조좌랑에 제수되었다. 1596년 고급
주문사(告急奏聞使)로 다시 명나라에 가서 심유경(沈惟敬)이 강화회담을 그르치고 왜군이
다시 침입하여 올 움직임이 있음을 알렸다. 이듬해 정유재란 때 예조참판으로 명나라 부총
병 양원(楊元)의 접반사(接伴使)가 되어 남원에 갔는데, 양원이 승전하기 어렵다고 판단하
여 먼저 피신할 것을 권유하였으나 이를 거절하고, 서숙(庶叔) 기생(己生)에게 "도적이 이미
남원 십리 밖을 침범하였으니 머지않아 포위될 것"이라는 내용과 함께 "소자는 이미 나라에
몸을 바쳤으니 염려하지 마십시오."라는 편지를 아버지에게 올린 뒤, 왜군과 항쟁하다가
전사하였다.
69) 초선(貂蟬) : 담비 꼬리와 매미 날개. 고관(高官)이 쓰는 관의 장식으로 사용되어, 높은
조관(朝官) 또는 당상관(堂上官)을 가리키는 말로 쓰인다.
70) 성호(城壕) : 적들이 쉽게 성에 접근하지 못하도록 하기 위하여 성 외곽에 판 연못.

烏鵲橋邊殺氣高　오작교⁷¹⁾ 언저리에 살기가 드높다
무識書生事征戍　서생이 전쟁에 나갈 줄 알았더라면
且將馳馬慣弓刀　말 달리고 활과 칼 익혔을 텐데

심감사(沈監司)⁷²⁾가 또 나아가 말하였다.

"적의 포위 속에서 어명을 받고 나라가 어지러워진 후에야 관직에
임하니, 종묘사직은 폐허가 되어 서울을 바라보니 마음이 아팠습니다.
병력이 모자라 경기 지방에서 거병하여 군사를 모아, 옷의 띠를 풀 겨
를도 없이 나라의 은혜를 갚는 데 몰두하였습니다. 삭녕(朔寧)⁷³⁾에서
군사를 잃음에 그 실패가 비록 무지함 때문이지만, 종로에서 효수(梟首)
당함에 거두어줄 아들이 있으니, 마땅히 죽을 곳을 찾았는데 제가 다시
무슨 말을 더하겠습니까?"
하며 읊었다.

碧山深處掩官扉　푸른 산 깊은 곳 관청 문은 닫혔고
候騎中宵去不歸　척후병은 한밤에 떠나 돌아오지 않네
魂散劍鋒鵝鸛盡　혼은 칼끝에 흩어지고 아관(鵝鸛)⁷⁴⁾도 무너져
曉天寥落月斜輝　새벽하늘 쓸쓸히 비낀 달만 비치네

---

71) 오작교(烏鵲橋) : 남원에 있는 다리. 남원에 만인의총(萬人義塚)이 있는데, 이는 정유재
란 때 남원성(南原城)을 지키다 순절한 지사들의 무덤이다.
72) 심감사(沈監司) : 감사 심대(沈岱, 1546~1592). 본관은 청송(靑松), 자는 공망(公望), 호
는 서돈(西墩). 조선 중기의 문신. 서울 탈환 작전을 계획·추진하려다 삭녕(朔寧)에서 왜군
의 기습으로 전사하였다.
73) 삭녕(朔寧) : 경기 연천군 및 강원 철원군 일부 지역의 옛 이름.
74) 아관(鵝鸛) : 군진(軍陣)을 가리킨다. 『춘추좌씨전(春秋左氏傳)』 소공(昭公) 21년에 "병
술년에 제구에서 화씨와 전투를 할 때 정편은 관을 쓰기를 원하고, 그의 전차를 조종하는
자는 아를 쓰기를 원했다.[丙戌, 與華氏戰於赭丘, 鄭翩願爲鸛, 其御願爲鵝.]"라는 말에서
나온 것인데, 두예(杜預)가 주(注)를 달기를 "관과 아는 모두 진법(陣法)의 이름이다."라고
했다.

정만호(鄭萬戶)75)가 나아가 말하였다.

"마음 가득한 슬픈 회포를 어찌 다하겠습니까?"

이에 일어나 춤을 추며 〈돛을 내리는 노래[落帆之曲]〉를 불렀다.

"나라의 위급함을 염려하며 고을에 용기 있는 사내가 없음을 탓하였습니다. 살아서는 장군과 함께 일을 같이하고 죽어서는 장군과 처소를 같이하니, 하늘을 우러러 부끄러움이 없으며 땅을 굽어 무엇이 무안하겠습니까?"

그 지기(志氣)가 활달하고 격조가 비장하였는데, 그 노래는 다음과 같다.

檣百尺兮 大帆如雲　돛대는 백 척이요 큰 돛은 구름 같고
碧海茫茫兮 波不生紋　푸른 바다 망망하여 물결도 일지 않네
左釜山兮 右馬島　　왼쪽은 부산이요 오른쪽은 대마도라
瞋醉眼兮 微醺醺　　취한 눈 부릅뜨니 조금 취기가 도네
身先死兮 志未售　　몸이 먼저 죽어 뜻을 이루지 못하니
噓壯氣兮 干雲端　　장한 기운 내뿜어 구름을 침범하네
丈夫不可以瑣瑣兮　대장부가 자잘해서 되겠는가
何用悲乎一彈丸　　탄환 하나에 슬퍼해서 무엇하리

이첨사(李僉使)76) 또한 나아가 말하였다.

---

75) 정만호(鄭萬戶) : 만호 정운(鄭運, 1543~1592). 본관은 하동(河東), 자는 창진(昌辰). 조선 중기의 무신. 임진왜란이 일어나자 이순신의 선봉장이 되어 옥포해전·당포해전·한산도대첩 등의 여러 해전에서 큰 전과를 올렸고, 부산포해전에서 추격 도중 적탄에 맞아 전사하였다.
76) 이첨사(李僉使) : 첨절제사(僉節制使) 이영남(李英男, 1563~1598). 본관은 양성(陽城), 자는 사수(士秀). 조선 중기의 무신. 임진왜란 때 옥포만호(玉浦萬戶)로서 원균(元均)을 도와 활약하였는데, 개전(開戰) 초기에는 원균과 이순신 사이의 전령(傳令) 임무를 맡았다. 정유재란 때에는 가리포첨절제사(加里浦僉節制使)로서 삼도수군통제사 이순신의 휘하에 들어가서 명량해전에서 공을 세웠고 노량해전에서 전사하였다.

"비록 백 사람 중의 으뜸[百夫之特][77]이 되지 못하지만〈172〉충절을 자부합니다. 소륵(疏勒)[78]에서 성을 지켰던 경공(耿恭)[79]은 도위(都尉)로써 보답 받았고, 적벽(赤壁)에서 배를 불사른 정보(程普)는 제독(提督)으로 추천되었습니다.[80] 창과 같은 자줏빛 수염을 드리우고 오래도록 하괴(河魁)에 머물렀으나[81] 숲 속의 청작(青雀)이 손에 잡힌 것과 같이 되었습니다. 대마도를 깎아서 바다를 메워버리려 하였건만, 어찌 날아오르는 붕새[82]의 날개가 꺾일 것을 생각했겠습니까? 넋은 화각(畫閣)[83]으로 날아가고 원한은 넓은 바다에 막혔습니다."

하고, 다음과 같이 읊었다.

大海深如許	큰 바다 얼마나 깊은가
孤身死有餘	외로운 몸 죽어도 남음 있네
壯心酬未了	장한 뜻 다 펼치지 못하였는데
鯨浪碧磨虛	큰 파도 푸른 허공에 부딪치네

이수사(李水使)[84]가 일어나 나아가 말하였다.

---

77) 백 사람 중의 으뜸[百夫之特] : 『시경』「진풍(秦風)」〈황조(黃鳥)〉의 구절. "누가 목공을 따르는가, 자거씨의 아들 엄식이로다. 이 엄식이여, 백 사람 중 뛰어난 자로다.[誰從穆公 子車奄息. 維此奄息 百夫之特]"에서 나온 말.

78) 소륵(疏勒) : 한나라 때 36국의 하나로, 신강성(新疆省)에 있었다.

79) 경공(耿恭) : 후한 때 장수로, 흉노를 공격하고 돌아와 기도위(騎都尉)가 되었다.

80) 적벽(赤壁)에서 배를~제독(提督)으로 추천되었습니다 : 적벽대전 때 오나라 장수 정보(程普)가 유비의 군사와 합세하여 조조의 병선을 불로 공격하여 대파하였다.

81) 창과 같은~하괴(河魁)에 머물렀으며 : 이백(李白)의 「사마장군가(司馬將軍歌)」에 "몸이 옥장에 거처하여 하괴에 임하였나니, 자줏빛 수염은 창과 같고 관은 우뚝하여라.[身居玉帳 臨河魁, 紫髯若戟冠崔嵬.]"라고 했다. 하괴는 군대에서 주장(主將)이 거처하는 막사를 설치하는 방위이다.

82) 날아오르는 붕새 : 『장자(莊子)』「소요유(逍遙遊)」의 "붕새가 때마침 불어오는 회오리바람을 타고 구만리 하늘 위로 날아올라간다.[搏扶搖而上者九萬里]"에서 나온 말.

83) 화각(畫閣) : 그림이 그려진 누각. 공신들의 초상을 모아놓은, 한대(漢代)의 '기린각(麒麟 閣)'을 가리키는 듯.

"한 마음으로 나라를 위하였고 일은 이미 끝났습니다. 지나간 것은
돌이킬 수 없으니 지금 무슨 말을 하겠습니까? 원컨대 여러 대인을 위
하여 농이나 하나 하겠습니다."

긴 허리를 굽히고 주름진 손에 침을 뱉어 노를 젓는 시늉을 하고 취
하여 노래를 불렀다.

斗柄將落兮 潮水欲上　북두칠성 기울고 밀물 올라오니
長身楚老兮 舟可以放　장신의 초로85)가 배를 띄울 만하네
王事靡鹽兮 將軍令嚴　나라 튼튼히 하라는86) 장군 명령 엄하여
扶桑咫尺兮 且掛長帆　부상87) 지척에 긴 돛을 펼치는구나

신판윤(申判尹)88)이 나아가 말하였다.

"미천한 저의 회포는 거의 다 늘어놓았습니다."

이에 다음과 같이 읊었다.

國中名譽早　나라에서 명예를 일찍 얻어
身顯是非多　지위 높았으나 시비가 많더니
一敗還關後　한 번 패하고 본진으로 돌아와

---

84) 이수사(李水使) : 수군절도사 이억기(李億祺, 1561~1597). 본관은 전주(全州), 자는 경수
(景受), 시호는 의민(毅愍). 조선 중기의 무신. 경흥(慶興)·온성부사(穩城府使)를 역임하면
서 북방의 경비에 만전을 기했고 임진왜란 때 당항포·옥포 등지에서 크게 승리했다. 임진왜
란이 일어나자 이순신과 협력하여 당항포·옥포해전에서 대승하였다. 이순신이 원균의 참
소로 하옥되자 이항복(李恒福)·김명원(金明元) 등과 함께 무죄를 변론하였다. 1597년 정유
재란 때 원균 휘하의 좌익군(左翼軍)을 지휘하여 싸우다가 칠천량(漆川梁) 싸움에서 전사하
였다.

85) 초로(楚老) : 초나라 굴원(屈原)을 말하는 듯.

86) 나라 튼튼히 하라는[王事靡鹽] : 『시경』「당풍(唐風)」〈보우(鴇羽)〉의 구절. 이 시는 나
라가 혼란해져 백성들이 부역에 종사하느라 부모를 봉양하지 못함을 노래한 것이다.

87) 부상(扶桑) : '부상'은 해가 뜬다고 하는 곳이나, 여기서는 동쪽에 있는 일본을 가리킨다.

88) 신판윤(申判尹) : 판윤 신립(申砬, 1546~1592).

悽然撫劍歌　　처연히 검을 만지며 노래하네

유수사(劉水使)[89]가 또한 나아가 말하였다.

"영웅은 죽음을 아까워하지 않고, 죽음이 헛됨을 아쉬워합니다. 좋은 장수는 빠른 것을 귀히 여기지 아니하고 신묘함을 귀하게 여깁니다. 생각건대, 그날 어떤 사람이 늙은 나더러 겁이 많다며 꾸짖고 양을 몰듯 구박하며 맨몸으로 범을 잡으라 했습니다. 나라의 은혜를 두세 번 받았으니 저는 죽어도 마땅하지만, 싸우다가 죽은 병사들이 천백이니 〈173〉그 참혹함을 어찌 차마 말하겠습니까? 활이 꺾이자 맨주먹을 휘둘러보았건만 적의 칼이 미치자 목이 잘려나가 해골은 황량한 들판에 드러나고 슬픔은 큰 강에 울립니다."
하고 다음과 같이 읊었다.

背水羸兵搏怒狼　배수진의 약한 군사들 성난 이리를 치니
一人無策萬人亡　일인이 계책 없어 만인이 죽었는데
山河細草年年綠　산하의 잔풀이 해마다 푸르러
唯有行人指戰場　오직 행인이 전쟁터였다고 가리킬 뿐

김진주(金晉州)[90]가 나아가 말하였다.

"겨우 하늘 신령의 도움으로 성을 보전한 공적이 조금 있어 분에 넘치는 포상을 얻었기에 감격한 나머지 몸을 바쳤습니다. 강성한 오랑캐

---

89) 유수사(劉水使) : 수군절도사 유극량(劉克良, ?~1592). 본관은 연안(延安), 자는 중무(仲武), 시호는 무의(武毅). 선조 초에 무과에 급제. 임진왜란이 일어나자 조방장(助防將)으로 죽령을 수비했으나 패배했고, 이어 임진강에서 적을 방어하다가 전사했다.

90) 김진주(金晉州) : 진주목사 김시민(金時敏, 1554~1592). 본관은 안동(安東), 자는 사수(士修), 호는 동포(東圃)·초창(焦窓). 1591년 진주판관(判官)이 되었는데 이듬해 임진왜란이 일어나자 죽은 목사를 대신하여 성지(城池)를 수축하고 무기를 갖춘 공로로 목사가 되었다. 그해 10월 적의 대군이 진주성을 포위하자 불과 3800명의 병력으로 7일 간에 걸친 치열한 공방전 끝에 적을 격퇴했으나, 그 싸움에서 이마에 적탄을 맞고 전사하였다.

군사가 잠깐 우이(盱眙)에서 꺾이더니[91] 자기(子琦)의 군세(軍勢)가 휴양
(睢陽)에 다시 모이매[92], 그물로 참새를 잡아먹고 땅을 파서 쥐를 잡아
먹다가 계책이 궁하여 말을 잡아먹고 뼈를 분지르며 자식을 바꾸었지
만[93] 항복할 뜻[94]은 없었습니다. 뜻은 더욱 삼판(三版)[95]에 쏠렸는데
몸은 갑자기 날아온 탄환 하나에 쓰러졌습니다. 임금의 특별한 은총에
보답하지 못하니 비장한 회포가 사라지지 않습니다."
하며 노래하였다.

樓之石兮矗矗   누각 밑 바위는 울퉁불퉁
下有長江兮瀉寒碧   그 아래 긴 강은 차고 푸르게 쏟아지네
壯士久圍兮腥塵黑   장사는 오래 포위되어 비린 티끌이 자욱하고
炮聲振天兮如裂竹   포성이 하늘을 흔드니 대 쪼개는 소리 같구나
泰山兮鴻毛   은혜는 태산이요 몸은 홍모(鴻毛)[96]라
血染兮戰袍   피 흘러 갑옷을 물들이네
地闊兮天高   땅은 넓고 하늘은 높은데

---

91) 강성한 오랑캐~우이(盱眙)에서 꺾이더니 : 후한(後漢) 말 유비(劉備)의 군대가 우이와
   회음(淮陰)에서 원술(袁術)의 군대를 막아냈다.
92) 자기(子琦)의 군세(軍勢)가~다시 모이매 : 안녹산(安祿山)의 난 때 장순(張巡)이 휴양태
   수(睢陽太守) 허원(許遠)과 함께 성을 지켜 적장 윤자기(尹子琦)와 싸웠으나 결국 성은 함
   락되어 모두 피살되었다.
93) 뼈를 분지르며 자식을 바꾸었지만 : '뼈를 분질러 불을 때고, 자식을 바꾸어 먹는다'는
   말로, 양식이 끊어진 매우 위태로운 상황을 말한다. 『후한서(後漢書)』〈내흡전(來歙傳)〉.
94) 항복할 뜻 : 원문은 '견양(牽羊)'. 춘추시대 정(鄭)나라 군주가 초(楚)나라 왕에게 항복했
   는데, 그때의 광경을 "정나라 군주가 웃옷을 벗고 양을 끌고서 영접했다.[鄭伯肉袒牽羊以
   逆]"라고 표현한 말이 『춘추좌씨전』「선공宣公 12년」에 나온다. 여기서 양을 몰고 가는 것
   은 항복한다는 뜻으로 양을 손수 잡아 요리 만드는 사람이 될 것을 보이는 것이다.
95) 삼판(三版) : 매우 위험한 지경에 빠져 있는 상태. 『전국책(戰國策)』「조책(趙策)」에, "지
   백이 한나라와 위나라의 군사를 거느리고 조나라를 공격하면서 진양을 포위하고 물로 공격
   하니, 성에서 물에 잠기지 않은 부분은 삼판이었다.[智伯從漢魏兵, 以政趙, 圍晉陽, 而水
   之, 城不沈者, 三版.]"라고 한 데서 유래하였다.
96) 홍모(鴻毛) : 기러기 털. 아주 가벼운 사물을 비유함.

長颷時起兮怒號　　폭풍이 때때로 일어나 노기를 떨치누나

이병사(李兵使)97)가 또한 나아가 말하였다.

"적군이 운봉(雲峯)98)을 넘어오매, 저 명나라 장수99)가 혼자서 대방
(帶方, 남원)을 지키며 아군을 지휘하는데, 여러 군진에서는 그저 앉아서
보고만 있었습니다. 나라의 수치라고 민망히 여겨 단기로 달려갔는데
수하에는 겨우 30여 명이었고 성 밖 적군의 수효는 백만이었습니다.
아홉 번 공격하여도 함락시키기 어려운 성이 단번에 무너졌으니 어찌
참혹한 일이 아니겠습니까? 위태로움은 끝이 없었고 쌓인 시체는 함께
썩어갔습니다."

다음과 같이 읊었다.

蛟龍孤城殘雲斷　외로운 교룡성100)엔〈174〉남은 구름마저 사라지고
烏鵲橋邊落寒照　오작교엔 저물어가는 해만 차갑게 비추네
白骨叢中多歲月　백골은 수풀 속에서 많은 세월 보냈지만
壯夫華髮夢衝冠　장부의 백발은 꿈에서도 관을 밀치누나101)

황병사(黃兵使)102)가 또한 나아가,

---

97) 이병사(李兵使) : 병마절도사 이복남(李福男, 1555~1597). 본관은 우계(羽溪), 자는 수보
(綏甫), 시호는 충장(忠壯). 1592년 나주판관이 되어, 임진왜란이 일어나 왜적이 전주까지
올라오자 김제군수 정담(鄭湛) 등과 함께 웅치에서 왜적과 맞서 싸웠다. 정유재란 때 남원
성이 왜적에 의해 함락되자, 김경로(金敬老)・신호(申浩) 등과 함께 성 남문으로 잠입하여
왜적과 맞서 싸우다가 중과부적으로 패하여 성은 함락되고 전군과 함께 전사하였다.

98) 운봉(雲峯) : 전라남도 남원시 운봉면 일대.

99) 저 명나라 장수 : 명나라의 부총병(副總兵) 양원(楊元).

100) 교룡성(蛟龍城) : 전라북도 남원시에 있는 조선시대의 석성. 산세가 매우 가파르기 때문
에 유사시 대피하기 좋은 천혜의 요새지이며, 본래는 백제시대에 쌓았던 것으로 추정되나,
현재의 성은 조선시대에 축성한 것이다.

101) 관을 밀치누나 : 발충관(髮衝冠). 머리카락이 치솟아 머리에 쓴 관(冠)을 밀어 올린다는
뜻으로, 몹시 성이 났음을 비유한다.

"하찮은 몸이 쓰일 데가 없었으나 외로운 성에서 중한 임무를 맡았습니다. 바람은 일만 깃발에 위엄을 날렸으나 비는 한쪽 모퉁이에 재앙을 끼쳐, 탄환을 이마에 맞자마자 적들이 다투어 성에 기어올랐습니다. 이는 하늘이 망하게 한 것이지 잘못 싸운 죄가 아니니, 죽게 된 것을 어찌하겠습니까? 새끼줄이 끊어지는 데도 본래 그 자리가 있는 법이니, 누가 나를 허물하겠습니까? 성을 오르면서 흘린 피를 마시며 싸움에 나가 다친 상처를 싸매었습니다."

하고, 성 쌓는 노래를 지었다.

淫雨連旬兮 木頭生耳	궂은 비 열흘이나 내려 새싹 움트더니
古城崔嵬兮 崇極而圮	우뚝하던 옛 성은 그만 무너져버렸구나.
萬杵馮馮兮 勖哉興士	달구질 소리, 에헤야! 힘내자, 장사들이여
賊紛攀登兮 吾屬且死	적들이 타 올라오면 우리들 다 죽는다

김회양(金淮陽)[103]이 또한 나아가서,

"오른쪽에 앉은 이는 모두 장사들인데 시시한 선비가 그 뒤를 이어볼까 합니다. 회양은 험한 지형으로 본래 삼면(三面)을 일컫는데, 늙은이가 당황하여 한 명의 병사도 단속하지 못하였지만, 오직 맡은 땅을 지킬 줄만 알아 도망치지 않았습니다. 책상에 의지하여 스스로 죽는 것을 다행으로 여겼기에 손에는 인끈을 쥐고 피는 조복(朝服)을 적셨습니다."

---

102) 황병사(黃兵使) : 병마절도사 황진(黃進, 1550~1593). 본관은 장수(長水), 자는 명보(明甫), 호는 아술당(蛾述堂). 1591년(선조 24년) 조선통신사 황윤길(黃允吉)을 따라 일본에 다녀와 머지않아 일본이 침략할 것을 예언하였다. 1592년 임진왜란이 일어난 이듬해 충청도 병마절도사로 승진하여 패퇴하는 적을 추격하여 상주(尙州)에 이르는 동안 연승을 거두고, 적의 대군이 진주성(晉州城)을 공략하자 창의사(倡義使) 김천일(金千鎰), 절도사 최경회(崔慶會)와 함께 성중에 들어가 9일 동안 혈전 끝에 전사하였다.

103) 김회양(金淮陽) : 회양부사 김연광(金鍊光, 1524~1592). 1592년 회양부사(淮陽府使)로 있을 때 임진왜란을 맞는데, 군사와 관원들은 모두 도망갔으나 성문 앞에 홀로 정좌한 채 있다가 적에게 참살당했다.

하고 읊었다.

淮陽磔磔兮　　회양에는 새소리 울리고
淮水湝湝兮　　회수는 출렁이네104)
孤魂躑躅　　　외로운 넋 머뭇거리니
事與心乖　　　일과 마음이 어긋나네
萬古長夜　　　만고의 기나긴 밤에
知我者誰　　　나를 알아줄 이 누구인고
溫序有魂　　　온서(溫序)105) 넋이 있다면
我往從之　　　나는 가서 따르리라

조제독(趙提督)106)이 또한 나아가,

"내 딴에는 식견이 조금은 있다고 여겼는데 사람들은 나를 미치광이라 비웃었습니다. 흉악한 왜놈들이 간곡히 요청하는 데 모략이 있음을 알아차리고 대의를 들어 물리치라는 상소를 올렸습니다. 순모(邠模)가 광주리를 가졌던 것107)은 참으로 통탄스러운 일이며, 매복(梅福)이

---

104) 회수는 출렁이네 : "종소리 댕댕 울리고 회수의 물은 출렁이네. 근심에 또 슬퍼지누나. 숙인군자여, 그 분의 덕은 그릇됨이 없도다.[鼓鍾喈喈, 淮水湝湝, 憂心且悲, 淑人君子, 其德不回.]" 『시경』 「소아(小雅)」 〈고종(鼓鍾)〉.

105) 온서(溫序) : 한나라 교위였는데 외효(猥囂)의 장수에게 잡혀 목이 잘리게 되었을 때 수염을 입에 물고서, "이미 적에게 잡힌 몸이 되었으니, 수염이나 더럽히지 말아야 되겠다."고 말했다.

106) 조제독(趙提督) : 공주 제독 조헌(趙憲, 1544~1592). 본관은 백천(白川), 자는 여식(汝式), 호는 중봉(重峯). 1586년(선조 19년) 공주제독관이 되어 동인이 이이·성혼을 추죄(追罪)하려는 것을 반대하고 고향에 내려가 임지를 이탈한 죄로 파직당했다. 임진왜란이 일어나자 의병을 일으켜 1,700여 명을 모아 승병과 합세하여 청주를 탈환하였고, 이어 금산(錦山)으로 향했으나 전공을 시기하는 관군의 방해로 700명의 의병으로 분전하다가 모두 전사하였다.

107) 순모(邠模)가 광주리를 가졌던 것 : 순모는 당 대종(唐代宗) 때 사람으로, 재상 원재(元載)가 권력을 농단하자 손에 대광주리[竹筐]를 갖고서 장안 대로변에서 통곡을 했다. 사람들이 이유를 물으니 순모가 한 글자마다 하나의 사실을 아뢰는 스무 개 글자가 있어 황제에게

〈175〉땔나무나 옮기고 있던 것[108]이 어찌 우연이었겠습니까? 국경을 범했는데도 놈들(왜국 사신)의 머리를 벨 것을 결단하지 못하니, 쟁기를 풀어놓은 것은 오로지 군사를 모아 나라에 충성을 다하기 위함이오. 적의 예봉을 꺾자 상당(上堂, 청주)의 기운이 하늘을 뒤흔들었고, 그 승세를 탔으나 실패하고 말았소. 금산(錦山) 백성들은 나라를 위하여 목숨을 돌보지 않고 힘을 다했으며 사나이는 굴하지 않고 의로운 죽음을 편안하게 여겼소."

하고 읊었다.

孔曰成仁	공자는 인을 이루라 하였고
孟曰取義	맹자는 의를 취하라 하였네
讀聖賢書	성현의 글을 읽었으니
所學何事	배운 일이 무엇이뇨
風疾草勁	바람이 모질어도 풀은 굳세건만
主辱身死	임금이 욕되니 이 몸은 죽어야 하네
傳檄雲雷	구름 속 번개같이 격문을 띄우고
誓心天地	하늘과 땅에 굳게 맹세했지
歷募三千	두루 삼천 명을 모으니
赳赳多士	씩씩하고 용맹한 군사였다네
西原大捷	청주에서 크게 승전하여
威振列鎭	위세를 여러 진영에 떨쳤는데

드리고자 하는데, 만약 자신의 말이 용납되지 않는다면 그 대광주리에 자신의 시체를 담아 버리라고 했다. 대종이 이 말을 듣고 그 글을 들이라 하여 보니 그 중 '단(團)' 자와 '감(監)' 자는 학정과 비리를 일삼는 각 주(州)의 단련사(團練使)와 각 도(道)의 감군사(監軍使)를 파직하라는 것이었다. 대종이 이에 뉘우치며 그 말을 따랐다. 『구당서(舊唐書)』「대종본기(代宗本紀)」.

108) 매복(梅福)이 땔나무나 옮기고 있던 것 : 매복은 한나라 때 은사로 왕망(王莽)이 집권하자 처자를 버리고 오주(吳州)의 저자에서 문지기 노릇을 하였다. 오시은(吳市隱) 또는 오문졸(吳門卒)이라고도 한다. 『한서(漢書)』「매복전(梅福傳)」.

輕敵錦山	금산에서 적을 업신여겨
竟致齎志	마침내 남겨진 뜻이 되었소
日居月諸	날이 가고 달이 흘러
朽骨叢裡	삭은 뼈 풀숲에 있어도
魂尙忸怩	넋은 오히려 부끄럽네
爲國之恥	나라의 수치가 되었으니

김창의(金倡義)[109]가 또한 나아가서,

"사갈의 독 같은 왜구를 만나 우리의 굳건한 요새가 유린당했으니, 이는 모기떼 같은 왜구의 힘을 가늠해보지 않고 의병을 모은 탓입니다. 초야에 묻혀 한가로이 살았지만 주여숙(柱厲叔)을 알아보지 못한 일[110]을 감히 운운할 수 있겠습니까? 강도(江都, 강화)의 뛰어난 지형에 경선(景仙)이 먼저 점거한 일[111]을 배웠습니다. 오랫동안 한양에 있는 왜적의 소굴을 엿보면서 비록 소탕하지는 못하였으나, 진산(晉山, 진주)의 성을 지킨 것은 실로 깊은 생각이 있었던 것입니다. 그런데 하늘이 순

---

109) 김창의(金倡義) : 창의사(倡義使) 김천일(金千鎰, 1537~1593). 본관은 언양(彦陽), 자는 사중(士重), 호는 건재(健齋), 극념당(克念堂). 삼장사(三壯士)의 한 사람으로 임진왜란 때 박광옥·최경회 등과 함께 의병을 일으켜, 선조가 있는 평안도를 향해 가다가 왜적과 싸우면서 수원성을 거쳐 강화도로 들어가 그 공으로 창의사(倡義使)의 호를 받았다. 왜적에게 점령된 서울에 결사대를 잠입시켜 싸우고, 한강변의 여러 적진을 급습하는 등 크게 활약하였다. 다음해 명나라 이여송(李如松)의 군대가 왔을 때 도로·지세 및 적의 동태 등을 알려 작전을 도왔고, 왜군이 남쪽으로 퇴각하자 절도사 최경회 등과 함께 대나무 창으로 응전하며 진주성을 사수하였으나 성이 함락되자 아들 상건(象乾)과 남강(南江)에 투신하였다.

110) 춘추시대 거(莒)나라의 오공(敖公)을 섬기다가 자기를 알아주지 않자 그를 떠나 해변에서 살았는데, 오공이 환란을 당했다는 소식을 듣고는 급히 달려가 목숨을 바치려고 하면서 "내가 장차 그를 위해 죽으려고 하는 것은 신하를 몰라주는 후세의 임금들을 부끄럽게 하기 위함이다.[吾將死之, 以醜後世之人主不知其臣者也.]"라고 말했다는 고사가 있다. 『열자(列子)』 「설부(說符)」.

111) 경선(景仙)이 먼저 점거한 것 : 경선은 설경선(薛景仙)을 말함. 당 현종 때 안녹산(安祿山)의 난이 일어나자 나룻길로 해서 먼저 공물(貢物)을 상납한 후 의병을 일으켜 부풍군(扶風郡) 등을 수복하였으며, 방어사(防禦使)와 초토사(招討使) 등으로 활약하며 큰 공을 세웠다. 『신당서(新唐書)』 「이포옥전(李抱玉傳)」.

리를 따르는 자를 돕지 않아 일이 마침내 구제하기 어렵게 되었으니,
속절없이 쓸쓸한 회포만 남아 처량한 귀신이나 따르게 되었소.”
하고 읊었다.

> 昏鴉歸散月臨城　까마귀 흩어지니 달이 성 위에 뜨고
> 樓觀荒墟宿草平　누각 있던 터엔 풀만 무성하구나
> 惟有竹林摧不盡　늘어선 죽림은 꺾여도 다하지 않아
> 每年風雨笋齊生　해마다 비바람에 죽순이 돋아나네

　김종사(金從事)[112]가 또한 나아가서,
　“문장은 천하에 명성을 떨쳤고 힘은 6균(鈞)[113]의 활을 당겼으니,
걸출한 한평생〈176〉소소한 예절에는 구애되지 않았습니다. 용만(龍
灣, 의주)에서 범한 일은 실로 국법에 저촉되는 일이기에 옥 안의 죄인으
로 앉아서 기이한 계책을 감추고 있다가, 삼가 석방하는 은명을 받들어
국난에 나가기를 주저하지 않았습니다. 날뛰는 추한 무리를 흘겨보며
섬멸하기를 굳게 기약하였으나, 도원수의 패배를 구원하지 못하였으니
그 죄는 마찬가지입니다.”
하고 읊었다.

> 彈琴臺迥淺灘鳴　탄금대 아득히 얕은 여울 소리
> 時爲孤臣作不平　외로운 신하 위해 소리를 내는구나
> 憶得誤編開幕府　생각하니 장군의 휘하로 잘못 편입되어

---

112) 김종사(金從事) : 종사관 김여물(金汝岉, 1548~1592). 1591년 의주목사(義州牧使)로 있
　　을 때 서인(西人) 정철(鄭澈)의 당인으로 몰려 파직당하고 투옥되었다. 임진왜란이 일어나
　　자 왕의 특명으로 신립과 함께 충주 방어에 나서 새재의 지세를 이용하여 방어할 것을 건의
　　하였으나 신립이 이를 듣지 않고 달천을 등지고 배수진을 쳤다가 적군을 막지 못하게 되자
　　탄금대에서 신립과 함께 물에 투신 자결하였다.
113) 균(鈞) : 30근.

幾回虛說左車兵 몇 번이나 좌거(左車)114)의 병법을 말했던가
溪邊骨朽丹心在 시냇가 뼈는 썩었으나 충심은 살아 있고
地下魂單白日明 지하의 넋은 외롭지만 세상에 떳떳하다네
宜向圓扉頻泣鏡 마땅히 감옥에서 혼자 울 처지이거늘
沙場暴露亦恩榮 모래밭에 뼈 드러난 것도 임금의 은혜라네

송동래(宋東萊)115)가 또한 나아가서,

"몸이 해진(海鎭)116)에 매여 있을 때 봉화가 경계를 쉬고 있다가 태평
한 후에 변란이 일어나 사람들이 창졸간에 당황하니, 그 누구와 함께
지키겠습니까? 연수(連帥, 절도사)는 이미 도망가면서 날더러는, '어디
를 가느냐? 성문을 닫아야 한다!'라고 했지요. 태산으로 새알을 누르는
형국이라 패할 것을 이미 헤아리고 있었으나 군신의 의는 무겁고, 부자
의 은(恩)은 가볍다는 글을 써서 집에 부쳤지요. 저 오랑캐를 꾸짖는
데는 안고경(顔杲卿)117)의 말로도 충분하나, 벌레같이 무지한 섬 오랑

114) 좌거(左車) : 이좌거(李左車). 조(趙)나라 장수로, 한나라의 한신(韓信)과 장이(張耳)가
    조나라를 치자 막을 계책을 진여(陳餘)에게 말했으나 용납되지 않았고, 진여는 전사하였다.
    한신이 좌거를 얻어 스승으로 모시고 그의 계책을 써서 연(燕)·제(齊)의 여러 성을 항복받
    았다.
115) 송동래(宋東萊) : 동래부사 송상현(宋象賢, 1551~1592). 본관은 여산(礪山), 자는 덕구
    (德求), 호는 천곡(泉谷). 1584년(선조 17년) 명나라에 다녀온 뒤 호조·예조·공조의 정랑
    (正郎) 등을 거쳐 동래부사가 되었음. 임진왜란이 일어나 왜적이 동래성에 육박하자 항전했
    으나 함락되게 되자 조복(朝服)을 갈아입고 단정히 앉은 채 적병에게 살해되었다. 충절에
    탄복한 적장(敵將)은 시(詩)를 지어 제사지내 주었다.
116) 해진(海鎭) : 수영(水營).
117) 안고경(顔杲卿) : 756년에 안녹산(安祿山) 반군이 상산(常山)을 공격하여 그곳 태수인
    안고경의 아들 안계명(顔季明)을 인질로 삼아 안고경에게 투항하도록 했으나 안고경이 이
    에 굴복하지 않고 도리어 안녹산을 꾸짖어 안계명이 피살되고 말았다. 머지않아 사사명(史
    思明)에게 성(城)이 무너지고 안고경이 낙양으로 압송되어 안녹산을 보게 되었는데, 안고경
    이 안녹산을 보고 "우리 집안이 대대로 당나라의 신하로서 충의를 지켰는데 어찌 일개 양치
    는 오랑캐[牧羊羯奴]가 일으킨 반란을 좇겠는가."라고 말했다. 이에 안녹산이 크게 노해
    그를 죽였다.

캐도 왕촉(王蠋)의 무덤을 봉할 줄 알았습니다[118]. 나라에 충성하고자 할진대 어찌 제 몸을 아끼겠습니까?"
하고 읊었다.

分符猶未絶東漁　임지에서 왜적의 침입 막지 못했으니
臣死無疆罪有餘　이 몸 되풀이해 죽어도 죄 남으리
身世己憑三尺劍　신세는 이미 삼 척〈177〉검에 맡기고
庭闈只寄數行書　부모님께 다만 두어 줄 편지 부쳤네
悠悠歲月黃雲老　유유한 세월은 황운처럼 늙어가고
落落襟期碧海虛　쓸쓸한 회포는 벽해처럼 허전하니
千里孤魂歸不得　천리에 외로운 넋이 돌아오지 못하여
古城風雨獨躊躇　비바람 치는 고성에 홀로 서성이노라

임남원(任南原)[119]이 또한 나아와,
"위태로운 시국을 당하여 외람되이 발탁되었는데, 임지인 남원의 지형은 실로 우리나라의 요충지였습니다. 명나라 군사와 함께 힘을 다하니, 강회(江淮)의 보장(保障)[120]에 비겼습니다. 왜적의 높은 사닥다리가

118) 왕촉(王蠋)의~알았다오 : 연(燕)나라가 제(齊)나라를 쳤을 때, 연나라의 악의(樂毅)가 제나라의 왕촉이 어질다는 소리를 듣고 그를 불렀으나 왕촉은 응하지 않고, "충신은 두 임금을 섬기지 않고, 열녀는 두 지아비에게 시집가지 않는다."는 말을 남기고 자결하였다. 악의가 감동하여 그의 무덤에 흙을 덮어주고 표창하였다. 여기에서는 왜군이 동래부사 송상현을 후히 장사지내 준 것을 말한다.
119) 임남원(任南原) : 남원부사 임현(任鉉, 1549~1597). 본관은 풍천(豊川), 자는 사중(士重), 호는 애탄(愛灘). 임진왜란이 일어나자 강원도 도사로 기용되어 춘천에서 왜적을 대파하였고, 그 공로로 회양부사에 올랐다. 정유재란 때 남원부사로 분전하다가 전사하였다.
120) 강회(江淮)의 보장(保障) : 안녹산(安祿山)의 난 때에 수양성(睢陽城)에 고립된 여러 군중이 모두 달아나자고 했으나 진원영(眞源令) 장순(張巡)은 수양태수(睢陽太守) 허원(許遠)과 의논하기를 "수양성은 강회 지역의 보루이니 이곳을 버린다면 적이 승승장구하여 남쪽으로 내려갈 것이고 강회 지역은 반드시 망할 것이다.[睢陽江淮保障也, 若棄之, 賊乘勝鼓而南, 江淮必亡.]"라고 했다. 이로부터 강회는 한 지방의 요새를 의미하게 되었다. 장순과 허원은 끝까지 수양성을 지키다가 전사했다. 『신당서(新唐書)』「충의열전(忠義列傳)·장순

난무하고 달무리는 점점 짙어지니, 군사들은 외로이 힘이 빠짐을 탄식하고 구원군마저 끊겨 북소리가 가라앉음을 슬퍼하였습니다. 맡은 지역을 지키지 못하고 스스로 칼날을 밟게 되었으니 수령으로서 죽어 마땅한 일이지만, 양원(楊元)[121]이 힘껏 싸웠는데도 그 머리를 보전하기 어려웠으니 국법이 유감스러울 뿐입니다."

하고 읊었다.

> 貔貅一隊下天關　용맹한 군대가 중국에서 내려와
> 橫截龍城意氣閑　남원을 가로질러 의기가 한가로웠네
> 猛氣直衝將何去　맹렬히 곧장 돌진하나 어디로 갈꼬
> 孤魂只逐片雲還　외로운 넋 구름 따라 돌아갈 뿐

김원주(金原州)[122]가 또한 나아와,

"백 보밖에 안 되는 작은 고을로 수만의 강적을 맞닥뜨리니 임기응변으로 난리를 제압하지도 못하고 또 차마 재나 닦고 경문이나 외고 있을 수도 없어, 치악산으로 물러나 있으면서도 오히려 어장(魚章)[123]을 지니고 있었습니다. 산이 워낙 험하여 공격하기 어려울 것이라 생각했는데 갑자기 토담 무너지듯이 쉽게 패하고 말았으니, 외로운 성은 어육(魚肉)이 되고 온 집안 식구들은 모두 칼과 창에 쓰러졌습니다. 나는 국은

(張巡)」

121) 양원(楊元) : 1597년 정유재란 당시 명나라 지원군의 부총병(副摠兵)이었다. 왜군의 주력군이 남원성을 포위하여 공격하자 조선과 명나라 연합군이 이에 대항했으나 중과부적으로 남원성이 함락되었다. 양원은 함락 직전에 서문을 통해 달아났고, 남원부사 임현(任鉉)은 전사했다.

122) 김원주(金原州) : 원주목사 김제갑(金悌甲, 1525~1592). 본관은 안동(安東), 자는 순초(順初), 호는 의재(毅齋). 1592년 원주목사로 있을 때 임진왜란이 일어나, 왜장 모리 요시나리[森吉成]의 군사가 쳐들어오자 관병과 의병을 이끌고 영원산성(鴒原山城)에서 항전하다가 성이 함락되자 그의 아들 시백(時伯)과 부인 이씨와 함께 순절하였다.

123) 어장(魚章) : 어부(魚符). 나무나 구리로 물고기 모양처럼 만든, 수령들이 가지는 병부(兵符).

(國恩)을 입었으니 만 번 죽어도 달게 여기지마는 처자식은 어째서 한꺼
번에 죽어야 합니까?"
하며 읊었다.

雉岳山中三里城   치악산 속 조그만⟨178⟩성[124]에서
白頭朱綬保殘兵   늙은 수령으로 남은 군사 지키려 했지만
無端一化妖鋒血   무단히 요망한 칼끝의 피가 되니
唯有寒溪日夜鳴   찬 시냇물만 밤낮으로 울고 있네

최병사(崔兵使)[125]가 또한 나서서 말하였다.
"몸은 안영(晏嬰)처럼 칠 척이 되지 못하나,[126] 마음은 적선(謫仙)의
일만 명보다 낫습니다[127]."

盟定動乾坤   맹세는 천지를 뒤흔드니
風掣旌旗廻   바람결에 깃발 나부끼고

---

124) 조그만 성 : 삼리성(三里城). 『맹자(孟子)』「공손추(公孫丑) 하(下)」에, "천시(天時)는 지
    리(地利)만 못하고, 지리(地利)는 인화(人和)만 못하다. 3리(里)의 성과 7리의 곽(郭)을 포
    위 공격해도 이기지 못하는 경우가 있다."고 하였다.

125) 최병사(崔兵使) : 병마절도사 최경회(崔慶會, 1532~1593). 본관은 해주(海州), 자는 선우
    (善遇), 호는 삼계(三溪)·일휴당(日休堂). 1592년(선조 25년) 임진왜란 때 의병장이 되어
    금산(錦山)·무주(茂州) 등지에서 왜병과 싸워 큰 공을 세웠고, 이듬해 제2차 진주성 싸움에
    서 전사했다.

126) 몸은 안영(晏嬰)처럼~되지 못하나 : 안자(晏子). 춘추시대 제나라의 어진 재상. 그에게
    키가 큰 마부가 있었다. 어느 날 마부의 아내가 내다보니 남편이 안자를 태우고서 몹시
    의기양양해서 말을 몰았다. 마부가 돌아오자 아내가 그를 떠나겠다고 했다. 마부가 그 이유
    를 물으니 아내가 말하기를, "안자는 키가 육척도 안 되지만 재상이 되어 이름이 높으면서도
    겸손합니다. 당신은 키가 팔 척에 겨우 마부가 되어서 만족스러워합니다." 라고 했다. 마부
    가 이 말에 크게 깨달아 태도를 고치니 후에 안자가 그를 추천해 대부가 되었다고 한다.
    『사기』「관안열전(管晏列傳)」

127) 칠 척이~낫습니다 : 적선(謫仙) 이태백(李太白)이 〈한형주에게 보내는 편지(與韓荊州
    書)〉에서 자신에 대해 "비록 키는 칠 척에 차지 못하나 마음은 1만 명보다 낫습니다.[雖長不
    滿七尺, 而心雄萬夫]"라고 하였다. 『이태백전집(李太白全集)』

天晴鼓角喧　　하늘에 북 나팔 요란해라
無謀輕犯敵　　꾀 없이 적진을 범하니
有劍重酬恩　　칼로 은혜 갚음이 중하도다
寂寞千載怨　　적막한 천 년의 원한이여
凄凉二子魂　　처량한 두 아들의 넋이여
古場春盡後　　옛 싸움터에 봄이 지나니
苔沒碧生痕　　이끼 덮여 자취가 생겼네

　장군이 이에 정색하며 눈살을 찌푸리고 좌우를 돌아보며 말하기를,
"사람은 누구나 다 죽는 것, 하늘은 믿을 것이 못 되오. 그대들의
말을 다 들었으니 나의 슬픈 회포도 좀 말하겠소. 태평시대에 태어나
조그만 공로도 못 나타냈는데, 죽부(竹符)를 풀고[128] 장수에 임명되니,
임금의 알아주심을 깊이 받게 되었소. 오랑캐[129]가 바다를 건너오게
되자 스스로 한번 죽음을 각오하고 수군을 모아 왜적을 가로막아 뱃길
을 안전하게 하여 놓았소. 적의 배 삼백여 척을 불사르니 그 세력은
당할 자 없었고, 한산도를 지키는 오륙 년 동안에는 적이 감히 엿보지
못하였소. 그런데 갑자기 전쟁 중에 장수를 바꾸었으니, 마무리를 제대
로 하지 못해 공이 모두 허사가 된 격이오.[130] 남은 병력과 배 한 척을
패전한 뒤에 다시 받아, 노를 잇고 돛을 내려 급한 여울 위에서 일곱
번을 이겼소. 도망하는 적을 예교(曳橋)[131]에서 막다가 장성(將星)이

---

128) 죽부(竹符)를 풀고 : 죽부는 군수의 신표로서 대로 만들어 둘로 쪼개어 오른쪽을 서울에
　　두고, 왼쪽을 군수에게 주는 것. 죽부를 푼다는 것은 군수를 그만둔다는 뜻.
129) 오랑캐 : 원문은 '훼복(卉服)'. 풀로 된 옷을 입는다는 뜻으로, 미개인 특히 섬 오랑캐를
　　가리킨다. 『한서(漢書)』「지리지 상(地理志上)」에 "도이훼복(島夷卉服)"이라 하였다.
130) 마무리를 제대로~된 격이오 : 원문은 '功竟虧於爲山'. 이는 『서경(書經)』「여오(旅獒)」
　　중의 다음과 같은 말에서 나온 것이다. "작은 행동이라도 신중히 하지 않으면 큰 덕에 끝내
　　누를 끼칠 것이니, 이는 마치 아홉 길 산을 만들 때에 한 삼태기의 흙이 부족하여 공이
　　허물어지는 것과 같다.[不矜細行, 終累大德, 爲山九仞, 功虧一簣.]"
131) 예교(曳橋) : 전남 순천시 해룡면 신성리. 순천 왜성(倭城)으로도 불린다. 순천 왜성은

노량(露梁)에서 떨어졌소. 북을 올리고 깃발을 흔들라는 명령을〈179〉
아들에게 분부하니, '바다에 서약하고 산에 맹세한다.'132)는 구절은 어
룡(魚龍)을 감동시켰소."
하고는 읊었다.

萬舳迷津一枕安　수많은 배 헤매어도 잠자리 편했으나
六年桑海動波瀾　육 년의 큰 난리는 파란을 일으켰지
雲晴馬島彈丸小　구름 개인 대마도는 탄알만 하고
霜肅轅門尺釰寒　서리 내린 군영에는 칼 빛이 차도다
誓指山河心已許　산하를 두고 한 맹세 이미 굳혔건만
恩深天地報還難　천지 같은 은혜 깊어 갚기 어렵구나
出師未捷身先死　출전하여 이기지 못하고 먼저 죽으니
留與英雄淚不乾　영웅들의 눈물 응당 마르지 않으리라

읊고 나자, 한 승장(僧將)133)이 엎드려 나아가서,
"나는 본래 승려 출신이지만 충성스럽고 용맹한 성품을 타고나서 승
복을 벗어 갑옷으로 갈아입고, 육계(六戒)134)를 까맣게 잊어버리고 법

정유재란 당시 왜군이 전라도를 공략하기 위한 전진기지 겸 최후 방어기지로 삼기 위해
3개월간 쌓은 토·석성이다. 또한 왜장(倭將) 고니시 유키나가[小西行長]가 이끄는 왜병이
주둔하여 조(朝)·명(明) 수륙연합군과 두 차례에 걸쳐 최후·최대의 격전을 벌인 곳이기도
하다. 이순신이 이끄는 수군이 순천 왜성을 비롯하여 장도(노루섬) 등을 오가며 왜군을 격퇴
했고, 고니시를 노량 앞바다로 유인하여 대첩을 거두었다. 바로 이 노량해전에서 이순신이
전사했다.
132) 바다에 서약하고 산에 맹세한다 : 원문은 '誓海盟山'으로, 이는 김육(金堉)이 지은 이순신
의 비명(碑銘)에서 이순신이 지었다고 한 시 '바다에 맹세함에 어룡이 감동하고, 산에 맹세
함에 초목이 아는도다.[誓海魚龍動, 盟山草木知.]'의 구절이다.
133) 승장(僧將) : 영규(靈圭 ?~1592). 휴정(休靜)대사의 제자로 공주 청련암에서 수도하고,
선장(禪杖)으로 무예를 익혔다. 임진왜란이 일어나자 500명의 승병을 모아 의병장 조헌(趙
憲)과 함께 청주를 수복하고 이어 금산에 이르러 일본군과 격전 끝에 조헌 등 700의사(義士)
와 함께 순국하였음. 금산의 700의총(義塚)에 묻히고 종용사(從容祠)에 제향되었다.
134) 육계(六戒) : 육도(六度) 즉 육바라밀을 말하는 듯함. 보살의 실천행. 생사의 고해를 건너

고(法鼓)를 들고 나와 전고(戰鼓)로 삼았습니다. 제갈량이 맹획(孟獲)[135]을 일곱 번 사로잡았다 놓아준 것을 본받기로 하고, 흉악한 적과 여기저기서 싸워 도적의 소굴에 깊숙이 들어갔다가 이에 죽음의 영광을 얻게 되었으니, 중들은 임금도 없다는 꾸지람을 면하게 되었소."
하고 읊었다.

> 子子孤魂去不來　의지 없는 외로운 혼 돌아오지 않으니
> 亂山靑走鬱崔嵬　어지러운 산 푸르게 달려가 높기만 하네
> 人間莫道輪回說　인간 세상에서 윤회를 말하지 말라
> 一鎖泉臺怨未開　구천에 마냥 갇혀 원한을 풀지 못하니

장군이 환히 웃으며 말하였다.
"이 승려야말로 우리들을 격려할 수 있다."
화답의 노래를 파담자에게 이으라고 하니, 파담자가 곧 붓을 휘둘러 썼다.

> 今夕何夕歲云徂　오늘 밤이 어인 밤인가, 세월은 흘러
> 古臺霜月連平蕪　옛 누대 서릿달은 벌판에 닿아있네
> 精忠報國大將軍　충성으로 나라에 보답한 대장군이
> 夜會賓客臺之隅　이 밤에 손님들을 누대에 모았네
> 義氣撑空釰戟寒　의기는 치솟고 창검은 차가운데
> 轅門此樂人間無　진영의 이 즐거움 세상에 없으리
> 日休堂中好男兒　일휴당[최경회(崔慶會)]은 호남아

이상경인 열반의 세계에 이르는 실천수행법인 육바라밀은 보시(布施)·지계(持戒)·인욕(忍辱)·정진(精進)·선정(禪定)·반야바라밀(般若波羅蜜) 등의 여섯 가지로 구성되어 있다.

135) 맹획(孟獲) : 삼국시대 때 남만족의 지도자. 제갈량과 일곱 번 싸워 일곱 번 붙잡힌 후 제갈량에게 항복하여 그의 심복이 되었다 한다.

霽峯襟期氷暎壺　제봉[고경명(高敬命)]은〈180〉
　　　　　　　　얼음처럼 맑도다
干城雉岳老太守　간성(干城)136) 치악의 늙은 태수[김제갑(金悌甲)]와
帶方任君懷壯圖　대방의 임군[임현(任鉉)]은 큰 뜻을 품었도다
東萊松柏後凋姿　동래[송상현(宋象賢)]는 시들지 않는 송백이고
從事雄奇龍鳳雛　종사[김여물(金汝岉)]는 웅장한 용·봉황 새끼라
堂堂大義孰先倡　당당한 대의를 누가 먼저 일으켰나
名冠湖南聲價殊　이름이 호남에 으뜸이니 평판이 남다르구나137)
提督元稱慷慨士　제독[조헌(趙憲)]은 본디 강개한 선비요
淮陽自是書生迂　회양[김연광(金鍊光)]은 뜻이 큰 서생이라
三世登壇李氏子　3대가 장수에 오른 이씨의 아들에
復有黃公眞丈夫　다시 황공[황진(黃進)] 같은 진실한 장부가 있도다
金侯血渾堡障身　김후[김시민(金時敏)]의 피 성을 막은 몸이요
劉帥霜驚憂國鬚　유장군[유극량(劉克良)]은 나라 걱정으로 수염이
　　　　　　　　희었네
司空恩寵涵天地　사공[신립(申砬)]의 은총은 천지를 적시고
水伯威名動舳艫　수사[이억기(李億祺)]의 위엄은 선박을 흔들었네
英豪誰似李僉使　영웅호걸 누가 이첨사[이영남(李英男)]와 같으리오
萬戶膽略非常麤　만호[정운(鄭運)]의 담력과 계략은 비상히 크도다
容儀端重沈方伯　용모가 단중한 심방백[심대(沈岱)]이요
氣岸軒昂鄭中樞　기상이 훤칠한 정중추[정기원(鄭期遠)]라
南關鎖鑰小元帥　남쪽 관문을 지키니 작은 원수라네
判事風流君子儒　판사[윤섬(尹暹)]의 풍류는 군자 선비라
仙籍曾編玉署名　과거급제하여 홍문관에 이름이 올랐고[박지(朴篪)]
星官夙佐金華謨　성관은 일찍 금화(金華)의 계획 도왔다네

136) 간성(干城) : 방패와 성이라는 뜻으로, 나라를 지키는 믿음직한 군대나 인물을 이르는 말.
137) 나주의 정렬사(旌烈祠)와 순창의 화산서원(花山書院) 등에 제향된 김천일(金千鎰)인 듯함.

高家雙璧伴鸞翔 고씨 쌍벽[고종후(高從厚)·고인후(高因厚)]은 난
새와 짝하고
梵宮靈奎如鶴瘦 사찰의 영규는 학 같도다
千年此會知難再 천 년에 이 모임 다시 있기 어려우나
萬古芳名自不孤 만고에 꽃다운 이름 외롭지 않다네
坡潭之子何幸耳 파담자는 얼마나 행운이런가
綠酒金樽同一舠 금단지의 술 한 잔 함께 했네
把筆吟詩紀盛事 붓 들고 시 읊어 성대한 일 기록하니
詩成滿紙揮明珠 시 적은 종이에 밝은 구슬 가득하구나

라고 써서 드리니 좌우가 무릎을 치고 탄식하며 말하였다.

"문장이 맑고 군세며 의기가 격절하니, 그대의 재주를 높이 평가하
오. 그러나 부(賦) 짓는 것은 비록 적을 물리친다 하더라도 시를 읊는
것은 나라를 지키는 데 도움이 되지 못하오.〈181〉그대의 나이에 무예
를 겸하여 활을 잡고 말을 달릴 수 있다면 무언들 못하겠소? 문장은
나라를 빛내고 무예는 모욕을 막을 수 있소. 우리들은 이미 끝났으니,
그대는 부디 힘쓰시오."

파담자가 일어나 감사하며,

"기꺼이 가르침을 받길 원합니다."

하고 이내 하직하고 내려가니, 긴 시냇가의 둑에서 귀신 무리가 손뼉을
치며 웃고 있었다. 그 까닭을 물으니 통제사 원균(元均)을 비웃고 있는
것이었다. 그 배는 불룩하고 입은 삐뚤어졌으며 얼굴은 흙빛이었다.
엎드려 기어왔으나 거절당해 참여하지 못하였던 것이다. 언덕에 의지
하여 몸을 웅크리고 주저앉아 주먹을 불끈 쥐고 길게 탄식할 뿐이었다.

파담자가 이에 크게 웃고 조롱하다가 하품하며 기지개를 켜고 깨어
나니, 그것은 한바탕 꿈이었다. 베개를 어루만지면서 돌이켜 생각해

보니 역력히 기억이 났다. 그 관직으로 그 성명을 상고해 보니, 장군은 곧 이순신(李舜臣)이었다. 고첨지는 경명(敬命)이요, 최병사는 경회(慶會), 김창의는 천일(千鎰), 김원주는 제갑(悌甲), 임남원은 현(鉉), 송동래는 상현(象賢), 김종사는 여물(汝岉), 조제독은 헌(憲), 김회양은 연광(鍊光), 황병사는 진(進), 이병사는 복남(福南), 김진주는 시민(時敏), 유수사는 극량(克良), 신판윤은 립(砬), 이수사는 억기(億祺), 이첨사는 영남(英男), 정만호는 운(濆), 심감사는 대(岱), 정동지는 기원(期遠), 신병사는 할(硈), 윤판〈182〉사는 섬(暹), 박교리는 지(箎), 이좌랑은 경회(慶會), 고임피는 종후(從厚), 고정자는 인후(因厚), 승장은 영규(靈圭)였다.

　파담자는 뜻이 있는 자라 만약 어떤 사람이 나라 일에 죽었다면 흐느껴 울지 않은 적이 없었다. 혹은 그 의(義)를 사모하고, 혹은 그 절개를 기리며, 혹은 그 운명을 슬퍼하고, 그 사적을 감탄했다.

　'꿈속에서 만난 이들은 모두 내가 평소에 공경하고 우러르던 분들이었다. 이런 마음이 있었으므로 이런 꿈을 꾼 것이리라.'

　이에 제문을 지어 간소하게 제물을 갖춰 화산(花山) 위에 올라 남쪽 구름을 바라보며 곡하고, 서해를 굽어보며 그들의 넋을 불러 제사하였다. 그 내용은 다음과 같다.

　모년 모월 모일에 파담자는 수양산의 고사리를 캐고 응벽지(凝碧池)[138]의 물로 잔을 올려 감히 스물일곱 분의 신령께 아뢰오니, 신령들께서는 알아주십시오.

　저는 본래 서생으로서 반평생에 휘장을 드리우고 고인의 책을 읽으며 그 뜻이 커서 옛 사람의 정충(精忠)과 고절(苦節)을 대할 때면 책을

---

138) 응벽지(凝碧池) : 당나라 궁중 안에 있는 못. 안록산이 장안을 침입하였을 때 이곳에서 잔치를 열었고, 당시 억류되었던 왕유(王維)가 칠언절구 〈보리사 사성구호(菩提寺私成口號)〉를 지어 풍자한 바 있다.

덮고 탄식하였습니다. 만고 우주에 돌이켜도 한두 남아를 얻을 뿐이니, 저 성대한 중국으로서도 이같이 적습니다. 우리 삼한은 예의의 나라라 일컬어 왔지만 옛날의 동이(東夷)로서 위기에 임하여 굴하지 아니하니 오랑캐를 물리친 이가 스물일곱 분이나 됩니다. 아! 거룩한 임금이 왕위를 이어 끝없는 터전을 지었고, 2백 년 동안 백성을 기르고 교화시켜 이와 같이 많은 선비를 냈던 것입니다.

수군통제사께서는 진실로〈183〉하늘이 낸 거룩한 분으로, 일선 장수에 임명되자 변경에 크게 자리 잡고 한산섬에서 바다를 다스리며 만 6년의 세월을 보냈습니다. 장수를 바꾼 일은 본래 적의 꾀에서 나온 것이요, 장군이 군사를 내는 시기를 그르친 것은 아니었습니다. 원균(元均)이 싸움에 패한 뒤에 아홉 척의 배와 남은 군졸로써 벽파진(碧波津) 해전139)에서 싸워 이겼으니 그 공은 비석에 새길 만한 일이요, 노량(露梁) 싸움140)에서 공이 임종에 다다를 때 깃발을 내걸 것을 분부하자 아들이 그 명령대로 하여 산 중달(仲達)을 달아나게 한 것처럼141) 하였으니, 그 꾀가 더욱 기이하다 하겠습니다.

고제봉의 문장은 이루 다 칭송할 수 없을 정도이니, 강개하여 군사를 일으켜 죽을 힘을 다해 위기에서 구하려 했고, 몸을 적의 소굴에 내던져 삶을 버리고 의를 취하여 확고한 태도를 바꾸지 않았습니다. 의병을

---

139) 벽파진(碧波津) 해전 : 1597년 10월 16일. 벽파진은 지금의 전라남도 진도군 고군면. 이순신이 삼도수군통제사로 복귀한 후 벽파진에서 왜군의 소규모 함대를 격파한 해전. 서쪽으로 이동하던 왜선 55척 중 호위 적선 13척이 나타나자, 한밤중에 이순신이 선두에서 지휘하여 벽파진에서 적선을 격퇴시켰다.

140) 노량(露梁) 싸움 : 1598년 12월 16일. 이순신이 이끈 조선과 명나라의 연합 함대가 노량해협에서 일본의 함대와 싸워 크게 무찌른 해전으로서, 왜란의 마지막 해전이며 이순신이 전사한 해전이다.

141) 산 중달(仲達)을 달아나게 한 것처럼 : 제갈량이 오장원에서 위나라의 사마의(司馬懿, 호는 중달)와 대전하다가 병사하였는데, 죽음을 감추고 싸웠더니 사마의가 겁에 질려 도망친 데서, '죽은 제갈량이 산 중달을 달아나게 한다.'는 말이 생겼다.

모집하는 격문을 보면 읽는 사람으로 하여금 저도 모르게 눈물을 흘리게 합니다.

최병사께서는 사람됨이 호쾌하여 매인 데가 없는 분입니다. 처음에 모집한 의병은 호랑이가 아니면 곰이어서, 서관(西關)에 보낸 편지로 좋은 벼슬에 올랐지만 진양(晉陽, 진주)에 그쳐 기세가 꺾여 장한 뜻을 펴지 못하고 말았습니다.

치악산성(雉岳山城)은 높고 험준하여 하늘을 칠 듯 아득하고 깊으므로 김사군(使君)이 지형을 자세히 보고 험한 큰 산을 차지하였는데, 왜적이 한 번 침범하자 형세는 외롭고 군사는 지쳐 온 집안이 칼날 아래 쓰러지니 비린내 나는 피가 낭자하였습니다.

남원은 곧 호남과 영남의 관문인데 임공(任公)께서 지켜서 굳건한 울타리가 되었습니다. 양원(楊元)의 2천여 기병이 군사의 위엄을 크게 빛냈으나 미친 왜적이 사납게 날뛰어서, 힘을 모아 독을 퍼뜨리니 올빼미와 솔개 같았습니다. 밖으로는 미미한 도움도 끊어졌으니 공인들 혼자서 이를 어찌하겠습니까? 작은《184》성이 하루아침에 상처투성이가 되었습니다.

동래 선비(송상현)는 품행이 고아하며 속세에서 벗어난 풍채를 지녔지만, 강과 바다에서 한 차례 지휘하는 데 변란을 미처 헤아리지 못했으니, 그 형세가 마치 천근의 무게를 한 가닥 실로 이끄는 것과 같았습니다. 철문을 굳게 잠그고 마음으로 신에게 맹세하며 죽음에 임해 열여섯 자[142]를 남겼는데, 보는 이는 목이 메고 참혹해 하니, 그 굳센 기상을 슬퍼합니다.

---

142) 열여섯 자 : 왜적이 동래를 포위하자 송상현은 아병(牙兵) 20명과 함께 사로잡혔는데, 포위를 당하기 전에 송상현은 북쪽을 향해 재배하고 부채에, "외로운 성에 달무리 서매, 크디큰 진영을 구해 내지 못하누나. 군신의 의리는 무겁고, 부자의 은혜는 가볍다.[孤城月暈, 列陣高枕. 君臣義重, 父子恩輕.]"라고 손수 열여섯 자를 써서 그것을 집 종에게 주어 그의 부모한테 가서 알리도록 하였다.

김종사(김여물)는 과거에서 장원을 하였고 힘은 사십 근의 철퇴를 휘두를 만하였습니다. 평소에 호방하여 자신을 견줌이 지나치게 과했지만 감옥에 갇힌 일[143]은 자기의 죄가 아니었는데 목에 칼을 차게 된 것입니다. 나라에 난이 있자 천승(千乘)[144]의 군막에서 보좌하였는데 시운이 이롭지 않아 사람은 죽고 한만이 남았습니다.

창의사(김천일)께서는 먼저 서남쪽 요충지를 점거하여 위세를 떨쳤으며, 다시 군사를 거느리고 막아서 힘껏 싸웠으나 지쳐서 몸은 죽고 이름만 길이 드리웠습니다.

제독(조헌)의 식견은 처음에는 시귀(蓍龜)[145]와 같았다 할 것입니다. 현소(玄蘇)와 수호의 관계를 맺던 날[146]에 혹시 화근이 생길까 칼을 지니고서는 거적을 깔고 5일 동안 궁궐 앞에 엎드려 있었습니다. 가의(賈誼)의 대책(對策)과 순모(郇模)의 광주리[147]을 뭇사람들은 어리석다고 하는데, 진실로 어리석은 것입니까, 어리석다고 한 사람들이 어리석은 것입니까? 변을 듣고는 곧 일어나 의를 부르짖고 부지런히 힘썼으며, 서원(西原, 청주)에서의 대첩에 우서(羽書)와 격문(檄文)이 사방으로 달렸

---

143) 감옥에 갇힌 일 : 김여물(金汝岉)은 의주목사(義州牧使)로 재직하던 1591년에 정철(鄭澈)의 당인으로 몰려 투옥되었다.

144) 천승(千乘) : 제후의 신분에 있는 이를 가리키는 말로, 여기에서는 탄금대에서 배수진을 친 신립 장군을 가리킨다.

145) 시귀(蓍龜) : 점을 치는 시초(蓍草)와 거북점.

146) 현소(玄蘇)와 수호의 관계를 맺던 날 : 1590년 조선의 통신사가 일본을 갔을 때, 도요토미 히데요시[豊臣秀吉]는 조선 사신을 50일이나 머물러 두었다가 맞이했고, 조선의 사신을 맞이할 때는 술을 마시다가 술잔을 던져 깨뜨렸으며 어린아이를 무릎 위에 올려놓고 놀리기도 했다. 이듬해 도요토미는 겐소[玄蘇]를 사신으로 보내 이 일을 사과했는데, 조헌은 고향인 옥천에서 상경하여 상소를 올려 "술잔을 깬 것은 동맹을 파기한다는 뜻이고 어린아이를 어르고 있었던 것은 조선을 어린아이로 본 것이니, 일본 사신을 죽이고 중국에 보고해야 한다."고 주장했으나, 당시 조신들은 그를 미친 사람으로 취급했다.

147) 가의(賈誼)의 대책(對策)과 순모(郇謨)의 광주리 : 한 문제 때 가의가 〈치안책(治安策)〉을 올렸고, 당 대종(代宗) 때 순모가 광주리를 가지고 동시(東市)에서 곡을 하니, 사람들이 그 이유를 묻자, 20자 상소를 올리고자 하는데 받아들여지지 않으면 자기 시체를 광주리에 담아 들녘에 버리라고 하였다. 당 대종은 기쁘게 상소를 받아들였다.

는데, 금산(錦山)으로 깊이 들어가 적의 속임수에 빠져 몸은 죽고 일은
그릇되어 큰 공적이 단번에 무너져 버렸습니다.

김선생(김연광)은 가인(可人)148)입니다. 조복(朝服)을 갖추고 인수(印
綬)를 차고 맡은 곳을 지키며 떠나지 않았습니다. 적을 깨뜨리고 그 몸
을 더럽히지 않았으니, 회수(淮水)는 맑고 잔잔합니다.

황〈185〉공(황진)은 온 성안이 의지하고 중히 여기는 명망을 지니고서
방패를 잡고 성벽에 올라 활시위를 당겨 적을 쏘았습니다. 편장(編將)과
비장(裨將)들 사이에 섞여 의로운 몸이 한번 거꾸러지니 북소리는 홀연
히 잦아들었습니다.

이공(이복남)께서, 고립된 성이 이미 흔들려 형세가 위태로울 때에
몇 명의 기병을 거느리고 험난한 곳으로 달려가 그 위험을 꺼리지 않고
천금의 귀한 몸을 가벼이 내던진 것은, 패배자가 되는 것을 부끄러워했
기 때문입니다.

당당하시도다, 김공(김시민)이여! 힘써 진주를 지킨 이 누구입니까?
공훈이 높아 보답이 중하고, 임금께서 "훌륭하다"고 말씀하셨습니다.
장성이 홀연히 무너져 장순(張巡)과 허원(許遠)의 업적149)을 보지 못한
것이 한스러우나 빛나고 위대합니다.

유공(유극량)은 노련한 장수로서 마음속으로는 오로지 말가죽으로 자
신의 시신을 쌀 결심을150) 두텁게 하였는데, 임진강 전투에서 화살이
다하자 그 자리에서 곧 죽었으니 진실로 천시(千蓍)151)에 부합합니다.

---

148) 가인(可人) : 성품과 행실이 올바른 사람. 『예기(禮記)』「잡기(雜記)」"그가 교유한 사람이
    잘못된 것이지, 이 사람은 가인이다.[其所與遊辟也, 可人也]"라 했는데 공영달(孔穎達)의
    소(疏)에 "가인은 성품과 행실이 올바른 사람이다[可人也者, 謂其人性行是堪可之人也]"라
    고 했다.
149) 장순(張巡)과 허원(許遠)의 업적 : 장순(張巡)과 허원(許遠)은 당나라의 명신(名臣). 안녹
    산의 난이 일어나자 두 사람은 협력하여 휴양(睢陽) 땅을 죽음으로 지켰다.
150) 말가죽으로~: 전쟁터에서 죽을 각오로 임한다는 뜻. 『후한서(後漢書)』「마원전(馬援傳)」.
151) 천시(千蓍) : 한 그루에서 수십 줄기가 나는 풀로 점칠 때에 산가지로 씀.

신공(신립)의 배수진은 임금의 넓은 은혜에 보답하지 못한 것이니 그 죽음은 진실로 마땅하지만, 팔천의 건아들은 또 어째서 따라 죽어야 했습니까?

수사(이억기)께서는 참으로 백 사람의 으뜸이고, 첨사(이영남)께서는 키가 팔 척이며, 정운(鄭運) 또한 장사이시니, 어찌 지기(志氣)가 낮겠습니까?

경기도감찰사(심대)와 동지중추부사(同知中樞府事, 정기원)께서는 모두 조정의 이름난 벼슬아치로, 위급할 때에 왕명을 받아 몸을 내던지고도 후회가 없었으니, 그 법도는 한가지입니다.

형의 원수를 갚는 것에 공(신할)께서는 어찌 그리 급급하여 일각조차 늦다 하셨습니까? 슬픕니다.

윤정당(윤섬)께 양친이 있었으니[152], 기성(騎省, 병조)의 낭관(郎官)[153]과 옥서(玉署, 홍문관)의 논사(論思)[154]가 비명에 함께 죽은 것은 한 번 슬퍼할 것도 아니라 여겼습니다.

고씨 집안의 뛰어난 두 형제(고종후와 고인후)께서는 부형을 욕되게 하지 않았으니, 실로 하늘의 떳떳한 도리를 지키셨습니다.

영규(靈圭)는〈186〉승려 출신으로서 쓰러져 넘어가는 왕가(王家)를 붙들어 힘써 떠받치려고 하였습니다.

아! 저 푸른 하늘의 뜻은 엿보기가 어렵습니다. 어찌하여 이들을 세상에 내보냈다가 어찌하여 그리도 빨리 이들을 앗아갔습니까? 원통한

---

152) 윤정당(윤섬)의 양친 : 순변사 이일(李鎰)이 왜적에 방비하기 위해 인재를 고르다가 윤섬의 이웃친구를 뽑았는데, 그는 3대 독자로서 홀어머니를 모시고 근근이 사는 사람인지라 이를 알게 된 윤섬이 대신 군에 자원하겠노라고 간청하였다. 윤섬의 양친이 이를 듣고 울며 만류하였으나, 윤섬은 간곡히 설득하여 이일의 종사관이 되어 싸우다가 상주성에서 전사하였다.

153) 낭관(郎官) : 시랑(侍郎)이나 낭중(郎中) 등의 관직. 여기서는 좌랑이었던 이경회를 가리킨다.

154) 논사(論思) : 토론하고 생각함. 여기에서는 홍문관의 관직을 맡았던 박지를 가리킨다.

기운과 세찬 기운이 천지 사이에 가득한데 울분을 펼 수가 없습니다. 천둥이 치고 구름이 모이며 바람이 참담하게 불어도 이 노여움에는 부족하며, 이 슬픔에 부족합니다. 공들의 재주로써 무사안일한 때에 처하였다가 창졸간에 급변의 사태에 대응함에, 절도가 없는 군사로써 비록 회초리를 꺾어서 저들을 내리치지는 못하였으나, 나라를 좇고 자신을 잊으며 절개와 의리는 조금도 이지러지지 않았으니, 풍이(馮異)·등우(鄧禹)155)·이광필(李光弼)·곽자의(郭子儀)156)와 동류입니다. 만약 공들께 하늘이 두어 해를 더 빌려주었다면, 곧 와신상담(臥薪嘗膽)하여 백성들을 늘리고 가르침을 펴, 대여섯 부대를 풀어 일본 대마도의 고래나 악어, 상어, 교룡 같은 무리들로 하여금 두려워 굴복하고 물러나게 해서, 다시는 갈기를 치켜들고 날뛰지 못하게 하셨을 것입니다.

아! 죽으면 다시 살아나지 못하고, 지난 일은 돌이키기 어렵습니다. 땅에서는 높은 산 큰 바다가 되고, 하늘에서는 북두(北斗)와 남기(南箕)가 되어, 우러러보면 더욱 높고 가늠하자면 끝이 없습니다. 화산(花山)의 절벽과, 서해의 물가의 넋이여! 돌아와서 저의 말에 감응하시기 바랍니다.

---

155) 풍이(馮異)·등우(鄧禹) : 동한(東漢)의 명신(名臣). 광무제(光武帝)를 도와 치세를 이룩하였다.

156) 이광필(李光弼)·곽자의(郭子儀) : 당나라 명장. 두 사람은 함께 힘을 합쳐 안녹산의 난을 평정하는 데 큰 역할을 하였다.

夢遊達川錄

萬曆庚子之春, 坡潭子鎭直西淸, 殆有日矣. 平明, 銀〈159〉臺承命, 召侍從臣五人, 授封書, 暗行諸道. 坡潭子亦忝其中, 聚宿漢濱, 拆書視之, 所授道, 乃湖西也.

歷行列邑, 引達于忠州. 客裡光陰, 忽漫三月, 東風吹暖, 達水淸陽, 叢骨齊白, 芳草又靑. 九載之間, 戰場已古, 野鼠山狸, 見日而潛伏, 飢烏嚇鳶, 向人而吽噪. 羸驂倦鞭, 默想當時, 良家之選, 大閱之兵, 或引金華之自遷, 或被石壕之催點, 腰引[1]負羽, 袨革搣金, 藏利器而不戰, 憤主將之無策, 束手而迎敵, 延頸而受刃, 齎志飮恨, 浪死之魂, 爲沙虫, 爲猿鶴者, 不知其幾千萬人. 憤氣上結, 陣雲昏黑, 冤聲下遡, 大川嗚咽, 傷心慘目, 有如是夫!

因悲吟慷慨, 作諸体詩三篇, 其絶曰:

古場芳草幾回新
無限香閨夢裡人
風雨過來寒食節
髑髏苔〈160〉碧又殘春

其律曰:

烏鳶飛盡渚禽栖
落日沙場路欲迷

---

1) 引 : '弓'의 오자.

憶得當時空脉脉
忍看芳草又萋萋
鐵衣塡水琴灘咽
朽骨撑郊月岳低
誰使將軍名譽早
悔敎車馬浪征西

其詩曰:

東竹嶺南鳥嶺
中原獨據靑丘勝
誰敎雲鳥陣平郊
聞道將軍夜有令
背水無功束萬手
淮陰誤人千載後
不知鑾輿幸巴蜀
無語溪邊骨已朽
骨已朽不足惜
最[2]恨吾君費衣食
憑河未售匹夫勇
堪笑人稱萬人敵

　復命未幾, 出宰花山. 官閑牒踈, 披覽遺稿, 邊城月出, 畵閣鈴嗓.
淸夜未央, 倚枕思睡, 怳忽[3]之間, 有一大蝴蝶, 栩栩然導引而前去,
越驀山川, 奄抵一處.

---

2) 最 : 난중잡록 다본에는 '但'.

3) 忽 : '惚'의 오자.

雲烟帶愴, 石溪瀉怨, 飛走定栖, 擧目無人, 彷徨獨步, 倚樹沉吟. 俄而, 疾風呼怒,〈161〉殺氣漫野, 乾坤如漆, 咫尺不辨, 唯見一隊燈炬, 自遠而至, 萬夫喧譁, 漸邇而聞.

坡潭子凝精佇立, 毛髮盡束[4], 隱避林藪之中, 覘其所爲, 追逐叫呼. 菫辨其形, 或無頭者, 或斷右臂左臂者, 或刖左足右足者, 或腰存而無脚者, 或脚存而無腰者, 或漲腹而蹣跚者, 盖溺水死者也. 被髮滿面, 腥血相射, 四支殘酷, 慘不忍見. 叫天一聲, 擗踊痛哭, 山岳動搖, 流水亦駐.

旣而, 雲散月高, 萬籟寂然, 白露爲霜, 蒹葭蒼蒼, 寒更廖闃, 廣野如練. 諸鬼拭淚而言曰:

"天崩地圻, 此寃無已. 月白風淸, 如此良夜何? 可做一場話, 以永今夕."

諸鬼齊聲歌曰:

生旣不用

死且何爲

生我者父母

死我者誰

休養恩深

公家事急

大丈夫有一死

固不〈162〉足惜

歎將軍之易言兮

胡爲此極

---

4) 束: '練'의 오자.

歌竟, 諸鬼接肘而坐, 相與語曰:

"高堂白髮, 甘旨誰供? 小閨紅顏, 怨淚空多! 將信將疑, 旣見鞍馬之還, 靡家靡室, 亦煩紙餞之招. 言念及此, 能不鬱悒?"

中有一鬼, 微哂曰:

"何用屑屑也? 此間, 無乃有世客窃聽者歟?"

坡潭子料其知, 趍謁翼如. 諸鬼起而長揖曰:

"子豈非伊昔過此者耶? 有詩留贈, 吾輩謹領之. 其詩與律, 深得諷刺, 而絶句悽切, 使人不能自讀, 眞所謂泣鬼神者也. 今夕何夕, 幸見君子? 往事如雲, 陳不可悉, 其中有一二可言者, 寄與吾子, 以傳世上, 不勝幸甚."

乃自叙曰:

"將者, 三軍之司命, 兵者, 一人之制用, 苟非賢者, 必也僨事. 中原形勝, 實爲南絶. 草岾, 乃天設之稱雄, 竹嶺, 是地理之足恃. 一夫當〈163〉關, 萬夫莫開, 難於蜀道, 百人守險, 千人不過, 危若井陘. 刊木作寨, 列[5]石爲車[6], 則北軍焉得飛渡?[7] 以逸待勞, 將士高枕, 爲主制賓, 勝敗如局. 惜乎! 申公計不出此, 挾其嚴威, 愎於自用. 金從事之請, 豈無據乎? 李巡邊之言, 良有理也, 不入耳目, 敢決於臆. 盖其言曰:'離缸之賊, 難步如鵝鴨, 倍道之敵, 無策若犬豕. 平郊大野, 可以膊[8]滅於一麾, 高山峻嶺, 焉用把截於二路?' 遂退陣于彈琴臺上, 遣哨探于龍湫水上. 三合[9]擊鼓, 五衛含枚, 無故驚軍者斬, 孫子之兵制, 置之亡地而後生, 韓信之出奇計. 膠柱鼓瑟, 守株窺兎, 孝元之誅, 安敏之吻[10], 實爲此矣. 健兒爲血, 壯士爲魚, 又何慘哉? 尤可笑者,

---

5) 列 : 난중잡록 다본에는 '裂'.

6) 車 : '陣'의 오자.

7) 이후에 난중잡록 다본에는 '南風不吹死聲'이 있다.

8) 膊 : 난중잡록 다본에는 '搏'.

9) 合 : '슴'의 오자.

凝霜大劍, 耀日長鎗, 指揮閃〈164〉爍, 踴躍而叫怒, 乃敢臨戰易陣, 鳴鼓偃旗. 堂堂井井之形, 雲擾鳥散, 赳赳洸洸之士, 狼顧鼠拱. 遂使超關挾輈之勇, 蹶張授角之力, 空把慷慨, 竟致腥膻, 當時之事, 尙忍言哉? 有善戰之將, 無善戰之卒, 奚但我屬可斬? 以不世之才, 建不世之功, 吾於此人何誅?[11]"

言未訖, 愀然涕淚如雨. 旣而, 累累然一丈夫, 羞色遍野[12], 俛首徘徊, 趑趄其足, 囁嚅其口, 作揖而告曰:

"孤人之子, 寡人之妻, 怨叢于身, 余雖有罪, 今日之事, 烏可不辨? 僕本將種, 係出侯門, 氣纔食牛, 性好馳馬. 昧三歲[13]之戒, 學萬人之敵. 一枝攀桂, 恨負虎榜之魁, 百步穿楊, 實學猿臂之善.

謬見知於明主, 濫蒙恩於邊帥. 當北胡蠢玆之時, 作西塞屹然之城, 電揮一劍, 血盡肝腦. 雷動三〈165〉軍, 鼓振巢穴, 江東慴張遼之威, 兒[14]不能蹄[15], 塞北服李牧之名, 馬不敢前. 功微報重, 位高志滿. 騁乎淄澠之間, 金帶在腰, 出入承明之處[16], 玉音嘉汝.

邊塵一起, 烽火三月, 及承推轂之命, 卽決裹革之志. 榻前之懇懇, 感動天聰, 閫外之將將, 悉在余躬. 虜在目中, 兵運掌上, 初期袒臂而撞甲, 不悟開門而引賊. 自用則小, 忘古人之訓, 易言必敗, 同馬服之子, 豈人謀之不臧? 抑天意之莫祐. 魚麗未徧, 蠆毒先吹, 勢旣據北山者勝, 地形雖便, 人競蹈東海而死, 大事已去. 嗚呼, 曷及! 余獨何歸!

---

10) 吻 : '刎'의 오자.

11) *吾於此人何誅 : 『난중잡록』본에 '吾於此誅何'.

12) 野 : '顔'의 오자.

13) 歲 : '世'의 오자.

14) 兒 : '兒'의 오자.

15) 蹄 : '啼'의 오자.

16) 處 : '廬'의 오자.

遂將七尺之身, 忍投萬丈之流, 驚濤駭浪, 洶湧澎湃, 而難洗此羞. 清灘急湍, 悲咽怨呼, 而爭訴余懷. 時或雲沈溪口, 月印潭心, 魂踽踽 而靡託, 影庚庚17)而獨弔. 光陰倏〈166〉忽, 鬱抑未開, 邂逅吾君, 得 敷心腹.

噫! 項羽, 以拔山之力, 蓋世之才, 百戰百勝, 而竟敗於東城; 諸 葛, 抱臥龍之才, 兼人之勇, 五出五還, 無效於祈與18). 天實爲之, 人 曷故爾? 誰怨誰尤, 彼蒼悠悠."

悲歌淚涕, 不能自抑. 傍有其頎一人, 揚眉睜目, 顧謂申公曰:

"甌已破矣, 事旣往矣, 成敗有數, 是非已定, 更何足縷縷? 今夜有約, 諸君且至. 適値方外客, 來在這裡, 延之上座, 請觀吾輩之樂, 可乎."

坐未旣, 車馬騈闐之聲, 四面雲集. 或張旗擁旌, 劍戟森森, 或佩 符垂印, 衣冠楚楚, 呵前導後, 掩抵臺上. 白面書生, 紅顏武夫, 逡巡 揖讓, 升降坐席. 忽焉檣櫓簇簇, 伊軋川路, 雲帆抱風, 軸轤19)千里 遂繫纜于蘆洲, 有大將軍, 擁黃帕而下, 衆賓齊聲起延.

將軍乃先據第一坐, 則右也. 左坐之〈167〉首, 高僉知也, 次李兵 使也, 次金原州也, 次任南原也, 次宋東萊也, 次金從事也, 次金倡義 也, 次趙提督, 次金淮陽也. 右座之第二, 黃兵使也, 次崔兵使也, 次 金晉州也, 次劉水使也, 次申判尹也, 次李水使也, 次李僉使也, 次鄭 萬戶也. 南行之座, 沈監司也, 次鄭同知也, 次申兵使也, 次尹判事也, 次朴校理也, 次李佐郞也, 次高臨坡20)也, 次高正字也. 下座僧將也. 金從事告諸座上曰:

"有俗客在此, 可邀而致之."

---

17) 庚庚 : 난중잡록 다본에는 '贅贅'.

18) 與 : '山'의 오자.

19) 軸轤 : '舳艫'의 오자.

20) 坡 : '陂'의 오자.

僉曰:

"諾."

然後, 坡潭子亦占末席. 座旣定, 金盤綺饌, 羅列左右, 哀絲豪竹,
雜踏上下. 樂未央, 將軍呼鄭萬戶者, 曰:

"爾椎牛殺馬, 投醪飮河, 與衆同樂, 可乎?"

乃援桴鼓之, 聲動天地. 諸鬼趍蹌踴躍, 咆哮使[21]氣. 左座第一首
高僉知, 進曰:

"今者樂則樂矣. 嘉賓在坐, 盛會難再. 盍退諸卒, 各言其志?"

將軍卽命, 撞錚而〈168〉揮之麾下. 三星未傾, 玉兎當空, 群動收
聲, 樹□[22]縈斜. 令衛士酌金荷葉盃, 巡以數次, 春生几席, 和氣藹
然. 左則把筆, 右則吟詩, 彈劍[23]作歌. 不平之鳴, 自下而上. 高正字
乃進曰:

"以羽林之孤兒, 抱終天之極痛, 恐犬子於虎口. 忘隼翼之鶹披, 泣
血枕戈, 刻骨圖報. 舍生取義之徒, 如霰斯集, 關興張苞之捷, 指日
而待, 竟投肉於虎口, 未遂願於瞑目."

遂吟曰:

　風雨年年過
　沙場骨已堆[24]
　平生報仇志
　一寸未成灰

高臨坡[25]又進曰:

---

21) 使 : 이본 확인. 肆의 오자?

22) □ : 난중잡록 다본에 '影'.

23) 劍 : 이본에 '琴'.

24) 堆 : 원본에서 '朽'로 되어 있었는데 교정자가 '堆'로 교정함. 그러나 문맥상 '朽'가 맞음.

"不離膝下, 叨陪陣中, 奉甘旨於朝夕, 勤定省於晨昏, 將士不利, 翁兒同死. 丕寧之奴, 斷一臂而難求, 卞壺之妻, 哭二子而何慚? 骸骨相撑, 魂魄共遊."

遂吟曰:

地下三綱重
人間萬事虛
尙堪隨杖屨
行色問何如

李佐郞又進曰:

"業承父兄之箕裘, 口誦聖賢之糟粕, 旣乏經綸之才, 〈169〉難籌廟堂. 又劣金革之勇, 不脫虎口. 一封之書寄妻, 丈夫可笑, 二枚之橘投兄, 冤魂足憐. 悲慘之情, 曷有其極?"

遂吟曰:

身佐淸26)油幕
胡窺紬27)柳營
雲龍忽顚倒
豺虎已縱橫
釰碧萇弘血
花紅杜宇聲
無人收白骨
芳草遍郊生

---

25) 坡 : '陂'의 오자.
26) 淸 : '靑'의 오자.
27) 紬 : '細'의 오자.

朴校理又進曰:

"年才二九, 名冠三千, 金鞍[28]玉堂, 一蹴翶翔. 御爐香烟, 三接從容, 榮寵旣溢, 殃禍且至. 誰知蹔辭於龍墀, 奄致全投於虎口? 走馬之才, 腐儒固拙, 活人之命, 皇天何恃? 家鄕杳然, 形影悽悽."

邃吟曰:

白面人中少
紅蓮幕裏開
榮華誰[29]籍甚
天命已焉哉
路遠魂何托
年深骨已灰
月明青鎖闥
夜夜獨歸來

尹判事又進曰:

"簪纓之族, 從列之臣, 時不齊而命窮, 天不順而事誤. 獨拔於多士, 終仆於亂兵. 萱衰椿老於庭闈, 而音耗隔絶, 山高水長於湖嶠, 而道路夐遠. 〈170〉逐明月而還家, 托悲風而號樹."

邃吟曰:

桑弧少不習
陣馬怒難騎
殘命何多舛
浮名早被欺

---

28) 鞍 : '馬'의 오자.
29) 誰 : '雖'의 오자?

　　天昏望雲處
　　日暮倚閭時
　　寂寞孤魂在
　　空山哭子規

申兵使又進曰:
"早中武選 粗演兵書, 超籍西鈴, 典鎖北門, 値時運之蹇屯, 痛鑾
輿之播越. 率甲冑而逾彼鐵嶺, 會元師[30]而陣于臨津. 欲雪恥於國
家, 兼報怨於兄讎, 催兵渡水, 暴虎憑河, 士馬皆血. 雖悔曷追?"
　乃歌曰:

　　江之水兮悠悠
　　魂一去兮不復還
　　風蕭蕭兮吹岸
　　陰雲蔽天兮白日寒
　　誰無兄弟兮
　　獨何孔慘於吾門
　　江魚之腹兮葬余之骨
　　歲久年深不亡者存

鄭同知又進曰:
"少習詩書, 不學軍旅. 幸摘科第, 久縻爵祿, 任儓相於戎馬, 位登
齊於貂蟬. 福過災生, 恩深死輕. 魂墜於矢石之間, 骨委於沙場之上.
長懷惻惻, 歲月駸駸."
　遂吟曰:

---

30) 師: '帥'의 오자.

驕鋒一犯〈171〉蹴城壕

烏鵲橋邊殺氣高

早識書生事征戍

且將馳馬慣弓刀

沈監司又進曰:

"受命賊藪之裡, 荏任板蕩之餘, 宗社旣墟, 望長安而腐心. 兵力未振, 據畿甸而鳩卒, 衣不假於解帶, 志空篤於報國. 朔寧之喪師, 敗雖無知, 鍾街之梟首, 購幸有子. 死得其所, 餘復何言?"

遂吟曰:

碧山深處掩官扉

候騎中宵去不歸

魂散釖鋒鵝鸛盡

曉天寥落月斜輝

鄭萬戶晋曰:

"滿腔哀懷, 其何盡?"

乃起舞, 歌落帆之曲曰:

"念國家之有急, 唾列群之無勇, 生與將軍同事, 死與將軍同所, 仰天無怍, 俯地何愧."

志氣豁達, 格調悲壯, 其歌曰:

檣百尺兮大帆如雲

碧海茫茫兮波不生紋

左釜山兮右馬島

瞋醉眼兮微醺醺

身先死兮志未售
嘘壯氣兮于[31]雲端
丈夫不可以瑣瑣兮
何用悲乎一彈丸

李僉使又進曰:

"雖非百夫之特, 自〈172〉許一介之忠, 疏勒守城, 報耿恭之都尉,
赤壁焚舟, 勉程普之提督. 若戟之紫髥, 久臨何魁, 如林之靑雀, 摠懸
手中. 要刳對馬而塡海, 豈意搏鵬之摧翮? 魂飛畵閣[32], 恨塞滄溟."
　遂吟曰:

大海深如許
孤身死有餘
壯心酬未了
鯨浪碧磨虛

李水使乃起而晉曰:

"一心爲國, 事旣已矣. 往不可追, 今何足說? 願爲諸大人, 戱謔
可乎."
　鞠長腰, 唾老拳, 爲拖櫓之狀, 醉唱其歌曰:

斗柄將落兮潮水欲上
長身楚魯[33]兮舟可以放
王事靡鹽兮將軍令嚴

---

31) 于 : '干'의 오자.
32) 畵閣 : 난중잡록 다본에 '角盡'.
33) 長身楚魯 : 난중잡록 다본에 '長年楚老'.

扶桑咫尺兮且掛長帆

申判尹晋曰:
"賤子之懷, 旣陳梗槩耳"
遂吟曰:

國中名譽早
身顯是非多
一敗還關數[34]
悽然撫劍歌

劉水使又進曰:
"英雄非惜死, 惜其浪也. 良將不貴速, 貴其由[35]也. 緬當日之有
人, 罟老夫之多怯, 驅迫如羊, 袒裼制虎, 受國之恩者二三, 死固宜也,
鏖戰卒千百, 〈173〉慘何忍言? 弓摧而拳奮, 劍及而斫頭, 骼曝荒原,
悲奏大江."
遂吟曰:

背水羸兵搏怒浪[36]
一人無策萬人亡
山河細草年年綠
唯有行人指戰場

金晋州進曰:

─────────────
34) 數 : 난중잡록 다본에는 '後'.
35) 由 : 난중잡록 다본에는 '神'.
36) 浪 : 난중잡록 다본에는 '狼'.

"才荷赤[37]天靈, 粗全城之績, 褒榮逾分, 感激捐軀. 虜騎之强, 暫頓於盱眙, 子奇[38]之勢, 復合於淮[39]陽, 羅雀掘鼠, 計窮投[40]馬, 折骸易子, 意息牽羊. 志益專於三板, 身忽顚於一丸, 殊渥未答, 壯懷難紆."

乃歌曰:

> 樓之石兮矗矗
> 下有長江兮瀉寒碧
> 壯士久圍兮腥塵黑
> 炮聲振天兮如裂使[41]
> 泰山兮鴻毛
> 血染兮戰炮[42]
> 地闊兮天高
> 長颷時起兮怒號

李兵使又進曰:

"當賊鋒大越於雲峰, 伊大將獨守於帶方, 揮我兵而列陣坐觀. 悶國家之恥, 而單騎直赴, 管下唯三十餘人, 城外則百萬其數. 九攻難却, 一陷何酷? 危悰莫洩, 積屍同腐."

遂吟曰:

> 蛟龍孤城〈174〉殘雲斷

---

37) 赤 : '赫'의 오자.
38) 奇 : '琦'의 오자.
39) 淮 : '睢'의 오자.
40) 投 : '殺'의 오자.
41) 使 : 난중잡록 다본에는 '竹'.
42) 炮 : '袍'의 오자.

烏鵲橋邊落寒照
白骨叢中多歲月
壯夫華髮夢衝冠

黃兵使又進曰:

"微軀不足以用, 孤堞倚以爲重. 風擧威於萬旗, 雨貽殃於一隅, 彈繞中額, 賊紛上城. 天亡, 非戰罪, 死將奈何? 繩斷有其處, 人孰咎我? 歠醊登陴之血, 裹訖出陣[43]之瘡."

遂作築城之歌曰:

淫雨連旬[44]木[45]頭生耳
古城崔嵬兮崇極而圮
萬杵馮馮兮勖哉興士
賊紛攀登兮吾屬且死

金淮陽又進曰:

"右座皆壯也, 竪儒其績[46]乎! 淮陽崎嶇, 素稱三面, 老夫蒼黃, 未團一兵, 唯知守土而不逃. 頗幸據床而自威[47], 手持印綬, 血漬朝衣."

遂吟曰:

淮陽磔磔兮
淮水湝湝兮
孤魂蹢躅

---

43) 陣 : '戰'의 오자.
44) 旬 : 난중잡록 다본에는 '旬兮'.
45) 木 : 난중잡록 다본에는 '禾'.
46) 績 : '續'의 오자.
47) 威 : '滅'의 오자.

事與心乖
萬古長夜
知我者誰
溫序有魂
我往從之

趙提督又進曰:

"粗明識見, 衆謝狂癡. 燭凶酋款求之謀計, 叫大義斥絶之疏. 邱模
之持筐, 眞可痛者, 梅福之〈175〉徙薪, 豈偶然哉? 刿骨[48]未決於犯
境, 釋耒專爲於勤王. 摧挫銳鋒, 上黨之呼嗒動天, 乘勝取敗. 錦群之
肝腦塗地, 男兒不屈, 義死如歸."

遂曰:

孔曰成仁
孟曰取義
讀聖賢書
所學何事
風疾草勁
主辱身[49]死
傳檄雲雷
誓心天地
歷慕三千
赳赳多士
每回京[50]大捷

---

48) 骨 : 난중잡록 다본에 '首'
49) 身 : 난중잡록 다본에 '臣'.
50) 每回京 : 난중잡록 다본에는 '西原'.

威振列鎭
輕敵錦山
竟値愿[51]志
日居月諸
朽骨叢裡
魂尙忸怩
爲國之恥

金倡義又進曰:

"適丁蛇豕之毒, 蹂躪金湯, 不量蚊虻之力, 糾取[52]義旅. 草野閑居, 敢云柱厲之不知? 江都形便[53], 要[54]學景仙之先據. 久覘漢陽之窟, 從[55]未掃蕩, 往守普[56]山之日[57], 實有深慮. 天不助順, 事終難救, 空餘落落之懷, 渾逐愀愀之鬼.

遂吟曰:

昏鴉歸散月臨城
樓觀荒墟宿草平
惟有竹林摧不盡
每年風雨笋齊生

金從事又晉曰:

---

51) 値愿 : 난중잡록 다본에는 '致齋'.
52) 取 : '聚'의 오자.
53) 便 : 난중잡록 다본에 '勝'.
54) 要 : 난중잡록 다본에 '便'.
55) 從 : '縱'의 오자.
56) 普 : '晉'의 오자.
57) 日 : 난중잡록 다본에 '城'.

"文竊四海之聲, 力挽六鈞之弓, 卓犖平生, 不拘小〈176〉節. 龍灣之犯, 實觸邦憲, 扞獄之囚, 坐韜奇策, 恭承霈澤[58], 不憚赴難. 兒視[59]醜類之跳梁, 剋期勦滅, 莫救元戎之敗衄, 厥罪猶均.

逐吟曰:

彈琴臺逈淺灘鳴
時爲孤臣作不平
憶得誤編開幕府
幾回虛說左車兵
溪邊骨朽丹心在
地下魂單白日明
宜向圓[60]扉頻泣鏡
沙場暴露亦恩榮

宋東萊又晉曰:

"身糜海鎭, 警息逈邊烽, 變出昇平之後, 人或[61]倉卒之間, 其誰與守? 連師[62]已遁, 謂我, '往何? 城門可閉!'. 泰山鳥卵之勢, 已料其敗, 義重恩輕之字, 董寄于家. 罾彼羯奴, 寧饒杲卿之舌, 蠢玆島夷, 解封王蠋之墓. 欲忠者[63]國, 何愛乎身?"

逐吟曰:

分符猶未絶銅魚[64]

---

58) 澏 : '澤'의 오자.
59) 兒視 : '睥睨'의 오자.
60) 圓 : 난중잡록 다본에 '圜'.
61) 或 : '惑'의 오자.
62) 師 : '帥'의 오자.
63) 者 : '其'의 오자.

臣死無彊⁶⁵⁾罪有餘
身世已憑三尺〈177〉劍
庭闈只寄數行書
悠悠歲月黃雲老
落落襟期碧海虛
千里孤魂歸不得
古城風雨獨躊躇

任南原又進曰:

"適當危時, 誤蒙寵擢, 所授南原形勝, 實是東國喉舌. 共天兵而勠力, 擬江淮之堡⁶⁶⁾障. 雲梯辭⁶⁷⁾舞, 月暈漸重, 慨軍孤而力弱, 慘援絶而鼓沈. 封疆失守, 而自蹈兵刃, 土臣則當死, 楊完⁶⁸⁾力戰, 而難保首領, 主⁶⁹⁾法則有憾.

遂吟曰:

貔貅一隊下天關
橫截龍城意氣閑
猛氣直衝將何去
孤魂只逐片雲還

金原州又進曰:

"以百步之殘州, 當數萬之勁敵, 旣不能臨機制變, 又不忍修齊誦

---

64) 銅魚 : '東漁'의 오자.
65) 彊 : '疆'의 오자.
66) 堡 : '保'의 오자.
67) 辭 : '亂'의 오자.
68) 完 : '元'의 오자.
69) 主 : '王'의 오자.

經, 退保雉岳, 尙帶魚章. 謂山險而難攻, 奄土崩而易敗, 孤城血肉, 擧室刀鎗. 老夫恩感萬死, 妻子死何一時?"

遂吟曰:

雉岳山中三里〈178〉城

白頭朱綬保殘兵

無端一化妖鋒血

唯有寒溪日夜鳴

崔兵使又進曰:

"身不滿晏嬰之七尺, 心則雄謫仙之萬夫."

盟定動乾坤

風擊旌旗逈

天晴鼓角喧

無謀輕犯敵

有劍重酬恩

寂寞千載怨

凄涼二子魂

古場春盡後

苔沒碧生痕

將軍乃愀然蹙眉, 顧謂左右曰:

"人命有死, 天不可恃. 旣聽君等之言, 亦告余懷之悲. 生長太平, 未效小勞, 解竹符而登壇, 深辱聖明之知. 值卉服之越海, 自分一死之輕, 聚師而橫截, 置湖路於奠居70). 火賊舡三百餘艘, 勢莫能當.

---

70) 居 : '安'의 오자.

擁寒[71]島五六, 其年虜不敢窺, 將忽易於臨陣, 功竟虧於爲山, 殘兵
單舸, 再受於敗軍之際. 維櫓下帆, 七捷於急湍之上, 遏逋賊於曳橋,
殞將星於露梁. 嗚鼓揮旗之合[72], 分〈179〉付豚犬, 誓海盟山之句,
感動魚龍."

遂吟曰:

　　萬舳迷津一枕安
　　六年桑海動波瀾
　　雲晴馬島彈丸小
　　霜肅轅門尺釼寒
　　誓指山河心已許
　　恩深天地報還難
　　出師未捷身先死
　　留與英雄淚不乾

吟竟, 有僧將, 俯伏而進曰:
"本出緇髡之徒, 幸賦忠勇之性, 脫僧衣而着鐵衣, 頓忘六戒, 提法
鼓而作戰鼓. 思效七縱, 轉鬪兒鋒, 深入賊窟, 返獲有死之榮, 終免
無君之誚."

遂吟曰:

　　子子孤魂去不來
　　亂靑走氣[73]鬱崔嵬
　　人間莫道輪回說

---

71) 寒 : '閑'의 오자.
72) 合 : '令'의 오자.
73) 亂靑走氣 : 난중잡록 다본에 '亂山靑走'.

一鎖泉臺怨未開

將軍粲然曰:
"此僧也人，其人也，亦足以張吾群"
賡歌之和，屬諸坡潭子．卽一揮而就曰:

今夕何夕歲云徂
古臺霜月連平蕪
精忠報國大將軍
夜會賓客臺之隅
義氣撐空釰戟寒
轅門此樂人間無
日休臺[74]中好男兒
霽峯〈180〉襟期氷暎壺
干城雄岳老太守
帶方任君懷壯圖
東萊松柏後凋姿
從事雄奇龍鳳雛
堂堂大義執先倡
名冠湖南聲價殊
提督元稱慷慨士
淮陽自是書生迂
三世登壇李氏子
復有黃公眞丈夫
金侯血渾堡障身
劉師[75]霜驚憂國鬚

司空恩寵涵天地

水伯威名動舳艫

英豪誰似李僉使

萬戶膽略非常麤

容儀端重沈方伯

氣岸軒昂鄭中樞

南關鎖鑰小元師[76]

判事風流君子儒

仙籍曾編玉暑[77]名

星官夙佐金華模[78]

高家雙璧伴鸞翔

梵宮靈奎如鶴癯[79]

千年此會知難再

萬古芳名自不孤

坡潭之子何幸耳

綠酒金樽同一舠

把筆吟詩紀盛事

詩成滿紙揮明珠

書呈, 左右擊節, 而歡息曰:

"文辭淸健, 意氣激切, 足下之才, 可謂高矣. 作賦縱云退敵, 吟詩無輔衛國, 以〈181〉子之年, 兼業武藝, 操弓走馬, 何所不可? 文足以華國, 武足以禦侮, 吾等已矣, 子其勉之."

---

75) 師 : '帥'의 오자.

76) 師 : '帥'의 오자.

77) 暑 : '署'의 오자.

78) 模 : 난중잡록 다본에는 '謨'.

79) 癯 : '癯'의 오자.

坡潭子起而謝曰:

"願安承教"

乃辭而下焉. 長川之畔, 有衆鬼, 拍手而笑, 問其由, 蓋譏元統制均也. 皤其腹, 喎其口, 面色如土, 匍匐而來, 擯不能衆, 倚岸蹲踞, 長嘯扼腕而已.

坡潭子乃大噱弄之, 欠伸而覺, 乃一夢. 撫枕思想, 歷歷可紀. 以其官爵, 考其姓名, 將軍乃李舜臣也, 高僉知則敬命, 崔兵使則慶會, 金倡義則千鎰, 金原州則悌甲, 任南原則鉉, 宋東萊則象賢, 金從事則汝岉, 趙提督則憲, 金淮陽則鍊光, 黃兵使則進, 李兵使則福男, 金晉州卽時敏, 劉水使卽克良, 申判尹卽砬, 李水使卽億猉[80], 李僉使卽英男, 鄭萬戶卽澐, 沈監司卽岱, 鄭同知卽期遠, 申兵使卽硈, 尹判⟨182⟩事卽暹, 朴校理卽篪[81], 李佐郎卽慶會, 高臨坡[82]卽從厚, 高正字卽因厚, 僧將卽靈奎[83]也.

坡潭子有志者也, 若有一人, 死於國事, 則未嘗不爲之嗚悒. 或慕其義, 或嘉其節, 或悼其命, 歎其績矣.

'夢裡之相逢, 皆吾平日欽仰者也. 有是心, 故有是夢也.'

乃作祭文, 具薄奠, 登花山之上, 哭望南雲, 俯臨西海, 招魂而祭之. 其辭曰:

維年月日, 坡潭子採首陽之薇, 酌凝[84]之池, 敢告于二十七人之靈, 靈其有知.

余本書生, 半世垂帷, 讀古人書, 嘐嘐然古之人, 精忠苦節, 掩卷

---

80) 猉 : '祺'의 오자.

81) 篪 : '簾'의 오자.

82) 坡 : '陂'의 오자.

83) 奎 : '圭'의 오자. 『조선왕조실록』에서는 혼용함.

84) 酌凝 : 난중잡록 다본에는 '凝碧'.

而於戲. 歸來萬古宇寅[85], 菫[86]得一二男兒, 以華夏之盛, 若是其小? 唯我三韓, 雖稱禮義之邦, 舊是東夷, 臨危不屈, 急難攘夷之士, 二十七其麗. 噫! 神承聖, 造無疆之基, 二百年休養敎化, 多士若玆.

舟師統制, 寔⟨183⟩天挺之神姿, 分閫有命, 雄據邊陲, 寒[87]島截海, 歲月六朞. 易將之擧, 元出於賊謀, 非誤師期, 復承敗後, 以九舡殘卒, 大捷碧波, 功可勒碑, 露梁之戰, 公臨死, 分付鼓旗, 子用其命, 走生仲達, 籌策尤奇.

高霽峰文章, 不足以稱, 而慷慨起兵, 戮力扶危. 委身於賊藪, 舍生取義, 堅確不移. 觀其募義之檄, 使人讀之, 不覺涕洟.

崔兵使爲人, 落落靡所羈者也. 初聚義旅, 匪虎而[88]熊, 西關尺書, 好爵爾縻, 終衄晉陽, 壯氣未施.

雉岳城, 崔嵬峯[89]崒, 拍天幽罙[90], 金使君相地, 實占險墟, 妖鋒一犯, 勢孤兵疲, 閤門疏[91]刃, 腥血淋灘[92].

南原乃湖嶺門戶, 任侯簡授, 而雄大藩籬, 楊完[93]二千餘騎, 壯耀軍儀, 狂寇猖獗, 合力而張毒, 如梟如鴟. 外絶蚍蜉蟻子之援, 公獨何爲? 三里⟨184⟩之城, 一朝癥痍.

東萊斯文, 瀟洒出塵之標, 江海一麾, 變出不憂[94], 勢若千鈞之重, 引於一孫[95]. 鐵堅鎖, 誓心神紙[96], 臨死十六字, 觀者哽咽慘切,

---

85) 寅 : '宙'의 오자.
86) 菫 : '僅'의 오자.
87) 寒 : '閑'의 오자.
88) 而 : 난중잡록 다본에는 '伊'.
89) 峯 : '峯'의 오자.
90) 罙 : '深'의 오자.
91) 疏 : '蹈'의 오자.
92) 灘 : '漓'의 오자.
93) 完 : '元'의 오자.
94) 憂 : '虞'의 오자.

悽其壯哉!

金從事也, 攀桂第一枝, 力擾四十斤鐵椎. 磊落平生, 自比太過, 而纆縗非罪, 劒柱其頤. 國家有難, 佐幕於十97)乘, 而時運不利, 人無恨遺.

倡義之士, 先據西南要害, 以振綱維, 復遏雍丘98), 力戰而罷, 身死名垂.

提督識見, 始爲之如龜. 當玄蘇修好之日, 恐禍或貼99), 挾苫而持刀, 五日伏靑規. 賈策·邹筐, 衆皆謂癡子, 眞癡耶? 謂癡者, 癡耶? 聞變卽起, 叫義孜孜, 西原大捷, 羽檄交馳, 深入錦山, 蹈詐存100)欺, 身殲事誤, 大績一墮.

金先生可人. 具朝服, 佩印綬, 守土不離. 鏖敵, 不汚其身, 淮水淸漪.

黃⟨185⟩公將一城倚重之望, 擁楯登陴, 彎弧射賊. 混於褊裨, 義軀一顚, 鼓聲奄衰.

李公當孤堞已搖殆, 率數騎而赴難, 不憚其危, 輕擲千金, 盖恥爲雌.

堂堂乎, 金侯! 力存晋山者, 爲誰? 勳高報重, 玉音曰: "咨." 長城忽堆101), 恨不見巡·遠之業, 赫赫丕丕也.

劉公宿將, 心篤102)革裹屍, 而臨津之戰, 矢盡立死, 允符于103)蓍.

---

95) 孫: '絲'의 오자.
96) 紙: '祇'의 오자.
97) 十: '千'의 오자.
98) 丘: '兵'의 오자.
99) 貼: '貽'의 오자.
100) 存: 난중잡록 다본에 '履'.
101) 堆: '摧'의 오자.
102) 篤: '馬'의 오자.
103) 于: '千'의 오자.

申公背水之陣, 恩鴻報蔑, 其斃也固宜, 而八千健兒, 又何隨焉?

水泊[104]眞百夫之特, 僉使八尺之頤, 澐亦壯士也, 何志氣之不卑!

圻伯・同樞, 具以淸朝名宦, 翺翔于丹墀, 受命危難之際, 捐軀不悔, 其揆一也.

復兄之讐, 公何汲汲, 而一刻爲遲? 哀哉!

尹正[105]堂, 有嚴慈, 騎省郎官, 玉署論思, 同死於非命, 未滿一悲.

高門挺秀, 二箇白眉, 無添[106]爾所生, 實秉天彝.

僧靈〈186〉奎[107]出于髡緇, 顚越王家, 力欲扶持.

嗚呼! 彼蒼者天, 其意難窺. 胡然而生, 胡速奪之? 冤氣烈氣, 塞于天地之間, 鬱不得披. 雷轟雲結, 風慘惔而吹, 不足以怒, 不足悲也. 以公等之才, 處文恬封[108]嬉之時, 應急變於蒼[109]卒, 以不閑之兵, 縱未折箠笞之, 徇國而忘身, 節義小不虧, 則其與馮・鄧・李・郭之[110], 同稟姿也. 倘或公等二三輩, 天假之數年, 則吳薪越膽, 生聚敎訓, 張五六師, 而桑海馬島, 鯨鰐蚊[111]螭, 慴伏而潛縮, 不敢掀鬣而振鬐.

嗚呼! 死不復生, 往者難追. 在地爲高山大海, 在天爲北斗南箕, 仰[112]彌高, 步[113]之無涯. 花山哨碧[114], 西海之酒[115], 魂兮! 歸來, 庶感吾文云云.

———————————

104) 泊 : '伯'의 오자.
105) 正 : '政'의 오자.
106) 添 : '忝'의 오자.
107) 奎 : '圭'의 오자.
108) 封 : '武'의 오자.
109) 蒼 : '倉'의 오자.
110) 之 : 연문(衍文).
111) 蚊 : '蛟'의 오기.
112) 仰 : '仰之'의 오기.
113) 步 : '涉'의 오자.
114) 哨碧 : '峭壁'의 오자.
115) 酒 : '湄'의 오자.

원생몽유록

元生夢遊錄

〈187〉원자허(元子虛)라는 사람은 강개한 선비다. 기상이 원대한데 세상에 용납되지 못하여 여러 번이나 나은(羅隱)[1]의 원망을 안고 원헌(原憲)[2]의 가난을 감당하지 어려웠다. 아침이면 나가 밭을 갈고 저물면 돌아와 옛 사람의 글을 읽었는데, 벽에 구멍을 뚫고 주머니에 반딧불을 모아[3] 여러 책을 읽었다. 그는 역사서를 보다가 왕조가 위급하여 국운이 바뀌는 대목에 이르면 항상 책을 덮고 눈물을 흘리며, 마치 자신이 그 상황에 처하여 나라가 망해가는 것을 보고도 부지할 힘이 없는 것처럼 하였다.

팔월 어느 날 저녁, 그는 달빛을 따라 책을 뒤적거리다가 밤이 이슥해지자 피로하여 책상에 기대어 잠이 들었다. 문득 몸이 가벼이 떠오르며 아득한 하늘 위로 날아올랐다. 서늘한 것이 바람을 타고 오른 듯하며, 나부끼는 것이 날개가 돋아 신선이 된 것도 같았다. 어느 강 언덕에 이르렀는데, 큰 강이 굽이굽이 흐르고 뭇 산이 어지러이 솟아있었다. 때는 벌써 밤이 깊어 사방이 고요했다. 달빛은 대낮 같고 물빛은 비단

---

1) 나은(羅隱) : 당말(唐末) 시인으로 여러 번 과거에 응했으나 급제하지 못하였다.
2) 원헌(原憲) : 춘추시대 노(魯) 나라 사람으로 공자(孔子)의 제자이다. 청빈하여 쑥대문을 뽕나무 껍질로 달아맬 만큼 매우 가난했다고 한다. 『논어(論語)』 「헌문(憲問)」.
3) 벽에 구멍을 뚫고 주머니에 반딧불을 모아[穿壁囊螢] : 한나라 때 광형(匡衡)이 가난하여 촛불을 켤 수가 없었으므로, 벽을 뚫고 이웃집의 불빛을 끌어다가 글을 읽었다던 고사와 진(晉)나라의 차윤(車胤)이 불 밝힐 기름이 없어 명주 주머니에 반딧불을 잡아넣고 책을 비추어 보았다는 고사.

같으며 바람은 갈잎을 울리고 이슬은 단풍 숲에 떨어지고 있었다. 쓸쓸히 눈을 들어 보니 마치 천년의 불평한 기운을 품은 것 같았다. 이에 휘- 길게 휘파람 불고 절구 한 수를 읊었다.

恨入長江咽不流　한 서린 강물은 목메어 흐르지 않고
荻花楓葉冷颼颼　갈꽃도 단풍잎도 우수수 차갑구나
分明認是長沙岸　이곳은 분명히 장사(長沙)의 언덕4)이라
月白英靈何處遊　달빛은 흰데 혼백은 어디를 거니느뇨

　주변을 배회하며 두리번거릴 참에〈188〉문득 발자국 소리가 들려오더니 멀리서 점차 가까워졌다. 잠시 후 갈꽃 깊숙한 곳에서 불쑥 준수한 사내 하나가 나타났다. 그는 야복(野服)에 복건을 썼으며, 정신이 맑고 용모가 수려하여 늠연히(서릿발같이) 수양산의 유풍(遺風)5)을 지니고 있었다. 그는 앞으로 나와 고개 숙여 인사하며,
　"자허께서는 어찌 이리 지체하셨습니까? 전하께서 기다리고 계십니다."
하였다. 자허는 그가 여우나 물귀신이 아닌가 의심하며 깜짝 놀라 아무런 대꾸도 하지 못했다. 그러나 그의 생김새와 모습이 준수하고 빼어나며 몸가짐이 단아한 것을 보고 자신도 모르는 사이에 마음속으로 그 뛰어남을 칭찬하였다.
　그를 따라 백여 걸음을 걸어가니 정자가 우뚝 솟아 강을 굽어보고 있고 그 위에 한 사람이 난간에 기대어 앉아 있는데 의관이 한결같이 임금 같았다. 다섯 명이 곁에서 모시고 있었는데 모두 벼슬아치의 옷을 입었으며 각각 차례로 서 있었다. 오인은 모두 세상에 드문 호걸로 거

---

4) 장사(長沙)의 언덕 : 중국 호남성(湖南省) 장사시(長沙市).
5) 수양산의 유풍(遺風) : 은나라의 은자(隱者) 백이(伯夷)와 숙제(叔齊)가 주(周) 무왕이 은나라를 정벌하려 할 때 말고삐를 붙들고 신하로서 임금을 칠 수 있느냐고 간하였으며, 은이 망한 뒤 수양산에서 숨어 살며 고사리를 캐어 먹다 굶어 죽었다.

동이 당당하고 풍채가 늠름하였다. 또한 가슴에는 고마(叩馬)·도해(蹈海)6)의 기개와, 경천봉일(擎天奉日)7)의 충심을 간직하고 있어 참으로 어린 임금을 부탁하고 나라의 운명을 맡길 만한 사람8)이었다. 그들은 자허가 오는 것을 보고 일제히 마중을 나왔다. 자허는 다섯 사람과 인사하지 않고 먼저 임금을 배알한 후 되돌아 자리로 돌아와 서서는 각자 자리에 앉기를 기다렸다가 맨 끝에 꿇어앉았다. 자허의 바로 윗자리에는 복건을 쓴 사람이었고 그 위에는 다섯 사람이 차례로 앉았다. 자허는 어찌 된 영문인지 알 수 없어서 매우 불안했다. 임금이 말하였다.

"내 일찍부터 경의 꽃다운 지조를 들어 깊이 높은 덕[薄雲]을 흠모해 왔소. 이 아름다운 밤에 만난 것이 이상할 게 없소."

그러자 자허는 자리에서 일어나〈189〉은혜에 감사드렸다. 자리에 앉아 서로 더불어 옛사람들의 흥망을 논하였는데 복건 쓴 이가 말하였다.

"요(堯)·순(舜)·탕(湯)·무(武)는 만고의 죄인입니다. 후세의 아첨꾼들이 선위(禪位)9)를 빙자하고, 신하로서 임금을 치고서도 명분을 내세우게 되었습니다. 천년을 도도히 내려오면서 끝내 구할 길이 없었사옵니다. 아아, 이 네 임금이야말로 도적의 시초라 할 수 있습니다!"

말이 채 끝나기도 전에 임금이 정색하고 말하였다.

"아니다. 대체 무슨 말인가! 네 임금의 덕이 있고 네 임금의 시대에

<hr/>

6) 고마(叩馬)·도해(蹈海) : 고마는 '말 앞에서 머리를 조아린다'는 뜻으로, 주나라 무왕이 은나라를 치러 갈 때, 백이와 숙제가 말고삐를 잡고 막았다는 고사에서 유래한 말. 도해는 '바다에 몸을 던진다'는 뜻으로 춘추 전국 시대 노중련(魯仲連)이, 신원연(新垣衍)이 진나라를 제국으로 높이겠다고 한 말을 듣고 바다에 몸을 던져 죽으려 했다는 고사에서 나온 말.
7) 경천봉일(擎天捧日) : 하늘을 높이고 해를 받듦. 여기서 하늘과 해는 임금을 가리킨다.
8) 어린 임금을 부탁하고 나라의 운명을 맡길 만한 사람 : 『논어(論語)』「태백(泰伯)」에 "육척의 어린 임금을 부탁할 만하고, 나라의 운명을 맡길 만하며, 큰 절조를 세울 때를 당하여 굽히지 않는다면, 그가 바로 군자이다.[可以託六尺之孤 可以寄百里之命 臨大節而不可奪也 君子人與 君子人也]"라 하였다.
9) 선위(禪位) : 임금이 살아있을 때 왕위를 물려줌.

살고 있다면 옳은 일이고, 네 임금의 덕이 없고 네 임금의 시대가 아니면 옳지 않은 일이네. 그 네 임금들에게 무슨 허물이 있겠는가? 다만 그들을 빙자하는 놈들이 도적인 것이지."

그러자 복건 쓴 이가 머리를 조아리고 사죄하며 말하였다.

"마음이 불평하여 그만두지 않을 수 없습니다."10)

임금이 말하였다.

"사양하지 말게. 귀한 손님이 자리에 함께 하는데 한가로이 다른 일을 말하지 말게. 달 밝고 바람 맑은, 이 좋은 밤을 어찌할 텐가?"

곧 금포(錦袍, 비단두루마기)를 벗어서 갯마을로 사람을 보내 술을 사오게 했다. 술이 몇 잔 돌자, 임금은 잔을 들고 목이 메어 여섯 사람을 돌아보고 말하였다.

"경들은 각기 자기의 뜻을 말하여 깊은 원한을 풀어 봄이 어떠할꼬?"

여섯 사람이 말하였다.

"임금께서 노래를 지으시면 신들이 이어 부르겠나이다."

임금이 초연한 기색으로 옷깃을 바로하고 슬픔을 이기지 못하여 불렀다.

江波咽咽兮	강 물결 우는 소리
無有窮	다함이 없고
我懷長兮	내 회포 유장하여
與之同	강물과 같네
生爲千乘	살아서는 임금이나
死心孤魂	죽어서는 외로운 혼백
新是僞王	신(新)은 거짓 임금이요

10) 이가원본 등에는 '마음이 불평하여 말이 격분한 것을 미처 알지 못했습니다.[中心不平, 不自知言之過於憤也.]'

帝乃陽尊　　제(帝)는 왕이라고 높이네11)
故國人民　　고국의 백성들은
盡輸楚籍　　초나라에 귀속되었고
六七臣同　　예닐곱의 신하들뿐〈190〉
魂靡有托　　혼은 의탁할 곳었네
今夕何夕　　오늘은 어떤 밤인가
共上江樓　　강루에 함께 오르니
波聲月色　　물결소리와 달빛은
使我心愁　　수심을 자아내고
悲歌一曲　　비가 한 곡조에
天地悠悠　　천지가 아득하구나

　노래가 끝나자 다섯 사람이 각기 시 한 소절씩 읊었는데, 첫째 자리에 앉은 박팽년이 읊었다.

　深恨才非可托孤　어린 임금 못 받든 내 재주 못났구나
　國移君辱更捐軀　나라 잃고 임금 욕되어 이 몸도 버렸다오
　如今俯仰慙天地　이처럼 지내기 천지에 부끄러우니
　悔不當年早自圖　당시 일찍 도모하지 못함을 한탄하노라

　다음엔 둘째 자리에 앉은 성삼문이 읊었다.

　受命先朝荷寵隆　선왕께 명 받은 은총 융성하니
　臨危肯惜殞微躬　위태로운 때 어찌 이 목숨 아끼리오
　可憐死去名猶烈　가련하다, 죽고 나서도 이름 매서우니

<hr>

11) 신(新)은 거짓 임금이요 제(帝)는 왕이라고 높이네 : 전한(前漢)의 권력을 찬탈하여 신나라를 세운 왕망(王莽)은 유학자들에 의해 비난 받았다. 진시황이 처음으로 황제라는 칭호를 사용하였다.

取義成仁父子同 인의를 이룸은 부자가 한가지라오

다음엔 셋째 자리에 앉은 하위지가 읊었다.

壯志寧爲爵綠淫 굳센 기개 어찌 벼슬로 더럽힐소냐
含章猶抱採薇心 뛰어난 필력 오히려 고사리 캘 마음 품었네
殘軀一死何須說 하찮은 몸 한 번 죽음에 무슨 말 필요하랴
痛哭當年帝在郴 당시에 임금 여의었음을 통곡하였노라[12]

다음에 앉은 넷째 자리의 이개가 읊었다.

微臣自有膽輪囷 미천한 신하지만 커다란 담력은 있으니
那忍偸生見喪倫 어찌 구차히 살아 인륜 상실됨을 보랴
將死一詩言也善 죽을 때의 시 한 수, 그 말이 선하니
可能慚愧二心人[13] 두 마음 품은 사람 부끄럽게 하리라

다음의 다섯째 자리 유성원이 읊었다.

哀哀當日意何如 슬프다, 그날 내 마음 어떠했는가
死耳寧論身後譽 그저 죽을 뿐 어찌 사후 명예 논하랴
最是千秋難雪恥 천추에 가장 씻기 어려운 치욕은
集賢曾草賞功書 집현전에서 상공(賞功)의 글을 썼던 것이지[14]

---

12) 임금 여의었음[在郴] : 항우가 침현(郴縣)에서 의제(義帝)를 죽이자 무릉(武陵) 사람들이
'지금 우리의 왕은 무슨 죄가 있기에 살해되었는가' 하면서 흰 옷을 입고 초굴정(招屈亭)에
서 곡했다는 고사가 있다.
13) 二心人 : 원문은 '二人神'이나 문맥상 이가원본을 따랐다.
14) 집현전에서 상공(賞功)의 글을 썼던 것이지 : 1453년 수양대군이 단종을 보좌하는 영의정
황보 인(皇甫仁), 좌의정 김종서 등 대신을 살해하고 정권을 잡은 뒤 백관을 시켜 자기의
공을 주나라 주공(周公)에 비견하여 임금에게 포상하기를 청하고, 집현전에 명하여 정난녹

복건을 쓴 유응부[15)가 머리를 긁적이며 길게 읊었다

擧目山河異舊時　눈 들어 보니 산하는 옛과 달라
新亭共作楚囚悲　새 정자에 함께 슬픈 초수[16) 되었네
心驚興廢肝腸裂　흥망성쇠에 마음이 놀라 애간장 찢기며
憤切忠邪涕泗垂　선악에 격분하야 눈물 흐르네
栗里淸風元亮老　율리의 맑은 바람에 원량이 늙었고[17)
首陽寒月伯夷飢　수양산 차가운 달에 백이가〈191〉굶주렸네
一編野史堪傳後　한 편의 야사를 후세에 전할 만하니
千載應爲善惡師　천년토록 선악의 스승 되리라

읊기를 마치고 자허에게 돌렸다. 자허는 본래 강개한 사람이었으므
로 눈물을 흘리며 슬피 읊었다.

往事憑誰問　　지난 일 누구에게 물으랴
荒山土一丘　　황량한 산에 하나의 흙무덤
恨深精衛死　　정위(精衛)[18)의 죽음이 한스럽고

훈(靖難錄勳)의 교서(敎書)를 기초(起草)하도록 하자 집현전의 학사들이 모두 도망하였는
데 집현전교리였던 유성원이 혼자 남아 있다가 협박을 당하여 기초를 하고는 집에 돌아와서
통곡하였다고 한다.

15) 유응부 : 고려대본 등에는 '남효온'으로 되어 있다.
16) 초수(楚囚) : 진(晉)나라에 포로로 잡혀가서 거문고로 초나라 음악을 연주하며 고향을 그
리워했던 종의(鍾儀)의 고사에서 유래하여, 나라가 위태한 상황에서 더 이상 어찌 할 수
없이 군박한 처지에 빠져 있는 사람을 가리키는 말이 되었다. 그리고 서진(西晉) 말년에
중원을 잃고 강남으로 피난 온 관원들이 새 정자에 모여 술을 마시다가 고국의 산하를 생각
하고서 서로들 통곡을 하며 눈물을 흘리자, 왕도(王導)가 엄숙하게 안색을 바꾸고는 "중원
을 회복할 생각은 하지 않고 어찌하여 초수(楚囚)처럼 서로 마주 보며 눈물만 흘리느냐."고
꾸짖은 고사가 있다. 『세설신어(世說新語)』「언어(言語)」.
17) 율리의 맑은 바람에 원량이 늙었고 : 원량(元亮)은 도연명의 자. 도연명은 벼슬을 버리고
고향인 율리(栗里)로 돌아와 살았다.
18) 정위(精衛) : 염제(炎帝)의 막내 딸 여와(如娃)가 동해에서 놀다가 빠져 죽어 변했다는

魂斷杜鵑愁　　두견의 시름에 넋이 끊기네
故國何時返　　고국에 어느 때나 돌아가랴
江樓此日遊　　강가 누대에서 오늘 노니네
悲凉歌數閱　　처량한 노래 몇 곡 끝나니
殘月荻花秋　　잔월에 갈꽃 핀 가을이네

읊기를 끝내자 모두 슬피 눈물을 흘렸다.

얼마 되지 않아서 어떤 헌걸찬 무사(유응부)가 뛰어들었는데 키가 남들보다 크고 용모가 절륜하며 얼굴은 무르익은 대춧빛 같고[19] 눈은 샛별처럼 반짝였다. 그는 문천상(文天祥)의 의기[20]와 진중자(陳仲子)의 청렴[21]으로 위풍이 늠연하여 사람들에게 경외심을 일으키게 했다. 그는 왕 앞에 나아가 배알한 뒤 여섯 사람들을 돌아보며,

"슬프도다, 썩은 선비들아. 큰일을 같이 이루기에 부족하구나!"

하고, 이에 칼을 뽑아들고 춤을 추며 슬픈 노래를 강개히 부르는데 그 소리가 큰 종과 같았다. 그 노래는 이러했다.

風蕭蕭兮　　바람이 수수수
木落波寒　　낙엽지고 물결은 찬데

신화 속의 새 이름으로 동해에 대해 원한을 품고서 복수를 하려고 늘 서산(西山)의 목석(木石)을 물어다 빠뜨려 바다를 메우려 한다고 한다. 『산해경(山海經)』.

19) 얼굴은 무르익은 대춧빛 같고 : 중조(重棗). 유비(劉備)는 귀가 크고, 관우(關羽)는 무르익은 대춧빛 얼굴이고, 장비(張飛)는 고리눈이라고 일컬어진다. 즉, 관우와 같다는 이야기로 빼어난 무장의 형상을 가리킨다.

20) 문천상의 의기 : 문천상은 송나라 길수(吉水) 사람으로, 자는 송서(宋瑞), 호는 문산(文山). 원나라 군사가 침범해 들어와서 문산은 끝까지 싸웠으나 사로잡혔다. 연옥(燕獄)에 3년 동안 구금되었으나 끝내 절개를 굽히지 않았고 원 세조(元世祖)는 참으로 남자라고 칭찬했다고 한다.

21) 진중자(陳仲子)의 청렴 : 제나라의 진중자는 성품이 청렴하여 만종(萬鍾)의 녹(祿)을 먹고 있는 자기 형 대(戴)의 녹과 집이 모두 불의한 것이라 하여, 오릉(於陵)이라는 곳에 따로 가 살면서 사흘씩이나 굶어야 할 정도로 궁하게 지냈다 한다. 『맹자(孟子)』「등문공(滕文公) 하(下)」.

撫劍長嘯	칼 만지며 휘파람 부니
星斗闌干	북두성 기울었네
生全忠孝	살아서 충효하고
死作毅魂	죽어서 굳세어라
襟懷何似	이 마음 어떠하랴
一輪明月	둥근 밝은 달이지
嗟不可與慮始	아, 애초에 같이 할 수 없었거늘
腐儒誰責	썩은 선비 책망하랴

　노래가 채 끝나기 전에 달이 어두워지고 구름이 자욱하더니 눈물 같은 비가 내리고 서글픈 바람이 불더니, 벼락 치는 소리에 모두 홀연히 사라졌다. 자허도 역시 놀라 깨어 보니 한바탕 꿈이었다.

　자허의 벗 해월거사(海月居士)는 이 꿈 이야기를 듣고 애통해하며 말하였다.

　"무릇 예로부터 임금과 신하가〈192〉어둡고 흐려 끝내 나라가 전복된 일이 많았네. 이제 그 임금을 보니 생각건대 분명히 현명한 임금이고, 그 여섯 사람 또한 모두 충성스러운 신하일세. 어찌 이 같은 신하들이 이 같은 임금을 보필하였는데도 이 같은 참혹한 일이 있었단 말인가? 아아, 형세가 그렇게 만든 것인가? 시기가 그렇게 만든 것인가? 천명에 돌릴 수 있는가? 천명에 돌릴 수 없는 것인가? 시기와 형세에 돌릴 수밖에 없고 또한 천명에 돌릴 수밖에 없는 것이로다. 천명에 돌린다면 복선화음(福善禍淫)이 천도(天道)가 아닌가? 천명에 돌릴 수 없다면 어둡고 망망하여 이 이치를 헤아리기 어려울 것이네. 유유한 이 세상에 그저 지사(志士)의 측은함만 더할 뿐이네!"

　다시 사운시를 읊었다.

萬古悲凉意　　만고의 처량한 마음
長空一鳥過　　긴 하늘에 한 마리 새 지나가네
寒烟鎖銅雀　　차가운 안개 동작대22)에 자욱하고
秋草沒章華　　가을풀은 장화궁23)을 덮었네
咄咄唐虞遠　　아아, 당우24) 시절은 멀고
紛紛湯武多　　어지러운 탕무25)만 가득하구나
月明湘水濶　　달 밝은 넓은 상수26)에서
愁聽竹枝歌　　근심스레 죽지가27)를 듣노라

무진년 중추에 해월거사 임자(林子)가 받아쓰다.

---

22) 동작대(銅雀臺) : 삼국 시대 위(魏)나라 조조(曹操)가 세운 누대. 호화로운 누대의 대명사로 쓰인다.

23) 장화궁(章華宮) : 초나라 영왕(靈王)은 사치스러워서 장화대(章華臺)라는 별궁을 만들었는데 호화롭기 그지없었다고 한다.

24) 당우(唐虞) : 도당씨(陶唐氏)와 유우씨(有虞氏), 즉 요(堯)와 순(舜)임금 시대를 말한다.

25) 탕무(湯武) : 은나라 탕왕(湯王)과 주나라 무왕(武王). 탕왕은 하나라 걸왕(桀王)을 추방하고, 무왕은 은나라 주왕(紂王)를 토벌하였다. 역성혁명의 대표적인 예이다.

26) 상수(湘水) : 초나라 굴원(屈原)이 절개를 지키기 위해 빠져죽은 멱라수의 하류이며, 순(舜)임금의 비(妃) 아황(娥皇)·여영(女英)이 순임금의 죽음에 뒤따르기 위해 몸을 던진 곳이다.

27) 죽지가 : 각 지방의 풍토를 읊은 시가. 당나라 시인 유우석(劉禹錫)이 일찍이 낭주(朗州)에 폄적(貶謫)되었을 때 굴원(屈原)의 구가(九歌)를 모방하여 죽지가 구편(九篇)을 지은 데서 비롯되었는데, 소식(蘇軾)이 지은 「죽지가의 서(序)」에 의하면, 또한 죽지가는 본디 초나라의 가락으로서 순(舜)의 이비(二妃)인 아황(娥皇)·여영(女英)과 굴원을 몹시 애도하고, 초 회왕(楚懷王)과 항우(項羽)를 매우 가련하게 여긴 데서 깊은 원한과 비통함이 배어 있다고 하였다.

元生夢遊錄

〈187〉世有元子虛者, 慷慨之士也. 氣宇磊落, 不容於世, 屢抱羅隱之寃, 難堪原憲之貧. 朝出而耕, 暮歸讀古人書, 穿壁囊螢, 無所不至. 嘗閱史, 至歷代危亡運移勢去處, 則不嘗不掩卷流涕, 若身處其時, 汲汲焉, 見其垂亡而力不能扶者.

仲秋之夕, 隨月披覽, 夜闌神疲, 倚榻而睡, 身忽輕擧, 縹緲悠揚, 冷然若御風而登, 飄然若羽化而仙也. 至一江岸, 則長流逶迤, 群山糾紛, 時夜將半, 萬籟俱寂, 月色如晝, 波光如練, 風鳴蘆葉, 露滴楓林, 愀然擧目, 如有千載不平之氣. 乃劃然長嘯, 朗吟一絶曰:

恨入長江咽不流
荻花楓葉冷颼颼
分明認是長沙岸
月白英靈何處遊

徘徊〈188〉顧眄之際, 忽聞跫音, 自遠而近. 有頃, 蘆花深處, 閃出一介好男兒, 幅巾野服, 神淸眉秀, 凜凜乎, 首陽之遺風. 來揖于前曰: "子虛來自1)何遲? 吾王奉邀."

子虛疑其山精水魅, 愕然無以應. 然其狀貌俊邁, 擧止閑雅, 不覺暗暗稱奇.

乃肩隨而行, 百餘步許, 有亭突兀臨江, 上有一人, 凭欄而坐, 衣

---

1) 自 : 연문(衍文).

冠一如王者, 又有五人侍側, 皆服大夫之服, 而各有等秩焉. 那五人, 都是間世之人豪, 像貌堂堂, 神采揚揚, 胸藏扣馬蹈海之義, 腹蘊擎天奉日之忠, 眞所謂托六尺之孤, 寄百里之命者也. 見子虛至, 皆出迎. 子虛不與五人爲禮, 入謁王前, 反走而立, 以待坐定, 而跪於末席. 子虛之上則幅巾者也. 其上五人, 相次而坐矣. 子虛莫能測, 甚不自安. 王曰:

"夙聞蘭香, 深慕薄雲, 良宵邂逅, 無相訝也"

子虛乃避〈189〉席而謝, 坐定, 相與論古人興亡. 幅巾者曰:

"堯舜湯武, 萬古之罪人也. 後世狐媚取禪者, 藉焉. 以臣伐君者, 名焉. 千載滔滔, 卒莫之救. 咄咄四君, 爲賊嚆矢."

言未訖, 王正色曰:

"惡, 是何言也! 有四君之德, 而處四君之時則可, 無四君之德, 而非四君之時則不可. 彼四君者, 豈有罪哉? 顧藉而名之者, 賊也."

幅巾者, 揖首謝曰:

"中心不平, 不自不已!"[2]

王曰:

"毋辭. 佳客在坐, 不須閑論他事. 月白風淸, 如此良夜何?"

乃解錦袍, 賖酒於江村. 酒數行, 王乃持盂哽咽, 顧謂六人曰:

"卿等盍各言其志, 以叙幽寃?"

六人曰:

"王庸作歌, 臣等賡之."

王乃悄然正色正襟, 悲不自勝, 乃歌曰:

---

2) 이가원본 등에는 '中心不平, 不自知言之過於愼也.'

江波咽咽兮
無有窮
我懷長兮
與之同
生爲千乘
死心孤魂
新是僞王
帝乃陽尊
故國人民
盡輸楚籍
六七臣同〈190〉
魂靡有托
今夕何夕
共上江樓
波聲月色
使我心愁
悲歌一曲
天地悠悠

歌罷, 五人各詠一絶. 第一坐朴彭年者, 吟曰:

深恨才非可托孤
國移君辱更捐軀
如今俯仰慙天地
悔不當年早自圖

第二坐者成三問, 吟曰:

受命先朝荷寵隆
臨危肯惜殞微躬
可憐死去名猶烈
取義成仁父子同

第三坐者河緯池3), 吟曰:

壯志寧爲爵綠淫
含章猶抱採薇心
殘軀一死何須說
痛哭當年帝在郴

第四坐者李塏, 吟曰:

微臣自有膽輪囷
那忍偸生見喪倫
將死一詩言也善
可能慚愧二人神4)

第五坐者柳誠源, 吟曰:

哀哀當日意何如
死耳寧論身後譽
最是千秋難雪耻
集賢曾草賞功書

---

3) 池 : '地'의 오자.
4) 二人神 : 이가원본에는 '二心人'.

幅巾者兪應孚5), 乃搔首而長吟曰:

　擧目山河異舊時
　新亭共作楚囚悲
　心驚興廢肝腸裂
　憤切忠邪涕泗垂
　栗里清風元亮老
　首陽寒月伯夷〈191〉飢
　一編野史堪傳後
　千載應爲善惡師

吟訖, 屬子虛. 元來慷慨人也. 乃垂6)淚悲吟曰:

　往事憑誰問
　荒山土一丘
　恨深精衛死
　魂斷杜鵑愁
　故國何時返
　江樓此日遊
　悲凉歌數闋
　殘月荻花秋

吟罷, 滿座皆愀然泣下.
　無何, 有一介雄雄虎士突入. 身長過人, 英勇絶倫, 面如重棗, 目若明星, 文山之義, 仲子之清, 威風凜然, 令人起敬. 入謁王前, 顧謂

---

5) 兪應孚 : 고려대본에는 남효온.
6) 垂 : 『소화귀감』에는 '抆'.

六人曰:

"哀哀腐儒, 不足與成大事也!"

乃拔劍起舞, 悲歌慷慨, 聲如巨鐘. 其歌曰:

風蕭蕭兮

木落波寒

撫劍長嘯

星斗闌干

生全忠孝

死作毅魂

襟懷何似

一輪明月

嗟不可與慮始

腐儒誰責

歌未闋, 月黑雲愁, 雨泣風噫, 疾雷一聲, 皆倏然而散. 子虛亦驚
悟, 則乃一夢也.

子虛之友, 海月居士, 聞而慟之曰:

"大抵自古以來, 主暗〈192〉臣昏, 卒至於顚覆者多矣. 今觀其主,
想必賢明之主也, 其六人者, 亦皆忠義之臣也. 安有如此之臣, 輔如
此等主, 而如是其慘酷者乎? 嗚呼! 勢使然耶? 時使然耶? 可以歸之
於天歟, 不可歸之於天歟? 不可不歸之於時與勢, 而亦不可不歸之於
天也. 歸之於天, 則福善禍淫, 非天道也耶? 不可不[7]歸之於天, 則冥
然怳然, 此理難詳[8]. 宇宙悠悠, 徒增志士之惻耳!"

---

[7] 不可不 : 동양문고본에는 '夫不可'.

[8] 詳 : 원문에는 옆에 '窮'이 병기되어 있음.

復有四韻曰:

　萬古悲凉意
　長空一鳥過
　寒烟鎖銅雀
　秋草沒章華
　咄咄唐虞遠
　紛紛湯武多
　月明湘水濶
　愁聽竹枝歌

戊辰仲秋, 海月居士, 林子順誌.

피생명몽록

皮生冥夢錄

　여강(驪江)[1]에 피생(皮生)이라는 자가 있었으니 이름은 사달(士達)이요 자는 백통(伯通)이었다. 영민(英敏)하고 준걸(俊傑)하며 천성이 강개(慷慨)하였다. 일찍이 스스로 말하였다.

　"대장부가 어찌 집안일만을 일삼겠는가? 마땅히 천하를 돌아다니며 현인(賢人)들을 만나서 천하의 너른 경관을 섭렵하며 기를 북돋우고 문장을 닦는 것이 좋을 것이다."

　이에 수나라와 당나라로 가는 길을 향해 이성(利城)을 나서 날이 저물 무렵에 원적산(圓寂山)[2] 아래에 이르렀다. 해는 이미 넘어가고 나는 새들은 숲으로 들어가며 밥 짓는 연기는 어디에도 없었으며 들판만이 펼쳐졌는데, 오직 보이나니 이슬 맺힌 썩은 뼈가 길가에 널려져 있을 뿐이었다. 생은 탄식하고〈193〉……[3]

---

1) 여강(驪江) : 경기도 여주군을 흐르는 남한강.
2) 원적산(圓寂山) : 경기도 이천시 백사면과 광주시 실촌면, 여주군 흥천면에 걸쳐 있는 산.
3) 이하 원문 낙장.

皮生冥夢錄

驪江有皮生者, 名士達, 字伯通, 英姿秀發, 賦性慷慨. 嘗自言曰: "大丈夫安事一室, 當周遊歷賢, 以盡天下之大觀, 以助吾氣, 以治吾文, 可也!"

於是發向隨唐之路, 出利城, 暮至圓寂山下, 白日已匿, 飛鳥投林, 人烟四斷. 原野糾紛, 但見朽骨暴露, 遍于路側. 生噫噓,〈193〉......1)

---

1) 이하 낙장.

금화영회

金華靈會

    지정(至正)[1] 말년에 성생(成生)이라는 이가 있었으니, 이름은 허(虛)이고 자는 탄(誕)이었으며, 산동(山東)[2]의 선비였다. 성품이 총명하고 박학다식하며, 기질이 뛰어나고 의기가 있었으며, 규범에 얽매이지 않는 활달함이 있었다. 산천을 돌아볼 뜻이 있어 아침에는 태산(泰山)[3]의 햇빛, 저녁에는 동정호(洞庭湖)[4]의 물결에 노닐며 온 세상에 발자취가 미치지 않은 곳이 없었다. 그리하여 북막(北漠)[5]의 북쪽, 남월(南越)[6]의 남쪽도 모두 눈 아래에 두었고 매곡(昧谷)[7]의 서쪽과 양곡(暘谷)[8]의 동쪽이 또한 가슴속에 펼쳐져 있었다. 그러므로 그는 스스로를 천지간의 걸물(傑物)로 여겼다.

    갑술년[9]에 금릉(金陵)[10]을 향하여 금산(錦山)[11]으로 들어갔는데

---

1) 지정(至正) : 원(元) 순제(順帝)의 연호. 1341년~1367년.
2) 산동(山東) : 태항산(太行山) 동쪽 지역.
3) 태산(泰山) : 중국 오악(五岳) 중의 하나로, 산동성(山東省)에 있다.
4) 동정호(洞庭湖) : 호남성(湖南省) 북부에 있는 호수로, 장강으로 흘러든다.
5) 북막(北漠) : 몽골고원의 대사막.
6) 남월(南越) : 지금의 광동(廣東)·광서(廣西) 지역, 베트남 북부 지역으로 중국의 남쪽 끝에 있었다.
7) 매곡(昧谷) : 해가 지는 서쪽. 해가 지면 어둡기 때문에 붙여진 이름이라고 한다.
8) 양곡(暘谷) : 해가 뜨는 동쪽.
9) 갑술년 : 문맥상 1394년인 듯하다.
10) 금릉(金陵) : 지금의 강소성(江蘇省) 남경시(南京市). 명(明)나라의 도읍지.
11) 금산(錦山) : 실제로는 존재하지 않는 지명이다. 다만 종산(鐘山)을 오인했을 가능성이 있다.

때는〈194〉늦가을인 9월이었다. 금풍(金風, 가을바람)은 소슬하고 옥우
(玉宇, 하늘)는 높은데, 산에 가득한 풀과 나무는 모두 푸른 안개 빛이었
고 들판의 곡식들은 모두 누런 구름 색을 띠었다. 산과 강을 찾아가노라
어느덧 깊은 곳으로 들어가게 되었다. 해는 서쪽으로 지고 달이 동쪽
산에서 나타나매, 앞으로 나아가자니 머무를 곳이 없고 물러서자 하나
되돌아갈 수 없었다. 높은 산 정상을 배회하기도 하며 깊은 골짜기를
방황하는데, 서쪽으로는 무협(巫峽)의 원숭이 소리12)가 들려오고 남쪽
으로는 형양(衡陽)의 기러기13)가 보였다. 밤이 깊어 삼경(三更)이 지난
후 온갖 소리가 다 잦아들고 여러 움직임도 고요해졌다. 산봉우리마다
흰 구름, 골짜기마다 안개가 자욱하며 금빛 물결은 구천(九天)14)에서
흐르고 뭇별들은 삼청(三清)15)에 펼쳐져 있었다.

성생은 지팡이를 두고 쉴 곳이 없어 이리저리 돌아보았지만 묵을 만
한 곳을 알 수 없었다. 바위에서 잠깐 쉬고 있는데 정신은 또렷하고
몸이 추워서 잠을 이루지 못했다. 한참 동안 생각에 잠겨 있다가 다시
몇 리를 나아가니, 아름다운 꽃과 풀이 앞뒤로 어우러졌고 푸른 대나무
와 소나무가 좌우에 늘어져 있었다. 맑고 푸른 시냇물이 흐르는 위로
큰 집들이 웅대하고 누대가 우뚝 솟아있었다. 올려다보니 큰 글씨로
'금화사(金華寺)'라고 쓰여 있었다. 붉은 색 기와와 화사한 난간이 은하
사이에 아득했고 수놓은 문과 창은 별빛 가운데 빛나고 있었다. 우뚝하
니 마치 노공왕(魯恭王)의 영광전(靈光殿)16)과 같고, 아름다우니 마치 한

12) 무협(巫峽)의 원숭이 소리 : 양자강(揚子江: 長江) 중류의 세 협곡 가운데 가장 길고 경치
　가 좋은 무협은 무산 12봉이 유명하고, 이백이 이 지역을 유람하며 지은 칠언절구 「아침에
　백제성을 출발해서[早發白帝城]」 등에 원숭이 소리가 나오는 등 원숭이도 유명하다.
13) 형양(衡陽)의 기러기 : 형양은 형산의 남쪽 지명. 상수(湘水) 연안에 있음. 기러기 떼들이
　형산 회안봉(回雁峰)에서 쉬었다가 날아가는 것으로 유명하다. 왕발(王勃)의 「등왕각서(滕
　王閣序)」 등에 나옴.
14) 구천(九天) : 높은 하늘.
15) 삼청(三清) : 도교의 최고 이상향. 여기서는 하늘을 가리킴.

나라 때의 경복전(景福殿)¹⁷⁾과도 같아 진실로 이른바 수정궁(水晶宮)¹⁸⁾
이었다.

성생이 굶주림이 자못 심하여 괴로운 나머지 선방에 누워 졸고 있을
때, 청필(淸蹕)¹⁹⁾소리가 멀리서부터 점차 가까워졌다. 잠시**〈195〉**후 문
밖에서 천군만마가 땅을 흔들며 북과 징 소리가 하늘을 진동하였다.
앞에는 깃발과 칼과 창이 늘어섰고 뒤에는 아장(牙璋)²⁰⁾과 표독(豹纛)²¹⁾
이 어지럽게 섞여 있었는데, 가운데로 네 대의 황금 가마가 차례로 행
차했다. 첫 번째 가마에 탄 사람은 콧마루가 높은 용안(龍顔)으로 아름
다운 수염을 가진 한 고조였다. 두 번째 가마에 탄 사람은 용봉(龍鳳)의
모습과 천일(天日)의 의표(儀表)를 갖춘 당 태종이었다. 세 번째 가마에
탄 사람은 용과 범의 기품을 갖추고 모난 얼굴에 귀가 큰 송 고조였다.
네 번째 가마에 앉은 사람은 위엄이 엄숙하고 뛰어난 풍채가 사람을
감동시키니 명 태조였다. 모두 머리에 조천관(朝天冠)²²⁾을 쓰고 강사포
(絳紗袍)²³⁾를 입고 금 허리띠를 띠었으며 옥홀을 들고 백옥 의자에 기대

---

16) 영광전(靈光殿) : 전한(前漢) 경제(景帝)의 아들 노공왕(魯恭王)이 건축한 궁전. 지금의
   산동성(山東省) 곡부시(曲阜市)에 있다.

17) 한나라 때의 경복전(景福殿) : 경복전은 삼국 시대 위(魏) 명제(明帝) 때 건축한 궁전.
   지금의 하남성(河南省) 허창시(許昌市)에 있다. '한나라'는 오류인 듯하다. 『문선(文選)』에,
   후한(後漢) 왕연수(王延壽)가 지은 〈노영광전부(魯靈光殿賦)〉와 위(魏)나라 하안(何晏)이
   지은 〈경복전부(景福殿賦)〉가 실려 있다.

18) 수정궁(水晶宮) : 수정으로 만들었다는 궁전. 여기에서는 화려한 궁전을 가리킨다.

19) 청필(淸蹕) : 벽제(辟除) 소리. 지위가 높은 사람이 행차할 때 하인들이 잡인의 통행을
   금하던 일.

20) 아장(牙璋) : 상아로 만든 반쪽 홀(笏). 고대 병부(兵符)의 일종. 『주례(周禮)』의 주(註)에
   "반쪽의 규(圭)를 장(璋)이라고 한다."고 하였다. 『주례』「동관(冬官)·고공기(考工記)」에
   "아장과 중장은 길이가 7촌인데, 이것으로 군대를 일으키고 수비하는 군사를 다스린다.[牙
   璋中璋七寸, 以起軍旅, 以治兵守]"고 하였다.

21) 표독(豹纛) : 표(豹)는 대장군의 군영에 세우는 큰 깃발로, 표범 꼬리로 장식하거나 깃발
   에 표범 꼬리를 그린 표미기(豹尾旗)이다. 독(纛)은 군대 가운데 세우는 큰 기로 '둑'이라고
   도 부른다. 소 꼬리를 달아 장식하며, 출전할 때 둑제(纛祭)를 지낸다.

22) 조천관(朝天冠) : 하늘에 조회할 때 쓰는 관이라는 뜻으로 임금이 쓰는 관.

어 앉아 있었다. 명 태조만 읍양(揖讓)24)하며 말하였다.

"이 자리는 천하를 통일한 군주가 앉아야 합니다. 과인은 그렇지 못합니다. 위로는 제양왕(帝陽王)25)이 있고 아래로는 각 나라가 갈라져 있으며 왕과 황제를 사칭하는 이가 한둘이 아닌데 어찌 감히 편안하게 여기에 앉을 수 있겠습니까?"

한 고조가 미소 지으며 말하였다.

"명 태조의 말씀은 옳지 않소. 하늘의 밝은 명을 받들어 악인을 섬멸하여 난리를 다스려 바르게 한 이가 당신이 아니면 누구겠소? 사양하지 말고〈196〉천년 만에 아름다운 만남을 이룸이 어떠하오?"

명 태조는 마지못해 자리에 앉았다. 앉기를 마치자 문무 대신들이 각기 동서로 나뉘어 앉았다. 한나라의 모사로는 장량(張良), 진평(陳平), 소하(蕭何), 역이기(酈食其), 수하(隨何), 숙손통(叔孫通), 무신으로는 한신(韓信), 경포(黥布), 조참(曹參), 팽월(彭越), 왕릉(王陵), 주발(周勃), 번쾌(樊噲), 관영(灌嬰), 기신(紀信), 주개(周介), 장창(張倉), 장이(張耳) 등이 있었다. 당나라의 모사에는 위징(魏徵), 장손무기(長孫無忌), 왕규(王珪), 방현령(房玄齡), 두여회(杜如晦), 배적(裴寂), 유문정(劉文靜), 저수량(褚遂良), 우세남(虞世南), 봉덕이(封德彝), 대주(戴冑)가 있었고 무신으로는 이정(李靖), 울지경덕(尉遲敬德), 이적(李勣), 진숙보(秦叔寶), 은개산(殷開山), 굴돌통(屈突通), 설인귀(薛仁貴)가 있었다. 송나라 모사로는 조보(趙普), 범질(范質), 두호(杜鎬), 왕우(王祐), 장제현(張齊賢), 뇌덕양(雷德驤), 이방(李昉), 도곡(陶穀), 송기(宋琪)가 있었고, 무신으로는 조빈(曹彬), 석수신

---

23) 강사포(絳紗袍) : 임금이 입는 붉은 색의 조복(朝服).

24) 읍양(揖讓) : 읍하는 예를 갖추면서 사양함. 또는 겸손한 태도를 가짐.

25) 제양왕(帝陽王) : 미상. 저양왕(滁陽王)으로 추봉된 곽자흥(郭子興, ?~1355)을 가리키는 듯하다. 원나라 말기에 홍건도(紅巾徒)로 군사를 일으켜 호주(濠州)를 빼앗고 원수(元帥)를 자칭하였다. 주원장(朱元璋)이 그의 휘하로 들어가 여러 번 공을 세웠다. 저양왕의 두 아들이 주원장의 명망이 높아지는 것을 두려워하여 독살하려다가 그에게 들켜 실패하였다.

(石守信), 묘훈(苗訓), 이한초(李漢超), 왕전빈(王全斌), 전약수(錢若水)가 있었다. 명나라의 모사로는 유기(劉基), 이선장(李善長), 서휘조(徐輝祖), 진운룡(秦雲龍), 송염(宋濂), 황자징(黃子澄)이 있었고, 무신으로는 서달 (徐達), 상우춘(常遇春), 호대해(胡大海), 화운룡(花雲龍), 이문충(李文忠), 유통해(俞通海), 탕화(湯和), 모영(毛穎), 한성정(韓成正), 경청(景淸)이 있었다. 모두 용감한 자들이며 영웅호걸들이었다.

전각 위에서 장량, 위징, 조보, 유기를 부르는 소리가 들려왔다.

"즉시 들라 하십니다."

네 명의 대신들은 급히 들어가서 허리를 굽히고 양쪽에 섰다. 한 고조가 말하였다.

"삼대(三代)[26] 이후 왕도 정치의 기풍이 땅에 떨어지고 바른 소리가 희미하게 되었소. 삼계(三季)[27]·칠웅(七雄)[28]의 시대에는 아침에 싸우고 저녁에 그치고 하여 천하가 들끓었고 영웅들이〈197〉함께 일어났지. 과인이 창업할 시기에는 언제 당나라가 서고 언제 송나라가 서며 언제 명나라가 설지 어찌 알았겠소? 오늘 풍경이 정말로 아름답고 군신 (君臣)이 서로 만났으니 이 또한 좋은 일이므로 헛되이 보낼 수 없도다."

즉시 시신들에게 명하여 당상(堂上)에서 연회를 베풀게 하였다. 등촉이 눈부시고 위의가 엄숙하였다. 온갖 음악이 연주되니 술잔들이 어지럽고 춤추는 소매가 향기로운 바람을 떨치고 피리 소리는 푸른 하늘에 다다랐다. 술잔이 수차례 돌자 한 고조가 쓸쓸히 길게 탄식하며 말하였다.

"내가 작은 칼을 들고 포의(布衣)[29]를 입고 풍패(豊沛)[30]에서 분연히

---

26) 삼대(三代) : 하(夏)·은(殷)·주(周).
27) 삼계(三季) : 하(夏)·은(殷)·주(周) 삼대의 말기 또는 춘추시대.
28) 칠웅(七雄) : 전국시대에 패권을 놓고 다툰 7대 강국. 제(齊)·초(楚)·진(秦)·연(燕)·위 (魏)·한(韓)·조(趙).
29) 포의(布衣) : 베옷. 벼슬이 없음을 의미한다.

일어날 때 단 한 명의 백성도 작은 땅도 없었으나 다행히 여러 신하의
충렬에 의지하여 마침내 대업을 이룩하였소. 그 고통이 과인만 한 이
누가 있으리오? 당 태종은 한 차례의 싸움으로 관중(關中)[31]을 평정하
였고 송 태조는 하루저녁에 천하를 얻었소. 그러나 명 태조의 공적은
오히려 우리 세 사람보다 낫소."

송 태조가 한 고조에게 물었다.

"황제께서 관중에 들어가실 때 추호도 범하지 않고 삼장(三章)[32]으로
법을 간략히 하셨는데, 이는 무슨 뜻이었습니까?"

한 고조가 대답하였다.

"영가(嬴家) 여아(呂兒)[33]의 형벌이 가혹하여 백성을 잔혹하게 해쳤
으니, 천하 사람들이 현명한 군주 얻기를 생각함이 마치 큰 가뭄에 구
름과 무지개를 바라는 것과 같았고 장마철에 햇빛을 바라는 것과 같았
소. 그러므로 나는 어진 은혜를 베풀고 덕으로 선정을 펴 백성을 도탄
에서 건져내어 위급함을 구하려 하였소."

당 태종이 말하였다.

"활달하고 도량이 크며 현명하고 유능한 이들을 임명하여 각기 충심
을 다하게 하였습니다. 비록〈198〉문무를 갖춘 성인이라 하더라도 어찌
뛰어넘을 수 있겠습니까? 그러므로 진나라를 멸하고 항우를 패배시킬

---

30) 풍패(豐沛) : 한 고조 유방(劉邦)의 출신지.

31) 관중(關中) : 섬서성(陝西省) 일대. 함곡관(函谷關)·무관(武關)·산관(散關)·소관(蕭關)
    의 네 관 안에 있다는 데서 유래했다.

32) 삼장(三章) : 한 고조가 관중에 들어갈 때 정한 세 가지 법. 사람을 죽인 자는 사형에
    처하고 다치게 한 자와 도둑질한 자를 벌한다는 내용.

33) 영가(嬴家) 여아(呂兒) : 진 시황. 영가(嬴家)는 춘추전국 시대의 진(秦)나라 왕족이 영
    (嬴)씨였던 것에서 온 것이다. '여아(呂兒)'는 여불위(呂不偉)의 자식이라는 뜻이다. 여불위
    가 조(趙)나라의 수도 한단(邯鄲)으로 갔을 때 볼모로 잡혀 있는, 진나라 소왕(昭王)의 손자
    인 자초(子楚)를 만났다. 여불위에게는 자신의 아이를 임신한 여자가 있었는데 그 사실을
    숨기고 그 여자를 자초에게 주었다. 여불위의 도움으로 자초는 진나라로 돌아가 장양왕(莊
    襄王)이 되었고 그 여자가 낳은 아들 정(政)이 왕위를 이었다. 그가 진 시황이다.

수 있었으니 한 번 갑옷을 입고 천하를 평정함이 당연하지 않습니까?"
한 고조가 말하였다.

"과인(寡人)의 더럽고 누추한 공덕으로 감히 삼대(三代)를 바라겠소?
한나라 사백 년 기틀을 연 것은 여러 신하에 힘입은 것이지 과인의 재능
이 아니라오. 장량(張良)은 군막에서 계획을 세웠고,34) 소하(蕭何)는 근
본을 굳게 세웠고,35) 진평(陳平)은 계책을 내었고,36) 수하(隨何)는 형세
를 알았고,37) 육가(陸賈)는 어지러움을 다스리는 법을 말하였고,38) 역
이기(酈食其)는 승패를 논하였고,39) 장창(張倉)은 율령을 정하였고,40)

---

34) 장량(張良)은 장막 안에서 계획을 세웠고 : 장량(?~B.C. 168)은 한나라 귀족 출신으로,
　　자는 자방(子房)이다. 진시황을 저격하려다 실패한 후 유방이 군사를 일으키자 그를 따랐
　　다. 천하를 통일한 후 유방이 장량에 대해 "장막 안에서 계획을 세워 천 리 밖의 승리를
　　얻게 하는 데는 내가 장량만 못하다[夫運籌帷幄之中, 決勝於千里之外, 吾不如張良]."라고
　　하였다. 『사기』 「고조본기(高祖本紀)」.

35) 소하(蕭何)는 근본을 굳게 세웠고 : 소하(?~B.C. 193)는 유방이 군사를 일으키자 그를
　　따라 모신(謀臣)으로 활약하였다. 진(秦)나라 수도 함양(咸陽)에 입성했을 때 여러 전적(典
　　籍)을 입수하여 한나라 왕조 경영의 기초를 다졌다. 유방과 항우가 싸울 때 관중(關中)에
　　머무르면서 유방에게 양식과 군병을 보급하였다. 『사기』 「고조본기(高祖本紀)」.

36) 진평(陳平)은 계책을 내었고 : 진평(?~B.C. 178)은 처음에는 항우를 따랐으나 후에 유방
　　을 섬겨 한나라 건국에 공을 세웠다. 여섯 번 기묘한 계책을 내어[六出奇計] 유방이 위기를
　　벗어날 수 있도록 하였다. 『사기』 「진승상세가(陳丞相世家)」.

37) 수하(隨何)는 형세를 알았고 : 유방이 회남왕(淮南王) 경포(鯨布)에게 수하를 사신으로
　　보내 초나라의 항우를 배반하고 한나라로 오도록 하였다. 수하는 항우가 의롭지 못하기
　　때문에 천하가 한나라를 도울 것이라는 말로 경포를 설득시켰다. 이에 경포는 초나라의
　　사신을 죽이고 수하와 함께 유방에게 갔다. 『사기』 「경포열전(鯨布列傳)」.

38) 육가(陸賈)는 어지러움을 다스리는 법을 말하였고 : 육가는 초나라 사람으로, 한 고조를
　　섬겨 태중대부(太中大夫)가 되었고, 진평과 함께 여씨(呂氏)의 난을 평정하였다. 한 고조에
　　게 문무를 병행해야 오래도록 나라를 편안히 다스릴 수 있음을 깨우쳤다. 『사기』 「역생육가
　　열전(酈生陸賈列傳)」.

39) 역이기(酈食其)는 승패를 논하였고 : 역이기(?~B.C. 204)는 진류(陳留) 출신으로, 유방
　　이 진류성을 차지하는 것을 돕는 등 유방의 참모이자 세객(說客)으로서 제후들을 설득하는
　　일을 주로 맡았다. 제나라 왕 전광(田廣)을 설득하여 한나라에 투항하게 하였는데 역이기의
　　공을 시샘한 한신이 제나라를 공격하자 전광은 역이기가 자신을 속인 것이라 여기고 그를
　　삶아 죽였다. 『사기』 「역생육가열전(酈生陸賈列傳)」.

40) 장창(張倉)은 율령을 정하였고 : 장창은 역수(曆數)와 도량형을 만들었다. 진(秦)·한(漢)

412 화몽집 花夢集

숙손통(叔孫通)은 예의(禮儀)를 제정하여41) 과인을 깨우쳤소. 한신(韓信)
은 싸우면 반드시 이겼고 공격하면 반드시 얻었으며,42) 조참(曺參)은
정벌을 잘하였고,43) 관영(灌嬰)은 용병을 잘하였고,44) 경포(黥布)45)와
번쾌(樊噲)46)는 만 명의 장부도 당해내지 못할 용력을 가졌고, 기신(紀
信)47)과 주가(周苛)48)는 천 년 동안 썩지 않을 충심을 지녔고, 팽월(彭

때 회계 전문가. 소하의 추천으로 한나라의 회계를 담당하였다.
41) 숙손통(叔孫通)은 예의(禮儀)를 제정하여 : 천하를 통일한 후 한 고조가 숙손통에게 예악
을 제정토록 하여 숙손통은 노(魯)나라 선비들을 모아 조정의 의례를 정비하였으며 혜제(惠
帝) 때 태상이 되어 종묘의 의법(儀法)을 제정하였다. 『사기』「유경·숙손통열전(劉敬·叔孫
通列傳)』
42) 한신(韓信)은 싸우면~반드시 얻었으며 : 한신(?~B.C. 196)은 회음(淮陰) 출생으로, 처음
에는 초(楚)나라 항우를 섬겼으나 중용되지 않자 한나라 유방의 군에 참가하여 크게 공을
세웠다. 천하를 통일한 후 유방이 항우와의 싸움에서 이기고 천하를 차지한 이유에 대해
말하면서, 한신에 대해 "백만의 군사를 움직여, 싸우면 반드시 이기고 공격하면 반드시 빼
앗는 것은 내가 한신보다 못하다[運百萬之軍, 戰必勝功必取, 吾不如韓信]."라고 하였다.
『사기』「고조본기(高祖本紀)』.
43) 조참(曺參)은 정벌을 잘하였고 : 조참(?~B.C. 190)은 유방(劉邦)이 군사를 일으키자 그를
따라 진나라와 초나라를 멸망시키고 여러 반란들을 진압하였다. 한나라 건국 초에 유방은
조참의 공로를 한신 다음에 놓았다. 『사기』「조상국세가(曹相國世家)』.
44) 관영(灌嬰)은 용병을 잘하였고 : 관영(?~B.C. 176)은 원래 휴양(睢陽)의 비단 상인이었
는데 유방을 따라 진나라와의 싸움에서 공적을 올리고 패상(霸上)에 이른 공로로 창문군(昌
文君)이라는 호를 받았다. 유방이 한왕이 된 후 한신을 따라 제나라를 정벌하였고, 항우가
해하(垓下) 전투에서 패하고 달아나자 관영은 단독으로 기마병을 동원하여 동성(東城)까지
항우를 추격하여 격파하였다. 여러 전투에서 관영의 휘하 병사들은 적군의 장수를 사로잡는
등 많은 공을 세웠다. 『사기』「번·역·등·관열전(樊·酈·滕·灌列傳)』.
45) 경포(黥布) : ?~B.C. 195. 영포(英布)라고도 한다. 항우를 도와 구강왕(九江王)에 봉해졌
으나, 유방의 신하인 수하의 설득에 넘어가 한나라에 투항하여 회남왕에 봉해졌다. 유방이
개국공신인 한신과 팽월을 죽이는 것을 보고 한나라에 반기를 들었으나 패전하여 죽임을
당했다. 『사기』「경포열전(鯨布列傳)』.
46) 번쾌(樊噲) : ?~B.C. 189. 유방이 군사를 일으키자 그의 장수로 여러 전쟁에 참가하여
공을 세웠다. '홍문(鴻門)의 회(會)'에서 유방이 항우에게 죽임을 당할 위기에 처했을 때
장량의 계책에 따라 유방을 구했다. 『사기』「번·역·등·관열전(樊·酈·滕·灌列傳)』.
47) 기신(紀信) : ?~?. 유방이 형양(滎陽)에서 초나라 군대에 포위되었을 때 기신이 유방으로
가장하고 초나라에 항복하였다. 초나라가 기뻐하며 동문으로 몰려 갈 틈을 타 유방은 달아
날 수 있었다. 『사기(史記)』「고조본기(高祖本紀)』.
48) 주가(周苛) : 전한 사수(泗水) 패현(沛縣) 사람. 유방을 따라 내사(內史)가 되고, 어사대부

越)은 후방에서 위세를 도왔고,49) 장이(張耳)50)는 병장기를 만들어 과
인의 위의를 도왔소. 여러 군주들의 능한 바를 듣고 싶소."

당 태종이 말하였다.

"과인 또한 여러 신하의 공에 힘입었으니, 장손무기(長孫無忌)는 충성
을 다하였고,51) 위징(魏徵)은 직간(直諫)을 좋아하였고,52) 두여회(杜如
晦)는 맡은 일에서 결단을 잘하였고,53) 저수량(褚遂良)은 백성을 사랑하
고 나라를 걱정하여 과인이 미치지 못한 바를 도왔고,54) 은개산(殷開

(御史大夫)로 옮겼다. 초나라가 형양을 함락하자 포로로 잡혔다. 항우가 항복을 권하면서
상장군(上將軍)으로 임명하겠다고 제안했으나 항복하지 않다가 팽사(烹死)되었다.

49) 팽월(彭越)은 후방에서 위세를 도왔고 : 팽월은 창읍(昌邑) 출신으로 한나라 초기의 3대
명장이다. 유방이 창읍을 공격할 때 도왔고, 초나라를 공격할 때 군사 3만여 명을 거느리고
한나라에 귀속하였다. 유방이 팽성(彭城)에서 패한 후 한나라의 유격병으로 여기저기에서
초나라를 공격하였고 초나라의 군량 보급로를 차단하기도 하였다. 항우가 양하(陽夏)로 도
주하자 팽월은 창읍 부근의 20여개 성을 함락시키고 곡식을 얻어 유방에게 군량으로 주었
다. 『사기』 「위표·팽월열전(魏豹·彭越列傳)」.

50) 장이(張耳)는 병장기를 만들어 : 진(秦)나라 말기에 진여(陳餘)와 생사를 같이할 관계를
맺고 함께 항우의 부하가 되었다. 항우가 장이만 왕으로 봉하자 이에 불만을 품은 진여는
조(趙)나라를 도와 복구하고 이어 장이를 쳐서 그 땅을 빼앗았다. 결국 장이는 한 고조에게로
달아났는데 한 고조는 그를 받아들여 후대하였다. 『사기』 「장이·진여열전(張耳·陳餘列傳)」.

51) 장손무기(長孫無忌)는 충성을 다하였고 : 장손무기(594~659)는 당 태종 이세민(李世民)
의 처남으로, 617년 수나라에 대항하는 반란이 터지자 태원(太原) 유수(留守) 이연(李淵)의
휘하에 들어가 참모가 되었고 이때부터 이세민의 옆에서 항상 그를 도왔다. 이세민에게
자리를 뺏길까 두려워한 황태자 이건성(李建成)이 이세민을 암살하려 하자 장손무기는 이세
민을 설득해 이건성 세력을 제거하고 이세민이 황위에 오르는 데 주도적인 역할을 하였다.

52) 위징(魏徵)은 직간(直諫)을 좋아하였고 : 위징(580~643)은 당나라 초기의 공신이자 학자.
처음에는 황태자 이건성(李建成)을 섬겼는데, 이세민이 이건성을 제거하고 태종으로 즉위한
후 위징을 중용하였다. 위징은 직간(直諫)을 일삼아 훌륭한 치적을 이룩했으며, 예서(禮書)
에도 밝아 『유례(類禮)』 등을 편찬하였다. 『신당서(新唐書)』 「위징열전(魏徵列傳)」

53) 두여회(杜如晦)는 맡은 일에서 결단을 잘하였고 : 두여회(585~630)는 당 태종 즉위 후
병부상서·상서우복야(尙書右僕射) 등의 요직을 맡았다. 방현령과 더불어 '정관(貞觀)의 치
(治)'를 구축한 명신이었다. 방현령이 치밀하게 일을 분석하고 구체적인 계획을 세우는 데
뛰어난 반면 결단력이 부족하여, 그때마다 당 태종은 두여회에게 자문을 구했다.

54) 저수량(褚遂良)은~미치지 못한 바를 도왔고 : 저수량(596~658)은 저명한 서예가로서 당
태종에게 서예를 가르쳤고 구양순·우세남과 함께 당나라 서예의 일인자가 되었다. 그 후
벼슬이 상서 시랑에까지 이르렀으나, 황제의 잘못을 상소하다가 황제의 노여움을 사 쫓겨났다.

山)55)과 설인귀(薛仁貴)56)는 적을 대하여 죽음을 잊었고, 진숙보(秦叔
寶)57)와 울지경덕(尉遲敬德)58)은 용맹이 매우 뛰어났고, 이정(李靖)은
병법에 밝았고,59)⟨199⟩봉덕이(封德彝)는 국사에 힘썼고,60) 방현령(房
玄齡)61)과 굴돌통(屈突通)62)은 지혜가 뛰어나고 꾀가 많았으며, 유문정
(劉文靜)63)과 이적(李勣)64)은 넓게 살피며 깊이 분별하여 과인의 위엄을

---

55) 은개산(殷開山) : 은교(殷嶠, ?~622). 개산(開山)은 자. 당 태종을 따라 왕세충(王世充)
　 을 토벌하는 데 참여하여 그 공로로 운국공(鄖國公)에 봉해졌다. 622년 유흑달(劉黑闥)을
　 토벌하는 중에 병사하였다. 『신당서(新唐書)』「은교열전(殷嶠列傳)」.

56) 설인귀(薛仁貴) : 614~683. 당 태종이 고구려를 공격할 때 군졸로 참전하여 안시성 싸움
　 에서 공을 세워 유격장군(遊擊將軍)으로 발탁되었고 이후 고구려 정벌에 주도적인 역할을
　 하였다. 고구려 멸망 후 안동도호부(安東都護府)의 도호(都護)로서 신라를 침공하였고, 돌
　 궐을 격파한 후 평양군공(平陽郡公)에 봉해졌다.

57) 진숙보(秦叔寶) : 진경(秦瓊, ?~638). 숙보(叔寶)는 자. 울지경덕(尉遲敬德)과 함께 당
　 태종의 두 용장(勇將)으로 꼽힌다. 전투에서 항상 앞장서 적장의 머리를 베었다.

58) 울지경덕(尉遲敬德) : 울지공(尉遲恭, 585~658). 자는 경덕(敬德). 당 태종 이세민과 함
　 께 여러 나라를 원정 다니며 공을 세웠다. 이세민이 전장에서 위험에 빠졌을 때 울지공이
　 나타나 구하였다.

59) 이정(李靖)은 병법에 밝았고 : 이정(571~649)은 병법에 뛰어나 당 태종을 따라 여러 차례
　 출전하여 공을 세웠다. 당 태종과 병법에 대해 자주 토론하였으며, 이 대화를 모은 『이위공
　 문대(李衛公問對)』는 이른바 '무경칠서(武經七書)'의 하나로 전한다. 제갈량의 팔진법(八
　 陣法)에 의거하여 육화진(六花陣)이라는 진법을 창안하기도 하였다.

60) 봉덕이(封德彝)는 국사에 힘썼고 : 봉륜(封倫, 568~627). 덕이(德彝)는 자(字). 원래 수
　 (隋) 나라에서 벼슬하였으나 당에 귀화하였다. 당 태종이 치세(治世)의 방법을 묻자 시무(時
　 務)에 입각한 형법설(刑法說)을 아뢰었다.

61) 방현령(房玄齡) : 578~648. 18세에 수나라의 진사(進士)가 되었다가 당나라가 일어나자
　 태종의 세력에 가담하여 측근으로 활약하였다. 정치에 밝고 공평한 태도로 일관하였기 때문
　 에 두여회(杜如晦)와 더불어 현상(賢相)이라는 칭송을 받았으며, 정관지치(貞觀之治)는 그
　 들에게 힘입은 바가 컸다. 태종의 신임이 지극하여 고구려 공격 때에는 장안(長安)에 남아
　 성을 지키기도 하였다.

62) 굴돌통(屈突通) : 557~628. 원래 수나라의 장수로 당 고조에게 장안이 함락된 후 휘하
　 군사들이 당에 투항하자 사로잡혔다. 고조는 수나라에 충성을 다하려는 굴돌통을 풀어주고
　 이세민의 수하로 삼았다. 이후 굴돌통은 이세민을 도와 많은 공을 세웠다. 신중하여 전쟁에
　 서 대승을 거두지는 못했지만 패배하지도 않았다.

63) 유문정(劉文靜) : 수나라 말기 각지에서 군웅이 봉기하자 유문정은 당시 태원(太原) 유수
　 (留守)였던 이연(李淵)과 이세민을 설득하여 군사를 일으키도록 했다. 이후 당나라가 천하
　 를 차지하는 데 큰 공을 세웠다. 『구당서(舊唐書)』「유문정열전(劉文靜列傳)」.

도왔습니다.”

송 태조가 말하였다.

“조보(趙普)는 지모(智謀)가 넉넉하였고,65) 조빈(曹彬)은 용맹과 지략을 모두 갖추었고,66) 석수신(石守信)67)은 풍채가 위엄 있어 늠름하였고, 묘훈(苗訓)68)은 뛰어난 기상이 당당하였고, 이방(李昉)69)과 범질(范質)70)은 안으로 정치[文彩]를 도왔고, 왕전빈(王全斌)71)과 이한초(李漢超)72)는 밖으로 도적떼를 제압하였습니다. 비록 인재들이 있으나 과인

---

64) 이적(李勣) : ?~669. 수나라 말기 이밀의 수하로 있다가 이밀이 당나라에 항복하자 당나라에 귀순하여 이정(李靖)과 함께 태종을 도와 당나라의 국내 통일에 힘썼다. 일의 추세를 보아 신중히 결정하는 처세로 ‘현무문(玄武門)의 변(變)’ 때 황위를 다투는 이건성과 이세민의 어느 쪽에도 가담하지 않아 더욱 이세민의 신임을 얻었다.

65) 조보(趙普)는 지모(智謀)가 넉넉하였고 : 조보(922~992)는 후주(後周) 때 조광윤(趙匡胤)의 막료가 되어 그를 황위에 올리는 데 공헌하였다. 송 태조의 신임이 두터웠고 종종 태조에게 헌책하여 내외 치정(治政)에 막대한 영향을 끼쳤다. 송 건국 후 변방 세력을 진압하고, 무관의 군사력을 약화시키고 문신을 중용하는 등 조보의 계책에 따라 일을 처리함으로써 송나라는 왕권을 강화하고 지배 체제를 확립할 수 있었다.

66) 조빈(曹彬)은 용맹과 지략을 모두 갖추었고 : 931~999. 조빈은 송 태조를 도와 북송을 세운 개국공신으로, 무예와 지략이 뛰어났을 뿐 아니라 촉(蜀) 땅과 강남을 정벌할 때 한 사람도 함부로 죽이지 않을 만큼 덕을 지녔다고 한다. 『송사(宋史)』 「조빈열전(曹彬列傳)」.

67) 석수신(石守信) : 928~984. 송나라 개봉(開封) 준의(浚儀) 사람. 후주(後周) 때 전공을 세웠고 조광윤과 의형제를 맺었으며, 조광윤이 송나라를 세우는데 공을 세웠다.

68) 묘훈(苗訓) : 송나라 태조 때 사람. 하중(河中) 출신으로, 하늘을 보고 점을 치는 것을 잘 하였음. 후주 말엽 북쪽을 정벌할 때, 하늘의 별을 보고 송나라 태조가 천자가 될 것이라 예언하였음

69) 이방(李昉) : 925~996. 북송 초의 문신으로 간언을 잘했다. 일찍이 태종의 명을 받아 『태평광기(太平廣記)』, 『태평어람(太平御覽)』, 『문원(文苑)』, 『구오대사(舊五代史)』 등의 편찬을 도맡아 하였다.

70) 범질(范質) : 911~964. 당 말기에 지제고(知制誥)를 지내고, 후주(後周) 때 참지추밀원사(參知樞密院事)를 지냈으며, 북송 때 재상을 지내고 노국공(魯國公)에 봉해졌다. 건덕(乾德) 초에 교제정서의식(郊祭程序儀式)을 담당하며 남교행례도(南郊行禮圖)를 정하여 이로부터 송나라의 예의가 구비되었다.

71) 왕전빈(王全斌) : 908~976. 반란을 일으킨 이균(李筠)을 평정하는 데 참가하였고 964년에 후촉(後蜀)을 멸망시켰다.

72) 이한초(李漢超) : ?~977. 이한초가 관남(關南) 지역을 담당하고부터는 거란이 경계를 침범하지 못하였다.

은 자리 밖에서 코 골며 잤으니[73] 이를 어찌 창업이라 하겠습니까?"

한 고조가 말하였다.

"헌원(軒轅) 때는 치우(蚩尤)가 있었고[74] 요(堯)임금 때는 사흉(四凶)[75]이 있었으니 간신과 역적이 예로부터 지금까지 없었던 때가 없습니다. 비유하자면 이 무리들은 뱁새가 가지 하나를 차지하는 것[76]과 같고 교활한 토끼가 세 개의 굴을 뚫어 놓는 것[77]과 같으니 어찌 마음에 두겠습니까?"

인하여 명 태조의 신하들에 대해 물으니, 답하였다.

"공업을 이루지 못하였고 재주와 지혜를 시험하지 못하였으나 옛 사람들에게 비겨 말한다면, 유기(劉基)[78]와 서달(徐達)[79]은 장량과 이정의 지모(智謀)에 방불하고, 화운룡(花雲龍)[80]과 한성정(韓成正)[81]은 주가

---

73) 자리 밖에서 코 골며 잤으니 : 959년에 후주(後周) 세종(世宗)이 죽은 후 그 아들이 7살에 즉위하였다. 960년에 거란의 침략을 막으려 조광윤(송 태조)이 출정해서 개봉 북쪽 진교역에서 머물다가 술 취해 잠들어 있을 때 부하들이 그에게 황제 옷을 입혀 추대하였다.

74) 헌원(軒轅) 때는 치우(蚩尤)가 있었고 : 헌원은 삼황오제(三皇五帝) 중 한 명으로, 문자, 배, 수레 등을 창시한 인물로 알려져 있다. 헌원 시절에 치우가 난을 일으켰고, 헌원은 탁록(涿鹿)에서 치우를 물리쳤다. 『사기(史記)』 「오제본기(五帝本紀)」.

75) 사흉(四凶) : 요·순 임금 때 네 사람의 악인(惡人)인 공공(共工)·환도(驩兜)·삼묘(三苗)·곤(鯀).

76) 뱁새가 한 가지를 차지하는 것 : 『장자(莊子)』 「소요유(逍遙遊)」 "뱁새가 깊은 수풀에 깃들어도 가지 하나에 불과하다.[鷦鷯巢於深林, 不過一枝]"에서 나온 말이다.

77) 교활한 토끼가 세 개의 굴을 뚫어 놓는 것 : 몸을 피하는 방책. 서한(西漢) 유향(劉向)의 『전국책(戰國策)』 「제책(齊策)」에 나온다.

78) 유기(劉基) : 1311~1375. 명 초기의 정치가이자 학자. 절강성에서 의병을 일으켜 주원장을 도와 명나라 개국 공신이 되었으며, 군위법(軍衛法)을 비롯한 명 나라 초기의 제도를 마련한 중심인물이다. 저서로는 『성의백문집(誠意伯文集)』과 우언체 산문집 『욱리자(郁離子)』가 있다. 『명사(明史)』 「유기열전(劉基列傳)」.

79) 서달(徐達) : 1332~1385. 처음에 곽자흥(郭子興)의 부장(部將)으로 있다가 뒤에 주원장을 따라 여러 전쟁에 출전하였다. 손덕애(孫德崖)에게 붙잡힌 주원장을 구출한 뒤 신임을 받아 통군원수(統軍元帥)가 되었고 원나라를 정벌할 때 25만의 군대를 총지휘하였다. 주원장이 즉위하자 무관(武官) 제일로 뽑혔다.

80) 화운룡(花雲龍) : 1332~1374. 주원장을 따라 정벌에 나서 공적을 쌓아 회안후(淮安侯)에 봉해졌다. 연왕부(燕王府)를 세우고 북평성(北平城)을 증축하였다.

와 기신 같은 충성을 지녔고, 이선장(李善長)82)과 상우춘(常遇春)83)은
조빈과 울지경덕의 용맹에 비할 수 있고, 모영(毛穎)84)과 호대해(胡大
海)85)는 번쾌와 설인귀의 무용(武勇)에 비할 수 있습니다. 이밖에 문무
를 겸비한 자들이 많습니다."

당 태종이 말하였다.

"이러한 성대한 잔치는 고금에 없었습니다.〈200〉원컨대, 중흥(中
興)한 군주들을 청하여 함께 즐김이 어떠하겠습니까?"

세 황제들이 말하였다.

"마음에 매우 합당하오."

한 고조는 수하(隨何)를 보내어 광무제(光武帝)와 소열제(昭烈帝)를 청
하였다. 당 태종은 배적(裵寂)을 보내어 숙종(肅宗)을 청하였고 송 태조
는 이방(李昉)을 보내어 고종(高宗)을 청하였다. 잠시 후 문 밖에 거마
소리가 시끌벅적하게 들리더니 문지기가 달려 들어와 아뢰었다.

"네 군주께서 도착하였습니다."

첫 번째는 광무제와 좌우에 시위한 신하들로 등우(鄧禹), 오한(吳漢),
가복(賈復), 두무(杜茂), 마원(馬援), 구순(寇恂), 경감(耿弇), 장궁(臧宮), 마
무(馬武), 풍이(馮異), 왕패(王霸), 비융(邳彤), 요기(銚期) 등이었다. 두 번
째는 소열제와 전후에 시위한 신하들로 제갈량(諸葛亮), 관우(關羽), 장

81) 한성정(韓成正) : 미상.

82) 이선장(李善長) : 1314~1390. 주원장의 휘하에 들어가 서기가 되었다. 법가(法家)의 학문
에 능통하였으며 근거지였던 남경(南京) 경영에 주력했고 행정과 재정 기구를 정립하는 등
명 왕조의 기초 확립에 힘썼다.

83) 상우춘(常遇春) : 1330~1369. 용맹하고 과감한 명장으로서 이름이 높았다. 1355년 주원
장의 휘하에 들어가 진우량(陳友諒), 장사성(張士誠) 등의 군웅(群雄)을 항복시키는 데 큰
공을 세웠다. 서달(徐達)과 함께 북방 정벌에 나서 원나라 수도를 함락시키고 원 순제(順帝)
를 북쪽으로 몰아냈으나 개선 도중 급사하였다.

84) 모영(毛穎) : 미상.

85) 호대해(胡大海) : ?~1362. 자는 통보(通甫). 신체가 우람하고 용력이 뛰어나 군중에서 선봉
에 섰다. 글을 몰랐지만 선비를 대우할 줄 알아 유기(劉基)와 송염(宋濂) 등을 추천하였다.

비(張飛), 조운(趙雲), 마초(馬超), 황충(黃忠), 방통(龐統), 법정(法正), 강유(姜維), 장완(蔣琬), 비위(費禕), 허정(許靖) 등이었다. 세 번째는 당 숙종과 시위한 신하들로 이필(李泌), 곽자의(郭子儀), 이광필(李光弼), 뇌만춘(雷萬春), 남제운(南齊雲), 장순(張巡), 허원(許遠) 등이었다. 네 번째는 송 고종과 시위한 신하들로 악비(岳飛), 장준(張浚), 조정(趙鼎), 진덕수(眞德秀), 한세충(韓世忠) 등이었다. 사람들은 맹호 같았고 말들은 비룡 같았다. 바로 법당(法堂)으로 들어와 예를 갖춰 안부를 여쭌 후 동쪽 누각으로 가 자리에 앉았다.

장량(張良)이 앞으로 나와 아뢰었다.

"여러 신하들이 섞여 있고 반열이 정해지지 않았으니 장수와 재상 중 충(忠)과 지혜와 용맹과 지략 있는 자들을 다섯 대열로 나누면 여유 있게 움직여 거의 질서정연한 모습이 될 것입니다."

좌중이 모두 말하였다.

"그 말이《201》지극하도다."

곧 번쾌에게 명하여 오색기를 남쪽 누각 옆에 세우고 세 번 북을 치고서 세 번 외치게 했다.

"재상의 재주를 가진 자는 모두 홍기(紅旗) 아래로 가고, 장수의 재주를 지닌 자는 모두 흑기 아래로 가고, 충의를 품은 자는 모두 황기 아래로 가고, 용력이 있는 자는 백기 아래로 가고, 지모가 있는 자는 청기 아래로 가시오!"

사람들이 서로 돌아보며 말이 없다가 끝내 나서지 않았다. 또 북을 치며 외치기를,

"임금의 명은 지체할 수 없으니 받들어 속히 행하시오!"

하자, 위징(魏徵)이 앞으로 나와 아뢰었다.

"고금의 장수와 재상들이 비록 장수와 재상의 재주를 지녔어도 스스로 천거하게 하는 것은 신하를 예로 대접하는 것이 아닙니다. 공평하고

정직한 선비를 택하여 여러 신하들의 우열을 가리도록 하는 것이 좋겠습니다."

한 고조가 말하였다.

"누가 이 소임을 맡을 수 있겠는가?"

대답하였다.

"신하를 아는 것은 군주만 한 이가 없는데 하물며 성주(聖主)의 성대한 모임에서이겠습니까?"

한 고조가 세 황제를 돌아보며 말하였다.

"이 말에 일리가 있으니 각각 임무를 맡을 만한 이를 천거하시오."

당 태종은 소하(蕭何)가 마땅하다고 여겼다. 송 태조가 말하였다.

"과인은 이정(李靖)이 마땅하다 여깁니다."

명 태조가 말하였다.

"한 가지 지혜와 한 가지 재능을 지닌 선비가 어느 시대인들 없겠습니까? 반드시 소부(巢父)의 은일86)과 이윤(伊尹)의 현명함87), 백이(伯夷)의 절개88), 용방(龍逢)의 충성89)을 지니고 주공(周公)과 같이 나라를 경

---

86) 소부(巢父)의 은일 : 소부는 요(堯) 임금 때 살았다는 은사(隱士)로, 속세를 떠나 산의 나무에서 살았다 하여 이름이 붙여졌다. 요 임금이 허유(許由)에게 왕위를 물려주려 하자 허유는 귀가 더럽혀졌다고 영천(潁川)에서 귀를 씻고 기산(箕山)으로 들어가서 은거하였다. 이에 소부는 영천의 물이 더럽혀졌다 하여 몰고 온 소에게 마시지 못하게 하였다. 『열선전(列仙傳)』.

87) 이윤(伊尹)의 현명함 : 탕왕(湯王)을 도와 폭군 하(夏) 걸왕(桀王)을 몰아내고 상(商)나라를 세웠다. 탕왕이 죽은 후 태갑(太甲)이 왕위에 올랐으나 방탕한 생활로 정치를 제대로 다스리지 못하였다. 이윤은 태갑을 유폐시키고 섭정하다가 3년 뒤 태갑이 자신의 잘못을 뉘우치자 다시 왕위에 올려 선정을 펼치도록 도왔다. 『서경(書經)』.

88) 백이(伯夷)의 절개 : 주(周) 무왕(武王)이 폭군 은(殷) 주왕(紂王)을 정벌하려 하자 그의 말고삐를 붙잡고 신하가 임금을 토벌할 수 없다며 간하였으나 받아들여지지 않았다. 은나라가 멸망한 후 백이는 주나라의 곡식을 먹을 수 없다며 수양산으로 들어가 숨어 살며 고사리로 연명하다 굶어 죽었다. 『사기』「백이열전(伯夷列傳)」.

89) 용방(龍逢)의 충성 : 용방은 하(夏)나라의 충신으로 걸왕(桀王)의 무도함을 간언했다가 죽임을 당했다.

영하고 주군을 보좌한 자90), 태공(太公)과 같이 장수와 재상의 벼슬을 모두 지낸 자91)라야 임무를 맡길 수 있습니다. 전에 들으니, 서촉(西蜀)의 제갈량이 천지를 경영할 재주를 품었고 나라를 안정시킬 지모를 지녔다 하니 이 사람이 아니면 임무를 맡길 수 없습니다."

좌중이 모두 말하였다.

"황제의 말씀이 옳습니다."

조보(趙普)가 간하기를,

"제갈량은 통일의 공업이 없으니 이 임무를 맡길 수 없습니다."

라고 하자, 송 태조가 급히〈202〉말하였다.

"지혜와 계략은 사람에게 달렸고 흥망은 하늘에 달렸는데 경의 말과 같으면 자사(子思)92)와 맹자(孟子)가 소진(蘇秦)93)과 장의(張儀)94)만 못한 것이오? 공명의 도호(道號)는 와룡(臥龍)이고 남양(南陽)에서 한가로이 지내며 무릎을 안고 길게 읊조렸고 키는 조금 작으나 마음은 뜬구름

90) 주공(周公)과 같이 나라를 경영하고 주군을 보좌한 자 : 주공은 주 문왕(文王)의 아들이자 무왕(武王)의 동생으로 이름은 단(旦)이다. 무왕이 죽은 뒤 나이 어린 성왕(成王)이 왕위에 오르자 섭정(攝政)이 되었다. 주왕(紂王)의 아들 무경(武庚)과 주공의 동생 관숙(管叔)·채숙(蔡叔) 등이 일으킨 반란을 진압하고 성왕을 도와 주 왕조의 기초를 확립하였다. 예악(禮樂)과 법도를 제정하여 주 왕실의 제도를 정비하였다.

91) 태공(太公)과 같이 장수와 재상의 벼슬을 모두 지낸 자 : 태공의 본명은 강상(姜尙)이다. 그의 선조가 여(呂) 땅에 봉하여져 여상(呂尙)이라고도 하고 문왕이 바라던 인물이라는 뜻으로 태공망(太公望)이라고도 한다. 인재를 찾던 문왕(文王)이 위수(渭水)에서 낚시를 하던 태공을 만나 그의 비범함을 알아보고 재상으로 등용하였다. 무왕(武王)을 도와 은 주왕(紂王)을 멸망시키고 천하를 평정하였으며, 그 공으로 제나라 제후에 봉해졌다. 병법가로서의 재주도 뛰어나 병서(兵書)『육도(六韜)』를 지었다고도 한다.

92) 자사(子思) : 공자의 손자로, 『중용(中庸)』을 지었다고 알려져 있다.

93) 소진(蘇秦) : 전국 시대의 유세가(遊說家). 여러 제국들이 강국인 진(秦)나라의 침략을 두려워하고 있을 때 연(燕)·조(趙)·한(韓)·위(魏)·제(齊)·초(楚)의 여러 나라를 설득시켜 남북을 잇는 여섯 나라의 합종(合從)에 성공, 진나라에 대항케 했다. 이로써 소진은 여섯 나라의 재상이 되었고 진나라는 십여 년간 동방으로 진출하지 못하였다.

94) 장의(張儀) : 소진(蘇秦)과 더불어 전국 시대의 유세가. 진(秦) 혜문왕(惠文王) 때 재상이 되어 위(魏)·조(趙)·한(韓) 등 동서로 잇닿은[連橫] 여섯 나라를 설득하여 진(秦)나라를 중심으로 하는 동맹관계를 맺게 하였다.

과 같았고 천성을 보전하여 이름이 세상에 드날리기를 바라지 않았으
니 허유(許由)95)의 짝이며 수감(水鑑)96)의 벗이오. 초려(草廬)를 나설 때
병사는 천이 되지 않았고 장수는 열이 되지 않았으나, 박망(博望)에서는
진영을 불태우고 도망가는 것처럼 꾸몄고97) 백하(白河)에서는 물을 이
용하여 조조의 간담을 몇 갈래로 찢어 놓았소98). 일찍이 송곳 꽂을 만
한 땅도 없었지만 삼국이 병립하는 형세를 이루었고, 여섯 번 기산(祈
山)에 나가 싸워 중달(仲達)의 혼을 빼앗았고99), 맹획(孟獲)을 일곱 번
잡았다가 풀어주어100) 남쪽 사람을 복종시켰소. 하늘이 돕지 않아 오
장원(五丈原)에서 별이 떨어졌으니101) 승패로 영웅을 논할 수 없소. 어

95) 허유(許由) : 요(堯) 임금 때 살았다는 은사(隱士)로, 요 임금이 허유에게 왕위를 물려주려
하자 허유는 귀가 더럽혀졌다며 영천(潁川)에서 귀를 씻고 기산(箕山)으로 들어가서 은거하
였다.
96) 수감(水鑑) : '수경(水鏡)'의 다른 말. 후한(後漢) 때 은사(隱士)인 사마휘(司馬徽)가 사람
을 알아보는 재주가 있어 붙여진 칭호이다. 그는 유비에게 제갈량과 방통을 추천하며 "두
사람 중 한 명만 얻어도 천하를 평정할 수 있다."고 하였다.
97) 박망(博望)에서는~것처럼 꾸몄고 : 유표(劉表)가 유비를 시켜 박망에서 조조의 부하 하후
돈(夏侯惇)을 막아 싸우게 하였다. 유비가 복병을 숨긴 후 주둔지를 불태우고 거짓으로 달
아나자 하후돈이 그를 추격하다 복병에게 패하였다(『삼국지』「선주전(先主傳)」). 『삼국지
연의』에서는 제갈량의 계책에 따라 조운이 적을 유인하고 박망파(博望坡) 뒤에 군사를 매복
시켜 하후돈의 군사가 이르렀을 때 불을 질러 물리쳤다. 이 전투는 제갈량이 산에서 내려온
후 세운 첫 번째 공이 되며, 이후 관우·장비 등의 장수들이 제갈량을 진심으로 존경하고
따른다.
98) 백하(白河)에서는~찢어 놓았소 : 조조가 대군을 이끌고 형주 정벌에 나서자 제갈량은
조조의 선봉 부대를 신야(新野)성으로 유인하여 밤에 불화살로 공격하였다. 대패한 조조군
이 허겁지겁 달아나 백하에 이르렀을 때 관우가 미리 막아 놓은 강물을 터서 조조군의 대부
분이 물에 빠져 죽었다. 『삼국지연의』.
99) 여섯 번 기산(祈山)에~혼을 빼앗았고 : 기산은 천수(天水)와 한중(漢中)으로 통하는 요충
지. 제갈량이 세 차례 기산을 공격하자 위(魏)나라는 사마의(司馬懿, 중달)를 도독으로 삼
아 막게 하였다. 제갈량은 세 차례 기산을 공격하여 사마의의 계략에도 불구하고 위군을
대파하였고, 사마의는 성을 지키기만 하고 나오지 않았다(『삼국지연의』). 『삼국지』「제갈
량전(諸葛亮傳)」에 의하면 제갈량이 기산에 나간 것은 두 차례이다.
100) 맹획(孟獲)을 일곱 번 잡았다가 풀어주어 : 맹획이 군사를 일으켜 촉에 반기를 들자 제갈
량이 남정(南征)하면서 그를 일곱 번 잡았다가 일곱 번 놓아주었다. 이에 맹획은 다시는
반역하지 않겠다고 맹세하였다.

찌 드러나지 않는 흠으로 백옥을 버리겠소?"

즉시 공명을 나오게 하였다. 그의 인품과 법도가 뛰어나고 행동거지가 맑고 깨끗하며 고금의 영웅을 내려다보았으며 가슴 속에 천지조화를 품었고 표연함이 신선과 같았다. 황제가 말하였다.

"여러 나라 신하들의 반열이 정해지지 않았으니 경은 마땅히 높고 낮음을 가려 차례를 나눠 정하시오."

공명이 사양하며 말하였다.

"신의 용렬한 재주로 어찌 감히 이 중대한 임무를 감당할 수 있겠습니까? 감히 명을 받들지 못하겠습니다."

황제가 말하였다.

"경은 사양하지 말고 속히 임무를 행하시오."

공명이 여러 차례 사양하였으나 황제는 듣지 않았다. 공명이 성은에 감사하며 자리의 차례를 정하려 할〈203〉즈음에 문득 보고가 들어왔다.

"진(秦) 시황(始皇)과 진(晉) 무제(武帝), 수(隋) 문제(文帝), 초(楚) 패왕(伯王, 항우)의 격문이 이르렀습니다."

공명이 자리 위로 그 말을 전달하자, 한 고조는 눈살을 찌푸리며 말하였다.

"이들은 인정이 없는 자들이오. 쫓아버리는 것이 어떻겠소?"

송 태조가 말하였다.

"가는 자는 좇지 아니하고 오는 자는 막지 않는 법이니, 잘 맞아들이는 것이 좋겠습니다."

공명이 말하였다.

"신에게 계책이 있습니다. 진 시황을 동쪽 누각으로 가게 하고 초

---

101) 오장원(五丈原)에서 별이 떨어졌으니 : 제갈량은 마지막 북벌을 할 때 오장원에서 사마의와 백여 일을 대치하다가 죽었다. 『삼국지연의』에서는 제갈량이 죽을 때 별이 떨어졌다고 하였다.

패왕을 서쪽 누각에 가게 하면 자연히 조용해질 것입니다.”

한 고조가 말하였다.

“그 계책이 실로 신묘하도다.”

하고는 왕희지를 불러 깃발에 크게 글씨를 써서 문 바깥에 세우게 하였는데, 그 방(榜)에는 다음과 같이 쓰여 있었다.

‘나라를 중흥시킨 자는 동쪽 누각으로 가고, 패자(覇者)는 서쪽 누각으로 간다. 창업을 한 군주가 아니면 법당(法堂)에 들 수 없다.’

오래지 않아 진 시황이 섬리마(纖離馬)[102]를 타고, 태아검(太阿劍)[103]을 차고, 취봉기(翠鳳旗)[104]를 세우고, 영타고(靈鼉鼓)[105]를 치며 나타났는데, 호령 소리는 엄숙하였으며 위풍은 늠름하였다. 왼쪽에는 이사(李斯)·모초(茅焦)·왕전(王剪)이, 오른쪽에는 몽염(蒙恬)·장한(章邯)·왕분(王賁)이 호위하였다. 진 무제는 황금수레를 타고 백옥홀을 들었으며 붉은 비단우산을 나부끼고 그림이 그려진 북을 치며 나타났는데, 의관이 빛나 광채가 찬란하였다. 왼쪽에는 장화(張華)·위관(衛瓘)·산도(山濤)·왕준(王濬)이, 오른쪽에는 등애(鄧艾)·종회(鍾會)·양호(羊祜)·두예(杜預)가 따랐다. 수 문제는 옥 수레를 타고 자금관(紫金冠)을 쓰고 나타났는데, 깃발이 어지러이 휘날렸고 창칼이 나란히 줄을 섰다. 그 기상이 늠름하였고 모양새가〈204〉화려하였다. 왼쪽에는 왕통(王通)·설도형(薛道衡)·고경(高熲)이, 오른쪽에는 이악(李諤)·한금호(韓擒虎)·하약필(賀若

---

102) 섬리마(纖離馬) : 명마 이름. 조보(造父)가 과보산(誇父山)에서 야생마 떼를 보았는데 화류(驊騮)·녹이(綠耳)·도려(盜驪)·기기(騏驥)·섬리(纖離)라는 명마를 얻어 주(周) 목왕(穆王)에게 바치자 목왕이 조보를 마부로 삼아 서왕모(西王母)를 만나러 갔다고 한다.

103) 태아검(太阿劍) : 명검 이름. 춘추시대 때 유명한 대장장이인 간장(干將)과 구야자(歐冶子)가 초왕의 부탁을 받고 용천(龍泉, 또는 용연(龍淵)), 태아(太阿), 공포(工布)라는 이름의 명검 3개를 만들었다고 한다.

104) 취봉기(翠鳳旗) : 물총새와 봉황의 깃으로 꾸민 깃발.

105) 영타고(靈鼉鼓) : ‘북’을 관습적으로 표현하는 말. 이상 진 시황에 대한 묘사는 『사기(史記)』 「이사열전(李斯列傳)」의 내용을 이용하였다.

弼)이 호위하였다.

시황이 곧장 법당으로 가려 하자, 공명이 그 앞을 막아서고는 말하였다.

"창업을 한 군주가 아니면 법당에 들어갈 수 없습니다."

시황이 노하여 말하였다.

"과인은 온 세상을 병탄(倂呑)하였고, 위엄이 사해(四海)에 진동하였다. 어찌 창업한 것이 아니겠는가?"

공명이 말하였다.

"신이 듣기로, 폐하께서는 옛 사업을 이어받고 남겨진 계책을 따라서 이주(二周)106)를 병합하였고 여섯 나라107)를 멸하셨으니, 공업이 비록 크다고는 하나 사리로 따져본다면 중흥을 하신 것이지 창업은 아닙니다. 어찌 폐하의 공업을 선왕에게 돌리고 중흥을 자처하시지 않습니까?"

진 시황은 화를 참고서 동쪽 누각으로 갔다.

항왕(項王)이 오추마(烏騅馬)108)를 타고 손에는 철편을 들었는데 용맹과 지략은 하늘로 치솟고 굳센 기운은 해를 뚫을 만하였다. 분연히 이르렀는데, 왼쪽으로는 범증(范增)·종리매(鍾離昧)·용저(龍且), 오른쪽으로는 주란(周蘭)·환초(桓楚)·항장(項莊)이 따랐다.

항왕이 물었다.

"연회를 주관하는 이는 누구인가?"

공명이 대답하였다.

"한 고조께서 당·송·명의 세 창업 군주와 더불어 태평연(太平宴)109)

---

106) 이주(二周) : 동주(東周)와 서주(西周). 『사기』「진시황본기(秦始皇本紀)」에 '동쪽으로는 형양(滎陽)에 이르러 이주를 멸하였다.'고 하였다.
107) 여섯 나라 : 조(趙)·위(魏)·한(韓)·제(齊)·연(燕)·초(楚)를 가리킨다.
108) 오추마(烏騅馬) : 검은 털과 흰 털이 섞인 말로, 항우가 탔다는 준마.
109) 태평연(太平宴) : 전쟁에서 승리한 후 벌이는 잔치.

을 열고 계십니다. 대왕께서 오실 줄 몰랐는데, 다행입니다."

항왕은 하늘을 우러러 탄식하며 말하였다.

"천지가 번복되고 일월이 차고 기울었구나. 어찌 유계(劉季)110)가 주인이 되고 내가 객이 될 줄 알았으랴?"

그리고는 바로 법당으로 가려 하자 공명이 앞을 막아서고는 말하였다.

"대왕은 창업을 이룬 공이 없으시기 때문에 이 자리에 참석하실 수가 없습니다."

항왕이 크게 노하여 말하였다.

"내가 보기에는 유계는 젖먹이일 따름이다. 당시의 호걸들은 내 위풍을 보면 목을 움츠리고서는 쥐새끼처럼 달아났고⟨205⟩후세의 영웅들은 내 명성을 들으면 몸이 떨리고 간담이 서늘해졌으니, 누가 감히 나를 막겠는가?"

공명이 범증을 돌아보며 말하였다.

"제(齊) 환공(桓公)이 규구(葵丘)에서 회맹(會盟)할 때에, 한 차례 교만한 얼굴빛을 보이자 반심을 품은 나라가 아홉 나라였습니다.111) 천자 한 명에게 고개를 숙였다가 만인의 백성 위에 군림하는 것은 탕왕(湯王)과 무왕(武王)이 그러합니다.112) 성난 혈기로 뭇 사람들의 시비(是非)를 일으키니 대왕을 위해 받아들이지 않겠습니다."

항왕이 오랫동안 묵묵히 생각하다가 말하였다.

---

110) 유계(劉季) : 한 고조가 군사를 일으키기 전 패현(沛縣)에서 지낼 때 불리던 이름. 삼형제 중 막내이기 때문에 '계(季)'라고 불렸다.

111) 제(齊) 환공(桓公)이~아홉 나라였습니다 : 춘추 시대 제 환공이 관중(管仲)의 도움으로 맹주가 되어 규구에서 제후들과 회합하여 다섯 가지 맹약을 했는데, 주(周) 왕실이 점차 쇠퇴하고 제나라의 세력이 강대해지자 환공은 자만심이 생겨 천자만이 할 수 있는 봉선(封禪) 의식을 거행하려 하였다.

112) 천자 한 명에게~탕왕(湯王)과 무왕(武王)이 그러합니다 : 탕왕은 폭군 하(夏) 걸왕(桀王)을 내쫓고 은(殷)나라를 세웠으며, 무왕은 폭군 은(殷) 주왕(紂王)을 토벌하고 주(周)나라를 세웠다.

"차라리 닭의 머리가 될지언정 소의 꼬리가 되지는 않겠다. 나는 서쪽 누각의 주인이 되어서 홍문연(鴻門宴)113)을 다시 베풀리라."

그러고는 서쪽 누각으로 가서 자리를 정하였다.

공명은 오른손에는 깃털부채를 들고 왼손에는 상아홀을 잡고서 가운데에 서서 말하였다.

"이 중에서 패역(悖逆)하거나 나라를 어지럽게 한 자는 모두 떠나라."

왕망(王莽)114) · 동탁(董卓)115)의 무리가 떠나니 십여 명이었다. 공명은 하늘을 우러러 맹세하며 말하였다.

"공명은 재주가 없고 아는 것이 없으나 황제의 명을 받들어 영웅들의 우열을 가리려 하니 혹 한 치라도 사사로이 미워하는 바가 있다면, 천지신명이시여, 모두 밝게 살피소서."

문득 어떤 사람이 보고하기를,

"한 무제는 원수를 갚은 공이 있고,116) 당(唐) 헌종(憲宗)은 회서(淮西) 지방을 평정한 공이 있으며,117) 진(晉) 원제(元帝)는 강남 지역을 안정시

---

113) 홍문연(鴻門宴) : 항우가 범증(范增)의 계책에 따라 홍문(鴻門)에서 잔치를 열어 유방을 죽이려 하였다. 유방은 장량의 계책과 번쾌의 도움으로 무사히 도망갔다. 『사기』「항우본기(項羽本紀)」.

114) 왕망(王莽) : B.C. 45~23. 한 애제(哀帝)가 후사(后嗣) 없이 사망하자 왕망은 쿠데타로 실권을 잡아 9살의 평제(平帝)를 옹립하고 국정을 전단하였다. 그 후 평제를 독살하고 스스로 천자의 자리에 올라 국호를 신(新)이라 하였다.

115) 동탁(董卓) : ?~192. 동한(東漢) 말기 하진(何進)이 환관을 토멸하고자 할 때 그를 따라 군사를 거느리고 낙양(洛陽)으로 갔으나 하진이 환관(宦官)에게 죽고 이어 환관들이 원소(袁紹, 154~202)의 군대에 몰살되자, 낙양을 불사르고 장안(長安)으로 가 헌제(獻帝)를 옹립하고 정권을 잡았다. 그 후 그의 폭정에 대한 반대가 전국적으로 발생했으며 동탁은 여포(呂布, 150~199)에게 살해되었다.

116) 한 무제는 원수를 갚은 공이 있고 : 한 고조가 항우를 물리친 후 대군을 이끌고 흉노를 공격했다가 대패하고 포위당하여 굴욕적인 화친 조약을 맺은 후 풀려났다. 그 이후 한나라와 흉노의 갈등은 한 무제 때까지 지속되었다. 무제는 위청과 곽거병을 내세워 흉노를 외몽골로 내쫓고 하서(河西)에 있던 혼야왕(昆邪王)에게 항서를 받아냈다.

117) 당(唐) 헌종(憲宗)은 회서(淮西) 지방을 평정한 공이 있으며 : 당 헌종 때 오원제(吳元濟)가 회서(淮西)에서 반란을 일으키자, 승상 배도(裴度)와 장군 이소(李愬)로 하여금 토벌하

킨 업적이 있고,118) 송(宋) 신종(神宗)은 삼대(三代)의 풍모가 있어,119)
이 연회에 참여하기를 원하고 있습니다. 또 문 바깥에 뭇 영웅들이 무
수히 있습니다."

라고 하는데, 큰 소리로,

"성을 공략하고 천하를 호령한 자들이 어찌 이 자리에 참여하지 못하
겠는가?"

라며 곧 진승(陳勝)·조조(曹操)·원소(袁紹)·손책(孫策)·이밀(李密) 등이 왔다.

한 고조가 말하였다.

"진승은 밭두둑에서 몸을 일으킨 지 열흘 안에《206》왕을 칭하였
고,120) 조조는 오랑캐의 큰 난을 다스려 천하의 열 중 여덟을 얻었으
며, 손책은 강동(江東)에 할거하며 천하의 형세를 살폈으니, 이 세 사람
은 호걸이라 칭할 만하다."

이밀이 큰 소리로 말했다.

"화전을 일구던 농민 진승과 난신적자(亂臣賊子) 조조, 창 하나 지닌
필부(匹夫) 손책이 어찌 영웅이 되겠습니까?"

원소가 말하였다.

"나는 대대로 공후(公侯)를 지낸 집안 출신이며 한때의 맹주였는데,
어찌 영웅이라 하지 않겠습니까?"

경청(景淸)121)이 크게 꾸짖으며 말하였다.

게 하였다.

118) 진(晉) 원제(元帝)는 강남 지역을 안정시킨 업적이 있고 : 서진(西晉)이 멸망한 후 사마예
(司馬睿, 318~322)가 강남으로 내려와 건강(建康, 지금의 남경)에서 동진(東晉)을 건립하
였다.

119) 송(宋) 신종(神宗)은 삼대(三代)의 풍모가 있어 : 송 신종은 왕안석(王安石)을 등용하여
정치를 개혁하려 했다.

120) 진승은~왕을 칭하였고 : 진(秦) 말기 진승은 농민 반란군을 이끌고 '진승·오광의 난'을
일으켜 진성(陳城, 지금의 하남성(河南省) 회양(淮陽))을 점령한 뒤에 왕위에 올라 국호를
'장초(張楚)'라 하였다.

"원소는 의심이 뱃속에 가득 찼고 힐난이 가슴에 가득하여 충언을 채택하지 않았고 현명한 이를 알아보지 못하였다.[122] 이밀은 지식이 얕고 짧아 전쟁에 패해서 관중(關中)에 들어가 태사(台司)에 처해지기를 바랐다.[123] 금으로 된 활이나 옥으로 만든 화살, 흙으로 빚은 소나 기와로 빚은 말처럼 쓸모없는 자들이라 할 수 있을 것이다. 어찌 감히 저 세 사람에 비유하겠는가?"

이밀과 원소는 모두 성내며 떠나버렸다.

문을 열자 들어가기를 청하는 자가, 첫 번째는 한 무제로, 따르는 신하는 동중서(董仲舒), 곽광(霍光), 급암(汲黯), 동방삭(東方朔), 한안국(韓安國), 곽거병(霍去病), 위청(衛青), 이광(李廣) 등이었다. 두 번째는 당 헌종으로, 따르는 신하는 한유(韓愈), 육지(陸贄), 배도(裵度) 등이었다. 세 번째는 진 원제로, 따르는 신하는 주의(周顗), 왕도(王導), 도간(陶侃), 유곤(劉琨) 등이었다. 네 번째는 송 신종으로, 따르는 신하는 명도선생(明道先生), 범중엄(范仲淹), 구양수(歐陽修), 왕안석(王安石) 등이었다. 모두 서쪽 누각으로 갔다.

공명이 말하였다.

"한 고조 때의 장량(張良)은 여자와 같은 얼굴에 장부의 마음을 가졌고 황석공(黃石公)의 신발을 주워 다리 위에서 가르침을 받았고[124] 사구(沙

---

121) 경청(景淸) : 명 혜제(惠帝)의 신하로, 성조(成祖)를 찔러 혜제의 원수를 갚으려다가 실패하여 주살되었다.

122) 원소는 의심이 뱃속에~알아보지 못하였다 :

123) 이밀(李密)은 지식이 얕고~처해지기를 바랐다 : 이밀(582~618)은 수나라 말 와강채(瓦崗寨) 농민군의 수령이었는데 전투에 패하고서는 무리를 이끌고 이연(李淵)에게 투항하였다. 이에 이연이 사신을 여럿 보내 위로하였더니, 이밀은 스스로 태사(台司)의 지위를 얻을 수 있으리라 기대하였다. 투항한 후 광록경(光祿卿)·상주국(上柱國)에 봉해지고 형국공(邢國公) 벼슬을 하사받은 데 실망하여 반란을 도모하다가 이연에게 살해되었다.

124) 한 고조 때의 장량은~다리 위에서 가르침을 받았다 : 장량이 하비(下邳)의 이교(圯橋)가에서 어떤 노인을 만났는데 노인이 떨어뜨린 신발을 주워다 공손히 신겨 주자 그 노인이 장량에게 『태공병법(太公兵法)』을 전해 주었다. 『사기』 「유후세가(留侯世家)」

丘)에서 도망쳐125) 서쪽의 염한(炎漢)126)으로 돌아갔다가, 진(秦)나라를 멸하고 항우의 목을 취하여 만호후(萬戸侯)에 봉해졌습니다.〈207〉제왕의 스승이 되었으나 벽곡(辟穀)127)과 도인(導引)128)에 능하여, 적송자(赤松子)129)를 따라 노닐었으니, 이는 범려(范蠡)130)와 벗할 만합니다.

당 태종 때의 위징(魏徵)은 임금이 요순(堯舜)에 미치지 못함을 부끄러워하여 간쟁(諫諍)하는 것을 자신의 소임으로 삼았으니, 이는 비간(比干)131)의 무리입니다.

송 태조 때의 조빈(曹彬)은 강남으로 내려가 성 아래에 이르러 향을 사르고 맹세하기를 '가혹한 노략질은 절대 하지 않을 것이며 한 사람도 함부로 죽이지 않을 것'이라 하여, 승리하여 돌아올 때 행장이 가벼웠으니132), 이는 여상(呂尙, 강태공)의 무리입니다.

---

125) 사구(沙丘)에서 도망쳐 : 사구는 현재 하북성 평향현(平鄕縣) 부근으로 진시황이 병사한 곳. 사구는 박랑사의 오기인 듯함. 기원전 218년 장량이 박랑사(博浪沙)에서 진 시황을 저격하려다 실패하여 도주하였다.

126) 염한(炎漢) : 한나라의 별칭. 유향(劉向)의 오행상생설에 의거하여 황제(黃帝)는 토덕(土德)으로, 하(夏)는 금덕(金德)으로, 은(殷)은 수덕(水德)으로, 주(周)는 목덕(木德)으로, 한(漢)은 화덕(火德)으로 왕 노릇을 했다 하여 붙여진 이름이다.

127) 벽곡(辟穀) : 곡식을 먹지 않는 것. 도교의 수련법의 일종.

128) 도인(導引) : 기를 이끌어 몸으로 불러들이는 것.

129) 적송자(赤松子) : 신농씨(神農氏) 때의 우사(雨師). 뒷날 곤륜산에 들어가 신선이 되었다고 한다.

130) 범려(范蠡) : 춘추시대 월왕(越王) 구천(句踐)을 섬겨 월나라를 부흥시켰다. 오왕(吳王) 부차(夫差)에게 서시를 보내 주색에 빠지게 하여 오나라를 멸망시켰다. 그 후 범려는 가족을 데리고 제(齊)나라로 가 재상이 되었다가 다시 도(陶) 땅으로 가서 도주공(陶朱公)이라 칭하고 상업에 종사하며 유유자적하였다.

131) 비간(比干) : 은(殷) 주왕(紂王)이 폭정을 하자 여러 충신들이 떠났으나 비간은 계속 주왕에게 간언하였다. 이에 주왕은 화를 내며 '성인(聖人)의 심장에는 구멍이 일곱 개 있다고 들었다'며 비간을 죽여 심장을 꺼내게 하였다.

132) 송 태조 때의 조빈(曹彬)은~돌아올 때 행장이 가벼웠으니 : 강남을 정벌할 때 조빈은 전쟁으로 백성이 도탄에 빠질 것을 걱정하여 병을 핑계대고 나가려 하지 않았다. 장수들이 병문안하러 왔을 때 조빈이 '한 사람도 무고한 이를 죽이지 않으면 저절로 나을 것'이라 하자 장수들이 향을 피우며 그러겠노라 맹세하였다. 전쟁에서 승리한 후 다투어 전리품을 챙기던 이들과 달리 조빈은 돌아올 때 자신이 읽던 책과 몸에 걸친 옷뿐이었다.

명 태조 때의 유기(劉基)는 금릉(金陵)의 지기(地氣)를 내다보고 십 년 후의 임금을 알았으며 백세(百世) 후의 일을 내다보았으니[133], 이는 이윤(伊尹)의 무리입니다.

진 시황 때의 모초(茅焦)는 태후를 폐하려 하는 것을 보고 기름솥에 빠질 지경에서도 간언을 하며 죽음을 두려워하지 않았으니,[134] 이는 용방(龍逢)의 짝입니다.

한 무제 때의 동방삭(東方朔)은 삼 년 동안 책을 읽어 강과 바다를 뒤집을 변론과 음풍영월(吟風咏月)의 재주를 갖추었으니, 한 시대의 현사(賢士)입니다.

광무제 때의 등우(鄧禹)는 지팡이 짚고 한나라에 귀순하여 병사를 거느리고 정벌을 하여 개국원훈(開國元勳)이 되었으니,[135] 이는 만고의 영웅입니다.

소열제 때의 방통(龐統)은 백 일 동안 쌓인 공사(公事)를 잠깐 사이에 정확히 판결하였고[136] 천하를 삼분(三分)하는 계책을 한 마디로 정하였으니,[137] 이는 천추(千秋)의 지모(智謀)를 지닌 사람입니다.

---

133) 유기(劉基)는~백세(百世) 후의 일을 내다보았으니 : 유기(1311~1375)는 서북방에서 심상찮은 기운을 느끼고서 금릉(金陵)에서 주원장이 천자가 될 것임을 알았다. 주원장이 황제에 오른 뒤 유기에게 천하를 경륜할 일에 대해 묻자 유기는 〈소병가(燒餠歌)〉를 지었는데, 이는 중국의 미래를 은어로 예언한 것이라 한다. 『명사(明史)』「유기전(劉基傳)」.

134) 모초(茅焦)는 태후를 폐하려~죽음을 두려워하지 않았으니 : 진 시황이 태후를 옹(雍) 땅으로 내쫓고 이를 비판하는 신하들을 죽였는데도 모초는 굴하지 않고 진 시황의 무도함을 지적하여 잘못을 깨닫게 하였다.

135) 등우(鄧禹)는 말을 달려[杖策]~개국원훈(開國元勳)이 되었으니 : 산속에 은둔하던 등우(鄧禹)가 하북(河北)을 평정하러 출정했다는 소문을 듣고 즉시 황하를 건너가 유수를 만나 천하를 평정할 계획을 제시하였다.

136) 방통(龐統)은 백 일 동안~정확히 판결하였고 : 제갈량의 추천을 받은 방통(179~214)이 유비를 만나러 왔는데 유비는 그의 외모가 추한 것이 마음에 들지 않아 중용하지 않고 뇌양현령(耒陽縣令)으로 임명하였다. 이에 불만은 품은 방통은 뇌양현에 부임한 후 100여 일 동안 술만 마시며 정사를 돌보지 않았다. 상황을 살펴보러 온 장비가 죄를 다스리려 하자 방통은 반나절 만에 밀린 공무를 모두 처리했다. 『삼국지연의』.

137) 천하를 삼분(三分)하는 계책을 한 마디로 정하였으니 : 적벽대전 중 방통의 소문을 들은

진 무제 때의 장화(張華)는 두던 바둑판을 치우고 오나라를 취할 계책을 정하여 마침내 큰 공을 이루었으니,138) 이는 백세(百世)의 호걸입니다.

진 원제 때의 주의(周顗)는 충의가 안에서 격발하여 왕돈(王敦)을 크게 꾸짖었으니,139) 이는 만세에 강개(慷慨)한 기상을 지닌 사람입니다.

수 문제 때의 왕통(王通)은 궐에 들어가 십이조(十二條)의 계책을 올렸으나 받아들여지지 않자140) 〈208〉하분(河汾)으로 돌아와 가르침을 폈는데 멀리서부터 이른 제자가 대단히 많았습니다.141) 조정에서 여러 번 불렀으나 응하지 아니하고 '낡은 오두막집이나 비바람을 가리기에 족하고, 거친 밭이나 죽(粥)을 대기에 족하며, 글 읽고 도를 논하는 것은 업으로 삼기에 족하고, 휘파람 불고 거문고 타는 것은 낙으로 삼기에

조조가 그를 초대하여 병법에 대한 이야기를 나누었다. 방통의 청산유수 같은 대답에 조조는 깊이 감복하였고, 이 기회를 틈타 방통은 조조에게 수군을 조련시키는 방법으로 연환계(連環計)를 제안하였다. 조조는 그 제안을 받아들였고, 이는 주유가 조조군을 화공으로 격파하는 데 유리한 조건이 되었다. 적벽대전의 승리를 기점으로 천하는 위·촉·오로 나뉘었다. 『삼국지연의』.

138) 장화(張華)는 두던 바둑판을~큰 공을 이루었으니 : 장화(232~300)가 진 무제 사마염(司馬炎)과 바둑을 두고 있을 때 두예(杜預, 222~284)가 오나라를 토벌하자는 상소를 올렸다. 다른 사람들은 이에 반대하였으나 장화는 두던 바둑판을 치우고 오나라를 정벌해야 한다고 주장했다. 이에 진 무제는 오나라를 공격하여 통일 대업을 이루었다. 『진서(晉書)』.

139) 주의(周顗)는 충의가~크게 꾸짖었으니 : 반란을 일으킨 왕돈에게 주의(269~322)가 잡혀서 태묘(太廟)를 지날 때, 주의가 큰소리로 "천지 선제(先帝)의 혼령이시여. 적신(賊臣) 왕돈이 사직을 뒤덮고 충신을 함부로 죽이고 천하를 능멸하였습니다. 신령이 있다면 마땅히 왕돈을 죽여 왕실을 무너뜨리지 말게 하십시오!"라고 하였다. 좌우 군사들이 창으로 입을 찌르니 피가 땅에 가득했지만 주의는 얼굴빛이 변하지 않고 태연히 죽음에 임했다. 『진서(晉書)』.

140) 왕통(王通)은 궐에~받아들여지지 않자 : 왕통(584~617)은 어려서부터 영민하여 시·서·예·역(易)에 통달하였다. 문제(文帝)에게 〈태평십책(太平十策)〉을 올렸으나 채택되지 않았고, 다음 양제(煬帝)에게서 부름을 받았으나 응하지 않았다.

141) 하분(河汾)으로 돌아와~대단히 많았습니다 : 하분은 황하(黃河)와 분수(汾水)를 가리킨다. 수나라 말기 왕통이 황하(黃河)와 분수(汾水) 사이에서 가르침을 베풀어 제자가 천여 인이 되었다. 당나라 초기의 명신(名臣)인 방현령(房玄齡)·위징(魏徵)·이정(李靖) 등이 그 문하이다.

족합니다.'라고 하였으니, 이는 몸을 숨길 줄 아는 사람입니다.

　당 숙종 때의 이필(李泌)은 어려서부터 영민하여 당세에 널리 알려졌고 벼슬 없이 임금을 모셨으며, 마침내 중흥의 업을 이룬 뒤에는 재상직을 사양하고 영양(潁陽)으로 돌아와 살면서 성명(性命)을 보전하였으니,[142] 이는 기미를 아는 사람입니다.

　당 헌종 때의 한유(韓愈)는 문장이 바다와 같고 마음은 송백(松栢)과 같았으며 부지런히 성심을 다해 상소를 올렸으니,[143] 이는 군자의 풍모입니다.

　송 신종 때의 정자(程子)[144]는 공맹(孔孟)의 도를 이었으니, 이는 성현다운 인물입니다."

　반열(班列)을 다 정한 후에 홍기(紅旗)를 들고 소하(蕭何)에게 읍(揖)하고 말하였다.

　"당신께서는 지도를 취하여 형세를 알고, 관중(關中)을 다스리매 근본을 굳게 하고, 한신(韓信)을 추방하고 사방을 평정하였습니다. 곽광(霍光)[145]은 주공(周公)이 성왕(成王)을 업고 제후들을 조회한 도리[146]로

---

142) 이필(李泌)은 어려서부터~성명(性命)을 보전하였으니 : 이필(722~789)은 현종(玄宗) 때 한림학사(翰林學士)로서 동궁(東宮)을 보좌하여 동궁으로부터 융숭한 예우를 받았으나 양국충(楊國忠)의 미움을 사 영양(潁陽)에 가 숨어 살았다. 그 후 숙종(肅宗)·대종(代宗)·덕종(德宗) 대에 걸쳐서도 부름을 받고 나왔다가 곧 은거하였다. 『신당서(新唐書)』「이필열전(李泌列傳)」

143) 한유(韓愈)는 문장이~상소를 올렸으니 : 헌종 원화(元和) 14년(819), 52세 때 부처의 사리를 궁전에 모셔서는 안 된다는 〈논불골표(論佛骨表)〉를 올려, 헌종의 노여움을 사서 조주(潮州) 자사로 좌천되었다.

144) 정자(程子) : 송나라의 정명도(程明道, 1032~1085)와 정이천(程伊川, 1033~1107) 두 형제를 말하며 이(二)정자라고도 한다. 주염계(周簾溪)에게서 배우고 '이'(理)를 최고의 범주로 삼아 도학(道學)을 체계화하고 발전시켰다.

145) 곽광(霍光) : ?~B.C. 68. 전한(前漢)의 장군으로 무제(武帝)를 섬기다가 무제가 죽자 어린 소제(昭帝)를 보좌하여 대사마대장군(大司馬大將軍)이 되었다. 소제가 죽은 뒤 창읍왕(昌邑王) 하(賀)를 맞아 제(帝)로 삼았는데 음란하므로 폐하고 선제(宣帝)를 즉위시켰다. 정권을 잡은 20여 년 동안 과오가 없었다고 한다.

146) 주공(周公)이 성왕(成王)을 업고 제후들을 조회한 도리 : 주공은 무왕(武王)과 무왕의 아

써 어린 임금을 보필하고, 이윤(伊尹)이 태갑(太甲)을 폐한 일147)을 본받아 선제(宣帝)를 맞이하고 창읍(昌邑)을 폐하였습니다148). 장손무기(長孫無忌)는 삼척검(三尺劍)을 잡고 좌충우돌하며 충성을 다하여 마침내 대업을 이루었습니다. 방현령(房玄齡)은 힘써 나라를 받들매 아는 것을 행하지 않은 일이 없었습니다. 이상의 분들은 마땅히 첫 번째가 될 것입니다.

조참(曹參)은 옛 제도를 한결같이 준행하였습니다.149) 왕규(王珪)는 더러운 것을 배척하고 맑은 것을 받들며, 악한 것을 미워하고 선한 것을 좋아하였습니다.150) 장완(蔣琬)은 번다한 일을 당하여 홀로 여유로웠습니다.151) 이상의 분들은 마땅히 두 번째가 될 것입니다.

두여회(杜如晦)는 결단이 물 흐르듯 하였습니다. 대주(戴胄)는 충심이

들 성왕을 도와 주나라의 기초를 확립하였다. 무왕이 죽은 뒤 나이 어린 성왕이 제위에 오르자 섭정(攝政)이 되었다.

147) 이윤(伊尹)이 태갑(太甲)을 폐한 일 : 태갑은 은나라를 세운 탕왕(湯王)의 손자로, 황제의 자리에 오른 뒤 탕왕이 세운 제도를 무너뜨렸다. 탕왕을 도와 은나라를 세운 재상 이윤이 그 잘못을 지적하며 고치도록 간언하였으나 태갑이 여전히 제멋대로 하였으므로, 이윤은 그를 동(桐)으로 쫓아버렸다. 태갑이 그곳에서 잘못을 뉘우쳐 3년 동안 어질고 의로운 일을 행하였으므로 이윤이 그를 다시 제위에 앉혔다.

148) 선제(宣帝)를 맞이하고 창읍(昌邑)을 폐하였습니다 : 창읍은 한나라 창읍왕(昌邑王) 유하(劉賀). 말달리고 사냥하기를 좋아하여 황제가 된 뒤에도 그 행실을 고치지 않자 곽광이 그를 폐하고 선제를 세웠다.

149) 조참(曹參)은 옛 제도를 한결같이 준행하였습니다 : 조참은 진나라 패현(沛縣)의 옥리였는데 훗날 제나라 승상에 올랐다. 이때 유생들을 불러 정치에 대한 의견을 물었는데 의견이 분분하였다. 황노학이 청정무위하고 옛 제도를 잘 활용하면 정치가 잘 될 것이라 하였다. 『사기』 「조참열전」.

150) 왕규(王珪)는~선한 것을 좋아하였습니다 : 왕규(570~638)는 위징과 마찬가지로 처음에는 이건성을 섬겼으나 후에 당 태종이 중용하여 예부상서에 이르렀다. 직언을 잘 하였으며 위징과 함께 당 태종의 정관지치(貞觀之治)를 이루는 데 큰 도움을 주었다. 본문의 내용은 왕규가 당 태종에게 자신을 소개할 때 한 말이다.

151) 장완(蔣琬)은 번다한 일을 당하여 홀로 여유로웠습니다 : 장완(?~246)은 제갈량이 북방 정벌을 나설 때 후방에 남아 승상부의 일을 맡았는데 항상 넉넉한 양식과 충분한 군사를 제갈량의 북벌에 공급했다. 제갈량이 죽은 뒤 촉의 군정을 총괄하였으며, 나라를 다스림에 조리 정연했다.

맑고 공사를 바르게 하여 매번 임금의 좋지 않은 낯빛에 개의치 않고 법을 행하였으며 말은 솟는 샘물처럼 거침이 없었습니다.[152] 범증(范增)은 주인을 잘못 만나《209》그 뜻을 펴지 못하였으니, 일과 대책을 도모하여도 임금이 그 계책을 쓰지 않았고 알현하여 정성을 다하여도 임금이 그를 미더워하지 않았습니다.[153] 비유컨대 봉황이 가시나무에 깃들임 같고 용마가 소금 수레에 매인 것과 같았습니다. 이상의 분들은 마땅히 세 번째가 될 것입니다."

흑기(黑旗)를 들고 한신(韓信)에게 읍하고 말하였다.

"당신께서는 어둠을 버리고 밝음으로 투항하여 삼진(三秦)[154]을 멸하고 관중(關中)을 안정시키며 큰 계책을 앞장서 세우고 사해(四海)를 평정하였습니다. 마원(馬援)은 변방을 쓸어버리고 몸은 죽어 말가죽에 싸인 채 돌아왔습니다.[155] 서달(徐達)은 손빈(孫臏)[156]과 오기(吳起)[157]의 지

---

152) 대주(戴冑)는~거침이 없었습니다 : 대주는 성격이 정직하고 율령(律令)에 밝으며 문장도 해박하였다. 정관(貞觀) 원년에 당 태종이 조칙을 내려 허위로 음관(蔭官)이 된 자가 자수하지 않을 경우에는 사형에 처한다고 하였는데, 얼마 뒤 그러한 일이 발각되자 태종이 그를 죽이려 하였다. 그러나 대주가 법에 의거해서 유배를 보내야 한다고 하자, 태종은 자신의 신용을 잃게 하려는 것이냐며 노하였다. 이에 대주가 '국법은 나라가 온 세상에 큰 믿음을 보여 주기 위해서 반포한 것이니 법대로 결단하라'고 설득하자 태종은 그의 말에 따랐다. 또 정관 5년에 태종이 낙양궁(洛陽宮)을 수복하려 하자 상소를 올려 간언하기도 하였다. 『구당서(舊唐書)』「대주열전(戴冑列傳)」

153) 범증(范增)은~임금이 그를 미더워하지 않았습니다 : B.C. 227~204. 항우에게 아부(亞父)라는 존칭을 받았으나, 유방의 모사인 진평의 반간계에 빠진 항우에 의해 쫓겨나 천하를 떠돌다가 죽었다. 그 후 진실을 안 항우는 범증을 의심한 것을 후회하였다.

154) 삼진(三秦) : 진(秦)이 망한 후 항우가 관중(關中)을 삼분하여 진의 명장 장한(章邯)을 옹왕(雍王)에, 사마흔(司馬欣)을 새왕(塞王)에, 동예(董翳)를 적왕(翟王)에 봉하였다. 이를 삼진(三秦)이라 한다.

155) 마원(馬援)은~돌아왔습니다 : 마원(B.C. 14~A.D. 49)은 후한(後漢)의 장군으로 태중대부(太中大夫), 농서태수를 지내며 이민족을 토벌하였다. 노령에도 불구하고 남방의 무릉만(武陵蠻)을 토벌하러 출정하였으나 열병환자가 속출하여 고전하다가 진중에서 병들어 죽었다.

156) 손빈(孫臏) : 전국시대 제나라의 병법가. 손무(孫武)의 후손으로 귀곡선생(鬼谷先生)에게서 병법을 배워 B.C. 367년 경 위(魏)나라 군사를 계릉(桂陵)에서 크게 이기고, B.C. 353년 조(趙)나라를 도와 위(魏)나라를 하남(河南) 대량(大樑)에서 격파하여 명성이 높았다.

략이 있고 오획(烏獲)158)의 용맹이 있으니, 이상의 분들은 마땅히 첫 번째가 될 것입니다.

팽월(彭越)은 초나라를 배반하고 한나라로 돌아와 공훈을 세워159) 벼슬이 왕후(王侯)에 이르렀습니다. 풍이(馮異)는 점대(漸臺)에서 왕망(王莽)을 없애160) 한나라 사직을 회복하였습니다. 왕전(王翦)은 백발(白髮)로 정벌에 임하여 노익장(老益壯)을 보였으니,161) 이상의 분들은 마땅히 두 번째가 될 것입니다.

곽자의(郭子儀)는 재덕(才德)으로 장상(將相)을 겸임하고 위험한 곳을 두루 다니면서 동으로 역적을 치고 다시 이경(二京)162)을 회복하여 지존(至尊)을 맞았으니,163) 충의와 정성이 우러러 태양을 뚫고 도량은 크고 위대하여 품지 못한 것이 없었습니다. 모영(毛穎)은 운남(雲南)을 평

---

157) 오기(吳起) : B.C. 440~B.C. 381. 춘추전국시대의 병법가. 손무(孫武)와 병칭되는 병법가.

158) 오획(烏獲) : 진(秦)나라 무왕(武王)의 신하로 힘이 매우 셌다고 한다.

159) 팽월(彭越)은~공훈을 세워 : 초나라와 한나라의 팽성(彭城) 전투에서 팽성을 지키던 초나라의 장수 팽월이 평소 유방을 흠모하여 그에게 항복함으로써 팽성이 유방에게 쉽게 함락되었다.

160) 풍이(馮異)는 점대(漸臺)에서 왕망(王莽)을 없애 : 풍이(?~34)는 처음에는 왕망을 위해 유수(劉秀: 뒤의 광무제)에 항거했다가 뒤에 후한에 귀순하여 여러 번 전쟁터에 나갔다. 곤양(昆陽) 싸움에서 왕망은 궁 안의 점대에 올라 싸우다가 한나라 군사에게 주살되었다.

161) 왕전(王翦)은~노익장을 보였으니 : 왕전은 전국시대 진(秦)의 장수로 천하통일에 큰 공을 세웠다. B.C. 224년 진 시황이 초나라를 정벌할 계획을 세울 때 젊은 장수인 이신(李信)은 20만의 병력이면 가능하다고 했지만 왕전은 60만이 아니면 어렵다고 했다. 진 시황은 왕전(王翦)이 이미 늙었다며 이신(李信)과 몽염(蒙恬)을 장군으로 삼아 20만의 병력으로 초(楚)를 공격했으나 실패했다. 이에 진 시황은 다시 왕전을 장군으로 삼아 60만 병력을 주었고, 왕전은 초군이 싸움을 걸어와도 응하지 않고 병사들이 충분히 쉬면서 체력을 쌓을 수 있도록 하면서 초군이 방심한 틈을 타 기습하여 승리를 거두었다.

162) 이경(二京) : 동쪽과 서쪽에 있는 두 서울. 동경(東京)은 낙양(洛陽), 서경(西京)은 장안(長安).

163) 곽자의(郭子儀)는~지존(至尊)을 맞았으니 : 곽자의(696~781)는 당나라의 무장. 안녹산(安祿山)의 난이 일어나자 중원(中元)의 반란군을 토벌했고 위구르의 원군을 얻어 장안과 낙양을 수복했으며, 토번이 장안을 치려 하자 토번을 무찔렀다. 그 공으로 분양왕(汾陽王)에 봉해졌으며, 당나라 최대의 공신으로서 영광을 누렸다.

정하고, 장한(章邯)은 초(楚)나라 병사와 아홉 번을 싸웠으니,164) 이상
의 분들은 마땅히 세 번째가 될 것입니다."

황기(黃旗)를 들고 기신(紀信)에게 읍하고 말하였다.

"당신께서는 충심이 격발되어 황옥좌독(黃屋左纛)165)에 처하시어 초
나라를 속이고 죽음을 돌아보지 아니하였습니다.166) 장순(張巡)167)은
도적을 맞아 임기응변을 행하고 기이한 계책을 무궁히 내 놓았으며,
명령이 분명하고 상벌에 신뢰가 있었습니다. 사졸(士卒)과 더불어 즐거
움과 괴로움, 추위와 더위를 함께 하였으며 형세가 곤란해지고 성(城)
이 짓밟히는 지경에 이르자 귀신이 되어서라도 적을 해치우겠다는 맹
세를 두고 끝내 다른 마음을 두지 않았습니다. 관공(關公, 관우)은 학문
으로는『춘추좌씨전(春秋左氏傳)』을 읽고 무예로는 청룡언월도(靑龍偃月
刀)를 부렸으며, 유황숙(劉皇叔, 유비)과 결의를 맺어 생사를 함께하기
로 맹세하였습니다. 왕명을 좇고 나라에 보답하려는 충심과〈210〉산
을 뽑고 바다를 건널 용맹으로 금인(金印)을 봉하여 걸고 천 리를 홀로
달리며 중화(中華)를 진동케 하고 칠군(七軍)168)을 수몰시켰으니,169)

---

164) 장한(章邯)은 초(楚)나라 병사와 아홉 번을 싸웠으니 : 장한(?~B.C. 205)은 진(秦) 말기
　　의 장수로 진승(陳勝)과 오광(吳廣)이 일으킨 농민 반란을 진압하는 데 큰 공을 세웠지만,
　　환관(宦官) 조고(趙高)의 박해를 받아 항우에게 투항하였다. 산동성(山東省) 정도(定陶)에
　　서 초나라의 항량(項梁)을 기습하여 큰 승리를 거두었으며 항량(項梁)의 목숨을 빼앗았다.

165) 황옥좌독(黃屋左纛) : 황제가 타는 수레의 덮개와 장식. 가는 소 꼬리털, 혹은 꿩 털로
　　만들어 저울대[衡]의 왼쪽에 달거나 혹은 좌측 곁마의 위에 단다.

166) 초(楚)나라를 속이고 죽음을 돌아보지 아니하였습니다 : 유방이 형양(滎陽)에서 초나라
　　군대에 포위되었을 때 기신(紀信)이 유방으로 가장하여 초나라에 항복하였고, 초나라 군사
　　들이 기뻐하는 틈을 타 유방은 달아날 수 있었다.

167) 장순(張巡) : 709~757. 당 현종 때 안녹산(安祿山)의 반란이 일어나자 허원(許遠)과 함께
　　군사를 일으켜 수양성(睢陽城)을 지켰는데, 포위된 지 수 개월이 지나 양식이 떨어져 참새,
　　쥐 등을 먹고 견디다가 결국 함락되어 피살되었다.

168) 칠군(七軍) : 중군(中軍) 일군(一軍)과 좌우 우후격(虞候格) 각 일군, 좌우 상격(廂格) 각
　　이군.

169) 금인(金印)을~수몰시켰으니 : 관우(關羽)가 원소(袁紹)에게 의지하고 있던 유비를 만나

이상의 분들은 마땅히 첫 번째가 될 것입니다.

허원(許遠)은 힘을 다하여 외로운 성을 지키다가 형세가 쌓아놓은 알[累卵]과 같아 몸을 바쳐 충심을 보존하였습니다.170) 악비(岳飛)는 등에 넉 자를 새겨 옛 땅을 회복하리라는 뜻을 품고 나라의 치욕을 씻겠노라고 맹세하였습니다.171) 방효유(方孝孺)는 칠족(七族)도 돌아보지 않았으니,172) 이상의 분들은 마땅히 두 번째가 될 것입니다.

황자징(黃子澄)은 충심을 변치 아니하고 목숨을 바쳐 나라에 보답하였습니다.173) 주란(周蘭)과 환초(桓楚)는 십면(十面) 매복에 강동자제(江東子弟)들 중 흩어진 자가 그 수를 헤아릴 수 없어도 끝내 배반하는 마음을 두지 아니하고 어지러운 싸움터에서 죽었으니,174) 이상의 분들이 마땅히 세 번째가 될 것입니다."

청기(靑旗)를 들고 진평(陳平)에게 읍하며 말하였다.

기 위해 천 리를 홀로 달려가면서 다섯 관문의 여섯 장수를 죽였다.

170) 허원(許遠)은~충심을 보존하였습니다 : 허원(?~757)은 당 현종 때의 명신으로 안녹산의 난이 있어났을 때 수양성(睢陽城)을 지키다 순국하였다.

171) 악비(岳飛)는~씻겠노라고 맹세하였습니다 : 악비(1103~1141)는 북송이 멸망할 무렵 의용군에 참전하여 전공을 쌓았으며, 호북(湖北) 일대를 영유하는 대군벌(大軍閥)이 되었지만 고종(高宗)과 재상 진회(秦檜)에 의해 살해되었다. 젊었을 때 그의 어머니가 등에 '진충보국(盡忠保國)' 네 글자를 써 주었다고 한다.

172) 방효유(方孝孺)는 칠족(七族)도 돌아보지 않았으니 : 방효유(1357~1402)는 명나라 초기의 학자로, 혜제(惠帝)를 섬겨 시강학사(侍講學士)로서 두터운 신임을 받았다. 1402년 연왕(燕王: 뒤의 영락제)이 황위를 찬탈한 뒤 그에게 즉위의 조(詔)를 기초하도록 명하자 붓을 땅에 내던지며 죽음을 각오하고 거부하였다. 연왕은 노하여 그를 극형에 처하였고, 일족과 친우·제자 등 847명이 연좌되어 죽었다고 한다. 칠족(七族)은 자기를 중심으로 하여 증조부터 증손까지의 직계 친족과 증조의 3대손 되는 형제·종형제·재종형제를 포함하는 동종(同宗)의 친족을 말한다.

173) 황자징(黃子澄)은~나라에 보답하였습니다 : 황자징 역시 명나라 혜제(惠帝)의 신하로서, 연왕(燕王)이 반란을 일으켜 서울을 장악하자 사로잡혔는데 굴하지 않고 처형당하였다. 이후 황자징의 절개는 노래로 칭송되었다.

174) 주란周蘭과 환초(桓楚)는~헤아릴 수 없어도 : 해하(垓下) 전투에서 항우가 한신의 십면 매복지계에 걸려 대부분의 병력을 잃었고 5만여 병사들은 탈영하였다. 이때 남은 주란과 환초 두 장수의 도움으로 포위망을 뚫고 달아날 때 모두 죽고 20여 명의 군사들만 남았다.

"당신께서는 신장이 팔 척이요 얼굴은 관옥(冠玉) 같으며, 여섯 번기묘한 계책을 내어 천하를 통일하였습니다. 이정(李靖)은 재주가 문무를 겸하여 나면 장수요 들면 재상이었습니다. 주유(周瑜)는 기운이 위(魏)나라를 삼킬 만하고 재주가 오(吳)나라를 다스릴 만하였으며, 처음에는 깃을 옴짝하지 못하였으나 마침내 날개를 펼쳐 오림(烏林)에서 원수를 치고175) 적벽(赤壁)에서 적병을 물리쳤으니 공적은 우뚝하고 명성은 자자했습니다. 이상의 분들이 마땅히 첫 번째가 될 것입니다.

육손(陸遜)은 용병(用兵)이 양저(穰苴)176)와 방불했고177) 지모(智謀)가손빈(孫臏)과 오기(吳起)에 버금갔습니다. 곽가(郭嘉)는 지피지기(知彼知己)에 능했습니다.178) 등애(鄧艾)는 서촉(西蜀)을 정벌하고 큰 공을 이루었으니,179) 이상의 분들은 마땅히 두 번째가 될 것입니다.

두예(杜預)는 오군(吳郡)과 회계군(會稽郡)을 평정하여 공이 산하를 덮었습니다.180) 한세충(韓世忠)181)은 일반 병사로서 일어나 중흥의 명장

---

175) 주유(周瑜)는~오림(烏林)에서 원수를 치고 : 손책이 강동을 통치하게 됐을 때 주유(175~210)는 그에게 귀순하여 창업을 도왔고 깊은 신임을 받았다. 208년 조조가 강동을 위협하자 유비와 연합하여 적벽에서 조조군을 무찌르고 손씨 정권을 공고히 하였다. 오림은 호북성 장강 북쪽 기슭에 있는 곳으로 강을 사이에 두고 적벽과 마주보고 있다.

176) 양저(穰苴) : 사마양저(司馬穰苴). 제나라 병법가로 당시 유명한 재상인 안영(晏嬰)의 추천으로 장군에 임명되었다.

177) 육손(陸遜)은 용병(用兵)이 양저(穰苴)와 방불했고 : 육손(183~245)은 삼국시대 오나라의 모신(謀臣)으로, 손책의 사위이기도 하다. 촉과 위의 침공을 여러 차례 격퇴하여 오나라를 지켜냈으며, 관우를 죽음으로 몰아넣고 유비의 복수를 실패하게 만들었다.

178) 곽가(郭嘉)는 지피지기에 능했습니다 : 곽가(170~207)는 순욱의 추천으로 조조(曹操)에게 귀순하였다. 꾀가 많고 판단을 잘하여 조조가 가장 아끼던 일급 참모였다. 관도(官渡) 전쟁에서 원소가 패할 원인과 조조가 승리할 원인을 분석하여 조조에게 자신감을 심어 주었고, 이에 조조는 원소에게 대승을 거두었다.

179) 등애(鄧艾)는~큰 공을 이루었으니 : 등애(197~264)는 사마의의 장수로, 촉의 대장군인 강유의 공격을 격퇴시켰고, 촉을 정벌할 때 샛길로 촉에 잠입하여 면죽(綿竹)에서 제갈첨(諸葛瞻)을 물리친 후 성도(成都)로 맨 처음 쳐들어가 후주 유선(劉禪)을 항복시켰다.

180) 두예(杜預)는~산하를 덮었습니다 : 두예(222~284)는 유일하게 삼국시대의 명맥을 유지하고 있던 오(吳)나라를 공격하여 서진(西晉)의 통일대업을 이루었다.

181) 한세충(韓世忠) : 1088~1151. 송나라 무장. 가난한 집에서 태어나 어렸을 때부터 마술(馬

이 되고 지위가 왕후(王侯)에 이르렀습니다. 이미 군사를 해산한 후에
는 두문불출하면서 손님을 사양하고, 때때로 나귀를 타고 술을 지니고
서 시동 두엇을 데리고 서호(西湖)에서 노는 것을 낙으로 삼았습니다.
한금호(韓擒虎)[182]는 백만 군사를 거느려 동으로는 창해에 뜨고 서로
는 파촉(巴蜀)을 막았으며, 〈211〉오악(五岳)을 흔들어 호랑이처럼 노
리고 만 리를 달려 매처럼 날았으니, 이상의 분들은 마땅히 세 번째가
될 것입니다."

백기(白旗)를 들고 조운(趙雲)에게 읍하고 말하였다.

"당신께서는 어린 군주[183]를 장판교(長坂橋)에서 보호하고[184] 황충
(黃忠)을 한수(漢水)에서 구하였으니,[185] 절륜(絕倫)한 용기요 세상을 덮
을 만한 공업입니다. 경감(耿弇)은 대장이 되어 사방을 정벌하며 삼백여
성을 깨뜨리고 십주(十州)의 땅을 얻었습니다.[186] 장비(張飛)는 성품이
세찬 불같고 용맹이 날랜 범 같으며, 천하 사람을 어린아이같이 보고
온 우주를 호령하였으며, 군대를 대하여 장수 베기를 주머니에서 물건

術)에 뛰어나고 힘이 세어 무예에 통달하였다. 악비(岳飛)·유기(劉錡) 등과 함께 금군의
　침입을 막아 송나라 명맥을 유지하고 없어진 영토를 회복하려고 힘썼다. 남송 고종 때 8천
　군사로 금나라의 10만 군대를 물리쳐 중흥의 무공 제일로 꼽혔으며, 황제로부터 충용 두
　글자를 새긴 깃발을 받을 정도로 충의롭고 용맹이 과인했던 명장으로, 누차 왕후에 봉해지
　고 고종의 묘정에 배향되었다. 『송사(宋史)』
182) 한금호(韓擒虎) : 수 문제(文帝) 때 승상. 수나라가 중국 통일을 위해 치르는 전쟁에서
　하약필(賀若弼)과 함께 전쟁을 주도하였다.
183) 어린 군주 : 유비의 아들 아두(阿斗).
184) 어린 군주를 장판교(長坂橋)에서 보호하고 : 조운(趙雲, ?~229)은 유비가 당양현 장판에
　서 조조의 공격을 받고 달아날 때 단신으로 적지에 뛰어들어 유비의 아들을 구했다.
185) 황충(黃忠)을 한수(漢水)에서 구하였으니 : 조조가 한중 땅을 차지하기 위해 군량미를
　북산(北山) 아래로 운반하였는데, 황충이 이를 취하려 하자 조운도 군사를 이끌고 따라나섰
　다. 황충이 때가 지났는데도 돌아오지 않자 조운이 수십 기의 기병을 이끌고 황충을 찾아
　나섰다가 조조의 대군을 만나 용감히 싸워 조조의 군사들이 한수까지 쫓겨 갔다.
186) 경감(耿弇)은~수천 리 땅을 얻었습니다 : 경감은 후한(後漢) 광무제(光武帝) 때 장군으
　로, 왕조를 다시 세우는 데 공을 세웠다. 46개의 군을 평정하고 삼백 개의 성을 도륙하였으
　며 삼천여 급을 참수하였다. 『후한서』 「경감열전」.

취하듯 하였습니다. 울지경덕(蔚遲敬德)은 매섭고 날쌔기가 군의 으뜸이 되어 백전백승하였으니,[187] 이상의 분들은 마땅히 첫 번째가 될 것입니다.

번쾌(樊噲)는 방패를 끼고 장막 안으로 돌입하여 서매,[188] 노하여 일어선 머리카락이 관(冠)을 추켜올리고 노려보는 눈초리가 찢어질 듯했으며, 항우(項羽) 보기를 아이 보듯 하고 군사들을 개미처럼 여겼습니다. 탕화(湯和)는 큰 지략이 무리를 압두하고 날랜 용맹은 삼군(三軍)에 으뜸이었습니다.[189] 가복(賈復)은 얼굴이 천신(天神)과 같고 용기가 날랜 송골매와 같았습니다.[190] 호대해(胡大海)는 앞장서 채석(采石)에 올랐으니,[191] 이상의 분들은 마땅히 두 번째가 될 것입니다.

경포(黥布)는 용기가 천지를 들어 올리고 공업이 우주를 덮을 만하였습니다. 오한(吳漢)은 굳센 용기가 무리에 뛰어나고 웅대한 경륜이 세상에 으뜸이었습니다.[192] 마초(馬超)는 맨몸으로 여섯 명의 장군과 싸웠

---

187) 울지경덕(蔚遲敬德)은~백전백승하였으니 : 585~658. 본래 수나라의 장수였으나 당 태종을 도와 당 창업에 공을 세우고, 변치 않는 충성으로 당 태종의 즉위에 공을 세웠다.

188) 번쾌(樊噲)는 방패를 끼고 장막 안으로 돌입하여 서매 : 항우가 홍문(鴻門)에서 유방을 초청하여 잔치를 베풀었는데, 항우의 모사 범증(范增)이 항장(項莊)에게 칼춤을 추는 척하다가 신호를 하거든 유방을 죽이라고 했으나 유방의 부하 번쾌가 같이 검무를 추며 이를 막아 실패했다.

189) 탕화(湯和)는~삼군(三軍)의 으뜸이었습니다 : 곽자흥(郭子興)의 홍건군에 가담하여 원나라군과 싸웠고, 주원장에게 기별하여 곽자흥에게 가담하도록 한 인물. 『명사』「탕화전(湯和傳)」.

190) 가복(賈復)은~송골매와 같았습니다 : 가복은 후한 광무제 때의 장군. 도호장군(都護將軍)으로 출정하여 진정(眞定)에서 오교(五校)와 싸울 때 많은 상처를 입었는데, 이를 본 광무제가 매우 놀라 "나의 명장을 잃겠다."고 하였다. 『후한서(後漢書)』권17 「풍잠가열전(馮岑賈列傳)」.

191) 호대해(胡大海)는 앞장서 채석(采石)에 올랐으니 : 명 태조의 맹장(猛將). 주원장이 채석기(采石磯)를 칠 때 앞장섰다.

192) 오한(吳漢)은~세상에 으뜸이었습니다 : 후한 초 오한(吳漢)이 대사마였을 때 한밤중에 적이 진지를 습격해와 모두 당황하여 우왕좌왕하였는데 오직 오한만은 태연히 누워 있었다. 태연스런 오한의 태도에 군사들은 곧 평정을 되찾았고, 뒤이어 오한은 정예부대를 가려 뽑아 밤에 반격을 감행하여 적을 무찔렀다.

습니다.[193] 허저(許褚)는 성난 소를 넘어뜨리고 뿔을 뽑아 호치(虎癡)라 불렸습니다.[194] 황충(黃忠)[195]은 백발백중하였으니, 이상의 분들은 마땅히 세 번째가 될 것입니다."

이하 문무관(文武官)은 다 기록할 수 없다. 곁에 있던 한 사람이 눈물을 뿌리며 크게 소리 질러 말하였다.

"선생은 제자를 알지 못하십니까? 저는 종회(鍾會)[196]를 항복시켰고 죽기를 두려워하거나 살기를 탐하지 아니하였으며 한(漢) 왕실을 회복하고자 하였습니다. 만약 복통(腹痛)이 없었다면[197] 서촉(西蜀) 땅이 사마의(司馬懿)의 손에 들지 아니하였을 것이며 후주(後主)[198]의 수레가 허도(許都)[199]의 흙먼지를 밟지 않았을 것입니다. 하늘이 돕지 않으시어 죽어 원귀(冤鬼)가 되었는데 오늘 선생이 소장(小將)의 충성을 인정하지 않으시면 이 마음을 어느 곳에 가서 드러내 보이겠습니까?"

공명(孔明)이 말하였다.

---

193) 마초(馬超)는 맨몸으로 여섯 명의 장군과 싸웠습니다 : 마초(175~222)는 후한 말 부친을 따라 군사를 일으켜 조조에게 반기를 들었으나 패하였다. 한중(漢中)으로 가 장로(張魯)에게 의탁하였다가 장로의 모함을 받게 되자 유비에게 항복하였다. 관우·장비·조운(趙雲)·황충(黃忠)과 함께 촉의 오호대장(五虎大將)으로 불렸다. 『삼국지연의』.

194) 허저(許褚)는~호치(虎癡)라 불렸습니다 : 허저는 위나라 장수로 키가 크고 풍채가 우람하며 호랑이처럼 힘이 센 반면 미련함이 있어 호치라는 별명으로 불렸다. 용맹스럽고 싸움을 잘하여 조조가 '나의 번쾌'라 부르기도 하였다. 211년 한수를 공격할 때 마초가 쫓아오자 조조를 등에 업고 왼손으로 화살을 막는 한편 오른손으로 배를 저어 조조를 구하였다. 후에 마초와 난투극을 벌였는데 이때부터 '호후(虎侯)'라는 별명을 얻었다. 『삼국지연의』.

195) 황충(黃忠) : ?~220. 삼국시대 촉의 장수로 관우·장비·마초·조운과 함께 오호대장군으로 불렸다.

196) 종회(鍾會) : 225~264. 삼국시대 위나라의 장수. 사마소가 자신을 해할 의도가 있다는 것을 알아차리고 반란을 일으켰으나 내부에 불화가 일어나 부하 장수들에 의하여 죽임을 당했다.

197) 복통(腹痛)이 없었다면 : 위나라 군대와 전쟁할 때 두 번 복통이 있어 전쟁에 패배하고 자결하였다.

198) 후주(後主) : 207~271. 촉한(蜀漢)의 2대 왕이 된 유비(劉備)의 아들 유선(劉禪).

199) 허도(許都) : 삼국시대 위(魏)나라의 수도.

"아, 백약(伯約)200)이여! 어찌 그대의 충심을 모르겠는가? 일을 끝내 이루지 못하고 악명이 천추(千秋)에 전하니 도리어 절의를 지켜 의에 죽느니만 못하였도다."

이에 강유(姜維)가 크게 탄식하고 물러갔다.〈212〉

위아래가 이미 정해지니 좌중이 칭찬해 마지않았다. 당 태종이 말하였다.

"홀로 즐김과 함께 즐김 중에 어느 것이 즐겁겠습니까?"

말하였다.201)

"홀로 즐김이 함께 즐김만 못하다202)는 것은 아성(亞聖, 맹자)의 가르침입니다. 동·서루(東西樓)에 있는 이들을 청하는 것이 어떻겠습니까?"

세 황제가 말하였다.

"그 말씀이 좋습니다."

즉시 동·서루에 사람을 보내어 모든 왕들에게 연회에 참석하기를 청하였다. 잠시 뒤 모두가 와서 동서와 북쪽의 자리가 정해졌다. 각각 근신(近臣)이 한 사람씩 있어 곁에 시립(侍立)하였으며, 진승(陳勝)·조조(曺操)·손책(孫策)은 말석에 자리를 정하였는데 용이 구름에 오르고 범이 깊은 산에 웅거함과 같았다. 위의가 엄숙하고 패옥이 쟁쟁한 중에 오검(五劍)이 뜰 앞에서 춤을 추고 칠현금이 당상에서 울리었다.

---

200) 백약(伯約) : 강유(姜維, 202~263). 백약은 자. 본래 위나라의 장수였는데, 제갈량의 1차 북벌 때 기산(祁山)전투에서 제갈량의 지략에 사로잡히게 되었다. 어머니의 설득에 촉에게 투항했다. 제갈량을 보좌하며 재능을 인정받아 제갈량이 죽은 후 군사(軍事)를 도맡았다. 여러 차례 위나라를 공격했으나 공을 세우지 못하였고, 종회(鐘會)와 등애(鄧艾)의 침공에 유선(劉禪)이 항복한 후 강유는 종회에게 거짓으로 투항하여 촉의 재건을 도모하였다. 종회도 서촉(西蜀)을 장악하려는 야심에 강유와 손잡고 사마소(司馬昭)에 대항하여 반란을 일으켰으나 내부 장수들의 모반으로 죽임을 당하였고 강유도 따라서 자살하였다.

201) 다음 대사의 주체가 분명하지 않다. 앞 대사에 이어지는 당 태종의 발화로 되어 있는 이본도 있다.

202) 홀로 즐김이 함께 즐김만 못하다 : 『맹자』「양혜왕(梁惠王)」에서 나온 표현.

취기가 반쯤 오르자 한 고조가 강개(慷慨)하여 말하였다.

"천지는 무궁하되 인생은 유한하며, 흥망성패의 순환은 일월이 서쪽으로 기울고 강과 바다가 동쪽으로 흘러감과 같으니 어찌 오래도록 부귀공명을 누리리오? 현자(賢者)가 기업(基業)을 길이 지킨다면 삼대(三代)가 어찌 당우(唐虞)203)의 뒤를 이었겠는가? 용자(勇者)가 형세를 길이 지킨다면 치우(蚩尤)가 어찌하여 탁록(涿鹿)의 들판에서 사로잡혔겠는가?204) 국가의 장단(長短)과 사람의 수명은 모두 하늘이 정하시는 바이니, 세상의 변화와 세월의 흐름과 천고의 흥망은 한 줌 흙일 뿐이라."

만좌(滿座)가 모두 처연해 하는데, 홀로 서편에서 어떤 왕(항우)이 눈을 뚱그렇게 뜨고 머리칼과 수염을 곤두세우며 노기(怒氣)가 절강(浙江)의 물결같이 일어서 큰 소리로 부르짖어 말하였다.

"홍문연(鴻門宴)에서 옥결(玉玦)을 드는 계책을 쓰지 못하고 해하(垓下)에서 범을 기린 우환을 남겼으니205) 비록 구원(九原)의 혼이 되었으나 오강(烏江)206)의 한을 잊기 어렵도다."

동편 자리에서 어떤 황제(진 시황)가 말하였다.

"내가 한 말씀 드릴 터이니 왕은 들어보시오. 과인이 낮잠을 자며 꿈을 꾸는데 청의동자와 홍의동자가 종일토록 싸웠소이다. 그러다 문득 청의동자는 땅에 쓰러지고 홍의동자는 해를 받들고 올라갔소.〈213〉이제 보니 홍의동자는 한 고조와 방불하고 청의동자는 패왕 항우와 비슷하오. 또 당시 동요에 '하늘은 붉음으로 이기게 하리니, 모든 것이 천명이며 실로 사람의 힘이 아니다'라고 했소. 옥결은 모사(謀士)의 손을

203) 당우(唐虞) : 도당씨(陶唐氏)와 유우씨(有虞氏), 곧 요임금과 순임금을 함께 이르는 말.
204) 치우(蚩尤)가~사로잡혔겠는가? : 치우가 황제(黃帝) 헌원(軒轅)과 탁록(涿鹿)에서 전투를 하다 패하여 죽었다고 한다.
205) 해하(垓下)에서~남겼으니 : 해하 전투에서 항우는 자신의 휘하에 있던 한신에게 포위되는 상황에 이르렀고 스스로 자살하며 최후를 맞이했다.
206) 오강(烏江) : 항우가 유방에게 패하여 자결하였다는 곳.

헛되이 수고롭게 하고, 보검은 장사의 힘을 공연히 소비하게 했구려."

한 고조가 말하였다.

"흥망승패는 잠시 논하지 말기로 합시다. 통쾌한 이야기나 해서 나라를 다스리는 도리를 명확히 함이 어떻겠소?"

진 시황이 말하였다.

"진나라에는 통쾌한 일이 세 가지가 있습니다. 왕전(王剪)[207] 등을 보내어 육국(六國)의 여러 군주들을 사로잡아 아방궁의 계단 밑에 무릎 꿇게 하였으며 천하의 무기를 몰수해서 녹여 금인(金人)을 만들고 창합문(閶闔門)[208] 밖에다 세웠으니, 이것이 첫째입니다. 동남동녀와 서불(徐市)[209] 등을 보내어 바다로 가서 삼신산에서 불사약을 찾았으며, 안기생(安期生)[210]과 함께 구계(朐界)[211]에서 노닐고, 회계령(會稽嶺)[212]에다 돌을 새겨 공을 기록했고, 말을 몰고 낭야대(瑯琊臺)[213]를 향하였으니,[214] 이것이 둘째입니다. 몽염(蒙恬) 등을 보내 병사 삼십만 명을 거느리고 장성을 쌓아 지켰기 때문에[215] 오랑캐가 감히 남하하여 말을

---

207) 왕전(王剪) : 진나라의 장수. 진시황의 절대적 신임을 받았고, 충성을 다하였다.

208) 창합문(閶闔門) : 궁궐의 정문. 『사기』「진시황본기」에 따르면 12개의 금인을 주조하여 자신이 거주하는 함양궁(咸陽宮)에 세워 두었다고 한다.

209) 서불(徐市) : 서복(徐福). 진시황의 명으로 동남동녀(童男童女) 3천 명을 데리고 불사약을 구하러 바다 끝 신산(神山)으로 배를 타고 떠났으나 다시 돌아오지 않았다 한다.

210) 안기생(安期生) : 산동성(山東省) 낭야(瑯琊) 부향(阜鄉)사람으로, 바닷가 동해 일대에서 약(藥)을 팔았다. 안기생의 약은 매우 영험이 있어 당시 그 일대 사람들에게 신선으로 불렸다.

211) 구계(朐界) : 현재 강소성(江蘇省) 연운항(連雲港) 서남쪽 금병산(錦屏山) 옆 동해군(東海郡)에 속하는 지역. 이곳에 바위를 세워 진나라의 동문(東門)으로 삼았다. 『사기』「진시황본기」.

212) 회계령(會稽嶺) : 우임금에게 제사를 지내는 곳. 절강성(浙江省) 소흥(紹興)에 있다.

213) 낭야대(瑯琊臺) : 산동성 바닷가에 있는 지역.

214) 회계령(會稽嶺)에다~낭야대(瑯琊臺)를 향하였으니 : 이백의 시 〈고풍(古風)〉 59수 중 세 번째 시에 나오는 구절. "銘功會稽嶺, 騁望瑯琊臺."

215) 몽염(蒙恬) 등을~장성을 쌓아 지켰기 때문에 : 몽염은 진 시황 때 30만 병졸의 장수로서 북방 방비를 맡아 흉노를 정벌하고 만리장성을 쌓았다.

먹이지 못하며 병사들이 감히 활을 당겨 원한을 갚지 못했으니, 이것이
세 번째로 통쾌한 일입니다."

한 고조가 말했다.

"열에 아홉은 죽을 뻔하였고 백전백패하다가 해하(垓下)에서의 일전
(一戰)으로 간신히 천하를 얻었으니 어찌 통쾌한 일이 있겠습니까? 다만
경포(鯨布)를 물리친 후 고향에 돌아와 마을어른들과 함께 어울려 놀
때 큰 바람 불고 구름이 걷히니 정히 과인의 기상 같아 일어나 춤을
추며 노래를 부르니, 이것이 첫 번째 통쾌한 일입니다. 낙양 남궁(南宮)
에서 태공(太公, 부친)께 헌수(獻壽)216)할 때 상황(上皇)께서는 기뻐하시
며 '지난날 계(季)217) 네가 밭을 갈 때 어찌 오늘 이와 같을지 알았겠느
냐?' 하고 말씀하셨으니 자식으로서 어찌 즐거움이 없겠습니까? 〈214〉
이것이 두 번째 통쾌한 일입니다."

명 태조가 눈물을 머금으며 슬픈 기색을 보이자 한 고조가 말하였다.

"대장부가 어찌 아녀자의 태도를 지으십니까?"

명 태조가 눈물을 흩뿌리며 말하였다.

"과인의 외롭고 슬픈 인생에 다행히 진 시황의 통쾌한 일은 있지만
헌수의 즐거움을 어찌 누릴 수 있었겠습니까? 사람이 목석이 아닐진대
처연하지 않겠습니까?"

한 고조가 말하였다.

"이는 바로 효성이 지극한 것입니다."

이어 당 태종과 송 태조에게 말하기를,

"각자 통쾌했던 일을 말해보십시오."

하였다. 당 태종이 말하였다.

"만국이 회동할 때 사방에서 참여하였지요. 돌궐(突厥)218)이 일어나

---

216) 헌수(獻壽) : 환갑잔치 같은 때 오래 살기를 비는 뜻으로 잔에 술을 부어서 드리는 것.
217) 계(季) : 한 고조 유방의 자.

춤추고 토번(吐藩)²¹⁹)이 노래를 했습니다. 월상(越裳)²²⁰)과 교지(交趾)²²¹)
가 앵무새를 바치고 대완(大宛)²²²)과 서역(西域)²²³)에서는 준마를 바쳤
으니, 이것이 첫 번째 통쾌한 일입니다. 위징(魏徵)과 더불어 어진 정치
를 논하고 이적(李勣)으로 하여금 장성을 쌓게 했습니다. 해마다 풍년이
들고 백성들이 화평하여 세 변방이 편안하니, 이것이 두 번째 통쾌한
일입니다. 여러 신하와 친척들과 더불어 능연각(凌烟閣)²²⁴)에서 술잔치
를 베푸니 상황(上皇)께서 친히 비파를 타시고 과인이 일어나 춤을 추었
으며 신하들이 헌수하였으니, 이것이 세 번째 통쾌한 일입니다."

　송 태조가 말하였다.

　"과인은 천하를 통일하지 못했는데 어찌 즐거움이 있겠습니까? 새집
을 짓고 담장을 깨끗이 하여 아홉 대문을 열면 바로 사방으로 통하고
여덟 쪽문을 열면 다섯 방향으로 통하니, 눈 아래로 가로막힐 것이 없
어 심사가 후련한 것이 한 가지 통쾌한 일입니다. 여러 대왕께서는 통
쾌한 일이 없었습니까?"

　조조가 말하였다.

　"신에게 통쾌한 일이 하나 있는데 무례를 무릅쓰고 감히 말씀드리겠
습니다. 황건적(黃巾賊)²²⁵)을 물리치고 여포를 사로잡고 장노(張魯)²²⁶)

---

218) 돌궐(突厥) : 알타이 산맥 부근에서 몽골·중앙아시아에 대제국을 건설한 터키계의 유목
　　국가로 당(唐)의 지배를 받았다가 회흘(回紇)이 일어나자 망하였다.
219) 토번(吐藩) : 당송시대에 서장족(西藏族)을 이르던 이름. 지금의 티벳.
220) 월상(越裳) : 지금의 남베트남 지역.
221) 교지(交趾) : 지금의 북베트남 지역.
222) 대완(大宛) : 한나라·위나라 때 중앙아시아의 동부에 있던 나라로, 지금의 우즈베키스탄
　　지역. 특산물로 말과 포도가 유명하였다.
223) 서역(西域) : 옥문관(玉門關)과 양관(陽關) 서쪽의 여러 나라들을 일컫던 말.
224) 능연각(凌烟閣) : 당나라 때 개국 공신 24명의 초상을 그려 걸었던 누각.
225) 황건적(黃巾賊) : 후한(後漢) 말기에 장각(張角)을 우두머리로 하여 하북(河北)에서 일어
　　난 무리. 모두 머리에 누런 수건을 쓴 데서 유래하며, 태평도라는 종교를 세워 반란을 일으
　　켰다.

와 장수(張繡)²²⁷⁾를 굴복시켰습니다. 원소(袁紹)²²⁸⁾와 원술(袁術)²²⁹⁾을
멸하였으며 유종(劉琮)²³⁰⁾의 항복을 받았습니다. 남쪽으로 장강(長江)
까지 전함(戰艦)이 천 리에 길게 잇닿았고 깃발은 만 리에 이어져 있었
습니다. 이교(二喬)²³¹⁾를 곁눈질하고, 오나라와 월나라도 수중에 있었
습니다. 동쪽으로 하구를 보고 서쪽으로는 무창을 바라보았는데 큰 물
결은 비단 같았고, 밝은 달은《215》거울과 같았으며 까마귀와 까치가
남쪽으로 날아갈 때 긴 창 비껴놓고 시를 읊었으니,²³²⁾ 이것이 통쾌한
일입니다."

　　한 고조가,

---

226) 장노(張魯) : ?~? 동한 말 한중(漢中)을 다스려 천하에서 가장 안정된 지역으로 만들었다.
　　215년 조조가 한중을 공격하려 하자 장노는 곡물창고를 봉한 후 파중(巴中)으로 물러났다.
　　조조는 곡물창고를 불태우지 않은 점을 칭찬하며 사신을 보내 투항을 권유하고 그를 낭중후
　　(閬中侯)로 봉했다.

227) 장수(張繡) : ?~207. 후한 말 군웅(群雄)의 한 사람. 동탁의 장수인 장제(張濟)의 조카로
　　장제가 죽은 후 197년 조조에게 투항했으나 조조가 자신의 숙모를 농락하자 조조군을 습격
　　하여 대파하였다. 199년 모사 가후(賈詡)의 진언에 따라 조조 휘하에 들어가 관도(官渡)
　　싸움에서 큰 공을 세웠다.

228) 원소(袁紹) : ?~202. 후한 말 영제(靈帝)가 죽은 뒤 기주(冀州)를 중심으로 세력을 넓혔으
　　나 결단성이 부족하여 여러 차례 좋은 기회를 놓쳤다. 200년 관도(官渡) 싸움에서 조조에게
　　대패하였다.

229) 원술(袁術) : ?~199. 원소의 사촌 동생. 190년 원소·조조 등과 군사를 일으켜 동탁을
　　토벌하는 데 참가하였다. 뒤에 원소와 대립했으나 원소와 조조에게 대패한 후 양주(揚州)에
　　주둔하였다. 가혹한 정치를 펼쳐 수하들의 마음도 떠나 여포·조조 등에게 연달아 패하였다.

230) 유종(劉琮) : 유표(劉表)의 작은 아들. 장남 유기(劉琦)는 제갈량과 항상 논의하는 신중함
　　이 있었으나 유표가 유종을 더 사랑하여 그에게 자리를 물려주었다. 그러나 그 해에 유종은
　　조조에게 투항하였다.

231) 이교(二喬)를 곁눈질하고 : 이교는 강동의 천하절색인 두 자매를 가리킨다. 대교(大喬)는
　　손책의 아내, 소교(小喬)는 주유의 아내인데, 제갈공명이 조식(趙植)의 시(詩) 〈동작대부
　　(銅雀臺賦)〉를 왜곡하여 이교(二橋)를 이교(二喬)로 고쳐 '조조가 이교(二喬)를 취하여 만
　　년을 즐기겠다'고 한 것으로 외워 주유를 격동시켰다.

232) 오작(烏鵲)이~시를 읊었으니 : 소식(蘇軾)의 〈전적벽부(前赤壁賦)〉 "손이 말하기를, 달
　　이 밝고 별은 드문데 까마귀와 까치는 남쪽으로 날아간다고 하였으니 이는 조조의 시가
　　아닙니까. 서쪽으로 하구를 바라보고 동쪽으로 무창을 바라보니[客曰月明星稀, 烏鵲南飛.
　　此非曹孟德之詩乎. 西望夏口, 東望武昌.]"를 인용한 것이다.

"그만두시오. 듣다 보니 비감함을 이기지 못하겠소."[233]
라 하고 명 태조를 돌아보며 말하기를,

"나라가 당우(唐虞) 시대가 아니고 사람이 요와 순도 아닌데 어찌 선을 다하고 아름다움을 다할[234] 수 있겠소? 여기에 앉은 제왕들이 몇 사람이고, 얻고 잃은 것은 얼마겠소? 당시 간하던 신하들도 군왕의 부족함을 메우기 어려웠을 것이오. 후세의 사관(史官)들도 백대(百代)의 옳고 그름을 기록하기 어려웠소. 당(唐)·송(宋), 한(漢)에 이르기까지 모두 역사에 기록되어 있을 따름이니 다시 물어 무슨 이득이 있겠소? 명 태조께서는 재위 기간이 필시 길었을 테지요. 선을 좋아하고 악을 응징하여 그 옳고 그름을 분명히 알도록 하여 후세에 법칙이 되도록 하는 것이 어떻겠소?"

명 태조는 물러나 사양하며 말하였다.

"공자님 말씀에, '내가 사람에 대하여 누구를 헐뜯고 누구를 칭찬하겠는가'[235]라고 하셨습니다. 성인의 마음으로도 이와 같거늘 하물며 평범한 재주로 (남의) 좋고 나쁨을 가볍게 얘기할 수 있겠습니까?"

한 고조가 말했다.

"너무 고집스레 사양하지 마시오. 한 번 웃을 수 있도록 하는 것이 여기 계신 분들의 소원이오."

명 태조가,

"먼저 기상(氣像)을 살펴보고 그 후에 시비를 논하겠습니다."
라 하며 두루 살펴보기를 마치고 말하였다.

"북풍이 세차게 불고 큰 물결이 용솟음치는 것은 진 시황의 기상이

---

233) 듣다 보니~못하겠소 : 조조가 결과적으로 한나라를 멸망시킨 것이므로 비통함을 느낀다고 한 듯하다.

234) 선을 다하고 아름다움을 다할 : 『논어』「팔일(八佾)」에서 공자가 순임금의 음악 소(韶)에 대해 극찬한 말이다.

235) 내가 사람에~칭찬하겠는가 : 『논어』「위영공(衛靈公)」에 나오는 표현.

고, 여름날 쨍쨍하고 천둥이 진동하는 것은 광무제의 기상이며, 하늘이 광활하고 가을 서리가 살을 에듯 하는 것은 한 무제의 기상입니다. 새벽빛이 창창하고 새벽별이 반짝이는 것은 당 헌종의 기상이고, 동쪽에 해가 뜨고 서쪽으로 비가 잔잔히 뿌리는 것은 수문제의 기상이며, 악와(渥洼)[236]의 ⟨216⟩날쌘 말이자 단구(丹丘)[237]의 아름다운 봉황은 송 신종의 기상입니다. 세찬 바람에 폭우가 내려 천지를 진동하는 것은 초패왕의 기상이며, 꿩이 가시나무 숲으로 달아나고 양이 안개 속으로 숨는 것은 위공(魏公, 조조)의 기상입니다."

한 고조가 크게 웃으면서 말하였다.

"정말 '명심보감(明心寶鑑)'이라 하겠구려. 과인의 기상만 말하지 않는 것은 어째서인가?"

명 태조가 말하였다.

"용이 비구름을 얻으면 그 변화가 무궁한 것처럼 폐하의 도량은 비길 데가 없습니다. 만약 옳고 그름을 논한다면, 진 시황은 뛰어난 재능과 커다란 지략으로써 6대 조상의 업적을 이어 떨쳤습니다. 긴 채찍을 들고 천하를 부리며 천지사방을 제 집으로 삼고 효산(崤山)[238]과 함곡관(函谷關)[239]을 궁으로 삼아 스스로 관중(關中)의 견고함이 금성천리(金城千里)[240]라 여기고, 자손들이 제왕을 이어 만세토록 왕업을 이을 것이라 여겼습니다.[241] 그런데 두 세대에 미치지 못하고 망했으니 어인 까

---

236) 악와(渥洼) : 물 이름. 한 무제 때 악와에서 용마(龍馬)가 나왔다고 한다. 『사기』「악서(樂書)」.
237) 단구(丹丘) : 신선이 산다는 곳. 밤낮없이 늘 밝다고 한다.
238) 효산(崤山) : 하남성(河南省) 서쪽에 있는 산.
239) 함곡관(函谷關) : 하남성(河南省) 북서부 중원에서 관중(關中)으로 통하는 관문.
240) 금성천리(金城千里) : 천 리에 걸친 견고한 성이라는 뜻으로 진 시황이 그 나라의 견고함을 자랑한 말.
241) 6대 조상의 업적을~이을 것이라 여겼습니다 : 가의(賈誼)의 〈과진론(過秦論)〉에서 몇 구절을 가져온 것이다.

닭입니까? 사치스럽게 궁궐을 지어 백성의 재물을 써버리고 공연히 만
리장성을 쌓아 인력을 손상시켰기 때문이라 하나 과인은 그렇게 여기
지 않습니다. 시서(詩書)에는 성현들의 행적이 기록되어 있는데 그것을
불태워버리고, 유생들이 공자와 맹자의 도덕을 외어 본받는다고 하여
그들을 구덩이에 파묻었습니다. 태자는 나라의 근본인데 부소(扶蘇)를
내쫓고 호해(胡亥)를 즉위시켰습니다242). 이것이 파멸을 부른 계기였
습니다."

진 시황이 탄식하며 말하였다.

"명 태조가 과인의 죄악을 말했는데, 마음에 달게 받겠습니다. 그러
나 만약 과인이 여전히 궁중에 있었다면 어찌 감히 조고(趙高)가 반역을
꾀하고 장한(章邯)이 초나라에게 항복할 수 있었겠습니까243)? 후회해
도 이미 늦었으니 탄식한들 무슨 이로움이 있겠습니까?"

명 태조가 말하였다.〈217〉

"한 고조는 넓은 길을 열어 천하의 영웅호걸들을 환영했습니다. 간하
는 말은 유연하게 받아들였고 군사는 의복을 검소하게 하였으며 진나
라의 가혹한 법을 세 가지 법령[三章]으로 줄였으니244) 대략 상(商) 탕
왕(湯王)이나 주(周) 무왕(武王)과 같다고 할 수 있습니다. 그러나 흠이
있다면 선비들을 가벼이 여겨 함부로 꾸짖은 것입니다. 그래서 옛 예법

<hr/>

242) 부소(扶蘇)를 내쫓고 호해(胡亥)를 즉위시켰습니다 : 진 시황이 장자 부소(扶蘇, ?~B.C.
210)를 변방으로 보낸 사이에 환관 조고(?~B.C. 207)는 진 시황이 죽은 후 정권을 장악하려
는 음모를 꾸몄다. 진시황의 유언을 조작해 황위 계승권자였던 부소를 자결케 하고 차남인
호해(胡亥, B.C. 229?~207)를 왕으로 세우려고 하였다.

243) 장한(章邯)이 초나라에게 항복할 수 있었겠습니까 : 장한(?~B.C. 205)은 처음에는 진나
라의 장수였으나 환관 조고에게 재상 이사(李斯)가 숙청되고 자신의 가족들까지 죽임을 당
하자 항우에게 항복해 사마흔(司馬欣), 동예(董翳)와 함께 삼진(三秦) 왕에 봉해졌다. 한나
라 한신이 공격했을 때 사마흔과 동예가 항복하여 고립되자 자살하였다.

244) 세 가지 법령[三章]으로 줄였으니 : 한 고조 유방은 진나라의 여러 법제를 세 개로 줄여
반포했는데, 사람을 죽인 자는 사형에 처하고, 사람을 다치게 한 자와 남의 물건을 훔친
자는 그 죄에 따라 처벌하는 것이었다.

과 음악이 회복되지 않은 것도 이때부터 시작된 것입니다.

한 무제는 모든 병력을 동원하여 전쟁을 남발하고 백성을 괴롭히며 귀신 섬기기만을 일삼아 나라가 황폐하고 빈곤하게 되었습니다. 만약 추풍(秋風)의 후회245)로 윤대(輪臺)의 조서(詔書)246)가 있지 않았더라면 진나라의 전철을 밟았을 것입니다.

광무제(光武帝)는 나라가 어지러운 것에 분개하고 종묘사직이 위태함을 슬퍼하여, 영웅들을 불러들이고 민심을 달래어 왕망(王莽)247)을 제거해 한나라 왕실을 부흥시켰습니다. 나라를 잘 다스리려는 데 뜻을 두었으나 보좌하는 재상이 그만한 인재가 아니었으니, 애석함을 이길 수 있겠습니까?

소열제(昭烈帝)는 도원(桃園)에서 결의하고 삼고초려하여 군주와 신하가 서로를 얻으니 홍모(鴻毛)처럼 가벼운 날개가 바람을 탄 듯하고 큰 고기가 바다에 풀려나 펄펄 뛰는 형세였으나, 애석하게도 창업을 반도 못 이루고 중도에 떠났으니 어찌 천명이 아니겠습니까?

당 태종은 가문을 일으켜 나라를 세웠으며 무력을 그만두고 학문을 닦았습니다. 정신을 가다듬고 나라를 잘 다스리려고 애썼으며, 태평성대를 이루어 위대한 군주라고 불렸습니다. 그러나 군주의 덕으로 말하자면 궁인(宮人)을 사사로이 시중들도록 하고, 인륜으로 말하자면 소자왕(巢剌王)의 비(妃)를 왕비로 맞았는데248), 그 잘못이 매우 심하여 온

---

245) 추풍(秋風)의 후회 : 한 무제의 〈추풍사(秋風辭)〉. 산서성(山西省) 하동(河東) 지방을 돌아보고 신에게 제사한 뒤, 장안(長安)을 돌아보고 기뻐했으며, 다시 분수(汾水)에 이르러 강 중류의 배 위에서 여러 신하와 함께 어울리며 읊은 글. 통일 제국의 군주로서 극한 영화를 서술하고서 "환락이 극하니 슬픔이 많도다. 혈기왕성한 때 언제던가, 늙음을 어이하랴[歡樂極兮哀情多, 少壯幾時兮奈老何]"라고 끝맺었다.
246) 윤대(輪臺)의 조서(詔書) : 윤대는 지금의 신강(新疆) 지역. 한 무제는 평생 서역을 개척하기 위해 국력을 낭비했는데 만년에 이를 크게 후회하고 이 지역을 포기하는 조서를 내렸다.
247) 왕망(王莽) : B.C. 45~23. 전한(前漢)을 찬탈하여 신(新)나라를 세웠다.
248) 소자왕(巢剌王)의 비(妃)를 왕비로 맞았는데 : 소자왕은 당 태종 이세민의 넷째 형인 이원

천하가 부끄럽게 여기고 길이길이 침을 뱉는 바가 되었습니다.

송 태조는 일찍이 배우지는 못했지만 만년에 책읽기를 좋아하여, 황궁에서 가혹한 형벌을 못하게 하고 신하들을 모욕하지 않았습니다. 그래서 신하들이 일을 도모할 수 있었고, 임금에게 충성하고《218》나라를 사랑하는 마음이 저절로 일어나게 되었습니다. 덕행이 있고 효성스런 선비들을 천거하여 예의와 염치의 풍속이 융성토록 하고 중문(重門)을 활짝 열어249) 조금이라도 잘못이 있으면 사람들이 모두 볼 수 있도록 하였으니, 이른바 탕탕평평(蕩蕩平平)250)한 도라 할 것입니다.

진 무제251)는 부형의 업적을 물려받아 전국을 통일하고는 사치한 마음이 생겼습니다. 향락에 빠져 정사를 게을리 하고, 항상 양 수레[羊車]252)를 타고서 가고 싶은 대로 갔습니다. 음탕과 향락이 이보다 더할 수는 없었습니다.

진 원제는 난리 뒤에 즉위하였는데, 안으로는 계책을 내는 대들보 같은 인재가 없고 밖으로는 기틀을 바로잡는 주춧돌 같은 세력이 없었습니다. 그러나 그는 총명하게 결단을 내렸기 때문에 약한 것으로써 크고 강대한 것을 이길 수 있었고, 반란을 평정하고 나라를 회복하였

길(李元吉, 603~626). 이세민은 자신의 인기가 황태자 이건성(李建成)을 능가하자 현무문에서 이건성과 이원길을 죽였다. 이원길의 처는 후에 양덕비(楊德妃)에 봉해져 태종의 부인 중 하나가 되었다.

249) 중문(重門)을 활짝 열어 : 중문은 대문 안에 또 세운 문으로, 이 표현은 『송사』 「태조본기」에 나온다.

250) 탕탕평평(蕩蕩平平) : 시비나 논쟁에서 어느 쪽에도 치우지지 않음. 『서경(書經)』 「홍범(洪範)」.

251) 진 무제는~사치한 마음이 생겼습니다 : 진 무제 사마염(司馬炎, 236~290)은 서진(西晉)의 초대 황제. 삼국을 통일한 뒤 그는 성군(聖君) 노릇을 하며 검소한 생활을 말하면서도 말년에 부패하여 서진(西晉)은 타락하였다.

252) 양 수레[羊車]를 타고서 가고 싶은 대로 갔습니다 : 진 무제가 궁인(宮人)이 많아 어디로 가야 좋을지 몰라서 양이 끄는 수레를 타고 양이 가는 대로 가서 자고 놀았는데, 이에 궁인들이 문 앞에 양이 좋아하는 대나무 잎을 꽂고 소금을 뿌려 무제의 수레를 유인했다고 한다.

습니다.253)

수 문제는 천성이 엄하고 급하였는데, 금지사항을 시행하게 하였고 정사를 부지런히 보고 생활에서 검소함에 힘썼습니다. 그러나 의심이 많아서 가혹하게 규찰하였고 간신들의 말을 믿고 충신을 해쳤습니다.254) 그리하여 아들 형제들도 모두 원수같이 되었으니,255) 이것이 그의 단점입니다.

당 숙종256)은 한때의 안일함을 탐하고 장래의 우환을 생각하지 않았으며, 눈과 귀의 즐거움을 다하고 소리와 기예의 공교함에 빠졌으며,257) 귀비(貴妃)를 지나치게 총애하다가 안으로 강한 적을 길러 결국 떠돌아다니게 되었으니,258) 백성들이 받은 고통이 이때보다 더 심한

---

253) 진 원제는~나라를 회복하였습니다 : 진 원제(元帝) 사마예(司馬睿, 267~322)는 동진(東晉)의 초대 황제. 서진(西晉)의 제위 계승 문제로 팔왕(八王)의 난이 일어났을 때 수도 낙양(洛陽)에서 가장 먼 영지에 있어 화를 피할 수 있었다. 서진이 흉노에게 멸망당하자 제위에 올라 남경(南京)에 도읍을 정하고 동진을 세웠다.

254) 수 문제는~충신을 해쳤습니다 : 수 문제는 수나라의 초대 황제인 양견(楊堅, 541~604). '개황율령(開皇律令)'을 제정하여 제도를 정비하고 과거제를 실시하여 귀족세력을 억제하는 등 중앙집권제를 강화하였다. 그가 정비한 균전제(均田制)·부병제(府兵制) 등은 당나라 율령(律令)의 기초가 되었다. 사치를 엄격히 금지하여 궁녀들이 화장을 하거나 비단옷을 입는 것도 단속하고 자신도 솔선하여 낡은 옷을 입었다고 한다. 법을 어기면 황족이라도 용서하지 않았고, 자신을 모욕한 사람이라도 법에 규정된 이상으로 처벌하지 않았다. 그러나 황후가 죽은 후 의심 많던 성품이 극단적이 되어 원로대신을 간신으로 몰아 죽였고, 법을 엄격히 집행한다는 원칙을 무시하고 잔혹한 처벌을 내렸다.

255) 아들 형제들도 모두 원수같이 되었으니 : 수 문제는 의심이 많아 간신들의 참소를 믿고 황태자 양용(楊勇)을 폐하고 둘째 아들 양광(楊廣)을 태자로 세웠다. 후에 문제의 후궁이 광에게 모욕을 당했다는 말을 듣고 다시 용을 태자로 세우려 하다가 이를 눈치 챈 광에게 피살되었다.

256) 당 숙종 : 여기서 말하는 사건은 당 현종의 일.

257) 눈과 귀의~공교함에 빠졌으며 : 당 현종은 음악에 뛰어나 직접 작곡도 하고 이원(梨園)의 예인을 양성하였다. 서도에도 능하여 명필이라는 칭호를 듣기도 하였다.

258) 귀비(貴妃)를 지나치게~떠돌아다니게 되었으니 : 당 현종은 자신의 며느리였던 양귀비(楊貴妃)를 후궁으로 들인 뒤 정사를 돌보지 않았고 이임보(李林甫)에게 정사를 맡겼다. 755년 안녹산(安祿山)의 난이 일어나 사천(四川)으로 피난 가던 도중에 양귀비는 호위 병사에게 살해되었다.

적이 없었습니다.

송 신종은 다스림을 꾀하는 데 애써서259) 요(堯)·순(舜)을 우러러 받들고 정자(程子)260)와 함께 바른 학문을 연구하였고, 여혜경(呂惠卿)261)과 더불어 새 법령을 창제했으며, 취하고 버리는 것이 다 나라의 안위와 관련되었습니다. 그러나 어진 사람을 멀리하고 간신을 가까이 하여 안정됨을 위급함으로 바꾸었고⟨219⟩다스려짐을 혼란함으로 바꾸었으며 천하를 시끄럽게 하여262) 사람들에게 즐겁게 살아가려는 마음을 잃게 하였으니 감히 요·순의 다스림을 바랄 수 있겠습니까? 그럴 수 없습니다.

송 고종은 간특한 신하를 신임하고 충신을 다 쫓았으며 진회(秦檜)가 악비를 교살한 것263)을 모른 체하고 가사도(賈似道)가 마침내 나라를 그릇되게 하였는데도264) 충신이라고 생각하였으니, 어찌 삼대의 정치

---

259) 송(宋) 신종(神宗)은 다스림을 꾀하는 데 애써서 : 신종(1048~1085)은 송나라 제6대 황제. 요나라와의 싸움에서 하동의 경계지를 양보하고, 서하의 원정에서도 크게 패하자 실의 속에 죽었다. 신종의 정치는 급진적이어서 실패한 것도 많았으나 나라의 체제를 바로잡고 국가 권력을 확립하는 데 기여하였다.

260) 정자(程子) : 정호(程顥)·정이(程頤). 송나라의 유학자.

261) 여혜경(呂惠卿, 1032~1111) : 왕안석(王安石)의 측근으로서 같이 신법을 추진하였으나 후에 배신하였다.

262) 어진 사람을 멀리하고~천하를 시끄럽게 하여 : 송 신종이 등용한 왕안석의 정치개혁에 따라 이에 반대하는 사마광(司馬光) 유파와 갈등을 일으켰고, 또한 왕안석은 불교를 일으켜서, 유학자들의 비판을 받았다.

263) 진회(秦檜)가 악비를 교살한 것 : 진회는 남송 초기의 정치가로, 24년간 재상을 지낸 유능한 관리였으나 반대파를 억압해 비난받았다. 악비가 금나라의 침공을 막고 있을 때 연일 승전하는 악비를 못마땅하게 여겨 진회는 금나라와 화평론(和平論)을 주장하였다. 1141년 주전파(主戰派)인 군벌 내부의 불화를 틈타서 진회는 그들의 군대 지휘권을 박탈하고 중앙군으로 개편하였다. 이때 조정의 명에 복종하지 않은 악비는 누명을 쓰고 투옥된 뒤 살해되었다. 진회가 죽은 후 악비의 혐의가 풀려 명예가 회복되었다.

264) 가사도(賈似道)가 마침내 나라를 그릇되게 하였는데도 : 가사도(1213~1275)는 남송 말기의 정치가. 남송을 공격한 몽골이 후계자 권력 다툼으로 물러나자 가사도는 몽골에게 사신을 보내 강화를 맺었다. 그러나 강화 조건을 이행하지 않아 다시 몽골군이 침략했고, 가사도는 군사를 이끌고 전장에 나갔으나 전투는 하지 않고 강화에만 골몰하였다가 전투에서 패배

를 기대하겠습니까?

당 헌종은 여러 충신들의 공으로 번진(藩鎭)265)의 반란을 평정하고
마침내 중흥의 위업을 이루었습니다.266)

진왕(陳王)267)은 가난한 집안의 아들이자 천민으로, 군대 행렬에서
지내다가 밭두렁 사이에서 힘써 일어나 피폐하고 흩어진 병졸과 수백
무리를 거느리고 나무를 베어서 무기로 삼고 장대를 들어 깃발로 삼았
는데, 천하 사람들이 구름 모이듯 소리 응하듯 하여 곡식을 싸들고 그
림자처럼 그를 따라 갔습니다.268) 만약 6국의 후사를 세우라는 말을
들었다면 천하[鹿]269)가 누구의 수중에 들어갔을지 모를 일입니다.

위공(魏公)270)은 치세의 유능한 신하요, 난세의 간웅(奸雄)이었습니
다. 권력을 잡고 제멋대로 명령을 내렸고 천하를 호령하였습니다. 사방
이 다 복종하여 그 위세를 두려워했으나 본심으로 그런 것은 아니었습
니다. 안으로는 조정 가득한 측근들의 위엄에 의존하고 밖으로는 기세
를 탄 영웅들의 세력에 영합하였으며, 은총과 영화를 지나치게 욕심내

하였다. 패배의 책임을 물어 유배지에서 피살되었다.

265) 번진(藩鎭) : 당(唐)·오대(五代)·송(宋)나라 초기에 절도사(節度使)를 최고 권력자로 한
지방지배 체제.

266) 당(唐) 헌종(憲宗)은~위업을 이루었습니다 : 헌종(778~820)은 당나라 제11대 황제. 안사
(安史)의 난 이후 세력이 거세진 번진(藩鎭) 때문에 약해진 중앙을 강화하고 배도(裴度)
등 재정가를 재상으로 삼아 양세법(兩稅法)에 바탕을 둔 봉건제 지향적 경제정책을 추진하
였다.

267) 진왕(陳王) : 진승(陳勝, ?~208). 진(秦) 말기의 농민 반란 지도자로, B.C. 209년 '진승
·오광의 난'을 일으켜 '장초(張楚)'를 건국하였다.

268) 진왕(陳王)은~그를 따라갔습니다 : 가의(賈誼)의 「과진론(過秦論)」 표현을 인용한 것이다.

269) 천하[鹿] : 원문의 '鹿'은 '중원축록(中原逐鹿)'에서 나온 말. 중원의 사슴을 좇는다는 뜻으
로, 제위를 두고 다툼을 비유하는 말.

270) 위공(魏公) : 조조(曹操, 155~220). 삼국시대 위(魏)나라를 세운 장군. 황건적의 난을
진압할 때 두각을 나타내 여러 벼슬을 역임하고 196년 헌제(獻帝)를 옹립하여 정치적으로
주도적인 지위를 차지하였다. 화북을 평정한 후 손권·유비의 연합군과의 싸움에서 대패하
여 그 세력이 강남(江南)에는 미치지 못하였다.

어 함부로 강한 적을 만들었습니다. 천자를 협박하여 누르고 황후를 살해하였기에,[271] 남산의 대나무를 빌어 죄를 쓰더라도 다 기록할 수 없고 동해의 파도를 끌어서도 그의 죄악을 다 씻을 수 없습니다[272].

손책(孫策)[273]은 적을 토벌할 때 나이 겨우 스무 살이었으나, 그의 용맹은 천하에 으뜸이었습니다. 강동에 웅거하고 소패왕의 호칭을 얻었는데 필부의 손에 목숨을 잃었으니[274] 애석한 일입니다.

오계(五季)[275]에 이르러서는 재난이 잇따르고 전쟁도 끊임없이 일어났습니다. 명색은 비록 군신이었지만 실제로는 다 원수가 되었습니다. 세상 형편이〈220〉이렇게 변해버려서 퇴폐하고 혼란이 극치에 달하였으니 어찌 이루 다 말할 수 있겠습니까?"

항왕(項王, 항우)이 소리를 크게 질렀다.

"고금 제왕의 옳고 그름을 논하는 가운데 왜 나는 들어있지 않소?

명 태조가 말하였다

"굳이 들어야 하겠다면 뭐가 어렵겠소? 옛 사람이 이르기를 '사람을 얻는 자는 흥하고 사람을 잃은 자는 망한다.'고 했소. 대왕은 열 가지 큰 죄[276]를 짊어졌으니, 들으면 부끄러워할 것 같아 말해서 이익이 없

---

271) 천자를 협박하여 누르고 황후를 살해하였기에 : 조조는 헌제를 꼼짝 못하게 끼고 정권을 독점하였으며 지나치게 포학하고 의심이 많았다. 조조의 권세가 날로 높아지자 헌제의 황후[복황후(伏皇后, ?~214)]는 위협을 느껴 부친에게 조조를 도모하라는 편지를 보냈으나 그는 실행에 옮기지 못하였다. 이 일이 누설되자 조조는 군사를 이끌고 내전으로 들어가 황후를 폭실(暴室)에 가두어 죽게 만들었다. 『삼국지』「복황후기(伏皇后紀)」.

272) 남산의 대나무를~씻을 수 없습니다 : 『구당서(舊唐書)』「이밀전(李密傳)」.

273) 손책(孫策) : 원문에는 쓰여 있지 않으나 문맥상 손책이다.

274) 필부의 손에 목숨을 잃었으니 : 강동(江東)을 점거한 후 손책은 허도(許都)를 공격하려 하였다. 이 사실을 안 오군태수(吳郡太守) 허공(許貢)이 조조에게 글을 보냈는데 사신이 손책의 부하에게 체포되어 일이 탄로났고 손책은 허공을 교살하였다. 허공의 식객 세 사람이 복수하기 위해 손책이 사냥하던 중에 공격하였다. 이때 입은 상처로 손책은 오래지 않아 죽었는데 겨우 26세였다.

275) 오계(五季) : 다섯 왕조가 자주 갈린 계세(季世)라는 뜻으로, 후오대(後五代)를 이르는 말.

276) 열 가지 큰 죄 : 한나라와 초나라가 형양(滎陽)의 광무(廣武) 계곡에서 여러 해 동안 대치

을 듯하오."

항왕이 말하기를,

"그 말씀을 듣길 원하오."

라고 하니, 이에 말하였다.

"관중(關中)의 약속을 어긴 것[277]이 첫째이고, 경자관군(卿子冠軍)을 죽인 것[278]이 둘째이며, 제나라를 구하고도 알리지 않고 제멋대로 제후들을 위협한 것이 셋째이오. 함양의 궁전을 불사르고 여산(驪山)의 묘를 파헤친 것[279]이 네 번째이며 투항해 온 진왕 자영(子嬰)을 죽인 것이 다섯 번째, 투항한 진나라 군사 이십만 명을 생매장한 것[280]이 여섯 번째, 장수들을 좋은 땅의 왕으로 봉하고 옛 군주를 쫓아낸 것[281]이 일곱 번째이오. 스스로 도읍을 팽성(彭城)[282]에 정해놓고 한(韓)·양(梁)의 땅을 빼앗은 것[283]이 여덟 번째이며, 강동에서 의제(義帝)를 살

하다가 항우가 유방에게 둘이서 승부를 가르자고 하였다. 유방은 항우의 도전을 거절하며 그의 죄 열 가지를 나열하여 비난하였다. 『사기(史記)』 「고조본기(高祖本紀)」.

277) 관중의 약속을 어긴 것 : 관중을 먼저 차지한 자가 관중의 왕이 된다고 초회왕 의제(義帝)가 선언했었다.

278) 경자관군(卿子冠軍)을 죽인 것 : '경자'는 공자(公子), '관군'은 상장(上將)이라는 뜻으로, 초나라 회왕(懷王, 후의 의제(義帝))의 신하인 송의(宋義)를 높여 부른 것이다. 진(秦)나라 장수 장한(章邯)이 거록(鉅鹿)에서 조(趙)나라 왕을 포위하자 회왕은 송의를 상장군(上將軍)으로, 항우를 차장(次將)으로 삼아 구원군을 보냈다. 그러나 송의가 안양(安陽)에 이르러 사십여 일 동안 머무르며 진격하지 않자, 항우는 송의가 제(齊)나라와 모의해 초(楚)나라를 배신하려 한다며 그를 죽였다. 그 후 상장군이 된 항우는 거록에서 진나라 군대를 격퇴함으로써 자신의 세력을 확장할 기반을 마련하였다. 『사기』 「항우본기(項羽本紀)」.

279) 여산(驪山)의 묘를 파헤친 것 : 진 시황의 묘에 매장된 보물을 차지하기 위해 파헤쳤다.

280) 투항한 진나라 군사 이십만 명을 생매장한 것 : 투항했던 진나라 군사들을 신안성(新安城) 남쪽에 구덩이를 파고 묻어 죽었다.

281) 측근 장수들을 좋은 땅의 왕으로 봉하고 옛 군주를 쫓아낸 것 : 진나라 군사들을 지휘하다가 투항한 장한(章邯)과 사마흔(司馬欣), 동예(董翳)를 관중 세 지역의 왕에 임명하여, 한때 진나라가 셋으로 나뉘었다.

282) 팽성(彭城) : 강소성(江蘇省) 북서부에 있다.

283) 도읍을 팽성(彭城)에 정해놓고 한(韓)·양(梁)의 땅을 빼앗은 것 : 항우는 스스로 왕위에 올라 서초패왕(西楚覇王)이 되어, 양(梁)과 초의 땅 9군(郡)의 왕이 되고, 팽성에 도읍했다.

해한 것이 아홉 번째요, 정사를 공평히 하지 않고 맹약을 주최하면서도 어긴 것은 천하 사람들이 용납할 수 없는 대역무도한 것으로서, 이것이 열 번째이오. 『한서(漢書)』284)에 '충성스러운 말은 귀에 거슬리지만 행동에 이롭고, 독약은 입에는 쓰지만 병 치료에 이롭다.'고 하였으니, 당신은 내가 솔직히 말한 것을 탓하지 말기를 바라오."

항왕은 침묵을 지키고 말이 없었으며 온 얼굴에 부끄러운 기색을 띨 뿐이었다. 명 태조는 자리에서 벗어나 말하였다.

"평범한 재주와 우둔한 말로 함부로 옳고 그름을 논하였기에 마음이 편치가 않습니다."

앉아있던 사람들이 다 칭찬하였다.

"제갈량이 신하를 평가한 것과 명 태조가 제왕을 평론한 것은 비록 저울과 자가 있더라도 그 경중과 장단은 족히 이것을 넘지 못합니다."

명 태조가 말하였다.

"과인이 도읍을 정하려 하는데〈221〉어디가 적당한지 모르겠습니다."

한 고조가 답하였다.

"산으로는 곤륜이 있고 물은 황하로부터지요. 사해의 안에는 요(堯), 순(舜), 우(禹), 탕(湯), 문왕(文王), 무왕(武王), 진(秦)나라, 한(漢)나라의 도읍이 있었고, 사해의 밖에는 남만(南蠻), 북적(北狄), 동이(東夷), 서융(西戎)의 나라가 있소. 옹주(雍州), 예주(豫州), 서주(徐州), 양주(楊州) 네 주에서는 장안(長安)이 으뜸이요, 형주(荊州), 익주(益州), 청주(靑州), 연주(兗州) 네 주에서는 금릉(金陵)이 으뜸이니, 용이 서리고 범이 걸터앉은 것 같은 지세로 천혜의 땅이어서 진실로 이른바 제왕의 고을이오. 대개 삼대 이전에는 제왕들이 대부분 하북(河北)에서 나왔으며 삼대 이후에는 제왕들이 주로 하남(河南)에 도읍하였는데 오직 강남에 공허한

---

284) 『한서(漢書)』: 후한(後漢) 반고(班固)가 저술한 역사서. 그러나 뒤의 인용 구절은 『사기(史記)』「유후세가(留侯世家)」에 나온다.

땅이 있으니, 황제께서는 금릉에 뜻을 둔 게 아닙니까?"

명 태조가 감사해하며 말했다.

"가르침을 받겠습니다."

한 고조가 장수와 재상, 지략가, 용장, 다섯줄의 사람들에게 춤추고 노래를 짓게 했다. 첫 번째 무리는 장량(張良), 소하(蕭何), 한신(韓信), 진평(陳平), 기신(紀信)이고 두 번째 무리는 마원(馬援), 가복(賈復), 제갈량(諸葛亮), 관우(關羽), 조운(趙雲)이며 세 번째 무리는 이정(李靖), 장손무기(長孫無忌), 장순(長巡), 허원(許遠), 서달(徐達) 등이었다. 풍채가 빼어나고 기개가 활달했다.

진평(陳平)이 매우 기뻐하며 읊으니, 그 노래는 다음과 같다.

良禽相木而棲	좋은 새는 나무를 가려 깃들고
賢臣擇主而佐	어진 신하는 주인을 택하여 보좌하노라
棄暗投明兮	어둠을 버리고 밝음에 투신하니
立功成名	공을 세워 이름을 이루었노라
間范增於沐猴	목후(沐猴)에게서 범증(范增)을 떼어놓고[285]
救聖主於白登	백등(白登)에서 임금을 구하였노라[286]
今夕何夕	오늘 밤이 어떠한 밤이냐

---

285) 목후(沐猴)에게서 범증(范增)을 떼어놓고 : 목후(沐猴)는 항우를 가리킨다. 항우가 초(楚)의 팽성(彭城)으로 천도하려 할 때 간의대부(諫議大夫) 한생(韓生)이 이를 말렸으나 항우가 듣지 않자 한생이 '원숭이를 목욕시켜 관을 씌운 꼴[沐猴而冠].'이라 중얼거린 데서 온 말이다. 범증이 항우에게 유방은 위험한 존재이니 제거하라고 여러 번 말했으나 항우는 범증의 말을 듣지 않았으며 범증이 제안한 두 번의 기회에서도 유방을 제거하지 못했다. 이를 한 유방은 진평의 계책에 따라 항우에게 범증이 유방과 내통하고 있었던 것처럼 보이게 함으로써 항우가 범증을 의심하게 하였다. 계획대로 항우는 범증을 의심하고 점차 그의 권력을 빼앗아 범증은 떠났고 그 후 항우의 곁에서 책략을 제시해줄 사람은 하나도 남지 않게 되었다. 『사기』「항우본기(項羽本紀)」.

286) 백등(白登)에서 임금을 구하였노라 : 한 고조가 산서성 백등(白登)이란 산에서 이레 동안 흉노에게 포위당했을 때 진평이 미인계를 써 포위를 풀었다.

君臣同樂　　　군신이 함께 즐기는도다

기신(紀信)이 슬피 읊으니, 그 노래는 이러하였다.

榮陽危急兮　　영양(榮陽)287)에서 위급하매
軍伍蒼黃　　　군사들이 당황했네
謀臣緘口　　　책사는 입을 다물고
勇士抛弓　　　용사는 활을 버렸지
救君於濱死之際　죽음의 경계에서 군주를 구하려
誑楚於報國之忠　나라에 대한 충성으로 항우를 속였지288)
從龍逢而同遊　용방(龍逢)289)을 따라 함께 노니니
垂竹帛於映輝　역사에 찬란한 빛 드리우리라

마원(馬援)이 강개하게 읊으니, 그 노래는 이러하였다.〈222〉

白首邊庭　　　머리 희도록 변방에서
蕩掃藩鎭　　　주변을 소탕하였네
馬革裹屍而歸　말가죽에 싸인 시신으로 돌아옴이
平生所願　　　평생 소원이었건만
薏苡累身之恨　율무가 몸을 얽은 한(恨)290)은

---

287) 영양(榮陽) : 지금의 하남성(河南省) 지역.
288) 항우를 속였지 : 한 고조가 영양(榮陽)에서 군량이 다 떨어져 항복하게 될 위험에 처했는데, 기신(紀信)이 한 고조로 분장하여 항우를 속이고 시간을 끈 덕분에 고조는 목숨을 구할 수 있었다.
289) 용방(龍逢) : 하(夏)나라의 충신으로 걸왕(桀王)의 무도함을 간언했다가 죽임을 당했다.
290) 율무가 몸을 얽은 한(恨) : 마원은 광무제(光武帝)의 명령을 받들어 교지(交趾)로 원정을 나섰다가 군사들이 괴질에 걸렸는데 지역 백성들의 도움으로 율무를 복용하여 병이 나았다. 이후 전쟁에서 승리를 한 마원이 돌아올 때 율무 한 수레를 싣고 왔는데, 값비싼 보석을 싣고 돌아왔다는 소문이 퍼져 마원을 질투하는 간신들이 광무제에게 이를 고했고, 마원이 뒤늦게 이 소문을 듣고 율무라고 밝혔으나 어명으로 참수되었다.

千載難消　　　　천년토록 사라지지 않노라

가복(賈復)이 힘차게 읊으니, 그 노래는 이러하였다.

　　男兒處世兮　　남아로 세상에 처하여
　　許身報君　　　몸 바쳐 군주에 보답하니
　　圖書丹靑兮　　단청으로 모습 그리고[291]
　　書名金石　　　금석에 이름 새겼지
　　日旣吉而辰良　길한 날 좋은 때에
　　侍舊主而會宴　옛 군주 모시고 잔치 열었네
　　難再期於續遊兮이어 노닒을 다시 기약하기 어려우니
　　共歌舞而極樂　함께 노래하고 춤춰 즐거움 다하리라

장량(張良)이 낭랑하게 읊으니, 그 노래는 이러하였다.

　　受學黃石　　　황석공(黃石公)[292]에게 배우고
　　來攀赤帝　　　적제(赤帝)[293]를 따라서
　　滅嬴倒項　　　진(秦)을 없애고 항우를 이겨
　　五世之讐報矣　5대의 원한을 갚고서[294]

---

291) 단청으로 그리고 : 한(漢) 명제(明帝)가 영평(永平) 3년에 광무제(光武帝)의 공신 28인을 그려 운대(雲臺)에 봉안(奉安)하였다.

292) 황석공(黃石公) : 장량의 스승. 장량이 하비(下邳)의 이교(圯橋) 가에서 어떤 노인(황석공)을 만났는데 노인이 떨어뜨린 신발을 주워다 공손히 신겨 주자 그 노인이 장량에게 『태공병법(太公兵法)』을 전해 주었다. 『사기』 「유후세가(留侯世家)」.

293) 적제(赤帝) : 원래 적제(赤帝)는 오방신장(五方神將)의 하나로서, 여름을 맡아보는 남쪽의 신(神)이다. 유향(劉向)의 오행상생설에 의거하여 한(漢)은 화덕(火德, 남쪽)으로 왕 노릇을 했다 한 데서, 한(漢) 나라를 상징하기도 하고 한 고조 유방(劉邦)을 상징하기도 한다.

294) 5대의 원한을 갚고서 : 장량의 조부와 부친은 한나라의 재상으로 다섯 왕을 보필했다. 진 시황이 한나라를 멸망시키자 장량은 진 시황을 암살하려 했으나 실패하고 훗날 유방을 섬겨 진나라의 함양을 점령하여 항복 받았다.

身爲帝師	제왕의 스승이 되었으니
人臣之位極矣	신하로서 최고의 자리로다
功成身退	공을 이루고 물러나서
辭榮避位	영화를 사양하고
團團之月	둥그런 달
昻昻之鶴	고상한 학과 함께
從赤松兮	적송자를 따르리라
萬古雲山	오래도록 구름산에서

소하(蕭何)가 즐거이 읊으니, 그 노래는 이러하였다.

生當亂世兮	태어나 난세를 당하매
還歸明君	현명한 군주에게 의탁하여
剖符封功兮	공적으로 제후에 봉해지니
身居第一	으뜸 자리 차지했네
千秋泉臺	천년 세월 무덤 속에
萬事春夢	만사가 춘몽인데
更侍宴席兮	다시 연회 자리에서 모시니
且此同樂	이렇게 같이 즐거워하노라

한신(韓信)이 악연(愕然)히295) 읊으니, 그 노래는 이러하였다.

思歸漢於鴻門	홍문(鴻門)296)에서 한 고조에게 돌아갈 것을 생각하여
佩金印於將壇	대장단에 올라 금인(金印)을 차고

---

295) 악연(愕然)하다 : 몹시 놀라 정신이 아찔하다.
296) 홍문(鴻門) : 섬서성 임동현(臨潼縣)의 동쪽. 항우와 유방이 홍문에서 만나 연회를 베풀었는데, 항우의 항장이 검무(劍舞)를 핑계삼아 유방을 죽이려고 했으나 실패했다.

定關中破三秦	관중을 평정하고 삼진(三秦)을 격파하니
燕趙望風群雄縮領	연(燕)과 조(趙)가 스러지고 군웅들이 움츠러들었지
斬章邯於一旅	한 군대로 장한(章邯)을 베고[297]
滅項王於垓下	해하에서 항우를 멸하였는데
高鳥盡兮良弓藏	높이 나는 새 잡고 나면 좋은 활은 감추고
狡兔死兮獵狗烹	교활한 토끼〈223〉죽고 나면 사냥개를 삶나니[298]
殞身兒女之手	아녀자의 손에 죽은 것이
千秋難忘之恨	천추에 잊기 어려운 한이로다

제갈량이 개연(慨然)히 읊으니, 그 노래는 이러하였다.

感屈駕而三顧兮	삼고초려 하심에 감격하여
許驅馳於風塵	풍진에 나아가 힘쓰겠노라
奉命於危難之間	위급한 때에 명을 받들었고
受任於顚沛之際	위태로운 때에 임무를 받았지
兩章哀表	두 편의 애절한 표(表)에는
歷歷忠言	충언이 역력하였고
六出祁山	기산에 여섯 번 나아가니

---

297) 한 군대로 장한(章邯)을 베고 : 진(秦)나라 멸망 후 장한은 항우로부터 땅을 분봉받아 관중 서부 지역을 차지하여 한중(漢中)으로 물러난 유방(劉邦)에 대한 감시와 방어를 맡았다. 이때 한신은 한중으로 들어올 때 불태웠던 잔도(棧道)를 복구하여 장한의 감시를 쏠리게 한 뒤 남정(南鄭)의 옛길을 따라 진창(陳倉)을 기습했다. 한의 기습에 패한 장한은 폐구(廢丘)로 물러나 성을 굳게 지켰으나 B.C. 205년 한군의 수공(水攻)에 패하고 스스로 목숨을 끊었다.

298) 교활한 토끼를 죽인 뒤에는 사냥개를 삶나니 : 춘추전국시대 월나라 구천의 신하인 범려(范蠡)가 오나라를 멸망시킨 후 관직을 내놓으며 문종(文種)에게 함께 물러날 것을 권하면서 한 말이다. 범려는 초야에 숨어 화를 면하였으나 문종은 구천에게 충성을 다하다 트집을 잡혀 자결하였다. 훗날 한신이 한 고조 유방에게 내침을 당하면서 자신의 처지를 빗대어 이 말을 인용하면서 널리 알려졌다. 『사기』 「월왕구천세가(越王句踐世家)」.

孜孜報君   열심히 군주의 은혜 갚음이라

庶竭駑鈍   노둔한 힘이나마 다하여

攘除奸凶   간흉을 없애고자 하였고

鞠躬盡瘁   온몸을 다하여 바스러지도록

興復漢室   한나라 황실을 부흥시켰건만

天意不弔   하늘이 돌보지 않아

兇徒未掃   간흉을 채 소탕하지 못했는데

秋風五丈原 오장원(五丈原)에 가을바람 불고

千載恨悠悠 한은 천년에 아득하네

관공(關公, 관우)이 슬퍼하며[愴然] 읊으니, 그 노래는 이러하였다.

桃園結義劉皇叔 도원(桃園)에서 유황숙(劉皇叔)299)과 의를 맺었고

鄴下豈數曹阿瞞 업성(鄴城)에서 조아만(曹阿瞞)300)의 죄를 따졌
                지301)

身騎赤兎   적토마에 몸을 싣고

手把青龍   청룡도를 손에 들고

擧目山河   눈 들어 산하를 보고

睥睨天地   천하를 노려보니

氣呑吳魏   기운은 오(吳)와 위(魏)를 삼키고

志復炎祚   뜻은 한나라를 부흥하고자 했는데

誤陷奸謀   간교한 계략에 빠져302)

---

299) 유황숙(劉皇叔) : 유비. 유비는 동한 황족의 먼 친척으로 황제의 아저씨뻘이라는 뜻에서
    '황숙'으로 불렸다.

300) 아만(阿瞞) : 조조의 아명(兒名).

301) 업성(鄴城)에서~따졌지 : 204년 조조가 원소를 물리친 후 업성을 도성으로 삼았다.

302) 그릇 간교한 계략에 빠져 : 219년, 형주를 지키고 있는 관우와 여몽이 대항하던 중 촉의
    남군태수 미방(糜芳)이 손권 측과 내통하여 관우의 퇴로를 끊어버리고, 12월 겨울에 당양현
    (當陽縣)의 남쪽에 있는 장향(障鄕)에서 관우는 사로잡혀 처형되었다.

稀歸蹉跌	계획이 어긋났으니
九原千秋	구천에서 천년이 지나도
此恨綿綿	이 원한은 끝이 없도다

조운이 강개히 읊으니, 그 노래는 이러하였다.

漢室將亂兮	한나라가 어지러워지니
羣雄蜂起	군웅이 벌떼처럼 일어나매
身爲先鋒之職	몸은 선봉의 자리에 두고
志存報國之誠	뜻은 나라에 보답함에 있었네
孫權强盛	손권은 강성하였고
曹操橫行	조조는 횡행하였는데
兩賊未滅	두 도적을 멸하지 못했으니
千古遺恨	천고에 남는 한이로다
撫長劍而作歌	긴 검 어루만지며 노래 부르니
吐平生之忠憤	평생의 충분을 토해냄이로다

이정이 낭랑하게 읊었다.

一劍定風塵	한 자루 칼로 전란을 평정하니
高名垂千秋	높은 이름 천추에 드리우네
今日華筵	오늘〈224〉성대한 연회에서
更侍聖主	다시 성군(聖君)을 모시는구나

장손무기가 호방하게 읊었다.

| 攀龍鱗 | 용의 비늘을 붙잡고 |
| 附鳳翼 | 봉의 날개에 붙어서 |

聲振當時	당대에 명성을 드날렸고
垂名後世	후세에 이름을 드리웠도다

장순이 눈물을 흘리며 읊었다.

一髮孤城	작고 외로운 성 하나
重圍月暈	달무리처럼 겹겹이 포위되어
外無援兵	밖에는 구원병 없고
內無粮草	안에는 양식이 없네
籠中之鳥	새장 속의 새처럼
網裏之魚	그물 속의 물고기처럼
未報國家	나라에 보답하지 못하고
空死節義	그저 절의 지켜 죽었노라

허원이 눈물을 삼키며 읊었다.

賊兵逼城	적군이 성으로 닥쳐오매
危如累卵	누란(累卵)303)처럼 위급하니
卽墨未畵龍紋牛	즉묵(卽墨)의 소에 용무늬 그리기304) 전이요
晉陽猶沉三板水	진양성(晉陽城)이 잠겨 세 판축만 남은305) 격이라

---

303) 누란(累卵) : 달걀을 포개놓은 것처럼 매우 위태로운 형세.

304) 즉묵(卽墨)의 소에 용무늬 그리기 : B.C. 281년 연(燕)나라가 제나라를 침공하여 70여 개의 성을 함락시켰으나 2년이 넘도록 즉묵과 거(莒) 땅을 함락시키지 못하자 새로 즉위한 연 혜왕(惠王)은 장수인 악의를 경질하고 다시 공격하게 했다. 이때 즉묵의 대부였던 전단 (田單)이 천 마리의 소에 화려한 무늬를 그리고 5천 명의 정예병을 배불리 먹인 후 밤이 되자 소꼬리에 불을 붙여 성벽 밖으로 내보냈다. 꼬리에 불을 붙이고 괴상한 무늬가 그려진 소떼의 습격에 연나라 군사가 크게 당황한 사이 전단은 정예병을 인솔하여 적병을 크게 격파하였다.

305) 진양성(晉陽城)이 잠겨 세 판축만 남은 : B.C. 403년 진(晉)나라 말엽에, 지씨(智氏)·범 씨(范氏)·중항씨(中行氏)의 세력이 강대했는데, 지백(智伯)이 조씨·위씨·한씨와 힘을 합

身死守節   절의를 지켜 죽으니
忠貫白日   충성이 해를 찌르네

서달이 소리 높여 읊었다.[306]

大風兮, 大風兮   큰 바람이여, 큰 바람이여
以終天年   평생을 마치리라

노래가 끝나자 한 고조가 술을 내리도록 명하고 말하였다.

"바깥의 신하들이 몇 명인가? 술 한 말과 산 돼지 한 마리씩 나누어 주어라.[307]"

한 무제가 말하였다.

"과인의 신하인 동방삭은 『황정경(黃庭經)』을 잘못 읽어 인간세상으로 귀양을 온 자라 신선의 기풍이 있습니다. 며칠 전 과인에게 고금 성현들의 합당한 직책에 대해 논했습니다. 이제 그가 여러 신하들에게

처 범씨와 중항씨를 멸망시키고 땅을 나누어 가졌다. 그 뒤 지백이 다시 위씨·한씨와 함께 조씨를 공격하였는데, 조의 진양성(晉陽城)은 수공을 받아 성 내에 물에 잠기지 않은 것이 세 판(版)뿐이었으나 3년이 지나도 함락되지 않았다. 조양자(趙襄子)가 지백이 두려워 억지로 싸움에 참가했던 한씨·위씨를 설득하여 3군이 연합해서 지백을 멸망시키고 그 땅을 나누어 가졌다. 이후 진(晉)은 조(趙)·위(魏)·한(韓) 3국으로 나뉘게 되었다.

306) 국도본에 실린 노래는 다음과 같다.
    大丈夫處世兮 立功名   대장부로 세상에 처하여 공명을 세우도다
    立功名兮 四海淸   공명을 세우니 사해가 맑도다
    四海淸兮 天下太平   사해가 맑으니 천하가 태평하도다
    天下太平兮 吾將醉矣   천하가 태평하니 내 장차 술 마시리라
    吾將醉兮 終天地之年 내 장차 술 마시며 평생을 마치리라
307) 술과~나누어 주어라 : 번쾌(樊噲)의 일을 빗댄 것. B.C. 206년 유방과 항우가 홍문(鴻門)에서 만났을 때, 항우의 장수인 항장(項莊)이 검무를 추며 유방을 죽이려고 했는데 유방의 장수인 번쾌가 뛰어들어 실패했다. 번쾌의 늠름한 기상을 보고 항우가 큰 잔에 한 되의 술을 주자 번쾌는 즉시 마셨으며 생 돼지앞다리를 주자 번쾌는 검을 뽑아 잘라 먹었다고 한다.

직책을 부여하도록 하는 것이 어떻겠습니까?"

한 고조가 곧 들어오도록 명하였는데, 그 사람은 눈썹에 강산의 수려함이 모였고, 가슴에 세상을 구제할 재주를 품고 있었으며, 표표(飄飄)한 모습이 사람 중의 신선 같았다. 탑전(榻前)으로 서둘러 나아와 알현하니, 한 고조가 말하였다.

"듣자니 경이 직무를 잘 맡긴다고 하는데, 그러한가?"

동방삭이 몸을 구부리고 뒤로〈225〉물러나 말하였다.

"붓을 잡고 문서업무를 맡을 자는 소하, 조참, 병길(丙吉)308), 위상(魏相)309)의 무리이며, 변방에서 군사를 거느릴 자는 한신, 팽월, 위청(衛靑)310), 곽거병(霍去病)311)의 부류들이 줄 서 있습니다. 아름다운 구슬을 버리고 투박한 돌을 취하시는 것은 어째서입니까? 신을 시켜 직책을 부여케 하는 것은, 비유하자면 모기에게 산을 떠메게 하고 사마귀에게 수레를 막게 하는 것과 같습니다."

한 무제가 말하였다.

"어째서 사양하는가?"

동방삭이 대답하였다.

---

308) 병길(丙吉) : ?~B.C. 55. B.C. 91년 무고(巫蠱)의 옥사 때 유순(劉詢)의 목숨을 구하였다. 유순이 제위에 오른 후 B.C. 67년 승상이 되었다. 길에서 불량배들의 싸움을 단속하는 일은 시장(市長)의 직분이므로 재상이 관여할 바가 아니지만, 수레를 끄는 소가 숨을 헐떡이는 것은 계절의 변조 탓일지도 모르므로 음양을 가리고 자연의 조화를 꾀하는 것은 재상의 직분이라고 하였다.

309) 위상(魏相) : 병길과 함께 한나라 명재상으로 일컬어진다. 위상은 고사 및 옛날 사람들이 국가에 유익한 내용을 상주한 글 보기를 좋아했다. 이에 한나라가 일어난 후 국가에 좋은 시책을 제시했던 가의(賈誼), 조조(鼂錯), 동중서(董仲舒) 등 현명한 신하들의 의견 중에서 시행할 만한 것을 골라 주청했다.

310) 위청(衛靑) : ?~B.C. 106. 한 무제 때의 장수로 곽거병과 함께 흉노 정벌에서 공을 세워 대사마(大司馬)의 자리에 올랐다.

311) 곽거병(霍去病) : B.C. 140~B.C. 117. 한 무제 때의 장수로, 흉노 정벌에서 공을 세워 대사마의 자리에 올랐다. 6차례 정벌에 나설 때마다 정예부대를 이끌고 대군보다 먼저 적진 깊숙이 쳐들어가는 전법을 써서, 한나라의 영토 확대에 큰 기여를 하였다.

"겸양을 하고자 하는 것이 아니라, 이것이 곧 진심입니다. 소신이 어리석게나마 헤아려 보건대, 공명이 좌승상, 소하가 우승상, 범중엄이 좌복야(左僕射), 구양수가 우복야(右僕射), 장량이 태부(太傅), 곽광이 태위(太尉), 서달이 대사마(大司馬), 조빈이 대장군(大將軍), 한신이 도원수(都元帥), 이정이 부원수(副元帥), 관운장이 집금오(執金吾), 범증이 경조윤(京兆尹), 방통이 관찰사(觀察使), 팽월이 절도사(節度使), 동중서가 어사대부(御史大夫), 진평이 상서령(尙書令), 위징이 간의대부(諫議大夫), 등우가 중서령(中書令), 저수량이 정위(廷尉), 이선장이 도위(都尉), 법정이 사도(司徒), 한유가 사공(司空), 조보가 대사농(大司農), 산도가 대홍려(大鴻臚), 장제현이 공부시랑(工部侍郎), 방현령이 이부시랑(吏部侍郎), 장비가 좌선봉(左先鋒), 조운이〈226〉우선봉(右先鋒), 유기가 태사(太史), 장완이 장사(長史), 정자가 태학사(太學士), 육가가 한림(翰林), 급암이 박사(博士), 범질이 사인(舍人), 모초가 주서(注書), 이사가 사예(司隸), 풍위가 주부(主簿), 장창이 시중(侍中), 장궁이 교위(校尉), 묘훈이 상시(常侍), 곽가가 감군(監軍), 순욱이 참군(參軍), 탁무가 좨주(祭酒), 이방이 종사(從事), 비위가 내사(內史), 오한이 형주자사(荊州刺史), 마원이 양주자사(涼州刺史), 상우춘이 양주자사(楊州刺史), 진숙보가 항주자사(杭州刺史), 이적이 청주자사(靑州刺史), 왕전빈이 익주자사(益州刺史), 석수신이 예주자사(預州刺史), 구순이 서주자사(徐州刺史), 곽자의가 연주자사(兗州刺史), 호대해가 옹주자사(雍州刺史), 장손무기가 병주자사(幷州刺史), 마초가 청룡장군(靑龍將軍), 설인귀가 백호장군(白虎將軍), 경감이 무위장군(武衛將軍), 울지경덕이 충렬장군(忠烈將軍), 악비가 호위장군(虎衛將軍), 번쾌가 용양장군(龍驤將軍), 장한이 정서장군(征西將軍), 가복이 진북장군(鎭北將軍), 위청이 파로장군(破虜將軍), 곽거병이 토로〈227〉장군(討虜將軍), 한초가 표기장군(驃騎將軍), 용저가 상호군(上護軍), 장료가 대호군(大護軍), 왕량(王梁)이 양위장군(楊威將軍), 경포가 진위장군(振威將軍), 한

세충이 평남장군(平南將軍), 몽염이 정동장군(定東將軍), 왕전이 절충장
군(折衝將軍), 주발이 충무후(忠武侯), 기신이 안평후(安平侯), 역이기가
순후(順侯), 허원이 문신후(文信侯), 노숙(魯肅)이 건성후(建成侯), 육손이
회남후(淮南侯)가 되어야 합니다."

반열을 정하고 나자, 모든 사람들이 크게 웃으며 말하였다.

"직책에 적합합니다."

한 고조가 말하였다.

"원컨대 시 한 수를 지어 세상에 전하고 싶은데, 또한 좋은 일이 아니
겠소? 다만 지을 사람이 없는 것이 안타깝소."

송 태조가 말하였다.

"한유가 여기에 있는데, 어찌 시를 지을 사람이 없겠습니까?"

한 고조가 말하였다.

"미처 생각하지 못했소."

곧 근시(近侍)를 시켜 회계운손(會稽雲孫)[312]과 청송연자(靑松烟子)[313],
청계처사(淸溪處士)[314], 중산모군(中山毛君)[315]을 내오게 하여 한유의
앞에 놓게 하였다. 한유는 고개를 숙이고 명령을 듣더니, 일필휘지로
써나갔는데 한 글자도 더할 것이 없었다. 그 시는 이러하다.

> 聖功過五帝　　　공적은 오제(五帝)[316]를 넘어서고

---

312) 회계운손(會稽雲孫) : 종이. 회계(會稽)는 종이의 명산지, 운손(雲孫)은 구름처럼 먼 자손
　　이라는 뜻으로 8대째의 자손을 말한다. 한유(韓愈)의 〈모영전(毛穎傳)〉에서 종이를 빗대어
　　'회계(會稽)의 저(楮)선생'이라 하였다. '저(楮)'는 종이를 만드는 닥나무이다.

313) 청송연자(靑松烟子) : 먹[墨]. 소나무를 태운 그을음에 아교를 섞어 만든 것을 송연묵(松
　　烟墨)이라 한다.

314) 청계처사(淸溪處士) : 문맥상 벼루를 지칭하는 듯하다.

315) 중산모군(中山毛君) : 붓. 한유의 〈모영전〉에서 붓을 의인화한 '모영'이 중산(中山) 출신
　　이라고 하였다.

316) 오제(五帝) : 전설 속의 다섯 제왕으로, 다섯 명이 누구인지에 관해서는 여러 설이 있다.

道德兼三皇	도덕은 삼황(三皇)317)을 겸하였다
威靈震四海	위엄은 사해를 진동시키고
敎化遍萬方	교화는 만방에 미쳤도다
龍興致祥雲	용이 일어나니 상서로운 구름 모이고
虎嘯起烈風	범이 울부짖으니 세찬 바람 일도다
明明龍榻上	밝디 밝은 용탑(龍榻)318)이요
穆穆鵷班中	가지런한 신하들[鵷班]319)이도다
鬱鬱金華寺	성대하도다 금화사여
濟濟英雄徒	당당하도다 영웅들이여
金尊千日酒	금〈228〉술잔에는 천일주(千日酒)320)요
玉盤萬年桃	옥쟁반에는 만년도(萬年桃)321)로구나
登堂朝玉帛	당상에 올라 옥과 비단으로 조회하고322)

황제(黃帝)·전욱(顓頊)·제곡(帝嚳)·당요(唐堯)·우순(虞舜) 또는 태호(太昊) 복희(伏羲)·염제(炎帝) 신농(神農)·황제(黃帝)·소호(少昊)·전욱(顓頊) 또는 복희(伏羲)·신농(神農)·황제(黃帝)·당요(唐堯)·우순(虞舜)이라고 한다.

317) 삼황(三皇) : 전설 속의 세 제왕으로, 세 사람에 대해서는 여러 설이 있다. 복희(伏羲)·신농(神農)·황제(黃帝) 또는 복희·신농·여와(女媧) 또는 복희·신농·축융(祝融) 또는 천황(天皇)·지황(地皇)·인황(人皇)이라고 한다.

318) 용탑(龍榻) : 어탑(御榻). 임금이 앉는 상탑(牀榻).

319) 신하들[鵷班] : '원(鵷)'은 질서 있게 날아다니는 새이므로 조정 관원의 반열(班列)을 '원반(鵷班)'이라 한다.

320) 천일주(千日酒) : 술 이름. 한 번 마시면 천 일 동안 취해 있는 술이라고 한다. 옛날 중산(中山) 사람 적희(狄希)가 천일주를 빚을 줄 안다는 소문을 유현석(劉玄石)이 듣고 적희를 찾아가 천일주를 얻어먹고는 집에 돌아온 뒤 죽어버렸는데, 삼 년 뒤 적희가 유현석의 집에 찾아가 사정을 설명한 뒤 이제쯤 깨었을 것이라 하고 무덤을 파보게 하니 과연 유현석이 깨어났다고 한다. 장화(張華)의 『박물지(博物志)』.

321) 만년도(萬年桃) : 만 년에 한 번씩 열매를 맺는 복숭아나무. 방당산(磅磄山)은 부상(扶桑, 해가 뜬다는 곳)으로부터 5만 리 밖에 있어 햇빛이 미치지 못하므로 매우 추운 곳인데, 여기에는 천 아름이나 되는 복숭아나무가 있어 만 년에 한 번씩 열매를 맺는다고 한다. 선계의 복숭아를 의미하며, 제왕(帝王)을 축수(祝壽)하는 뜻으로 쓰이기도 한다. 임방(任昉)의 『술이기(述異記)』.

322) 옥과 비단으로 조회하고 : 제후들이 회맹하거나 천자에게 조회할 때에 가지고 와 우호의 뜻으로 옥과 비단을 전달했다.

設宴會衣冠　　잔치를 베풀어 신하들 모으니
彩雲凝朱箔　　오색구름 붉은 주렴에 맺히고
祥烟繞畫欄　　상서로운 연기는 화려한 난간을 감도네
旌旗蔽紫微　　깃발은 궁전을 뒤덮고
劒戟曜白日　　칼과 창은 햇빛에 반짝거리는데
金風吹赤葉　　가을바람이 단풍에 불고
玉露滴皓月　　옥 같은 이슬은 흰 달을 적시도다
子晉吹玉簫　　왕자진(王子晉)323)이 옥 퉁소 불고
湘靈彈琴瑟　　상령(湘靈)324)이 거문고 타니
香風引舞袖　　향기로운 바람이 춤추는 소매에서 일고
淸歌隨妙曲　　맑은 노래는 아름다운 곡조를 따르네
佳節屬三秋　　좋은 계절이라 가을이고
良辰月三更　　좋은 때라 달 뜬 삼경(三更)에
今日四美具　　오늘 사미(四美)325)를 모두 갖추고
此筵二難幷　　이 연회에 이난(二難)326)을 아울렀도다
物色尙依舊　　산천은 옛날과 같지만
世事今已非　　세상사 그렇지 않네
忽然記前朝　　문득 옛 왕조들을 생각하니
興盡還生悲　　흥은 다하고 슬픔이 생겨나네
故國誰氏家　　옛 왕조의 주인은 누구였나

---

323) 자진(子晉) : 전설 속의 신선 왕자교(王子喬). 생황 불기를 좋아하였다고 한다.
324) 상령(湘靈) : 전설에 나오는 상수(湘水)의 신. 『초사(楚辭)』 「원유(遠遊)」에 '상령(湘靈)에게 북치고 거문고 뜯게 하면 바다가 춤추고 평온해진다.'는 말이 있는데, 홍흥조보(洪興祖補)는 '이 상령은 상수(湘水)의 신이지 상부인(湘夫人)이 아니다.'라고 주석하였다. 상부인(湘夫人)은 순(舜)임금의 부인인 아황(娥皇)과 여영(女英)을 말한다.
325) 사미(四美) : 네 가지 아름다운 것. 맑은 아침[良辰], 아름다운 경치[美景], 즐겁고 기쁜 마음[賞心], 즐거운 일[樂事].
326) 이난(二難) : 어진 군주와 뛰어난 신하. 두 가지를 한 번에 얻기는 어려운 일이라는 데서 나온 말. 『좌전(左傳)』 「양공(襄公) 10년」.

大明揚光輝	명나라가 찬란히 빛나도다
人情多翻覆	인정은 자주 변하고
興亡若波瀾	흥망은 파도와 같도다
美酒宜酩酊	좋은 술은 취해야 하고
樂事稱盤桓	기쁜 일은 즐겨야 하지
微臣敢獻壽	소신 감히 축수를 하오니
聖主永得歡	성주들께선 길이 즐기시고
披腹呈琅玕	정성껏 이 시[327]를 드리오니
千秋傳世間	천년토록 세상에 전해지리라

시를 올리자, 좌중이 크게 칭찬하기를 그치지 않았다.

갑자기 한 사자가 전서(戰書)를 가지고 왔다. 그 글은 대략 이러하였다.

나라를 세운 큰 업적이 있는데 이 연회의 자리에 초청받지 못해, 내 뭇 오랑캐들을 이끌고 와 금산(錦山)에서 그 죄를 묻겠노라.

그 말이 심히 오만하였다. 송 태조가 두려워 떨며 말하였다.

"좋은 일에는 탈이 많고 아름다운 모임은 방해받기 쉽다더니, 바로 이를 두고 한 말인가 봅니다. 저들과 싸우느니 화친하는 것이 낫겠습니다."

진 시황이 분연히 말하였다.

"개미떼 같은 병사들이고 오합지졸이니, 어찌 두려워하겠습니까?"

잠시 후 산 너머에서 흙먼지가 하늘을 가리고 북소리가 땅을 뒤흔들더니, 수만 철기병(鐵騎兵)들이 산과 들을 메우며 진군해 왔다. 맨 **〈229〉**앞

---

327) 시 : 원문은 '낭간(琅玕)'. 진귀하고 아름다운 물건이나 훌륭한 글을 비유하는 말.

에 선 사람이 청총마(靑驄馬)328)를 타고 용천검(龍天劍)을 비껴들고 있었
는데, 위풍이 늠름하였고 호령이 엄하였으니, 대원수 원(元) 태조(太祖,
칭기즈칸)였다. 좌선봉은 좌현왕(左賢王)이요, 우선봉은 우현왕(右賢王)이
고329), 중군(中軍)의 장수는 호한야(呼韓邪) 선우(單于)330)였으며, 다른
장교들은 돌궐·거란·묵특[冒頓]331)·힐리(頡利)332)·가한(可汗)333)·말
갈 등 선우로서 셀 수 없이 많았다. 한 고조가 말하였다.

"누가 적을 막겠소?"

진 시황이 크게 노하여 한 무제와 함께 백만의 병사를 일으키고 천
명의 장수를 거느려 분연히 출전하였다. 진 시황이 왼쪽에서, 한 무제
가 오른쪽에서 에워싸고 공격하자 흉노족은 바람에 흩날리듯 도망쳤
다. 병사들이 칼에 피 한 방울 묻히지 않고 이겨 개선가를 부르며 돌아
오자 모든 사람들이 크게 기뻐해 마지않았다.

날이 차츰 밝아오고 꿩이 지저귀자 여러 황제들이 크게 취했다가 서
로 부축하여 돌아갔다. 한 고조, 당 태종, 송 태조가 명 태조에게 말하
였다.

"태조께서 천하를 통일한 것이 오래 되지 않았으니, 천하가 태평해진

---

328) 청총마(靑驄馬) : 갈기와 꼬리가 푸르스름한 백마.

329) 좌현왕(左賢王)·우현왕(右賢王) : 흉노(匈奴)족의 귀족 가운데 등급이 높은 자의 봉호(封
號). 『후한서(後漢書)』「남흉노전(南匈奴傳)」에, '대신 중에서 귀한 자가 좌현왕(左賢王)이
고, 다음은 좌곡려왕(左谷蠡王), 다음은 우현왕(右賢王), 다음은 우곡려왕(右谷蠡王)인데,
이 넷을 가리켜 사각(四角)이라고 불렀다.'라고 하였다.

330) 선우(單于) : 흉노족이 군주를 부르는 호칭. 선비(鮮卑)족과 저(氐)족, 강(羌)족도 사용하
였다.

331) 묵특[冒頓] : 서한(西漢) 초기 흉노족의 선우로, 성은 연제씨(攣鞮氏). 기원전 209년에
아버지를 죽이고 스스로 즉위하였다. 군정제도(軍政制度)를 확립하고, 동쪽의 동호(東胡),
서쪽의 월지(月支), 북쪽으로 정령(丁零), 남쪽으로 누번(樓煩)을 정벌하였다.

332) 힐리(頡利) : 당(唐)나라 때 동돌궐(東突厥)의 칸[可汗]으로, 성은 아사나(阿史那)씨, 이
름은 돌필(咄苾). 이후 소수민족의 수령(首領)을 가리키는 말로 쓰이기도 한다.

333) 가한(可汗) : 칸(Khan). 선비(鮮卑)족, 유연(柔然)족, 돌궐(突厥)족, 회흘(回紇)족, 몽고
(蒙古)족 등이 최고 통치자를 부르던 호칭.

후에는 오늘을 생각하고 옛날 놀던 것을 이어 구천의 혼령들을 위로해
주시기 바랍니다."

　각기 읍하고 헤어져 돌아갔다.

　가을바람 불어 나뭇잎 떨어지는 소리에 홀연히 깨어보니 한바탕 꿈
속의 일이었으나 역력히 기억할 수 있었다. 기록하여 후세에 전한다.

金華靈會

至正末, 有成生者, 名虛, 字誕, 山東儒士也. 性機通敏, 博學多
聞, 氣質超邁, 任俠放薄. 遂有志於山川, 朝遊泰山之陽, 暮遊洞庭
之浪, 四海八荒, 足將遍焉. 於是, 北漠之北, 南越之南, 盡入於眼
底, 昧谷之西, 暘谷之東, 豁然於胸中矣. 是故, 自謂天地間一物也.

歲在甲戌, 向金陵, 入錦山, 時維九月, 序屬三[1]〈194〉秋, 金風蕭
瑟, 玉宇崢嶸, 滿山樹木, 盡是綠烟之光, 遍野稻黍, 皆是黃雲之色.
訪水尋山, 不覺深入, 日墮西嶺, 月吐東岳, 進無所止, 退不及還, 徘
徊於高頂之上, 彷徨於深谷之中, 西聞猿於巫峽, 南見鴈於衡陽. 夜
深三更之後, 萬籟俱沉, 群動寂然, 千峯白雲, 萬壑烟霞, 金波動於九
天, 衆星羅於三淸.

生住杖無處, 東望西顧, 莫知其投止. 乃少憩岩上, 神淸骨冷, 不
能成寐. 沉吟良久, 更前數里, 則琪花瑤草, 掩映[2]於前後, 翠竹蒼
松, 森列於左右. 淸溪綠流之上, 厦屋渠渠, 樓臺巍巍, 昂見大書, 其
榜曰, ‘金華寺’. 朱甍綵欄, 縹緲於雲漢之際, 繡戶文窓, 照耀於牛斗
之間, 歸然, 若魯靈光, 美哉, 如漢景福, 眞所謂水晶宮也.

生飢餒頗甚, 困臥禪室, 假寐之時, 有淸蹕之聲, 自遠而漸近. 少
〈195〉頃, 門外千軍萬騎, 動地而呼, 金鼓之聲, 震天而鳴, 旌旗劍
戟, 羅列于前, 牙樂[3]豹纛, 紛紜于後, 中有四黃金轎, 次第而行. 第一

---

1) 앞부분(193쪽)은 원본이 훼손되었다. 맥락을 파악하기 위해 여기서는 국립중앙도서관 소
  장본(이하 국도본)의 내용을 입력하였다.

2) 映 : '暎'의 오자.

3) 樂 : '璋'의 오자.

轎上, 隆準龍顏, 美鬚髥, 是漢高帝. 第二轎上, 龍鳳之姿, 天日之表, 是唐太宗. 第三轎上, 虎儀龍表, 方面大耳, 是宋高祖. 第四轎上, 天威嚴肅, 神采動人, 是明太祖也. 頂朝天冠, 御絳紗袍, 金帶玉笏, 據白玉榻而坐. 獨唯明帝, 揖讓而辭曰:

"此榻, 統一天下之主, 坐矣. 寡人則不然, 上有帝陽王, 下有列國瓜4)分, 稱王稱帝者, 非一二, 何敢晏然據此乎?"

漢皇微哂曰:

"明帝之言差矣. 受天明命, 殲厥大憝, 撥亂反正者, 非君而誰也? 幸勿謙讓, 以⟨196⟩成千載之佳會, 爲如何哉?"

明皇不得已就, 坐畢, 文武諸臣, 各分東西而坐.

漢代謀臣, 張良·陳平·蕭何·酈食其·隨何·叔孫通, 武臣, 韓信·黥布·曹參·彭越·王陵·周勃·樊噲·灌嬰·紀信·周介5)·張倉·張耳. 唐家謀臣, 魏徵·張6)孫無忌·王珪·房玄齡·杜如晦·裴寂·劉文靜·褚遂良·吳7)世南·封德彛·戴冑, 武臣, 李靖·蔚8)遲敬德·李勣·陳9)叔甫10)·殷開山·屈突通·薛仁貴. 宋家謀臣, 則趙普·范質·杜鎬·王佑11)·張齊賢·雷德讓12)·李昉·陶穀·宋琪, 武臣, 則曹彬·石守信·苗訓·李漢超·王全斌·錢若水. 明國謀臣, 則劉基·李善長·徐輝祖·秦雲龍·宋濂·黃自徵13), 武臣, 徐達·常遇春·胡大海·花雲龍

---

4) 瓜 : '派'의 오자.
5) 介 : '苛'의 오자. 강남대본을 따름.
6) 張 : '長'의 오자.
7) 吳 : '虞'의 오자.
8) 蔚 : '尉'의 오자.
9) 陳 : '秦'의 오자.
10) 甫 : '寶'의 오자.
11) 佑 : '祐'의 오자.
12) 讓 : '驤'의 오자.
13) 自徵 : '子澄'의 오자.

·李聞14)忠·兪通海·蕩花15)·毛穎·韓成正·敬靑16). 人人勇健, 箇箇英雄.

殿上傳呼張良·魏徵·趙普·劉基曰:

"有旨卽入來."

四臣趨奔鞠躬, 侍立於側. 漢帝曰:

"三代之下, 王風委地, 正聲微茫, 三季七雄之時, 朝鬪暮息, 四海湯沸, 群□17)〈197〉並起. 至於寡人刱業之時, 豈知何日爲唐, 何日爲宋, 何日爲明也? 今日風景正好, 君臣相會, 此亦勝事, 不可虛度."

卽命侍臣, 設宴於堂上, 燈燭煒煌, 威儀嚴恪, 衆樂迭奏, 觥籌交錯, 舞袖飄拂于香風, 管音交徹于靑天. 酒至數巡, 漢皇愀然長嘆曰:

"尺劒布衣, 崛起豊沛, 無一民寸土, 幸賴群臣之忠烈, 終成大業, 辛苦誰如寡人? 唐皇一戰定關中, 宋皇一夜取天下. 然明皇之功業, 猶勝於吾三人矣."

宋皇問於漢皇曰:

"帝入關, 秋毫無犯, 約法三章, 是何意耶?"

答曰:

"贏家呂兒, 刑罰嚴酷, 殘害百姓, 天下思得明主, 若大旱之望雲霓, 如久澇以思天日. 是故, 吾施仁澤, 布德政, 拯民於水火之中, 以救倒懸也."

唐皇曰:

"割18)達大度, 任賢使能, 各盡其心, 雖有〈198〉文武之聖, 何蹴於漢帝哉? 是以顚贏倒項, 一戎衣而定天下, 不其然乎?"

---

14) 聞 : '文'의 오자.

15) 蕩花 : '湯和'의 오자.

16) 敬靑 : '景淸'의 오자.

17) □ : 국도본에 '雄'.

18) 割 : '豁'의 오자.

漢皇曰:

"寡人穢德累功, 敢望三代乎? 創開漢室四百年基業者, 賴群臣之力, 非寡人之能也. 張良運籌帷幄, 蕭何固樹根本, 陳平仗計策, 隨何知形勢, 陸賈道其治亂, 酈食其論其勝敗, 張倉定律令, 叔孫通制禮儀, 以開寡人之心. 韓信戰必勝攻必取, 曹參善征伐, 灌嬰善用兵, 黥布·樊噲萬夫不當之勇, 紀信·周介千秋不朽之忠, 彭越後助威勢, 張耳鑄造兵器, 以翼寡人之威儀也. 願聞諸君之能."

唐皇曰:

"寡人亦賴群臣之功, 長孫無忌竭忠誠, 魏徵好直諫, 杜如晦臨事善斷, 褚遂良愛民憂國, 以輔寡人之不逮, 殷開山·薛仁貴臨敵忘死, 陳19)叔甫20)·蔚21)遲敬德驍勇絶倫,   李靖曉於兵法, 〈199〉封德彛務於國事, 房玄齡·屈突通足智多謀, 劉文靜·李□22)廣覽深知, 以助寡人之威嚴也."

宋皇曰:

"趙普智謀有餘, 曺彬勇略雙全, 石守信威風凜凜, 苗訓英氣堂堂, 李昉·范質內助文彩, 王全斌·李漢超外制群盜. 雖有人才, 寡人座外, 有鼾鼻之睡, 是何謂刱業也?"

漢皇曰:

"軒轅之時, 有蚩尤, 唐堯之世, 有四凶, 奸臣叛賊, 自古及今, 無不有也. 譬如此輩, 鷦鷯尙存一枝, 狡兔猶藏三穴, 何足介意?"

仍問明皇之群臣, 答曰:

"功業未成, 材智未試, 然比之於古之人物, 則劉基·徐達, 彷彿張

---

19) 陳 : '秦'의 오자.

20) 甫 : '寶'의 오자.

21) 蔚 : '尉'의 오자.

22) □ : 국도본에 '勣'.

良·李靖之智謀, 花云23)龍·韓成正, 有似周介·紀信之忠誠, 李善長·常遇春, 比於曺彬·蔚24)遲公之雄猛, 毛穎·胡大海, 比於樊噲·薛仁貴之勇烈. 此外, 文武足備者, 多矣."

唐皇曰:

"如此勝宴, 古今未有也.〈200〉願請中興之主, 同樂, 如何?"

三帝曰:

"甚合於心也."

漢皇遣隨何, 請光武·昭烈, 唐皇遣裵迪25), 請肅宗, 宋皇遣李昉, 請高宗. 俄頃, 門外有車馬騈闐之聲, 閽者奔入告曰:

"四君至矣."

其一光武, 左右侍衛之臣, 鄧禹·吳漢·賈復·卓26)茂·馬援·寇恂·耿弇·藏宮·馬武·馮異·王霸·邳肜·銚期等. 其二昭列27), 前後侍衛之臣, 諸葛亮·關羽·張飛·趙雲·馬超·黃忠·龐通28)·法正·姜維·蔣琬·費褘·許靖等. 其三唐肅宗, 侍衛之臣, 李泌·郭子儀·李光弼·雷萬春·南齊雲·張巡29)·許遠等. 其四宋高宗, 侍衛之臣, 岳飛·張浚·趙鼎·□□30)秀·韓世忠等. 人似猛虎, 馬如飛龍, 直入法堂, 敍禮伸情畢, 去東樓, 坐定.

張良出班奏曰:

"群臣雜錯, 未有班行, 願使將相忠智勇略者, 分列五行, 則雍容周旋, 庶有次第之緝穆矣."

---

23) 云 : '雲'의 오자.
24) 蔚 : '尉'의 오자.
25) 迪 : '寂'의 오자.
26) 卓 : '杜'의 오자.
27) 列 : '烈'의 오자.
28) 通 : '統'의 오자.
29) 巡 : '巡'의 오자.
30) □□ : 국도본에 '眞德'.

座中皆曰:

"□³¹⁾〈201〉哉言乎."

卽令樊噲持五丈³²⁾旗幟, 樹南樓上, 三鼓三□³³⁾曰:

"抱將³⁴⁾相才者, 皆去紅旗下, 佩將才者, 皆去黑旗下, 懷忠義之士, 皆趨黃旗下, 有勇力者, 趨白旗下, 智謀人, 趨靑旗下."

衆人相顧無言, 終不出來. 又鼓又呼曰:

"君命不可遲緩, 奉擧速行."

魏徵趨出奏曰:

"古今將相, 雖有將相才, 使自薦者, 非禮待臣也. 可擇公平正直之士, 以褒貶衆人之優劣, 可也."

漢皇曰:

"誰當此任?"

對曰:

"知臣莫如主, 況聖主之盛會乎?"

漢皇顧謂三帝曰:

"此言有理, 各薦能任之人."

唐皇之意, 蕭何宜當也. 宋皇曰:

"寡人則李靖宜當也."

明皇曰:

"一智一能之士, 何代無之? 必有巢父之隱, 伊尹之賢, 伯夷之節, 龍逢之忠, 經邦輔主如周公, 出將入相如太公者, 方可委任也. 前聞, 西蜀諸葛亮, 胸藏經天緯地之才, 腹隱安邦定國之謀, 倘非此人, 不

---

31) □ : 국도본에 '至'.

32) 丈 : 강남대본에 '色'.

33) □ : 국도본에 '呼'.

34) 將 : 연문인 듯함.

可委任也."

座中皆曰:

"帝言善矣."

趙普諫曰:

"亮未有一統之功, 不委此任也."

宋皇遽〈202〉曰:

"智謀在人, 興亡在天, 其如卿言, 則子思·孟子不如蘇秦·張儀乎? 孔明道號臥龍, 高臥南陽, 抱膝長嘯, 身將[35]少微, 心如浮雲, 苟全性命, 不求聞達, 許由之儔, 水鑑之友也. 及出草廬之時, 兵不滿千, 將不有十, 博望燒屯, 白河用水, 使孟德肝膽幾裂, 曾無立錐之地, 而以成鼎峙之勢, 六出祈山, 仲達褫魄, 七擒孟獲, 南人服心. 昊天不佑, 五丈星隕, 不可以勝敗論英雄也. 豈以匿瑕, 棄白玉乎?"

卽令孔明出來, 其人風度絕倫, 擧止瀟洒, 目下傲[36]視古今英雄, 胸中暗抱天地造化, 飄然若神仙矣. 帝曰:

"未有諸國群臣之班列, 卿宜褒貶高下, 分定次第."

孔明辭謝曰:

"以臣之庸才, 何敢當如此重大之任乎? 不敢奉命."

帝曰:

"卿其勿辭, 斯速行公."

孔明累次拜謝, 帝不聽, 孔明謝恩畢, 欲定座□[37]〈203〉之際, 忽報曰:

"秦始皇·晉武帝·隋文帝·楚伯王之□[38]書, 至矣."

---

35) 將 : '長'의 오자.

36) 傲 : 원문에는 'イ'이 '目'으로 되어 있다.

37) □ : 국도본에 '次'.

38) □ : 국도본에 '檄'.

孔明進達于座上, 高帝響蹙曰:

"此非情之類, 卻之何如?"

宋皇曰:

"去者莫追, 來者不拒, 不如因善遇之."

孔明曰:

"臣有一計, 使始皇去東樓, 令伯王去西樓, 則自然從容矣."

帝曰:

"其計甚妙."

遂召王羲之, 大書于旗, 立於門外, 其榜曰:

'中興者去東樓, 覇者去西樓, 非創業之主, 則不入法堂.'

頃之, 始皇乘纖離馬, 服太阿劍, 建翠鳳之旗, 擊靈鼉之鼓, 號令嚴整, 威風凜烈. 左李斯·茅焦·王剪, 右蒙恬·章邯·王賁. 晉武帝乘黃金輿, 秉白玉圭, 飄紅羅傘, 鳴畫鼖鼓, 衣冠玲瓏, 光耀燦爛. 左張華·衛瓘·山濤·王濬, 右鄧艾·鍾會·羊祐[39]·杜預. 隋文帝乘玉輦, 頂金冠, 旌旗紛紜, 劍戟羅列, 氣象[40]凜凜, 文〈204〉彩彬彬. 左王通·薛道衡·高穎[41], 右李澇[42]·韓擒虎·賀若弼.

始皇直向法堂, 孔明拒前, 言曰:

"是非創業之主, 不入法堂矣."

始皇怒曰:

"寡人幷吞八荒, 威振四海, 何不爲創業乎?"

孔明曰:

"臣聞, 陛下蒙古業, 引遺策, 呑二周, 滅六國, 功業雖大, 以事理論

---

39) 祐 : '祜'의 오자.

40) 象 : '像'의 오자.

41) 穎 : '潁'의 오자.

42) 澇 : '諤'의 오자.

之, 則謂中興, 非創業也. 陛下功業, 何不歸之先王, 而自處中興耶?"

始皇隱忍, 而去東樓.

項王座下烏騅, 手中鐵鞭, 勇畧掀天, 壯氣貫日, 忿然而來. 左范增·鍾離昧·龍且, 右周殷[43]·桓楚·項莊. 問曰:

"主宴者誰?"

孔明對曰:

"漢皇與唐·宋·明三刱業之主, 設太平之宴也. 不意大王來臨, 是所幸也."

項王仰天歎曰:

"天地飜覆, 日月盈虧, 豈知劉季反爲主人, 項籍爲客子耶?"

直向北[44]堂, 孔明當前, 言曰:

"大王未有刱業之功, 不得參此席也."

項王大怒曰:

"吾觀劉季如嬰兒耳, 當時豪傑, 見吾之威風, 縮領鼠竄,〈205〉後世英雄, 聞吾之名聲, 身戰膽寒, 誰敢拒乎?"

孔明顧謂范增曰:

"齊桓公會盟於葵丘, 一有變色, 叛者九國, 詘於一人之下, 信[45]於萬乘之上, 湯武是也. 以血氣之忿, 致衆人之是非, 窃爲大王不取也."

項王暗思良久曰:

"寧爲鷄口, 無爲牛後. 吾爲西樓之主, 更設鴻門之宴."

乃去西樓, 坐定.

孔明右手擔羽扇, 左手秉象笏, 立于中央曰:

"此間, 或有悖逆亂國者, 皆去."

---

43) 殷 : '蘭'의 오자.

44) 北 : '法'의 오자인 듯함.

45) 信 : '伸'의 오자.

王莽·董卓輩, 去者, 十數人. 孔明仰天誓曰:

"孔明不才無識, 奉皇命, 分列英雄之優劣, 或有一分私嫌, 則皇天后土, 共所明鑑."

忽有人報曰:

"漢武帝, 有復讎之功, 唐憲宗, 有淮西之功, 晋元帝, 有江左之業, 宋神宗, 有三代之風, 願參此宴. 又有群雄, 在門無數."

大呼曰:

"攻城略地, 號令天下者, 何不與席乎?"

於是, 陳勝·曹操·袁紹·孫策·李密等, 來矣.

漢皇曰:

"勝起隴畝, 十日之間, 〈206〉稱王, 操芟夷大亂, 天下, 十有其八, 策割據江東, 虎視四海, 此三子, 可謂豪俊之士也."

密, 高聲大呼曰:

"鬼火伏林陳勝, 亂臣賊子曹操, 單槍匹夫孫策, 方爲英雄乎?"

袁紹曰:

"吾累代公侯, 一時盟主, 何不爲英雄乎?"

敬靑[46]大叱曰:

"袁紹群疑滿腹, 衆難塞胸, 不采忠言, 不知賢士. 李密知識淺短, 兵敗入關, 乃望台司見處. 可謂金弓玉矢, 土牛瓦馬, 敢比於彼三人哉?"

密·紹皆憤然而去.

開門, 請入者, 第一漢武帝, 侍從之臣, 董仲舒·霍光·汲黯·東方朔·韓安國·霍去病·衛青·李廣等. 第二唐憲宗, 侍從之臣, 韓愈·陸贄·裵度等. 第三晋元帝, 侍從之臣, 周顗·王導·陶侃·劉崐[47]等. 第四宋神宗, 侍從之臣, 明道先生·范仲淹·歐陽修·王安石等. 皆去

---

46) 敬靑 : '景淸'의 오자.

47) 崐 : '琨'의 오자.

西樓.

孔明曰:

"高帝朝張良, 淑女之面, 丈夫之心, 納履黃石, 受學圯上, 逃身沙丘, 西歸炎漢, 滅秦取項, 封萬戶侯.〈207〉爲帝者師, 而從能辟穀導引, 從遊赤松子, 是范蠡之友也.

太宗廟魏徵, 恥君不及堯舜, 以諫爭爲己任, 是比干之徒也.

宋太祖朝曹彬, 下江南至城下, 焚香約誓, 切勿暴掠, 一不妄殺, 凱還之日, 行李蕭然, 是呂尙之徒也.

明太祖朝劉基, 望見金陵之氣, 知十年之後君, 鑑百世之後事, 是伊尹之徒也.

始皇朝茅焦, 以廢太后, 就油鼎而諫, 視死如歸, 是龍逄之侶也.

武帝朝東方朔, 讀書三年, 學得翻江倒海之辨, 吟風咏月之才, 一代之賢士也.

光武朝鄧禹, 杖策歸漢, 將兵專征, 爲開國元勳, 是萬古英雄也.

昭烈朝龐統, 百日公事, 片時而斷, 三分奇計, 一言而定, 是千秋智謀之人也.

晉武帝朝張華, 推枰而定 取吳之計, 終成大功, 是百世豪傑之士也.

元帝朝周顗, 忠義內激, 大罵王敦, 是萬世慷慨之士也.

隋文帝朝王通, 詣闕, 獻策十二條, 見斥還所, 教授於河〈208〉汾之間, 弟子自遠至者, 甚衆. 朝廷累徵, 不起曰, '弊廬足以庇風雨, 薄田足以具饘粥, 讀書談道足以爲業, 長嘯撫瑟足以自樂.' 是隱逸之士也.

唐肅宗朝李泌, 自幼英敏, 著聞當世, 白衣事君, 終成中興, 因辭台職, 退去潁陽, 以保性命, 是知幾之士也.

憲宗朝韓愈, 文如河海, 心似松栢, 勤勤懇懇於章奏之間, 是君子之風也.

宋神宗朝程子, 承孔孟之道, 是聖賢之士也."

班列已畢, 持紅旗, 揖蕭何曰:

"取地圖知形勢, 治關中固根本, 追韓信定四方. 霍光, 以負[48]成王朝諸侯之圖[49], 輔幼主, 聞伊尹廢太甲之事, 迎宣帝廢昌邑. 長孫無忌, 杖三尺釼, 東鬪西突, 以盡犬馬之忠, 終成大業. 房玄齡, 孜孜奉國, 知無不爲, 當爲第一.

曹參, 一遵舊制. 王珪, 激濁揚淸, 疾[50]惡好善. 蔣琬, 臨煩獨閑, 當爲第二.

杜如晦, 剖決如流. 戴冑, 忠淸公直, 每犯顔執法, 言如湧泉. 范增, 不得其主, □[51]〈209〉展其意, 圖事揆策, 則君不用其謀, 陳見悃誠, 則上不然其信, 譬如鳳凰栖荊棘, 龍駒困塩車, 當爲第三."

持黑旗, 揖韓信曰:

"叛暗投明, 滅三秦, 定關中, 首建大謀, 削平四海. 馬援, 蕩掃邊塵, 死爲馬革而歸. 徐達, 孫·吳之謀略, 烏獲之勇猛, 當爲第一.

彭越, 畔楚歸漢, 立功樹勳, 位至王侯. 馮異, 殪王莽於漸臺, 而復漢祚. 王剪, 白首專征, 老當益壯, 當爲第二.

郭子儀, 才德兼任將相, 蹈危履險, 東討逆賊, 克復二京, 以迎至尊, 忠義精誠, 仰貫日月, 度量宏偉, 無所不包. 毛穎, 淸平雲南. 章邯, 九戰楚兵, 當爲第三."

持黃旗, 揖紀信曰:

"忠心所激, [52]黃鉞[53]左纛, 誑[54]楚忘死. 張巡, 臨敵應變, 出奇無

---

48) 以負 : 국도본은 '以周公負'.

49) 圖 : 국도본은 '道'.

50) 疾 : '嫉'의 오자.

51) □ : 국도본에 '末'.

52) 국도본에 '處'가 있음.

53) 鉞 : 국도본에 '屋'.

窮, 號令明, 肅信賞必罰, 與士卒, 同甘苦寒暑, 至於勢困城蹈, 誓爲厲鬼殺賊, 終不異心. 關公, 文讀春秋左氏傳, 武使靑龍偃月刀, 義結皇叔, 誓同死生, 順君報國之忠, 拔山架〈210〉海之勇, 封掛金印, 獨行千里, 威振華夏, 水淨七軍, 當爲第一.

許遠, 力盡孤城, 勢如累卵, 身死存忠. 岳飛, 背涅四字, 志存恢復, 誓雪國恥. 方召堯55), 不顧七族56), 當爲第二.

黃自徵,57) 不悛丹心, 身死報國. 周殷58)·桓楚, 十面埋伏, 江東子弟離散者, 不知其數, 終無叛心, 死於亂兵之中, 當爲第三."

持靑旗, 揖陳平曰:

"身長八尺, 面如冠玉, 六出奇計, 統一天下. 李靖, 才兼文武, 出入將相. 周瑜, 氣欲吞魏, 才能伯吳, 始不垂翅, 終能奮翼, 烏林破敵, 赤壁鏖兵, 功蹟巍巍, 聲名烈烈, 當爲第一.

陸遜, 用兵彷彿讓59)且, 智謀亞匹孫·吳. 郭嘉, 善於知彼知己. 鄧艾, 定西蜀, 成大功, 當爲第二.

杜預, 平定吳會, 功盖山河. 韓世忠, 起自卒伍, 爲中興名將, 致位王侯, 旣釋兵權, 杜門謝客, 時跨驢携酒, 二三奚童, 從遊西湖, 以自樂. 韓擒虎, 率兵百萬, 東浮滄海, 西拒□□60), 〈211〉震五岳而虎視, 走萬里而鷹揚, 61)爲第三."

持白旗, 揖趙雲曰:

"護幼主於長板, 救黃忠於漢水, 絶倫之勇, 盖世之功. 耿弇, 身爲

---

54) 誑 : '誑'의 오자.
55) 召堯 : '孝儒'의 오류.
56) 七族 : 국도본에는 '九旅'.
57) 自徵 : '子澄'의 오류.
58) 殷 : '蘭'의 오자.
59) 讓 : '穰'의 오자.
60) □□ : 국도본에 '巴蜀'.
61) 문맥상 '當'이 있어야 함.

大將, 專征四方, 屠城三百, 略地州十. 張飛, 性如烈火, 勇若猛虎, 睥睨天地, 叱咤宇宙, 對軍之斬將, 如取囊中物. 尉遲敬德, 驍勇冠軍, 百戰成功, 當爲第一.

樊噲, 擁盾直入, 披帳而立, 怒髮衝冠, 目眦盡裂, 視羽如兒, 視軍如蟻. 蕩花[62], 大略駕群才, 餘[63]勇冠三軍. 賈復, 顏如天神, 勇如快鶻. 胡大海, 先登采石, 當爲第二.

黥布, 勇掀天地, 功盖宇宙. 吳漢, 驍勇超群, 大畧冠世. 馬超, 步戰六將. 許褚, 倒拔奔牛, 稱爲虎稚[64], 黃忠, 百發百中, 當爲第三."

姜維[65]文武, 不可勝記. 傍有一人, 揮涕大叫曰:

"先生不知弟子耶? 吾降鍾會, 非畏死貪生, 欲復漢室. 若無□□[66], 則西蜀之地, 不入司馬之手, 後帝之興, 不踏許都之塵. 皇天不佑, 死爲冤魂, 今日, 先生不許忠誠, 則此心何處暴白乎?"

孔明曰:

"噫, 伯約! 豈不知汝之忠心乎? 事不終成, 流惡名於千秋, 反不如守節死義."

姜維太息〈212〉而逝.

高下已定, 座間稱贊不已. 唐皇曰:

"獨樂與衆樂, 孰樂?"

曰:

"獨樂不若與衆, 此亞聖之訓也. 請東西樓, 如何?"

三帝曰:

"此言善矣."

---

62) 蕩花 : '湯和'의 오류.

63) 餘 : '驍'의 오자.

64) 稚 : '癡'의 오류인 듯함.

65) 姜維 : '以下'의 오류.

66) □□ : 국도본에 '腹痛'.

卽遣使詣東西樓, 請諸王赴宴會. 少頃皆至, 則東西北座定. 各近臣
一人, 爲侍立於側, 陳勝・曺操・孫策, 坐於末席, 依俙龍盤雲海, 彷彿
虎踞遠山. 威儀嚴嚴, 劍佩鏘鏘, 五功⁶⁷⁾舞於庭前, 七絃彈於堂上.

酒至半酣, 漢帝慷慨曰:

"天地無窮, 人生有恨, 興亡成敗輪回, 如日月之西傾, 江海之東
流, 豈能長享富貴功名□⁶⁸⁾業乎? 賢者長守基業, 則三代豈承唐虞
之後乎? 勇者長持形勢, 則蚩尤豈被涿鹿之擒乎? 國之長短, 人之壽
夭, 是皆天也. 飜覆世上, 流水光陰, 千古興亡, 一杯荒土."

滿坐皆凄然, 獨有西邊一王, 圓睜環眼, 倒竪虎鬚, 怒氣如浙江潮
焉. 高聲大叫曰:

"鴻門不用擧玦之謀, 垓下還遺養虎之患, 雖作九原之魂, 難忘烏
江之恨也."

東邊一皇曰:

"吾有一言, 請王側聽. 寡人午夢, 靑衣童子與紅衣童子, 爭日鬪閧.
俄而, 靑衣僵仆於地, 紅衣童子捧日而〈213〉去. 今見, 紅衣彷彿高
帝, 靑衣依俙伯王. 又有當時童謠,'天將朱勝人⁶⁹⁾, 皆綠衣⁷⁰⁾天數,
實非人力.'玉玦虛勞於謀臣之手, 寶劍空費於壯士之力."

漢帝曰:

"興亡勝敗, 姑舍勿論. 說快事, 確治道, 如何?"

始皇曰:

"秦有三快. 遣王剪等, 擒六國之諸君, 跪于阿房階下, 收天下兵,
鑄金人, 立于閭闔門外, 此一快也. 遣徐市等, 與童男女, 入海, 求三

---

67) 功 : '劍'의 오자.
68) □ : 국도본에 '之'.
69) 天將朱勝人 : 장서각본에는 '天將未勝人', 대판(大阪)본에는 '天將勝人'.
70) 綠衣 : 국도본에 '緣'.

神山不死藥, 與安期生同遊胸界[71]中, 銘功會稽嶺, 騁望瑯琊臺, 此二快也. 遣蒙恬等, 率兵三十萬, 築長城而守藩籬, 胡人不敢南下而牧馬, 士不敢彎弓而報怨, 此三快也."

高皇曰:

"十生九死, 百戰百敗, 垓下一戰, 僅得天下, 豈有快乎? 但破黥布之後, 歸故鄕, 會父老同遊之時, 大風揚雲, 正如寡人之氣像, 起舞作歌, 此一快也. 洛陽南宮, 獻壽於太公, 上皇喜曰, '昔年, 季耕田之時, 豈知今日之如此乎?' 何無人子之樂〈214〉乎? 此二快也."

明皇含泪, 有悲懷之色. 漢皇曰:

"大丈夫何爲兒女之態乎?"

明皇揮涕曰:

"寡人孤哀人生, 幸有始皇之快何[72]處, 焉得獻壽之樂乎? 人非木石, 何不悽然?"

漢皇曰:

"此乃孝誠之至也."

仍問唐皇 · 宋皇曰:

"各陳快事."

唐皇曰:

"萬國會同之時, 四夷皆來. 突厥起舞, 吐蕃作歌, 越裳 · 交趾獻鸚鵡, 大宛 · 西域貢駿馬, 此一快也. 與魏徵論仁政, 使李勣作長城. 年豊民和, 三陲晏然, 此二快也. 與群臣諸親, 置酒於凌烟閣, 上皇自彈琴瑟, 寡人起舞, 公卿獻壽, 此三快也."

宋皇曰:

"寡人未通[73]天下, 豈有快事? 營造新室, 墙垣蕭洒, 九門開而四通,

---

71) 界 : 국도본에 '溪'.

72) 何 : 문맥상 '何'가 없어야 함.

八戶啓而五達, 眼底無礙, 心事豁然, 此一快也. 諸王亦無快事乎?"

曹操曰:

"臣有一快, 冒瀆敢顬. 破黃巾, 擒呂布, 服張魯·張繡, 滅袁紹·袁術, 降劉琮. 南至長江, 鬪艦千里, 旗幟萬里. 二嬌74)入脾睨, 吳越覩掌上. 東望夏口, 西望武昌, 浩波如練, 明月□75)〈215〉鏡. 烏鵲南飛之時, 橫槊賦詩, 此一快也."

漢皇曰:

"姑舍是, 聞來, 不勝悲感."

顧謂明皇曰:

"國非唐虞, 人非堯舜, 豈能盡善盡美乎? 座中帝王幾人, 得失幾許? 當時諫臣, 難輔君王之不逮. 後世史官, 難記百代之是非. 唐宋及漢, 皆在□76)史筆之中已矣. 問之何益?"

漢皇曰77):

"明帝享國莅位, 必是長久也. 好善懲惡, 使其是非, 炳然可知, 爲法於後世, 爲如何哉?"

帝推辭曰:

"孔子有言, '吾之於人, 誰毀誰譽', 以聖人之德, 猶尙如此, 況庸庸才, 而輕毁譽哉?"

漢皇曰:

"幸勿固辭, 以助一笑, 坐中之願也."

帝曰:

"先察氣像, 後論是非."

---

73) 通 : '統'의 오자.
74) 嬌 : '喬'의 오자.
75) □ : 국도본에 '如'.
76) □ : 장서각본에 '於'.
77) 계속 漢皇의 말이 이어지는데 필사자가 착각하여 다시 써 넣은 것으로 보인다.

周覽已78)畢, 乃言曰:

"北風浙瀝, 波濤匈79)湧, 始皇之氣像. 夏日照耀, 霹靂震動, 光武之氣像. 玉宇寥廓, 秋霜凜烈, 武帝之氣像. 曉色蒼蒼, 晨星耿耿, 憲宗之氣像. 東方日出, 西邊雨霏, 文帝之氣像. 渥〈216〉涯駿馬, 丹丘彩鳳, 神宗之氣像. 疾風暴雨, 天動地震, 伯王之氣像. 雉竄荊棘, 羊隱烟霧, 魏公之氣像."

漢皇大笑曰:

"眞所謂明心寶鑑也. 獨不言寡人之氣像, 何也?"

明皇曰:

"龍得雲雨, 變化無窮, 帝之度量, 無與之比也. 若論是非, 則始皇以雄才大略, 奮六世之餘烈, 振長策而馭宇內, 六合爲家, 崤函爲宮, 自以爲關中之固, 金城千里, 子孫帝王, 萬世之業也. 未及二世而亡, 何哉? 侈營宮室, 彈民財力, 虛築 長城, 以傷人力□□80), 寡人以爲不然也. 詩書著聖賢之行跡, 雜燒之, 儒生誦法孔孟之道德, 盡坑之, 太子國本, 而放逐扶蘇, 詐立胡亥. 此乃速滅之機也."

始皇歎曰:

"明81)言寡人之罪惡, 固所甘心. 然寡人若在宮中, 趙高, 何敢謀逆帳下, 章邯, 豈能降楚乎? 噬臍莫及, 歎之何益?"

明□82):〈217〉

"高帝開寬洪之路, 以迎天下之英俊. 泛諫如流, 縞□□83)軍, 除秦苛法, 約定三章, 略與湯武同. 然惟所欠者, 輕士善罵. 是故, 古禮不

---

78) 원본에 윗 글자와 같다는 표시로 되어 있으나 천리대본과 같은 '已'의 오기로 보인다.
79) 匈 : '洶'의 오자.
80) □□ : 국도본에 '之祟'.
81) 明 : 국도본에 '明帝'.
82) □ : '曰'인 듯함. 국도본에 '明皇曰'.
83) □□ : 국도본에 '素三'.

復, 古樂不作, 從玆始矣.

武帝窮兵黷武, 虐民事神, 而海內虛耗. 若非秋風之悔,[84] 有輪臺之詔, 則續亡秦之轍也.

光武忿國家之喪亂, 慘宗社之傾危, 延攬英雄, 務悅民心, 掃除莽賊, 興復漢室. 有志於治, 而輔相亦非其人, 可勝惜哉?

昭烈結義桃園, 屈駕草廬, 君臣相得, 翼乎如鴻毛遇順風, 沛乎如巨魚縱大壑, 惜哉! 刱業未半, 中途而逝, 豈非天耶?

太宗化家爲國, 偃武修文, 勵精求治, 身致太平, 號爲英主. 然以君德論之, 則用宮人私侍, 以人倫言之, 則納巢刺王妃. 其謬已甚, 貽四海之羞, 爲百世之唾也.

太祖未嘗爲學, 晚好讀書, 鞭扑不行於殿上, 罵辱不及於公卿. 故臣下得以有爲, 而忠君愛〈218〉國之心, 油然而興矣. 使擧德行孝悌之士, 以隆禮義廉恥之風, 洞開重門, 少有邪曲, 人皆見之, 所謂蕩蕩平平之道也.

晋武帝, 承父兄之業, 混一華夏, 侈心已萌. 沈於遊宴, 怠於政事, 常乘羊車, 恣其所之, 淫樂莫甚於此也.

元帝, 承喪亂之餘, 內無計策之棟樑, 外無匡扶之柱石. 然明敏有機斷, 故能以弱制强, 誅剪謀逆, 克復大業.

文帝, 天性嚴急, 令行禁止, 勤於政事, 務爲儉素. 然猜忌苛察, 信受讒言, 戕害忠良, 乃至子弟, 令[85]如仇敵, 此其所短也.

肅宗, 偸一時之安, 不思永久之患, 殫耳目之玩, 窮聲技之巧, 沈愛貴妃, 內育强賊, 卒使鑾輿播越, 生靈塗炭, 未有甚於此者也.

神宗, 刻意□□[86]. 上慕唐虞, 與程子稽古正學, 與呂惠卿刱置新

---

84) 若非秋風之悔 : 국도본에는 '若非起秋風之悔'

85) 令 : 국도본에 '皆'.

86) □□ : 국도본에 '圖治'.

□87), □88)舍之間, 安危所係, 疎待賢□89), 傾心奸臣, □□□□90),

〈219〉反治爲亂, 使天下囂然, 喪其樂□□□91), 敢望堯□□□□92),

□□93)已也.

高宗, 信任奸慝, 屛□94)忠賢, 秦檜□□95)岳飛而若不聞. 賈似道, 卒誤國, 而以爲忠, 豈復望三代之治乎?

憲宗, 以羣臣之力96), 削平藩籬, 終建□97)業.

陳王, 繩樞之子, 甿隷98), 躡足行伍之間, 俛起阡陌之中, 率疲散之卒, 將數百之衆, 斬木爲兵, 揭竿爲旗, 天下雲會而響應, 贏贏粮以影從, 若聽立六國之言, 則未知鹿在誰手.

魏公, 治世之能臣, 亂世之奸雄, 專權擅命, 號令天下, 四方咸服, 其畏威□99), 非其本心, 內倚諸親滿朝之威, 外迎羣英乘風之勢, 濫叨寵榮, 恣生强逆, 脅制天子, 戕弒國母, 罄南山之竹, 書罪無窮, 決東海之波, 流惡難盡.

討虜年纔二十, 勇冠四海, 虎居江東, 號少伯王, 殞身於匹夫之手, 可不惜哉.

至於五季, 患難相尋, 戰爭不息, 名雖君臣, 實爲仇敵, 世降〈220〉

---

87) □：국도본에 '法'.
88) □：국도본에 '用'.
89) □：국도본에 '士'.
90) □□□□：장서각본에 '以安換危'.
91) □□□：국도본에 '生之心'.
92) □□□：천리대본에 '舜之治乎'.
93) □□：천리대본에 '末由'.
94) □：국도본에 '逐'.
95) □□：국도본에 '矯殺'.
96) 力：국도본에 '功'.
97) □：국도본에 '大'.
98) 甿隷：국도본에 '甿隷之人'
99) □：국도본에 '勢'.

至此, 壞[100]亂極矣, 何足勝言哉?"

項王大叫曰:

"論古今帝王是非之中, 吾豈不預乎?"

明皇曰:

"若欲强聞, 何難之有? 古人云, '得人者興, 失人者亡.'大王不能[101]負十大罪, 聞之有愧, 言之無益."

項王曰:

"請聞其說."

乃曰:

"背關中之約, 其一也. 矯殺卿子冠軍, 其二也. 救齊不報, 而擅劫諸侯, 其三也. 燒咸陽宮, 掘驪山塚, 其四也. 殺秦降王子嬰, 其五也. 坑秦降子卒二十萬, 其六也. 王諸將於善地, 徙逐故帝[102], 其七也. 自都彭城, 奪韓梁地, 其八也. 陰殺義帝於江中, 其九也. 爲政不平, 主約不信, 天下所不容, 大逆無道, 其十也. 漢書云, '忠言逆耳, 利於行, 毒藥苦口, 利於病.' 幸勿以口直爲怪."

項王默然, 有滿面羞慙之色而已. 明皇避席而言曰:

"以庸才愚說, 妄論是非, 於心未安."

滿坐稱讚曰:

"孔明之定群臣, 明皇之論帝王, 雖有權度, 輕重短長, 猶未足蹑此也."

明皇曰:

"寡人欲定都□[103), 〈221〉未知何地爲可."

---

100) 壞 : 국도본에 '乖'.
101) 不能 : 국도본에는 없음. 천리대본에는 '不能忘'.
102) 帝 : 국도본에 '主'.
103) □ : 국도본에 '邑'.

漢皇曰:

"山有崑崙, 水自黃河. 四海之內, 堯·舜·禹·湯·文·武·秦皇[104]
之都, 四海之外, 南蠻·北狄·東夷·西戎之國. 雍·豫·徐·楊, 四州
爲長安, 荊·益·靑·兗, 四州爲金陵, 龍盤虎居, 天府之土, 眞所謂帝
王之州也. 大槩三代以前, 帝王多出於河北, 三代以後, 帝王多居於
河南, 獨有江南空虛之地, 帝意在於金陵否?"

明皇謝曰:

"願受敎矣."

漢皇命將相智勇才[105]行之人, 起舞作歌. 第一隊, 張良·蕭何·韓
信·陳平·紀信. 第二隊, 馬援·賈復·諸葛亮·關羽·趙雲. 第三隊,
李靖·長孫無忌·張巡·許遠·徐達等, 風骨卓犖, 氣宇磊落.

陳平欣然而吟, 其歌曰:

　　良禽相木而棲
　　賢臣擇主而佐
　　棄暗投明兮
　　立功成名
　　間范增於沐猴
　　救聖主於白登
　　今夕何夕
　　君臣同樂

紀信懶[106]然而吟, 其歌曰:

---

104) 皇 : 대다수 이본에서는 '漢'. 장서각본에는 없음.

105) 才 : '五'의 오자.

106) 懶 : '愀'의 오자.

榮陽危急兮
軍伍蒼黃
謀臣緘口
勇士抛弓
救君於濱死之際
誑楚於報國之忠
從龍逄而同遊
垂竹帛於[107]映輝

馬援慨然而吟, 其歌〈222〉曰:

白首還[108]庭
蕩掃藩鎭
馬革裹屍而歸
平生所願
薏苡累身之恨
千載難消

賈復厲聲而吟, 其歌曰:

男兒處世兮
許身報君
圖書[109]丹靑兮
書名金石
日旣吉而辰良

---

107) 於 : '而'의 오자.
108) 還 : '邊'의 오자.
109) 書 : '畵'의 오자인 듯함.

侍舊主而會宴
難再期於續遊兮
共歌舞而極樂

張良朗朗而吟, 其歌曰:

受學黃石
來攀赤帝
滅嬴倒項
五世之讐報矣
身爲帝師
人臣之位極矣
功成身退
辭榮避位
團團之月
昂昂之鶴
從赤松兮
萬古雲山

蕭何欣欣而吟, 其歌曰:

生當亂世兮
還歸明君
剖符封功兮
身居第一
千秋泉臺
萬事春夢

更侍宴席兮
且此同樂

韓信愕然而吟, 其歌曰:

思歸漢於鴻門
佩金印於將壇
定關中破三秦
燕趙望風群雄縮領
斬章邯於一旅[110]
滅項王於垓下
高鳥盡兮良弓藏
狡兎〈223〉死兮獵狗烹
殞身兒女之手
千秋難忘之恨

諸葛亮慨然而吟, 其歌曰:

感屈駕而三顧兮
許□[111]馳於風塵
奉命於危難之間
受任於顚沛之際
兩軍[112]哀表
歷歷忠言
六出祁山

---

110) 旅 : 국도본에 '旗'.
111) □ : 국도본에 '驅'.
112) 章 : '章'의 오자.

孜孜報君
庶竭駑鈍
攘除奸凶
鞠躬盡瘁
興復漢室
天意不弔
兇徒未掃
秋風五丈原
千載恨悠悠

關公愴然而吟, 其歌曰:

桃園結義劉皇叔
鄴下豈數曹阿瞞
身騎赤兔
手把青龍
擧目山河
睥睨天地
氣吞吳魏
志復炎祚
誤陷奸謀
稊[113]歸蹉跌
九原千秋
此恨綿綿

---

113) 稊 : '梯'의 오자.

趙雲慷慨而吟, 其歌曰:

漢室將亂兮
羣雄蜂起
身爲先鋒之職
志存報國之誠
孫權强盛
曹操橫行
兩賊未滅
千古遺恨
撫長劍而作歌
吐平生之忠憤

李靖朗然而吟, 其歌曰:

一劒定風塵
高名垂千秋
今⟨224⟩日華筵
更侍聖主

長□□□[114]浩然而吟, 其歌曰:

攀龍鱗
附鳳翼
聲振當時
垂名後世

張巡揮涕而吟, 其歌曰:

一髮孤城
重圍月暈
外無援兵
內無粮草
籠中之鳥
網裏之魚
未報國家
空死節義

許遠含淚而吟, 其歌曰:

賊兵逼城
危如累卵
卽墨未畵[115]龍紋牛
晉陽猶沉三板水
身死守節
忠貫白日

徐達高聲而吟, 其歌曰:[116]

大風兮, 大風兮, 以終天年.

歌罷, 漢皇命賜酒曰:

---

115) 畵 : 교정자가 옆에 '解'를 써 놓았으나 이본에서는 '畵'로 되어 있다.
116) 국도본에 실린 노래는 다음과 같다. "大丈夫處世兮, 立功名. 立功名兮, 四海淸. 四海淸兮, 天下太平. 天下太平兮, 吾將醉矣. 吾將醉兮, 終天地之年."

"在外群臣, 幾何? 斗巵酒, 一生彘, 各別賜之."

武帝曰:

"寡人之臣東方朔, 誤讀『黃庭經』, 謫下人間, 故有仙風道骨矣. 前日, 對寡人, 論古今聖賢相當之職,[117] 今使付職群臣, 何如?"

漢皇卽命入來, 其人眉攢江山之秀, 胸抱濟時之才, 飄飄如人中仙, 趨謁於榻前. 帝曰:

"聞卿善付職, 是耶?"

朔踽踽, □[118]〈225〉避曰:

"秉筆中書者, 蕭·曺·丙·魏之徒, 趐兵閫外者, 韓·彭·衛·霍之類, 布列矣. 舍美玉, 取頑石, 何也? 然使臣付職, 譬如責蚊負山, 蟷螂拒轍也."

武帝曰:

"何爲辭乎?"

朔對曰:

"實非謙讓, 是乃本心. 第小臣愚見, 以孔明爲左承[119]相, 蕭何爲右承[120]相, 范仲淹爲左僕射, 歐陽修爲右僕射, 張良爲太傅, 霍光爲太尉, 徐達爲大司馬, 曺彬爲大將軍, 韓信爲都元帥, 李靖爲副元帥, 關雲長爲執金吾, 范增爲京兆尹, 龐統爲觀察使, 彭越爲節度使, 董仲舒爲御史大夫, 陳平爲尙書令, 魏徵爲諫議大夫, 鄧禹爲中書令, 褚遂良爲廷尉, 李善長[121]都尉, 法正爲司徒, 韓愈爲司空, 趙普爲大司農, 山濤爲太[122]鴻臚, 張齊賢爲工部侍郎, 房玄齡爲吏部侍郎, 張

---

117) 국도본에는 이 다음에 '無一錯誤'가 있음.

118) □ : 국도본에 '退'.

119) 承 : '丞'의 오자.

120) 承 : '丞'의 오자.

121) '爲'가 있어야 함.

122) 太 : '大'의 오자.

飛爲左先鋒, 趙雲〈226〉爲右先鋒, 劉基爲太史, 蔣琬爲長史, 程子
爲太學士, 陸賈爲翰林, 汲黯爲博士, 范質爲舍人, 茅焦爲注書, 李斯
爲司隷, 馮異爲主簿, 張倉爲侍中, 臧宮爲校尉, 苗訓爲常侍, 郭嘉爲
監軍, 荀彧爲參軍, 卓茂爲祭酒, 李昉爲從事, 費褘爲內史, 吳漢爲荊
州刺史, 馬援爲涼州刺史, 常遇春爲楊州刺史, 陳叔寶爲杭州刺史,
李勣爲靑州刺史, 王全斌爲益州刺史, 石守信爲豫州刺史, 寇恂爲徐
州刺史, 郭子儀爲兗州刺史, 胡大海爲雍州刺史, 長孫無忌爲幷州刺
史, 馬超爲靑龍將軍, 薛仁貴爲白虎將軍, 耿弇爲武衛將軍, 敬德爲
忠烈將軍, 岳□[123]爲虎衛將軍, 樊噲爲龍驤將軍, 章邯爲征西將軍,
賈復爲鎭北將軍, 衛靑爲破虜將軍, 霍去□[124]討虜〈227〉將軍, 漢
超爲驃騎將□[125], 龍且爲上護軍, 張遼爲□[126]護軍[127], 王梁爲楊
威將軍, 黥布爲振威將軍, 韓世忠爲平南將軍, 蒙恬爲定東將軍, 王
剪爲折衝將軍, 周勃爲忠武侯, 紀信爲安平侯, 酈食其爲順侯, 許遠
爲文信侯, 魯肅爲建成侯, 陸遜爲□□□[128]."

班列已畢, 滿座大笑曰:

"可合於職也."

漢皇曰:

"願□[129]一詩一[130]記之, 流傳於世, 抑亦一勝事也. 但恨無人
製作."

宋皇曰:

---

123) □ : 문맥상 '飛'.

124) □ : 문맥상 '病爲'.

125) □ : 문맥상 '軍'.

126) □ : 국도본에 '大'.

127) 軍 : '將軍'의 오기.

128) □□□ : 국도본에 '淮南侯'.

129) □ : 국도본에 '爲'.

130) 一 : 국도본에 '以'.

"韓愈在此, 何無製作之人乎?"

漢皇曰:

"思之不逮."

卽命近侍, 取會稽雲孫·靑松烟子·淸溪處士·中山毛君, 置退之前. 退之俯首聽命, 一揮而就, 文不加點. 其詩曰:

聖功過五帝

道德兼三皇

威靈震四海

敎化遍萬方

龍興致祥雲

虎嘯起烈風

明明龍榻上

穆穆鵷班中

鬱鬱金華寺

濟濟英雄徒

金〈228〉尊千日酒

玉盤萬年桃

登堂朝玉帛

設宴會衣冠

彩雲凝朱箔

祥烟繞畵欄

旌旗蔽紫微

劒戟曜白日

金風吹赤葉

玉露滴皓月

子晉吹玉簫

湘靈彈琴瑟
香風引舞袖
清歌隨妙曲
佳節屬五[131]秋
良辰月三更
今日四美具
此筵二難幷
物色尚依舊
世事今已非
忽然記前朝
興盡還生悲
故國誰氏家
大明揚光輝
人情多翻覆
興亡若波瀾
美酒宜酩酊
樂事稱盤桓
微臣敢獻壽
聖主永得歡
披腹呈琅玕
千秋傳世間

詩進, 座間大讚不已.
忽有一使, 持戰書而至. 其文畧曰:

多有洪業之功, 不請勝宴之席, 吾率諸蠻夷, 問罪於錦山.

言甚悖慢. 宋皇戰慄曰:

"好事多魔, 佳期易阻, 正謂此也. 與彼相爭, 不如和親."

始皇忿然曰:

"蟻聚之卒, 烏合之衆, 何足懼哉?"

俄而, 山外飛塵蔽天, 鳴鼓動地, 鐵騎數萬, 漫[132]山遍野而□[133].
□[134]〈229〉先一人, 乘青驄馬, 橫龍泉劍, 威風凜凜, 號令□□[135],
□□[136]帥元太祖也. 左先鋒左賢王, 右先鋒右賢王, 中軍帥呼韓邪
單于, 其餘將校, 突厥·契丹·冒頓·頡利·可汗·鞨葛[137]等單于, 不
可勝數. 漢王曰:

"誰敢拒敵?"

始皇大怒, 與武帝, 發兵百萬, 命將千人, 憤然而出. 左始皇·右武
帝, 翼擊之, 匈奴望風而走. 兵不血刃而勝, 凱歌而還, 滿坐大悅而已.

天色將曉, 山鷄喌唽, 諸皇大醉, 傾扶而歸. 高皇·太宗·太祖謂明
皇曰:

"帝混一四海未久, 天下太平之後, 思今日, 續舊遊, 以慰九原之
魂也."

各各揖別而歸.

秋風落葉之聲, 忽覺, 夢中之事, 歷歷可知矣, 記傳後世.

---

132) 漫 : '滿'의 오자.
133) □ : 국도본에 '來'.
134) □ : 국도본에 '當'.
135) □□ : 국도본에 '嚴肅'.
136) □□ : 국도본에 '大元'.
137) 葛 : '鞨'의 오자.

강로전

姜虜傳

　'강(姜)'은 우리나라의 이름난 성씨이다. '노(虜)'는 오랑캐를 가리킨다. 강씨 문벌에 대대로 문사와 이름난 이들이 나와서 높은 관직으로 이름이 빛났다. 조선조 중엽 이후에 '사상(士尙)'1)이니 '신(紳)'2)이니 하는 이들이 연달아 제과(制科)3)에 급제하여 재상의 지위에 올랐다. 〈230〉강신(姜紳)의 아들이 홍립(弘立, 1560~1627)인데, 뛰어난 조상들을 이어 문장의 재주를 갖추고서는, 세상을 업신여기고 고위 관직을 쉽게 여겼다. 선조 때에 정유년(1597년) 알성과(謁聖科)4)에 급제하여 시종(侍從)5)으로 십여 년 출입하였다. 폐조(廢朝, 광해군) 때에도 관직을 잃지 않고 고위 관직을 두루 거쳤다. 다시 십 년이 지나 무예에 재주

---

1) 사상(士尙) : 강사상(姜士尙, 1519~1581). 본관은 진주(晋州), 자는 상지(尙之), 호는 월포(月浦), 시호는 정정(貞靖). 1546년(명종 1년) 식년문과에 병과로 급제하여 예문관(藝文館)에 등용되었다. 1562년 대사헌이 되었고, 이해 성절사(聖節使)로 명(明)나라를 다녀왔다. 1563년에 대사간이 되었고, 병조·형조·이조 판서와 한성부판윤을 역임하였다. 1578년 우의정이 되었다.

2) 신(紳) : 강신(姜紳, 1543~1629). 본관은 진주(晋州), 자는 원경(遠卿), 호는 동고(東皐), 시호는 의간(毅簡). 1567년(명종 22년) 진사가 되고, 1577년(선조 10년) 별시문과에 갑과로 급제하였다. 1589년 정여립(鄭汝立)의 난을 평정하여 평난공신(平難功臣) 3등으로 진흥군(晋興君)에 봉해졌다. 1592년 임진왜란 때 함경도순찰사(巡察使)로 활약하였다. 이어 병조 참판에 오르고, 1596년 서북면순검사(西北面巡檢使)로 나갔으며, 이듬해 정유재란이 일어나자 명나라 군사를 도와 왜군을 격퇴하는 데 큰 공을 세웠다. 이후 부제학을 거쳐 병조·이조 판서를 지내고, 중추부판사에 이르렀다. 저서에『진흥군일기(晋興君日記)』가 있다.

3) 제과(制科) : 시(詩)·부(賦)·송(頌)·책(策)을 짓는 것으로 인재를 선발하는 과거.

4) 알성과(謁聖科) : 임금이 문묘에 참배한 뒤 실시하던 비정규적인 과거 시험.

5) 시중(侍中) : 임금을 모시는 시종원(侍從院)의 한 벼슬.

가 있어서 함경남도 병사(兵使)로 나가게끔 되었다. 그 직책을 능히 수행하니 몸은 문무대신이 되고, 명망은 간성(干城)[6]과 부합했다.

만력(萬曆) 무오년(1618년)에 이르러, 건주(建州)[7]의 오랑캐가 천조(天朝, 명나라)에 원망을 품고 군대를 이끌어 난리를 일으켰다. 요양(遼陽)[8] 등 여러 진(鎭)이 연이어 함몰되자, 천자께서 진노하여 천하의 병사를 동원하여 토벌하였다. 지난 날 정왜경략(征倭經略)[9]이었던 양호(楊鎬)[10]가 다시 정로(征虜) 경략으로 명을 받고 출정하였다. 황제의 칙서에 '조선을 고무시키라.'라는 말이 있어서 우격(羽檄)[11]으로 본국에서 군사를 징발하여, 의각(猗角)[12]의 형세를 갖추고자 하였다. 조정에서 여러 사람들이 논의하였는데 모두 말하기를,

"우리나라가 지성으로 대국을 섬긴 지 이백여 년이 되어 예의와 충성이 천하에 알려졌습니다. 상국(上國)이 위급하므로 의리상 마땅히 전국에서 군사를 끌어 모아야 합니다. 더욱이 임진년 어려운 때에 황제께서 극력으로 돕지 않았으면 우리는 다 죽었을 것입니다."

라고 하였다. 이에 정예병 이만 명을 뽑아서 요양으로 가게 하였다. 원수(元帥)의 중임(重任)은 조정에서 문무가 뛰어난 이를 뽑아야 하기에

---

6) 간성(干城) : 방패와 성이라는 뜻으로, 나라를 지키는 믿음직한 군대나 인물을 이르는 말.

7) 건주(建州) : 만주(滿洲) 지린(吉林) 지방의 옛 이름.

8) 요양(遼陽) : 요녕성(遼寧省) 심양(瀋陽)의 서남쪽에 있는 상공업 도시. 한나라 때부터 만주 지방의 중요한 도시였으며, 1621~1625년에는 청 태조 누루하치가 도읍으로 삼았다.

9) 정왜경략(征倭經略) : 왜적을 정벌하는 임무를 맡은 경략. 경략의 지위는 총독(總督)의 위에 있었다.

10) 양호(楊鎬) : ?~1629. 명나라 말기의 군인. 자는 경보(京甫), 호는 풍균(風筠). 1597년에 경략원조군무(經略援朝軍務)가 되어 조선에 출병하였는데 울산에서 대패하고서 보고하지 않고 군공(軍功)을 날조하였다가 파직되었다. 『명사(明史)』 열전 147.

11) 우격(羽檄) : 급히 군사를 동원할 때 쓰는 격문.

12) 의각(猗角) : 기각(掎角). 한 쪽은 뿔을 잡아당기고 한쪽은 다리를 잡아당기는 것으로, 협공하는 것을 가리킨다.

모두 홍립을 추천하여 원수로 선발하고, 평안 병사(兵使) 김경서(金景
瑞)13)를 부원수로 삼았다.

이 해－광해군 10년(1618년)－ 8월에 군사를 서쪽으로 출정시켰다. 홍
립은 그 모친 정씨에게 인사를 하였다. 정씨는 당년 팔십여 세로 눈물
을 뿌리며 문을 나와 팔을 깨물며 이별하면서 말하였다.

"내가 이 집 며느리가 되어서 선대에 국은을 받았다고 들었는데 너희
부자에 이르기까지 많은 녹봉을 받고 영화로운 지위를 누리니 임금님
의 은총이 극진하구나. 네 부친은 재주가 없어서〈231〉조용히 세상을
떴으니 보답하는 책임은 오로지 너에게 달렸다. 이제 막중한 임무를
받아 힘쓸 만한 지위를 담당하였으니 제대로 하지 못하면 나라를 배반
할 뿐 아니라 가문의 명예에 흠이 된다. 네 아우 홍적(弘績)이 성년이
되어 생계를 꾸릴 줄 알아 내가 죽어도 의지할 데가 있으니, 늙은 어미
때문에 다른 마음을 두지는 마라. 믿노니, 송동래(宋東萊)14)의 말에 '군
신의 의리는 중하고 부자의 은혜는 가볍다.'고 하였다. 가거라, 홍립아!
이제 영영 이별이로다."

홍립은 눈물을 흘리며 절하면서 말하였다.

"저도 생각이 있으니, 어머니께서 걱정하시는 일은 없을 것입니다."

군대가 패수(浿水, 대동강)를 지날 때 소강 상태였고 서로(西路)15)가
번화하였으므로, 홍립은 가는 곳마다 술을 마시며 전투에는 뜻이 없었
다. 종사관(從事官) 이민환(李民寏)16)이 틈을 타서 말을 하였다.

---

13) 김경서(金景瑞) : 1564~1624. 본관은 김해. 임진왜란 때 명나라 이여송의 군대와 함께
   평양성을 탈환했다. 1618년(광해군 11년) 강홍립을 따라 부원수로서 만주에 출병하여 누루하
   치에게 항복한 후 정보를 조선에 전달하다 탄로나 살해되었다. 후에 우의정으로 추증되었다.
14) 송동래(宋東萊) : 동래부사 송상현(宋象賢, 1551~1592). 본관은 여산(礪山), 자는 덕구
   (德求), 호는 천곡(泉谷). 임진왜란 때 동래부사(東萊府使)로 있다가 왜적에게 살해되었다.
   인용된 구절은 살해되기 직전 아버지께 쓴 편지 구절이다. 『상촌집(象村集)』 31권 「송동래
   전(宋東萊傳)」 참조.
15) 서로(西路) : 황해도와 평안도를 두루 일컫는 말.

"오랑캐가 난을 일으켜서 사해가 진동하고 주상께서 몹시 불안하시어 모든 군사를 모아 우리들에게 붙이셨습니다. 마땅히 싸울 차비를 하고 군사들을 격려해서 황제의 바람에 부응하여 우리 임금님의 직분을 다하게 해 드려야 하며, 적들과 같이 살지 않음으로써 임금님을 높여 드려야 합니다. 어찌하여 시간을 지체하며 술을 즐기면서 방탕할 수 있습니까? 장수와 군졸들이 보면 누군들 해이해지지 않겠습니까?"

홍립이 태평하게 답변하였다.

"그대는 항우(項羽)의 용기가 없고 나 역시 경자관군(卿子冠軍)이 아니니 어찌 장막에 나아오는 자가 있겠는가?17) 무릇 완급이 있어야 하고, 밀지(密旨)가 나에게 있으니 제군들은 근심하지 마시오."

이민환이 놀라며 물었다.

"'밀지'라니 어찌 된 일입니까? 자세히 듣고 싶습니다."

홍립이〈232〉말하였다.

"기회가 되면 보게 될 테니, 여러 말 하지 마시오."

이민환은 다시 묻지 못하였다. 진중(陣中)에서 이 말을 들은 장수와 군졸들은 모두 화가 머리끝까지 났다.

---

16) 이민환(李民寏) : 1573~1649. 본관은 영천(永川), 자는 이장(而壯), 호는 자암(紫巖). 1618년(광해군 11년) 강홍립(姜弘立)이 만주에 출병할 때 종사관으로 따라갔다. 패전 후 누루하치에게 투항하여 포로로 있으면서 조금도 지조를 굽히지 않았다. 방면되어 귀국하던 도중 의주에서 박엽(朴燁)의 사사로운 혐의로 4년 동안 유폐되었다. 이괄(李适)의 난과 정묘호란 때 왕을 행재(幸在)에서 모셨고 병자호란 때 장현광(張顯光)의 종사관으로 활동하였다. 난이 평정된 뒤에 동래 부사가 되었다.

17) 그대는 항우(項羽)의~자가 있겠는가 : 초 회왕(楚懷王)은 병법에 밝은 송의(宋義)를 상장군(上將軍)으로 발탁하고 별장(別將)들을 소속시켜 '경자관군(卿子冠軍)'이라고 부름. '경자'는 공자(公子), '관군'은 상장(上將)이라는 뜻. 당시 항우는 차장(次將)이 되어 진(秦)에게서 조(趙)를 구하러 출정하였는데, 송의가 바로 진을 공격하지 않고 음주를 즐기며 지체하자 항우는 빠른 공격을 주장하였다. 이에 대해 송의는 "무릇 날쌔게 공격하는 것에는 내가 공만 못 하지만 앉아서 전략을 짜는 것은 공이 나만 못 하다.[夫擊輕銳, 我不如公; 坐運籌策, 公不如我.]"고 하며 반대하였다. 이후 항우는 송의를 사직(社稷)의 신하가 아니라며 장막에서 살해하고 자신이 상장군이 된다. 『사기』「항적전(項籍傳)」.

"우리들이 나라를 사랑하는 마음에 은혜를 갚고자 일신(一身)을 잊고 적을 치러 왔는데, 주장(主將)은 교만하게 밀지 탓을 해대는군. 군대를 일으켜 적을 정벌하려고 해 놓고서 싸우지 말라는 밀지가 있을 수 있는가?"

서로 눈물을 떨어뜨렸다. 이민환이 말리며 말하였다.

"주장의 뜻을 가늠할 수 없으니 가벼이 선동하는 것은 군대에 이롭지 못하다. 일단 참고서 결과를 보는 게 좋겠다."

선천(宣川) 군수 김응하(金應河)[18]는 홍립이 싸울 뜻이 없음을 알고 홍립에게 청하여 일부 군사를 맡아서 앞서 행하고자 하였다. 홍립이 허락하고 보병 오천 명을 나누어 주고 '좌영(左營)'이라고 하여 선봉으로 삼았다. 또 운산(雲山) 군수 이일원(李一元)을 우영장(右營將)으로 삼았다. 홍립은 김경서(金景瑞)와 함께 많은 무리를 거느리고 중영(中營)이 되어 의주(義州)로 나아가 주둔하였다.

기미년(1619년) 정월에 경략(經略)의 격문이 또 이르렀다.

"2월 25일에 대군(大軍)이 모두 경마전(暻馬田)에 모일 것이니, 조선군의 병사와 장군들은 기한에 맞추어 같이 모이시오."

홍립은 통군정(統軍亭)[19]에 앉아서 군사를 점호하였다. 건장한 사람과 허약한 말, 허약한 사람과 건장한 말, 두 부류로 나누어 건장한 사람과 허약한 말은 전부 군량미를 운반한다고 뒤에 두고 허약한 사람과 건장한 말은 자신이 거느렸다. 장수들이 말하였다.

"사람과 말이 모두 뛰어나야 출정할 만한데 허약한 사람을 적과 맞서게 하니, 말이 훌륭해도 사람이 변변치 않으니 어찌한단 말인가?"

홍립이 말하였다.

---

18) 김응하(金應河) : 1580~1619. 본관은 안동, 자는 경의(景義), 시호는 충무(忠武). 1604년 (선조 37년) 1618년(광해군 11년) 부원수 김경서의 휘하에 좌영장(左營將)으로 있다가 이듬해 강홍립을 따라 압록강을 건넜다.

19) 통군정(統軍亭) : 평안북도 의주읍성에 있는, 고려 때 만들어진 정자.

"밀지가 나에게 있으니 제군들은 염려하지 마시오."

장수들이 다 비웃으며 물러갔다.

기한이 되어〈233〉좌영 군사들이 앞서 경마전에 도착하니, 명나라 군사들이 이미 모여 있었다. 김응하는 가서 도독(都督) 유정(劉綎)을 보았다. 도독이 물었다.

"어찌하여 늦게 왔소? 원수는 어디 있소?"

"보병이라 빨리 오지 못하고 조금 늦어버렸습니다. 원수의 대군은 곧 뒤따라 이를 겁니다."

도독은 김응하의 답변이 민첩하고 군대 위용이 정숙한 것을 보고 감탄하여 말하였다.

"동방에 이러한 인물이 있다니, 중국인들보다 낫구나."

날이 저물 때 홍립이 도착하였다. 도독은 밤에 홍립을 장막으로 불러 진군할 것에 대해 상의하였다. 홍립이 말하였다.

"군량미가 뒤에 있고 병사들이 굶주렸으니 머물면서 군량미를 기다려야 하는 형세입니다. 게다가 오랑캐 땅은 험준하여서 정탐하기가 극히 어렵고, 현군(懸軍)20)으로 깊이 들어가면 들어가기는 쉬워도 물러나기는 어려울 테니 어찌합니까?"

도독이 말하였다.

"대군이 도착하였으니 썩은 나무를 꺾는 것과 같은 형세요. 출정할 날을 이미 정하였으니 서둘러 나아가고 의심하지 마시오."

홍립은 말없이 물러났다. 도독은 화가 나 말하였다.

"조선에서 사람 쓰는 것이 이와 같으니 패하지 않고 어쩌겠나? 영웅이 눈앞에 있건만 교활한 녀석에게 사명을 붙였구나. 도착하자마자 하는 말이 머물 계책뿐이라니."

---

20) 현군(懸軍) : 지원군 없이 본대를 떠나 홀로 적진 깊숙이 쳐들어가는 군대.

'영웅'이라 한 것은 김응하를 가리킨다.

다음 날 행군을 함에 양국 병사들의 군영이 길게 늘어섰다. 삼 일째에 우미령(牛尾嶺)21)에 도착하였다. 홍립이 도독을 보고 말하였다.

"양식이 다하고 군졸들이 굶주려서 적을 만나면 반드시 무너질 것입니다."

도독은 어쩔 수 없이 하루를 머물렀다. 유격(遊擊) 교일기(喬一琦)는 큰소리로 도독에게 말하였다.

"조선 군병은 식량이 없지 않은데, 움츠러들어 관망하기만 하니 그 속을 알 수 없소이다!"

그러고는 칼을 빼어 들고〈234〉홍립에게 출발할 것을 재촉하였다. 장수들이 모두 말하였다.

"군량미가 다 떨어지지 않았는데도 매번 양식이 다했다고 말하여 명나라 장수의 노여움을 샀으니, 무슨 생각을 하고 계십니까?"

홍립이 말하였다.

"밀지가 나에게 있으니 때가 되면 보게 될 것이오."

모든 장수들이 말하였다.

"밀지에서 후퇴하라고만 하였습니까? 이미 위급에 처했는데, 어째서 꺼내 보여 여러 사람들의 의심을 없애지 않습니까?"

홍립이 말했다.

"며칠만 두고 보면 알 것이오."

그리고 즉시 여진(女眞) 통사(通事, 통역관) 하서국(河瑞國)22) 등 세 명을 몰래 불러서 말하였다.

"오랑캐 사정을 전혀 탐지하지 못하고 오직 명나라 장수에게만 들으니 필히 후회가 있을 것이다. 너희들은 몰래 건주(建州)에 가서 노추(奴

---

21) 우미령(牛尾嶺) : '우모령(牛毛嶺)'의 오기, 혹은 별칭인 듯하다.
22) 하서국(河瑞國) : 『속잡록(續雜錄) 1』에는 '河世國'으로 되어 있다.

酋)23)에게 전하거라. 우리 두 나라 간에는 본래 원한이 없는데 지금 출병한 것은 남조(南朝)24)가 다그쳐서 그런 것이니 양군이 만나면 싸우지 말고 강화하도록 하자고."

아울러 밀봉한 글 한 통을 보냈다.

하서국 등이 신속하게 달려서 건주에 들어가 먼저 노추(奴酋)의 둘째 아들 귀영가(貴盈哥)25)를 보고 찾아온 뜻을 자세히 이른 다음 밀봉한 글을 전하였다. 귀영가는 들어가서 노추에게 말하였다. 노추는 글을 펼쳐 보고는 손을 이마에 대고 말하였다.

"하늘의 도움이 아닌가? 남조 병사들이 네 길로 나뉘어 오는데, 셋은 근심이 아니고 오직 이쪽이 근심이었다. 저 금백(金白)이 괴롭히기에 회초리로 쳐서 응수하려 하는데, 내가 꺼리는 것은 오직 조선이 돕는 것뿐이었다. 일찍이 단조(丹朝, 거란) 때에 십만 정병(精兵)으로 흥화(興化)26)까지 깊이 들어갔다가 수레 한 대도 돌아오지 못하였다.27) 평소 들으니 병사는 사납고 무기는 날카로워 대적하기 어렵다고 한다. 이제 조선이 스스로 항복 문서를 보내니 하늘이 나로 하여금 선대(先代) 금(金)의 위업을 다시 잇게 하는 것이로다!"

즉시 귀영가에게 명하여 철기 삼만을 나누어 먼저 남조의 병사를 짓밟

---

23) 노추(奴酋) : 누르하치[Nurhachi, 努爾哈赤, 奴兒哈赤]. 1559~1626. 청나라 창건자, 초대 황제(재위 1616~1626). 여진의 대부분을 통일하여 한(汗)의 지위에 올라 국호를 후금(後金)이라 하였다. 명과의 싸움 중 병사하였지만 그가 확립해 놓은 기초 위에 아들 홍타시가 대업을 완수하였다.

24) 남조(南朝) : 청이 발호한 건주가 북쪽이므로 명나라를 남조라고 표현한 것이다.

25) 귀영가(貴盈哥) : 대선(代善), 대패륵(大貝勒)이라고도 한다. 후에 누르하치의 14째 아들 도르곤과 함께 8째 아들 홍타시를 황제로 추대하였다.

26) 흥화(興化) : 고려 현종 5년(1014) 10월 기미일에 거란군이 흥화진(興化鎭)을 포위하자 장군 고적여(高積餘)와 조익(趙弋) 등이 공격해 물리쳤다.

27) 일찍이 단조(丹朝, 거란)~돌아오지 못하였다 : 고려 목종(穆宗) 때에 거란 임금이 직접 보병과 기병 40만을 거느리고 압록강을 건너 평북 의주군(義州郡) 흥화진(興化鎭)을 포위한 바 있다. 『청장관전서』「송사전(宋史筌), 고려열전(高麗列傳)」.

은 후 조선의 항복을 받으라고 했다. 귀영가는 뛸 듯이 나갔다. 〈235〉

홍립은 명나라 장수가 다그치자 마지못해 행군하여 마가채(馬家寨)[28]에 다다랐다. 그제야 오랑캐 기마병들이 출몰하는 모습이 보였다. 사졸들은 모두 공격하고자 하였으나, 홍립이 명하였다.

"명군[天兵]이 공을 탐내는 게 매우 심하다. 아군까지 섞여 싸웠다가는 반드시 수급(首級)[29]을 다투느라 서로 살상하게 될 것이니, 상황을 보고 몸을 사리는 것만 못하다."

비장(裨將)들에게 명하여 전달하였다.

"함부로 오랑캐를 죽이면 목숨으로 대가를 치를 것이다."

장수들은 얼굴빛이 달라지며 말하였다.

"주장(主將)의 뜻이 이미 또 드러났구나. 적을 만나 죽이지 않고 어쩌자는 것인가?"

유독 좌영 군사들만은 명에 응하지 않았다.

"군중에서는 임금의 명도 받지 않는다. 적을 만나 칼을 거둔다는 말은 들어보지 못하였다."

마가채로부터 심하(深河)에 이르기까지 사오십 리에 호병(胡兵) 수백 명 혹은 천여 기(騎)가 곳곳에 모여 있었다. 명군과 좌영 군사들이 앞을 다투어 무찌르니 베어낸 수급이 자못 많았다. 중영과 우영은 그저 따라다니며 구경만 할 뿐이었다. 사졸들이 모두 분개하였다.

"장창·대검아! 너를 어디에 쓴단 말이냐?"

홍립이 또 도독을 보고 말하였다.

"군량이 떨어져 진격할 수 없습니다."

도독이 말하였다.

---

28) 마가채(馬家寨) : 귀주(貴州) 잠공현(岑鞏縣) 수미진(水尾鎭)에 있는 지명. 송나라 때 수군(水軍)을 훈련시켰던 곳.
29) 수급(首級) : 전장에서 벤 적군의 머리.

"오랑캐들이 묻어놓은 곡식이 많으니 그것을 양식으로 삼아도 될 것이오."

홍립이 재삼 변명을 늘어놓아 다시 하루를 머물렀다.

때는 삼월 초사일 새벽. 도독이 세 차례 총성을 울려 대군의 발행을 재촉하니, 명령은 번개와 같고 형세는 풍우와 같았다. 교유격(喬遊擊)과 강부총(江副摠), 조참장(祖參將)이 선봉에 서고 유도독(劉都督)이 그 뒤, 장도사(張都司)가 그 뒤를 따랐다. 김응하가 말하였다.

"양식을 싸들고 갑옷을 입은 채 지냄은 적을 치기 위함이라. 이제 대적을 보니〈236〉용기가 나는구나."

드디어 분연히 일어나자 사람들이 모두 뛰어갔다. 홍립은 역시 느긋하게 나아갔다.

이십 리를 행하여 부평(富平)에 도달하니, 산기슭에 부락들이 즐비하게 마을을 이루고 있는 것이 보였다. 명나라 군사들은 크게 소리치며 뛰어들어 흩어져 노략질을 하며 대오로 돌아오지 않았다. 그런데 귀영가의 삼만 철기가 홀연 산골짜기에서 나타나 공격하니, 천병들은 일시에 무너졌다. 김응하는 적병의 기세가 맹렬함을 보고 진열을 가다듬고 기다리면서, 한편으로 홍립에게 급히 와서 구해줄 것을 호소했다. 홍립이 말했다.

"너는 명을 어기고 참살하기를 능사로 알았으면서 어찌 구원을 바라느냐?"

즉시 중·우영에 명하여 함께 산꼭대기에 올라가 진을 치고 승패를 관망했다. 잠시 후 교유격이 패잔병 십여 명을 거느리고 중영에 도달하여, 천병이 전멸했음을 알렸다. 또한 호병 본대가 바로 좌영을 치는 것이 보였다. 김응하는 사졸들을 격려하며 혈전을 벌이니, 진정 위엄은 곤양(昆陽)30)을 뒤흔든 날보다 더하고, 공적은 손자(孫子)의 화공(火攻)31)보다 높았다. 적의 선두가 탄환과 활에 맞아 주검이 무수히 쌓였

다. 귀영가는 칼을 뽑아들고 전투를 독려하였다. 적 가운데 용감한 백
여 기(騎)가 죽음을 무릅쓰고 앞장서니 적들이 뒤를 따랐다. 우리 군은
힘이 다해서 진영의 앞 열은 이미 어지러운데도 오히려 창칼로 맞서며
한 사람도 달아나지 않았고 한 사람도 헛되이 죽는 이가 없었다. 적군
과 아군이 섞인 채 칼과 창이 부딪히니 천지가 진동하고 해와 달이 어두
워졌다. 김응하는 형세가 이미 기운 것을 보고 버드나무에 기대서서
화살을 뽑아 쏘았다. 활을 쏠 때마다 적들이 거꾸러졌다. 귀영가의 동
생이 활에 맞아 죽자 적들이 모두 겁을 내고 다가오지 못하였다. 한낮
부터 싸웠는데 날이 저물어갔고 김응하의 삼백여 화살이 모두 다했다.
이제 주먹을 휘두르며 소리 지르자 화살이 비 오듯 쏟아졌다. 천지가
무너지는 듯한 속에 열사는 운명을 다하면서도 여전히 왼손으로
〈237〉창을 집고 오른손으로 칼을 쥔 채 눈을 부릅뜬 것이 살아있는
듯하여, 한참 동안 적들이 다가서지 못하였다.

　귀영가는 싸움이 끝난 후 병사를 수습하고 숨을 돌리고 말하였다.
　"내가 막북(漠北)32)을 누비고 다니면서 적수가 없었는데, 조선인의
용맹이 이와 같은 줄 몰랐군. 산꼭대기에 있는 군사들이 힘을 합쳐 싸
웠으면 우리는 앞뒤로 적을 맞아 살아남는 자가 없었을 거야. 하늘이
조선인의 마음을 움직여서 먼저 항복문서를 보내고 수수방관하게 하
여, 우리가 싸움에만 전념하여 이길 수 있었으니, 우리 만주(滿住)33)의
크나큰 복이 아닐 수 없다."
　그러고는 나아가 산 아래에 진을 치고 기마병을 보내 통사를 불렀다.

---

30) 곤양(昆陽) : 후한(後漢) 광무제(光武帝)가 왕망(王莽)의 대군을 격파한 곳. 지금 하남성
　　(河南省) 엽현(葉縣)에 있었다.
31) 손자(孫子)의 화공(火攻) : 조조(曹操)가 형주를 차지하기 위해 대군을 이끌고 남하할 때 유비
　　(劉備)와 손잡은 손권(孫權)의 주유(周瑜)가 적벽대전에서 화공(火攻)으로 이를 막아냈다.
32) 막북(漠北) : 고비 사막의 북쪽 지방. 현재의 외몽고.
33) 만주(滿住) : 누르하치를 가리킨다. 대개 만주한(滿洲汗)이라 일컫는다.

홍립이 기뻐하여 말하였다.

"과연 하서국이 능히 소식을 전하였구나."

즉시 명하여 응대하게 하였다.

"양국이 애초 미워함이나 원망함이 없으니 쓸데없이 싸울 필요가 없소. 출병하던 때에 미리 앞서 알렸는데 이해하셨소?"

답이 다음과 같이 왔다.

"강화할 뜻은 싸우지 않음을 보고 깨달았으니 대장과 마주하여 결맹하기를 바라오."

홍립은 군관 박동명(朴東明)을 보내어 알아보게 하였다. 귀영가가 말하였다.

"대장이 아니면 안 되오."

홍립이 다시 부원수 김경서(金景瑞)를 보내었다. 김경서는 말 위에서 인사하고 화해를 약속하였다. 김경서가 돌아와 홍립에게 말하였다.

"내가 오랑캐 진영을 보니 싸우고 난 터라 군졸들이 피로하고 부상자가 반이 넘습니다. 게다가 그들 풍속에 말은 쇠사슬로 묶어두고 사람들은 가죽 침낭에서 잠을 자니, 한밤에 기습하면 몽둥이로도 때려잡을 수 있습니다. 하물며 살아남은 천병들이 근처 산에 모여 있는데 그 수가 만여 명이 되니 협공을 약속하면 형세가 더욱 떨쳐질 것입니다. 하늘이 우리에게 공을 주는 것이니 기회를 놓쳐서는 안 됩니다."

홍립이 말하였다.

"우리 군은 겁쟁이라서 쓸 데가 없소. 이제 어설픈 계획으로 호랑이 입을 엿보는 것은 섶을 지고 불을 구하는 격이오. 그 일은 절대 행할 수 없소."

다음날 아침, 홍립은 드디어 스스로 진영으로 가고자 하였다. 장졸들은 모두 옷을 잡고〈238〉발을 구르며 말하였다.

"사또 어디로 가십니까, 사또 어디로 가십니까!"

홍립은 떠나면서 말하였다.

"교유격이 병사 십여 명을 데리고 진영에 있는데, 오랑캐가 알면 화해하는 데 방해가 될 것이오."

홍립은 교유격과 십여 명을 묶어 오랑캐 진영으로 보냈다. 유격은 하늘을 우러러 길게 탄식하였다.

"예의의 나라 조선이 이릉(李陵)34)처럼 오랑캐에게 굴욕을 달게 받을 줄 몰랐다. 왕인(王人)35)을 포박하여 보내기까지 하니 심하구나."

그러고는 비단을 찢어서 집에 보내는 편지를 쓰고 자기 옷에 묶은 다음 칼에 엎어져 죽었다. 모든 군사들이 슬퍼하였다.

홍립은 귀영가를 만났는데, 병사들이 위엄을 크게 펼치고 장막을 높게 세웠으며 좌우에 흰 칼날이 서릿발처럼 찬란하였다. 홍립은 혼백이 놀라 달아나서 무릎으로 기어가서 목숨을 구걸하였다. 귀영가는 상에서 내려와 일으켜 세웠다.

"두려워 마시오, 두려워 마시오. 여기서 건주까지 오십 리도 되지 않으니 가서 만주를 뵙고 약속을 맺으시오. 데려온 군병들은 산에서 내려오도록 하는 게 좋겠소."

홍립은 거스를 수 없어서 군사들에게 명하여 내려오게 했다. 병기를 다 거둬 한 곳에 모으니 산처럼 높이 쌓였다. 호인(胡人)들은 철기(鐵騎)로 우리 군을 감싸고 앞으로 갈 것을 재촉하였다. 도중에서 많은 이들이 주먹을 갈고 몸을 솟구쳐 골짜기로 투신하여 목숨을 끊었다. 호장(胡將)이 감탄하여 말하였다.

"조선인들의 절개가 이와 같으니 남에게 굴복할 자들이 아니구나."

만주는 중로(中路)에 사람을 보내어 말하였다.

---

34) 이릉(李陵) : 한 무제 때의 장수. 여러 차례 흉노를 격파하였으나 끝내는 중과부적으로 선우(單于)에게 사로잡혔다.
35) 왕인(王人) : 왕의 신민(臣民). 여기서는 오랑캐와 대비되는 명나라 신민을 가리킨다.

"먼저 두 장수를 보고 싶으니 속히 오도록 하라."

홍립은 김경서와 먼저 출발하였다. 십 리가 안 되어서 성 주변 광야에 군마(軍馬)들이 가득한 것이 보였다. 길가에서 구경하는 남녀들이 많았다. 성으로 따라 가는 도중에 어린 녀석들이 모여서 소란을 피우며 깨진 기와조각이나 자갈돌을 던지기도 하고, 똥덩어리를 던지기도 하며 욕을 하였다.

"구차하게 목숨을 팔아 항복한 놈들은 개돼지만도 못해."

김경서는 울분이 가득하여 홍립에게 말하였다.

"우리들이 하루아침 목숨을 구하려고 한 평생의 몸을 그르쳤소이다. 〈239〉머리 숙여 욕을 받으며 사는 것은 죽는 것만 못하오. 지난 번 귀영가를 보았을 때 먼저 겁을 내어 오랑캐에게 모욕을 당하였으니 남아로서 어찌 애석하지 않겠소? 만주를 볼 때는 읍례(揖禮)로 하겠소."

성에 들어가자 제대로 관(冠)과 띠를 갖춘 이들이 십여 겹으로 나열하여 사오 리 늘어서 있었다. 갑옷의 빛남이 달의 빛남과 같고, 칼의 기운은 별빛을 가릴 정도였으며, 바람이 달리고 번개가 치는 듯 눈이 어질어질하고 마음이 떨렸다. 붉은 옷을 입은 이가 두 장수를 인도하여 들어가서 섬돌 아래서 예를 행하게 하였다. 두 사람은 길게 읍을 하였다. 만주는 거친 소리로 말하였다.

"너희들이 사신으로 왔으면 읍을 해도 되지만 투항을 했으면서 감히 간단하게 하는가?"

홍립은 두려워서 먼저 무릎을 꿇고 사배(四拜)를 하였다. 김경서는 어쩔 수 없이 또한 절을 하였다. 하서국이 나아와 고하였다.

"변방의 용렬한 사람들이라 대국의 위의를 본 적이 없어서 실수를 하였습니다. 원컨대 가까이 가서 사연을 다 말하게 해주십시오."

만주는 허락하여 대청에 올라 자리에 앉게 하였다.

"너희 나라는 어찌하여 이유 없이 병사를 일으켰는가?"

홍립은 엎드려서 떨며 대답하였다.

"본국의 뜻이 아니라 남조(南朝)에서 다그치매 어쩔 수 없었습니다. 이런 까닭에 저희들이 먼저 통사를 보내어 상황을 알려드렸으니 이해하셨을 것입니다."

만주가 말했다.

"너희들이 먼저 알린 뜻을 보고 남조의 다그침 때문인 줄 알았다. 너희들은 또한 싸우지 않음을 통해 성심껏 복종하였고, 그래서 진의를 볼 수 있었다. 그렇지 않았다면 너희 두 사람은 이미 가루가 되었을 것이다. 수만 인의 목숨 또한 어찌 보존할 수 있었겠는가? 그런데 너희 나라는 다시 남조를 도울 것인가?"

"본국은 왜소한 천 리 영토로서 왜적의 내침을 받아 피폐해진 나머지, 한 번 출병함에 나라 안이 비어버렸으니 다시 할 수 있겠습니까?"

⟨240⟩

만주가 말했다.

"내 장차 너희나라에 사람을 보내 화해할지 그렇지 않을지 회보를 기다릴 것이다. 너도 또한 임금에게 글을 써서 화해를 이루도록 돕는 것이 좋겠지. 화의(和議)가 정해지면 너희도 귀국하는 데 아무 문제가 없을 것이다."

홍립이 감사해하며 말하였다.

"죽이지 않는 은혜를 입었는데 또 살아 돌아가는 즐거움을 받으니 가히 죽은 이를 살려주는 격입니다."

그리하여 본국에 보고서를 올려, 오랑캐의 형세를 성대하게 진술하고 화의해야 되지 싸울 수는 없다고 장황하게 현혹시킴에 힘을 다하였다. 비국(備局)36)의 계사(啓辭)37)와 대각(臺閣)38)의 논의가 모두, 투항

---

36) 비국(備局) : 비변사(備邊司). 군국(軍國)의 사무를 맡아보던 관아.

37) 계사(啓辭) : 계(啓)의 내용.

하여 목숨을 구걸하고 임금과 백성을 현혹시켰으니 삼족을 멸할 죄에 해당되므로 묶어 다스려서 왕법을 바르게 할 것을 청하였다. 폐조(廢朝, 광해군)는,

"힘이 부족하여 화의를 한 것은 형세이고, 오랑캐의 정황에 대해 계를 올린 것은 직분이다."

라고 하여 용서하고 다스리지 않았다. 묘당(廟堂)39)에서 완곡한 표현으로 답서를 써서 만주에게 보내게 하였다. 만주는 여전히 말의 뜻이 만족스럽지 않다고 하여 다시 차사(差使)를 보냈다. 두세 번 왕복하였으나 화의는 정해지지 않았다.

만주는 홍립의 문필이 매우 풍부한 것을 보고 인재를 얻었다고 매우 기뻐하여 문서들을 맡겼고, 양녀를 주려고 하였다. 홍립은 또한 살아 돌아가는 것이 급하여 곡진한 뜻으로 따랐고 어김이 없고자 하였으나 딸과 결혼하는 데는 노병(老病)을 핑계로 취하지 않았다. 만주는 홍립이 혹 두 마음을 품은 것인가 의심하여 그 뜻을 보고자 하였다.

하루는 건주 성 가운데 큰 잔치를 베풀고 팔만(八蠻)40) 추장들을 모이게 하였다. 그들은 비단 옷에 화려한 활을 가지고 서쪽에 나열하고 홍립은 그 위에 앉고 김경서는 그 아래에 앉았다. 그리고 연지[關氏]41)와 총희(寵姬) 9인, 양녀 35인을 나오게 하였는데, 화려하게 꾸민 모습

---

38) 대각(臺閣) : 사헌부와 사간원.

39) 묘당(廟堂) : 의정부. 행정부의 최고 기관.

40) 팔만(八蠻) : 팔기제도(八旗制度)를 가리키는 듯함. 누르하치는 자신의 여진족 군대와 그 가족들을 몇 개 집단의 기병(旗兵)으로 조직했다. 1601년, 황(黃)·홍(紅)·백(白)·남(藍)의 깃발로 구별된 네 개의 기병 군단을 편성해, 자신의 친족 네 명을 이들 기병의 지휘관으로 임명했다. 누르하치가 스스로 후금(後金)의 칸(汗)이라 칭한 1616년, 이들 네 개의 기병 군단을 각각 양분한 다음, 황기, 백기, 남기에는 홍색으로 가장자리를 두르고, 홍기에는 흰색 선을 둘러, 처음 네 개와 함께 모두 여덟 가지 깃발을 만들어 구별했다. 이들 깃발은 전투 시 병사들의 인식표지 역할을 하여 소속 식별을 용이하게 했고, 특정 팔기병(八旗兵)의 구성원 신분은 평상시 주민등록의 근거가 되었다

41) 연지[關氏] : 선우(單于)의 왕후.

이 모두 아름다웠다. 시녀들 수백 명이 앞뒤에서 감싸 동쪽에 앉아 홍립과 상견하게 하였다. 예가 끝나자 만주가 왼손으로 잔을 잡고 오른손으로 홍립의 손을 잡고〈241〉말하였다.

"사람에 세상에 태어나서 의기가 통함에 경중과 깊이를 알지 못하면 장부가 아니다. 그대와 나 두 사람은 각자 먼 곳에서 태어나 융마(戎馬)로 만났으니 진실로 우연이 아니다. 나는 남조 병사들을 무찌른 것이 기쁜 게 아니라 그대를 얻어서 기쁘다. 그래서 내가 창고를 다 들어서 실로 표리가 없게 하고 아내와 딸들을 보여서 간격이 없게 하노라. 그대가 동국(東國)에 있을 때 비록 영화로웠다고 해도 오늘 그대를 대하는 것보다 낫지는 않았으리라."

홍립은 하늘을 가리키며 맹세하였다.

"여자는 자기를 좋아하는 이를 위하여 화장을 하고 선비는 자기를 알아주는 이를 위하여 목숨을 건다고 하였습니다. 제가 동국을 섬긴 것은 예양(豫讓)이 범씨(范氏)와 중항씨(仲行氏)를 섬긴 것42)에 불과합니다. 지금 성대한 은혜를 입었으니 왕맹(王猛)이 진왕(秦王)을 위해 행한 것43)뿐이겠습니까? 힘을 다해 충성하는 것에 어찌 남북이 다르겠습니까? 은혜를 갚고 덕을 보답하는 것에 어찌 다소가 있겠습니까? 저는 글로 써서 둘이 아닌 마음을 표현하겠습니다."

그리하여 붓을 들고 써내려갔다.

去國萍蹤莫怨嗟 나라 떠나 떠돌면서 원망하지 않노니
魚龍到處卽江河 어룡이 이르는 곳이 곧 강하(江河)라네
捐身竭節無南北 몸 바쳐 절개 다함에 남북이 다름없고

---

42) 예양(豫讓)이 범씨(范氏)와 중항씨(仲行氏)를 섬긴 것 : 예양은 범씨와 중항씨를 섬겼으나 자신을 알아주지 않아서 지백(智伯)을 섬겼고, 지백의 총애를 받아 그를 위해 목숨을 바쳤다. 『사기』「예양전(豫讓傳)」.
43) 전진(前秦)의 제3대 임금 부견(符堅)은 왕맹(王猛)을 얻어 강우(江右)를 통일하였다.

知己酬恩敢少多　지기(知己) 위해 은혜 갚음에 다소를 따지랴
孤鳳已能辭枳棘　외로운 봉황은 이미 가시나무를 떠났고
大鵬元自化溟波　대붕은 원래 바다에서 변하였나니
蘇卿千載眞堪笑　소무(蘇武)는 천 년 전에 비웃음 감내하고
渤海看羊獨奈何　발해에서 양을 친 것이 유독 어떠한가[44]

만주는 문인에게 구절마다 번역하게 하여 듣고는, 일어나서 홍립을 껴안고 등을 어루만지며 사례하였다.
"그대는 진정한 장부로다."
당시 대청 아래에 있던 명나라 사람은 바라보고 질타하였다.
"누가 동국을 예의의 나라라고 하였는가? 이 사람의 오경소지(五經掃地)[45]가 남김이 없구나."
이로부터 만주는 기대 이상으로 기뻐하였다.
처음에 홍립은 투항한 왜놈 삼백 명으로 친위군을 만들어 항상 장막 앞에 두었다. 이때 이르러 만주에게 그들을 추천하였다.
"제 장막 앞에 있는 삼백 명 왜병은 날쌔고 용감하며 검술에 상대할 자가 없습니다. 군전(軍前)에 바치오니 쓰십시오."
만주는 매우〈242〉기뻐하며 즉시 명을 전하였다.

---

44) 소무(蘇武)는 천 년 전에~유독 어떠한가 : 소무는 서한(西漢) 무제(武帝) 때 중랑장(中郎將)으로 자는 자경(子卿)이다. 흉노에 사신으로 갔는데 선우(單于)가 항복하라고 위협했으나 끝까지 굽히지 않았다. 북해(北海)로 옮기어 양을 기르게 하며, 숫양의 젖이 나오면 보내주겠다고 하였다. 소무는 19년 동안이나 절개를 지키며 고생을 하다가 소제(昭帝) 때 흉노와 화친하게 되어 비로소 한나라로 돌아왔다. 『한서(漢書)』「소무전(蘇武傳)」.

45) 오경소지(五經掃地) : 오경으로 땅을 쓸다. 유자(儒者)의 존엄을 떨어뜨림을 말한다. 당나라 축흠명(祝欽明)이 오경에 두루 통하여 국자좨주(國子祭酒)가 되었는데 아부를 일삼았다. 하루는 중종이 군신들과 연회를 벌일 때 축흠명은 팔풍무(八風舞)를 추면서 땅에 의지하여 고개를 흔들고 눈을 깜빡이고 좌우를 돌아보는 등 사람들이 감당할 수 없는 동작을 하였다. 이에 노장용(盧藏用)이 탄식하며, "이는 오경을 들어서 땅을 쓰는 것이로다." 하였다. 『신당서(新唐書)』「축흠명전(祝欽明傳)」.

"내일 내정(內庭)에서 왜인들의 칼 솜씨를 보겠다."

왜인들이 명을 듣고서 각자 칼을 갈며 말하였다.

"우리들이 오랫동안 조선의 보살핌을 받다가 하루아침에 개돼지의 부림을 받게 되니 굴욕이 아닌가? 이제 새롭게 가는 칼을 먼저 만주 머리에 시험하는 데 불가함이 없도다. 우리 삼백 명이 한 마음이 되면 일당백이니 더러운 놈들을 쓸어버리고 조선에 가서 보고하면 또한 매서운 장부의 일이 아니겠는가?"

일제히 응하여 좋다고 하였다. 약속을 정하고 은밀하게 홍립에게 아뢰었다. 홍립은 한참 말이 없었다.

"큰일을 어찌 함부로 할 수 있겠는가?"

그러고는 만주에게 가서 고하였다.

"왜인들의 마음은 좋지 못하니, 내일 칼을 시험할 때 방비를 하셔야 합니다."

만주는 깜짝 놀랐다.

"급히 팔고산(八高山)[46)에게 각자 대비하라고 하라."

그리고 심복인 정예 장병 삼천 명을 뽑아서 모두 철봉을 지니고 외정 (外庭)을 빽빽이 포위하게 하였다.

다음날 새벽에 왜인은 외정에 들어가서 손바닥에 침을 뱉고 기다렸다. 잠시 후 붉은 옷을 입은 이가 나와 만주의 명을 전하였다.

"왜인들은 각자 세 명씩 대(隊)를 이루어 백 대로 나누어라. 한 대가 내정에 들어가서 칼을 시험하고 돌아오면 또 한 대가 들어가서 시험하라. 대마다 번갈아 들어가되 난잡하게 하지 마라."

왜인들이 일제히 호소하였다.

---

46) 팔고산(八高山) : 팔고산(八固山). 누르하치가 기병할 때 형세가 크지 않아서 다른 부족과 연합하였는데 이때의 군제. 3백 명이 1우록(牛彔), 5우록이 1갑라(甲喇), 5갑라가 1고산(固山)이니, 고산은 7천5백 명으로 이루어졌다.

"삼백 명이 한 대가 되어 일시에 시험하여 장관을 보이고 싶습니다."
"명령이 이미 내렸으니 바꿀 수 없다."
그러고는 세 명의 왜인을 인도하여 내정으로 들어가 시험하게 하였다. 보이는 건 다만 번득이는 흰 무지개요 반짝이는 번갯불이요 뛰고 휘두르고 천지에 오르내리니, 뜰에 가득히 보는 자들이 안색이 변하였다. 시험한 지 절반이 되지 않아서 세 왜인이 만주를 직시하더니 칼춤을 추며 돌입하였다. 여러 고산(高山)은 일제히 창을 들어 어지러이〈243〉찔러댔다. 중과부적이라 세 왜인은 죽고 말았다. 나머지 외정에 있던 삼백 명 왜인들은 모두 철봉에 타살되었고 호인들도 죽은 자가 오백여 명 되어 뜰에 시체가 가득하였다.

만주는 술잔을 들어 홍립에게 사례하였다.
"공이 나를 살렸으니 어찌 진심으로 대하지 않겠소?"
"정중한 대우를 받으니 어찌 진심으로 보답하지 않겠습니까?"
서로 술잔을 기울이며 속내를 털어놓았다. 만주가 은밀히 물었다.
"조선 군사의 마음은 반드시 온당하다고 어찌 보장하겠소?"
"조선의 풍속은 일본과 다릅니다. 죽기를 아껴 두려워 하니 걱정하지 마십시오."
"군졸들은 이 같으나 장수 중에 양반이라고 하는 이들은 어찌 좋은 마음이겠소?"
홍립은 머리를 숙이고 대답하지 않았다. 두 번 묻고 세 번 물어도 모두 대답하지 않았다. 만주는 그리하여 항복한 군사들을 모이게 하고 손바닥이 부드럽고 기름진 이 사백여 명을 가려내었다.
"이들은 소위 양반들이다. 동문 밖으로 몰아내서 참수하라."
서쪽으로 정벌 나갔던 용사들은 이날 모두 사망하고, 오직 이민환(李民寏)·박난영(朴蘭英)·이일원(李一元) 등 10여 명만이 홍립의 심복이라서 면할 수 있었다.

홍립은 날마다 총애를 받고 마음에 새겨서 큰 공을 수립하여 능함을 드러내고자 하였다. 하루는 큰소리치며 말하였다.

"지금 장병들이 강한데 다만 궁벽한 건주(建州)만 지키고 있습니까?"

"바로 굳은 결단이 부족하니 분석을 아끼지 마시오."

"요동은 중국의 옛 땅이 아니요 심양(瀋陽)은 목구멍에 해당합니다. 요동을 얻고 심양에 의거하면 중국은 주머니 속 물건이 되는 것입니다. 구획하고 설치하는 것은 제가 홀로 감당할 여유가 있습니다."

만주가 일어나 절을 하였다.

"공의 말은 내 막힌 것을 열어젖혀 주는구려."

서쪽을 치기로 뜻을 정하니〈244〉때는 천계(天啓) 신유년(1621년) 봄이었다.

출발할 때 김경서를 불러 말하였다.

"너는 죽을 처지였는데 살려준 은덕을 받아 지금까지 이르렀으니 보답할 생각을 하지 않는가?"

김경서는 홍립 때문에 그르쳐서 몸을 더럽히고 나라를 배반하게 된 것을 한탄하면서 방법을 찾아 뭔가를 하려고 하였다. 그러다가 만주의 말을 듣고는 즉시 응낙하였다.

"저를 써주신다면 만 번 죽어도 사양하지 않겠습니다."

"나를 위해 선봉이 되어 요동을 치겠느냐?"

"요동성의 장수는 저와 친분이 깊습니다. 제가 약속하여 내응(內應)하도록 하겠습니다."

"그렇게 된다면 네 공이 으뜸이 될 것이다."

그리고는 철기 삼천을 주어 선봉이 되게 하였다.

김경서는 요동성에 이르러 요동 장수에게 편지를 보내 거짓으로 내응하는 척하도록 하고 장차 창을 돌려 만주를 죽일 계획을 세웠다. 계획이 정해지고 날을 기다려 거사하려고 하는데, 홍립이 알고는 놀랐다.

"반드시 내게 누가 될 거야."

급히 만주에게 고하였다. 만주는 매우 노하여 김경서를 붙잡아 살갗을 벗겨버렸다. 김경서는 홍립을 크게 욕하고 무고하였다.

"이는 실로 홍립이 처음에 주장한 것인데 끝내는 뒤집는구나!"

만주는 또 홍립을 잡아서 발가벗기고 묶어서 칼을 휘둘렀다.

"내가 진정으로 너를 대한 것이 골육보다 더하였건만 너희 나라는 인심이 본래 간사해서 도리어 해치고자 하는구나. 왜 배반한 것이냐?"

홍립은 눈물을 흘렸다.

"내가 비록 다른 나라 사람이지만 이미 금나라 신하가 되어 살아서 큰 공을 이루려 했고 하늘은 끝이 없거늘[昊天罔極]47) 하물며 배반하겠습니까? 경서는 무식한 무인으로서 스스로 화를 부르고 무고한 이를 함정에 빠뜨리니, 하늘과 땅이 이 마음을 살피실 것입니다."

귀영가가 급히 들어와서 간하였다.

"이 사람은 진실로 미덥고 두 마음이 아닙니다. 지난 번 이 사람이 먼저 왜인의 간사함을 알렸고, 이제 이 사람이 〈245〉경서의 음모를 아뢰었으니 시종 한결같은 마음이요 단연코 다른 마음이 없습니다. 한갓 재앙을 옮기는 말을 믿으면 바로 그 계략 가운데 떨어질 뿐입니다."

만주(滿住)가 깨닫고 말하였다.

"네가 없었으면 어진 이를 죽일 뻔했도다."

친히 강홍립의 결박한 것을 풀고 잔을 들어 사례하였다.

"노부(老夫)가 한때 잘못 보아 그대에게 실수를 하였소. 행여나 마음에 두지 마시오."

강홍립이 머리를 조아리며 말하였다.

"제가 잘못이 있다면 하늘이 미워하실 겁니다, 하늘이 미워하실 겁

---

47) 하늘은 끝이 없거늘[昊天罔極] : 호천망극(昊天罔極)은 부모의 은혜가 큼을 비유하는 말인데, 여기서는 만주의 은혜를 빗대어 말한 듯하다.

니다."

이에 요동성을 함몰시키고 나서 부녀자와 옥, 비단을 모두 가지고 심양(瀋陽)으로 가, 집터를 살피고 거주지를 옮기는 일을 일체 홍립에게 맡겼다. 성과 궁궐을 세우고 관청을 배치하는데 명나라의 제도를 대략 모방하여 모우(毛羽)[48]가 완성되자 만주(滿住)가 기뻐하며 홍립에게 말하였다.

"그대의 재주는 야율초재(耶律楚材)[49]보다 덜하지 않으니 마땅히 제일 개국공신이오."

즉시 요동성에서 잡아온 한나라 여자 가운데 양녀로 삼은 이 중에서 아름다운 이를 뽑아 예를 갖춰 처로 삼게 하였다. 곧 소학사(蘇學士)라는 이의 딸인데 오랑캐 사이에서는 옥면공주(玉面公主)라 하였다. 홍립은 이전에 혼인을 사양한 것을 뉘우치고 있었고 소씨 딸이 매우 아름다운 것을 기특하게 여겨 흔연히 사위가 되었다. 애정이 돈독하여 항상 가까운 곳에 두었다. 손을 잡고 스스로 말하였다.

"나는 본국 사람으로서 아내가 없고 자식은 요절하였으며, 오직 노모한 분뿐인데 아마 돌아가셨을 것이오. 머리 들어 온 우주를 보아도 그림자만 위로해줄 뿐이오. 귀국하면 나라 사람들이 모두 버릴 것이고 금(金)나라에 머물면 금나라 사람 가운데는 친척이 없으니, 노부의 심정은, 아! 슬프구려. 당신을 의지하여 서로 따르고 외로운 마음을 위로하여 생사고락을 같이할 것을 이제 정하려 하오. 그대가 어찌 정이라는 게 없겠소?"

여자가 눈물을 머금고 답하였다.

---

48) 모우(毛羽) : 짐승의 털과 새의 깃이라는 뜻으로 문채(文彩)를 비유한다. 여기서는 '문채 있는 제도나 격식'을 가리키는 듯하다.
49) 야율초재(耶律楚材) : 1190~1244. 몽골 제국 초기의 공신. 오고타이의 즉위를 도와 중서령(中書令)이 되었다. 세제(稅制)를 정비하여 몽골제국의 경제적 기초를 확립하였다.

"외로운 한 몸이 문 앞의 길도 모르다가 하루아침에 내몰려 눈물을 참고 강을 건넜습니다. 첩은〈246〉이때에 살아갈 뜻이 없었는데 하늘이 기회를 주어 두 아름다움이 합해져 궁려(穹廬)[50]의 치욕을 면하고 군자의 건즐(巾櫛)을 받들게 되었으니 제 자리를 얻었습니다. 제 자리를 얻었지요. 하물며 노야(老爺)[51]를 뵈니 넓은 집, 금궤, 높은 관직이 있으니 만족합니다. 폐백을 바쳐 해로하는 것은 첩에게는 영광입니다. 노야께서 오늘의 말씀을 잊지 않으시면 천첩(賤妾)은 종신토록 저버리지 않겠습니다."

홍립은 그 뜻을 가엾게 여기고 어진 배필을 얻음을 기뻐하였다. 아내의 미색을 가까이 함에 밤낮을 가리지 않았다. 또 만주가 비단과 보석, 악사, 노리개를 주며 남다른 총애를 더하여 그의 욕구를 맞춰 주었다. 홍립과 여자는 밤낮으로 술을 마시고 노래를 부르며 즐겼다.

"이미 만주의 환심을 얻었고 또 아름다운 부인을 얻었으니 세상에 겸하기 어려운 것을 나는 하루아침에 가졌구나. 인생이 즐거우니 어찌 고국을 생각하겠는가?"

이로부터 돌아갈 생각이 사라졌다.

갑자년(1624년)에 이르러 역적 한윤(韓潤)이 도망쳐 오랑캐 땅에 들어왔다. 홍립을 통해 만주를 만나려 하였고 홍립에게 말하였다.

"영공(令公)의 가문이 지난날에는 진실로 근심이 없더니 정국이 변한 후[52] 여러 사람들이 시끄럽게 말하여 영공의 구족(九族)을 주살하여 남은 이가 없습니다. 영공께서는 원한을 갚을 뜻이 없으십니까?"

홍립이 눈물을 흘리며 말하였다.

"내가 본국에 대해 세상에 다시없는 원수가 되었구나. 옛 사람 중

---

50) 궁려(穹廬) : 흉노족이 사는, 지붕이 둥근 천막.
51) 노야(老爺) : 상대방을 높여 이르는 말.
52) 정국이 변한 후 : 인조반정(仁祖反正)을 말한다.

오(吳)나라 병사를 영(郢) 땅에 들인 자53)가 있는데 내가 어찌 홀로 그렇지 않겠는가?"

홍립이 만주에게 병사를 청하려 하자 소씨(蘇氏)가 말하였다.

"첩과 노야는 만 번 죽을 지경에서 서로 의지하여 즐거워하는 마음과 친밀한 정은 신명께서 아십니다. 이제 첩을 버리고 동쪽으로 가시면 승냥이와 호랑이 떼 가운데에서 장차 무엇을 의지하겠습니까? 첩이 따라가고자 하나 여자가〈247〉군대에 있음은 병법에서 기피하는 것입니다. 이 두 가지가 모두 어려우니 사별함을 달게 여기겠습니다. 하물며 한윤은 본국에서 죄를 지었으니, 그 말은 믿기 어렵습니다. 노야께서는 살펴보시기 바랍니다."

말을 마치고 원망의 눈물이 샘솟듯 하였다. 홍립이 그의 허리를 안고 손으로 눈물을 닦아주며 말하였다.

"괴로워하지 마시오. 그대의 말이 일리가 있으니 내 생각해 보겠소."

이에 생각하기를, 적족(赤族)54)의 원한을 갚지 않을 수 없는데 아내의 생각도 무시할 수 없어 마음속에 고민하다가 몇 달이 지났다.

한윤이 홍립이 주저하는 것을 보고 정색하며 나무랐다.

"영공께서는 군주와 부모를 버리고 오랑캐에게 목숨을 구걸하여, 가문의 친족들은 유혈이 낭자한데 부귀에 안일하며 아녀자에게 빠져 눈앞의 즐거움만 탐하니 무슨 면목으로 천하의 의사(義士)들을 보겠습니까? 지금 조선은 건드리면 곧 무너질 형세니 철기(鐵騎)로 쳐들어가면 대나무를 쪼개듯 하여 닭을 잡고 오리를 치는 공이 손바닥 뒤집듯 이루어질 텐데, 영공께서는 원대한 계획이 없으십니까?"

---

53) 오(吳)나라 병사를 영(郢) 땅에 들인 자 : 오자서(伍子胥, ?~B.C. 484)를 말함. 오자서는 초나라 사람이었으나 아버지와 형이 억울하게 죽음을 당하자 오나라로 가서 합려(闔閭)를 보좌하여 초나라를 함락시켰다. '영(郢)'은 초나라의 수도이다. 『사기』「오자서열전(伍子胥列傳)」.

54) 적족(赤族) : 친족을 모조리 죽이는 형벌.

홍립이 그 뜻을 깨닫고 드디어 만주에게 말하였다.

"조선은 천하의 정묘한 무기가 있는 곳입니다. 강한 활과 긴 창, 신묘한 포, 날카로운 칼이 모두 동한(東韓)에서 나왔습니다. 이곳은 무예를 사용하는 나라로서 풍속은 교활한 것을 좋아하고 사람을 등용할 때에는 권세와 이익을 보니 사람들이 모두 흩어져 일을 맡으면 피할 곳을 찾고 지혜와 재능 있는 이들은 그 재주를 펼치려 합니다. 이때를 당하여 그들을 몰아쳐서 부리면 동쪽 땅 수천 리는 뭇별들이 북극성을 받들듯 할 것입니다. 우(虞)나라에서 어리석은 자가 진(秦)나라에서는 지혜로우며,55) 수나라에 아첨하는 자가 당나라에 충성하기도 합니다.56) 잘하는 일을 지휘하고 강한 군사를 훈련시켜 크게 하늘의 위엄으로 서쪽을 향하여 달리게 하면 비록 지혜로운 자가 있더라도 남조(南朝, 명나라)를 위해 꾀하지 못할 것입니다. 제가 벼슬을 받은 이래로 조금도 공이 없으니 이제〈248〉병사를 쓸 때를 당하여 앞장서 달려가겠습니다. 임시로 왕이 되어 지혜와 용기 있는 자를 모아 정예를 뽑겠습니다. 십만 병이면 바로 할 수 있습니다. 제가 덕에 보답할 수 있는 것일 뿐만 아니라 하늘이 우리에게 통일할 수 있는 바탕을 주시는 것입니다."

만주(滿住)가 웃으며 말하였다.

"그대의 말은 틀렸소. 동한(東韓) 사람들은 풍속에 예의가 있어 공격하기는 쉬워도 복종시키기는 실로 어렵소. 옛날 원(元) 세조(世祖)는 천지사방을 하나로 평정시킬 힘이 있었지만 고려를 복종시키지 못했고 삼십 년 동안 군사를 부렸지만 끝내 구생(舅甥)57)의 관계만 맺었을 뿐

---

55) 우(虞)나라에서~지혜로우며 : 백리해(百里奚)를 가리킨다. 오랫동안 능력을 인정받지 못한 채 걸식하면서 천하를 유람하고 한때 우(虞)나라의 우주(愚主)를 섬기기도 했으나 늘그막에 진 목공(秦穆公)에게 발탁되면서 본격적으로 천하를 경영하게 됨.

56) 수나라에~합니다 : 배구(裴矩)를 가리킨다. 그는 수 양제(隋煬帝) 밑에서 벼슬할 때는 영토 확장을 위한 전쟁을 일으키도록 부추겼고, 당 태종이 간언을 잘 받아들이자 그에 맞게 처신하여 정관지치(貞觀之治)를 이루는 데 참여하였다.

이오. 지금 우리들이 강하지만 나누면 힘이 작아지고, 갑자기 한 무리 병사로 동쪽을 정벌하는 일을 일으켰다가 전쟁이 끝나지 않아 앉아서 세월만 흐르게 되면 요동을 넘어 한 발짝 더 나아가 중원을 엿보지 못하게 되오. 한갓 작은 이익에 얽매이면 계책을 이룰 수 없소. 따라서 동쪽으로 조선과 화합하고 남쪽으로 중국을 공격하여 바로 연경에 앉아서 온 세상이 모여드는 것을 보는 것만 못하오. 또 옛날 사람들은 죽을 때까지 감히 자기 군주의 무리를 해치려 하지 않는다고 하는데 그대는 홀로 무슨 마음으로 이처럼 본국을 원수같이 보시오? 최유(崔濡)의 일[58]이 귀감이 될 터이니 그대는 생각해 보시오."

홍립은 말로 만주를 움직이기 어렵다 생각하고 이익으로 달래기로 하여 물러나 상소를 올렸다. 상소에서 극언하기를, 본국의 준비가 허술하고 인심은 무너져 흩어졌으며 여자들은 아름답고 보석과 비단이 흘러넘친다는 것을 중언부언하면서 급히 출병할 것을 청원했다. 두 번, 세 번 거듭하여 열 번 상소를 올렸다. 지금까지 오랑캐 쪽에서는, 강홍립의 상소가 쌓여 책이 되었다는 말이 전한다. 만주는 홍립이 스스로 조선에서 왕 노릇하고자 함을 알고 화를 내며 그의 말을 듣지 않았다. 홍립은 때를 만나지 못하여 뜻을 실행하지 못함을 한탄하면서⟨249⟩ 분개에 차 죽고 싶을 뿐이었다.

병인년(1626) 가을에 만주는 영원위(寧遠衛)[59]를 침범했다가 패하여

---

57) 구생(舅甥) : 장인과 사위.

58) 최유(崔濡)의 일 : 원나라로 간 최유(崔濡, ?~1364)가 고려에 앙심을 품고 원 황제를 설득하여 고려에서 10만 군사를 징발하도록 했으나 고려가 이를 거절했다. 고려에서 친원 세력을 축출하자 이에 최유가 기황후(奇皇后)와 손을 잡고 공민왕을 폐위시키고 원나라에 와 있던 덕흥군(德興君)을 왕으로 세우려 했다. 황제는 최유의 거짓 보고만 믿고 덕흥군을 왕으로 임명하고 군사를 보냈으나 최영에게 패하여 원나라로 도망갔다. 최유는 다시 고려를 정벌할 것을 주장했으나 감찰어사 유련(紐憐)의 반대로 오히려 잡혀 고려에 압송되어 사형당했다.

59) 영원위(寧遠衛) : 요동 지방에 있는 군사기지. 산해관의 외성.

돌아와 죽었다. 작은 아들 홍태시(洪太時)60)가 그 뒤를 이어 새로 왕위에 올랐는데 의지할 데가 없어 동국(東國)과 강화를 맺고자 홍립과 의논하였다. 홍립이 말하였다.

"동국의 군신(君臣)은 남조(南朝)와는 입술과 이의 관계입니다. 비록 사신을 보내더라도 세월이 지나도 강화를 이루기는 어려울 것입니다. 수만의 철기로 싸운 후에 도모하는 것이 더 낫겠습니다. 또 선대 칸[汗]은 동쪽과 화합하고 남쪽과 싸울 계책만 지키다가 대사를 이루지 못하였으니 진실로 한스러울 뿐입니다. 동쪽을 공격하는 이익은 앞서 말씀 드린 바와 같으니 이제 시험해 보십시오. 일이 혹 이루어지지 않았을 때 화해해도 늦지 않습니다."

홍태시가 고개를 끄덕이며 말하였다.

"보잘 것 없는 내가 대업을 계승하여 선인의 뜻을 따라 옛 사람을 임명하고자 하오. 선군(先君)께서 선생의 계책을 써 전쟁에 승리하고 공을 취하였으니 선생이 우리 조정에 충성하였음을 내가 이미 폐부에 새겨놓았소. 오늘 동쪽과 화해하는 계책은 선군이 남긴 뜻이요, 선생의 말은 또 이와 같이 시종 간절하니 반드시 의견이 있을 것이오. 조선과 화해하여 수레 덧방나무와 수레바퀴처럼 서로 의지하는 것은 선군의 뜻을 좇는 것이요, 조선을 쳐 호적에 편입시키는 것은 선생의 계책을 쓰는 것이오. 오늘 두 가지를 시험할 것이니, 하늘이 도와 한 번 북을 크게 울려 평정하면 장방창(張邦昌)의 옛 일61)이 있을 것이니, 선생은 사양하지 말고 병사를 모두 이끌고 가시오. 선생은 금의환향[晝錦]62)의 영광이 있을 것이고 나에게는 중원을 경영하는 데 힘이 될 것이오. 혹

---

60) 홍태시(洪太時) : 1592~1643. 황태극(皇太極) 또는 홍태주(洪太主) 등으로 불리는 청 태종(1626~1643 재위).
61) 장방창(張邦昌)의 옛 일 : 금나라 군사가 송나라에 쳐들어가서 송 휘종(徽宗)과 흠종(欽宗) 두 황제를 잡아가고, 송나라 신하 장방창을 왕으로 세우고 갔다.
62) 금의환향[晝錦] : 원문 '晝錦'은 '衣錦晝行'의 줄임말.

그 나라 군신들과 하늘을 두고 맹세하여 영원히 우호관계를 맺어 동쪽을 돌아보는 근심을 끊고 남쪽을 정벌하는 계획에 전념하게 된다면 이는 선생이 나 소자에게 끼친 것이요 만세에 무궁한 이익을 만드는 것이오. 국경 외에는 선생이 통제하여 괜찮다 여겨지면 행하고 힘쓰시오."

드디어 두 왕자에게 명하여〈250〉날랜 기병 삼만을 뽑아서 홍립의 지휘를 받아 동쪽으로 가게 하였다. 한윤에게는 앞서서 인도하게 하였다. 발행하려 할 때, 홍립을 침실로 불러서 손수 금인(金印)[63] 하나를 꺼내어 주었다.

"선생께서 행차할 때에 차시오."

홍립은 두 손으로 받아들고 금인을 바라보았다. 마음에 놀랍고 기뻐서 즉시 무릎을 꿇고 고하였다.

"이것은 대사(大事)입니다. 누설되지 않도록 할 것이며 남몰래 마음에 새겨두겠습니다. 즉시 크게 이루어 사직을 받들고 따를 것이며 혹 뜻대로 되지 않는다 해도 강화를 이루기에는 충분합니다."

"선생의 말이 옳소."

소씨녀는 문을 나와 옷을 잡아당겼다.

"노야께서 동쪽으로 돌아가시면 첩은 어찌합니까?"

"일단 진정하시오. 왕후로 맞이하리니 한때 이별에 쓸데없이 슬퍼하지 마시구려."

한윤이 홍립에게 말했다.

"저와 영공은 하늘이 다하도록 풀 수 없는 아픔이 있으니 복수하는 거사를 이제 남김없이 해야지요."

"이는 내가 주야로 절치부심하던 바이다."

이에 호장들에게 약속하며 말했다.

---

63) 금인(金印) : 금으로 만든 도장. 또는 도금한 도장. 도장은 관리의 관직이나 작위를 표시한다.

"이번 출병에는 반드시 먼저 위엄을 보여야 하오. 크게 살육과 약탈을 하여 서울의 서쪽을 쓸어버린 다음 화해가 이루어 질 것이오."

"살육과 약탈로 횡행함은 우리 군사들이 잘 하는 것이니 어찌 재주를 다하지 않겠습니까?"

정묘년(1627년) 봄에 의주를 야습하였다. 성을 넘어 돌입하니 뜻하지 않은 변이라 사람들은 모두 놀라 흩어졌다. 홍립은 급히 호병들로 하여금 사방을 에워싸고 바람이 낙엽을 몰아가듯, 통발로 고기를 잡듯 하게 하였다. 분노의 눈초리와 사나운 어금니로 도살을 자행하여 흰 칼날이 어지러이 춤을 추고 붉은 피가 뿜어져 나와 사람마다 해를 입어 모두 울부짖었다. 그리고 어린아이들을 몰아다가 빈 항아리에 거꾸로 쑤셔 넣으니 골골 하는 소리가 나다가 끊어졌으며, 항아리가 다하자 물솥에 담근 것이 곳곳에 가득하였다.〈251〉도로 위 주검에 참나무 못을 등에 박고 땅에 꽂았으니 잔혹함을 차마 말할 수 없었다.

이 날 성 안의 젊거나 늙은 남정네들은 남아있는 자가 없었고 부녀자와 재화들이 남김없이 도륙되었다. 탁발씨(拓跋氏)64)가 남서(南徐)65)를 도륙하고 홍건적이 개성을 침탈할 때에도 그 참혹함은 비하기에 부족하였다.

호장이 말했다.

"많이 죽였으니 그쳐도 되겠소?"

홍립이 말했다.

"안 되오. 여기서부터 안주(安州)66)와 평양(平壤) 등이 모두 큰 진(鎭)이오. 동쪽 진퇴는 오직 내가 지휘하리니 병사를 몰아 엄살하시오."

능한성(凌漢城)67)으로 가니, 성중에서는 호병 기마대가 들녘을 덮어

64) 탁발씨(拓跋氏) : 후위(後魏), 곧 북위(北魏)를 말한다.
65) 남서(南徐) : 남조(南朝) 송(宋)의 지명.
66) 안주(安州) : 평안도의 지명.

성을 공격하는 것을 보고는 싸우기도 전에 무너져버렸다. 홍립은 호병을 독촉하여 사면으로 짓밟게 하니, 성에 가득한 인명은 삽시간에 어육이 되어버렸다. 말할 수 없이 참혹했다.

청천강(淸川江) 서쪽 언덕에 이르자 호장이 말하였다.

"두 곳에서 살상하여 위엄을 세우기에 충분하니 안주에 사람을 보내 강화하도록 하지요."

"일단 해봅시다."

그리하여 같은 마을 무인(武人) 박난영(朴蘭英)을 보내어, 안주에 도착하여 문에 대고 소리쳐 강화할 뜻을 말하였다. 절도사 남이흥(南以興)은 우후(虞候)68) 박명룡(朴命龍)에게 성에 올라가 응답하게 하였다.

"목을 잘리는 장군은 있을지언정 강화할 장군은 없다!"

박난영은 오랑캐 진영으로 돌아와 보고하였다. 홍립은 분연히 말하였다.

"조선이 아직 깨닫지 못하고 있으니 다시 도살해야겠다."

병사를 몰아 곧바로 쳐서 동북쪽에서부터 함몰시켰다. 남이흥은 목사(牧使) 김준(金俊)과 군루(軍樓)에 앉아서 불을 질러 자결하였다. 성에 가득한 사람들은 늙으나 어리나 울부짖으며 달아났다. 홍립은 한윤과 함께 호병을 나누어 풀을 베듯 하였으니 거리에 주검이 쌓이고 도랑에 피가 가득하여 거의 다 죽음을 당했다. 홍립의 같은 마을 사람이 〈252〉경포수(京砲手)69)로서 성을 방위하다가 홍립이 말을 달려 추살하는 것을 마침 보고는 곧장 말 앞으로 달려들어 소리쳤다.

"사또는 본국 대인이신데 왜 살상을 금하지 않습니까?"

"너에게 동향의 옛 정이 없지 않으니 내 말 고삐를 잡으면 죽음을

---

67) 능한성(凌漢城) : 곽산군(郭山郡)의 성곽.
68) 우후(虞候) : 무관 벼슬. 각 도에 배치된 병마절도사 및 수군절도사의 다음가는 벼슬.
69) 경포수(京砲手) : 서울의 각 군영에 소속된 포수.

면할 수 있을 것이다. 나의 구족(九族)이 다 죽었으므로 와서 복수하는 것이다. 왜 금하겠는가?"

그 사람은 놀랐다.

"그게 무슨 말씀이십니까? 대부인은 천수를 누리고 돌아가신지 몇 해가 되었고, 남은 이들은 모두 무사하시니, 유언비어를 듣지 마십시오."

홍립이 멈칫했다.

"그래? 어찌 그렇단 말인가?"

"진창(晋昌) 영감[70]께서 현재 조정에 벼슬이 있으시고 사또 맏아들이 여전히 옛집에 있는데 하물며 다른 이는 어떻겠습니까?"

홍립은 흠칫했다.

"한윤에게 속아 이렇게 되었구나."

급히 소리쳐서 호장에게 살상을 그치는 깃발을 들라고 하였다. 살상을 그치고, 한윤을 크게 책망하고는 절교하였다.

이후에 평양과 황강(黃岡)[71] 등이 소식만 듣고도 무너지며 천 리에 사람이 드물다는 말을 듣고 홍립은 기뻐하였다.

"이렇게 행진하면 팔도를 횡행하겠군."

급히 평양에 도착하여 네 문에 방문을 걸었다.

팔도도원수 겸 금나라 대장군 강(姜)은 부로(父老)와 군민들과 문무 산관(散官)[72]들에게 효유하노라. 큰 군대가 조벌(弔伐)[73]한 것은 본래 회유하기 위함이니 두려워 말고 각자 본업에 임하라.

---

70) 진창(晋昌) 영감 : 강인(姜絪). 강홍립의 숙부. 1555(명종 10)~1634(인조 12). 본관은 진주. 자는 인경(仁卿), 호는 시암(是庵). 1592년 임진왜란 때 왕을 호종한 공으로 1604년 호성공신(扈聖功臣) 3등에 녹훈되고 진창군(晋昌君)에 봉해졌다.

71) 황강(黃岡) : 황해도 황주.

72) 산관(散官) : '한산한 벼슬'이라는 뜻으로, 관품(官品)은 있으나 실제 맡은 직무는 없는 관리.

73) 조벌(弔伐) : 폭군을 정벌하여 백성을 위로함.

산림과 거리에는 반드시 품은 재주를 펼치지 못하고 공명에 뜻을
둔 자들이 있으리라. 이러한 때를 만났으니 바로 분발함이 마땅하
다. 용감한 이들을 규합하여 진영으로 나아오라. 불세출의 공훈을
함께 도모하고 무궁한 명예를 길이 세우리라. 이를 원근에 알리어
한 목소리로〈253〉일제히 응하라!

홍립은 처음 생각에, 방문이 뿌려지면 다투어 응하리라고 생각하였
는데 며칠이 되도록 응하는 이가 없어 적막했다. 이에 탄식하며 말했다.
"조선 사람들이 내 마음을 모르는구나. 찾아오는 호걸이 없다니!"
한윤이 옆에 있다가 손뼉을 쳤다.
"어리석구나, 홍립아! 무수히 살인을 해놓고 사람들이 붙기를 기다
린단 말인가? 네가 장차 뭘 하려는지 난 도통 모르겠다."
홍립은 화를 내었다.
"살인은 내 본디 마음이 아니라 모두 네가 시킨 거다. 다만 한강에서
말에게 물을 먹이면 대사가 정해질 것이다."
이에 박난영의 아우 박규영(朴葵英)을 평양을 지키는 장수로 삼고 병
사를 나누어 머물러 지키게 했다. 그러고는 군사를 이끌고 평산(平
山)74)에 도착하였는데 오랜 비로 진흙탕이 되어 출발하지 못했다.
조정에서는 홍립이 호병의 권한을 전담한다는 것을 듣고 숙부인 강
인을 호병 진지에 보내어 화해를 의논하는 것으로 옭아맬 계책을 썼다.
원수 장만(張晩)75)도 홍립에게 편지를 보내며 말했다.
"인경(仁卿)76) 형제는 작위가 옛날과 같고 오직 대부인만 불행하게
되었을 뿐이오."

---

74) 평산(平山) : 황해도의 지명.
75) 장만(張晩) : 1566~1629. 조선 선조~인조 때의 문신.
76) 인경(仁卿) : 강인(姜絪)의 자(字).

강인이 오랑캐 진영에 도착하여 홍립을 보고는 온 집안에 별 탈이 없음을 알리고 살육을 자행한 것을 꾸짖었다. 그리고는 눈물을 삼키며 말하였다.

"부모의 나라는 저버릴 수 없단다. 후제(后弟)[77]의 감계가 또한 엄격하니 조정에 귀순하여 이전 죄를 속죄하도록 하는 것이 좋겠다."

홍립은 깊이 근심하였다. 밤에 금인(金印)을 끌러서 사람을 시켜 강에다 던져 버리고 한탄하였다.

"큰 계획이 꿈으로 돌아가고 일신에는 재앙만 쌓였구나."

드디어 호장을 움직여 행재소(行在所)[78]에 가서 화해를 약정하고 호병을 물러가게 하였다. 이는 실로 홍태시의 처음 생각을 벗어나지 않은 것이다. 그리고 호장들과 이별하며 말했다.

"내가 금으로 돌아가면 금을 중대하게 못할 것이고 본국에 있으면 금을 중대하게 할 수 있다."

그리고 한윤의 좌우에 젊고 아름다운 여자들이 줄을 이루고,〈254〉 춤추고 노래하며, 가무를 잘하는 이와 음률을 아는 이들을 거두어 오랑캐 땅에 가서 즐길 계획인 것을 보고는 속으로 매우 부러워하며 말했다.

"처음 동쪽으로 올 때 부녀자를 얻으면 똑같이 나누자고 하였지. 내가 잠시 머무르지만 끝내는 돌아갈 것이다[西笑][79]. 지금 소씨가 홀로 적적하게 지내니 네가 반을 나누어서 한편으로 고독한 심정의 벗이 되게 하고 한편으로 내가 돌아오길 기다리도록 하라. 이전 약속이 뚜렷

77) 후제(后弟) : 미상. 『국조병화록』에는 '后帝'로 되어 있음.
78) 행재소(行在所) : 임금이 멀리 거둥할 때 임시로 머무는 별궁(別宮).
79) 돌아갈 것이다[西笑] : 한나라 환담(桓譚)의 『신론(新論)』「거폐(祛蔽)」에 "사람들이 장안의 음악을 들으면 문을 나와 서쪽을 향해 웃었고, 고기 맛이 좋으면 푸줏간을 향해 입맛을 다셨다(人聞 長安 樂, 則出門西向而笑；肉味美, 對屠門而嚼)"라는 기록에서 나온 말. 서쪽에 있는 장안을 그리워한다는 말인데 여기서는 서울로 돌아감을 뜻하는 말로 쓰인 듯하다.

하니 어기지 말라."

한윤은 눈을 부라리며 질타하였다.

"네가 먼저 약속을 어기고 나와 절교해놓고 왜 나에게 약속을 지키라고 하는가? 너는 골육의 정에 이끌려 낙원을 스스로 포기하였으니 얼마나 어리석으냐. 나는 기분 좋게 서쪽으로 돌아가서 생황 불고 노래하며 미인들 틈에서 취하여 평생을 느긋하게 살리니 마음에 흡족하다. 이제 너는 어리석게도 깨닫지 못하니 훗날 내 말을 생각하고 머문 것을 후회하지 않겠는가?"

홍립은 놀라서 생각하다가 돌아가고는 싶었으나 진창(晉昌)이 만류하고 호장이 머물라고 하여 자유롭지 못하니 근심할 뿐이었다. 행재소에 이르자, 전쟁을 그쳐 화해한 것을 자기의 공으로 떠벌렸다. 주상은 힘써 위로를 하고 물었다.

"경이 오랑캐 지역에 오래 있었는데 홀아비로 지냈소?"

홍립은 일어나 절을 하고 말하였다.

"신이 오랑캐 땅에서 욕을 참고 자결하지 못하였는데 어찌 음탕하게 거듭 허물을 일삼았겠습니까?"

당시 생원 윤형지(尹衡志)[80]가 상소를 올려 극언을 하였으니 대략은 다음과 같다.

> 투항한 죄는 추궁하지 않는다고 하더라도 살육을 한 죄는 단연코 용서할 수 없으니 극형에 처하여 조금이나마 백성들의 분노를 덜기를 원합니다.

---

80) 윤형지(尹衡志) : 1604~1634. 조선 인조 때의 문신으로, 정묘호란 때 왕을 강화까지 호종하였다. 청의 위협으로 조정의 논의가 화의하자는 쪽으로 기울 때 척화의 소(疏)를 올렸다.

말의 뜻이 격렬하여 듣는 이들이 시원하다고 하였다.

홍립이 10년 만에 고국으로 돌아와 고향을 찾으니 눈에 닿는 것 하나하나가 희비를 전하고 감회가 가슴에 가득했다. 조정의 그 많은 관리들 중에 찾아오는 이가 없었고 친척과 벗들도 모두 서로 경계하여 절대 왕래하지 않으니, 몹시 부끄럽고도 한스러웠다.〈255〉부모의 산소에 가고자 하니, 숙부 강인이 크게 꾸짖었다.

"너는 인륜을 배반하고 선조를 욕보였다. 오랑캐에게 항복해 놓고선 무슨 면목으로 다시 부모의 산소에 나아가려 하느냐? 형수님은 일개 부인이지만, 이별할 때 그 말이 어떠하였느냐? 너는 고서를 읽어 의리를 알면서도 어머님이 지하에서 눈을 감지 못할 것은 생각지 않았느냐?"

홍립은 양심이 격동하여 부끄러운 마음에 죽고 싶었다. 또『충렬록(忠烈錄)』[81]을 가져와서 보여주는 자가 있었다. 홍립이「김장군전 후서(金將軍傳 後敍)」를 읽다가 "한연년(韓延年)은 전사하고 이교위(李校尉)는 살길을 찾았다.[82] 사목(司牧)의 진(陣)이 망해도 조경종(曹景宗)은 탈이 없었다."[83]는 대목에 이르러, 책을 덮고 한숨을 쉬며 말했다.

"너무 심하지 않은가?"

책 속의 그림을 보니, 김응하가 홀로 혈전을 벌이다 힘이 꺾이자 죽음으로써 절개를 지키고, 홍립은 김경서와 함께 호장의 자리 아래에

---

81) 충렬록(忠烈錄) : 김응하의 전공(戰功)을 찬양한 시집으로, 1621년(광해군 13) 광해군의 명으로 훈련도감에서 간행하였다. 초간본이 현재 규장각에 보존되어 있다.

82) 한연년(韓延年)은 전사하고~살길을 찾았다 : 이광(李廣)의 손자 이릉은 한연년과 흉노를 치다가 화살이 부족하게 되어 결국 한연년은 전투에서 사망하고 이릉은 투항하였다. 교위(校尉)는 한연년인데 여기서는 이릉을 가리키는 것으로 되어 있다. 『한서(漢書)』「이릉전(李陵傳)」.

83) 사목(司牧)의 진(陣)이~탈이 없었다 : 양(梁)나라 고조(高祖) 때 위(魏)가 사주(司州)를 침략하여 자사(刺史) 채도공(蔡道恭)을 포위하였다. 성 안에서는 매우 곤란을 겪었는데 성 남쪽에 집을 지은 조경종은 나오지 않고 수렵을 할 뿐이었다. 사주성은 함락되고 이후 어사중승(御史中丞) 임방(任昉)이 사실을 아뢰었으나 고조는 공신이라고 처벌하지 않았다. 『양서(梁書)』「조경종전(曹景宗傳)」.

무릎을 꿇고 엎드려 있으며, 그 옆에 무기가 산처럼 쌓여 있는 모습이었다. 상황이 눈앞에 보이는 것처럼 분명하니, 안색은 흙빛이 되고 오장은 베어내는 듯하였다. 책장의 끝을 보니, 칠언시 두 수가 적혀 있었다. 제목은 '오랑캐에게 항복한 원수를 비웃는 시'였다.

受鉞靑冥辦百勝　부월 받았으니[84] 이기기에 힘써야지
臨危胡乃惜先登　위기에 어찌 선봉에 나서기를 꺼리는가
偸生是急天恩薄　구차히 살고자 천은을 가벼이 여기고
乞命爲榮虜氣增　구걸하여 영화 구하니 오랑캐 기세 오르네
節義一朝歸板蕩　절의가 하루아침에 문란하게 되고
綱常萬古逐波崩　만고의 윤리가 물결 따라 무너지네
蠻山埋骨難埋恥　오랑캐 땅에 뼈 묻어도 수치 가리기 어려우니
泉下何顔拜穆陵　지하에서 무슨 낯으로 선조(宣祖)[85] 뵈올런지

讀聖賢書是阿誰　성현의 책을 읽은 이〈256〉누구던가
高官大爵自爲之　고위 관직과 큰 작위를 스스로 누렸지
笑看策馬傷三戟　말 달려 삼극(三戟)[86]을 손상함 웃으며 보고
忍見牽羊逆九逵　양 끌고[87] 대로 지나감을 차마 보고 있네
平昔許身期稷契　예전에는 직(稷)과 설(契)[88]이 되고자 하더니

---

84) 부월 받았으니 : 전쟁에 출정함을 이른다. 옛날에 대장이 출정할 때에 임금이 내리는 부절(符節)과 부월(斧鉞, 도끼)을 받았다.

85) 선조[穆陵] : '목릉(穆陵)'은 조선 14대 왕 선조(宣祖)의 능호. 구리시 인창동에 있다.

86) 삼극(三戟) : 고관의 집. 당 나라 때 이현(李峴)과 그 형인 환(峘)·역(嶧)이 한 마을에 살면서 문에 세 창을 나열하였고, 장검(張儉) 형제 3인과 최림(崔琳) 3인도 그렇게 하였던 데서 유래함.

87) 양을 끌고 : 원문은 '牽羊'으로, 항복한다는 뜻이다. 주 무왕(周武王)이 은나라를 치자 미자(微子)가 제기(祭器)를 가지고 군문(軍門)에 나아갔는데, 한쪽 어깨를 드러내고[肉袒] 면박(面縛)한 채 왼손에는 양을 끌고 오른손에는 모(茅)를 잡고 무릎으로 기어간 데서 유래한 말이다.

88) 직(稷)과 설(契) : 순(舜) 임금의 명신(名臣)들.

卽今被髮等蛟螭 지금은 머리 풀어 교룡[蛟螭][89]처럼 되었네
徒令介士成全節 병사들만 온전히 절개를 지키게 하고
獨受東韓萬代恥 홀로 조선 만대의 수치가 되는구나

읽기를 다 마치지 못하고 머리를 뜯으며 자책하였다.

"사람들의 말이 이 지경까지 이르렀으니 부끄러워 죽겠구나."

마침내 시골에 묻혀서 문을 닫아걸고 나오지 않았다. 실의에 한탄하며 방울방울 눈물을 흘리기도 하고 정신 나간 사람처럼 혼잣말을 하기도 했다.

"천 칸이나 되는 집에 만 일(鎰) 금화가 있고 안에는 고결한 미인[90]이 있는데 사랑하는 이와 떨어져 길이 막혔구나. 숙부의 말씀이 아니었다면 어찌 이렇게 되었겠는가? 과연 한윤의 말이 거짓이 아니로다."

이때에 소씨는 오랑캐 땅에 있다가 홍립이 본국에 머물러 돌아오지 않음을 듣고는 홍태시에게 울면서 청하여 본국으로 달려왔다. 곧바로 서울에 이르렀는데 조정에서는 서울 입구에 붙잡아 두고 명나라의 조치를 기다리게 했다. 여자는 손수 심혈을 기울여 편지를 써서 많은 돈을 주고 사람을 사서 홍립에게 부쳤다. 홍립이 보니, 여인의 슬프고 원망하는 마음이 잡힐 듯하였다. 편지의 대강은 이러했다.

첩은 깊은 규중에서 자라나 일찍이 정절을 배웠는데 박명하게도 환란을 겪고 난리를 만나 사막을 헤매고 무덤가에서 눈물을 쏟았습니다. 뜻하지 않게 위태로운 때에 노야를 만나, 고향 떠난 두 사람의 회포로 바다와 산에 맹세하니 한 번의 약속이

---

89) 교룡 : 전설에 따르면 교룡은 홍수를 일으킨다고 한다. 앞에서 직과 설이 순임금을 도와 선정을 베푸는데, 교룡은 홍수를 일으켜 사람들을 괴롭힌다는 대조적인 의미를 상정하여 쓴 말인 듯하다.

90) 고결한 미인 : 원문은 '玉井春'. 고결한 미인을 뜻하는 '옥정련(玉井蓮)'의 의미로 쓴 듯하다.

금석과 같았습니다. 그러나 배를 삼키는 큰 고래 같은 못된
놈이 나의 지극한 기쁨을 앗아가니 일이 마음처럼 되지 않았습
니다. 한 번 이별에 돌아오지 않으시고 당신의 뚜렷한 음성만
이 자나 깨나 귓가에 있습니다. 당신을 향한 마음은 물이 반드
시 동쪽으로 흐르는 것과 같고,91) 성의 서쪽에 내리는 저녁
비는 양왕(襄王)의 꿈을 꾸게 합니다.92) 어찌하여 아득한 약
수(弱水)93) 너머 다시 삼천리를〈257〉떨어져 있는 것입니
까? 얽히고설킨 깊은 정을 구만리 하늘에 호소하기도 어렵습니
다. 장부의 마음은 한 마디 강철 같고 아녀자의 정은 돌이 아니
니 굴릴 수 없습니다.94) 봉수(鳳髓)95)로도 합치기 어렵고 꿈
으로도 도달하기 어려우니, 천지가 다하도록 고독할 따름입니
다. 오로지 혼은 산골짜기를 헤매고 피는 상죽(湘竹)에 어리리
니96) 황천에 가지 않고는 다시 만날 기약이 없습니다. 편지를
봉하면서 오열할 뿐, 마음을 다 쓸 수가 없습니다.

---

91) 당신을 향한~것과 같고 : 중국의 강하는 대체로 동쪽으로 흐름.

92) 성(城)의 서쪽에~꾸게 합니다 : 초왕(楚王)이 고당(高唐)에서 놀다가 낮잠을 자는데, 꿈
에 한 여자가 와서 말하기를, "나는 무산(巫山)의 여인인데 왕과 동침하기를 원합니다."
하였다. 왕이 동침하였더니 여인이 가면서, "나는 무산에서 아침에는 구름이 되고, 저녁에
는 비가 되어 아침저녁마다 양대(陽臺) 밑에 있습니다."하였다. 송옥(宋玉)의 〈고당부(高
唐賦)〉.

93) 약수(弱水) : 중국 서쪽 있다는 전설의 강. 길이가 3,000리나 되며, 기러기의 털도 가라앉
을 정도로 부력이 매우 약하여 건널 수 없다고 한다.

94) 돌이 아니니 굴릴 수 없습니다 : 마음이 굳어 움직일 수 없음을 뜻한다. 『시경(詩經)』
「패풍(邶風)」「백주(柏舟)」의 "내 마음 돌이 아니니, 굴릴 수 없도다.[我心匪石, 不可轉
也.]"라는 구절을 이용한 것이다.

95) 봉수(鳳髓) : 접착제. 『동문선(東文選)』「사 조상국 상 차자 천진 계(謝趙相國上箚子薦
進啓)」 등에 보임.

96) 피는 상죽에 어리리니 : 전설에 의하면, 순(舜) 임금이 창오(蒼梧)의 들에서 승하하자,
순임금의 두 비(妃)인 아황(娥皇)과 여영(女英)이 소상강(瀟湘江)가에 이르러 통곡을 하
다가 결국 강물에 몸을 던졌는데, 그들의 눈물이 대나무에 뿌려져 얼룩이 생겼다 한다.

홍립은 읽기를 마치고 눈물을 비 오듯 흘렸다. 거의 미친 듯이 부르 짖고 날뛰어 가동(家僮)이 진정시켰다.

"내가 임금 앞에서 십 년 동안 홀아비로 지냈다고 대답하였는데, 세상 사람들이 나보고 뭐라 하겠는가? 필시 임금을 거듭 속인 벌을 거듭 받으리라. 하물며 그 편지에 죽음으로써 기약하였으니, 내가 무슨 낯짝으로 세상을 대하면서 하늘에 미칠만한 조롱을 받고 땅으로 꺼질 듯한 고독을 당하겠는가? 맹세컨대 황천으로 소씨를 따르겠다."

마침내 음식을 물리치고 병들어 드러누워 열흘이 되도록 일어나지 못했다. 죽을 때 가동에게 말하였다.

"우리들이 과거에 급제하여 청현직(淸顯職)을 두루 지냈는데 만년에 기구하게 세상에서 더럽게 여기는 바가 되었구나. 복선화음(福善禍淫)[97]은 하늘의 도(道)로다. 평생에 한 일을 다 기억하기 어려우나, 유독 생각나는 것은 나이가 어리고 기백이 날카로워 대각(臺閣)[98]에 출입하면서 남을 노려보고 상처 준 게 한두 번이 아니었던 것이다. 하늘이 이 때문에 이렇게 악한 보응을 내리시는가? 높고 높은 상제가 밝디 밝게 내려 보시니 사람은 속일 수 있을지언정 하늘은 속일 수 없도다."

말을 마치고 눈물이〈258〉눈에 가득하더니 홀연 죽고 말았다. 진창군(晉昌君) 강인(姜絪)이 곡을 하였고 선산에 묻는 것을 허락하였다. 지금도 지나는 이들이 가리키며 '오랑캐 강모(姜某)의 묘'라고 한다.

나는 강홍립이 선조(宣祖)의 옛 종신(從臣)[99]으로 은의(恩義)를 돌보지 않고 첫째, 군대 전체로 오랑캐에게 항복하고, 둘째, 백성을 도살

---

97) 복선화음(福善禍淫) : 착한 사람에게는 복을 주고 악한 사람에게는 재앙을 줌.
98) 대각(臺閣) : 사헌부와 사간원을 같이 이르던 말. 여기에 홍문관 또는 규장각을 더하기도 한다.
99) 종신(從臣) : 임금을 항상 따라다니는 신하.

하고, 셋째, 스스로 왕이 되기를 바라며100) 분에 맞지 않는 일을 꿈꾼 것을 통탄스럽게 여겼다. 그러나 대략적인 이야기만 대강 듣고 상세히 알지는 못하였다. 내가 서쪽 묘향산으로 유람 갔다가 어느 노승을 만났는데 자못 총명하고 글을 알았다. 얼굴에 화살 흉터가 있기에 이상해서 물었더니 노승은 얼굴을 찡그리며 대답하지 않다가, 조르니까 말을 하였다.

"저는 젊어서 산수를 좋아하여 기이한 절경을 찾아다니다가 금강불사(金剛佛寺)에서 홍립을 만났습니다. 한번 보고서 서로 마음이 맞아서 그의 서기(書記)가 되어서는 잠시도 떨어지지 않았습니다. 무오년(1618년) 이후에 몸소 서쪽 정벌에 따라가서 갖은 고생을 겪었습니다. 홍립이 죽자 머리를 깎고 중이 되어 지금에 이른 것입니다."

손으로 얼굴의 흉터를 가리키면서 말하였다.

"홍립이 적을 끌어들여 동쪽을 범하지 않았다면 어찌 부모님께서 남기신 몸을 훼손함이 있었겠습니까?"

그러고는 눈물을 삼키며 말을 하지 못하였다.

아마도 안주성 아래에서 화살에 다친 것 같았다. 이윽고 무오년부터 정묘년(1627년)에 이르기까지, 앞에 쓴 것과 같은 일을 차례차례 자세하게 풀어내었다.

그리고 말하였다.

"빈도(貧道)101)가 강홍립과 정이 형제와 같아서 이 일의 전말을 비밀로 하였습니다. 이제 자세히 물어보시니 저도 모르게 실토를 하여,

---

100) 스스로 왕이 되기를 바라며 : 원문은 '無將'. '무장(無將)'은 본래 시역(弑逆)하려는 마음이 없음을 뜻한다. 『춘추공양전(春秋公羊傳)』에 "임금과 어버이에게는 시역하려는 뜻이 없어야 하니 그런 마음이 있으면 반드시 처벌한다[君親無將, 將而必誅焉.]"고 하였다. 그러나 종종 반대의 뜻으로 쓰여 반역하려는 마음을 품음을 뜻한다. 여기서도 스스로 왕이 되려는 마음을 가리킨다.
101) 빈도(貧道) : 승려가 자신을 낮추어 이르는 말.

제 입에서 나와 당신의 귀로 들어갔으니 가벼이 전파하지는 마십시오."

아! 승려도 오히려 주인을 저버리지 않는데 폐요(吠堯)[102]의 도적이 도리어 대대로 벼슬한 집안에서 나온 것은 무슨 까닭인가? 하늘에 이를 죄와 만고에 없었던 흉사를 말하자면 말이 길어지리라.

숭정(崇禎) 경오년(1630년) 가을 무언자(無言子)[103]가 쓰노라.

---

102) 폐요(吠堯) : 요 임금을 향해 짖음. 『전국책(戰國策)』 「제책(齊策)」에 "도척의 개가 요 임금을 향해 짖으니, 도척을 귀히 여겨서가 아니라 요를 천하게 여겨서이다. 개는 그 주인이 아니면 짖기 마련이다.[跖之狗吠堯, 非貴跖而賤堯也, 狗固吠非其主也.]"는 말이 있다. 이로부터 '폐요'는 훌륭한 사람을 해코지하는 것을 비유한다.

103) 무언자(無言子) : 권칙(權伏). 1599~1667. 권필(權韠)의 서질(庶姪).

姜虜傳

姜, 東國大姓, 虜, 戎虜之謂也. 姜之門閥, 代出文士名人, 赫世冠冕. 中葉以來, 有曰士尙, 曰紳者, 繼擢制科, 致位卿相,〈230〉紳之子曰弘立, 承父祖之烈, 挾文墨之技, 傲睨一世, 指掌靑紫. 宣祖朝中丁酉謁聖科, 出入侍中[1]者十餘年, 至廢朝不失名宦, 踐歷高華者, 又十年, 以其有弓馬才, 出試咸鏡南道兵使, 能稱職, 身都[2]覬將相, 望屬干城.

逮萬歷戊午, 建州奴夷結怨天朝, 稱兵搆亂. 遼陽數鎭, 連被陷沒. 天子震怒, 動天下兵討之. 往時征倭經略楊鎬, 復以征虜經略, 受命出關, 以皇勅有'鼓舞朝鮮'之語, 以羽檄徵師於本國, 使爲犄角之勢. 朝廷群議, 皆以爲:

"我國至誠事大二百餘年, 禮義忠順, 聞於天下, 上國有急, 義當悉索其賦, 況壬辰中否微聖皇極救, 吾其魚矣."

於是點起精銳二萬人, 將赴遼陽, 元戎重任, 迪簡在庭文武才望, 咸推弘立, 擢拜元帥, 平安兵使金景瑞副之.

是年-光海十年-八月, 出師西下. 弘立辭其母鄭□□□[3]時年八十餘, 揮泣出門, 齧臂以別曰:

"吾爲乃家婦, 聞先世之受國恩, 逮至汝父子, 食厚祿, 對華筵, 榮寵極矣. 汝父才薄,[4]〈231〉泯泯沒世, 報輔之責, 專在汝身. 今者受莫

---

1) 中 : '從'의 오자. 유한준(俞漢雋)의 문집 『자저(自著)』에 실린 「강홍립전(姜弘立傳)」과 『한국한문소설 교합구해』 참고.

2) 都 : 이본에 '爲'.

3) □□□ : '氏, 鄭氏'. 『국조병화록(國朝兵火錄)』 참고.

重之任, 當可效之地, 卽有不稱, 非但負國, 便墜家聲. 汝弟弘勣, 年壯計長, 我死有依, 無以老妾故, 有他心, 信乎! 宋東萊之言曰: '君臣義重, 父子恩輕.' 去矣, 弘立! 從此永訣."

弘立泣拜曰:

"兒自有見, 庶不爲慈氏憂."

軍過淇水時, 屬小康, 西路繁華, 弘立到處縱酒, 無意軍旅. 從事官李民寏乘間言曰:

"蠻夷作孼, 四海震動, 主上坐不安席, 掃境內屬吾輩, 所當枕戈征繕, 激厲興起, 副聖皇之望, 效吾君之職, 不與賊生, 以其君顯, 可也. 奈何淹然時月, 謔謔盂酒? 將士見之, 孰不解體?"

弘立夷然答曰:

"君無項羽之勇, 吾亦非卿子冠軍, 寧有剄其帳中者乎? 凡有緩急, 密旨在吾, 請諸君勿憂."

民寏驚曰:

"所謂密旨, 爲何事耶? 願得詳聞."

弘〈232〉立曰:

"臨機可見, 無用多談."

民寏不敢再問. 幕中將士聞者, 皆怒髮衝冠, 曰:

"吾等受國厚恩, 忘身赴敵, 而主將驕蹇, 妄稱密旨, 安有興兵征敵而有密旨不戰者乎?"

相與涕泣, 民寏止之曰:

"主將之意, 未能逆料, 輕相扇動, 於軍不利, 不如姑忍以觀其終.

宣川郡守金應河, 知弘立無必戰之意, 請於弘立, 願得自當隊, 前行赴敵. 弘立許之, 分給步卒五千人, 號爲左營, 爲先鋒. 又以雲山郡守李一元, 爲右營將. 弘立與景瑞統大衆, 爲中營, 進住義州.

---

4) 揮泣~汝父才薄 : 원본은 훼손됨.

至己未正月, 經略檄文又到:

"二月二十五日, 大軍皆會于暻馬田, 朝鮮軍兵幷令及期齊會."

弘立坐統軍亭點軍, 擇人上馬下者, 人下馬上者, 分作兩軍. 人上馬下者, 全運粮草在後, 人下馬上者, 自領之. 諸將皆曰:

"人馬俱上, 當爲征進, 而乃以人下赴敵, 馬雖上, 其奈人不上何?"

弘立曰:

"密旨在吾, 諸君勿憂."

諸將哂笑而退. 至〈233〉期, 左營軍先到暻馬田, 則天兵已齊會矣. 金應河□□5) 劉都督, 都督問曰:

"緣何後至? 元帥何在?"

答曰:

"步軍不敢馳驟, 未免差後, 元帥大軍卽自隨至矣."

都督見應河答對如響, 軍容整肅, 歎曰:

"東方有如此人物, 諸夏之不如也."

日暮, 弘立又到. 都督夜招弘立至帳中, 相議進兵. 弘立曰:

"軍餉在後, 士卒飢餒, 勢將留住, 等待軍餉. 且胡地險惡, 細作極難, 懸軍深入, 易進難退, 奈何?"

都督曰:

"大軍所到, 勢如拉朽, 師期已定, 亟進無疑."

弘立無言而退. 都督怒曰:

"朝鮮用人如此, 不敗何待? 英雄只在眼前, 乃用狡黠小兒, 付以司命, 初度所言, 只是逗留之計也."

所謂英雄, 指金應河也.

翌日行軍, 兩國兵, 鱗次連營. 行三日, 到牛尾嶺. 弘立見都督言:

"粮盡卒飢, 遇敵必潰."

---

5) □□: '往見'.

都督不獲已留一日. 喬遊擊揚言於都督曰:

"朝鮮兵非無粮也. 只是畏縮觀望, 其心叵測."

遂拔劍催〈234〉發弘立. 諸將皆曰:

"軍食不至盡絶, 每言粮盡, 挑天將怒, 是何主見?"

弘立曰:

"密旨在吾, 臨機可見."

諸將曰:

"密旨專言退縮乎? 今已臨急, 何不拆示, 破衆人之疑乎?"

弘立曰:

"姑待數日, 可矣."

卽密召女眞通事河瑞國等三人, 謂曰:

"虜中情形, 全不偵探, 一聽天將, 必有後悔. 汝等潛往建州, 傳說奴酋, 彼此兩國, 本無嫌怨, 今者出兵, 迫於南朝, 兩軍相遇, 勿用刀兵, 使可講和."

竝封書一通以送之.

瑞國等疾馳入建州, 先見奴酋長子[6]貴盈哥, 具道來意, 且傳封書. 盈哥入言於奴酋. 奴酋拆見封書, 以手加額曰:

"豈非天乎? 南朝之兵, 雖分四路, 憂不在三, 而獨憂此一路者, 彼金白之助虐, 折箠笞之, 吾之所畏, 獨畏朝鮮之叶同耳. 曾在丹朝, 以十萬精兵, 深入興化, 隻輪不返, 素聞其卒悍兵利, 難與爲敵. 今彼自送降書, 豈天使吾復鑽[7]先金遺烈耶!"

立命貴盈哥, 分鐵騎三萬, 先蹴南兵, 後受鮮人之降. 盈哥踊躍□□[8].

---

6) 長子: '次子'의 오류.

7) 鑽: '纘'의 오자.

8) □□: '而出'.

〈235〉弘立爲天將所迫, 黽勉行軍, 到馬家寨, 始見□□□□□
□9). 士卒皆欲擊之, 弘立令曰:

"天兵貪功太甚, 我軍若相雜進戰, 則必有爭首級相殺傷, 不如觀
便全軍爲上."

令神將傳呼曰:

"如有妄殺一虜者, 償命."

諸將失色曰:

"主將之意, 已復可見矣. 遇敵不殺, 將何爲乎?"

獨左營軍不應曰:

"軍中, 君命尙可不受, 臨賊斂刃, 吾未聞也."

自白10)馬家寨至臨11)河四五十里間, 胡兵或數百名, 或千餘騎, 處
處屯聚. 天兵及左營軍, 爭先勦殺, 斬級頗多, 中右營則隨行觀望而
已. 士卒皆憤曰:

"長槍大劍, 安用汝爲?"

弘立又見都督言:

"粮絶不可進."

都督曰:

"虜中埋穀甚多, 不妨因敵爲粮."

弘立再三陳辨, 復留一日.

時三月初四日平明, 都督放銃三次, 大軍催發, 令如雷霆, 勢如風
雨. 喬遊擊·江副摠·祖參將先行, 劉都督次之, 張都司又次之. 金應
河曰:

"裹粮坐甲, 因敵是求. 今見大敵, 可以〈236〉勇矣."

---

9) □□□□□□: '胡騎出沒見形'.

10) 白 : 연문.

11) 臨 : '深'의 오자.

遂奮然而起, 人皆踊躍, 弘立亦逶迤而前進.

行二十里, 到富平地面, 見依山部落, 櫛比成村. 天兵大呼馳入, 分散搶掠, 無復部伍. 貴盈哥三萬鐵騎, 忽自山谷中突出衝擊, 天兵一時崩潰. 應河見賊兵甚盛, 列陣以待, 且叫弘立急來繼援, 弘立曰:

"爾不用命, 斬殺爲能, 奚爲望救?"

卽命中右營, 合兵登山頂結陣, 下瞰勝敗. 俄而喬遊擊率敗殘十餘人, 到中營, 說天兵盡沒, 又見胡兵大隊直犯大營[12], 應河激厲士卒, 血戰當之, 正是威動昆陽霆擊日, 功奇孫子火攻時. 賊之前徒, 中丸逢箭, 僵尸如麻. 盈哥拔劍督戰, 賊之勇敢者百餘騎, 冒死先至, 諸賊繼之. 我軍力乏, 陣脚已亂, 猶突刃觸鋒, 無一人散走者, 無一人空死者. 彼我雜糅, 劍戟相搏, 天地震蕩, 日星晦蒙. 應河見勢已去, 倚立柳樹下, 抽矢射之, 應河[13]弦輒倒. 盈哥之弟, 中箭倒斃, 賊皆奪氣, 不敢衝犯. 自日中戰, 至日仄, 應河三百餘矢皆盡, 奮拳疾呼, 矢如雨集, 天摧地裂, 烈士殞絶, 猶左手〈237〉持戟, 右手握劍, 瞋目如生, 移時賊不敢近.

盈哥罷戰□□□[14]息方定, 曰:

"吾橫行漠北, 所向無敵, 不料朝鮮人勇悍□□□□[15]使山頂之軍, 齊力合戰, 則吾腹背受敵, 無遺類矣. 天誘其□□[16]送降書, 袖手傍觀, 使我專意鬪力, 以至得雋, 無非我滿住之洪福也."

遂進陣山脚, 送一胡騎呼通事. 弘立喜曰:

"果然河瑞國能通消息也."

卽令出應曰:

---

12) 大營 : 국조병화록 본에는 '左營'.
13) 河 : 연문.
14) □□□ : '收兵, 喘'.
15) □□□□ : '如此也. 如'.
16) □□ : '衷, 先'.

"兩國初無嫌怨, 不須浪戰. 出兵之初, 預先走報, 已能領悉否?"

答曰:

"講和之意, 未戰而喻, 欲見大將, 面結盟好."

弘立遂遣軍官朴東明往試之. 盈哥言:

"非大將不可."

弘立又遣副元帥金景瑞, 馬上相揖, 約以和好. 景瑞還謂弘立曰:

"吾觀虜陣, 戰餘卒疲, 瘡夷者過半. 且胡俗馬鎖鐵索, 人宿革囊, 夜半掩襲, 制梃可撻. 況天兵之逃死者, 來聚近山, 將萬餘, 約與犄角, 聲勢益振, 天賜吾奇功, 不可失也."

弘立曰:

"吾軍怯懦無用. 今以齟齬小計, 妄探虎口, 是負薪而救火也. 此事決不可行."

翌日朝, 弘立遂欲自往軍中, 將卒皆牽衣頓〈238〉足曰:

"使道何之, 使道何之?"

弘立將行, 曰:

"喬遊擊十數人在陣中, 虜若知之, 必傷和事."

遂令縛送虜營. 遊擊仰天長歎曰:

"不料朝鮮禮義之邦, 甘心李陵降虜之辱, 至於縛送王人, 何其甚耶?"

裂帛寫家書, 繫衣帶中, 伏劍而死, 一軍嗟傷.

弘立見盈哥, 大張兵威, 高揭氍帳, 左右白刃, 燦如霜雪, 魂不附體, 膝行蒲伏, 乞緩一命. 盈哥下床扶起曰:

"毋恐, 毋恐! 此去建州, 不滿五十里, 往見滿住, 牢定約束, 所領軍兵, 可卽下山."

弘立不敢違, 麾兵令下, 盡去兵器, 堆積一處, 高如山齊. 胡人以鐵騎擁逼我軍, 催趲前往, 途中多有磨拳躍身落澗自絶者, 胡將歎曰:

"朝鮮人節槪如此, 非可屈於人者."

滿住中路送人曰:

"□□□[17]兩將, 可速進來!"

弘立與景瑞先行, 未至十里, 見城邊廣野, 軍馬爲擁, 男女夾路, 而觀者無數. 沿途胡雛, 相聚作拏, 或擲瓦礫, 或投糞塊, 以辱之曰:

"偸生賣降之奴, 曾犬彘之不若也!"

景瑞憤滿, 謂弘立曰:

"吾等偸一朝之命, 誤百年〈239〉之身, 俛首受辱, 生不如死. 向見盈哥, 先自懼□□□□[18]虜, 男兒身事, 豈不惜哉? 如見滿住, 可試行揖禮."

旣入城, 全裝慣[19]帶之人, 羅列十餘匝, 橫亘四五里, 甲光耀月, 劍氣干星, 風馳電邁, 目眩心悸. 有紅衣人, 引入兩將, 令於階下行禮. 兩人長揖, 滿住厲聲曰:

"汝以使臣來此, 則揖亦可也, 汝爲投降之人, 敢爲簡慢耶?"

弘立惶懼, 先屈膝四拜. 景瑞不得已亦拜. 河瑞國進前告曰:

"偏荒庸陋之人, 未嘗見大國威儀, 有失擧措, 願得近立俯伏, 使盡其辭."

滿住方許升廳, 坐以氈, 問曰:

"爾國如何無故興兵?"

弘立俯伏, 戰慄而對曰:

"非本國之意, 乃迫於南朝不得已也. 以此俺等先遣通事, 報道情形, 想已理會."

滿住[20]:

---

17) □□□: '欲先見'.
18) □□□□: '惻, 取侮胡'.
19) 慣 : '冠'의 오자.
20) 滿住 : 문맥상 '滿住曰'.

"觀汝先報之意, 知爲南朝所迫, 汝又不戰納款, 可見眞誠. 不然則汝兩人已爲虀[21]粉. 數萬人性命, 亦豈有孑遺之理? 但念爾國, 更助南朝乎?"

對曰:

"本國以區區千里之地, 被倭內訌, 糜爛魚肉之餘, 一番出兵, 國內空虛, 其可再〈240〉乎?"

滿住曰:

"吾將送人爾國, 和與不和, 待其回報. 爾亦馳書於國君, 董成和事, 可矣. 和議旣定, 汝當歸國, 保無他也."

弘立謝曰:

"旣荷不殺之恩, 又蒙生還之樂, 可謂生死肉骨者也."

遂馳報本國, 盛陳虜勢, 可與和, 不可與戰, 張皇眩惑, 不遺餘力. 備局啓辭·臺論, 皆以投降乞命, 誣上惑衆, 罪當收三族, 請繫治之, 以正王法. 廢朝以爲:

"力屈講和, 勢也, 馳啓虜情, 職也."

敕而不治. 廟堂婉辭答書以遺滿住. 滿住猶以辭意有未滿者, 復送差胡. 往復再三, 和事未定.

滿住見弘立文筆甚富, 深喜得人, 委以文書, 欲妻養女. 弘立亦以生還爲急, 曲意順適, 無欲不從, 而至於嫁女, 則托言老病不敢也. 滿住猶疑弘立或懷二心, 欲觀其志.

一日, 於建州城中設大宴, 會集八蠻酋將, 皆錦衣繡弓, 排列西行, 坐弘立於其上, 景瑞於其下. 又出閼氏以寵姬九人, 養女三五十人, 濃粧盛飾, 貌皆艶絶, 侍女數百前遮後擁, 引坐東行, 使弘立相見. 禮畢, 滿住左持盂, 右執□□□[22]〈241〉而言曰:

21) 虀 : '齏'의 오자.
22) 국조병화록 본에 '弘立手'.

“人生世間, 意氣相許, 不知輕重淺深者, 非丈□□□[23])我二人, 各相絶域, 戎馬相逢, 眞非偶然. 吾不喜破南兵, 喜得君也. 吾故倒廩傾囷實, 無表裏, 出妻示女, 無相間隨. 君在東國, 雖云貴榮, 豈得蹴於今日之待君者乎?”

弘立指天而言曰:

“女爲悅己者容, 士爲知己者死. 俺之事東國, 不過豫讓之於范·仲行氏也. 今蒙盛典, 不特王猛之於秦天王也. 竭力致忠, 豈分南北? 酬恩報德, 曷敢多少? 吾將形諸文字, 以表不二之心.”

遂索筆題之曰:

去國萍蹤莫怨嗟
魚龍到處卽江河
捐身竭節無南北
知己酬恩敢少多
孤鳳已能辭枳棘
大鵬元自化溟波
蘇卿千載眞堪笑
渤海看羊獨奈何

滿住使文人句句譯解而聽之, 起抱弘立之腰, 撫其背謝曰:
“君乃眞丈夫也.”

時有華人之在堂下者, 望見唾罵曰:
“孰謂東國是禮義之邦乎? 此人五經掃地盡矣.”

自此滿住大喜過望. 初弘立以降倭三百作爲親軍, 常置帳前, 至是薦於滿住曰:

---

23) 국조병화록 본에 ‘夫也. 君’.

"某之帳前三百倭兵, 輕疾悍勇, 劍術無敵, 請獻軍前調用."

滿住大〈242〉喜, 卽傳令:

"來日內庭, 觀倭人用劍."

倭人聞令, 各自磨刀曰:

"吾等受朝鮮撫養多歷年所, 一朝爲犬羊驅使, 豈不辱乎? 今此新磨之劍, 先試滿住之頭, 未爲不可. 吾三百人爲一心, 一可當百, 掃盡群醜, 歸報朝鮮, 不亦烈丈夫之事乎?"

齊應曰:

"諾."

約束已定, 密稟弘立. 弘立無言良久, 曰:

"大事安可妄也?"

遂入告滿住曰:

"倭人心不穩, 來日試劍, 也須隄防."

滿住大驚曰:

"急殺入24)高山各自隄備."

又選心腹精壯三千人, 皆持鐵鋒在手, 密圍外庭.

翌日黎明, 倭人入外庭, 唾掌待之. 有頃, 紅衣人出, 傳滿住之令曰:

"倭人各三爲隊, 分作百隊, 每一隊入內庭, 試劍罷還, 又出一隊入試, 逐隊替入, 無相雜亂!"

倭人齊呼曰:

"願三百爲一隊, 一時試用, 以供壯觀."

紅衣者曰:

"將令已出, 不可更也."

遂引三倭入內庭試之, 但見白虹閃爍, 飛電明滅, 勇躍揮霍, 天地低昂, 滿庭觀者, 無不色沮. 試未半, 三倭者直視滿住, 舞劍突入, 被

─────────────
24) 殺入 : 국조병화록 본에 '敎八'.

衆高山齊槊亂[25]〈243〉刺, 少不敵衆, 擊殺三人而死, 其餘三百倭在
外庭者, 皆被鐵鋒撾殺. 胡[26]人欲[27]死者五百餘, 積屍盈庭.

滿住擧盃謝弘立曰:

"公能活我, 安不以腹心待之?"

弘立曰:

"深荷鄭重, 安得不以腹心報也?"

相與引滿, 吐露肝膽. 滿住密問曰:

"朝鮮軍心, 安保其必穩也?"

弘立曰:

"朝鮮風俗, 不比日本, 惜死㤼怯, 宜無可憂."

滿住曰:

"軍卒雖如此, 將官之稱爲兩班者, 豈有好心?"

弘立垂頭不答, 再問三問, 皆不答. 滿住遂令聚集降卒, 取出其手
掌柔膩者四五[28]餘, 曰:

"此卽所謂兩班者也. 驅出東門外處斬!"

西征勇士, 此日皆盡, 唯李民寏·朴蘭英·李一元等十餘人, 以弘
立腹心得免焉.

弘立日見親寵, 中心銘佩, 欲幹奇功, 以顯其計.[29] 一日揚言曰:

"卽今兵强將猛, 但守建州一僻地乎?"

滿住曰:

"正欠堅凝, 每[30]吝剖析!"

---

25) '亂'은 국조병화록 본에 의거하여 보충함.
26) '鐵鋒撾殺. 胡'는 국조병화록 본에 의거하여 보충함.
27) 欲 : '斫'의 오자.
28) 五 : '百'의 오자.
29) 計 : 『규창유고』에는 '能'.
30) 每 : '毋'의 오자.

弘立曰:

"遼東非中國舊地, 瀋31)陽卽襟喉, 得遼東據瀋陽, 則中國是吾囊
中物也. 其區畫創置, 某獨當之有餘矣."

滿住起拜曰:

"公之言, 頓開茅塞."

決意西〈244〉犯, 時天啓辛酉春也. 臨發, 召景瑞謂曰:

"汝以必死之人, 被好生之德, 以至今日, 豈不思報乎?32)

景瑞每恨弘立所誤, 辱身負國, 冀得其便, 將以有爲, 及聞滿住之
言, 卽應曰:

"如有用某之處, 萬死不辭."

滿住曰:

"能爲我作先鋒復遼乎?"

對曰:

"遼城守將, 與某深交, 某當深結, 使爲內應."

滿住曰:

"卽如此, 汝當爲元功."

遂與鐵騎三千爲先鋒.

景瑞至遼城, 與遼將通書, 佯若使之內應者, 而將計就計33)倒戈,
殺滿住. 計劃已定, 刻日擧事. 弘立聞知之, 驚曰:

"必累我也!"

急告滿住. 滿住大怒, 捉下景瑞, 亟命剭之. 景瑞大罵弘立, 因誣曰:

"此實弘立始主張, 而終反覆也!"

---

31) 위의 책들에는 모두 '瀋'으로 되어 있음. 이하 동일.
32) "汝以必死之人, 被好生之德, 以至今日, 豈不思報乎?"이 누락되어, 국조병화록 본으로
보충함.
33) 將計就計 : '將欲設計'.

滿住又捉入弘立, 裸體綁縛, 揮刀紛紜, 曰:

"吾以赤心待汝, 有踰骨肉者, 汝國人心本稟狡詐, 反欲相賊, 何爲反耶?"

弘立泣淚曰:

"吾雖異域之人, 已爲金國之臣, 生成大造, 昊天罔極, 況敢叛乎? 景瑞無知武夫, 自速其禍, 枉陷不辜, 皇天厚土, 實照此心."

貴盈哥急入諫曰:

"此人誠實篤信, 必無二心. 往者此人□□□□□□□〈245〉□[34] 此人告景瑞之謀, 終始一心, 斷無他腸, 徒信移□□□□[35]墮其計中耳."

滿住悟曰:

"微汝, 枉殺賢士."

親釋其縛, 擧盃□[36]謝曰:

"老夫一時錯見, 有觸於君. 幸勿介懷."

弘立叩頭曰:

"余所否者, 天厭之, 天厭之哉!"

及遼城陷沒, 婦女玉帛, 卷歸瀋陽, 相宅遷居, 一委弘立. 創建城闕, 布置官府, 略倣華制, 毛羽旣成. 滿住喜謂弘立曰:

"君才不減耶栗[37]楚材, 當爲開國第一勳也."

卽以遼城所搶漢女之爲養女者, 擇其妙麗, 備禮妻之, 卽所謂蘇學士女, 而虜中所謂玉面公主者也. 弘立方悔昔日之辭昏, 又奇蘇女之絶艶, 欣然入贅, 情愛甚篤, 居常昵處, 握手自抒曰:

"吾自本國之人, 妻無子夭, 唯一老母, 想亦入地. 擧顔宇宙, 形影

---

34) □□□□□□□ : '先發倭人之奸, 今者'.

35) □□□□ : '禍之說, 正'.

36) □ : '以'.

37) 栗 : '律'의 오자.

相弔. 歸國, 國人皆棄, 留金, 金人無親. 老夫情懷, 吁亦慽矣. 賴子
相從, 慰我幽獨, 死生契闊, 從此定矣. 子獨無情者哉?"

女含淚而答曰:

"伶俜一身, 不識門前之路, 一朝被驅, 忍淚渡河, 妾於〈246〉此時,
無意生全, 天與其便, 兩美相合, 免窮38)盧之羞辱, 奉君子之巾櫛, 得
其所哉, 得其所哉! 況見老爺, 廣廈金櫃, 高官願足, 委質偕老, 妾有
榮耀, 老爺無忘今日之言, 賤妾不敢負終身之義."

弘立憐悲其意, 喜得賢匹, 偎紅倚翠, 靡日靡夜. 更兼滿住, 以錦
綺珠玉·聲樂玩好, 增加寵異, 以中其欲. 弘立與女, 日夕對酒, 酣歌
暢飮曰:

"旣結滿住之歡, 又得佳婦之配, 世所難兼者, 吾一朝有之. 人生行
樂耳, 何必故國爲哉?"

自是東歸之念頓釋矣.

越在甲子, 逆雛韓潤脫身入胡中, 因弘立求見滿住, 且謂弘立曰:

"令公門闌, 在曩日固無恙, 變局之後, 衆言譁然, 將令公九族, 誅
殺無遺. 令公其無報怨之意乎?"

弘立泣下曰:

"吾於本國, 有不世之讎, 古人有以吳兵入郢者, 吾何獨不然乎?"

將欲請兵滿住, 蘇女謂曰:

"妾與老爺, 相從萬死之中, 歡情密意, 證在神□39). 今若棄妾東行,
豺虎叢中, 將安所倚? 妾欲隨□□□40)〈247〉人在軍, 兵法忌之, 以
此兩難, 甘心死別. 況韓潤得罪本國, □□41)難信, 請老爺察之."

---

38) 窮 : '穹'의 오자.

39) □ : 다른 본에는 '明'.

40) □□□ : 다른 본에는 '往, 則婦'.

41) □□ : 다른 본에는 '其言'.

言訖, 珠恨玉怨, 淚如湧泉. 弘立就抱□42)腰, 引手拭淚曰:

"毋用煩惱. 子言有理, 吾且思之."

仍自念赤族之怨, 不可不報, 春閨之思, 亦不可恝, 胸中戰鬩, 捱過數月.

潤見弘立有躊躇之意, 正色讓之曰:

"令公違棄君親, 偸生蠻貊, 闔門骨肉, 流血狼藉, 而安於富貴, 溺於兒女, 縱貪目前之樂, 何顔見天下義士乎? 今朝鮮, 有土崩之勢, 以鐵騎臨之, 卽當如劈竹, 操鷄博鴨之功, 只在反掌間, 令公獨無遠大之計乎?"

弘立悟其意, 遂言於滿住曰:

"朝鮮, 天下精兵處也. 勁弓長戟, 神炮利刀, 皆東韓出. 此用武之國, 而俗尙喜狡黠, 用人觀勢利, 人皆解體, 當事規避, 智能之士, 思展其才. 當此之時, 苟有驅駕而用之者, 環東土數千里, 若衆星之拱北辰. 愚於虞者, 智於秦, 佞於隋者, 忠於唐. 指揮能事, 訓鍊强兵, 誕將天威, 長驅西向, 雖有智者, 亦不能爲南朝計矣. 某自蒙收錄, 未效尺寸, 今〈248〉當用兵之際, 請爲前驅, 仍爲假王, 收其智勇, 簡其精銳, 十萬之衆, 可立辦. 非43)某報德之階, 卽天賜我一統之資也."

滿住笑曰:

"君言差矣. 東韓之人, 禮義成俗, 攻之雖易, 服之實難. 昔元世祖, 力足以平一六合, 而不能得高麗之心服, 用兵三十年, 終結舅甥之好而已. 今吾衆强, 分之則力小, 遽以一枝兵, 起東征之役, 兵連不解, 坐延時月, 不能越遼, 廣一步以窺中原, 而徒規規於小利, 非計之得也. 故莫如東和朝鮮, 南戰中國, 直待坐鎭燕京, 當見四海之輻湊44)

---

42) □ : 다른 본에는 '其'.

43) 非 : 다른 본에는 '非但'.

44) 湊 : '輳'의 오자.

耳. 且昔人, 有沒齒而不敢謀其君之徒隷云者, 君獨何心讎視本國若此哉? 崔濡之事, 足爲明鑑, 君其思之."

弘立度滿住難以言動, 可以利誘, 退而上疏. 疏中極言本國武滿單虛, 人心憒45)散, 婦女之美麗, 玉帛之充溢, 重言復言, 急請出兵, 再疏三疏, 至累十疏. 至今虜中, 有曰姜弘立疏者, 積成卷軸, 人皆傳說云. 滿住見弘立□□46)王其國, 怒之, 遂不用其言. 弘立歎恨遇其時而□□□□□47)〈249〉憒惋欲死.

至丙寅秋, 滿住犯寧遠衛, □□□□□□□□□□48), 新立無援, 欲講好東國, 議於弘立, 弘立因言曰:

"東國君臣, 南朝唇齒, 雖遣一介行李, 難以歲月講成也. 不如數萬鐵騎, 戰而後圖之. 且先汗泥守東和南戰之計, 使大事不成, 誠可恨也. 東征之利, 如前所論, 請今試之. 事或不成, 和未晚也."

太時點頭曰:

"眇予小子, 纘承大業, 遹追先志, 圖任舊人. 先君用先生計策, 戰勝攻取, 先生之忠於本朝, 孤已銘於肺腑矣. 今日東和之計, 卽先君之遺意, 而先生之言, 又如此, 其終始眷眷, 必有意見. 和朝鮮而輔車相依者, 追先君之志也, 勒朝鮮而作爲偏49)戶者, 用先生之計也. 今日當兩試之. 倘蒙天佑, 一鼓大定, 則有張邦昌故事, 煩先生無得謙讓, 悉其兵來赴. 先生有晝錦之榮, 孤之經營中土, 與有力矣. 或者與該國君臣, 指天作誓, 永結盟好, 絶東顧之憂, 專南伐之計, 卽是先生, 以是遺我小子, 作萬世無窮之利者也. 閫以外先生制之, 見可而行, 勉之哉!"

45) 憒 : '潰'의 오자.
46) □□ : 다른 본에는 '欲自'.
47) □□□□□ : 다른 본에는 '不得行其志'.
48) □□□□□□□□□□ : '敗歸身死. 少子洪太時襲位'.
49) 偏 : '編'의 오자.

遂命二三50)〈250〉子, 發輕騎三萬, 受弘立節制, 將之而東, 令韓潤前行以導. □(將), 召弘立入臥內, 手提金印一顆以與之曰:

"先生因行佩之."

弘立雙手接過, 看其印, 又心自驚喜, 卽跪告曰:

"此大事也. 姑勿泄漏, 默定於心. 卽51)大成, 謹奉社稷以從, 或不如意, 講成足矣."

太時曰:

"先生之言, 是也."

蘇女出門牽衣曰:

"老爺東還, 妾將奈何?"

弘立曰:

"姑且寬心. 當以翬翟迎之, 一時離別, 莫浪悲也!"

潤謂弘立曰:

"僕與令公, 俱抱窮天之痛, 復讎之擧, 今行盡之."

弘立曰:

"此吾日夜腐心切齒者也."

乃與胡將約曰:

"今此出兵, 必先施之以威, 大行殺掠, 使王京以西糜爛空虛, 然後和可成也."

胡將曰:

"殺掠橫行, 吾兵之能事, 敢不盡才?"

丁卯春, 夜襲義州, 踰城突入, 變出不意, 人皆驚散. 弘立急令胡兵, 八面圍之, 如風驅葉, 若獵筍魚, 怒目咬牙, 大肆屠殺, 白刃萬舞, 赤血噴飛, 人人痛毒, 箇箇呼咷, 又令驅擁小兒, □□□52)瓮, 汨

---

50) 二三 : 『규창유고』에는 '二王'으로 되어 있음.

51) 卽 : 다른 이본들에는 '事卽'.

汨之聲, 踰時而絶. 瓮盡處, 沈積水釜, 在在堆滿.〈251〉其僵仆道路
者, 皆用眞木釘, 椎其背, 貫至地, 殘傷酷烈, 有不53)忍言. 是日, 城中
老少男丁, 靡有孑遺, 婦女財帛, 搶掠□□54). 雖拓跋之屠滅南徐, 紅
巾之殘虐松京, 不足以喩其慘黷也.

胡將曰:

"所殺已多, 可以已乎?"

弘立曰:

"未也. 此去安州, 平壤等處, 皆大鎭也. 東事進退, 唯吾指揮, 靡
兵掩殺!"

路抵凌漢城, 城中見胡騎蔽野逼城, 不戰潰裂. 弘立督促胡兵, 四
面蹙之, 滿城之人命, 片時魚肉, 慘不可道.

到淸州55)西岸, 胡將曰:

"兩處所殺, 足以立威, 可遣人安州講和."

弘立曰:

"姑且試之."

乃遣同隣武人朴蘭英, 到安州叫門, 言講和之意. 節度使南以興,
使虞候朴命龍, 登城應之曰:

"有斷頭將軍, 無議和將軍!"

蘭英歸報虜營, 弘立奮然曰:

"朝鮮尙未悛, 更可屠殺!"

驅兵直衝, 陷自東北角, 南以興與牧使金俊坐軍樓自焚. 滿城之
人, 若老若幼, 啼呼奔竄. 弘立與潤, 分督胡兵, 若刈草菅56), 屍塡街

---

52) □□□ : '倒揷空'.

53) 其僵仆道路者~有不 : 원본 훼손됨. 국조병화록 본에 의거하여 보충함.

54) □□ : '無餘'.

55) 淸州 : 『규창유고』에 '淸川'.

56) 菅 : '菅'의 오자.

巷, 血滿溝渠, 亂斫幾盡. 弘立同里〈252〉人, 以京砲手防守城中, 適
見弘立縱馬追殺, 直撞馬前而叫曰:

"使道是本國大人, 何不禁殺?"

弘立曰:

"吾於若, 不無鄉里舊情, 執吾馬鞁, 可以免死. 吾之九族已赤, 故
來報讎, 何以禁爲?"

其人驚曰:

"是何言也? 大夫人以天年終者數年, 餘皆無恙. 休聽飛語."

弘立頓足曰:

"其然? 豈其然乎?"

其人曰:

"晉昌令監方宦于朝, 使道胤子尙保舊第, 況其他乎?"

弘立暢57)然曰:

"爲韓潤所賣, 以至此也."

遂疾呼胡將, 立起免死旗, 止殺, 大責韓潤, 遂與之絶.

爾後聞平壤·黃岡等地, 望風潰散, 千里無人, 喜曰:

"以此行兵, 雖橫行八路, 可也."

急到平壤, 張榜文於四門. 其文曰:

　　兼八道都元帥金國大將軍□58), 曉喻父老軍民及文武置散之人.
大兵弔伐, 本爲懷綏, 毋□59)毋恐, 各安耕桑. 山林之中, 閭巷之間,
必有懷才莫展, 有志功名者, 逢此一時, 正宜自奮, 糾合驍果, 來赴
軍前, 共圖不□60)之勳, 永樹無窮之聞. 轉報遠近, 同聲〈253〉齊應!

---

57) 暢 : '愓'.
58) □ : '姜'.
59) □ : '貳'.
60) □ : '世'.

□□□□□[61]謂, 榜文所播, □[62]相應赴. 及至數日, 寂然無應, 乃歎曰:

"朝鮮之人, 不知吾心所在, 豪傑未有至者."

韓潤在旁□□□[63]:

"□[64]矣哉! 弘立也. 安有殺人如麻而人皆影附者乎? 吾不知爾意將□[65]何爲."

弘立怒曰:

"殺人非吾本心, 皆爾所使. 但當飮馬漢水, 大事可定也."

乃使朴蘭英之弟葵英, 爲平壤守城將, 分兵留鎭, 遂進軍至平山, 雨久泥濘, 留屯不發.

朝廷聞弘立獨專胡權, 遣其叔父姜絪詣胡陣議和, 爲羈縻之計. 元帥張晩亦貽弘立書曰:

"仁卿兄弟, 爵位如舊, 獨大夫人不幸耳."

及絪到虜營, 見弘立, 報以闔門無恙, 責其專行殺戮, 仍爲飮泣曰:

"父母之國, 不可背, 后弟之鑑, 其亦嚴. 莫如歸身朝廷, 圖贖前罪."

弘立深自感惕, 夜使人投金印于江, 歎曰:

"大計歸一夢, 徒積一身殃."

遂周旋胡將, 往復行在, 約定和好, 捲退胡兵, 實不越太時當初之意也. 又與胡將別曰:

"吾歸金, 不能使金重, 而在本國, 則金重."

及見韓潤左右, 珠翠成行, 年少貌美者,〈254〉能歌舞者, 曉音律者, 俱收幷畜, 以爲歸胡地自娛之計, 心甚歆羨, 謂潤曰:

---

61) □□□□□ : '云云. 弘立初'.
62) □ : '爭'.
63) □□□ : '拍手曰'.
64) □ : '愚'.
65) □ : '欲'.

"當初東歸之日, 所得婦女, 約與均分. 吾雖暫留, 終當西笑, 卽今
蘇女, 單居悄悄, 爾可分半與之, 一以爲幽獨之伴, 一以爲待吾之歸.
宿約丁寧, 爾無負我."

潤張目叱之曰:

"汝先負約而絶吾, 何以責吾之踐約? 汝牽情骨肉, 自棄樂國, 何愚
之甚耶? 吾得意西歸, 擁笙歌醉紅裙, 終吾生而倘佯, 志願足矣. 今
汝執迷不悟, 他日思吾之言, 得無悔留乎?"

弘立瞿然思忖, 心欲復路, 而晉昌之牽挽, 胡將之許留, 皆不得自
由, 悒悒而已.

及還行在, 和戎息兵, 獨誇其功. 上勉加慰諭, 且問曰:

"卿在虜久矣, 豈容鰥居?"

弘立起拜曰:

"臣忍辱胡庭, 不自死滅, 豈敢淫縱, 重爲身累?"

時生員尹衡志上疏極言, 大槪以爲:

投降之罪, 縱未能追究, 殺戮之罪, 斷不饒貸. 請置極刑, 小泄
輿憤.

辭意激烈, 聞者稱快.

□□□□[66]歸國, 重尋故井, 觸目悲喜, 塡胸感慨. 滿朝之人, 無問
者, 親戚朋知, 皆相戒勅, 絶不經過. 心甚愧恨, 欲掃拜[67]〈255〉父母
墳, 叔父絪大責曰:

"汝反背倫彝, 玷□□□□□□[68]於蠻夷, 亦何面目, 復上父母之丘

---

66) □□□□: '弘立十年'.

67) 故井~欲掃拜: 원본 훼손됨.

68) □□□□□□: '辱祖先, 爲降虜'.

壟乎? 嫂氏, 一婦人也, 臨[69]別之時, 其言如何? 汝讀古書, 知義理,
獨不念慈親之目, 不瞑於泉下耶?"

弘立激起良心, 憨悔欲死. 又有持『忠烈錄』來示者. 弘立讀「金將
軍傳後敍」, 至"延年戰死, 李校衛之投[70]生, 司牧陣亡, 曺景宗之無
恙", 掩卷太息曰:

"不亦甚乎?"

又見卷中畵本, 金應河獨立血戰, 力屈死節, 而弘立與景瑞, 屈膝
拜伏於胡將座下, 傍積兵甲如山, 事跡瞭然如在目前, 面色如土, 五
內如削, 又見卷端, 書七言近體二首, 題曰: 嘲降虜元帥詩. 詩曰:

受鉞靑冥辨百勝
臨危胡乃惜先登
偸生是急天恩薄
乞命爲榮虜氣增
節義一朝歸板蕩
綱常萬古逐波崩
蠻山埋骨難埋恥
泉下何顔拜穆陵

讀聖賢書是〈256〉阿誰
高官大爵自爲之
笑看策馬傷三戟
忍見牽羊逆九逵
平昔許身期稷契
卽今被髮等蛟螭

---

69) □ : '臨'.
70) 投 : '偸'의 오자.

徒令介士成全節
獨受東韓萬代恥

讀未終篇, 搔首自責曰:
"人言至此, 吾其愧死矣."
遂居鄕墅, 閉戶不出, 咄咄書空, 盈盈滴淚, 如癡如狂, 口自語曰:
"廣廈千間, 兼金萬鎰, 中有美人顔如玉井春, 割恩忍愛, 路阻涯
角, 微叔父之說, 胡爲乎至此? 果然韓潤之言, 不欺我也."
是時, 蘇女在虜中, 聞弘立留本國不還, 泣請太時, 奔到本國, 直
抵京城. 朝廷命置京口, 待天朝處置. 女手裁一書, 心封血緘, 以百
金購傳于弘立. 弘立見之, 粉香哀怨可掬. 書略曰:

　　妾養在深閨, 早學婦貞. 薄命險釁, 遭亂蒼黃, 行遍黃沙, 淚盡靑
塚. 不料老爺, 萬死相逢. 離邦去土, 二人懷抱, 誓海盟山, 一約金
石. 呑舟巨魚, 敗我深歡, 事不從心, 一別無還, 丁寧好音, 寤寐在
耳. 向君之誠, 如水必東, 城西暮雨, 夢結襄王. 奈何弱水渺渺,
更隔[71]〈257〉三千? 深情縷縷, 難訴□□九萬長天, □□□□□
□□□[72] 兒女衷情, 匪石可轉. 鳳髓難合, 蝶夢稀□[73]. □[74]老
天荒, 形單影隻, 唯當魂隨山骨, 血斑湘竹, □[75]及黃泉, 無相
見期. 臨緘嗚咽, 書不盡意.

　　弘立讀□[76], 淚下如雨, 幾欲狂叫躍起, 爲家童所沮, 乃曰:

---

71) 魚, 敗我深歡~更隔 : 원본 훼손됨.
72) □□□□□□□□ : '丈夫心期, 一寸剛鐵'.
73) □ : '到'.
74) □ : '地'.
75) □ : '不'.
76) □ : '罷'.

"吾□[77]上前, 對以十年鰥居之意, 擧世之人, 謂我如何? 必將重貽欺君之罪也. 況彼書中, 死以爲期, 吾强何顔人世, 受薰天之群嘲, 負入地之孤魂也? 誓將下從于泉壤."

遂却食臥疾, 浹旬不起. 臨死語其僮僕曰:

"吾輩科第, 歷敭淸顯, 晩節崎嶇, 爲世所鄙, 福善禍淫, 天之道也. 平生所爲, 難可追認, 而獨念, 年少氣銳, 出入臺閣, 以睚眦傷害人者, 非一. 天其以是, 施此惡報耶? 高高上帝, 赫赫下臨, 人可欺也, 天不可誣也."

言訖, 凝淚〈258〉滿眶, 溘然而死. 晉昌絪哭其喪, 許葬先壟. 至今過者, 指爲'姜虜墓'云.

余嘗痛姜弘立, 以先朝舊從臣, 不顧恩義, 一則全師降虜, 二則屠殺生民, 三則畜無將之希·非分之事. 然粗聞其槪, 莫之詳也. 余西遊香山, 遇一老僧, 頗聰明解文字, 而面有矢痕. 余怪問之, 僧嚬蹙不答, 强而後言曰:

"某少好山水, 窮探奇□[78], □[79]弘立於金剛佛寺, 一見便相親愛, 仍爲□□[80], 未嘗[81]暫舍, 戊午以後, 身逐征西, 備嘗艱險. 至弘立死, 祝髮爲僧, 以至于此."

手指面痕曰:

"若非弘立引賊東犯, 寧有毀父母遺體?"

因飮泣不能語. 蓋安州城下箭傷者也. 仍述自戊午迄丁卯, 逐一條例, 詳其始終如右. 僧又曰:

---

77) □: '於'.
78) □: '勝'.
79) □: '遇'.
80) □□: '書記'.
81) □□: '未嘗'.

"貧道與姜弘立, 情同骨肉, 是事顚末, 某嘗秘之, 今蒙歷問, 不覺吐實, 出我之口, 入君之耳, 毋輕播也."云.

噫! 緇流尙不負其主, 吠堯之賊, 反出於衣冠世族, 何哉? 通天之罪, 曠古之兇, 所可道也, 言之長也.

崇禎庚午秋, 無言子記.[82]

---

82) '至弘立死'부터 '無言子記'까지 훼손. 국조병화록 본 등으로 보충.

▌역자 소개

이대형 동국대학교 불교학술원 교수로 재직하고 있다. 승려문집들을 번역하면서 승려문집의 산문이 지닌 특징을 연구하고, 아울러 한문소설을 중심으로 고소설에 대해서도 연구하고 있다.

이미라 연세대학교에서 학생들을 가르치고 있다. 구전문학의 연구, 고전문학 전반에 대한 다양한 연구를 하고 있다.

박상석 동아대학교 학부대학 조교수로 재직하고 있다. 고소설을 중심으로 한 다양한 연구를 하고 있다.

유춘동 선문대학교 역사문화콘텐츠학과 조교수로 재직하고 있다. 중국소설의 국내 전래와 수용, 고소설 상업출판물, 해외 소장 고소설에 대한 다양한 연구를 하고 있다.

한국한문소설집 번역 총서 03
화몽집 花夢集

2016년 10월 14일 초판 1쇄 펴냄

저　자 이대형·이미라·박상석·유춘동
발행인 김흥국
발행처 보고사

책임편집 이유나

등록 1990년 12월 13일 제6-0429호
주소 경기도 파주시 회동길 337-15 보고사 2층
전화 031-955-9797(대표)
　　　02-922-5120~1(편집), 02-922-2246(영업)
팩스 02-922-6990
메일 kanapub3@naver.com / bogosabooks@naver.com
http://www.bogosabooks.co.kr

ISBN 979-11-5516-602-4　93810
ⓒ 이대형·이미라·박상석·유춘동, 2016

정가 35,000원